"博学而笃志，切问而近思。"

(《论语》)

博晓古今，可立一家之说；
学贯中西，或成经国之才。

作者简介

王运熙，男，1926年6月生。复旦大学教授，博士生导师。著有《中国文学批评通史》（合作主编并参加其中《魏晋南北朝文学批评史》《隋唐五代文学批评史》的撰写）、《中国文学批评史》（合作主编并参加撰写）、《汉魏六朝唐代文学论丛》、《中国古代文论管窥》、《文心雕龙探索》、《乐府诗述论》、《望海楼笔记》、《当代学者自选文库·王运熙卷》、《李白诗选》、《李白研究》等。

顾易生，男，1924年12月生。复旦大学教授，博士生导师。著有《中国文学批评通史》（合作主编并参加其中《先秦两汉文学批评史》《宋金元文学批评史》的撰写）、《中国文学批评史》（合作主编并参加撰写）、《柳宗元》、《诗词助读》、《宋词精华》、《十大散文家》等。

袁震宇，男，1928年6月生。复旦大学教授。著有《明代文学批评史》（合著）、《中国文学批评史》（合著）、《宋词精华》等。

黄　霖，男，1942年6月生。复旦大学教授，博士生导师。著有《近代文学批评史》、《古小说论概观》、《金瓶梅考论》、《中国历代小说论著选》（合著）、《原人论》（合著）等。

杨　明，男，1942年11月生。复旦大学教授，博士生导师。著有《魏晋南北朝文学批评史》（合著）、《隋唐五代文学批评史》（合著）、《刘勰评传（附钟嵘评传）》、《南朝诗魂》、《文赋诗品译注》等。

邬国平，男，1954年10月生。复旦大学教授。著有《清代文学批评史》（合著）、《清代文论选》（合著）、《中国文论选·近代卷》（合著）等。

普通高等教育"十一五"国家级规划教材
上海市教委普通高等学校优秀教材一等奖

复旦博学·文学系列

中国文学批评史新编

（第二版）

上卷

王运熙 顾易生 主编

复旦大学出版社

前　　言

我们曾于 20 世纪 60 年代初期至 80 年代中期,集体编写了一部三卷本的《中国文学批评史》,由上海古籍出版社出版。该书被指定为全国高校文科教材,流行颇广。最近二十多年来,中国古代文学理论批评的研究相当活跃,有关论著、论文数量众多,其中并有若干有分量的中国文学批评史新著。我们也于 80 年代中期至 90 年代初,集体编写了七卷本的《中国文学批评通史》。这些都为出版较早的三卷本《中国文学批评史》的修改提供了良好的条件。

这部批评史新编,以原来的三卷本为基础,体例框架大致照旧,分为两册,按时代前后,分为先秦两汉、魏晋南北朝、隋唐五代、宋金元、明、清代前中期、近代七编。在内容方面则变动较大,对原著作了许多增删,重写了不少章节,改正了过去一些不妥当的提法,因此改名为《中国文学批评史新编》。在内容的改动方面,主要吸取了七卷本《中国文学批评通史》的研究成果,也参考了时贤的若干看法,由于体例限制,未能一一注明,请读者谅解。

原著编写者除我们两人外,尚有袁震宇、李庆甲、黄霖同志,刘大杰先生曾对上册进行审阅,并作了部分修改。前此,刘先生、李庆甲同志已先后去世。参加此次新编撰写工作的是王运熙、顾易生、袁震宇、黄霖、杨明、邬国平同志。具体分工如下:

杨　明:第一编,第二编中的绪论、第一章、第二章,第三编中的绪论、第一章第一、二、三节、第三章。

王运熙:第二编中的第三章、第四章,第三编中的第一章第四、五节、第二章、第四章。

顾易生:第四编中的第一章、第二章、第三章、第四章第一节。第五编中的第一章。

袁震宇:第四编中的第四章第二节,第五编中的第二章,第六编中的第五章,第七编中的第二章。

黄　霖:第四编中的第四章第三节,第五编中的第三章,第六编中的第六章,第七编中的第一章、第三章。

邬国平：第六编中的第一章、第二章、第三章、第四章。

第四、五、六、七各编的绪论由顾易生、袁震宇、黄霖、邬国平共同撰写。

王运熙 顾易生

于复旦大学中国语言文学研究所

目　　录
上　　册

第一编　先　秦　两　汉

第二编　魏晋南北朝

第三编　隋　唐　五　代

第四编　宋　金　元

第一编　先秦两汉

绪　论

先秦时代是我国古代文学批评的萌芽阶段。这个阶段与文学有关连的意见，大抵只有片段的资料，散见于各种学术著作中。两汉时代则有所发展。这一时期有关文学的意见，有许多仍是片段的，散见于哲学、历史等著作中。但已出现了一些专篇的论文，如《毛诗序》、班固的《离骚序》、王逸的《楚辞章句序》等，议论较为系统。《诗经》和《楚辞》的注释，反映了当时人对于具体作品的理解，也是研究汉代文学批评应该重视的资料。

文学、言、辞、文章

学习、研究先秦两汉的文学批评，首先应注意辨明若干名词概念。

今天我们所说的"文学"，是指以语言文字作为物质手段而具有审美价值、能给人以美感的作品。但在古代，"文学"一语泛指学问、文教、文化修养等。先秦典籍中，如《论语·先进》："德行：颜渊、闵子骞、冉伯牛、仲弓；言语：宰我、子贡；政事：冉有、季路；文学：子游、子夏。"是说子游、子夏在熟悉、掌握古代文献典籍方面最有成绩。《荀子·大略》："人之于文学也，犹玉之于琢磨也。《诗》曰：'如切如磋，如琢如磨。'谓学问也。……子赣、季路，故鄙人也，被文学，服礼义，为天下列士。学问不厌，好士不倦，是天府也。""文学"亦指从事于学问，提高文化修养。汉代依然如此。《史记·太史公自序》："汉兴，萧何次律令，韩信申军法，张苍为章程（据《史记索隐》引如淳曰，指历法、度量衡的制度、法式），叔孙通定礼仪，则文学彬彬稍进。""文学"也包括了各方面的学问、制度等。而汉武帝独尊儒术之后，儒学成为各种学问中地位最高、影响最大者，于是给人一种印象，即"文学"一语常常指儒学而言。如《史记·孝武本纪》："上乡儒术，招贤良，赵绾、王臧等以文学为公卿。"又《儒林列传》："延文学儒者数百人，而公孙弘以《春秋》，白衣为天子三公。"

总之，先秦两汉时代，"文学"一语与今日"文学"的含义不一样，它不但不是就审美而言，而且也不包含运用语言文辞进行写作的意思。当然，如果从学问的对象、所研习的典籍的角度说，今天看来是文学作品的典籍，如《诗经》，也是包括在内的。它也是子游、子夏所熟悉的典籍，是荀子所提倡的"学问"的对象，但仅仅是其中之一而已，而且并不被视为审美欣赏的对象，而是被当作"学问"的资料、教材看待的。

先秦典籍中有论及"言"、"辞"的资料。言、辞当然与运用语言有关。上举《论语·先进》所说"言语：宰我、子贡"，便是说宰我、子贡长于政治外交辞令、宾主应对等语言表达。以文字记录语言，便是文章。因此典籍中论及言、辞之处，虽然还不能说等同于今日之论文学，但至少可以作为论文章写作的资料看待。

到了汉代，写作能力日益受到重视。这一方面是由于在社会、政治生活中各类应用性文字日益显示其重要性；再一方面也是由于辞赋等受到帝王、上层人士的喜爱，实际上被作为审美欣赏的对象。于是就用"文章"一语指用文字写下来的东西，或指具有写作才能。"文章"一语先秦时就有，但只是泛指文采彰明之意；汉代则在沿用其旧义的同时，赋予新义，用以指写作。有时也说成"文辞"、"文词"。如《史记·儒林列传》载公孙弘奏曰："臣谨案：诏书律令下者，明天人之际，通古今之义，文章尔雅，训辞深厚，恩施甚美。"又《三王世家》太史公曰："燕、齐之事，无足采者。然封立三王，天子恭让，群臣守义，文辞烂然，甚可观也。"又如《汉书·地理志》："及司马相如游宦京师、诸侯，以文辞显于世。……后有王褒、严遵、扬雄之徒，文章冠天下。"又《公孙弘传赞》："文章则司马迁、相如。……刘向、王褒以文章显。""文章"既指写作，则与今日所谓"文学"有关系，但仍不等于今日之"文学"。因为当时"文章"所指范围甚广，富于审美性质的辞赋、诗歌固然在内，而一切实用性文字也都包含在内。《汉书·扬雄传》云："其意欲求文章成名于后世，以为经莫大于《易》，故作《太玄》；传莫大于《论语》，作《法言》；史篇莫善于《仓颉》，作《训纂》；箴莫善于《虞箴》，作《州箴》；赋莫深于《离骚》，反而广之；辞莫丽于相如，作四赋。皆斟酌其本，相与放依而驰骋云。"可见学术性著述也好，审美性强的作品（辞赋类）也好，成部的著作也好，单篇制作也好，都在"文章"范围之内。

先秦两汉之后，到了魏晋南北朝时期，"文章"的含义仍然宽泛，指一切用文字写下来的作品。"文学"也仍泛指学问、文教、文化修养，但与先秦两汉相比,又有重要的变化:由于在知识分子中,写作渐渐成为极普遍的事,写作能力几乎成为士人文化修养中不可或缺的部分,因而"文学"自然而然地常常包括了写作之意,而可以理解为常兼指文章与博学两方面的意义。当然,其含义与今日所说"文学"仍不等同。

综上所述,我们研习文学批评史,见到典籍中"文学"、"文章"等语词,须仔细辨别,不可轻易认为就相当于今日之"文学"。

用今天的眼光看来,先秦时人们的文学观念还十分薄弱。也就是说,当时人议论作品时,几乎不是从审美的角度出发的。例如《诗经》,就基本上不是被当作动人的抒情诗歌,而是被当作修身和从事外交、政治活动的工具加以议论的。汉代的情况则有所不同:一方面,仍然用很强的功利性的眼光评论文学作品,甚至因此而轻视、排斥文学的审美性质;另一方面,也出现了包含审美因素的言论,也有人从审美娱悦的角度肯定文学作品。因而当时的文学批评呈现出复杂的状况。

先秦时诗歌与音乐紧密配合,诗、音乐、舞蹈往往三位一体。因而人们对于诗与音乐的见解,也常是相互联系,有时不易分别。但诗论与乐论毕竟不完全等同,我们应看到其间的联系和影响,也注意其区别。事实上,先秦乐论的审美因素多于诗论,而逐渐影响及于诗论。

儒、墨、道、法诸家的文学观

春秋战国是社会发生剧烈变化的时期。在这一剧烈变化的过程中,涌现出许多思想家,提出了许多不同的政治、经济、哲学等方面的主张,形成了诸子争鸣、思想活跃、学术繁荣的局面。在诸子百家的论著中,包含不少与文学有关连的见解,它们虽大都尚未形成完整的篇章,但已有一些较为深刻的原则性的论点,对于后世的文学批评有很大的启发和影响。特别是儒家在这方面的观点,在我国文学批评史上占有重要地位。道家虽没有多少与文学有关连的言论,但由于其思想、著作对后人影响深刻,因而当文学创作、批评的实践发展到一定阶段时,人们便由道家思想得到启发,运用其著作中的概念、命题等来表述对于文学的看法。

儒家的创始者孔子很重视文化、学术。他的言谈中有关文学者,一是论"诗三百",二是论言辞。他赞美"诗三百""无邪",认为"诗三百"有兴、观、群、怨,事父事君,多识鸟兽草木之名的作用,是修身和从事政治、社会活动所必需的教材和工具。在语言表现方面,他首先强调内容,但也重视文辞的表达、修饰。孟子在阅读、理解作品方面,提出了"以意逆志"、"知人论世"的主张。他的"知言养气"之说,对于后世文学批评也很有影响。荀子非常重视言辞、辩论。他是最早对儒家圣人和经典作崇高评价的学者,他这方面的言论可以视为后世文学批评中明道、征圣、宗经说的先声。《荀子·乐论》和总结孔子后学音乐思想的《礼记·乐记》,都非常重视"乐"。一方面指出了乐产生的基础、乐对社会的反映及其认识作用,另一方面强调乐对人们的教化意义。先秦儒家的乐论谈到了乐与人们情感、心理的关系,比起先秦时纯粹的诗歌理论来,较多地具有审美的因素。而这些论述对后世的诗歌理论又有深远影响。不论孔子还是孟子、荀子,都很重视诗歌、言辞、音乐的社会功能,强调利用它们为教化服务。在漫长的历史进程中,儒家的文艺思想适合于统治阶级对文学艺术的要求,而其中某些观点又能触及文学的基本规律方面的问题,故在文学批评史上发生了深远的影响。

墨家是东周时的一个重要学派,当时与儒家并称显学,其创始人墨翟,鲁国(一说宋国)人,略晚于孔子。墨家从实用、功利的目的出发,重视言辞辩论。《墨子·非命上》说:"言必立仪。"意谓言谈须有标准、目的。同篇提出"言必有三表",即以古圣王之事、百姓的实际经验、运用于政事而产生的效果三者作为检验言谈的标准。《墨子》书中又总结了言谈辩论的种种方法,如运用假设、譬喻、类推等等。这些论述虽是论言谈,但实有益于说理论文的写作。对于人们的艺术审美活动,墨子采取排斥态度。他认为音乐、歌咏、舞蹈、美术等虽给人以快乐,但却奢侈浪费,"亏夺民衣食之财"(《非乐上》);认为儒家"诵诗三百,弦诗三百,歌诗三百,舞诗三百"的活动,荒废时日,妨碍君子听治、庶人从事。(见《墨子·公孟》)此种观点,在当时统治者穷奢极欲、人民生活极端困苦的情况下,是可以理解的,有其合理的一面。但一概排斥审美活动,其实是狭隘片面的。

法家学派形成于战国时期。商鞅奠定了法家理论的基础,韩非则是法家学说的集大成者。法家崇尚耕战,主张君主独裁,厉行法制,对于传统文化学术和儒、墨、名、纵横诸家学说,认为不切实用,而且妨碍其愚民政策的实施,故加以全面排斥。他们将《诗》、《书》、学问言辩之士斥为虱子、蠹虫。虽然他们也有少数言论涉及言辞,如要求制定法令须"明白易知"(《商君书·定分》),又如《韩非子·难言》说到游说人主时种种言辞的不同风貌,又如《韩非子》中某些寓言故事(如秦伯嫁女、买椟还珠)可以被借用来反对过分雕饰文辞,但是,总的说来,这一学派对于文学批评极少贡献。

道家主要人物是老子和庄子。他们都有要求回归上古简质淳朴时代的倾向,因而对音乐、言辞、辩论等都持否定态度,提出"信言不美,美言不信"(《老子》八十一章),认为美丽的色彩、音乐使人"失性"。但是《老子》、《庄子》却对后世的文艺思想,包括文学理论批评,具有深远的影响。道家崇尚自然无为,那原本不是论文学。但当文学创作、鉴赏实践发展到一定程度时,这种崇尚自然的主张被运用到文学批评上,成为反对雕琢、提倡自然之美的理论根据。《老》、《庄》书中关于语言局限性、言与意的关系的论述,启发了后世作家、批评家对于含蓄之趣、意在言外那种艺术表现的体会、认识和追求。又如《老》、《庄》书中对于虚静、"坐忘"心态的论述,原是就体认"道"而言的,但也被借用、引申,用以论述文艺家、作家的思维特点。道家学说之所以会影响到后世的文学批评,与后世知识分子对其热烈喜好,他们的人生观、精神世界受到道家学说的深刻影响是分不开的。

最后,还应提一下屈原的发愤抒情之说。其《九章·惜诵》云:"惜诵以致愍兮,发愤以抒情。"指出自己的作品乃是在愁思郁结、愤懑无告、"愿陈志而无路"的情况下倾吐而出。《九章·抽思》云:"道思作颂,聊以自救兮。"更说到凭借写作以舒泄忧思、暂时获得解脱的情况。屈原的说法,比《尚书·尧典》"诗言志"之说更突出了情感因素,可说是后世发愤著书、不平则鸣以及借作文以自慰诸说的先声。

汉代文学批评的演进

两汉时期的文学创作,较过去有很大发展。韵文方面,产生了不少优秀的乐府诗歌,奠定了五言诗的基础。辞赋在《楚辞》和纵横家辩说的影响下,产生了很多作家作品,《史记》、《汉书》都为擅长辞赋的作家立了专传。刘向、刘歆编校图书,在《七略》中特立"诗赋略"登录并论述诗赋,就是诗赋作品大量涌现的实际情况的反映。在散文方面,除一部分学术、历史著作中具有文学价值的篇章外,各种体裁的单篇文章逐渐多起来了,论说、书序、奏议、书启等等,不一而足。此外还有韵文体和韵散结合的文体颂、赞、箴、铭、哀文、诔、碑文等等。这许多体裁的文章,大多属于社会、政治生活中实用的文体,但同时人们也注重它们的写作艺术、审美因素。两汉文学批评的发展,就是建筑在上述文学创作发展的基础之上的。

汉代的文学批评,和当时的政治情况、学术思想有密切的关系。汉初统治者慑于农民起义的威力和秦朝短期覆灭的教训,在一定程度上减轻剥削,与民"休养生息"。学术方面,则提倡黄老,人们的思想还没有受到严格的限制。从武帝到宣帝,是西汉帝国政权最巩固、国势最强大的时期。在学术思想方面,武帝采取了独尊儒学的政策。于是在文学批评中,儒家文学思想取得了统治地位。当时的批评家,即使对于作家作品的评价不同,但无不标榜儒学,在不同程度上都受到儒家思想的束缚。对于作品的艺术特色、审美因素,批评家们已有所认识,发表过一些有价值的议论,但他们总是更强调作品的政教作用、功利目的。

汉代文学批评的内容,以论述、解释《诗经》、评论屈原及其作品、评论汉赋三者较为集中。

"诗三百"在西汉时被尊称为经。当时传授、阐释《诗经》的有齐、鲁、韩、毛四家,今天只有毛诗基本完整地流传下来。从《毛诗序》和注释(毛传、郑玄笺)中可以看到,汉人非常重视诗歌的政教作用,强调美刺,要求诗歌"发乎情,止乎礼义",为封建政治服务。在艺术表现上,要求委婉含蓄、风格温厚。他们解释诗篇时,常附会政治,多穿凿之说。汉代的《诗经》学是过去长时期来儒家诗论的总结,对当时和后代文学批评都有重大影响。

评价屈原及其作品,是汉代文学批评的一项重要内容。西汉最高统治者爱好《楚辞》,汉武帝曾命淮南王刘安作《离骚传》。刘安给《离骚》以崇高评价,认为《离骚》兼有《国风》、《小雅》之长,可与日月争光。以后司马迁、王逸都继承了刘安的看法。扬雄、班固也肯定屈原及其作品,但班固认为刘安的评价过高。综观汉人对《楚辞》的评价,他们都认为屈原作《离骚》等作品有讽刺之意,具有政治意义。司马迁则还强调《离骚》之作,乃"自怨生",充分肯定其怨恻的特色。王逸也屡屡指出《楚辞》的忧愁痛苦之情,还指出屈原的写作具有"自慰"的作用。对于《楚辞》的艺术性,汉朝人也都给以充分的肯定,他们都指出,《离骚》运用了比兴寄托的手法,认为这是学习《诗经》的结果。另一方面,汉人对于屈原的执著而终于自沉,在同情的同时,又多有表示不理解者。贾谊、司马迁已流露此意,扬雄、班固更为明显。特别是班固,指责屈原"露才扬己",贬损了自己的高明清洁。王逸则对班固的指责严加驳斥。班固对屈赋的大胆想像、运用神话传说也表示不满,认为"非法度之政,经义所载"。王逸对此也予以驳斥,认为屈赋中这些内容是依托《五经》的。在这些地方,王逸与班固针锋相对,却都以是否合乎儒家思想和经典为立论依据。

赋是汉代具有代表性的文学样式,也获得了最高统治者的爱好。对赋给以肯定评价的有司马迁、班固等人。扬雄早年爱好作赋,后来则施以激烈的抨击。而无论是肯定还是否定,都是从赋是否能达到讽谏目的、实现政教目的的角度立论的。这也反映出汉代文学批评的功利性,反映出儒家文学思想的局限。而汉宣帝却在承袭功利观念的同时,正面肯定了赋的审美愉悦作用。宣帝好赋,经常命侍从之臣创作,并品第其高下。有人认为赋"淫靡",宣帝那样做是从事"不急"之务。宣帝说:"不有博弈者乎?为之犹贤于已。辞赋大者与古诗同义,小者辩丽可喜。辟如女工有绮縠,音乐有郑卫,今世俗犹皆以此虞说耳目;辞赋比之,尚有仁义风谕、鸟兽草木多闻之观,贤于倡优博弈远矣。"(《汉书·王褒传》)虽然仍依经立论,但毕竟肯定了文学作品"辩丽可喜"、"虞说耳目"即审美作用的正当合理,因此值得注意。其实汉朝人好赋,必定含有审美欣赏的成分。不过只有汉宣帝才正面加以肯定罢了。

第一章　先秦的文学批评

第一节　《诗经》、《尚书》、《国语》、《左传》中所反映的文学观念

在先秦古籍《诗经》、《尚书》、《国语》、《左传》中,已有一些与文学批评有关的言论。它们反映了早在儒、道等学派产生之前人们的文学观念。

美刺和言志

在先秦时代,从西周初年到春秋之世,陆续产生了不少优秀的诗歌,后来结集成为《诗经》,成为我国诗歌的第一部总集(《诗经》本来只称《诗》,也称为"诗三百",或"三百篇"。后世儒家列为经典之一,故称《诗经》)。在《诗经》的少数诗篇中,有些作者表达了自己写诗的目的和态度,对于文学的社会作用,表现出朴素的认识。例如:

> 维是褊心,是以为刺。(《魏风·葛屦》)
>
> 夫也不良,歌以讯之。(《陈风·墓门》)
>
> 家父作诵,以究王讻。式讹尔心,以畜万邦。(《小雅·节南山》)
>
> 作此好歌,以极反侧。(《小雅·何人斯》)
>
> 寺人孟子,作为此诗。凡百君子,敬而听之。(《小雅·巷伯》)
>
> 君子作歌,维以告哀。(《小雅·四月》)
>
> 王欲玉女,是用大谏。(《大雅·民劳》)
>
> 吉甫作诵,其诗孔硕。其风肆好,以赠申伯。(《大雅·崧高》)
>
> 吉甫作诵,穆如清风。仲山甫永怀,以慰其心。(《大雅·烝民》)

这些诗篇的作者们意识到:诗歌可以用来表现自己的思想感情,表现对于

某些生活现象和政治情况的态度,对于美好的人和事加以称颂,对于丑恶的事物则加以讽刺或讽谏。

这些例证表明:在我国,很早就有将文学创作与社会和政治相联系的观念。这种通过创作诗歌对政治情况和人物进行赞美和讽刺的观念,在以后的《诗大序》中,就发挥成为"美刺"说。

这些例证也表明:在很早的时代,人们就把诗歌看作是作者思想感情的发露。这种观念,在理论上的概括,就是所谓"诗言志"。《今文尚书·尧典》说:

> 帝(虞舜)曰:"夔! 命汝典乐,教胄子。……诗言志,歌永言,声依永,律和声。八音克谐,无相夺伦,神人以和。"

这段话自然不可能是上古所谓尧舜时代的原始文献。《尧典》的写作年代,学术界尚有不同看法。这段话或许是春秋战国时期所写。但"诗言志"的说法,与上引《诗经》中例证所体现的观念相一致。即使这一说法正式提出较晚,也还是可以视为西周、春秋之际人们对于诗歌性质、功能的认识的一种概括性表述。

美刺和言志都反映了古代人们对于诗歌的一种认识:作者通过诗歌表露自己的内心世界,表达对于社会中人和事的观点和态度,并且希望诗歌对社会、政治发生影响。这种认识,虽然到汉代才形成比较系统的理论,但其萌芽和成长时期却早在先秦时代。

关于言志,《左传·襄公二十七年》曾记载赵文子对叔向说:"诗以言志。"但这里的"诗"却不是指创作诗篇,而是指"诗三百"中现成的诗篇。襄公二十七年(前 546),郑伯享赵文子于垂陇,郑国子展等七子应赵文子之请,赋诗言志。所谓赋诗言志,是借"诗三百"中的篇章,表达自己的想法。如子大叔赋《野有蔓草》,即借该诗中"邂逅相遇,适我愿兮"之句表达自己与赵文子相见的愉快心情,《左传》记载这种史实很多。可知春秋时列国间公卿大夫在进行外交活动时,常常这样赋诗言志。赋诗者往往不管原诗的整体内容,只取其某一点的相同或类似。这叫做断章取义。《左传·襄公二十八年》记载齐国卢蒲癸的话说:"赋诗断章,余取所求焉。"清楚地表明了当时人们的这种观念。除外交方面外,当时人们在一般言辞间,也颇多断章取义地运用"诗三百篇"。春秋以后,赋诗言志的情况不复存在,但在言辞和论著中断章取义地引用"诗三百",却一直延续到战国和汉代。这种风气对文学批评也发生了一定影响。

战国时的典籍《庄子》和《荀子》也曾说到"诗"和"志"。《庄子·天下篇》说,古之道术有存在于《诗》、《书》、《礼》、《乐》者,"《诗》以道志,《书》以道事,《礼》以道行,《乐》以道和,《易》以道阴阳,《春秋》以道名分"。《荀子·儒效》说《诗》、《书》、《礼》、《乐》是圣人之道的体现,"《诗》言是其志也,《书》言是其事也,《礼》言是其行也,《乐》言是其和也,《春秋》言是其微也"。显然《庄子》、《荀子》所说的"诗"都是专指《诗三百》而不是一般的诗歌,所说的"志"也并非泛指。但它们的这种说法,也从侧面反映出,在先秦时代,诗言志是一种普遍的观念。

观志和观风

从作诗、赋诗的角度说,是言志,是美刺;从听诗的角度说,就是"观志"和"观风"。

《左传·襄公二十七年》记载赵文子请郑七子赋诗时说:"武(赵文子名武)亦以观七子之志。"又昭公十六年记载韩宣子对郑国六卿说:"二三子请皆赋,起亦以知郑志。"这是"观志"和"知志"。但赋诗者既是根据自己的需要断章取义,听诗者所观、所知之志也并非作诗者之志,并非诗歌的原意,而是与原诗无关的赋诗者之"志"。

"观风"见于记载比较晚。《礼记·王制》说:"天子……命大师陈诗以观民风。"《汉书·艺文志》更说:"古有采诗之官,王者所以观风俗,知得失,自考正也。"这些说法出自汉人,后世有些研究者以为不可信,但当非完全捕风捉影。虽然周代未必有完备的采诗制度,但可能有过采诗观风的事实。据《左传》、《国语》记载,西周的开明统治者很重视从诗歌中了解下情,以利于改进政治。《左传·襄公十四年》记载师旷对晋悼公的话说:

> 自王以下,各有父兄子弟以补察其政。史为书,瞽为诗,工诵箴谏,大夫规诲,士传言,庶人谤。

又《国语·周语上》载,周厉王使卫巫监谤,召公谏曰:

> 为川者决之使导,为民者宣之使言。故天子听政,使公卿至于列士献诗,瞽献曲,史献书,师箴,瞍赋,矇诵,百工谏,庶人传语。近臣尽规,亲戚补察,瞽史教诲,耆艾修之,而后王斟酌焉。是以事行而不悖。

《国语·晋语六》记载范文子对赵文子的告语,也有"古之王者……使工诵谏于朝,在列者献诗"之类的话。《左传》、《国语》所说公卿列士以至盲瞽乐师所献的诗歌,可能有的是自己的创作,有的是别人的作品。不论如何,可知统治阶级中某些人是重视通过诗歌考察民情的。

《左传·襄公二十九年》有一段吴季札在鲁观周乐的记载,描绘很具体,写季札依次听取了"诗三百篇"各个部分的演唱,一一作了评论,由其特点来探讨各国的民情风俗和政治盛衰。这是一篇流传至今的孔子论《诗》以前最完整的文艺(音乐和诗歌)批评。这段记载比较夸饰,其中有些言辞可能是追记时所增添,但大体上还是可信的(《史记·吴太伯世家》也采录了这段记载)。

> 吴公子札来聘。……请观于周乐。使工为之歌《周南》、《召南》。曰:"美哉! 始基之矣。犹未也,然勤而不怨矣。"为之歌《邶》、《鄘》、《卫》。曰:"美哉渊乎! 忧而不困者也。吾闻卫康叔、武公之德如是,是其卫风乎?"为之歌《王》。曰:"美哉! 思而不惧,其周之东乎?"为之歌《郑》。曰:"美哉! 其细已甚,民弗堪也。是其先亡乎?"为之歌《齐》。曰:"美哉! 泱泱乎大风也哉! 表东海者,其大公乎? 国未可量也。"为之歌《豳》。曰:"美哉荡乎! 乐而不淫,其周公之东乎?"为之歌《秦》。曰:"此之谓夏声。夫能夏则大,大之至也。其周之旧乎?"为之歌《魏》。曰:"美哉,沨沨乎! 大而婉,险而易行。以德辅此,则明主也。"为之歌《唐》。曰:"思深哉! 其有陶唐氏之遗民乎? 不然,何其忧之远也? 非令德之后,谁能若是?"为之歌《陈》。曰:"国无主,其能久乎?"自《郐》以下,无讥焉。为之歌《小雅》。曰:"美哉! 思而不贰,怨而不言,其周德之衰乎? 犹有先王之遗民焉。"为之歌《大雅》。曰:"广哉,熙熙乎! 曲而有直体,其文王之德乎?"为之歌《颂》。曰:"至矣哉! 直而不倨,曲而不屈,迩而不逼,远而不携,迁而不淫,复而不厌,哀而不愁,乐而不荒,用而不匮,广而不宣,施而不费,取而不贪,处而不底,行而不流。五声和,八风平,节有度,守有序,盛德之所同也。"

这里可以看到,季札是用社会的、政治的眼光去看"诗三百"的,他将"诗三百"看作是社会、政治状况的反映。《礼记·乐记》说"声音之道与政通",又说"审乐以知政",那是对于后世文学艺术批评具有很重要影响的理论。它形成为系统的见解固然是以后的事,但从季札的评论中,可以看出当时人们已经具有这种认识了。季札的评论特别强调中和之美。他用"忧而不困"赞美《邶》、《鄘》、《卫》风,用"思而不惧"赞美《王风》,用"乐而不淫"赞美《豳风》,

用"直而不倨,曲而不屈"等十四个句子赞美《颂》,都显示出这一特点。以后孔子也赞美"《关雎》乐而不淫,哀而不伤"(《论语·八佾》)。这种见解,逐渐发展成为儒家诗乐理论的一个重要内容。

三不朽

《左传》、《国语》中还记录了一些人们关于言辞的说法,也关系到文学批评。例如《左传·襄公二十四年》所记三不朽之说,就对于后世很有影响:

> 穆叔如晋。范宣子逆之,问焉,曰:"古人有言曰'死而不朽',何谓也?"……穆叔曰:"……鲁有先大夫曰臧文仲,既没,其言立,其是之谓乎!豹闻之,大上有立德,其次有立功,其次有立言,虽久不废,此之谓不朽。"

穆叔的三不朽之说,是当时统治阶级的一种看法,它表明了他们对于言辞的地位和作用的认识:言辞很重要,可以使人不朽,但其地位在德行、功业之下。虽然这里的"言",主要是指有关德教、政教的言辞而不是泛指,但到了后世,这三不朽的说法常常被用来作为讨论文章著述以至一般文学创作的地位和作用的理论根据。

第二节　孔子(附《易传》)

孔子(前551—前479),名丘,字仲尼,春秋鲁国陬邑(今山东曲阜)人。他是我国古代的大思想家、教育家和政治家。他的学说在我国长期的封建社会中,产生过深远的影响。

孔子生活在古代社会发生剧烈变动的时代,生活在奴隶制度解体、封建制度萌芽的时代。他的政治观点和哲学思想是比较复杂的,既有进步的一面,也有消极保守的一面。

孔子非常熟悉前代、特别是周初以来的文化遗产,所谓"诗"、"书"、"礼"、"乐",大都经过他的整理,并传授给他的门徒们。孔子的文学见解,大都表现在他的教学活动和对于前代文化的评论中间。这些资料主要见于《论语》一书。

论《诗》

据《史记·孔子世家》记载,我国第一部诗歌总集《诗经》,为孔子所编纂。

后代学者对此多有怀疑。由于文献不足,今已难于确考。但孔子重视这部诗歌总集,并用来作为教授生徒的重要内容,则是毫无疑问的。孔子评论"诗三百"的话,对于后世文学批评有深远影响。

孔子以《诗》为修身之具。他说:"兴于《诗》,立于礼,成于乐。"(《论语·泰伯》)何晏《集解》引包咸(后汉人)曰:"兴,起也。言修身当先学《诗》。"皇侃《义疏》引江熙(东晋人)曰:"览古人之志,可起发其志也。"可知"兴于《诗》"是从古人诗篇得到启发、引起向上之志的意思。孔子又曾告诫其子伯鱼说:"女为《周南》、《召南》矣乎? 人而不为《周南》、《召南》,其犹正墙面而立也与?"(《阳货》)也是从道德修养方面说明学《诗》的重要。《论语》中还载有孔子与弟子论《诗》的两件事实,从中可以知道孔子是如何以《诗》为修身之具的:

> 子贡曰:"贫而无谄,富而无骄,何如?"子曰:"可也。未若贫而乐道、富而好礼者也。"子贡曰:"《诗》云:'如切如磋,如琢如磨。'其斯之谓与?"子曰:"赐也始可与言诗已矣,告诸往而知来者。"(《学而》)

子贡领会孔子之意,懂得须加以学问修养之功方能进一步提高道德、人生的境界,并引用《卫风·淇奥》的诗句表述自己的认识,故孔子称赞他学《诗》有得。又:

> 子夏问曰:"'巧笑倩兮,美目盼兮,素以为绚兮。'何谓也?"子曰:"绘事后素。"曰:"礼后乎?"子曰:"起予者商也! 始可与言《诗》已矣。"(《八佾》)

"素以为绚"原是说女子以白色妆点其容颜,而子夏体会出虽有美质,尚须以礼修身的意思。孔子认为这样学《诗》有益于修养,故加以称赞。从这个例子中可以见出孔门以《诗》为修身之具,与外交场合赋诗言志一样,是可以离开全诗的本来意义而断章取义加以发挥的。

孔子又从政治、外交方面说明《诗》的效用。他说:"诵《诗》三百,授之以政,不达,使于四方,不能专对,虽多,亦奚以为?"(《子路》)认为学《诗》是为了懂得政事和在外交活动中很好地进行应对。这与春秋时代的赋《诗》言志有密切关系。孔子又曾对他的儿子伯鱼说:"不学《诗》,无以言。"(《季氏》)也是从言辞应对方面强调学《诗》的效用,认为学《诗》可以提高语言表达的能力。

关于《诗》的功用,孔子还有一段话说得比较全面:

子曰："小子何莫学夫《诗》?《诗》可以兴,可以观,可以群,可以怨。迩之事父,远之事君,多识于鸟兽草木之名。"(《阳货》)

什么是兴、观、群、怨呢?后世学者多有解说。兴,何晏《集解》引孔安国曰:"兴,引譬连类。"朱熹《集注》:"感发志意。"是指修身而言,与"兴于《诗》"之说相一致。引譬连类,就是以诗中所说的事与实际生活中的事相联系比照,从而获得启发。观,《集解》引郑玄曰:"观风俗之盛衰。"朱熹曰:"考见得失。"观与春秋时以《诗》观志、观风相一致。群,《集解》引孔安国注:"群居相切磋。"朱熹注:"和而不流。"是说《诗》能帮助人们互相切磋砥砺,提高修养,能使人们关系和谐。怨,是说《诗》可用来表达怨情。《集解》引孔安国注:"怨刺上政。"强调了《诗》批评政治,表达下情的作用。学《诗》既有助于人们事父事君,具有政治功用,还可以让人多识于鸟兽草木之名,增长知识。在孔子以前,人们已经大致上认识到诗歌的美刺、言志和观风俗、知民情的作用,但讲得比较零碎而不全面。孔子的兴观群怨说,把前人的意见进行概括,对后世的诗论很有影响。

孔子还曾评论《诗经》说:"《诗》三百,一言以蔽之,曰:思无邪。"(《为政》)意谓总而言之,学习《诗》三百篇,是要使人归之于正。这话也成为后世一些论者主张诗歌发挥教化作用的理论依据。

在孔子的时代,诗与音乐是密切结合着的。这里附带叙述孔子论乐的一些言论。

孔子论诗乐很重视中和之美。他说:"《关雎》乐而不淫,哀而不伤。"(《八佾》)是说《关雎》这首诗和所配的乐曲表达快乐和哀愁的情绪都不过分。孔子又说:"放郑声,远佞人。郑声淫,佞人殆。"(《卫灵公》)还说:"恶郑声之乱雅乐也,恶利口之覆邦家者。"(《阳货》)雅乐是平正中和的音乐,郑声则指与中和背道而驰的俗乐。"淫"是过分的意思,意谓郑声的旋律、节奏不合法度。孔子对此种俗乐深恶痛绝,把废弃郑声与远离佞人相提并论,提到治国安邦的高度。这表现出他保守的音乐观点,也可见出他很重视文艺与政治的关系。此种意见,对后世也有深远的影响。

文艺作品要产生良好的作用,必须重视内容和形式。孔子论诗乐,对内容、形式都很注意。《论语·八佾》说:"子谓《韶》,尽美矣,又尽善也。谓《武》,尽美矣,未尽善也。"朱熹注说:"《韶》,舜乐。《武》,武王乐。美者,声容之盛。善者,美之实也。"美是从艺术形式说的,善则是指艺术作品的内容而言。孔子把美和善结合起来评价艺术作品,这一点很值得重视。

论言辞

春秋时代,在政治、外交等活动中,言辞显示出重要的作用。就个人而言,善于言辞是具有文化修养的表现。孔子非常重视言辞。《左传·襄公二十五年》云:

> 郑子产献捷于晋,戎服将事。晋人问陈之罪。对曰:……士庄伯不能诘。复于赵文子。文子曰:其辞顺,犯顺不祥。乃受之。……仲尼曰:志有之:言以足志,文以足言。不言,谁知其志? 言之无文,行而不远。晋为伯,郑入陈,非文辞不为功,慎辞哉!

子产以一番顺理成章的言辞成功地回答了晋国的责问,孔子由此而强调言辞表达的重要。《论语·宪问》说:

> 子曰:"为命,裨谌草创之,世叔讨论之,行人子羽修饰之,东里子产润色之。"

也是称赞郑国子产等人在写作盟会聘问的辞命时,十分慎重,反复讨论增删,并使有文采,以获得良好的效果。

孔子教育学生时也重视言辞的表达。他曾评述学生的专长,有德行、言语、政事、文学四科。(见《论语·先进》)文学指熟悉典籍、制度等,言语则指善于言辞。据《礼记·表记》记载,孔子曾讲过"情欲信,辞欲巧"的话。'辞欲巧'也是说要重视言辞表达的效果。但若没有忠信之情作为前提,那就是不诚实的巧言佞语,那是孔子所反对的,所以他又说:"巧言令色,鲜矣仁。"(《论语·学而》)孔子还说:"君子耻其言而过其行。"(《论语·宪问》)又说:"有德者必有言,有言者不必有德。"(同上)表明他反对言行不符、有言无德。孔子固然重视文化修养,包括语言方面的修养,但尤其重视德行,他是将德放在文之上的。

孔子认为言辞表达应恰到好处,既要文饰,又不可过分。《论语·卫灵公》:"子曰:'辞,达而已矣。'"何晏《集解》引孔安国曰:"凡事莫过于实,辞达则足矣,不烦文艳之辞。"言辞过分华丽其内容就会被淹没。在这方面,所谓"文质彬彬"的说法,对后世的文学批评,曾经产生良好而深远的影响。《论语·雍也》:"子曰:'质胜文则野,文胜质则史。文质彬彬,然后君子。'"史指主持祭祀卜筮、诵读祭祷之辞的官,他们往往熟谙礼仪节文而并不知其意。孔子这里是论君子的文化修养、举止态度,不仅仅指言辞,但也包括言辞。

其意谓若过于质朴,则显得粗鄙,若过分注重文饰,则给人浮夸不实的感觉;君子应该质文兼备,两者配合得恰到好处。就文辞而言,便是应该有文采、注意修饰,但又不能过分。

《易传》

《易》有所谓"十翼",即《彖》上下、《象》上下、《文言》、《系辞》上下、《说卦》、《序卦》和《杂卦》。它们是对《易经》的解释阐发,总称"易传"。汉唐学者均以为是孔子所作,宋以来始有人表示怀疑。现代学者多认为孔子作之说不足信,推测其产生年代当晚于孔子,大都在春秋战国间,且并非一人所作。《系辞》、《文言》中多引孔子之语,是保存其遗说,还是出于依托,亦难以确认。但不论如何,在长期的封建社会中,《易传》与《易经》合称《周易》,是儒家六经之一,被当作孔子学说尊奉,影响很大,亦及于文学批评家的言论。现在姑且放在这里加以介绍。

《易传》中有一些地方论及言辞,常被后人所引用和阐发。

《易传》非常重视言辞的作用及其社会影响:

> 子曰:"君子居其室,出其言善,则千里之外应之,况其迩者乎!居其室,出其言不善,则千里之外违之,况其迩者乎!言出乎身,加乎民;行发乎迩,见乎远。言行,君子之枢机;枢机之发,荣辱之主也。言行,君子之所以动天地也,可不慎乎!"(《系辞上》)

这里所谓君子,指统治者而言。又《乾卦·文言》说:

> 子曰:"君子进德修业。忠信,所以进德也;修辞立其诚,所以居业也。"

李鼎祚《周易集解》引翟玄曰:"修其教令,立其诚信,民敬而从之。"孔颖达《正义》曰:"辞谓文教,诚谓诚实也。外则修理文教,内则立其诚实,内外相成,则有功业可居。"他们都将"辞"理解为指政令教化;认为《文言》之意,是说统治者为了建立功业,必须慎重对待其言论、教令,必须取信于民。后人或将"辞"引申为指一般的言辞、文章,并且强调为文以诚为本,文辞是"立诚"的手段。如宋人程颢说:"修辞立其诚,不可不子细理会。言能修省言辞,便是要立诚;若只是修饰言辞为心,只是为伪也。修其言辞,正为立己之诚意。"(《周易折中》引)

《易传》认为言辞是人们内心活动、品德性格的体现。《系辞下》说:

> 将叛者其辞惭,中心疑者其辞枝,吉人之辞寡,躁人之辞多,诬善之人其辞游,失其守者其辞屈。

人们不同的心理状态、精神面貌,反映到言辞上,便形成各不相同的特色,所谓惭(一说当读为渐,渐,诈也)、枝(分歧、散乱)、寡、多、游(虚浮)、屈(屈挠不直)等等。后世文学批评认为作者的气质等主观因素不同,其作品风貌也就相应地不一样,《系辞下》这段话可说已有类似的意思。这是一个方面。另一方面,《易传》认为可以从文辞窥测说话者的精神、心态以至推测其遭逢、时代。《系辞下》说:

> 《易》之兴也,其当殷之末世、周之盛德邪? 当文王与纣之事邪? 是故其辞危。

这与春秋时人们由诗、乐以观风俗、政治,与孔子《诗》"可以观"的见解,也是相通的。

《易传》还讨论了言与意的关系。《系辞上》说:

> 子曰:"书不尽言。言不尽意。"然则圣人之意其不可见乎? 子曰:"圣人立象以尽意,设卦以尽情伪,系辞焉以尽其言。……"

认为有的精深微妙的意思是难以用一般的语言表达的,但通过设立卦象、再在卦下加以文辞说明的方法,便可委曲详尽地予以表达。这一观点曾引起魏晋玄学家很大的兴趣,语言能否尽意,如何才能尽意,成为他们反复讨论的题目。于是也影响及于文学批评。比如陆机《文赋》就叹惋"恒患意不称物,文不逮意"。刘勰《文心雕龙·隐秀》则以爻卦的变化比喻"隐",即意在言外的艺术手法。

《系辞上》这段话中的"象"是指卦象,并非艺术形象。但后世也有人借以指艺术形象。如挚虞《文章流别论》说赋这种文学样式"假象尽辞,敷陈其志",便有借助艺术形象以表达情志的意思。"假象尽辞"的说法,当受"立象以尽意"、"系辞焉以尽其言"的影响。刘勰《文心雕龙·神思》说,"独照之匠,窥意象而运斤",更铸成了"意象"之语,为后世所常用。

关于立象尽意的方法,《系辞下》还曾加以具体的说明:"其称名也小,其取类也大;其旨远,其辞文。"意谓《易经》中的卦、爻辞(解说卦、爻的话)所说的往往是小而近的事物,但却寓有弘大而深远的意义。后世文学批评常以此来指说作品的表现手法。这其实是一种象征、寄托的手法。此种手法与

19

汉儒解释《诗经》时标举的"兴"是相通的,因此《史记·屈原列传》论《离骚》,说"其称文小而其指极大,举类迩而见义远",其语显然受《系辞》的影响;而同样的手法,王逸则说是"依《诗》取兴,引类譬谕"(《离骚经序》)。《易》与《诗》的此种相通之处,清人章学诚曾明白地指出:"《易》象……与《诗》之比兴,尤为表里。"(《文史通义内篇·易教下》)由于《周易》和《诗经》对历代文人的思维方法具有深刻影响,因此后世文学批评中常见从艺术形象中求索微言大义的做法。其中有正确的理解,但忽视文学艺术的特点而牵强比附者也并不少见。

除了直接论及言辞者外,《易传》所体现的哲学观点对后世文学批评也颇有影响。

例如关于阴阳刚柔的思想,是《易传》的重要内容。《易传》解释卦爻,以阳爻(一)为刚,阴爻(－－)为柔,说:"刚柔相推,变在其中矣。""刚柔者,立本者也。"(《系辞下》)又说:"一阴一阳之谓道。"(《系辞上》)用阴阳刚柔解释宇宙万物及其相互关系和种种变化。这种矛盾对立统一的思想深刻影响了后世文人的思想方法,亦体现于文学批评。如《文心雕龙·体性》便说作者之"气有刚柔",因而作品风格也有刚柔:"风趣刚柔,宁或改其气?"清人姚鼐《复鲁絜非书》更大畅厥旨。

又如关于"通变",也是《易传》中具有根本性的思想观点。《系辞上》引孔子之言曰:"知变化之道者,其知神之所为乎?"又曰:"变而通之以尽利。"《系辞下》也说:"《易》,穷则变,变则通,通则久。"后世文学批评以此为依据,论证文学创作必须有所变化创新,才能发展而不滞。《文心雕龙》专设《通变》一篇,论写作中创新的重要性和如何掌握求新求变的原则。

再如《易传》中所阐发的天人合一思想,也对后世文论颇有影响。《贲·彖辞》说:"观乎天文,以察时变;观乎人文,以化成天下。"后世文论常以此论证"人文"(包括文章著述)与天地之"文"并列而且一致,借以抬高文学创作的地位。《系辞上》说:"河出图,洛出书,圣人则之。"《系辞下》说伏羲取象天地及诸种事物而作易卦。《文心雕龙·原道》即以伏羲作易卦为"人文"之始,又据以说明"人文"是道的体现,而这种体现是经由圣人而实现的,刘勰由此而构筑其原道、征圣、宗经的理论框架。《系辞下》又说,上古结绳而治,后世圣人取象于《易》的夬卦而创造了书契,于是"百官以治,万民以察"。书契即文书契约等。萧统《文选序》便引此说,以论证文籍之源远流长和地位重要。

《周易》本属儒家经典;魏晋玄学兴起,又与《老子》、《庄子》并列为"三玄"。因此,《周易》对后世文人思想的影响是非常深远的。其中许多议论和范畴,成为文学批评家吸取思想资料的渊薮。

第三节　孟　　子

孟子(约前 372—前 289),名轲,战国邹(今山东邹县东南)人。孟子是战国时代儒家学派的重要思想家,曾游历诸侯,不被任用,遂退而著书。他的学说,包括有关文学批评的意见,对后来也很有影响。

以意逆志说

孟子与文学有关的主张主要是"以意逆志"说和"知人论世"说。关于"以意逆志",他说:

> ……咸丘蒙曰:"舜之不臣尧,则吾既得闻命矣。《诗》云:'普天之下,莫非王土;率土之滨,莫非王臣。'(按:语见《小雅·北山》)而舜既为天子矣,敢问瞽瞍之非臣如何?"曰:"是诗也,非是之谓也。劳于王事,而不得养父母也。曰:此莫非王事,我独贤劳也。故说诗者,不以文害辞,不以辞害志,以意逆志,是为得之。如以辞而已矣,《云汉》之诗曰:'周余黎民,靡有孑遗。'信斯言也,是周无遗民也。"(《孟子·万章上》)

文是文字,辞是言辞,志是作诗者的思想。孟子要求说诗者不要拘泥于个别字句的表面意义,而应当根据全篇去分析作品的内容,去体会作者的意图,这样才能得到正确的理解。孟子这段话,对如何理解诗歌的内容,提出了较好的见解。如"周余黎民,靡有孑遗"这类话,是文学描写的夸张手法.孟子要求读者不要对这类语句从表面上作机械的理解,这是认识到了文学作品的修辞特点的。孟子虽然还没有提出夸饰这类名词,并在理论上作比较具体的论述,但可以说,他在我国文学批评史上,已经接触到文学的夸张问题。

知人论世说

关于"知人论世",孟子说:

> 孟子谓万章曰:"一乡之善士,斯友一乡之善士;一国之善士,斯友

一国之善士；天下之善士，斯友天下之善士。以友天下之善士为未足，又尚论古之人。颂（通诵）其诗，读其书，不知其人可乎？是以论其世也，是尚友也。"（《孟子·万章下》）

要比较正确理解作品的内容，除"以意逆志"以外，还必须对作者的生平思想及其所处时代有一定的认识，结合这些方面来对作品进行考察，这是比较好的方法。孟子和公孙丑关于《小弁》、《凯风》两诗的讨论，就运用了这种方法。

公孙丑问曰："高子曰：'《小弁》，小人之诗也。'"孟子曰："何以言之？"曰："怨。"曰："固哉，高叟之为诗也！有人于此，越人关弓而射之，则己谈笑而道之；无他，疏之也。其兄关弓而射之，则己垂涕泣而道之；无他，戚之也。《小弁》之怨，亲亲也。亲亲，仁也。固矣夫，高叟之为诗也！"曰："《凯风》何以不怨？"曰："《凯风》，亲之过小者也；《小弁》，亲之过大者也。亲之过大而不怨，是愈疏也；亲之过小而怨，是不可矶也。愈疏，不孝也；不可矶，亦不孝也。孔子曰：'舜其至孝矣，五十而慕。'"（《孟子·告子下》）

孟子认为，《小弁》、《凯风》两诗都因尊亲有过错而作。但《小弁》由于父亲的过错大，所以表现出抱怨的情感；《凯风》由于母亲的过错小，所以诗中并无抱怨的话。高子因《小弁》怨亲便斥为"小人之诗"，公孙丑又简单地以《凯风》与《小弁》并提，都是机械的看法。孟子的话，表明他理解作品时是结合着作者的遭逢、境遇，结合着作品的背景加以考虑的。这种理解、分析作品的方法，对后世文学批评有十分深远的影响。

孟子的"以意逆志"和"知人论世"说，在理论上是可取的，但从《孟子》全书看，他在解释某些具体作品时，仍不乏牵强附会、断章取义之处。同时，知人论世的方法，若运用得合理，确有助于对作品的理解；但若勉强、生硬地与时代背景相牵合，便会流于穿凿。那样的情况，在文学批评史上是并不少见的。

知言养气说

孟子的"知言"和"养气"说，虽然并不是谈论文学，但得到后世论文者的重视，常被运用作为他们的理论根据。其说云：

（公孙丑）曰："敢问夫子恶乎长？"曰："我知言，我善养吾浩然之气。""敢问何谓浩然之气？"曰："难言也。其为气也，至大至刚，以直养而无害,则塞于天地之间。其为气也,配义与道,无是馁也。是集义所生者,非义袭而取之也。行有不慊于心,则馁矣。……""何谓知言?"曰:"诐辞知其所蔽,淫辞知其所陷,邪辞知其所离,遁辞知其所穷。……"(《孟子·公孙丑上》)

孟子所谓养气是指人的一种道德修养工夫。所谓"浩然之气",用今天的眼光看来,其实就是一种昂扬的精神状态,一种因相信自己的言行合乎正义而产生的坚强的自信。它需要"配义与道",艰苦努力,才能够获得。它表现出孟子关于人格修养的理想境界。孟子所谓知言是指辨别言辞的能力。他能判断诐、淫、邪、遁四种不正当言辞的错误实质所在。孟子虽然并没有说明养气与知言两者间的关系,但我们可以体会到知言的能力是植根于养气。人们的道德修养、思想认识提高了,就自然会加强辨别言辞实质的能力。后世的文学批评正是从这样的角度来理解气与言、身心修养和文学的关系的。他们又把孟子的知言联系到立言,这样就为讨论"为人与作文"的关系问题,找到了理论根据。从后来韩愈的《答李翊书》、苏辙的《上枢密韩太尉书》,都可以看到孟子这一思想的影响。

第四节　荀子(附《礼记·乐记》)

荀子,名况,又称荀卿或孙卿,赵国人。他是战国末期的儒学大师,对于儒家经典的传授,有重要的贡献。法家代表人物韩非、李斯都曾是他的学生。

宗经、征圣、明道说的先声

与孟子主张人性本善相反,荀子认为人性本恶,通过后天的修养方能向善。也就是说,人生而有好利、憎恨之心和各种情欲;若放纵而不加治理,便会发生争夺、残贼、淫乱种种恶行。因此,必须加以修治、引导。由此出发,荀子非常强调学习的重要,认为人之所以能成为君子、圣人,都是因为自觉地学习、积聚礼义的缘故。而他为学习进修所开列的书目,首先便是记载圣人之道的各种经典:

学恶乎始?恶乎终?曰:其数则始乎诵经,终乎读《礼》;其义则始

23

乎为士，终乎为圣人。真积力久则入，学至乎没而后止也。……故《书》者，政事之纪也；《诗》者，中声之所止也；《礼》者，法之大分、类之纲纪也。故学至乎《礼》而止矣。夫是之谓道德之极。《礼》之敬文也，《乐》之中和也，《诗》《书》之博也，《春秋》之微也，在天地之间者毕矣。（《荀子·劝学》）

圣人也者，道之管也。天下之道管是矣，百王之道一是矣，故《诗》、《书》、《礼》、《乐》之道（"道"字据刘台拱校增）归是矣。《诗》言是其志也，《书》言是其事也，《礼》言是其行也，《乐》言是其和也，《春秋》言是其微也。……天下之道毕是矣。（《荀子·儒效》）

认为天下之道体现于圣人，而圣人的事迹、举动、情志等等又都见之于经典。《诗三百》的作者面颇广，所表现的内容、思想感情也丰富多样，而荀子说《诗》是圣人之志的体现，这大约是因为他是就圣人用《诗》、圣人借《诗》以言志的角度而言的，也可能因为他对诗意的理解与今人不同。对儒家圣人和经典作如此崇高的评价，在先秦时代首见于荀子。这可说是后世文学批评中宗经、征圣、明道等论调的先声。

关于言辞辩说的议论

战国时期，百家林立，各种思想、学说蜂起。孟子为宣扬自己的主张，已蒙好辩之名。荀子更力图对各种学派进行总结性的批判，以自己的学说统一论坛，因此扬言"君子必辩"，认为君子仁人一定是好辩的，辩说是学者的重要修养：

法先王，顺礼义，党（晓悟）学者，然而不好言，不乐言，则必非诚士也。……故君子必辩。凡人莫不好言其所善，而君子为甚。故赠人以言，重于金石珠玉；观人以言，美于黼黻文章；听人以言（杨倞注：使人听其言），乐于钟鼓琴瑟。故君子之于言无厌。鄙夫反是，好其实，不恤其文，是以终身不免埤污佣俗。故《易》曰"括囊，无咎无誉"，腐儒之谓也。（《荀子·非相》）

当然，荀子认为君子之辩必须合乎礼义。对于他所认为的"不合先王，不顺礼义"的邪说，斥之为"奸言"，"虽辩，君子不听"（《荀子·非相》）。他说："是以小人辩言险，而君子辩言仁也。言而非仁之中也，则其言不若其默也，其辩不若其呐（讷）也。"（同上）又攻击惠施、邓析的学说："不法先王，不是礼义，而好治怪说，玩琦辞，甚察而不惠，辩而无用，多事而寡功，不可以为治纲纪。"(《荀子·非十二子》)荀子的重视辩说,体现了儒家的政治思想和道德原则。他说:"今圣王没,天下乱,奸言起,君子无势以临之,无刑以禁之,故辩说也。"(《荀子·正名》)其卫道色彩非常鲜明。

荀子既重视辩说,于是也注重辩说之术。他说:

> 谈说之术:矜庄以莅之,端诚以处之,坚强以持之,譬称以喻之,分
> 别以明之(二句据王念孙说校改),欣欢芬芗以送之,宝之珍之,贵之神
> 之。如是则说常无不受。(《荀子·非相》)

谈说时必须以严肃诚实的态度对待之,要坚持自己的观点,又加以譬喻、分析,和美愉悦地加以表述。《荀子》中有《正名》篇,论语词的运用与辩说的关系,强调制定和运用语词表达概念必须确切而且统一,不然就会名实淆乱,是非纷争,扰乱人们的思想。这里具有语言规范化的思想。又说积累语词发为言辞,是为了表述心态和事理,与人沟通;足以相通便可,不应故意炫耀其辞。这便与孔子"辞达而已矣"的说法相通,要求以表达的内容为根本,反对徒事华辞。荀子的这些意见,与他企图统一思想、排斥异说有关,而在文学批评史上也有一定的意义。

《乐论》

《荀子》书中有《乐论》一篇,批判墨子的"非乐"思想,认为为了巩固统治阶级的政权,必须重视礼乐的社会作用。荀子认为,人的情感、欲望属于自然本性,不能抹杀,只能加以引导和节制,使其有利于统治者而不至于放纵、发生争乱。礼和乐的作用即在于此。《乐论》一开始说:

> 夫乐者,乐也,人情之所必不免也。故人不能无乐,乐则必发于声
> 音,形于动静。而人之道,声音动静,性术之变尽是矣。故人不能不乐,
> 乐则不能无形。形而不为道,则不能无乱。先王恶其乱也,故制《雅》、
> 《颂》之声以道之,使其声足以乐而不流;使其文足以辨而不谒;使其曲
> 直、繁省、廉肉、节奏,足以感动人之善心,使夫邪污之气无由得接焉。
> 是先王立乐之方也。

指出乐的产生是由于人们情感上的需要,而先王即因势利导,制乐以感化人心。

《乐论》指出:之所以在礼法之外,还必须以乐为辅,是因为乐具有和礼不同的、特殊的作用,所谓"乐合同,礼别异",礼的作用在于严肃等级,乐则能使不同等级的人之间关系和谐融洽:

25

> 故乐在宗庙之中,君臣上下同听之,则莫不和敬;闺门之内,父子兄弟同听之,则莫不和亲;乡里族长之中,长少同听之,则莫不和顺。

此外,"夫声乐之入人也深,其化人也速",乐作用于人的情感、打动人心的作用特别深入、迅速。因此,若很好地利用乐,则"可以善民心,其感人深,其移风易俗(王先谦云当作'其移风俗易')"。孟子已说过"仁言不如仁声之入人深也"(《孟子·尽心上》),荀子则尤为强调利用乐的这一特点进行教化。

《乐论》还指出,不同的乐,会激起不同的心理反应:

> 故齐衰之服,哭泣之声,使人之心悲;带甲婴轴(同胄),歌于行伍,使人之心伤;姚冶之容,郑卫之音,使人之心淫;绅端章甫,舞《韶》歌《武》,使人之心庄。

而不同的心理反应,会造成不同的社会效果。因此圣人、君子非常慎重地对待乐,要以中正平和的乐感化人,而排斥"姚冶以险"的"邪音"(指美丽但不平和、使人心流荡的俗乐):

> 凡奸声感人而逆气应之,逆气成象而乱生焉;正声感人而顺气应之,顺气成象而治生焉。唱和有应,善恶相象,故君子慎其所去就也。
>
> 乐中平则民和而不流,乐肃庄则民齐而不乱。民和齐则兵劲城固,敌国不敢婴也。如是,则百姓莫不安其处,乐其乡,以至足其上矣。……是王者之始也。乐姚冶以险,则民流僈鄙贱矣。流僈则乱,鄙贱则争。乱争则兵弱城犯,敌国危之。如是,则百姓不安其处,不乐其乡,不足其上矣。故礼乐废而邪音起者,危削侮辱之本也。

在《乐论》的最后一段,还说到从声乐中可以看出时代、社会的面貌:

> 乱世之征:其服组,其容妇,其俗淫,其志利,其行杂,其声乐险,其文章(指器物、织品等的纹饰)匿(通慝,邪也)而采,其养生无度,其送死瘠墨,贱礼义而贵勇力,贫则为盗,富则为贼。治世反是也。

将奇邪不雅正的声乐视为乱世风俗败坏的表现之一,也反映了荀子对于乐与社会、时代关系的理解。由乐以观世,这种意见,与《左传》所记载的季札观周乐的认识相通。

荀子论乐,充分重视乐的社会作用,强调利用中正平和的雅正之乐教化人民,辅助政治。其理论继承了前人特别是孔子的主张,并且发展得更细致深入,对后代的音乐和诗歌理论都产生了颇大的影响。

《礼记·乐记》的诗乐理论

《礼记·乐记》与《荀子·乐论》一样,也是专门的音乐理论著作,其论述比较全面。古代音乐与诗歌结合紧密,《乐记》的理论也间接反映出对于诗歌的意见,对诗歌理论的发展有一定的影响。

今本《礼记·乐记》分为《乐本》、《乐论》、《乐礼》、《乐施》、《乐言》、《乐象》、《乐情》、《魏文侯》、《宾牟贾》、《乐化》、《师乙》十一篇。《礼记》虽汇编成书于汉代,但其中多有先秦儒家的言论。据南朝沈约说,《乐记》系取孔子后学公孙尼子之说。公孙尼子的著述今已亡佚,沈约之说难以详考。而《荀子·乐论》中的不少文字见之于《礼记·乐记》之中。《礼记·乐记》中的内容与《荀子·乐论》的关系如何,孰先孰后,学术界尚有不同意见,我们暂把它附在《荀子》这一节后面来谈。

《礼记·乐记》对于乐的教育感染作用等问题的意见,尊崇雅乐、反对郑卫之声的态度等等,与《荀子·乐论》大体一致,而且有些问题发挥得更加细致。这些基本上同于《荀子》的论点,不再详细介绍,下面主要谈《礼记·乐记》中一些为《荀子·乐论》所没有讨论到的问题。

《礼记·乐记》曾说到古代诗、音乐、舞三位一体的实际情况。

> 诗,言其志也;歌,咏其声也;舞,动其容也。三者本于心,然后乐气从之。(《乐象》)
>
> 故歌之为言也,长言之也。说(即"悦")之故言之;言之不足,故长言之;长言之不足,故嗟叹之;嗟叹之不足,故不知手之舞之,足之蹈之也。(《师乙》)

正由于诗与音乐关系密切,因此先秦音乐理论中的一些内容,便被移用到诗论之中。《乐记》中一些重要的言论,就也见之于《毛诗大序》。

其次,《礼记·乐记》提出了物感说,这是它在音乐理论上的一个重大贡献,对于诗歌理论有重要影响。《乐本》篇说:

> 凡音之起,由人心生也。人心之动,物使之然也。感于物而动,故形于声;声相应,故生变;变成方,谓之音。
>
> 乐者,音之所由生也。其本在人心之感于物也。

这比起《荀子·乐论》所说乐是"人情之所必不免也。故人不能无乐,乐则必发于声音,形于动静"来,更进了一层。它不仅仅把音乐看成是抒发内心感

情的必然产物,而且特别强调了外界之物对于情感的感发作用。《乐本》篇又说:

> 是故其哀心感者,其声噍以杀;其乐心感者,其声啴以缓;其喜心感者,其声发以散;其怒心感者,其声粗以厉;其敬心感者,其声直以廉;其爱心感者,其声和以柔。六者非性也,感于物而后动。

人们具有什么样的情感,就会产生什么样的声音;而人们的情感又不是凭空产生的,它取决于人们在现实生活中的种种感受。《荀子·乐论》说明了不同的乐会激发不同的情感,《乐记》这里则着重说明了不同的情感形成不同的音乐特色。

再次,《礼记·乐记》也十分强调乐与社会、政治的关系。它认为既然乐是人心为外界事物感动而产生的,那么社会的治乱、国家的兴亡必然在音乐作品中反映出来:

> 凡音者,生人心者也。情动于中,故形于声;声成文,谓之音。是故治世之音安以乐,其政和;乱世之音怨以怒,其政乖;亡国之音哀以思,其民困。声音之道与政通矣。(《乐本》)

> 郑卫之音,乱世之音也,比于慢矣;桑间濮上之音,亡国之音也,其政散,其民流,诬上行私而不可止也。(《乐本》)

《荀子·乐论》已曾讲到乱世"其声乐险","治世反是";《礼记·乐记》不仅讲得更为细致,而且讲到音乐之所以能反映"治"、"乱"是由于在不同的社会政治条件下人们的情感不同的缘故。所谓"审乐以知政"(《乐本》),从这里得到了理论的根据。总之,《荀子·乐论》强调的是乐对于社会、政治的作用,《礼记·乐记》则在此之外还较多地谈到政治在乐中的反映问题。

此外,《礼记·乐记》还指出:因为音乐是作者思想感情的真实表现,是内在之"德"发露于外的光华,所以内心丑恶的人决不能创造美好的作品,不可能弄虚作伪:

> 是故情深而文明,气盛而化神,和顺积中而英华发外。唯乐不可以为伪。(《乐象》)

强调思想感情的真实、作品与作者的内外一致,这也是对后世颇有影响的意见。

第五节　老子、庄子

　　老子和庄子是先秦道家的代表人物。老子(生卒年不详)姓李,名耳,字聃;一说名重耳,字伯阳。楚国苦县(今河南鹿邑东)人。曾为周守藏史。相传孔子曾向他问过礼。《史记·老庄申韩列传》说他"著书上下篇,言道德之意五千余言"。但现代学者中也有人认为今传《老子》是其弟子、后学所编录,甚至怀疑其书为后世所依托。庄子(约前369—前286),与孟子同时而略后。姓庄,名周,宋国蒙(今河南商丘东北)人,曾为漆园吏。《史记》说他"著书十余万言,大抵率寓言也"。今本《庄子》三十三篇,有人认为其中一部分为自作,一部分则出于其后学之手。《老子》、《庄子》均为道家学派重要典籍,对后世文人思想影响极大。

　　老子和庄子都强调"自然",提倡清静无为。其社会思想都有要求回归上古简质淳朴时代的倾向。他们对于文采、音乐、言辞、辩说,都持否定的态度。《老子》说:"五色令人目盲,五音令人耳聋。"(十二章)又说:"信言不美,美言不信。善者不辩,辩者不善。"(八十一章)《庄子》也说:"且夫失性有五:一曰五色乱目,使目不明;二曰五声乱耳,使耳不聪。"(《天地》)"是故骈于明者,乱五色,淫文章,青黄黼黻之煌煌非乎?而离朱是已。多于聪者,乱五声,淫六律,金石丝竹黄钟大吕之声非乎?而师旷是已。"(《骈拇》)又说:"今富人,耳营钟鼓管籥之声,口嗛于刍豢醪醴之味,以感其意,遗忘其业,可谓乱矣。"(《盗跖》)认为美丽的彩色、悦耳的音乐是多余之物,于人性有害。

　　虽然《老子》、《庄子》持有反对、贬斥文艺的态度,但是这两部典籍却对后世的文艺思想(包括文学理论批评)颇有影响。

追求精神自由的生活态度

　　首先,《老子》、《庄子》书中所体现的哲学观点、生活态度深刻影响了后世文人。老、庄都主张自然的生活态度。《庄子》书中特别体现出要求摆脱束缚、追求精神自由的生活理想。例如《让王》篇说:"逍遥于天地之间而心意自得。"《列御寇》说:"泛若不系之舟,虚而遨游者也。"《秋水》篇以龟为喻,说宁愿"生而曳尾于涂中",不愿"死为留骨而贵",意谓宁愿过卑贱贫穷的生活而保有自由,也不愿富贵而为统治者所利用、所束缚。这样一种生活理想和情趣,在一定的场合,对后世文人有很强的吸引力。因此在历代的文学创作中常常可以看到体现此种思想倾向的作品,从而在文学批评和理论中也有所反映。

例如魏晋南北朝时期,士人酷嗜《老》、《庄》,尽管他们的地位、遭际有所不同,但都把超脱世俗的牵累视为高远的情致。因此,南朝范晔便因自己的作品"少于事外远致"而感到遗憾(见其《狱中与诸甥侄书》);钟嵘《诗品》评阮籍、嵇康时特别称道他们"情寄八荒之表","使人忘其鄙近,自致远大","托谕清远"。而萧统更多引《庄子》中的语词,盛赞陶潜的隐居不仕,"与道污隆",认为读陶潜诗文,便足以去除奔竞鄙吝之意,不必再"傍游泰华,远求柱史(老子)",意谓陶氏作品很好地体现了老庄的精神(见萧统《陶渊明集序》)。凡此都可说是老庄的生活态度在作家作品评论中的反映。

《老子》、《庄子》书中都体现出追求真淳人格、反对虚伪矫饰的精神。《老子》以"婴儿"、"赤子"比喻保持自然纯朴本质的得道之人。《庄子》屡屡强调"真"。《刻意》云:"能体纯素,谓之真人。"《渔父》云:

> 真者,精诚之至也,不精不诚,不能动人。故强哭者虽悲不哀,强怒者虽严不威,强亲者虽笑不和。真悲无声而哀,真怒未发而威,真亲未笑而和。真在内者,神动于外,是所以贵真也。……礼者,世俗之所为也;真者,所以受于天也,自然不可易也。故圣人法天贵真,不拘于俗。愚者反此,不能法天而恤于人,不知贵真,禄禄而受变于俗,故不足。

这里在崇尚真淳时还把礼俗视为真的对立面予以批判。《老子》也曾说:"夫礼者,忠信之薄而乱之首。"(三十八章)这种崇尚自然真诚、反对礼俗的精神,也曾获得一些知识分子的共鸣,从而反映在文学批评之中。如明代晚期,在资本主义经济萌芽和当时哲学思潮的影响下,不少文人表现出一定的要求挣脱礼教束缚、张扬个性、自由发露内心世界的倾向。他们推崇民间歌谣,誉为"真诗",称民歌"犹是无闻无识真人所作,故多真声"(袁宏道《叙小修诗》);认为不受"闻见道理"所障的"童心自出之言",才是"天下之至文"(李贽《童心说》);认为自由发抒情性,便合乎自然,情性便是自然。(见李贽《读律肤说》)从这样的文学思潮中,也可以见出老庄思想的影响。

《老》、《庄》书中,都表现出对于人生忧患的悲哀之情。《老子》说:"吾所以有大患者,为吾有身。及吾无身,吾有何患?"(十三章)《庄子·齐物论》说:"一受其成形,不亡以待尽。与物相刃相靡,其行尽如驰,而莫之能止,不亦悲乎！终身役役而不见其成功，苶然疲役而不知其所归，可不哀邪！……其形化，其心与之然，可不谓大哀乎！"《大宗师》说："夫大块载我以形，劳我以生，佚我以老，息我以死。"这些话都使人感到生之悲哀。《老》、《庄》又主张寡欲、去欲，把多欲视为带来忧患的原因。《老子》说："见素抱朴，少私寡欲。"（十九章）"祸莫大于不知足，咎莫大于欲得"（四十六章）；《庄子》也说："同乎无欲，是谓素朴，素朴而民性得矣。"（《马蹄》）"无欲而天下足。"（《天地》）认为欲"累德"（《庚桑楚》）。《庄子·至乐》还说，天下人无不追求富贵寿考名誉，以厚味美服好色音声为乐，若这些欲望得不到满足，"则大忧以惧"，那是非常愚蠢的；只有无为即无所追求，才是真正的快乐，所谓"至乐无乐"。这其实就是说应摒除欲望，以超脱现实生活中的种种矛盾，求得精神的安宁自由。此种人生哲学对后世文人的影响也很大。反映于文学理论，如王国维《红楼梦评论》认为文学艺术的作用，在于使人暂时"忘物与我之关系而观物"，即以一种忘却世间利害、矛盾的超功利态度观物，从而暂时忘却人生的欲望和痛苦，获得快乐。此种观点，固然是深受德国哲学家叔本华的影响，但显然也有老庄的影响在。《红楼梦评论》中所谓"人之大患，在我有身"，"大块载我以形，劳我以生"，"形如槁木而心如死灰"，"游于广漠之野、无何有之乡以自适其适"等等，便都是《老》、《庄》的话头。

崇尚自然无为

崇尚自然、无为，是《老》、《庄》书中根本性的观点。《老子》说：

> 人法地，地法天，天法道，道法自然。（二十五章）
> 道常无为而无不为。（三十七章）

《老子》认为道产生万物，支配万物，是万物之始，也是万物存在、万物之所以如此的根据。这便是"无不为"。但是道本身既不可见、不可闻，它之创生、支配万物也无任何痕迹，可说是一种无意志、无目的的行为。这便是"无为"。无为也就是自然。三国魏哲学家王弼释"道常无为"云："顺自然也。"顺自然即顺从万物自己如此、本来如此的规律而不加干涉，这是道的根本性质。正因为因循万物之自然，所以才能做到"无不为"。道既如此，人亦应如此。《老子》较多政治色彩，它反复说明统治者治国治民应遵循自然无为的原则；《庄子》则更多地用这一原则论述其人生哲学，企图以自然无为之道达到精神绝对自由的境界。

在文学理论批评中，如刘勰《文心雕龙》便以"道"为文章的本源，而且书中屡次言及"自然"。但是在大多数情况下,刘勰所说"自然"只不过用其"本来如此"、"不知所以然而必然如此"的含意,并不是说作品应不加雕琢。如论诗歌的产生,说"感物吟志,莫非自然"(《明诗》);论作家的情性、个性,说那是"自然之恒资"(《体性》)。《丽辞》篇说:"造化赋形,支体必双。神理为用,事不孤立。夫心生文辞,运裁百虑,高下相须,自然成对。"更以造化、神理(相当于"道")为依据,论证运用对偶手法的必然性、合理性。这其实恰是注重文辞修饰的理论。南朝是极重文辞修饰的时代,刘勰自不能脱离时代风气。只有《隐秀》一篇论秀句,说是"自然会妙,譬卉木之耀英华",其"自然"才是说妙手偶得、浑然天成之美。同时代的钟嵘《诗品序》称赞"自然英旨"的诗句,其意与《文心雕龙·隐秀》相同。

　　经过了漫长的历史进程,随着文学创作实践的发展,人们的审美趣味不断提高,于是以不见雕琢造作痕迹为美的观点才逐渐普遍,人们评论诗文时便常借用道家的语言来表述此种审美观。如陆游《夜坐示桑甥十韵》:"大巧谢雕琢,至刚反摧藏。一技均道妙,佻心讵能当?"便借用了《老子》"大巧若拙"、《庄子》"(道)覆载天地、刻雕众形而不为巧"(《大宗师》)、"臣之所好者道也,进乎技矣"(《养生主》)等说法,意思是说理想的作品如"道"创造万物那样不见作为痕迹。"自然"一语,渐渐转化成为文学批评中的重要概念。至近人王国维《元剧之文章》说:"古今之大文学,无不以自然胜。"便是此种审美理想的高度集中的表述。

　　与要求作品自然不雕琢相关连,批评家常强调作者不应以有意造作的态度为文,而应在自然而然地受到感动的情况下,为强烈的创作欲望所驱使进行写作。如苏轼所说"有所不能自已而作","非能为之为工,乃不能不为之为工"(《江行唱和集序》)。按《庄子》在强调圣人无为时,曾说:"圣人……感而后应,迫而后动,不得已而后起。"(《刻意》)又说:"不得已之类,圣人之道。"(《庚桑楚》)苏轼所谓"不能不为",亦即不得已之意。《庄子·齐物论》有"天籁"的寓言:

　　　　子游曰:"地籁则众窍是已,人籁则比竹是已,敢问天籁。"子綦曰:"夫吹万不同,而使其自己也。咸其自取,怒者其谁耶?"

郭象注:"自己而然,则谓之天然。天然耳,非为也,故以天言之。以天言之,所以明其自然也。……莫适为天,谁主役物乎?"意谓风吹众窍,众窍便自己发出种种不同的声音,那是自然而然的,并没有谁加以操纵。后人评论诗文,经常运用"天籁"一语。如清人贺贻孙《陶邵陈三先生诗选序》说:"天籁之发,非风非窍;无意而感、自然而乌可已者,天也。诗人之天亦如是已矣。……任天而发,吹万不同,听其自取,而真诗存焉。得其趣者,其陶靖节先生乎!"这种无意为文、因受感动而自然发为文辞的状态,被认为是创作的最高境界。

意之所随不可言传,得意而忘言

《老》、《庄》书中作为万物之源、宇宙本体的道,是没有形象、没有声音、感觉不到也无法用语言加以分析说明的:

> 道可道,非常道;名可名,非常名。(《老子》一章)
>
> 道不可闻,闻而非也;道不可见,见而非也;道不可言,言而非也。知形形之不形乎? 道不当名。(《庄子·知北游》)

认为在表述道的方面,语言有很大的局限性,《庄子》于此尤多发挥:

> 可以言论者,物之粗也;可以意致者,物之精也;言之所不能论、意之所不能察致者,不期精粗焉。(《秋水》)

所谓"不期精粗"者,郭象注云"唯无而已",成玄英疏云"妙理也",其实就是指"道",它不但不能用语言表述,而且也难以用心意、思虑加以领会、把握。又《天道》说:

> 世之所贵道者,书也。书不过语。语有贵也;语之所贵者,意也。意有所随;意之所随者,不可以言传也。而世因贵言传书。世虽贵之,我犹不足贵也,为其贵非其贵也(郭象注:其贵恒在意言之表)。故视而可见者,形与色也;听而可闻者,名与声也。悲夫,世人以形色名声为足以得彼之情! 夫形色名声果不足以得彼之情,则知者不言,言者不知,而世岂识之哉!

真正可贵者是道,而道是不可闻见,也无法用语言表达的。《天道》篇接着述说了轮扁的故事。轮扁自称斫轮时"不徐不疾,得之于手而应于心,口不能言,有数存焉其间。臣不能以喻臣之子,臣之子亦不能受之于臣";可见,典籍所载只不过是"古人之糟魄",其精华是无法以语言文字传授的。这个故事是一个譬喻,其含义仍是要说明语言的局限性,说明道不可言传。斫轮之"数"尚且微妙而不可传,何况于道。

上引《秋水》、《天道》实际上将言、意和极微妙而不可传者列为三个层次。第三个层次中最为玄妙的便是"道"。《外物》又论及言与意的关系：

> 筌（捕鱼具）者所以在鱼，得鱼而忘筌；蹄（捕兔具）者所以在兔，得
> 兔而忘蹄；言者所以在意，得意而忘言。吾安得夫忘言之人而与之
> 言哉！

《庄子》的意思是说，言与意两者常常并不一致；虽然言是达意的工具，但若拘执于言，往往反而不能真正地领会其意；为了把握意，有时倒必须"忘言"，即不拘执于言。这也是关于语言局限性的一种观点。

魏晋玄学家对于言、意关系问题表现出很大的兴趣。他们用上述《庄子》关于语言局限性的思想去讨论、理解《周易·系辞》关于言、意、象关系的表述。《系辞》虽然也说"言不尽意"，但又说用立象系辞的方法便可以尽圣人之意。而魏时荀粲却说精意妙理是立象系辞也无法表达的，"象外之意、系表之言，固蕴而不出矣"。（《三国志·魏志·荀彧传注》引何劭《荀粲传》）王弼则说，虽然"尽意莫若象，尽象莫若言"，但为了真正领会其意，又必须不拘执于象和言；"得意在忘象，得象在忘言"（《周易略例·明象》）。

在文学理论批评领域内，大致说来，晋宋时期人们在讨论创作中的言意关系时，还只是叹惋言不能尽意。到了后来，由于创作和鉴赏能力的发展，人们逐渐认识到诗的特色、诗的美正在于能传达一种无法说尽却令人吟味不已的悠永意趣。如唐人刘禹锡《董氏武陵集纪》说，诗歌"义得而言丧，故微而难能；境生于象外，故精而寡和"。司空图《与极浦书》说："象外之象，景外之景，岂容易可谈哉？"宋人杨万里《颐庵诗稿序》说善诗者不仅"去词"，而且"去意"。他说："至于荼也，人病其苦也，然苦未既而不胜其甘。诗亦如是而已矣。"认为诗之美不在于文字，也不在于直接说出来的"意"，而在于难以表达的回味。元人刘将孙《如禅集序》说："今夫山川草木，风烟云月，皆有耳目所共知识。其入于吾语也，使人爽然而得其味于意外焉，悠然而悟其境于言外焉。"清人王士禛《香祖笔记》说："唐人五言绝句，往往入禅，有得意忘言之妙。"如此之类，其审美情趣从根本上说来自鉴赏和创作的实践，但在形成和表述此种审美观点时，是受到《庄子》和玄学家言论的影响的。

虚静、心斋、坐忘

《老子》十六章说："致虚极，守静笃。"认为观物、行事、体道，应该遵循虚静的原则。《庄子》也反复申说此义：

> 圣人之静也……万物无足以铙心者，故静也。水静则明烛须眉，平

中准,大匠取法焉。水静犹明,而况精神! 圣人之心静乎,天地之鉴也,万物之镜也。夫虚静恬淡寂漠无为者,天地之平而道德之至……万物之本也。(《天道》)

　　老聃曰:"汝斋戒,疏瀹而心,澡雪而精神,掊击而知。夫道,窅然难言哉! ……"(《知北游》)

认为心思虚静,精神清爽,不为外物所乱,不为心知所蔽,才能很好地认识外物,以至于领会、掌握"道"。庄子还把这种状况称之为心斋、坐忘:

　　回(颜回)曰:"敢问心斋。"仲尼曰:"一若志,无听之以耳而听之以心,无听之以心而听之以气。……气也者,虚而待物者也。唯道集虚。虚者,心斋也。"颜回曰:"回也未始得使,实自回也(郭象注:未始使心斋,故有其身);得使之也,未始有回也。可谓虚乎?"夫子曰:"尽矣! ……瞻彼阕者,虚室生白,吉祥止止。夫且不止,是之谓坐驰。夫徇耳目内通而外于心知,鬼神将来舍,而况人乎! ……"(《人间世》)

　　颜回曰:"堕肢体,黜聪明,离形去知,同于大通;此谓坐忘。"(《大宗师》)

主张要虚静到忘却一切、连自己的存在也忘却的程度。《齐物论》中说南郭子綦"荅焉似丧其耦",做到了"吾丧我",使自己形如槁木,心如死灰。那便是对心斋、坐忘的描述。按主张虚静,原非老庄所独有。先秦时宋、尹学派和荀子,都说为了认识事物,应做到虚一而静。《庄子》则将虚静夸张、强调到必须排除感觉和心智、忘怀物我的程度。

　　后世言及创作思维时,往往引用《庄子》语。如《文心雕龙·神思》:"是以陶钧文思,贵在虚静。疏瀹五脏,澡雪精神。"径用《知北游》语。苏轼《送参寥师》:"欲令诗语妙,无厌空且静。静故了群动,空故纳万境。"也与上引《天道》语相近。

　　为了说明体道者的境界,庄子讲述了不少关于技艺的寓言故事。他用这些故事,说明理想的人格,应该是充分保有其自然本性,不用智巧思虑,在主观精神上与天地万物为一,与物无忤,也就不受物累。例如《养生主》中庖丁自述其解牛技艺道:

　　臣之所好者道也,进乎技矣。始臣之解牛之时,所见无非牛者。三年之后,未尝见全牛也。方今之时,臣以神遇而不以目视,官知止而神欲行,依乎天理,批大郤,导大窾,因其固然;技经肯綮之未尝,而况大軱

> 乎！……彼节者有间，而刀刃者无厚；以无厚入有间，恢恢乎其于游刃必有余地矣。是以十九年而刀刃若新发于硎。

"官知止而神欲行"，"依乎天理"，"以无厚入有间"，是比喻无须感知，自然而然地游刃有余，出神入化，自然而然地与"道"相合，达到自由无碍的境地。《达生》中也有不少这样的寓言。如痀偻者捕蝉、梓庆削木为鐻、津人操舟若神等故事，都是比喻不受任何外物的牵累干扰，兼忘物我，达到"用志不分，乃凝于神"即精神完足、极端虚静的境界。《达生》还讲到孔子在吕梁见一丈夫蹈水如履平地，问他何以能如此，他答道：

> 吾始乎故，长乎性，成乎命。与齐俱入，与汩偕出，从水之道而不为私焉。此吾所以蹈之也。……吾生于陵而安于陵，故也；长于水而安于水，性也；不知吾所以然而然，命也。

所谓"不知吾所以然而然"，是说体道者所达到的是完全自然而然的自由境界。

后世谈论文艺的人往往从这些故事中得到启示，借用它们来表述艺术家构思时那种凝神专一、忘怀一切、以全身心投入、似与表现对象合而为一的精神状态。通过这样的构思，才能出神入化，似乎是不用智巧，却创造出完美的艺术形象。如苏轼《书晁补之所藏与可画竹》："与可画竹时，见竹不见人。岂独不见人，嗒然遗其身。其身与竹化，无穷出清新。庄周世无有，谁知此凝神？"就用了《齐物论》、《达生》篇中的思想和语言。汤显祖《宜黄县戏神清源师庙记》则借《庄子》语论演员的修养。唐宋以来画论中此类言论最多，而其理是与文学创作相通的。

浪漫风格的表述

《庄子·天下篇》有一段话论庄子的思想和文章风格，颇为生动：

> 芴漠无形，变化无常。死与生与，天地并与。神明往与！芒乎何之，忽乎何适？万物毕罗，莫足以归。古之道术有在于是者。庄周闻其风而悦之。以谬悠之说，荒唐之言，无端崖之辞，时恣纵而不傥，不以觭见之也。以天下为沈浊，不可与庄语。以卮言为曼衍，以重言为真，以寓言为广。独与天地精神往来而不敖倪于万物，不谴是非，以与世俗处。其书虽瑰玮而连犿无伤也，其辞虽参差而諔诡可观。彼其充实不可以已，上与造物者游，而下与外死生无终始者为友……

这里描绘了庄子那种超脱凡俗、泯灭事物的差别、忘怀生死、与天地合一、在精神上获得绝对自由却又和光同尘、与物无忤的思想境界。与此种思想相适应,其文章亦具有虚诞悠远、广大空廓、无拘无束、似乎不着边际的特色,不直说而多寄托,奇特不凡而大有可观。这可以视为我国文学批评史上最早的对于某种浪漫风格的表述。

第二章 汉代的文学批评

第一节 诗 大 序

汉代传授《诗经》的有鲁、齐、韩、毛四家,鲁、齐、韩三家诗后世亡佚,仅存毛诗(为毛公所传,故称毛诗)。毛诗于《诗经》各篇均有小序,简述诗的主题、作者和写作背景,颇多穿凿附会之说。在《关雎》的小序下面,有一段较长的文字,比较全面地阐述了诗歌的性质、作用和《诗经》作品的分类等问题,旧称《诗大序》。《毛诗序》的作者历来说法不一致:郑玄《诗谱》认为《大序》是孔子弟子子夏所作,《小序》是子夏、毛公合作(《经典释文》卷五引沈重说);范晔说是后汉卫宏所作(《后汉书·儒林传》);此外尚有不少说法。看来它不是一时一人之作,大约完成于汉代学者之手,但其中包含着先秦的旧说。我们把它和毛公为《诗经》所作解释(即《毛诗故训传》,简称《毛传》)以及汉末大儒郑玄的笺和《诗谱序》结合起来考察,可以归纳出若干儒家诗论的重要原则。郑玄(127—200),字康成,北海高密(今属山东)人。东汉末年的经学大师,治经以古文经说为主,兼采今文经说,遍注群经,著作很多,今存者有《毛诗笺》、《三礼注》等。

诗的产生和性质

《诗大序》认为诗歌是人们内心的想法、情感的外现:

> 诗者,志之所之也。在心为志,发言为诗。情动于中而形于言。言之不足,故嗟叹之;嗟叹之不足,故永歌之;永歌之不足,不知手之舞之、足之蹈之也。

这些见解与《礼记·乐记》相通,连文字都大致相同,不过《乐记》是论乐,《诗大序》用以论诗罢了。由此也可见古代诗与音乐、舞蹈的关系是十分密切的。

《诗大序》虽未曾如《乐记》那样鲜明地提出物感说,但在论及"变风"、"变雅"的产生时,说由于礼义废失、政教衰颓,诗人为之哀伤,故而"吟咏情性,以风其上"。这实际上指出了诗人情感的激发是受外界事物的感动所致。这里强调的是社会、政治环境对诗人的感发作用。

诗与政治教化的关系

《诗大序》非常重视诗与政教的联系。

首先,《诗大序》认为诗歌是政治、社会状况的反映:

> 治世之音安以乐,其政和。乱世之音怨以怒,其政乖。亡国之音哀以思,其民困。

这几句话也与《礼记·乐记》相同,不过是用来论诗。认为社会、政治状况不同,所产生的诗歌便有不同的内容、情感和风格特点。那么从这不同也就可以了解当时的政治。又说:

> 至于王道衰,礼义废,政教失,国异政,家殊俗,而变风、变雅作矣。国史明乎得失之迹,伤人伦之废,哀刑政之苛,吟咏情性,以风其上,达于事变而怀其旧俗者也。故变风发乎情,止乎礼义。发乎情,民之性也;止乎礼义,先王之泽也。

变风、变雅乃是衰败的政治、社会环境的反映。而它们仍然"止乎礼义",表现出怀念旧日良好风俗、箴规或叹悯当今世道的思想感情,则是诗人蒙受先王遗泽的表现。

其次,《诗大序》很重视诗歌对于政治、社会的功用:

> 风,风也,教也。风以动之,教以化之。
> 故正得失,动天地,感鬼神,莫近于诗。先王以是经夫妇,成孝敬,厚人伦,美教化,移风俗。
> 上以风化下,下以风刺上。
> 吟咏情性,以风其上。

这里一方面是说统治者应当利用诗来教化人民,维护统治者所需要的道德风尚、社会风气,以巩固统治秩序;另一方面是说臣下应当用诗对君上进行讽刺劝谏,以改良政治。据《毛传》、《郑笺》的解释,《风》、《雅》中一部分诗篇

39

以及《颂》诗是赞美统治者的,但《风》和《小雅》中的大多数诗篇被认为是刺诗。《诗大序》所强调的乃是"刺"。先秦时代人们对诗歌的美刺作用已有所认识,在汉儒的经说中则形成了比较完整的理论。

《诗大序》在论诗的讽刺时说:

> 主文而谲谏,言之者无罪,闻之者足以戒。

据郑玄的解释,"主文"是指诗与音乐相配合;"谲谏",是若即若离、不直说的意思。这是说《诗经》作者讽谏时不切直刻露,而是以委婉曲折的方式进行的。《诗大序》这种说法与孔门"温柔敦厚,诗教也"(《礼记·经解》)的理论相合,但事实上并不符合《诗经》的实际情况。

汉儒注重诗歌与社会政治现实的联系,要求诗歌为政教服务,这启示了后人运用诗歌作为反映、批判现实的武器,有其积极意义。但是,汉儒解释《诗经》时,目光非常狭隘,把大量实际与政治并无关连的作品,牵强地与史实相比附,说成是在进行美刺。《小序》如此,郑玄也是如此。他们对诗的态度基本上是功利的,视之为服务于政教的工具。至于要求"谲谏"不直言,强调讽刺时必须温厚委婉,不能触犯统治者的尊严,这虽然有时客观上有利于形成含蓄、耐咀嚼的艺术效果,但也为后世不少文人提供了理论根据,以此排斥风格豪放粗犷、富于战斗精神的作品。

六义、正变

《诗大序》有"六义"之说:

> 故诗有六义焉:一曰风,二曰赋,三曰比,四曰兴,五曰雅,六曰颂。

《周礼·春官·大师》亦载此六者,称为"六诗"。《诗大序》对《风》、《雅》、《颂》三者加以阐述:

> 是以一国之事,系一人之本,谓之风。言天下之事,形四方之风,谓之雅。雅者,正也,言王政之所由废兴也。政有小大,故有小雅焉,有大雅焉。颂者,美盛德之形容,以其成功告于神明者也。是谓四始,诗之至也。

认为《风》、《雅》之别,在于《风》所说的是各诸侯国一国之事;《雅》则是说天下四方之事,即与周天子政事有关的事。郑玄《诗谱·小大雅谱》云:"《小雅》、《大雅》者,周室居西都丰、镐之时诗也。"认为《雅》诗均是西周时代周王朝贵族的作品。及至周平王东迁之后,政治力量微弱,政令不再能行于天下四方,那时王畿的作品就不称为《雅》了。通过作诗者一人之歌咏,可以见出"一国"或"天下"的政事、风俗,所以说是将"一国"或"天下"之事,"系一人之本"(据孔颖达《毛诗正义》,《雅》也是"系一人之本"的,《诗大序》作者"互言之"而予以省略)。至于《雅》有大小,区别在于《小雅》说的是天子政事中较小的,《大雅》说的是其中较大的。《颂》则是天子、国君称美祖先的盛德、向神明报告功业成就的诗,是祭祀时的乐歌。"是谓四始"之"始",《毛传》释为"王道兴衰之所由"。也就是说,《风》、《小雅》、《大雅》、《颂》这四者所包含的道理、教训,统治者遵行之则兴盛,废弃之则衰落。这当然是强调《诗经》的政教作用的话。

　　《诗大序》将《风》、《小雅》、《大雅》各分为正、变。"正风"、"正雅"是西周王朝兴盛时的作品,"变风"、"变雅"则是西周王朝衰落之后的作品,所谓"王道衰,礼义废,政教失,国异政,家殊俗,而变风、变雅作矣"。郑玄《诗谱》将十五国风中的《周南》、《召南》列为"正风",其余十三国风均为"变风";(其中《豳风》情况较特殊,被认为是西周初年周公避流言时期的作品,其他各国"变风"则都是西周中衰以后及东周时期的作品)将《小雅》中《鹿鸣》至《菁菁者莪》十六篇、《大雅》中《文王》至《卷阿》十八篇列为"正雅",认为它们都是武王、周公、成王时期的作品,其余则都属"变雅",认为是西周中衰之后厉、宣、幽三朝的作品。正变说反映了汉儒将作品与政治、社会历史紧密联系起来加以考察、阐释的批评方法。《毛诗》各篇的小序逐篇指出其诗与政治的关系,郑玄的《笺》和《诗谱》更加详密。它们以史证诗,而牵强附会、生硬穿凿之处甚多。

　　《诗大序》对赋、比、兴三者未加说明。郑玄在《周礼·大师》注中说:"赋之言铺,直铺陈今之政教善恶。"(郑玄认为《诗经》中所有作品都有关政教,所以说"直铺陈今之政教善恶")指出赋是直陈其事的写作方法。又引郑众云:"比者,比方于物也。兴者,托事于物。"比即比喻,兴则是一种特殊的手法。从《郑笺》对具体作品的解释看,所谓"托事于物",即在草木鸟兽等"物"中寄托人事,特别是寄托具有政教意义的"事"。汉儒对赋、比、兴的解释反映了他们对《诗经》中作品的写作手法的认识。其中对"兴"的具体解释实际上常常穿凿附会,并不符合作品实际,这当然是与他们硬要将作品都解释成具有政教意义有密切的关系的。但是,汉儒关于"兴"的说法对后世的文学创作和批评都有深远影响,尽管也有学者对汉儒的说法发表过不同的意见。

　　《诗大序》和汉儒对于《诗经》中作品的阐释,在中国文学批评史上具有重要的意义和地位。它们涉及到许多方面,如诗的产生及其本质,诗与社会、政治现实的关系,诗的功用,对于诗的思想内容与艺术风貌的要求,诗的写作手法,等等。总的说来,它们注重诗的功利性,要求诗歌为政教服务。它们对于后世的影响,既有积极方面,也有消极方面;既表现于作品的思想内容方面,也表现于艺术方面。而无论哪一方面,其影响都是极为深远的。

第二节　司　马　迁

司马迁(前145—?),字子长,左冯翊夏阳(今陕西韩城西南)人。西汉大史学家、文学家。他的杰出著作《史记》,在我国史学史和文学史上都有崇高的地位。他提出过一些与文学有关的具有进步意义的见解,在文学批评史上值得重视。

"发愤著书"说

司马迁《与挚伯陵书》说:"迁闻君子所贵乎道者三:太上立德,其次立功,其次立言。"作为史官来说,"立言"是特别重要的任务,司马迁在这方面有深刻的认识。因而他把编撰《史记》作为自己终身奋斗的事业。《太史公自序》说:"以拾遗补艺,成一家之言,厥协《六经》异传,整齐百家杂语,藏之名山,副在京师,俟后世圣人君子。"从这些地方,可以看出他对待"立言"的严肃态度和自"成一家之言"的严格要求。

公元前99年,司马迁因李陵事件受到残酷的宫刑,这使他在肉体上受到极大的痛苦,同时也是对他人格、精神上的极大的侮辱。但是,他考虑到具有重大意义的"立言"事业还没有完成,决不能半途而废;同时又看到古代许多人从事著述所经历的艰辛过程,从中吸取了策励自己的精神力量,于是他坚持了《史记》的编撰工作。他的"发愤著书"说就是在这种思想情况下提出来的,他说:

> 七年而太史公遭李陵之祸,幽于缧绁,乃喟然而叹曰:"是余之罪也夫! 是余之罪也夫! 身毁不用矣。"退而深惟曰:夫《诗》、《书》隐约者,欲遂其志之思也。昔西伯拘羑里,演《周易》;孔子厄陈、蔡,作《春秋》;屈原放逐,著《离骚》;左丘失明,厥有《国语》;孙子膑脚,而论兵法;不韦迁蜀,世传《吕览》;韩非囚秦,《说难》、《孤愤》;《诗三百篇》,大抵贤圣发

愤之所为作也。此人皆意有所郁结，不得通其道也，故述往事，思来者。
于是卒述陶唐以来，至于麟止，自黄帝始。（《太史公自序》）

在《报任少卿书》中也有相类的一段话。此外，《史记·平原君虞卿列传》说：
"然虞卿非穷愁，亦不能著书以自见于后世云。"也是同样的意思。

司马迁认为，《周易》、《春秋》、《离骚》、《诗三百》等著作的作者们，都是
在遭遇不幸、"意有所郁结，不得通其道"的情况下，为了把自己的主张、想法
表达出来，留传后世，以求后世的理解，才"发愤"从事著述的（这段话中所举
事例，有些与史实有出入）。他这里所举出的，有许多是学术著作而不是文
学作品，其中并不直接表现作者所遭遇的痛苦和愤懑不平的心情。司马迁
的意思主要是说痛苦和不幸恰可以激励作者的志向，坚定他们"立言不朽"
的决心，成为写作的动力，而不是说以愁怨悲愤倾泻于作品之中，因此与后
人的某些意见，如韩愈所说"穷苦之言易好"，还是有区别的。但这一提法对
后世文学批评是有影响的。如明代李贽《忠义水浒传序》即引司马迁的话，
说："古之贤圣，不愤则不作矣。不愤而作，譬如不寒而颤，不病而呻吟也。"
他说《水浒传》是有政治寄托的作品，是作者感伤于宋朝政治腐败、对外屈辱
的发愤之作。清人归庄《吴余常诗稿序》则摘取"《诗三百篇》大抵皆圣贤发
愤之作"之语，与韩愈"愁思之声要妙"、"穷苦之言易好"（《荆潭唱和诗序》）
和欧阳修"诗穷而后工"（见《梅圣俞诗集序》）联系起来论述，以说明"自古诗
人之传者，率多逐臣骚客、不遇于世之士"。

对屈原的评价

《史记》七十列传中有几篇是文学家（或兼具文学家身份的政治家）的传
记，专传的如《司马相如列传》，合传的如《屈原贾生列传》。为文学家立传，
也是《史记》的一个创举，为后代史家所效法。

在这些列传里，司马迁记载了传主的生平活动和一些重要作品，并对他
们作了评价。在这些资料中，司马迁对于屈原的评价特别值得注意。

屈原是我国古代伟大的爱国诗人。根据现存的资料来看，第一个对屈
原的作品作肯定评价的是刘安（前179—前122）。刘安评论屈原的资料早
已佚去，仅可在班固《离骚序》里看到如下一个片段：

> 淮南王安叙《离骚传》，以《国风》好色而不淫，《小雅》怨悱而不乱，
> 若《离骚》者，可谓兼之。蝉蜕浊秽之中，浮游尘埃之外，皭然泥而不滓。
> 推此志，虽与日月争光可也。

《史记·屈原贾生列传》则说：

> 《国风》好色而不淫，《小雅》怨诽而不乱，若《离骚》者，可谓兼之矣。上称帝喾，下道齐桓，中述汤、武，以刺世事，明道德之广崇，治乱之条贯，靡不毕见。其文约，其辞微，其志洁，其行廉，其称文小而其指极大，举类迩而见义远。其志洁，故其称物芳；其行廉，故死而不容自疏。濯淖污泥之中，蝉蜕于浊秽，以浮游尘埃之外，不获世之滋垢，皭然泥而不滓者也。推此志也，虽与日月争光可也。

与班固《离骚序》的引文相比照，多出中间的"上称帝喾"至"故死而不容自疏"一段，或许那也是刘安的话，班固节略未引。即使是刘安的话，也是司马迁所赞同的，因此才采为传文。从这段话中体现出对《离骚》政治意义和屈原高贵品质的认识，《太史公自序》也说："作辞以讽谏，连类以争义，《离骚》有之。"认为《离骚》是具有政治意义的讽谏之作。这段话也表现了对《离骚》艺术特色的认识。"文约"、"辞微"、"称文小而其指极大，举类迩而见义远"，是指《离骚》中的象征、寄托手法。这种手法，后来王逸注释《楚辞》时作了更为具体的阐述。

司马迁评论屈原时有一点值得注意，就是他指出《离骚》"自怨生也"。《屈原贾生列传》说：

> 屈平疾王听之不聪也，谗谄之蔽明也，邪曲之害公也，方正之不容也，故忧愁幽思而作《离骚》。离骚者，犹离忧也。夫天者，人之始也；父母者，人之本也。人穷则反本，故劳苦倦极，未尝不呼天也；疾痛惨怛，未尝不呼父母也。屈平正道直行，竭忠尽智，以事其君，谗人间之，可谓穷矣，信而见疑，忠而被谤，能无怨乎？屈平之作《离骚》，盖自怨生也。

司马迁认为《离骚》具有政治意义，同时也是舒泄怨愤的抒情性作品。

在《史记·伯夷列传》中还有下面一段议论：

> 孔子曰："伯夷、叔齐，不念旧恶，怨是用希。""求仁得仁，又何怨乎？"余悲伯夷之意，睹轶诗可异焉。……其辞曰："登彼西山兮，采其薇矣。以暴易暴兮，不知其非矣。神农、虞、夏，忽焉没兮，我安适归矣？于嗟徂兮，命之衰矣！"遂饿死于首阳山。由此观之，怨邪非邪？

由歌辞中深刻体会到作者的怨苦之情，对孔子"何怨乎"的说法表示怀疑和否定。此外《史记·邹阳列传》载邹阳事迹，仅受谗下狱一件事，而全载其狱中上书一篇,说其书"有足悲者"。可见司马迁对于作品的抒发悲怨之情有特别深切的体会。这样的体会和认为某些动人的文章"自怨生"的观点,或许与司马迁自身的遭遇有关,而与后世"愁思之声要妙"那样的说法,倒是有联系的。

对司马相如的评论

司马相如是汉赋的代表作家。《史记》为之设立专传,详细介绍其生平事迹,并录载其代表性的赋和其他不少作品,充分体现了司马迁对于文章的重视。在录载了《天子游猎赋》(《昭明文选》题为《子虚赋》、《上林赋》)之后,司马迁说:

> 无是公言天子上林广大,山谷、水泉、万物,及子虚言楚云梦所有甚众,侈靡过其实,且非义理所尚,故删取其要,归正道而论之。

意谓赋中夸张的描述是失实而不足取的,但其要旨归于正道,(赋末归之于节俭和崇尚礼义,有讽谏之意。)因而仍值得肯定。传末"太史公曰":

> 《春秋》推见至隐,《易》本隐之以显,《大雅》言王公大人而德逮黎庶,《小雅》讥小己之得失,其流及上,所以言虽外殊,其合德一也。相如虽多虚辞滥说,然其要归,引之节俭,此与《诗》之风谏何异?

又《太史公自序》亦云:

> 《子虚》之事,《大人》赋说,靡丽多夸。然其指风谏,归于无为。

都是同样的意思。总之司马迁对于司马相如的赋持肯定的态度,而此种肯定,乃是由于认为其赋具有讽谏作用,有益于政教,并不是从赋的艺术特色角度立论的。对于赋中夸张的描述,认为是"虚辞滥说",不合事实,这其实体现了一种征实的倾向,对作品虚构、夸张的艺术表现不甚理解。

第三节　扬　雄

扬雄(前53—18),一作杨雄,字子云,蜀郡成都(今属四川)人。西汉末期的哲学家、赋家、语言学家。他的儒家思想甚为浓厚,自称"非圣哲之书不好也"(《自序》,载《汉书》本传),同时颇爱好、重视文章著述,"欲求文章成名于后世"(同上),故模拟《周易》而作《太玄》,模拟《论语》而作《法言》。又有语言学著作《方言》。后人辑有《扬子云集》。他论文的意见,亦体现了浓厚的儒家思想,对于后世颇有影响。

征圣、宗经的主张

扬雄以儒家圣人的言论、撰述为道之所在,为是非标准。圣人虽已逝去,但其书尚在,《五经》便是最高的典范:

> 舍舟航而济乎渎者,末矣。舍《五经》而济乎道者,末矣(李轨注:末,无)。弃常珍而嗜乎异馔者,恶睹其识味也?委大圣而好乎诸子者,恶睹其识道也?(《法言·吾子》)

> 好书而不要诸仲尼,书肆也。好说而不要诸仲尼,说铃也(李轨注:铃以喻小声,犹小说不合大雅)。(同上)

> 或曰:"人各是其所是,而非其所非,将谁使正之?"曰:"万物纷错则悬诸天,众言淆乱则折诸圣。"或曰:"恶睹乎圣而折诸?"曰:"在则人,亡则书,其统一也。"(同上)

扬雄认为与圣人之书相比,除《孟子》等极少数与圣人宗旨不异外,大多数诸子书都琐末不足道。不仅不足道,而且多诋訾圣人,或怪迂放诞,虽小辩而破大道,虽炫耀人之心目而乱法度。他说:"女恶华丹之乱窈窕也,书恶淫辞之淈法度也。"(《法言·吾子》)所谓法度,即圣人之法则。他撰《法言》,目的就在于阐扬圣人之法。

此种思想当然是狭隘的。不过值得注意的是,扬雄在推崇《五经》时,虽然主要是从其思想内容出发,但也曾说到写作艺术方面。他说:"言不能达其心,书不能达其言,难矣哉!惟圣人得言之解,得书之体。"(《法言·问神》)他认为圣人的言辞足以与其行事相称;反映在经书中,则是所载事理与文辞相称:

> 或问:"君子尚辞乎?"曰:"君子事之为尚。事胜辞则伉(汪荣宝疏云:伉读为炕。炕,乾也。事胜辞者,言之无文,有类枯槁,故云炕也),辞胜事则赋,事辞称则经。"(《法言·吾子》)

孔子曾说:"言之无文,行而不远。"(《左传·襄公二十五年》)扬雄也是重视文辞修饰的。他认为经书的文辞是言而有文的典范:

> 或曰:"良玉不雕,美言不文,何谓也?"曰:"玉不雕,玙璠不作器;言

不文,典谟不作经。"(《法言·寡见》)

这种推崇经书文辞的思想对后世也颇有影响。《文心雕龙·宗经》便引《法言》此语,云:"杨子比雕玉以作器,谓《五经》之含文也。"

扬雄以"温润"等语形容经书的风貌。他说:"观《书》及《诗》,温温乎,其和可知也。"(《法言·孝至》)认为《尚书》、《诗经》的风貌反映了尧、舜、西周盛世的和乐气象。又说:"典谟之篇、雅颂之声,不温纯深润则不足以扬鸿烈而章缉熙。"(《解难》)也是说《诗》、《书》的风格与其内容相称。他自己的著作《太玄》、《法言》,也模拟经书的风格。后人批评其书故作艰深。那与他刻意仿效经书文辞是有关系的。

扬雄还曾言及《尚书》中各部分风貌的差异。他说:

> 虞、夏之《书》浑浑尔,《商书》灏灏尔,《周书》噩噩尔。下周者,其书谯乎!(《法言·问神》)

据旧注,浑浑谓深大,灏灏谓平旷,噩噩谓正直,谯指秦之酷烈。在扬雄看来,文辞风貌的不同与它们反映的时代是密切相关的。

论赋

扬雄早年爱好辞赋,欣赏司马相如赋作之"弘丽温雅","每作赋,常拟以为式"(《自序》)。他又很重视赋的讽谏作用。汉成帝时,他作《甘泉》、《河东》、《羽猎》、《长杨》四赋,其中都有一些表示劝戒的话。他的《自序》中录载四赋,并特意反复说明其讽谏之意。但是,在赋这种形式的作品中,讽谏的话往往只占很小部分,而且表达得委婉含蓄,不易觉察,因此扬雄终于感觉到赋徒有美丽之观,但"劝百而讽一,犹骋郑卫之声,曲终而奏雅"(《汉书·司马相如传赞》引),从而对赋采取了激烈的批判态度,原先钦羡的作家司马相如也被批判为"文丽用寡"(《法言·君子》)。他说:

> 或问:"吾子少而好赋?"曰:"然。童子雕虫篆刻。"俄而曰:"壮夫不为也。"或曰:"赋可以讽乎?"曰:"讽乎?讽则已;不已,吾恐不免于劝也。"或曰:"雾縠之组丽。"曰:"女工之蠹矣。"(《法言·吾子》)
>
> 雄以为赋者,将以风之,必推类而言,极靡丽之辞,闳侈钜衍,竞于使人不能加也。既乃归之于正,然览者已过矣。往时武帝好神仙,相如上《大人赋》欲以风,帝反缥缥有凌云之志。繇是言之,赋劝而不止,明矣。又颇似俳优淳于髡、优孟之徒,非法度所存、贤人君子诗赋之正也。于是辍不复为。(《自序》)

这些话概括了赋的艺术特点和作者的心态：极尽美丽之辞，宏大铺衍，务求他人不能再有所增添，以此为胜。这概括是准确的。而扬雄认为这一特点与作赋欲以讽谏的初衷相违背，故实际上达不到讽谏的目的，只不过徒能娱乐君王而已。赋"非法度所存"，即毫无以儒道进行教化的作用。作赋者也不过类似俳优罢了。

赋的写作手法主要是直陈其事，与《诗经》六义之一的赋有相通之处，故汉人或以为赋这种体裁是古诗之流变。扬雄从批判汉赋的立场出发，区分"诗人(《诗经》作者)之赋"和"辞人之赋"：

> 或问："景差、唐勒、宋玉、枚乘之赋也，益乎？"曰："必也淫。""淫则奈何？"曰："诗人之赋丽以则，辞人之赋丽以淫。如孔氏之门用赋也，则贾谊升堂，相如入室矣。如其不用何？"(《法言·吾子》)

所谓"丽以则"和"丽以淫"，颇具有概括性，对于后世颇有影响。

对屈原等人的评价

扬雄对于屈原的为人和作品，基本上是赞扬的。《法言·吾子》说：

> 或问："屈原智乎？"曰："如玉如莹，爰变丹青。如其智！如其智！"

认为屈原以其崇高的品质，化而为美丽的文辞，就如同美玉以其皎洁之质发为华采一般(据汪荣宝《法言义疏》所释)。刘勰《文心雕龙·辨骚》云："扬雄讽味，亦言体同《诗雅》。"也证明扬雄对屈原作品评价很高。但是他在称赞、同情屈原的同时，又对屈原的不能抽身远引而自沉湘流表示惋惜和不理解。他说：

> 又怪屈原文过相如，至不容，作《离骚》，自投江而死，悲其文，读之未尝不流涕也。以为君子得时则大行，不得时则龙蛇，遇不遇命也，何必湛身哉？乃作书，往往摭《离骚》文而反之，自岷山投诸江流以吊屈原，名曰《反骚》。又旁《离骚》作重一篇，名曰《广骚》，又旁《惜诵》以下至《怀沙》一卷，名曰《畔牢愁》。(《自序》)

《广骚》、《畔牢愁》已佚，《反骚》载于《自序》。所谓"往往摭《离骚》文而反之"，如"灵修既信椒兰之唉佞兮，吾累忽焉而不蚤睹"、"芳酷烈而莫闻兮，固不如襞而幽之离房"、"知众媭之嫉妒兮，何必飏累之蛾眉"、"舒中情之烦或(惑)兮，恐重华之不累与"、"终回复于旧都兮，何必湘渊与涛濑"等等，认为屈原未能审时度势，未能做到治则见、乱则隐以明哲保身，甚至说屈原应该明智地保全自身,不必忧愁烦乱。关于命与时、出处行藏等问题,是汉代士人反复思考的问题。反映在对待屈原的态度上,便有人对屈原的始终眷恋故国乱邦而不舍、终至自沉的行为,表示不以为然。贾谊《吊屈原赋》已说:"所贵圣人之神德兮,远浊世而自藏","历九州而相其君兮,何必怀此都也。"司马迁《史记·屈原贾生列传》也说,"怪屈原以彼其材游诸侯,何国不容,而自令若是"。扬雄的此种态度则表现得更为明显。后来班固则更称屈原为"露才扬己"的"狂狷"之士。

扬雄在《法言》中还评论过其他一些作品。对于司马迁的《史记》,他一方面称其"实录",予以肯定,并说"圣人将有取焉"(见《法言·重黎》、《君子》);另一方面又批评其书"杂"、"多爱不忍"、"爱奇"(见《法言·问神》、《君子》)。又曾在《自序》中说:"及太史公记六国,历楚汉,讫麟止,不与圣人同是非,颇谬于经。"可知他对于《史记》的不满,与其坚持以儒家经典为评判标准是颇有关系的。后来班彪、班固在论司马迁时,又发挥了扬雄的偏见。

第四节　班 固 和 王 逸

班　　固

班固(32—92),字孟坚,扶风安陵(今陕西咸阳东北)人。东汉史学家、文学家。著作有《汉书》、《白虎通义》等,后人辑有《班兰台集》。

对屈原的评论

班固曾作《离骚经章句》,已佚。今仅存《离骚序》和《离骚赞序》。班固对屈原忠诚于国家的品质给予肯定。他认为屈原写作《离骚》等作品,既是抒发其忧苦郁积的情感,又是用以讽谏:

> 屈原以忠信见疑,忧愁幽思而作《离骚》。离,犹遭也;骚,忧也。明已遭忧作辞也。是时周室已灭,七国并争。屈原痛君不明,信用群小,国将危亡,忠诚之情,怀不能已,故作《离骚》。上陈尧、舜、禹、汤、文王之法,下言羿、浇、桀、纣之失,以风。怀王终不觉寤。……至于襄王,复用谗言,逐屈原。在野又作《九章》赋以风谏。卒不见纳,不忍浊世,自

投汨罗。(《离骚赞序》)

班固在《奏记东平王苍》中还曾称赞屈原道:"灵均纳忠,终于沉身。……屈子之篇,万世归善。"

但是,班固对屈原始终不渝的斗争意志和忿怼投江的行为加以批评:

> 且君子道穷,命矣。故潜龙不见是而无闷,《关雎》哀周道而不伤,蘧瑗持可怀之智,宁武保如愚之性,咸以全命避害,不受世患。故《大雅》曰:"既明且哲,以保其身。"斯之贵矣。今若屈原,露才扬己,竞乎危国群小之间,以离谗贼。然责数怀王,怨恶椒兰,愁神苦思,强非其人,忿怼不容,沈江而死,亦贬絜狂狷景行之士。(《离骚序》)

这种批评,是从出处行藏、命运遭逢的角度出发的。这是汉代士人反复思考的问题。与班固同时的王充,其《论衡》一开头就以不少篇章讨论"命"的问题,认为士人之遇与不遇,乃由"命"所决定,与其操行贤愚、才智高下无关。班固对屈原的批评,与时代风气不无关系。关于出处行藏,儒家典籍中有不少议论,班固即以之为依据。这种批评,并不是全面否定屈原。他说屈原是"贬絜狂狷景行之士"。贬絜,意谓屈原不能高蹈,因而使其高洁的品质受到亏损。刘安《离骚传》称颂屈原"蝉蜕浊秽之中,浮游尘埃之外,皭然泥而不滓",虽处秽浊但仍不损其高洁清白。而班固的评价与之不同,因为他是以抽身远引、远离污浊为清洁的。狂狷,谓锐意进取,有所不为。景行,行为正大光明。班固认为屈原不合中庸之道,但仍不失为坚持原则的光明正大之士。

班固对《离骚》中运用神话传说、大胆想像的写法也表示不满,说《离骚》"多称昆仑、冥婚、宓妃虚无之语,皆非法度之政、经义所载"(《离骚序》)。他用征实的眼光去看待文学作品,不能理解屈赋的艺术特色。不过他仍承认《离骚》"其文弘博丽雅,为辞赋宗。后世莫不斟酌其英华,则象其从容。自宋玉、唐勒、景差之徒,汉兴,枚乘、司马相如、刘向、扬雄,骋极文辞,好而悲之,自谓不能及也。虽非明智之器,可谓妙才者也"(《离骚序》)。指出了屈原作品对于后世辞赋的重大影响。

对司马迁的评论

班固评论司马迁,主要见于《汉书·司马迁传赞》。其言曰:

> 又其是非颇缪于圣人,论大道则先黄老而后六经,序游侠则退处士而进奸雄,述货殖则崇势利而羞贱贫,此其所蔽也。然自刘向、扬雄,博

极群书,皆称迁有良史之材,服其善序事理,辨而不华,质而不俚,其文直,其事核,不虚美,不隐恶,故谓之实录。乌呼! 以迁之博物洽闻,而不能以知自全。既陷极刑,幽而发愤,书亦信矣。迹其所以自伤悼,《小雅·巷伯》之伦。夫唯《大雅》,"既明且哲,能保其身",难矣哉!

虽然引用了刘向、扬雄称赞《史记》的话,肯定《史记》的"实录"精神和善于叙事、文辞既不华丽亦不俚俗、文质相济等写作方面的优点,但对《史记》的不合儒家思想之处加以批评。所谓"论大道则先黄老而后《六经》",当指司马迁之父司马谈崇尚道家、批评六艺经传繁博寡要的观点,见于其《论六家要旨》,《史记·太史公自序》录载其文。其实汉初统治者原本崇尚黄老,至武帝时方独尊儒术。《史记·游侠列传》称赞游侠言必信,行必果,能救人困厄,其有益于当世之士远胜于隐居空巷的处士。班固则认为游侠"犯义侵礼"(《东都赋》),"以匹夫之细,窃杀生之权,其罪已不容于诛矣"(《汉书·游侠列传》)。因此他批评司马迁"序游侠则退处士而进奸雄"。又《史记·货殖列传》肯定追求财富、经营工商的活动,称赞民间工商业者的才识,并公然说"无岩处奇士之行而长贫贱、好语仁义,亦足羞也"。班固则对于工商业者凭借其财力过着王侯一般的生活、在社会上获得地位势力,甚为不满,认为那是三代之后礼义崩坏、"败俗伤化"(《汉书·叙传》)、令人痛心而又无可奈何的社会变动。因此他批评《史记》"述货殖则崇势利而羞贱贫"。班固对《史记》的评论,与其父班彪完全一致(见《后汉书·班彪传》)。他们是从儒家的正统观念、维护封建礼法、等级秩序的角度批判《史记》的。司马迁能突破儒家思想,正是他高出一般人的可贵之处,《货殖列传》中所体现的经济思想尤为可贵。而班氏父子的责难,反映出儒家思想中落后、保守的一面。

论赋

班固对于汉赋持肯定态度。《汉书·司马相如传》、《扬雄传》都以大量篇幅收录赋作。《司马相如传赞》引了司马迁肯定相如赋作的意见之后,说:"扬雄以为靡丽之赋,劝百而风一,犹骋郑卫之声,曲终而奏雅。不已戏乎!"明确表示同意司马迁的意见,反对扬雄后期否定汉赋的观点。在《汉书·叙传》中,论司马相如道:"文艳用寡,子虚乌有。寓言淫丽,托风终始。多识博物,有可观采。蔚为辞宗,赋颂之首。"他也认为司马相如赋内容虚诞、文辞过分美丽是一个缺点。他在所作《东都赋》中曾说自己的作品"义正乎扬雄,事实乎相如",可见是有意识地要克服西汉辞赋中他所认为的"虚辞滥说"的缺点的。但是,他还是肯定司马相如赋具有讽谏作用。所谓"多识博物",则与汉宣帝为赋辩护时所说的赋有"鸟兽草木多闻之观"相一致（汉宣帝语，参见本编《绪论》）。

班固作有《两都赋》（包括《西都赋》、《东都赋》），其序云：

> 或曰："赋者，古诗之流也。"昔成康没而颂声寝，王泽竭而诗不作。大汉初定，日不暇给。至于武宣之世，乃崇礼官，考文章，内设金马、石渠之署，外兴乐府协律之事，以兴废继绝，润色鸿业。是以众庶悦豫，福应尤盛。《白麟》、《赤雁》、《芝房》、《宝鼎》之歌，荐于郊庙；神雀、五凤、甘露、黄龙之瑞，以为年纪。故言语侍从之臣，若司马相如、虞丘寿王、东方朔、枚皋、王褒、刘向之属，朝夕论思，日月献纳。而公卿大臣御史大夫倪宽、太常孔臧、太中大夫董仲舒、宗正刘德、太子太傅萧望之等，时时间作。或以抒下情而通讽谕，或以宣上德而尽忠孝，雍容揄扬，著于后嗣，抑亦《雅》、《颂》之亚也。故孝成之世，论而录之，盖奏御者千有余篇，而后大汉之文章，炳焉与三代同风。

这里所说司马相如等人的作品，当也包括诗歌等在内（如汉武帝时作《郊祀歌》十九章即采司马相如等人的作品而成，班固这里说的"兴乐府协律之事"以及《白麟》等歌，即指作《郊祀歌》而言）。所谓"孝成之世，论而录之，盖奏御者千有余篇"，即《汉书·艺文志·诗赋略》所载"凡诗赋……千三百一十八篇"。其中主要是赋。班固认为，西汉诗赋作品盛多，是王朝崇礼乐、尚文治、社会安定、祥瑞频至的反映；而诗赋作品又宣扬了这些盛况，使得西汉王朝与三代一样文采炳焕。因此它们乃是《雅》、《颂》之流亚。在这里，班固不但肯定诗赋有"抒下情而通讽谕"的作用，而且十分强调它们可以"宣上德而尽忠孝"，可以歌功颂德。他的《两都赋》就是兼有这两方面意义的作品。

《汉书·艺文志》

《汉书·艺文志》中也有一些文学主张值得注意。《艺文志序》有云："（刘）歆于是总群书而奏其七略。……今删其要，以备篇籍。"由此可见，《艺文志》中的论述，大抵是刘歆的主张。它论赋的观点和扬雄的意见较为接近，而和班固自己的看法颇有不同。

《艺文志》论辞赋的历史发展云：

> 春秋之后，周道浸坏，聘问歌咏，不行于列国，学诗之士，逸在布衣，而贤人失志之赋作矣。大儒孙卿及楚臣屈原，离谗忧国，皆作赋以风，咸有恻隐古诗之义。其后宋玉、唐勒，汉兴，枚乘、司马相如，下及扬子

云，竟为侈丽闳衍之词，没其风谕之义。

接着又引了扬雄批评辞人之赋的话。《艺文志》把荀卿、屈原的赋与古诗(指《诗经》)相比，作了较高的评价，与班固对屈原作了许多指责不同。它指出宋玉以下辞人之赋崇尚"侈丽"的缺点，与扬雄的意见一致。

《艺文志》论述汉代乐府所采的民间歌谣说："自孝武立乐府而采歌谣，于是有代、赵之讴，秦、楚之风。皆感于哀乐，缘事而发。亦可以观风俗，知厚薄云。"认为歌谣是其作者因现实生活的感发、情感激动而作，具有反映社会现实的作用。这种观点与传统的儒家诗论一致，同时可以说指出了民间文学的价值。《艺文志》在论述《诗经》时有云："故哀乐之心感，而歌咏之声发。……故古有采诗之官，王者所以观风俗，知得失，自考正也。"把这些话联系起来看，《艺文志》作者是认识到国风和汉乐府民歌具有共同特色的。

最后，还应当指出，《艺文志》特设《诗赋略》，把诗赋和六经诸子等分开，并且还把诗赋作品区分为屈原赋、陆贾赋、孙卿赋、杂赋、歌诗等五类，这里反映了由于文学创作的日益丰富和发展，人们需要把文学和一般学术著作区别开来，并且作出初步的分类。

王　　逸

王逸(生卒年不详)，字叔师，南郡宜城(今属湖北)人。东汉文学家。顺帝时官至侍中。著有《楚辞章句》和后人所辑的《王叔师集》。《楚辞章句》是现存最早的《楚辞》注本，书中除注释字句外，并对作品的产生背景和思想艺术特色，作了说明和评价，立论比较全面。其中《楚辞章句序》关于屈原及其作品的评论，尤值得注意。

王逸十分钦敬屈原高尚的人品，同情其不幸的遭遇，他认为屈原写作《离骚》等作品，一方面是为了讽谏，再一方面具有舒泄愁思、自我安慰的作用。其《楚辞章句序》云：

> 屈原履忠被谗，忧悲愁思，独依诗人之义而作《离骚》，上以讽谏，下以自慰。遭时暗乱，不见省纳，不胜愤懑，遂复作《九歌》以下凡二十五篇。

《九歌序》云：

> 屈原放逐，窜伏其域，怀忧苦毒，愁思沸郁。出见俗人祭祀之礼、歌

> 舞之乐,其词鄙陋。因为作《九歌》之曲,上陈事神之敬,下见己之冤结,
> 托之以风谏。

《天问序》云:

> 屈原放逐,忧心愁悴。……见楚有先王之庙及公卿祠堂,图画天地
> 山川神灵,琦玮僪佹,及古贤圣怪物行事。周流罢(疲)倦,休息其下。
> 仰见图画,因书其壁,呵而问之,以渫愤懑,舒泻愁思。

其实屈原作品未必都有讽谏意义。比如《九歌》,就看不出与当时政治有何
联系。但王逸在解释词句时用了穿凿附会的方法,与政治挂起钩来。如《山
鬼》"怨公子兮怅忘归,君思我兮不得闲",本是男女相思之辞,而王逸将"公
子"说成是楚国贵族公子椒(即《离骚》中"椒专佞以慢慆兮"之"椒"),又将
"君"释为怀王,说"怀王时思念我,顾不肯以闲暇之日,召己谋议也"。又如
《湘夫人》"帝子降兮北渚,目眇眇兮愁予。袅袅兮秋风,洞庭波兮木叶下",
本也是相思之辞,而王逸释云:"屈原自伤不遭值尧、舜而遇暗君,亦将沉身
湘流,故曰愁我也。"又说:"言秋风疾则草木摇,湘水波,而树叶落矣。以言
君政急则众民愁而贤者伤矣。"这种解释方法,与汉代儒生解释《诗经》一脉
相承。

认为屈原写作"以自慰"、"以渫愤懑,舒泻愁思",则说到了文学创作具
有宣泄情感、让作者强烈动荡的内心获得某种平静的效果。这种认识,较有
审美的意义,值得注意。

王逸为楚人,"与屈原同土共国,悼伤之情与凡有异"(《九思序》)。如刘
安、司马迁一样,他对屈原评价极高,因此非常不满于班固对屈原的指责,
《楚辞章句序》说:

> 且人臣之义,以忠正为高,以伏节为贤。故有危言以存国,杀身以
> 成仁。是以伍子胥不恨于浮江,比干不悔于剖心,然后德立而行成,荣
> 显而名称。若夫怀道以迷国,伴愚而不言,颠则不能扶,危则不能安,婉
> 娩以顺上,逡巡以避患,虽保黄耇,终寿百年,盖志士之所耻,愚夫之所
> 贱也。今若屈原,膺忠贞之质,体清洁之性,直若砥矢,言若丹青,进不
> 隐其谋,退不顾其命,此诚绝世之行,俊彦之英也。

王逸根据《论语》,特别赞美"杀身成仁"的高尚品格,这显然是针对班固明哲
保身的观点而发。其实班固的议论,也是援引了儒家经典中的话。两人的

论点针锋相对,却都以儒家经典为依据。

班固指责屈原"露才扬己",是"狂狷"之士,即谓屈原不合中庸。王逸对此也加以驳斥:

> 且诗人怨主刺上,曰:"呜呼小子,未知臧否。匪面命之,言提其耳。"(见《大雅·抑》)风谏之语,于斯为切。然仲尼论之,以为大雅。引此比彼,屈原之词,优游婉顺,宁以其君不智之故,欲提携其耳乎?而论者以为露才扬己,怨刺其上,强非其人,殆失厥中矣。

同样以儒家经典为依据,认为屈原作品不失温柔敦厚的诗教。

《楚辞章句序》还列举《离骚》中一些具体的描述,一一与儒家经典相对照比附:

> 夫《离骚》之文,依托五经以立义焉。"帝高阳之苗裔",则《诗》"厥初生民,时惟姜嫄"也;"纫秋兰以为佩",则"将翱将翔,佩玉琼琚"也;"夕览洲之宿莽",则《易》"潜龙勿用"也;"驷玉虬而乘鹥",则《易》"时乘六龙以御天"也;"就重华而陈辞",则《尚书》咎繇之谋谟也;登昆仑而涉流沙,则《禹贡》之敷土也。故智弥盛者其言博,才益劭者其识远。屈原之词,诚博远矣。

班固曾对《离骚》运用神话传说、大胆想像表示不满,说它们非"经义所载"。王逸这里认为"驷玉虬而乘鹥"、"就重华而陈辞"以及登昆仑、涉流沙等内容也都合乎儒家经典。班固说那些内容是"虚无之语";王逸则说屈原才美而智盛,故所知识者博远。他似乎认为《离骚》中一些神话传说的内容也是实有其事,只是浅识者不知道罢了。这仍然是一种"征实"的眼光。王逸意在为屈原辩护,实际上贬低了屈赋的独创性,把它们看成是儒家经典的简单承袭;对于屈赋大胆想像、虚构的艺术特色,王逸其实也还没有认识。

关于《离骚》的艺术表现,王逸在《离骚经序》中曾说:

> 《离骚》之文,依《诗》取兴,引类譬喻。故善鸟香草,以配忠贞;恶禽臭物,以比谗佞;灵修美人,以媲于君;宓妃佚女,以譬贤臣;虬龙鸾凤,以托君子;飘风云霓,以为小人。其词温而雅,其义皎而明。

这种手法,就是寄托、象征。汉儒认为《诗经》中许多作品都用了这种"托事于物"的手法,称之为兴,故王逸说《离骚》"依《诗》取兴"。《史记·屈原贾生列传》说《离骚》"其文约,其辞微","其称文小而其指极大,举类迩而见义远",也就是此种手法,王逸只是说得更具体些罢了。汉儒对于《离骚》的这种理解,所谓美人香草、以男女喻君臣,影响及于后世的诗文创作和文学批评,颇为深远。王逸解释屈原的其他作品时,也往往用"依《诗》取兴"的眼光,求索其寄托,其中不乏穿凿附会之处。

第五节　王　充

　　王充(27—约100),字仲任,会稽上虞(今属浙江)人。东汉杰出的唯物主义哲学家。著作有《讥俗》、《政务》、《论衡》、《养性》等多种,今传者仅《论衡》一书。《论衡》是一部学术著作,其中一些篇章涉及关于文章著述的内容。

推崇学术著作

　　王充重视文章著述,认为文章著述作用巨大,地位崇高。《论衡·超奇》(下引《论衡》只注篇名)云:

> 故夫能说一经者为儒生,博览古今者为通人,采掇传书以上书奏记者为文人,能精思著文连结篇章者为鸿儒。故儒生过俗人,通人胜儒生,文人逾通人,鸿儒超文人。故夫鸿儒,所谓超而又超者也。

文人、鸿儒具备写作能力,故胜过仅能说经和虽通晓古今但不能写作的儒生、通人。文人指能写作单篇公家应用之文、有益于政事者,王充对他们也是称赞的,但认为鸿儒即能撰写成部著作者更为崇高。

　　在能著书的鸿儒之中,还有所区别:

> 或抽列古今,纪著行事,若司马子长、刘子政之徒,累积篇第,文以万数……然而因成纪前,无胸中之造。若夫陆贾、董仲舒论说世事,由意而出,不假取于外,然而浅露易见,观读之者犹曰传记。阳成子长作《乐经》,扬子云作《太玄经》,造于眇思,极窅冥之深,非庶几之才,不能成也。孔子作《春秋》,二子作两经,所谓卓尔蹈孔子之迹,鸿茂参贰圣之才者也。……(桓谭)又作《新论》,论世间事,辩昭然否,虚妄之言,伪饰之辞,莫不证定。彼子长、子云论说之徒,君山(桓谭字)为甲。(《超奇》)

王充认为司马迁、刘向、陆贾、董仲舒、阳成子长、扬雄、桓谭等都是"鸿眇之才"。但撰写历史著作,尚有所依傍;而那些自出己意、思虑深沉、撰写哲学等方面的著作者,尤为不易。至于他最为推崇者,则是桓谭。因为桓谭作《新论》,能辨明世事俗说,定其是非真伪。王充作《论衡》,其宗旨也正在于此。总起来看,王充所重视的,是直接服务于政事的应用之文,更重视的是"连结篇章"的成部的学术著作,都不是文学作品。他的品评标准完全代表了思想家的看法,而不是文学家的看法。

反对崇古抑今,为通俗的语言辩护

王充所推崇的是学术著作、论说之文。关于此类著述,他有一些论点值得注意。

首先,王充激烈反对世俗之人评价著作时崇古抑今的观点。他说:

> 夫俗好珍古不贵今,谓今之文不如古书。夫古今一也,才有高下,言有是非,不论善恶而徒贵古,是谓古人贤今人也。……盖才有浅深,无有古今;文有伪真,无有故新。(《案书》)

他曾称赞擅长作奏记之文并撰作《洞历》的周长生道:

> 文王之文在孔子,孔子之文在仲舒。仲舒既死,岂在长生之徒与?何言之卓殊,文之美丽也!……俗好高古而称所闻。前人之业,菜果甘甜;后人新造,蜜酪辛苦。……天禀元气,人受元精,岂为古今者差杀哉?(《超奇》)

上文所引《超奇》,说阳成子长、扬雄"蹈孔子之迹"、"参贰圣之才",这里又将周长生之文与文王、孔子并提。都是颇为大胆的言论。在王充看来,整个社会的发展,就不是今不如古的。他曾将汉朝与前代相比较,说汉代的圣人并不少于周代的文、武、周公,汉代帝王超过了周代的成、康、宣王,若与周朝相比,周不如汉(见《宣汉》篇)。王充在评价学术方面反对崇古抑今,是与他的社会发展观相一致的。其哲学基础则是元气论,认为今人古人禀受的元气是均等的,今人所禀并不亚于古人,因此今人的文章著述也不会逊于古人。

其次,王充认为论说性著述重在思想内容的正确,不应刻意追求文辞巧丽。他说:"救火拯溺,义不得好;辩论是非,言不得巧。""论贵是而不务华。"(《自纪》)他还认为写作议论性的文章既然是要晓喻凡俗,那么就应不避文辞的通俗浅露:

以圣典而示小雅，以雅言而说丘野，不得所晓，无不逆者。……故鸿丽深懿之言，关于大而不通于小。不得已而强听，入胸者少。……俗晓形露之言，勉以深鸿之文，犹和神仙之药以治疥咳，制貂狐之裘以取薪菜也。……何以为辩？喻深以浅；何以为智？喻难以易。（《自纪》）

又说：

论衡者，论之平也。口则务在明言，笔则务在露文。……夫文由语也……文字与言同趋，何为犹当隐闭指意？……深覆典雅，指意难睹，唯赋颂耳。经传之文，贤圣之语，古今言殊，四方谈异也。当言事时，非务难知，使指（孙蜀丞云："指"下疑脱"意"字）闭隐也。（《自纪》）

这里说明了一个重要的原理：书面文字是口头语言的记录，它们的功能是一样的。说话既欲求听者明白，著书亦不该故作深隐。又指出古代经籍之所以后人觉得难懂，是由于古今语言变易和各地方言阻隔的缘故，并不是古人故意作高深之语。这些看法，是相当合理的。

除上述者外，王充还有一些有关论说性著作的言论。例如他认为著作应有益于社会和政治，因此即使是论说性、学术性著作，但如公孙龙的坚白之论、邹衍等人谈天说地的怪诞之说，他也都加以反对。而商鞅、管仲之书，他认为可以"富民丰国，强主弱敌"（《案书》），便值得称赞。又如他认为言论须有事实为证验，以加强说服力。他说："事莫明于有效，论莫定于有证。空言虚语，虽得道心，人犹不信。"（《薄葬》）"道家论自然，不知引物事以验其言行，故自然之说未见信也。"（《自然》）而对于耳闻目见之事，又应用心辨其虚实真伪。他还曾指责典籍中的缺失，包括写作方面的失误，如摘出《论语》中的语病、《史记》中的记事自相矛盾之处等。总之，王充重视的是学术性著作。上述他的言论，乃是他在学术性、论说性著述的批评、写作中的心得体会。

轻视辞赋

王充论文尚功利，尚实用。在他看来，"《六略》之书万三千篇，增善消恶，割截横拓，驱役游慢，期便道善，归正道焉"（《对作》），他是用功利的眼光去看待一切著作的。因此，对于汉代辞赋，除了歌功颂德者以外，都表示轻视：

以敏于赋颂、为弘丽之文为贤乎？则夫司马长卿、扬子云是也。文丽而务巨,言眇而趋深,然而不能处定是非,辩然否之实,虽文如锦绣,深如河汉,民不觉知是非之分,无益于弥为崇实之化。(《定贤》)

又说:

孝武皇帝好仙,司马长卿献《大人赋》,上乃仙仙有凌云之气。孝成皇帝好广宫室,扬子云上《甘泉颂》,妙称神怪,若曰非人力所能为,鬼神力乃可成。皇帝不觉,为之不止。长卿之赋如言仙无实效,子云之颂言奢有害,孝武岂有仙仙之气者? 孝成岂有不觉之惑哉?(《谴告》)

认为由于辞赋的讽谏不是直言,而是运用委婉的手法,先从相反的方面加以渲染描绘,结果不但起不到讽谏作用,反而迷惑人主。这样的观点,与扬雄"不免于劝"的说法是一致的。

论夸张和比喻

世俗传语和经、子著作中,都有夸张之语,这与人们"好奇"的心理有关。王充明白这一点。他说:"俗人好奇。不奇,言不用也。故誉人不增其美,则闻者不快其意;毁人不益其恶,则听者不惬于心。"(《艺增》)夸张往往能给人以强烈的印象,从而增强效果。王充也曾指出此点。如《尚书》载祖伊谏纣,曰:"今我民罔不欲丧。"王充认为这是夸张,"祖伊增语,欲以惧纣也。故曰:语不益,心不惕;心不惕,行不易。增其语欲以惧之,冀其警悟也"(《艺增》)。另一方面,王充从"归实诚"、"疾虚妄"的立场出发,认为夸张语往往"伤其本","离其实"。他十分担心夸张增饰之语被误认为事实,故作《语增》、《儒增》、《艺增》三篇(都在《论衡》内),举出各种著作和世俗传语中的许多例子,一一加以批评或解释,以说明其并非事实。而在这些说明中,有的地方反映出王充对运用夸张、比喻等手法的不理解。如《诗经·大雅·云汉》写周宣王时大旱,"维周黎民,靡有孑遗",原是夸张灾情严重,人民死亡殆尽。王充虽指出那是夸张,但将"靡有孑遗"理解为"无有孑遗一人不愁痛者"(《艺增》),并说当时必有不受灾及富贵多仓储之人,他们不会愁痛。这其实并未真正理解诗句的夸张手法。又如《尚书·武成》云武王伐纣,"血流漂杵"。王充认为这样夸张太过分了,因为牧野之地高燥,血流辄入土,"安得浮杵"? 且殷周士卒作战,不会携带杵臼,"安得杵而浮之"?(见《艺增》)这样的批评,迂执可笑。

典籍中有一些内容,今天看来是神话、传说,王充却视为纪事荒诞不实。如《淮南子》所载共工怒触不周山、后羿射日、鲁阳挥戈等故事,王充批评道："世间书传，多若等类，浮妄虚伪，没夺正是。"(《对作》)表示十分不满。这也表明王充处处以征实的态度看待典籍所记，是颇缺少文学的眼光的。这既是他个人的问题，也反映了我国古代文学批评中一种较为普遍的倾向。

第二编　魏晋南北朝

绪　　论

魏晋南北朝时代(包括汉末建安时期)的文学批评,出现了前所未有的繁荣景象。在这一阶段中,出现了不少单篇的文学论文。它们有的仍如汉代《诗大序》、《离骚序》那样,就一种文体、一部书或一篇著作立论,更有不少是论述一些具有普遍性的问题。这些单篇论文,既有陆机《文赋》那样独立成篇者,也有子书中的篇章,如曹丕《典论·论文》、颜之推《颜氏家训·文章》,还有史书中的专论,如沈约《宋书·谢灵运传论》、萧子显《南齐书·文学传论》。除单篇论文外,更出现了若干专著,如刘勰《文心雕龙》、钟嵘《诗品》,论述深入、系统,标志着这一时代文学批评的重大成就。文章总集的编纂也是这一时代值得注意的现象,其编者往往通过序和论发表关于文学的见解。

魏晋南北朝文学批评不同于前代的一个重要特点,是不再强调以文学为服务于政教的工具,不再强调以功利性为文学的鹄的,而是充分体现了文学审美观念的发展。魏晋南北朝文学批评并不否定、反对政教作用,但就总体而言,它所重视、所探讨的,主要是与文学审美功能、审美性质有关的各种问题。相对而言,它较少探讨文学与社会、政治的关系,而大量地探讨文学内部的各种关系。鲁迅曾说,曹丕所处的时代是"文学的自觉时代"(《魏晋风度及文章与药及酒之关系》);所谓"文学的自觉",完全可以涵盖整个魏晋南北朝时期。

魏晋南北朝文学批评发达的原因

汉代占统治地位的儒家文艺理论,虽然有过分强调文学功利目的而轻视审美的缺点,但其中某些内容,如认为人心感物而产生情感、情动于中而发为诗歌,如要求写作以内容为主而又兼重文辞表达,都还是合理的、符合文学本身的规律的。这些观点,都为魏晋南北朝文学批评所继承和发展。此外,文学作品的审美作用实际上是无法抹杀的客观存在,汉代统治阶级中不少人实际上是从作品中获得了审美愉悦的,而且也有人要求肯定文学的这种功能,只是在汉代,这种要求不能占据统治地位而已。到了新的历史条件下,儒学禁锢士人头脑的力量减弱了,原先被压抑的审美趣味便得以发展,被忽视的文学本身的性质、规律便得以被认识,被研究。

汉末儒学的衰颓不可避免。一方面,当时经学日益繁琐僵化;再一方面,社会、政治动乱阻断了士人以明经获取利禄的途径,动乱时期的统治者更需要的是思想活跃、具有实际才干的人士。曹魏政权建立之后,两晋和南北朝时期,虽然最高统治者也曾注意提倡儒学,总的说来儒学在许多人心中仍有崇高的地位,但是实际上儒学已不能像汉代那样独尊,那样在大多数知识分子的头脑中经常处于支配地位了。以老庄学说为基础而调和儒道的玄学以及来自域外而玄学化的佛学深受士人的喜爱,并深刻地影响了士人的人生态度。整个魏晋南北朝时代,士人们思想活跃,兴趣广泛,穷理尽性,并且往往企求一种适意放达、超脱世事琐务、保持心灵自由的精神境界。尽管实际上不可能真正超脱,但那样一种企求是有利于审美意识的发扬的。

儒学教条、儒家文艺思想束缚的松弛,士人思想的活跃,是魏晋南北朝文学批评发展的外部条件。而文学创作的长足发展,则是文学批评发达的深厚基础、肥沃土壤。这一时代文学创作的发展,有两个值得注意的倾向。一是抒情、写景的诗赋文章大量涌现,取得很大的成就。五、七言诗萌生于汉代,在汉末魏晋南北朝时代发展迅速,尤其是五言诗,写作风气之普遍达到了"才能胜衣,甫就小学,必甘心而驰骛"(钟嵘《诗品序》)的地步。其作品多为个人情感之歌唱,并不追求政教作用。南朝时山水咏物诗发达,诗歌在描绘自然风景方面取得了相当高的成就。赋在汉代以直叙铺陈的大赋为主;魏晋南北朝时,体物工致、抒情色彩浓厚的小赋更形突出,比起汉代大赋来,具有更高的审美价值。建安时期,作者往往以创作美文的态度写作书信,辞藻富丽,富于抒情气息。南朝时此种情形更多。再一个值得注意的倾向,是雕琢文辞、讲究对偶、词藻以至声律的骈体文日形发达(但当时尚无"骈体"的名目),文人对于文辞形式美的追求臻于极致。文学创作中的这些倾向,在理论和批评中都有鲜明的反映。

对于文学审美特性的认识

魏晋南北朝时代的"文学"一语,仍不等同于今日所谓文学,仍是泛指文教、文化修养而言。但因文章写作日益普遍,其地位日益提高,写作能力几乎成为文人修养中不可缺少的部分,故"文学"也就常常包括写作之意,在许多场合,"文学"便可理解为包含文章与学问两方面意义。至于当时"文章"、"文"之语,也仍是包罗广泛,既包括审美性质浓厚的诗赋等作品,也包括学术著作和一般的实用性文体等。因此,如曹丕说"盖文章,经国之大业"(《典论·论文》),陆机说"文之为用……济文武于将坠,宣风声于不泯"(《文赋》),刘勰说"文章之用,实经典枝条……君臣所以炳焕,军国所以昭明"(《文心雕龙·序志》),以至萧纲说"文之为义……成孝敬于人伦,移风俗于王政"(《昭明太子集序》),就都不难理解,因为他们所谓"文章"、"文",原本是包括与政教关系密切或直接用于政治活动的各类制作的。即使到了南朝时期使用"文"、"笔"术语,也只是以押脚韵与否将"文章"区别为两大类而已,并非有意从审美角度予以区分(当时有人议论文、笔的话反映了审美的意识,那是另一回事)。因此,魏晋南北朝虽然是文学审美意识大为发扬的时代,但却始终没有出现一个与今之"文学"含义相当的语词;也就是说,始终没有出现一个语词,能够以是否具有审美价值为标准,将所有以文字联缀而成的制作加以区分。

上述情况告诉我们,对于魏晋南北朝人论及"文学"、"文章"的话,须结合具体情况细加辨析,方能避免误解。但这并不是说当时人对于文学作品的审美性质和功能认识肤浅。下面从三个方面归纳一下魏晋南北朝人对于文学审美特性的认识,即关于作品怎样才美好动人的看法。

一、爱好强烈的情感表现

曹植说自己的文学好尚是"雅好慷慨"(《前录序》)。"慷慨"即直抒胸臆、意气激烈、情感表现鲜明之意。这是批评史上首次明确地表述了对于强烈情感的爱好。曹植此语后来被刘勰用来概括建安时期的审美趋向(见《文心雕龙·时序》)。事实上,整个六朝时期,人们都以情感动人为美。陆机《文赋》很重视情感在构思过程中的作用,并且以"诗缘情而绮靡"一语鲜明地指出了诗的抒情特征。"绮靡"是指诗的整体风貌美好动人,其中也包括情感的动人。人们尤其欣赏悲剧性的情感表现。《文心雕龙·辨骚》称美《楚辞》

"叙情怨则郁伊而易感,述离居则怆怏而难怀";钟嵘《诗品序》则指出诗是"摇荡性情"、"感荡心灵"而产生的,说好诗几乎都是作者遭遇不幸、悲情郁结、一吐为快的产物。钟嵘评论诗人时经常说到"哀怨"、"愀怆"、"感恨"、"悲凉"、"惆怅"等等。萧绎《金楼子·立言》将诗歌的特点概括为"流连哀思",使人"情灵摇荡"。这些例子,都是文学批评中以悲为美的审美趣味的反映。

传统的儒家文艺思想,是已经认识到诗歌抒情的特征的。但因片面强调诗的政教目的,故实际上往往抹杀了作品表现日常生活中丰富复杂情感的作用。这种文艺思想又要求情感的表现中正平和,温柔敦厚,而反对奔放、强烈的表现。魏晋南北朝文学批评则往往不顾及政教作用,而以情感动人本身作为追求的目标。

二、重视语言文辞的形式美

《文赋》已经提出"遣言贵妍",并且已注意到诵读作品时的声音之美:"暨音声之迭代,若五色之相宣。"随着骈俪文体的发达,人们对于对偶、词藻越来越讲究。至南齐永明年间,更人工制定声律规则,斤斤讲求规避声病,企图以人工的方法,使诗文用字的声音多变而又和谐。唐以后的诗词格律,可说即滥觞于此。追求文辞形式美的趣味,遍及许多种文体,在南朝人心目中占有重要地位。陶渊明的诗在后世被认为是"质而实绮,癯而实腴"(苏轼《与苏辙书》),具有非常动人的内在的美。但在南朝大多数人眼里,却因文辞朴素而得不到第一流诗人的评价。曹操诗更因文辞质素被抑居下品。钟嵘概括诗之美,有云"干之以风力,润之以丹彩"。"风力"指情感表现生动有力、爽朗鲜明,"丹彩"即指文辞美丽。二者均为诗美的要素。还有,各种实用文体,也可以成为美文供欣赏,所谓"并为入耳之娱","俱为悦耳之玩";其原因,就在于它们"综缉词采","错比文华",其语言形式美可供玩赏(见萧统《文选序》)。

当然,对于文辞形式美的要求,也因文体不同而有所区别。如诏策、雅乐歌诗一类作品,以风格典雅为佳,故作者常直接仿效经书的语言。又如骈文常大量使用典故,以示其文辞之富丽精工。而对于诗歌,有识者便指出不可堆砌典故以破坏语言的流畅明白,即使用典也应使人易晓,或用典而不使人觉。

三、欣赏自然真切的景物描写

赋的特点之一,在于描绘外物形象,故陆机《文赋》说"赋体物而浏亮",

沈约《宋书·谢灵运传论》认为汉赋代表作家司马相如的成就在于"巧为形似之言"。随着诗歌中写景的发展,尤其是由于刘宋时谢灵运的山水诗崛起诗坛、获得人们的热烈爱好,于是在文学批评中出现了不少论景物描绘的言论。《文心雕龙》特列《物色》篇论述文学创作与自然风景的关系。钟嵘《诗品》评论张协、谢灵运、颜延之、鲍照等诗人时都用了"尚巧似"、"巧构形似之言"之语,指出他们擅长写景状物的优点。山水诗人谢灵运被誉为"兴多才高"(钟嵘《诗品》)、"吐言天拔"、"巧不可阶"(萧纲《与湘东王书》),在南朝人心目中地位极高。典籍中屡见南朝人摘引景物描写的诗句,嗟赏不置。凡此都反映了南朝人对于山水景物描绘的重视和爱好。

对于自然景物描绘的欣赏,与要求诗歌语言流畅明朗,这二者结合起来,便具有了意境说萌芽的意义。后世所谓意境说,主要是要求作者对于外物之美有敏锐而独特的感受,并且能用自然明朗、毫不雕琢的语言将此种美表现出来,从而使读者沉浸其中,流连不已。南朝论者如刘勰,指出刘宋以来山水景物诗能做到"不加雕削而曲写毫芥",又说物色描写能让人感到"味飘飘而轻举,情晔晔而更新"(《文心雕龙·物色》),便触及到这些问题。钟嵘《诗品序》更标举"直寻"、"自然英旨",要求诗人写"即目""所见"的景象,这也就是要求诗人直接地感受外物之美,并且直接地、自然而然地加以表现。颜之推则盛赞"蝉噪林逾静,鸟鸣山更幽"、"芙蓉露下落,杨柳月中疏"那样的写景佳句"宛然在目","有情致",耐人寻味(见《颜氏家训·文章》)。这些言论所体现的美学要求,与后世意境说是相通的。

应该指出的是,南朝文论家虽反复论及"形似",但那是就描绘"物色"(主要指自然景色,也包括宫殿等外物的形色)而言。至于人物形象的描绘,当时文论几乎未曾注意。我国史传文学发展很早,《左传》、《史记》、《汉书》等书中有不少人物形象栩栩如生。六朝志人、志怪小说中也包含一些人物描写。但南朝文论没有认识到其中的审美价值。南朝后期的宫体诗描绘女子的体貌服饰、歌容舞态,一时成为风气。那种描绘当然还是浮浅单薄的,不过毕竟算是人物形象的描写,但在文论中对此基本上无所反映。应该说,对于人物形象描绘的忽略,是南朝文论的局限之一。文学批评的发展也要经历由浅入深、由低级到高级的过程。到了唐代,刘知幾《史通》中出现了一些关于史传人物描写的言论。而要到小说创作有了长足发展之时,小说批评随之发展起来,关于人物形象描绘的论述才有了较大的进展。

67

创作论、作家风格论、文体论和文学发展论

魏晋南北朝文学批评的内容丰富多彩,涉及很多方面,这里先就其中若干问题作一大概的介绍。

一、论创作

陆机《文赋》是第一篇专门论述如何运思写作的文章。赋中对于创作冲动的发生、创作中思维活动的特点作了精彩真切的描述;对于写作中的一些具体问题,如剪裁、突出主题、避熟就新等等,也都有所论述。刘勰《文心雕龙·神思》继承陆机,更明确地提出了"神与物游"的命题,强调作家情志与外物(实指景物)的联系。《神思》和《养气》还都论述了如何保证思路通畅的问题。《文心雕龙》的下半部分,详细讨论了创作中各种具体手法该如何恰当运用。除陆机、刘勰外,其他文论家也论及构思,有些话颇为精警。如钟嵘《诗品序》以"天才"与卖弄学问相对立,实际上触及诗人对外物之美的直接感受问题。萧子显《南齐书·文学传论》认为诗赋创作应"委自天机","应思悱来",也触及创作才能的特殊性、作家情思的自然发露以及灵感等问题。

二、论作家风格

曹丕《典论·论文》首次以"气"评论作家,实际上是说作家气质各不相同,相应地形成了作品的个人风格。这是当时盛行的人物评论风气在文论中的反映。《文心雕龙·体性》是文学批评史上第一篇作家风格专论。它在继承曹丕观点的基础上,进一步分析作家主观因素才、气、学、习与作品风貌之间的关系;在强调作家先天因素的同时,也重视后天知识的积累和审美趣味的培养。南朝作家江淹的《杂体诗》三十首,模仿前代三十位诗人的创作风貌,并表示对于多种多样的风格应该"好远兼爱"(《杂体诗序》),不该崇此抑彼。

六朝作者创作时往往有意模仿名家,从而形成流派。萧子显《南齐书·文学传论》便概括了刘宋之后形成的三大流派的风格。钟嵘《诗品》常常说某诗人源出某人,也主要是从风格特点相似的角度加以辨认归纳的。所论虽未必都准确,但总之体现了重视个人风格的眼光。六朝文论这方面的内容,对于后世有深远的影响。

三、论文体

在六朝文学批评中,文体论也是一项重要内容。人们在体认作家个人风格的同时,也非常注重各种文体风貌的辨析。《典论·论文》将八种文体分

为四类,分别指出其应有的特点。《文赋》则提出十种文体的风格、特点,如"诗缘情而绮靡、赋体物而浏亮"等等。西晋挚虞的《文章流别论》、东晋李充的《翰林论》结合总集的编纂,叙述各种文体的特点、功用等,有时并举出历代名家名篇,内容较为全面。至《文心雕龙》则集前人之大成,其上半部分《明诗》至《书记》二十篇,将各种文体囊括无遗,释其名目,述其源流,举其名篇,论其特点。文体研究的发达,乃是基于学习写作的实际需要。人们认为各种文体由于用途不同,故应具有相应特点,包括风格方面的特点,若不加以注意,便会失体成怪。而从当时关于文体的论述中,也可窥见人们的审美趣味。

四、论文学的发展与创新

魏晋南北朝时人们认识到文学是发展变化的。他们总结文学发展的总规律,是由简质而趋于文饰精工。东晋葛洪认为"古者事事醇素,今则莫不雕饰"(《抱朴子外篇·钧世》),文章同样也是如此。萧统也说踵其事而增华、变其本而加厉是普遍规律,因此"文亦宜然"(《文选序》)。《文心雕龙·通变》同样以由质趋文概括文学发展的总趋势,而分析较为细致。对于文学发展的此种趋向,六朝人大多予以肯定。只有个别学者如裴子野,从文学与政教的关系出发,认为统治阶级爱好文学不利于政治,故对整个文学发展的历史采取否定态度。

与肯定文学发展变化的观点相联系,六朝文人具有颇为强烈的创新意识。《文赋》说"谢朝华于已披,启夕秀于未振"。《文心雕龙·通变》说"文律运周,日新其业。变则堪久,通则不乏"。《南齐书·文学传论》说"在乎文章,弥患凡旧,若无新变,不能代雄"。都反映了自觉地求新求变的意识。而由于文坛上也存在过分追求新奇而发生偏差的情况,例如醉心于雕饰文辞而忽视内容、情感的充实,文风颓靡乏力,甚至不惜违背遣词造句的规律以至文风怪异,因此文论家中也有人提出去甚去泰,要求斟酌古今,调剂雅俗。在这方面刘勰的论述最为突出,颜之推也有类似的见解。

在论文学发展时,有的文论家比较具体地说明了各历史阶段文学的特点,并列举其代表性作家,这样的论述便具有文学史性质。如沈约《宋书·谢灵运传论》便有这方面内容,叙述虽简而颇为精当。钟嵘《诗品序》亦曾专论五言诗发展的历史。《文心雕龙》上半部分论各种文体,原始表末,选文定篇,也有分体文学史的性质。更有《时序》专篇,依历史顺序论述政治背景、社会状况、学术风气与文学发展的关系,颇有精辟的见解。

第一章　魏晋的文学批评

第一节　曹丕、曹植

曹　　丕

在建安时代的文学批评家中，首先值得重视的是曹丕。曹丕（187—226），字子桓，沛国谯（今安徽亳县）人，曹操与卞氏所生长子，袭位为魏王。后代汉称帝，国号魏。在位七年，谥文帝。有后人所辑《魏文帝集》。他的文学见解主要见于《典论·论文》，此外在《与吴质书》等文中也曾经论及文学。

《典论·论文》是曹丕所著《典论》（全书已佚）中的一篇。在曹丕以前，专篇的文学论文如《诗大序》、班固《离骚序》、《两都赋序》、王逸《楚辞章句序》等，或就一部书、一篇文章立论，或就一种文体立论。《典论·论文》则从评论作家出发，论及各种文体的特点、文章的地位和作用、文学批评应有的态度等。全文篇幅虽然不长，但涉及范围颇为广泛；提出论点虽然仅仅引其端绪，但在文学批评史上是第一次，对后世甚有影响。因此，《典论·论文》在文学批评史上占有重要的地位。

论作家

《典论·论文》对当时著名文人孔融等七人一一加以评论，后世"建安七子"之称即出于此。其言曰：

　　王粲长于辞赋，徐幹时有齐气，然粲之匹也。如粲之《初征》、《登楼》、《槐赋》、《征思》，幹之《玄猿》、《漏卮》、《圆扇》、《橘赋》，虽张、蔡不过也。然于他文，未能称是。琳、瑀之章表书记，今之隽也。应玚和而不壮，刘桢壮而不密。孔融体气高妙，有过人者，然不能持论，理不胜辞，以至乎杂以嘲戏。及其所善，扬、班俦也。

《与吴质书》也曾评论这几位作者（未言及孔融）：

> 观古今文人，类不护细行，鲜能以名节自立。而伟长独怀文抱质，恬淡寡欲，有箕山之志，可谓彬彬君子者矣。著《中论》二十余篇，成一家之言，辞义典雅，足传于后，此子为不朽矣。德琏常斐然有述作之意，其才学足以著书；美志不遂，良可痛惜。……孔璋章表殊健，微为繁富。公幹有逸气，但未遒耳；其五言诗之善者，妙绝时人。元瑜书记翩翩，致足乐也。仲宣续自善于辞赋，惜其体弱，不足起其文；至于所善，古人无以远过。

这些评论有一引人注目之处，即以气论文。如称徐幹"时有齐气"，孔融"体气高妙，有过人者"，"公幹有逸气"。又评王粲"惜其体弱，不足起其文"，"体弱"也就是"气弱"之意。认为王粲的作品在生气蓬勃、活跃有力方面不能与其斐然文采相称。这里所谓"气"，是指作家、作品给人的一种总体印象、感受，也就是指作家、作品的总体风貌，类似于今日所谓风格。气是指作品的风貌，也兼指作家的气质。在曹丕看来，作品之气与作者之气是一致的，而各位作者具有其独特的风格。

《典论·论文》又总论文与气的关系：

> 文以气为主，气之清浊有体，不可力强而致。譬诸音乐，曲度虽均，节奏同检，至于引气不齐，巧拙有素，虽在父兄，不能以移子弟。

意谓人们禀受之气有清浊之分，故其才性有昏明，写作文章也就有高下。曹丕认为写作才能取决于自然禀受之气，也就是说取决于天才。他认识到为文不易，感到文学创作有其难言的难处与妙处，不可能轻易传授。他所强调的这一方面，是合乎事实的，但仅仅归结于天才而不说后天的学习，又不免片面。

曹丕以气论文，与长期以来的哲学观念和东汉以来的人物评论风气有密切关系。早在先秦时，人们已用气解释宇宙生成等各种自然现象，认为万物均由气所构成，所谓"通天下一气耳"（《庄子·知北游》）。人是天地间一物，因此也与气密切相关；不但人的生理现象，而且精神现象都与气有关。

孟子所谓养气之说(见本书第一编第一章第三节),就是用气来说明人的意志、人的精神力量的。两汉以来,人们继承了这种看法,并已有进一步的发展。当时人明确地说人的性格、品质等均由所禀受的气所决定。如董仲舒《春秋繁露·深察名号》论人性,说人兼有仁、贪二气,故有仁、贪之性。王充则以人们禀受的"天气"、"仁气"、"勇气"等解释其品性,还以禀气不同解释人的才能及贫富贵贱之别(见《论衡》中《自然》、《吉验》、《命义》等篇)。还有一种理论,认为不同地域有不同的气,从而形成各地人民性情之异。《汉书·地理志》便说:"凡民函五常之性,而其刚柔缓急,音声不同,系水土之风气。"而齐气,被认为"其气清舒"(见《公羊传》庄公十年疏引汉末李巡的《尔雅·释地》注);齐地人民,也被认为性格舒缓。因此《典论·论文》说徐幹"时有齐气",便是说其为人及其作品都给人舒缓的感觉。此外,人们还将气分为清浊以解释自然现象和人体。有一种说法,认为清气优而浊气劣。如魏晋时人袁准的《才性论》云:"物何故美? 清气之所生也;物何故恶? 浊气之所施也。"曹丕以"气之清浊有体"论作文才能之高下,即与此种说法有关。

既然关于气的理论应用于解释人的气质、才性,那么在东汉后期兴盛起来的人物评论风气中,人们也就很自然地用气来评述具体的人物。如蔡邕说"申屠蟠禀气玄妙,性敏心通"(见《后汉书·申屠蟠传》),佚名《中论序》称徐幹"含元休清明之气",曹丕说"周成王体上圣之休气"(《周成汉昭论》),陆绩说扬雄"受气纯和"(《述玄》)等等。因此,《典论·论文》和《与吴质书》以气评论作家,在文学批评史上是首次,而如若放在人物评论的背景上观察,则实在是顺理成章、自然不过的事情。

评论文人,其实就是人物评论的内容之一。人物评论原是为察举征辟服务的,后来扩大于人们的日常谈论之中。所评论的内容,包括德行、才能、气质、风度等等。在文章的重要性日益被认识、写作才能日益被重视的时代,人物品鉴的内容包括了文才高下,是很自然的事情。曹丕的作家评论,正是此种风气下的产物。其评论方式,如评语简括、兼评长处与短处、将数位作家置于一处具有比较对照意味,也与一般的人物评论相同。而此种方式,对后世文学批评颇有影响。

曹丕评论作家的又一观点,便是认为"文非一体,鲜能备善"。作家往往偏擅某些体裁,只有"通才能备其体";他们也就常常"各以所长,相轻所短"(见《典论·论文》)。这一观点,也与人物评论的理论相一致。东汉人讨论人性时,已认为"人有所优,固有所劣;人有所工,固有所拙"(王充《论衡·书解》）。而且认为在具有某项优点时,同时也就容易产生相应的局限。如仲长统《昌言》便说"人之性,有山峙渊停者,患在不通;严刚贬绝者,患在伤士;……和顺恭慎者,患在少断;……辩通有辞者,患在多言"等等。与曹丕同时的刘劭,著有《人物志》,系统深入地研讨人物才性,也反复强调此点,认为人才多属偏至,唯有圣人才能兼美;还说偏才之人,"皆亲爱同体而誉之,憎恶对反而毁之"(《人物志·七缪》),即只能认识与自己才性同类者的优点,而对才性不同者则加以贬损。刘劭的理论是为政治服务的,其目的是论述人君应如何认识人才,以便各尽其材。曹操曾有《勅有司取士毋废偏短令》,说"有行之士,未必能进取;进取之士,未必能有行",那便是运用才性理论的一个实例。曹丕《典论·论文》指出作家各有长短,并且往往以己之长轻视人之短,则实际上是才性理论在文学批评中的反映。

　　曹丕论作家深受一般的人物品评风气的影响,并不奇怪,他本人就写过《士品》一书(《隋书·经籍志》作"士操",姚振宗《隋书经籍志考证》以为当作"士品")。其书已佚,但《隋志》列于子部名家类,与刘劭《人物志》等有关品评人物的书并列,可知也是一部关于人物品评的专书。曹丕对于人物评论是颇有兴趣,对其理论也是十分熟悉的。

论文体

《典论·论文》说:

> 夫文本同而末异。盖奏议宜雅,书论宜理,铭诔尚实,诗赋欲丽。此四科不同,故能之者偏也,唯通才能备其体。

这便从作家才能偏至的观点而论及各种文体应有的特点、风貌。书论,指议论性的子书及单篇文章。此类著作的内容为说理,在表述上也应特别注意具有条理,不能徒事华辞。《典论·论文》批评孔融"不能持论,理不胜辞",便与"书论宜理"的说法相通。东汉以来,写作书论成风,其中多有"浮辞谈说"、逞其巧慧、泛滥无归之作(参见魏时桓范《世要论·序作》所说)。曹丕强调"理"字,实与那样的背景有关。铭在这里指碑铭。曹丕认为它与诔一样,都应符合死者实际,写得朴实,不应空洞和溢美。这与汉末谀墓之作大量涌现有关。桓范《世要论·铭诔》就曾严厉批判汉末政治污浊,官吏贪婪奸诈,其门生故吏却为之刊石颂美,称述勋德。桓范厉斥其"欺曜当时,疑误后世,罪莫大焉"。其说也可帮助我们理解曹丕"铭诔尚实"之说的背景。

　　曹丕关于文体特点的论述,建筑于两汉时代各体文章大量产生的基础之上。汉代人对于某些文体的风貌已有所言说。如汉武帝时公孙弘曾说诏书律令"文章尔雅,训辞深厚"(《史记·儒林列传》),东汉陈忠说帝王号令"言必弘雅,辞必温丽"(《后汉书·周荣传》),都指出了诏令一类文字的特点。又如关于论说性文字,王充曾说"论贵是而不务华"(《论衡·自纪》),"论之应理,犹矢之中的"(同上《超奇》);徐幹说论说"必原事类之宜而循理焉"(《中论·寿夭》);刘熙概括道:"论,伦也,有伦理也。"(《释名·释典艺》)曹丕"书论宜理"之说正与那些说法相通。至于辞赋之"丽",扬雄早已说"诗人之赋丽以则,辞人之赋丽以淫"(《法言·吾子》)。曹丕四科八体之说,可视为对前人意见的总结。不过他综合地提出各种文章体裁与风格的关系问题,在批评史上为首次,值得注意。在以后漫长的历史中,文体论是文学批评中的一项重要内容。

论文章的价值和作用

《典论·论文》云:

> 盖文章,经国之大业,不朽之盛事。年寿有时而尽,荣乐止乎其身;二者必至之常期,未若文章之无穷。是以古之作者,寄身于翰墨,见意于篇籍,不假良史之辞,不托飞驰之势,而声名自传于后。故西伯幽而演《易》,周旦显而制《礼》,不以隐约而弗务,不以康乐而加思。

所谓"经国之大业",是就各体文章在封建国家政治生活中的实用价值而言。统治者早已认识到文章在这方面的重要作用。所谓"不朽之盛事",则是就作者个人而言。曹丕对这一方面所表露的关心尤为强烈。他在《与王朗书》中也曾说:

> 生有七尺之形,死惟一棺之土。惟立德扬名,可以不朽,其次莫如著篇籍。疫疠数起,士人雕落,余独何人,能全其寿? 故论撰所著《典论》、诗、赋,盖百余篇。

春秋时早有立言不朽之说。汉代如司马迁、扬雄等都对此怀有强烈的欲望。但他们所重视的是学术著作,曹丕却是在重视学术著作以及服务于政治的实用文章的同时,也非常重视诗赋。从《典论·论文》和《与王朗书》均可看出,他所谓"不朽之盛事"是包括那些一般的抒情咏物的诗赋在内的。《典论·论文》所称赞的王粲、徐幹的赋,多为不含政教意义的抒情咏物之作。这一点也可通过他本人写作许多无关政教的抒情咏物诗赋这一事实加以印证。这样重视、抬高一般的抒情咏物之作,不能不说是建安时代的新现象,是文学自觉性的表现。

曹　植

曹植(192—232),字子建,曹丕之弟。封陈王,谥思,世称陈思王。为建安、曹魏时期的著名作家。有后人所辑《曹子建集》。

曹植曾编选自己的作品为《前录》,其序云:

> 故君子之作也,俨乎若高山,勃乎若浮云,质素也如秋蓬,摛藻也如春葩,泛乎洋洋,光乎皓皓,与《雅》、《颂》争流可也。余少而好赋,其所尚也,雅好慷慨。

"雅好慷慨"之语,是在批评史上第一次明确地表达了对强烈情感的爱好,很值得注意。所谓"慷慨",乃是直抒胸臆、意气激荡之意。不论是感念世乱、抒发壮志,还是伤节序、叹衰老、嗟离别,凡情感鲜明动人,都可谓之"慷慨"。"雅好慷慨"不仅是曹植个人的文学趣味,而且代表了整个时代的审美趋向。《文心雕龙·时序》论建安文学云:"观其时文,雅好慷慨。"便是以曹植的话概括其时代特征的。这一审美趋向,在曹植和其他建安作家的大量情感丰富激荡的诗文中可以得到验证。在汉代,占统治地位的儒家文艺思想漠视人们日常生活中丰富复杂的情感世界,强调温柔敦厚、中正平和而反对强烈激荡的情感表现。只有在儒家思想的束缚相对松弛之后,才有可能鲜明地提出"雅好慷慨"的主张。

《前录序》以形象的比喻,赞美作品美好多样的艺术风貌和语言风格,甚至称颂其可与《雅》、《颂》争流,其中隐隐然有以此自负之意,体现了曹植对文学事业的热爱与重视。他曾将自己的作品赠送友人。其《与杨德祖书》便是他赠送作品与杨修时所作,通篇谈论创作与批评,也表现了热爱文学之情。其言有云:

> 世人之著述,不能无病。仆常好人讥弹其文,有不善者应时改定。昔丁敬礼尝作小文,使仆润饰之;仆自以才不过若人,辞不为也。敬礼谓仆:"卿何所疑难?文之佳恶,吾自得之;后世谁相知定吾文者邪?"吾尝叹此达言,以为美谈。

意谓人们写作不可能没有缺点,故作者需要倾听批评意见。丁敬礼(丁廙字敬礼)的话,是说文章传于后世,所受到的评价不论是好是坏,均将归之于作者,不会影响到批评者的声名,因此润饰者即使改坏了也无妨,无须有所顾虑。这反映了当时人对于以文垂世的强烈关心。

信中又从作家的立场谈论批评之难:"盖有南威之容,乃可以论于淑媛;有龙泉之利,乃可以议于断割。刘秀绪才不能逮于作者,而好诋诃文章,掎摭利病。"其说却不够全面。具有创作能力的人,进行批评确较易中肯。但另一方面,创作与批评也还有互相区别的一面,二者是可以有所分工的。当然,曹植的话也反映了我国古代文学批评家往往本人便是作家这样一种事实。

《与杨德祖书》中说了一些似乎是轻视辞赋的话:

> 辞赋小道,固未足以揄扬大义,彰示来世也。昔扬子云,先朝执戟之臣耳,犹称壮夫不为也。吾虽薄德,位为蕃侯,犹庶几勠力上国,流惠下民,建永世之业,留金石之功;岂徒以翰墨为勋绩,辞赋为君子哉?若吾志未果,吾道不行,则将采史官之实录,辩时俗之得失,定仁义之衷,成一家之言,虽未能藏之于名山,将以传之于同好。

曹植建功立业的愿望极为强烈,至老不衰。他在文学创作方面自视甚高,更以政治、军事才干自负。他说辞赋未足以彰示来世,又流露出辞赋的价值不如学术著作的看法。这一方面确表现出传统观点的影响,在他身上同时表现出新旧两种互相矛盾的看法;另一方面,由于强调自己具有政治方面的大志,强调自己并不甘心仅仅以文章名世,而说了一些过分的话,也不难理解。鲁迅论及曹植这段话时曾说:"这里有两个原因,第一,子建的文章做得好,一个人大概总是不满意自己所做而羡慕他人所为的,他的文章已经做得好,于是他便敢说文章是小道;第二,子建活动的目标在于政治方面,政治方面不甚得志,遂说文章是无用了。"(《魏晋风度及文章与药及酒之关系》)

第二节　陆　　机

陆机(261—303),字士衡,吴郡吴县(治今江苏苏州)人。西晋文学家。曾官平原内史,世称陆平原,后被成都王司马颖任为后将军、河北大都督,率军讨长沙王司马乂,兵败,为颖所杀。有《陆平原集》(一名《陆士衡集》)。他的文学理论见于所作的《文赋》。

关于《文赋》的写作年代，因杜甫《醉歌行别从侄勤落第归》有"陆机二十作文赋，汝更小年能缀文"之句，遂有人认为《文赋》作于陆机二十岁时。但杜诗"文赋"可能泛指能写作文章辞赋而言。近人逯钦立《〈文赋〉撰出年代考》认为是陆机四十一岁或四十岁时所作，较为可信。

《文赋》前有序云：

> 余每观才士之所作，窃有以得其用心。夫其放言遣辞，良多变矣。妍蚩好恶，可得而言。每自属文，尤见其情。恒患意不称物，文不逮意；盖非知之难，能之难也。故作《文赋》以述先士之盛藻，因论作文之利害所由，他日殆可谓曲尽其妙。至于操斧伐柯，虽取则不远，若夫随手之变，良难以辞逮。盖所能言者，具于此云尔。

可知陆机作《文赋》的意图，在于论述写作时的"用心"，即如何用心写好文章。其中包括描述构思过程和分析文章的利病得失、指出应注意的问题。陆机认为写作之难，归根结柢在于"意不称物，文不逮意"。能体会、认识外物种种复杂微妙的情状已颇不易；而即使有所得，也还未必能以文辞加以贴切的表达。这样抓住物、意、言辞三者的关系来论写作，以前还不曾有过。关于言与意的关系，先秦的一些哲学著作如《周易》、《庄子》已有所议论；魏晋时更成为玄学家感兴趣的话题，大多数人认为言难以尽意。陆机说恒患"文不逮意"，与当时思潮是一致的。文学创作的"意"，不仅包括一般的想法、道理等，更包括微妙的审美感受，那确是更难于表达的。陆机的看法，主要还是来自创作的实践。

创作冲动的发生

《文赋》正文一开头说：

> 伫中区以玄览，颐情志于典坟。遵四时以叹逝，瞻万物而思纷；悲落叶于劲秋，喜柔条于芳春。心懔懔以怀霜，志眇眇而临云。咏世德之骏烈，诵先人之清芬；游文章之林府，嘉丽藻之彬彬。慨投篇而援笔，聊宣之乎斯文。

这里将创作冲动的发生，归之于两个方面：一是作者情感因自然景物、四时推迁而受到触发，二是在阅读他人作品时产生感慨。先秦、汉代儒家的诗乐理论，已谈到感于外物而生情、情动于中而形于言，但其理论主要是关注社会、政治环境对于作者的感动。所谓"伤人伦之废，哀刑政之苛，吟咏情性"

77

（《诗大序》），"感于哀乐，缘事而发"（《汉书·艺文志》），"饥者歌其食，劳者歌其事"（《公羊传》宣公十五年何休《解诂》），都是就社会环境方面而言的。陆机这里则突出了自然环境对作者情感的触动，反映了当时作者对于自然风物的敏感。这也是六朝文论中值得注意的一项新的内容。当然，作者的悲喜归根结柢来源于社会生活、个人遭际，但自然景物成为一种强大的诱发因素，作者胸中种种郁结因这种诱因而喷发。所谓"方思之殷，何物不感"（陆机《怀土赋序》），所思者原是有关社会生活的内容，因所见物色而引起感慨。《文赋》所说正是此种情形。至于读他人作品而兴感，那也是一种诱因。被激起而抒写于作品中的感慨，从根本上说，还是来源于作者自身的生活遭遇。

构思时的思维活动

《文赋》描述作家构思的过程道：

> 其始也，皆收视反听，耽思傍讯，精骛八极，心游万仞。其致也，情瞳昽而弥鲜，物昭晰而互进，倾群言之沥液，漱六艺之芳润，浮天渊以安流，濯下泉而潜浸。于是沈辞怫悦，若游鱼衔钩而出重渊之深；浮藻联翩，若翰鸟缨缴而坠曾云之峻。收百世之阙文，采千载之遗韵。谢朝华于已披，启夕秀于未振。观古今于须臾，抚四海于一瞬。

> 然后选义按部，考辞就班。抱景者咸叩，怀响者毕弹。……罄澄心以凝思，眇众虑而为言。笼天地于形内，挫万物于笔端。始踯躅于燥吻，终流离于濡翰。理扶质以立干，文垂条而结繁。信情貌之不差，故每变而在颜；思涉乐其必笑，方言哀而已叹。或操觚以率尔，或含毫而邈然。

这里说到了作家思维活动的若干特点。

一是无论构思开始时，还是写作过程中，都须集中精神，不受外界干扰，做到心境清明。这样才能想得既深且广，"眇众虑而为言"，即对涌上心际的种种意象、设想进行深入思索，精微巧妙地组织成文。先秦诸子中不少学派都说到精神专一、排除干扰对于认识的重要性，陆机的话则是专论写作，是他本人创作中的深有体会之言。

二是指出构思时思维活动极其活跃，想像的范围在时间、空间两方面都极为广阔。思维的活跃性、广阔性也是先秦诸子曾经指出过的，所谓"人心……其疾俯仰之间而再抚四海之外"（《庄子·在宥》）。陆机用以论创作，指出唯其如此,故作家能将天地万物笼罩驱遣于笔端,表现于作品之内。

三是指出作家思维活动伴随着情感和形象。"情曈昽而弥鲜,物昭晰而互进。"物,指外物在作者头脑中的映象。构思中作者情感非常强烈活跃,"思涉乐其必笑,方言哀而已叹",情感深入于所描写的对象之中。此种情感活动正是文思通畅的征象。《文赋》下文有"六情底滞,志往神留,兀若枯木,豁若涸流"之语,便是说若情感呆滞,文思也就枯窘了。经常伴随强烈的情感和鲜明的形象,这是艺术家的思维活动与理性思维之间最显著的区别,早在西晋时陆机已经指出这样的特点了,特别是对情感性这一点,他体会尤深。

四是说明了作家的思维与语言材料密不可分。"倾群言之沥液"云云,是说驱遣文辞范围之广,即使古书阙疑之文,也都供采择。要找到最恰当的辞语,须上下求索,有时如同从深渊中钓出鱼儿一般,是非常艰辛的。这就指出了作家构思不同于其他艺术门类的特点。我国古代作家,大多读书甚多,腹笥甚富。《文赋》所述,即反映了对于学习前人文辞的高度重视。

此外,作家的思维活动还有一个特点,即有时文思流畅,有时却艰涩阻滞。《文赋》对此也作了形象的描绘:

> 若夫应感之会,通塞之纪,来不可遏,去不可止。藏若景灭,行犹响起。方天机之骏利,夫何纷而不理。思风发于胸臆,言泉流于唇齿。纷葳蕤以馺遝,唯毫素之所拟。文徽徽以溢目,音泠泠而盈耳。及其六情底滞,志往神留,兀若枯木,豁若涸流,揽营魂以探赜,顿精爽而自求。理翳翳而愈伏,思轧轧其若抽。是故或竭情而多悔,或率意而寡尤。

这就是所谓灵感问题。陆机本人是作家,故对此深有体会。他不知其所以然,感到困惑而无从把握:"时抚空怀而自惋,吾未识夫开塞之所由也。"后人对此续有探讨。如刘勰提出的解决办法,一是平日积学博览,研习文术;二是临文之际须保持精神健旺,"清和其心,调畅其气"(《文心雕龙·养气》)。唐代皎然则指出灵感之来,乃"先积精思,因神王(旺)而得"(《诗式·取境》),对此问题作了较好的解释。

论作家构思中思维活动的特点,是陆机文学理论中最值得重视的内容。其论述是前无古人的,对后世有重要影响。《文心雕龙·神思》即显然继承了陆机的观点。

文章体貌风格的多样性

《文赋》论述这一问题,包括两个方面。

79

一是认识到由于作者个性、审美爱好不同,造成作品风貌的多样:

> 故夫夸目者尚奢,惬心者贵当,言穷者无隘,论达者唯旷。

追求炫耀心目之美的,便崇尚侈丽宏衍之作;以切理餍心为快的,便以严谨贴切为贵;喜文辞简约的,其作品或有局促窘迫之感;爱说得畅达的,其作品让人觉得旷荡无拘束。

二是说明不同的体裁,其体貌风格各异:

> 诗缘情而绮靡,赋体物而浏亮。碑披文以相质,诔缠绵而凄怆。铭博约而温润,箴顿挫而清壮。颂优游以彬蔚,论精微而朗畅。奏平彻以闲雅,说炜晔而谲诳。

曹丕《典论·论文》将八种文体分为四科,指出其应具的风格。陆机此处则说到诗赋等十体。其中"诗缘情而绮靡"一语颇为重要,历来论者亦多。"诗缘情",意谓诗歌因情感激动而作。"绮靡",即美好之意。绮、靡都是美丽的意思,陆机将它们合成一个语词。同时它又与汉以来常用的"猗靡"一语有关。"猗靡"或用以形容女子容饰,或言男女情爱,或形容音乐、花草、旌旗,总之都是美好动人之意。"绮靡"应与之意思相同。陆机在这里并非仅指诗歌语言美丽,而是说诗歌从总体风貌上给人美好的感受,其中当然包括情感的动人。"缘情"的提法,实与《诗大序》"吟咏情性"之说一脉相承。但汉儒在指出诗歌抒发情志特点的同时,又要求须"止于礼义"。在他们那里,抒情大体上只是手段,目的是要求美刺,为政教服务。陆机却未提诗的政教作用,只强调其审美性质,以追求诗的美好动人本身为目标。这当然是文学独立性的表现。尽管陆机本人"伏膺儒术,非礼不动"(《晋书》本传),但他的文学理论却在时代风气影响下,不知不觉地偏离了儒家正统。以至于后世竟有人攻击"诗缘情而绮靡"一语将诗歌创作"引入歧途"(纪昀《云林诗钞序》),"先失诗人之旨"(沈德潜《说诗晬语》)。

"赋体物而浏亮",从描绘物像的角度概括赋的特点,亦有新意。后来挚虞《文章流别论》说汉赋"以事形为本",沈约《宋书·谢灵运传论》说"相如巧为形似之言",都与陆机之意一致。文学具有表现自我和描绘外物两大功能。在我国文学批评史中,前者首先见于对诗歌功能的概括(言志、缘情),后者则首先见于对赋的艺术特点的概括。

除作者爱好不同和文章体裁不同形成作品风貌不同之外,陆机还曾言及作者生活经历与作品风貌的关系。其《遂志赋》序说,班固《幽通赋》"彬彬,切而不绞,哀而不怨";崔篆"明道述志"之诗(当指其《慰志赋》)、蔡邕《玄表赋》"冲虚温敏,雅人之属也";而冯衍《显志赋》则"抑扬顿挫,怨之徒也"。其结论是:"岂亦穷达异事,而声为情变乎?"所举诸作,都抒发人生祸福穷通的感慨,但由于作者遭遇不同,情志有异,便形成或和平温雅,或哀而不怨,或怨愤悲慨的不同风貌。陆机这样的看法是颇为合理的。

论文章的审美标准

《文赋》以不少篇幅讨论文章利病,指出作文时应注意的一些具体问题,从中也可见出陆机关于文章怎样才美的观念。他说:

> 其为物也多姿,其为体也屡迁。其会意也尚巧,其遣言也贵妍。暨音声之迭代,若五色之相宣。

文章体貌丰富多变,但也有某些共同的审美要求:立意构思应该巧妙,文辞应该妍丽,还应有声音之美。"遣言贵妍"的主张,不但反映了建安以至太康时期文辞日趋华丽的倾向,而且可说大体上代表了整个六朝时期人们的审美爱好(除了东晋玄言诗之外)。所谓"音声迭代"、"五色相宣",是说作文用字的声音既要有变化、不单调,又须配合和谐。这可说是首次明确提出对于作品文辞声音之美的要求。后来南朝永明声律说虽特别地具体细密,但其基本精神仍与陆机之说相通。

《文赋》论及创作弊病时,曾以乐曲为喻,逐层提出"含清唱而靡应"、"虽应而不和"、"虽和而不悲"、"虽悲而不雅"、"既雅而不艳"五者都不是理想的作品。也就是说,若作品过于简短单薄,篇中各部分优劣不称、不相和谐,情感寡少而徒事华辞,虽富于情感但格调低俗,以及古质朴素而辞藻不富丽,都不够理想。理想之作,该是应、和、悲、雅、艳五者俱备。陆机兼重内容的充实和文辞的丰蔚,而二者又有主从之分,所谓"理扶质以立干,文垂条而结繁",内容犹如主干,须放在首位。就抒情作品言,便是要求情感丰富充实,不然,再漂亮的辞藻,也会"浮漂而不归"。所谓"悲",即形容情感之动人。这也反映了以悲为美的审美趣味。既要情感充实动人,"凄若繁弦",又要辞藻丰丽,"炳若缛绣",这是陆机所主张的。

陆机还强调新颖独创。《文赋》说"谢朝华于已披,启夕秀于未振",便是此意。《文赋》又说:

> 必所拟之不殊,乃暗合于曩篇。虽杼轴于予怀,怵他人之我先。苟伤廉而愆义,亦虽爱而必捐。

81

即使是自己苦思所得,但若与他人之作暗合,也须毅然割爱。后人或诟病陆机本人的创作多模拟,少创造,与其理论主张矛盾,其实陆机所说,主要指单个的意象和遣词造句而言。他的诗句如"京洛多风尘,素衣化为缁"(《为顾(一作全)彦先赠妇》)、"秀色若可餐"(《日出东南隅行》),都自出心裁;又如"照之有余晖,揽之不盈手"形容月光(《拟明月何皎皎》),虽有所承袭,但浑化无迹,仍觉新鲜。凡此之类,均为后人所一再袭用。《文赋》所谓谢朝华而启夕秀,正指此类而言。

《文赋》是我国文学批评史上第一篇比较完整、深入的论创作的文章,对创作感兴、构思、技巧等方面都作了较细致的论述,对文学创作的艰辛、复杂表现出充分的体认,体现了对文学创作自身规律的高度重视。《文赋》对后世有深远影响,刘勰《文心雕龙》便在许多地方继承、发展了《文赋》的内容,故清人章学诚《文史通义·文德》说:"刘勰氏出,本陆机氏说而昌论文心。"《文赋》在我国文学批评史上占有十分重要的地位。

第三节　晋代的赋论和总集的编纂

左思、皇甫谧的赋论

汉末魏晋时,抒情咏物的小赋大量产生,而铺陈排比的大赋也仍然为人们所重视。晋人的赋论,今日所见主要有左思的《三都赋序》、传为皇甫谧的《三都赋序》以及挚虞《文章流别论》中论赋部分等。

左思(生卒年不详),字太冲,齐国临淄(今属山东)人,晋武帝时为秘书郎。惠帝时,皇室内哄,京师大乱,乃迁居冀州。数岁,以疾终。作有《三都赋》。《晋书·左思传》云:"复欲赋三都,会妹芬入宫,移家京师,乃诣著作郎张载访岷邛之事。遂构思十年,门庭藩溷皆著纸笔,遇得一句,即便疏之。自以所见不博,求为秘书郎。"之所以殚精竭虑多年,一个重要原因是其所用材料力求征实,不能不在搜集考核事实方面下许多工夫。汉代赋京都之作已极尽富丽宏伟之能事,左思乃企图在材料的翔实可信方面胜过前人。其《三都赋序》便强调自己的写作态度是事事征实:

　　　　余既思摹《二京》而赋《三都》：其山川城邑，则稽之地图；其鸟兽草木，则验之方志。风谣歌舞，各附其俗；魁梧长者，莫非其旧。何则？发言为诗者，咏其所志也；升高能赋者，颂其所见也。美物者贵依其本，赞事者宜本其实；匪本匪实，览者奚信？

他批评汉代赋家取材失实，而后世作者因袭不改：

　　　　然相如赋《上林》，而引卢橘夏熟；扬雄赋《甘泉》，而陈玉树青葱；班固赋《西都》，而叹以出比目；张衡赋《西京》，而述以游海若。假称珍怪，以为润色，若斯之类，匪啻于兹。考之果木，则生非其壤；校之神物，则出非其所。于辞则易为藻饰，于义则虚而无征。且夫玉卮无当，虽宝非用；侈言无验，虽丽非经。而论者莫不诋讦其研精，作者大氐举为宪章。积习生常，有自来矣。

这里把赋看成了能给读者以丰富而可靠知识的博物类作品，几乎与地理志、风俗志等量齐观。这种观点，可谓渊源有自。孔子曾说学《诗》可以"多识于鸟兽草木之名"（《论语·阳货》），汉魏以来，人们对于赋也持同样的看法。如汉宣帝便说辞赋也像《诗经》一样，可以给人以动植物知识（见《汉书·王褒传》，参阅本书第一编《绪论》），班固也说司马相如赋"多识博物，有可观采"（《汉书叙传》）。至于批评赋家失实，则即使对司马相如赋持肯定态度的司马迁，也还是指责其作品多"虚辞滥说"，"侈靡过其实"（《史记·司马相如列传》）。这都反映了一种以征实的眼光看待文学作品而对夸张、虚构手法不够理解的倾向。左思的观点，不过是此种倾向的集中表现而已。

　　由于《三都赋》迎合了士大夫重视博物知识的心理，因而获得许多人的赞赏，一时洛阳纸贵，为之写序作注者颇不乏其人，多称赞其征实的特点，其中传为皇甫谧所作的《三都赋序》颇值得注意。

　　皇甫谧（215—282），字士安，安定朝那（今宁夏固原东南）人。沉静寡欲，屡征不起。其《三都赋序》批评司马相如等人的作品叙述物产无中生有，不合事实，而称赞左思之作"其物土所出，可得披图而校；体国经制，可得案记而验"。同时还称赞《三都赋》能"折之以王道"，具有正确的思想意义。

　　皇甫谧《三都赋序》还论及赋的体制特点、写作目的、赋的起源和发展，并列举重要作家作品，加以评论。其言云："昔之为文者，非苟尚辞而已，将以纽之王教，本乎劝戒也。"认为辞赋起于孙卿、屈原等"贤人失志"之赋，尚

"有古诗之意"。而宋玉则是"淫文放发,言过于实"之始。汉代贾谊之作犹能"节之以礼"。此后作者则多失去经典之旨,"并务恢张","博诞空类",但其中高者,如司马相如《上林赋》、扬雄《甘泉赋》、班固《两都赋》、张衡《二京赋》、马融《广成赋》、王延寿《鲁灵光殿赋》,虽"初极宏侈之辞",但"终以约简之制",即犹能曲终奏雅,故仍可称"近代辞赋之伟"。这些看法,大体依《汉书·艺文志》为说,但又不像《汉志》那样否定扬、马,而是吸取了司马迁、班固的意见,认为司马相如等人所作仍有讽谏之意。关于赋的体制特点,皇甫谧突出其铺张宏衍,"极美"、"尽丽":

> 然则赋也者,所以因物造端,敷弘体理,欲人不能加也。引而申之,故文必极美;触类而长之,故辞必尽丽。然则美丽之文,赋之作也。

扬雄已说过,赋"必推类而言,故极丽靡之辞,闳侈巨衍,竟于使人不能加也"(《汉书·扬雄传》)。不同的是,扬雄认为此种写法造成欲讽反劝的不良后果,从而否定赋作;皇甫谧则并不取全面否定的极端态度。

总起来看,皇甫谧对于赋的态度、对于前代赋家的评价,多综合汉代论者之说,并且将相互对立的说法调和起来。既说赋应有讽谏之义,又认为赋之为赋,即在于其铺张宏衍,极尽美丽之辞。既指责汉代赋家多"不率典言",又肯定司马相如等人所作是"近代辞赋之伟"。他这样的态度,给人自相矛盾之感,但实际上承认了赋的客观存在与发展,承认了赋之为赋的写作特点。后来《文心雕龙·诠赋》的态度,与皇甫谧有某种相通之处。

总集编纂和挚虞《文章流别论》

西晋时期,文章总集的编撰兴盛起来。这一引人注目的现象,是在东汉以来各体文章大量写作和积累的基础上发生的。编撰总集的目的之一,是便于读者揣摩,学习写作。而从编撰者对作家作品的取舍和编次方法、体例上,可以见出其批评标准和眼光;有的总集有序和评论,则其意见更为具体。因此,总集的编撰,是文学批评史上值得注意的现象。

西晋时出现了不少专门汇集某种体裁文章(如诗歌、七、奏、碑文等)的总集。至于集诸体文章为一编的,则有挚虞所撰《文章流别集》(今佚)。由于《诗经》被列入经部,《楚辞》在集部中自成一类,因此《隋书·经籍志》、《四库提要》等都将《文章流别集》作为总集之始。其实严格说来,在挚虞之前已有总集出现。但荟萃各体文章,加以删汰别裁,且附以系统评论的大规模总集,还是首推《文章流别集》。

《文章流别集》附有志、论,也早已亡佚。其论今存十余则,最主要的内容是文体论。据现存佚文,所论文体有颂、赋、诗、七、箴、铭、诔、哀辞、哀策、对问、碑、图谶等,分类颇为繁富。此种细分文体的做法当是反映了当时风气,后来《文心雕龙》、《文选》分类都颇为繁多。《文章流别集》应就是按这些文体编排作品的。这反映了人们学习写作的需要,因为分体编集最便于揣摩文章。在《流别论》中,追溯诸体文章的起源,考察其发展,列举名家作品并加以评论。这也是当时人较普遍的做法,不过挚虞的论述最为完整全面。后来刘勰《文心雕龙》上半部论各种文体,标举“原始以表末,释名以章义,选文以定篇,敷理以举统”四项(见《序志》),那样的做法,已大致见于《文章流别论》。刘勰曾称赞挚虞说:“其品藻流别,有条理焉”(《文心雕龙·才略》),可以推知挚虞的论述对刘勰写作《文心雕龙》是颇有影响的。

《文章流别论》论赋云:

> 赋者,敷陈之称,古诗之流也。古之作诗者,发乎情,止乎礼义。情之发,因辞以形之;礼义之旨,须事以明之。故有赋焉,所以假象尽辞,敷陈其志。前世为赋者有孙卿、屈原,尚颇有古诗之义,至宋玉则多淫浮之病矣。《楚辞》之赋,赋之善者也。故扬子称赋莫深于《离骚》。贾谊之作,则屈原俦也。古诗之赋,以情义为主,以事类为佐;今之赋,以事形为本,以义正为助。情义为主,则言省而文有例矣;事形为本,则言当而辞无常矣。文之烦省,辞之险易,盖由于此。夫假象过大,则与类相远;逸辞过壮,则与事相违;辩言过理,则与义相失;丽靡过美,则与情相悖。此四过者,所以背大体而害政教,是以司马迁割相如之浮说,扬雄疾辞人之赋丽以淫也。

所谓“假象尽辞,敷陈其志”,指出了文学创作借助形象抒发情志的特点,值得注意。对于历代赋作的评论,大致是继承了扬雄、《汉书·艺文志》的观点,对于宋玉以来的作品加以严厉的批评。汉代赋家中只赞扬贾谊。其较为新鲜的见解,是分析了“古诗之赋”(《诗经》中作品运用赋的手法,即扬雄所谓“诗人之赋”)与“今之赋”(即扬雄所谓“辞人之赋”)之所以有文辞烦省、险易(险指奇特不常,挚虞不满于此种艺术表现)的不同,乃是由于“古诗之赋”以表现作者情志、阐发“礼义之旨”为主,写事状物仅是手段,而“今之赋”则征事状物,意在逞博斗艳,外加一点礼义风教只不过作为点缀而已。这一说法,较之扬雄所谓"诗人之赋丽以则,辞人之赋丽以淫"(《法言·吾子》),更为具体,并触及汉以来赋作着意写事状形的特点。挚虞又对"今之赋"作了具体的分析批判,指出其形象过于夸大、话说得过头无分寸、过于巧辩、过分追求美丽的四项过失。其分析批判是从维护政教的立场出发的。若与皇甫谧《三都赋序》相比较,便觉挚虞对赋的态度要来得严苛。

《文章流别论》论诗,认为三言至九言各体均源于《诗经》,这体现了他的宗经立场。又说:"雅音之韵,四言为正,其余虽备曲折之体,而非音之正也。"又说五言、七言"于俳谐倡乐多用之"。这一方面出于宗经的立场(《诗经》主要是四言),一方面也确实反映了汉代以来朝廷和民间音乐歌诗的实际情况,即用于隆重场合的朝廷雅乐所用诗多为典雅的四言,而朝野供娱乐的俗乐多歌唱流美的五言、七言诗(尤以五言为主)。另外这也反映了当时诗坛的风气。魏晋时五言诗发展很快,佳作迭出,但四言仍然还是重要的诗体。西晋人所作四言诗颇为不少。如潘岳、陆机那样的著名诗人,在大量写作五言诗的同时,也还是写了不少四言诗。当时称赞四言诗作品的言论也并不鲜见。因此挚虞重视四言诗,与时代风气并不矛盾。当时人对于四言、五言诗的态度,可说反映了雅、俗两种欣赏趣味并存的情况。而挚虞以"音之正"与"非正"称说四言及其他诗体,表明他的立场偏于雅的一面。

《文章流别论》还言及《诗经》的六义。其解释大多沿袭汉儒,只是释兴云:"兴者,有感之辞也。"与汉儒所谓"托事于物"不同。但挚虞的说法并非否定旧说。所谓"托事于物",是指在草木禽鱼等"物"中寄托人事,挚虞只不过从另一角度加以补充,即认为诗人为草木禽鱼等物所触发而引起感慨,联想到人事。虽并非否定旧说,但实反映了六朝人对于自然风物诱发感慨、引起创作冲动这一现象的自觉和重视(参见本章第二节论《文赋》),与当时感物抒怀之作大量涌现有密切关系,因而具有新的因素,后来《文心雕龙·比兴》以"起情"释兴,"起情"亦即触物有感之意,与挚虞的说法不无联系。

第四节　葛　　洪

葛洪(283—363),字稚川,自号抱朴子,丹阳句容(今属江苏)人。曾任丞相掾、咨议参军等职。著有《抱朴子内外篇》等。《内篇》为道教理论，论神仙方药禳邪却祸之事；《外篇》则议论政治教化，讥弹社会风俗，其中《钧世》、《尚博》、《辞义》、《应嘲》、《喻蔽》等篇也包含一些有关文学的见解。

重视子书，轻视诗赋

葛洪对于子书评价极高，认为儒家经典是"道义之渊海"，而"子书为增深之川流"，二者殊途同归，都可增进道德，有助教化。又说汉魏以来大量涌现的子书，价值很高，人主若能施用其言，则可以收安邦定国之效（见《抱朴子外篇·尚博》，以下引该书只注篇名）。其中又极力推崇王充《论衡》。葛洪关于子书写作的思想，很多地方与王充相合。《喻蔽》一篇专门评论王充，称王充为"冠伦大才"。全篇从几方面驳斥"同门鲁生"对王充的责难，与《论衡·自纪》反驳同时人非难的论点也相一致。葛洪还对陆机、陆云兄弟写作子书非常推重。

从推崇子书的立场出发，葛洪认为著述与德行并重，批驳文章为余事的观点，甚至提出了德粗文精的说法：

> 且文章之与德行，犹十尺之与一丈。谓之余事，未之前闻。夫上天之所以垂象，唐、虞之所以为称，大人虎炳，君子豹蔚，昌、旦定圣谥于一字，仲尼从周之郁，莫非文也。八卦生鹰隼之所被，六甲出灵龟之所负。文之所在，虽贱犹贵。犬羊之鞟，未得比焉。且夫本不必皆珍，末不必悉薄，譬若锦绣之因素地，珠玉之居蚌、石，云雨生于肤寸，江河始于咫尺。尔则文章虽为德行之弟，未可呼为余事也。（《尚博》）

> 德行为有事，优劣易见；文章微妙，其体难识。夫易见者，粗也；难识者，精也。（《尚博》）

这里所谓文章，主要还是指"书论"即子书、议论性著述而言。至于以上天垂象等等为重文的根据，以天文、人文相牵合，体现了天人合一的思想，乃是汉魏六朝人的习惯思路。如《论衡·书解》已说"上天多文而后土多理，二气协和，圣贤禀受，法象本类，故多文彩"云云。后来《文心雕龙·原道》更大畅厥旨。

葛洪又说著书立论也不亚于建功立业：

> 缴飞钩沉，置举而置抑，而有获同功；树勋立言，出处殊涂，而所贵一致。（《博喻》）

这样，葛洪实际上对"大上有立德，其次有立功，其次有立言"（《左传·襄公二十四年》）的传统说法作了修正，将立言与立德、立功等量齐观了。这当然与他本人的处境很有关系。他生当乱世，其思想行为又多与世俗不合，故立志"决不出身"，"念精治五经，著一部子书，令后世知其为文儒而已"（《自叙》）。他说："修毫可以泄愤懑，篇章可以寄姓字，何假乎良史，何须乎镂鼎哉！"（《逸民》）与司马迁发愤著书的思想是一致的。

当然，葛洪推重子书，有他的原则，并非对所有子书都加以称美。其原则便是著作须有益于政教，不应徒然卖弄华藻，或是"示巧表奇以诳俗"。对于先秦公孙龙一派的名辩之学、《庄子》的谬悠无端涯之辞，他都加以批评，就因为它们虽能耸动视听，得到一些人的爱好，但无裨实用（见《应嘲》）。此种态度，与魏晋以来辩名析理、好谈《庄子》的风气是相反的。

在推重子书的同时，葛洪流露出轻视诗赋等作品的态度。《抱朴子外篇·自叙》云，他十五六岁时作诗赋杂文，自以为可以行世。至二十余，"乃计作细碎小文，妨弃功日，未若立一家之言，乃草创子书"。又说"小文虽巧，犹寸锦细碎之珍"，价值不高（见《太平御览》八一五）。"小文"即指诗赋杂文。因此他批评世人"或贵爱诗赋浅近之细文，忽薄深美富博之子书"（《尚博》）。这种看法，表明葛洪对诗赋等文学性强的作品的价值和创作之艰苦都缺少认识。重视子书，与当时人看法一致；轻视诗赋，则与时代潮流相左。曹丕、陆机、陆云等便是既重视子书又重视诗赋的。葛洪的此种态度也与王充相似（参见本书第一编第二章第五节）。而由于葛洪已处于文学的自觉时代，其观点便更显得落后了。

今胜于古、古质今妍的文学发展观

葛洪继王充之后，对于贵古贱今的风气施以抨击。其立论立旨，仍在于申说近代、当代的子书决不亚于古之作者；不过在论证时，也旁及诗赋等文学作品。《尚博》云：

> 又世俗率神贵古昔而黩贱同时。……虽有超群之人，犹谓之不及竹帛之所载也；虽有益世之书，犹谓之不及前代之遗文也。是以仲尼不见重于当时，《太玄》见蚩薄于比肩也。俗士多云：今山不及古山之高，今海不及古海之广，今日不及古日之热，今月不及古月之朗。何肯许今之才士不减古之枯骨？重所闻，轻所见，非一世之所患矣。

贵古贱今确是一种相当强大的传统保守看法，一般人往往为其所囿而不自觉。葛洪对这种社会现象表示了极大的愤慨。其措辞之激烈，又过于王充。

葛洪进一步认为今胜于古。《钧世》云：

> 且夫《尚书》者，政事之集也，然未若近代之优文、诏策、军书、奏议
> 之清富赡丽也。《毛诗》者，华彩之辞也，然不及《上林》、《羽猎》、《二京》、
> 《三都》之汪涉博富也。然则古之子书能胜今之作者，何也？……今诗与
> 古诗俱有义理，而盈于差美。方之于士，并有德行，而一人偏长艺文，不
> 可谓一例也。比之于女，俱体国色，而一人独闲百伎，不可混为无异也。
> 若夫俱论官室，而奚斯"路寝"之颂，何如王生之赋灵光乎？同说游猎，
> 而《叔畋》、《卢铃》之诗，何如相如之言上林乎？并美祭祀，而《清庙》、
> 《云汉》之辞，何如郭氏《南郊》之艳乎？等称征伐，而《出车》、《六月》之
> 作，何如陈琳《武军》之壮乎？则举条可以觉焉。近者夏侯湛、潘安仁并
> 作补亡诗《白华》、《由庚》、《南陔》、《华黍》之属，诸硕儒高才之赏文者，
> 咸以古诗三百，未有足以偶二贤之所作也。

葛洪说《尚书》、《诗经》等儒家经典比不上两汉魏晋的辞赋诗文，其理由在于
近人、今人所作，在文辞雕饰、事类富丽等方面远胜于古代。这样的见解显
然与魏晋时注重文辞藻绘的风气密切相关。王充也反对贵古贱今，但就不
曾提出过类似的看法。当然，葛洪这里并不是全面比较经典与近人作品的
优劣得失，不是说今人所作一切都好。他的目的，是用举例类推的方法，论
证今之子书不但不亚于古之子书、而且可以胜过古之子书而已。不过他欣
赏华丽的文辞，从这一角度肯定今胜于古，那是没有疑问的。他极力推重陆
机之文，称赞其"弘丽妍赡，英锐漂逸，亦一代之绝"（《晋书·陆机传》），也证
明了这一点。《抱朴子外篇》广设譬喻，博引事典，辞藻颇为富丽，其语言风
格正与其主张一致。

还应注意的是，在葛洪看来，古人文章质素，今之文章美丽，并不是偶然
的，而是整个社会生活由质趋文的一个组成部分。《钧世》云：

> 且夫古者事事醇素，今则莫不雕饰，时移世改，理自然也。至于厕
> 锦丽而且坚，未可谓之减于蓑衣；辎轩妍而又牢，未可谓之不及椎车也。
> ……若舟车之代步涉，文墨之改结绳，诸后作而善于前事，其功业相次
> 千万者，不可复缕举也。世人皆知之快矣，何以独文章不及古邪？

此外《抱朴子外篇》其他篇中，也往往流露不迷信往古的独立思考精神，葛洪
对社会发展是持积极肯定的态度的。这种今胜于古的社会历史发展观，是
葛洪提出文章今胜于古的基础。

第二章　南北朝的文学批评

第一节　文　笔　说

文笔说的由来和定义

随着各种体裁文章的大量涌现,在论述文体、著录和编集作品时,人们往往将诗、赋、铭、颂等押脚韵的体裁归为一大类,将诏、奏、表、论等不押脚韵的体裁归为一大类。这样以有韵、无韵区分文体的做法,颇为简便易行。魏晋时代人们已常是如此;至南朝时,更将押韵者称为"文",不押韵者称为"笔"。如《宋书·颜峻传》云:

> 太祖(宋文帝)问(颜)延之:"卿诸子谁有卿风?"对曰:"峻得臣笔,测得臣文,奂得臣义(指谈论学问之才),跃得臣酒。"

颜延之将文、笔对举,显然是指两大类不同的作品。这是今日所见以文、笔分指两类文体的最早的资料。又刘勰《文心雕龙·总术》云:

> 今之常言,有文有笔。以为无韵者笔也,有韵者文也。夫文以足言,理兼诗书。别目两名,自近代耳。

将文、笔的定义说得十分明白。说此种概念始自"近代",即大体上始于刘宋时期。又说是"今之常言",可知是人们已普遍习用的说法。《文心雕龙·序志》云:"若乃论文叙笔,则囿别区分。"便是指书中《明诗》至《谐讔》十篇论述有韵之"文",即诗、赋、颂、赞、祝、盟、铭、箴、诔、碑、哀、吊、对问、七、连珠、谐、讔诸体;而《史传》至《书记》十篇,则论述无韵之"笔",即史传、诸子、论、说、诏、策、檄、移、封禅、章、表、奏、启、议、对、书信等体。《文心雕龙》正是按当时人区分文笔的习惯来安排其篇章结构的。

与刘勰大体同时的萧绎,在其《金楼子·立言》中说:

> 至如不便为诗如阎纂,善为章奏如伯松,若此之流,泛谓之笔。吟咏风谣、流连哀思者,谓之文。

从表面上看,萧绎的说法似与刘勰不同,没有明确提出以有韵无韵为文笔之分,但其实大体上是一回事。"不便为诗"和"善为章奏"可视为互文,意谓不擅长诗歌而擅长章奏一类文字者,人们称之为长于笔。亦即诗不属笔,章奏属笔。"吟咏风谣,流连哀思"则指诗歌而言。萧绎这里并未列举笔和文所包含的所有文体,在"文"中只举出了诗歌。这并非说诗以外的有韵文体便不属于文,只是表明诗歌在其心目中地位重要、被认为是"文"中最主要的体裁罢了。这也是当时人普遍的想法。正因为如此,所以当时又流行"诗笔"之语。如《梁书·刘潜传》载,刘孝绰三弟孝仪擅长无韵之作,六弟孝威擅长诗歌,孝绰便常说"三笔六诗"。又如钟嵘《诗品》中云:"彦升(任昉)少年为诗不工,故世称沈(约)诗任(昉)笔。"又如萧纲《与湘东王书》云:"至如近世谢朓、沈约之诗,任昉、陆倕之笔,斯实文章之冠冕,述作之楷模。"均以诗、笔对举。

文、笔作为区分文体的用语,初唐人仍然沿用。由于唐代诗歌创作极盛,故诗、笔的说法尤为流行。后来由于唐、宋古文运动的兴起和发展,诗与所谓"古文"渐渐成为最重要的两种体裁,而古文又被称为"文"、"文章",于是人们往往将诗、文对称,而南北朝文笔、诗笔之义日渐湮没。至清代,方有学者重新提出并加以考证。

文笔说所反映的审美观念

所谓文笔,不过是南朝人区分文体的习惯用语。但在当时人说到文笔的某些言论中,却可以窥见人们关于文学审美性质的认识。其中最具有代表性的便是萧绎的言论。

萧绎(508—555),字世诚,南兰陵(今江苏丹阳东)人。梁武帝第七子。封湘东王,后即帝位于江陵,即梁元帝。在位三年,为西魏军所虏,被杀。著述甚富,今有《金楼子》及《梁元帝集》,皆后人所辑。

萧绎言及文笔之语见《金楼子·立言》,上文已曾引及。此外,该篇又说:

> ……笔退则非谓成篇,进则不云取义。神其巧惠(通慧),笔端而已。至如文者,惟须绮縠纷披,宫徵靡曼,唇吻遒会,情灵摇荡。

萧绎认为古代知识分子所从事者大致可分两类,一是传授儒家经典,称为

"儒";一是屈原、宋玉、枚乘、司马相如那样写作辞赋,称为"文"。今则可分四类,一是谨守儒家经典的"儒",二是广泛阅读子史之书、记诵富博的"学",三是擅长写作公家应用之文的"笔",四是长于写作美丽而富于情感的诗歌等作品的"文"。他以居高临下的态度谈论此四者,故对于四者均流露轻视口气。萧绎这里是谈论当时知识分子的状况,对其略加分类,而不是给文、笔下严密的定义;他所说的文实际上只是指押韵诸体中最主要的体裁诗歌而言,或也包括一些抒情性的赋。值得注意的是他概括"文"即诗歌特点时,反映出对其审美性质的认识。其认识有三个方面:一是"流连哀思"、"情灵摇荡",即具有强烈的抒情性、巨大的感染力,而且萧绎突出了其中悲剧性的情感。"吟咏风谣"含有吸取民间歌谣特点的意味。这与当时贵族文人爱好和学习哀婉动人的吴声、西曲有关,是与正统保守的文学观相背离的、颇为新颖的观点。二是"绮縠纷披",应是指藻彩美丽而言。三是"宫徵靡曼,唇吻遒会",指声律和谐,具有音乐美。永明声律论提出之后,人们对诗歌语言的声音之美的追求更为自觉、普遍。

在有关文笔的议论中,刘宋时颜延之(384—456)"经典非笔"的说法也值得注意。《文心雕龙·总术》云:

> 颜延之以为:笔之为体,言之文也。经典则言而非笔,传记则笔而非言。请夺彼矛,还攻其盾矣。何者?《易》之《文言》,岂非言文?若笔果(原作"不",据刘永济《文心雕龙校释》改)言文,不得云经典非笔矣。将以立论,未见其论立也。予以为:发口为言,属翰曰笔(原作"属笔曰翰",据杨明照《文心雕龙校注拾遗》乙改),常道曰经,述经曰传。经传之体,出言入笔。笔为言使,可强可弱。六(原作"分",据黄侃《文心雕龙札记》改)经以典奥为不刊,非以言笔为优劣也。

颜氏之意,是说儒家经书文辞质朴,如同口语("言"),而传记则有文饰,已不是径情直遂地记录口语,故可称为"笔"。这样笼统地将经、传分别归入言和笔,未必妥当。正如刘勰所说,经书中也有富于文采的;《诗经》有韵,更应归之于"文"。但是,认为笔应具有文饰的看法,是反映了当时人的审美观点的。在颜氏生活的刘宋时期,即使是实用性文辞即"笔",也是注重雕饰藻绘的,比起前代来,更为讲究对偶、用典等。刘勰则认为将口语用笔写下来,便应称为笔。至于写得好不好,文饰得怎么样,那是另一回事("笔为言使,可强可弱")。《文心雕龙》标举儒家经典为文风雅丽的典范,企图以此纠正近

代过于讹滥的文风,因此刘勰是不能赞同经典仅仅是"言"的观点的。他说:
"圣贤书辞,总称文章,非采而何?"(《文心雕龙·情采》)是将经书文辞作为文
质彬彬、很讲究文采但又不过分的优良文风的典型加以推崇的。刘、颜二人
的分歧,主要不在于对于"笔"的定义如何,而在于对于经书文辞的认识和评
价方面。

第二节　声　律　论

声律论的兴起

声律论形成于南朝齐武帝永明年间(483—493),它标志着人们对于诗
文语言声音之美的讲求达到了更为自觉的阶段,也反映了当时文学创作和
批评竭力追求新变的风气。

声律论虽形成于永明间,但在我国,对于语言声音美的追求却源远流
长。从史料中可知,汉末魏晋时,人们不但诵读诗文时注意抑扬顿挫,声音
悦耳,而且在言谈之中,也很注重声音之美。谈吐有声音之美者,往往被作
为一项优点载入史传。如《后汉书·郭泰传》称郭泰"善谈论,美音制",《列女
传》称蔡琰"音辞清辩",《三国志·崔琰传》称崔琰"声姿高畅"等等。《世说新
语》中此类材料也不少。音声之美成为品鉴人物的内容之一。士人清谈时
也不仅以内容、辞藻取胜于人,其音响之轻重疾徐,亦自有一种风韵,使听众
欣赏玩味。如《世说新语·文学》注引邓粲《晋纪》云:"(裴遐)以辩论为业,善
叙名理,辞气清畅,泠然若琴瑟。闻其言者,知与不知,无不叹服。"此种风
气,至南朝时依旧不改。除文士诵读诗文、清谈言论之外,佛徒诵经、唱导
(宣讲佛法)时同样很重视声音之美。梁僧慧皎著《高僧传》,对此特别予以
强调。例如他说唱导所贵,"声"为其中之一,"响韵钟鼓,则四众惊心"(《高
僧传·唱导论》)。齐梁时京城建康是佛寺僧徒集中之地。萧齐皇室贵族、文
人学士奉佛者很多,竟陵王萧子良即以佞佛著名,他曾"招致名僧,讲论佛
法,造经呗新声(为咏经、歌赞制曲)"(《南齐书》本传)。与声律论有关的人
物周颙、沈约、王融、谢朓均曾在其门下,而且也都与僧人交往。可以想像,
佛徒诵经、唱导时注重声韵,与文士诵读诗文和清谈言论时注重声音之美,
二者是相互影响的。

93

上述注重声音的美好动人，与永明声律论运用四声、避忌声病当然还不是一回事。但那样一种气氛，那种普遍的风气，无疑使得文人追求文辞声音美的心理更为强烈，对语音美的感受也更为敏锐，辨字审音的能力也会因此而得到锻炼提高。

对于语言声音之美的追求，之所以能形成永明声律论那样严密细致的声病避忌之法，与音韵学的发展有不可分割的联系。汉末服虔、应劭已曾用反切之法注音，表明当时人已能分析音节中的声、韵、调。魏初孙炎作《尔雅音义》，更推而广之。佛教东来，译经事业日盛。佛经原以梵文写成，而梵文是拼音文字。此种拼音的原理，自然会给学者以重大的启发，使他们对音节中各成分的辨析更为熟练。这对于声律理论的产生理应有促进的作用。

从诗文写作的实际来看，早在建安时期，已有少数诗句中所用的字，其声调即使以后世讲究平仄的格律来衡量，也已颇为和谐。这大约还是一种不很自觉的讲求。而关于诗文声音之美的议论，最明确可靠的材料，当以陆机《文赋》为最早。赋云："暨音声之迭代，若五色之相宣。"意谓诗文用字的语音，当多样有变化而不单调，而其多样的声音又宜配合和谐，相得益彰。事实上，永明声律说的基本原则也正是如此。至南朝时，刘宋范晔说：

> 性别宫商，识清浊，特能适轻重，济艰难（以上两句《宋书·范晔传》无，据陆厥《与沈约书》补入），斯自然也。观古今文人，多不全了此处；纵有会此者，不必从根本中来。言之皆有实证，非为空谈。年少中谢庄最有其分。（《狱中与诸甥侄书》）

所谓宫商、清浊，均指字音而言。宫商，系借用音乐中表示音阶的术语来指称字音。范晔以擅长辨识字音并用于写作自诩。又说谢庄在这方面颇有天分。据钟嵘《诗品序》，南齐时王融言及声律，也说"唯见范晔、谢庄颇识之耳"。可知在刘宋时期已有作者自觉地追求作品声音的和美了。范晔、谢庄，可说是永明声律论的前驱者。

永明声律论的内容

永明声律论的代表人物，为王融、谢朓、沈约。王、谢早死，沈约则历仕宋、齐、梁三朝，身为名公巨卿，又是文坛领袖，且撰有声律方面的著作《四声谱》，故后世言永明声律，每每推称沈约。沈约（441—513），字休文，吴兴武康（今浙江德清）人。萧齐时曾为太子家令、东阳太守、国子祭酒等职；入梁，官至尚书令，封建昌县侯。卒谥隐。永明年间与王融、谢朓等著名文人俱在竟陵王萧子良门下,有"竟陵八友"之称。著作今存《宋书》及后人所辑《沈隐侯集》。

《宋书·谢灵运传论》是一篇重要的文学论文。它概括地叙述先秦至刘宋文学发展的历史,对重要作家和文学现象加以评论;而其末段,则专论声律。其言云:

> 若夫敷衽论心,商榷前藻,工拙之数,如有可言。夫五色相宣,八音协畅,由于玄黄律吕,各适物宜。欲使宫羽相变,低昂互节:若前有浮声,则后须切响。一简之内,音韵尽殊;两句之中,轻重悉异。妙达此旨,始可言文。至于先士茂制,讽高历赏,子建函京之作,仲宣霸岸之篇,子荆零雨之章,正长朔风之句,并直举胸情,非傍诗史,正以音律调韵,取高前式。自骚人以来,此秘未睹。至于高言妙句,音韵天成,皆暗与理合,匪由思至。张、蔡、曹、王,曾无先觉;潘、陆、谢、颜,去之弥远。世之知音者,有以得之,知此言之非谬。如曰不然,请待来哲。

所谓"宫羽相变,低昂互节"云云,乃是永明声律论总的原则。意谓诗文用字,须使其声音富于变化,避免单调,以求错综和谐之美,犹如各种色彩相对比、各种乐音相配合一样。这一原则,与陆机《文赋》"暨音声之迭代,若五色之相宣"是一致的。"宫羽"仍是借指字音。浮声、切响以及低昂,也是对字音的形容,但其具体含义难详,可能与声调即四声有关。从这段话中可以看出,沈约以声律作为衡量作品工拙的一个重要标准,甚至说"妙达此旨,始可言文"。他认为前代著名作家都不曾窥知此中奥妙,虽其作品有合乎声律之句,但都是不自觉的,都不是掌握了调声之术所致。

至于永明声律论的具体内容,即所谓四声、八病之说。

四声为平、上、去、入,指汉语中每个音节的声调。声调是汉语语音的特性之一,原本客观存在,人们对它也早就有所感觉,但至南朝时方才特别提出,并加以精细的分析。据隋朝人刘善经《四声指归》说:"宋末以来,始有四声之目。沈氏乃著其谱论,云起自周颙。"(《文镜秘府论·天卷》引)就是指周颙(与沈约同时)的《四声切韵》和沈约的《四声谱》。又据《南齐书·陆厥传》说:"永明末,盛为文章。吴兴沈约、陈郡谢朓、琅玡王融以气类相推毂,汝南周颙善识声韵。约等文皆用宫商,以平、上、去、入为四声,以此制韵,不可增减,世呼为永明体。"又《梁书·庾肩吾传》云:"齐永明中,文士王融、谢朓、沈约文章始用四声,以为新变。"可知确是到永明之时,人们才自觉地将四声运用于诗文写作。

　　所谓八病，即平头、上尾、蜂腰、鹤膝、大韵、小韵、正纽（又名小纽）、旁纽（又名大纽），指八种声音运用上的病犯，平头、上尾、蜂腰、鹤膝是声调方面的病，大韵、小韵、正纽、旁纽是韵母、声母方面的病。其具体解释，今日所见资料以日僧遍照金刚编撰的《文镜秘府论》所载者时代最早，最为可信（遍照金刚的年代相当于我国唐代中期，他于唐德宗时来华，宪宗时归国，携回大量著作，删取其中有关诗文写作者撰为此书）。八病的具体规定是相当琐细苛刻的，写作时很难一一遵循。但是，它们是以人工调声之术追求声音谐美的开端。以此为起点，经过长期演变之后，终于形成了律体诗调和平仄的规则，律体诗乃是盛行诗坛达千余年之久的古典诗歌的重要体裁。而且不仅是诗，赋和各体骈文也在人工调声的理论、法则影响下具有了更为和谐悦耳的特色。因此，在诗歌以及骈文发展史上，八病说的意义、作用是不应忽视的。

　　永明声律论反映了南朝人对于声音和谐、文辞美丽的追求达到了一个新的高度。它形成之后，引起很大反响。人们在创作和批评上，纷纷然斤斤计较作品是否合于声律，并以此争短量长。人们将此种以人工调声之术所写成的作品，视为一大新变。此后直至唐初，谈论声病的著作出现了很多，其遗说多见于《文镜秘府论》中。

　　刘勰、钟嵘对于声律论的意见

　　南朝著名文学批评家刘勰、钟嵘都对声律论发表了意见，这也反映出声律论反响之大。《文心雕龙》专列《声律》一篇，对永明声律论持完全赞同的态度。其言曰：

　　　　练才洞鉴，剖字钻响，疏识阔略，随音所遇，若长风之过籁、南郭之吹竽耳。古之佩玉，左宫右徵，以节其步，声不失序。音以律文，岂可忽哉！

不仅突出讲求声律的重要，而且强调对声音美的讲求须建筑在细致地辨字审音、自觉运用调声术的基础之上。关于调声原则，《声律》篇说：

　　　　凡声有飞沉，响有双叠。双声隔字而每舛，叠韵杂句而必睽。沉则响发而断，飞则声扬不还，并辘轳交往，逆鳞相比。迕其际会，则往蹇来连，其为疾病，亦文家之吃也。……异音相从谓之和，同声相应谓之韵。韵气一定，故余声易遣；和体抑扬，故遗响难契。属笔易巧，选和至难；

缀文难精,而作韵甚易。虽纤意曲变,非可缕言,然振其大纲,不出兹论。

"声有飞沉"指字的声调而言。"沉则响发而断,飞则声扬不还",是对不同声调的描述,大致与《宋书·谢灵运传论》所说"浮声"、"切响"相当。"辘轳交往,逆鳞相比",是说要用声调不同的字巧妙细密地循环配合,使其谐调,也正与"前有浮声,后须切响"之说相合。若与八病相对照,则与平头、上尾、蜂腰、鹤膝相关。"响有双叠",指双声叠韵。"双声隔字而每舛,叠韵杂句而必睽",是说句内不能有不相连的双声字和叠韵字,亦即《谢灵运传论》所说"一简之内,音韵尽殊;两句之中,轻重悉异"。这样的要求相当于避忌正纽、旁纽、大韵、小韵诸病。"异音相从谓之和"即指上述诸项原则,"同声相应谓之韵"则指韵文的押脚韵,刘勰认为后者易而前者难。刘勰虽未缕举八病名目,但对其基本原则确有深切体会,并作了精当的概括。

钟嵘《诗品序》则对声病说采取了反对的态度:

> 昔曹、刘殆文章之圣,陆、谢为体贰之才,锐精研思,千百年中,而不闻宫商之辨,四声之论。或谓前达偶然不见,岂其然乎? 尝试言之:古曰诗颂,皆被之金竹,故非调五音,无以谐会。若"置酒高殿上"、"明月照高楼",为韵之首。故三祖之词,文或不工,而韵入歌唱。此重音韵之义也,与世之言宫商异矣。今既不被管弦,亦何取于声律耶? ……王元长(融)创其首,谢朓、沈约扬其波。三贤咸贵公子孙,幼有文辩。于是士流景慕,务为精密,襞积细微,专相陵架;故使文多拘忌,伤其真美。余谓文制本须讽读,不可蹇碍,但令清浊通流,口吻调利,斯为足矣。至平上去入,则余病未能;蜂腰鹤膝,闾里已具。

钟嵘不满文人竞趋于声病说的风气,指出此种风气使得"文多拘忌,伤其真美"。这批评是中肯的。八病的规定有一些确过于严苛,流于烦琐。声律论初起之时,自不可能十分完善。但钟嵘只见其烦琐不完善的一面和在创作中反映出来的流弊,却未能领会它企图以人工方法追求诗文声音变化和谐之美的基本精神。他也知道文章讽读时不可蹇涩拗口,也赞赏"音韵铿锵"之作(见《诗品》上"张协"条),但又反对在精细审音的基础上去总结规律、作人工的追求,那么对于声音之美的讲究,实难于达到自觉的阶段。永明声律说的基本精神符合汉语语音的特点,它对于后世诗文发展产生巨大影响的历史事实,证明它是富于生命力的。

97

第三节 裴子野、萧统、萧纲

齐梁时代的文学批评家,主要是刘勰和钟嵘,将在下面作专章论述。其他也还有不少人发表过有关文学的意见,本节要介绍的是裴子野和萧统、萧纲兄弟。

裴 子 野

裴子野(469—530),字几原,河东闻喜(今属山西)人。历仕齐梁二朝,梁时官至鸿胪卿、领步兵校尉。其曾祖松之《三国志注》,祖父骃《史记集解》,都是史学名著。子野亦长于史学,撰有史书多种。其《宋略》二十卷,撰于齐末,为时所重。子野长于公家应用之文。《梁书》本传称其"为文典而速,不尚丽靡之词,其制作多法古,与今文体异",可见其特色。

《宋略》今佚,但《通典》等书中有若干注明裴子野所作的文字,当即《宋略》佚文。《通典》十六"选举四"载有两节,其第二节论及文章(此节又见《文苑英华》七四二"论文",题为《雕虫论》,实非裴氏原题)。其言曰:

> 宋明帝聪博好文史,才思朗捷。省读书奏,号七行俱下。每国有祯祥,及行幸宴集,辄陈诗展义,且以命朝臣。其戎士武夫,则托请不暇,困于课限,或买以应诏焉。于是天下向风,人自藻饰,雕虫之艺,盛于时矣。又论曰(按:此段文字应是《通典》撰者杜佑之语,或是杜佑檃括《宋略》大意。"又论曰"指裴子野论):

> 古者四始六艺,总而为诗,既形四方之风,且彰君子之志,劝善惩恶,王化本焉。后之作者,思存枝叶,繁华蕴藻,用以自通。若悱恻芳芬,楚骚为之祖;靡漫容与,相如扣其音。由是随声逐影之俦,弃指归而无执。赋诗歌颂,百帙五车。蔡邕等之俳优,扬雄悔为童子。圣人不作,雅郑谁分?其五言为诗家,则苏李自出,曹刘伟其风力,潘陆固其枝柯。爰及江左,称彼颜谢。篾绣鞶悦,无取庙堂。宋初迄于元嘉,多为经史。大明(宋孝武帝年号)之代,实好斯文。高才逸韵,颇谢前哲,波流相尚,兹有笃焉。自是闾阎少年,贵游总角,罔不摈落六艺,吟咏情

性。学者以博依为急务,谓章句为专鲁。淫文破典,斐尔为功,无被于管弦,非止乎礼义。深心主卉木,远致极风云,其兴浮,其志弱,巧而不要,隐而不深。讨其宗途,亦有宋之遗风也。若季子聆音,则非兴国;鲤也趋庭,必有不敦。荀卿有言,"乱代之徵,文章匿而采",斯岂近之乎!(文字据《通典》、《文苑英华》两本择善而从)

这段话中对自《诗经》至南齐时的诗赋文学发展加以概括。裴子野认为《诗经》具有美刺作用,为"王化"之本,当然是予以肯定的。而自屈原以下,以至汉魏晋宋的辞赋诗歌作者,他均表示不满,认为他们忘记了文章服务于政教这一根本目的,偏离了正道。即便《楚辞》,也被当作后世滔滔不返的不良创作风气之源。对于刘宋大明之后至齐代诗歌创作风气之盛,裴子野更斥为乱世之音。他批评作者们只知描绘风景,思想内容浮浅琐屑,虽美丽而无用。他尤为不满的是此种朝野上下沉溺于吟诗的风气造成了冷落儒家经学的不良后果。

裴子野在这里几乎对整个文学发展的历史都作了否定。他并非从艺术上、从审美角度加以评论,而仅仅从文学与社会、政治的关系着眼立论。即便由这种关系而言,其论亦颇为狭隘偏激,认为一般抒情体物、描绘草木风云的写作风气是有害于政教、因而应该予以批判的;似乎凡不是直接用于政教、美刺的作品,便应不作。裴氏发表此段议论,原本当与擢用人材有关。《通典》录此段文字于"选举"类中,可知杜佑即认为它是论选拔人材的。文中"后之作者,思存枝叶,繁华蕴藻,用以自通"之语,便是指士人以文才为进身之具。宋齐最高统治者爱好文学,加以提倡,于是形成风气,士人欲凭借写作才能进身,裴子野对此十分不满,故施以抨击。其动机原有合理的因素,但由此而否定文学的发展,否定文学的审美特性及功能,便显得偏狭保守了。

萧统和《文选》

萧统(501—531),字德施,南兰陵(今江苏丹阳东)人。梁武帝(萧衍)长子。曾立为太子,未继位而卒,谥昭明,世称昭明太子。爱好文学,招聚文士,刘勰亦曾为其东宫通事舍人。曾主持编集《文选》三十卷,对后世影响很大;还曾搜集校理陶潜诗文,编成《陶渊明集》。后人辑有《昭明太子集》。其文学见解,见于《文选序》和其他一些文章中。

99

《文选》选录先秦至梁的各体文学作品,按体裁分类编排,共三十八类。它是我国现存最早的诗文总集。在这部选集里,反映了萧统的文学观点,同时那也大体上是当时人共有的文学倾向。

《文选》所载基本上都是单篇文章;成部的经史、子著作,均不割裂以入选。《文选序》云:

> 若夫姬公之籍,孔父之书,与日月俱悬,鬼神争奥,孝敬之准式,人伦之师友。岂可重以芟夷,加之剪截?

> 老、庄之作,管、孟之流,盖以立意为宗,不以能文为本。今之所撰,又以略诸。

> 若贤人之美辞,忠臣之抗直,谋夫之话,辨士之端,冰释泉涌,金相玉振。所谓坐狙丘,议稷下,仲连之却秦军,食其之下齐国,留侯之发八难,曲逆之吐六奇;盖乃事美一时,语流千载,概见坟籍,旁出子史。若斯之流,又亦繁博。虽传之简牍,而事异篇章;今之所集,亦所不取。

> 至于记事之史,系年之书,所以褒贬是非,纪别异同,方之篇翰,亦已不同。若其赞论之综缉辞采,序述之错比文华,事出于沈思,义归乎翰藻,故与夫篇什,杂而集之。

西晋以来,图书的经、子、史、集四部分类法逐渐确立。凡编集某人著述时,一般均将单篇文章汇为一集,与其成部的著作分开。成部著作依其性质,可归入子部或史部。别集既然这样,总集也就是将诸家别集中的文章汇集起来,而不会自成部的子、史著作中割裂择取。《文选》的编纂也是沿袭此例。但是,从萧统对这一体例所作的解释中,却又能看出他的文学思想。他认为经、史、子著作与集部文章性质不同,而其很重要的一个相异之处,是成部著作并"不以能文为本",并不"综缉辞采"、"错比文华";而单篇文章的写作,则出自作者的"沉思"(精心结撰),是注重"翰藻"即文辞之美的。在萧统看来,子、史著作或是阐述作者的思想、学说,或是用来记事褒贬,作者并不需要在文辞美方面下功夫。不过史书中的序、论、赞、述,却是注重文辞之美的,故在《文选》中也要择其优者予以载录。"综缉辞采"、"错比文华",在此序中原是指史书中的序、论、赞、述而言,但也就体现了萧统编选单篇文章时的想法,即辞采是否美丽是其选录时的一条重要标准。清人阮元论及昭明此节文字时说:"昭明所选,名之曰'文',盖必'文'而后选也。经也,子也,史也,皆不可专名之为文也。故昭明《文选序》后三段特明其不选之故。必沈

思翰藻,始名之为'文',始以入选也。"(《书梁昭明太子〈文选序〉后》)指出
《文选》选录文章,重在"翰藻"即文辞美丽,而经、子、史在昭明心目中则不符
合这一要求。阮元的话大体上是合乎事实的。不过,他说经、子、史皆不可
"名之为文",却是错误的,容易引起概念的混乱。齐梁时期,经、子、史仍在
"文"或"文章"的范围之内,只不过被认为文辞不够考究、不够美丽罢了。

《文选序》又说:

> 若夫椎轮为大辂之始,大辂宁有椎轮之质?增冰为积水所成,积水
> 曾微增冰之凛。何哉? 盖踵其事而增华,变其本而加厉。物既有之,文
> 亦宜然。

认为文章著作是不断发展变化的,其发展的总趋势是由质朴趋于华丽。社
会上诸种器用发展的趋势如此,文章的发展自然也是如此。萧统对此种由
质趋文的变化加以肯定。

《文选序》在列举、叙述赋、诗、辞、颂、箴、戒、论、铭、诔、赞、诏诰、表奏、
碑志等等文体之后,加以总结道:

> 众制锋起,源流间出。譬陶匏异器,并为入耳之娱;黼黻不同,俱为
> 悦目之玩。

可知在萧统看来,各种文体都具有审美价值和娱乐作用。诗赋等以抒情体
物为主的作品固然是这样,诏诰表奏等各种实用性文体也是这样。《文选》
中即录载了大量实用性文体。之所以如此,一个重要原因就是由于这些文
体如果写得文辞华美的话,其辞采本身就是足供欣赏的。

文辞之美,辞藻、对偶、用典、音律等文字技巧,在齐梁人的文学审美观
念中占了很重要的地位,这一点在《文选序》中有鲜明的体现。

萧统文学思想中又一值得注意之处,是他对于陶渊明作品给予了很高
的评价。陶诗风格质朴,故在重视藻彩的南朝人心目中,地位并不很高,如
钟嵘《诗品》仅列于中品。《文选》录陶诗八首,远远少于曹植、陆机、谢灵运、
颜延之、鲍照、谢朓等人,也反映了时代的风气。但是萧统编撰陶集,为之写
序作传,不但称赞渊明安贫乐道、"不以躬耕为耻,不以无财为病"的高尚品
德,认为其诗文"有助于风教",而且对其作品的艺术也作了很高的评价:

> 其文章不群,辞采精拔。跌宕昭彰,独超众类,抑扬爽朗,莫之与
> 京。横素波而傍流,干青云而直上。语时事则指而可想,论怀抱则旷而

且真。(《陶渊明集序》)

认为渊明诗文情感起伏,富于感染力;表现明朗,文辞精炼警拔;其叙事使读者宛如亲历,其抒怀则旷达而真率。这样的评论颇有真知灼见,其见解远出于南朝一般论者之上。不过《陶渊明集序》对陶潜也有所批评,即批评表现眷恋一位美女的《闲情赋》,认为是"白璧微瑕",是"扬雄所谓劝百讽一者。卒无讽谏,何足摇其笔端?惜哉,无是可也"。这表现出一种崇尚雅正、维护风教的观点。可能萧统觉得这样的作品与陶渊明其他作品太不调和,有损于其令人仰慕的高洁形象吧。

萧　纲

萧纲(503—551),即梁简文帝。字世缵,萧统之弟,萧绎之兄。萧统卒后,立为太子。即帝位两年,为叛将侯景所杀。好学能文,自称"七岁有诗癖,长而不倦"(《梁书》本纪)。为太子时,与徐摛、庾肩吾等文士大量写作以倡女姬人为描绘对象的作品,被称为"宫体",风靡一时。后人辑有《梁简文帝集》。

萧纲立为太子后,曾致书其弟萧绎,对当时文人的诗文加以批评,所论主要是诗歌。他说:

> 比见京师文体,懦钝殊常,竞学浮疏,争为阐缓。玄冬修夜,思所不得,既殊比兴,正背《风》、《骚》。若夫六典三礼,所施则有地,吉凶嘉宾,用之则有所。未闻吟咏情性,反拟《内则》之篇;操笔写志,更摹《酒诰》之作。迟迟春日,翻学《归藏》;湛湛江水,遂同《大传》。吾既拙于为文,不敢轻有掎摭。但以当世之作,历方古之才人,远则扬、马、曹、王,近则潘、陆、颜、谢,而观其遣辞用心,了不相似。若以今文为是,则古文为非;若昔贤可称,则今体宜弃。俱为盍各,则未之敢许。(《与湘东王书》)

所谓"懦钝"、"阐缓"、"浮疏",是指其作品风貌宽缓安舒而缺少打动人的情感力量。萧纲着重指出,抒情写志("情"、"志"在这里是同义语)和描绘自然风景的作品,不应该模仿《礼》、《书》等儒家经书,不应追求那种典雅雍容、质朴古奥的风格,当然也不应任意引用经书成语。如果那样做了,便是违背了《国风》、《楚辞》以及汉魏晋宋著名作家抒情写景的优良传统。萧纲接着又批评当时诗坛学谢灵运、裴子野的风气：

> 又时有效谢康乐、裴鸿胪文者，亦颇有惑焉。何者？谢客吐言天
> 拔，出于自然，时有不拘，是其糟粕。裴氏乃是良史之才，了无篇什之
> 美。是为学谢则不届其精华，但得其冗长；师裴则蔑绝其所长，惟得其
> 所短。谢故巧不可阶，裴亦质不宜慕。（同上）

认为谢诗天才挺出，但有时写得随意，便形成冗长拖沓之弊。效颦者既乏天
才，却只学到了其弊端。当时学谢灵运体者甚多，不免鱼龙混杂。萧纲上文
所说"懦钝"、"浮疏"、"阐缓"之病，与盲目学谢是有关系的。萧子显《南齐
书·文学传论》也说："疏慢阐缓，膏肓之病，典正可采，酷不入情，此体之源，
出灵运而成也。"萧纲对于谢灵运诗的自然奇秀是充分肯定的；对善于学谢
者也十分赞赏，如对以学谢著称的王籍《入若耶溪》中"蝉噪林逾静，鸟鸣山
更幽"之句即"吟咏不能忘之"（见《颜氏家训·文章》）。他所不满的只是那些
"不届其精华，但得其冗长"的作者。至于裴子野，萧纲认为是良史之才，但
诗歌实在质木无文，非其所长，故不宜作为仿效的榜样。

　　从萧纲对诗坛的批评可以看出，他认为诗歌具有自身的特点，诗以抒发
情志和描绘形象（主要指自然风物）为职志，故不应依傍经史、引经据典；他
反对舒缓呆滞、质木无文的作品。

　　萧纲还曾对古今一些文人发表过评论。如《与湘东王书》曾赞美"谢朓、
沈约之诗，任昉、陆倕之笔，斯实文章之冠冕，述作之楷模"。最可注意的是
他与萧统一样，爱读陶渊明的作品，"置于几案间，动辄讽味"（见《颜氏家训·
文章》）。南朝人一般重视藻彩，对陶诗评价不太高，而萧纲如此爱好，可见
其文学眼光有超出于一般风气之处。

　　萧纲曾热中于写作宫体诗。此类作品中，有的确实格调庸下，但有许多
也就是描绘女子的体貌服饰、歌容舞态。它们以刻画人物形象为主，这在诗
史上不无一定的开拓意义；尤其是在表现人物神情方面，有一定的成就。萧
纲的《答新渝侯和诗书》便称赞对方的宫体诗作，其言云：

> 垂示三首，风云吐于行间，珠玉生于字里；跨蹑曹、左，含超潘、陆。
> 双鬓向光，风流已绝；九梁插花，步摇为古。高楼怀怨，结眉表色；长门
> 下泣，破粉成痕。复有影里细腰，令与真类；镜中好面，还将画等。此皆
> 性情卓绝，新致英奇。

认为诗歌是表现性情的，这原是传统的观点。《毛诗大序》便说"吟咏情性"。

但儒家文学思想原要求"吟咏情性"与"止乎礼义"、"以风其上"相联系,具有政教意味。至齐梁时,人们断章取义,已将它作为写诗的代用语而不顾及政教意义了。萧纲这里更将欣赏、描绘女子体貌神情之美视为诗人的性情流露,越是擅长于此,性情便越是"卓绝"。这实际上离开儒家文学思想很远了。萧纲又称赞对方所作"新致英奇",这可见出他写作宫体诗,与爱好新变的文学趣味很有关系。宫体诗的表现对象、技巧在当时人看来,是颇新鲜有致的,这是它能获得广泛爱好的原因之一。

萧纲曾作训诫其子的《诫当阳公大心书》。书中勉励其子勤学,又言及作文:

> 立身之道与文章异。立身先须谨重,文章且须放荡。

所谓"放荡",乃不受束缚之意。萧纲认为临文之际不可畏首畏尾,多所拘忌,而应驰骋想像,海阔天空。这本非专指作宫体诗而言。但其语出自萧纲之口,却也可从中略约体会他作宫体诗时的某种想法,即"立身"须谨慎厚重,以礼义自持,创作时却不妨松弛放纵一些。因此这也可以视为一种主张自由抒发而与强调政教意义相背离的文学主张。

第四节　颜之推、苏绰

颜　之　推

颜之推(约531—590以后),字介。祖籍琅玡(今属山东),东晋以后,世居建康(今江苏南京)。梁末侯景作乱,萧绎称帝于江陵,之推为其散骑侍郎。江陵为西魏所破,被俘,后投奔北齐,官至黄门侍郎,齐亡入周,后又仕于隋。有《颜氏家训》,成书于隋代,其中有论文之语,主要见于书中的《文章》篇(本节引颜氏语凡不注出处者皆出于该篇)。

颜之推尊奉儒学。《文章》篇一开头就提出,诸体文章均源出于《五经》。他对梁朝诗文多"郑卫之辞"(指描写女性及男女情事)表示不满,而颇以"吾家世文章,甚为典正,不从流俗"、"不偶于世,无郑卫之音"自诩。他重视文

章服务于政治教化的实用功能,不过也肯定文学愉悦耳目的审美作用。他说:

> 朝廷宪章,军旅誓诰,敷显仁义,发明功德,牧民建国,施用多途。至于陶冶性灵,从容讽谏,入其滋味,亦乐事也。

这样的态度还是比较通达的。

从颜之推对一些具体作品的评论中,可以看到他是具有敏锐细致的审美感受能力的:

> 王籍《入若耶溪》诗云:"蝉噪林逾静,鸟鸣山更幽。"江南以为文外断绝,物无异议。简文(萧纲)吟咏,不能忘之;孝元(萧绎)讽味,以为不可复得,至《怀旧志》载于《籍传》。范阳卢询祖,邺下才俊,乃言:"此不成语,何事于能?"魏收亦然其论。《诗》云:"萧萧马鸣,悠悠旆旌。"《毛传》曰:"言不喧哗也。"吾每叹此解有情致。籍诗生于此耳。

"文外断绝",《梁书·文学传》作"文外独绝",指言外有耐人品味的情趣,高妙难追。王籍诗中所体现的是一种空灵的情味、神韵。从颜之推的叙述中,可知他和其他一些南朝文人对于写景妙句中的这样一种韵味有所体会,而且十分欣赏,其审美能力已发展至相当的高度。颜之推又说:

> 兰陵萧悫,梁室上黄侯之子,工于篇什。尝有《秋诗》云:"芙蓉露下落,杨柳月中疏。"时人未之赏也。吾爱其萧散,宛然在目。颍川荀仲举、琅琊诸葛汉,亦以为尔。而卢思道之徒,雅所不惬。

"宛然在目"是称赞其诗描写景物真切不隔;"爱其萧散"则表明颜之推品味到其中蕴含的内在的神味韵致,不仅是赏其外形毕肖而已。萧悫、荀仲举、诸葛汉都是由南入北的文人。从这两则纪事中可以看出,北朝文士的审美鉴赏力是不如南朝的。

颜之推这里所称赏的诗句,都不用典故,表现了作者对于自然美的敏感以及巧妙地捕捉和描绘形象的能力。南朝人摘句嗟赏的一些名句,多属此类。在创作和鉴赏中的这种风气,与始于刘宋谢灵运的山水诗写作很有关系。此种风气,在文学理论中也有所反映。如《文心雕龙·隐秀》称赞秀句说:"自然会妙,譬卉木之耀英华。"《物色》说:"不加雕削,而曲写毫芥。"钟嵘《诗品序》称赞诗人写"即目"、"所见"的景象,"自然英旨","皆由直寻",富有"天才"。刘勰、钟嵘都强调此类诗句自然而不雕琢文字(包括不用典故)的特点。颜之推所举的例子与刘勰、钟嵘的言论,对于研究意境说形成的历史,都是值得珍视的资料。

当然,用典仍是当时人一种重要的修辞手法。即使写作诗歌,也不可能全然不用。于是有人要求"用事不使人觉"。颜之推说:

> 沈隐侯(约)曰:"文章当从三易:易见事,一也;易识字,二也;易读诵,三也。"邢子才常曰:"沈侯文章,用事不使人觉,若胸臆语也。"深以此服之。祖孝徵亦尝谓吾曰:"沈诗云:'崖倾护石髓。'此岂似用事邪?"

沈约"三易"之说,或是指各体文章而言,不仅指诗,而诗自亦包括在内。既要用事,又求自然明朗,这是六朝诗文在长期发展过程中形成的一种特殊美学要求,是当时作者兼具诗人、学者双重身份的结果。颜之推学问博富,《颜氏家训》论文章时见重视学问的倾向。但他也充分认识到作文与积累学问不同,创作需要特殊的才能,他说:"钝学累功,不妨精熟;拙文研思,终归蚩鄙。……必乏天才,勿强操笔。"诗歌尤需自然明朗,颜之推对沈约"三易"之说是赞同的。

颜之推文学思想中又一颇值得注意的内容,是他提出了改革文体的要求:

> 文章当以理致为心肾,气调为筋骨,事义为皮肤,华丽为冠冕。今世相承,趋末弃本,率多浮艳。辞与理竞,辞胜而理伏;事与才争,事繁而才损。放逸者流宕而忘归,穿凿者补缀而不足。时俗如此,安能独违?但务去泰去甚耳。必有盛才重誉、改革体裁者,实吾所希。

"理致"泛指文章内容,颜之推说文章当以内容为根本。"气调"原是人物评论用语,"有气调"指性格鲜明,给人以明朗活跃之感。颜之推说"气调为筋骨",体现了对文章总体风貌的重视,认为文章须有生动活跃、劲健有力之气。他将理致、气调置于事义(运用典故)、华丽(词藻美丽)之上,并批评时人本末倒置。不过他对于今世文章的文辞日趋精美也还是肯定的,只是主张不应追求过分,主张应摆正内容、"气调"与典故藻彩的关系而已。他知道若不承认文学的发展,一味复古,是不可能成功的。因此他又提出古今结合、兼取二者之长的主张:

> 古人之文,宏材逸气,体度风格,去今实远;但缉缀疏朴,未为密致耳。今世音律谐靡,章句偶对,讳避精详,贤于往昔多矣。宜以古之制

裁为本,今之辞调为末,并须两存,不可偏弃也。

认为古人所作能给读者以生气勃勃、爽朗鲜明、才气纵横之感,即具有"气调";今人所作则在文辞精美方面见长。主张二者结合而须以古为本、以今为末。颜之推旗帜鲜明地提出此种改革文体的主张,是很值得注意的。

《颜氏家训·文章》还曾论及文人的品德,对古今著名文人多所指责。他说文人每易恃才傲物,轻躁取祸。这自是告诫子孙之义。但他对许多作家的指责是错误的,如说屈原"露才扬己,显暴君过",赵壹"抗竦过度",刘桢"屈强输作",阮籍"无礼败俗",嵇康"凌物凶终"等等。他不能理解某些作家的优秀品质和不满现实、反抗现实的积极精神,而一概目为"轻薄"。与《文心雕龙·程器》称赞屈原和为文人鸣不平相比,便尤其显得落后了。

苏　绰

北朝的经济、文化,相对而言均落后于南方,其文学也是如此。至北朝后期,文学创作才渐呈活跃,而南北文学颇有交流。大体说来,北朝作品以实用性文字为多,缘情体物之作不够发达。而北朝一般文人颇歆羡南方文学,并向南方学习。其文学思想也接受南朝影响,例如也重视词藻富丽,追求声律和谐,爱好流连哀思、情灵摇荡之作等。但也有人反对当时风气,企图力矫南朝靡丽的文风,那就是西魏宇文泰和苏绰的复古主张。

宇文泰(507—556),字黑獭,代郡武川(今内蒙武川西)人,鲜卑族。他专擅西魏朝政,任用苏绰等人,改革诸项制度,争取关中士族拥护,与东魏对峙,又东破江陵,为北周宇文氏王朝的建立奠定了基础。苏绰(498—546),字令绰,武功(今属陕西)人。官至大行台度支尚书,领著作,兼司农卿。他深为宇文泰所宠信。宇文泰改革文风的企图,便是通过苏绰实行的。《周书·苏绰传》说:

> 自有晋之际,文章竞为浮华,遂成风俗。太祖(宇文泰)欲革其弊,因魏帝(西魏文帝元宝炬)祭庙,群臣毕至,乃命绰为《大诰》,奏行之。……自是之后,文笔皆依此体。

《大诰》的用语模仿《尚书》。所谓"文笔皆依此体",是说宇文泰下令朝廷应用文字均应以《大诰》为范例,规模《尚书》文辞古奥的风格。此外,《周书·柳庆传》还曾记载苏绰要求记室写作质朴文章之事:

大统十年(柳庆)除尚书都兵郎中如故,并领记室。时北雍州献白鹿,群臣欲草表陈贺。尚书苏绰谓庆曰:"近代以来,文章华靡;逮于江左,弥复轻薄;洛阳后进,祖述不已。相公(指宇文泰)柄民轨物,君职典文房,宜制此表,以革前弊。"庆操笔立成,辞兼文质。绰读而笑曰:"枳橘犹自可移,况才子也。"

可见苏绰反对南朝的华丽文风、希图有所改革的态度是一贯的。柳庆父亲由南朝北归于魏,所以说"枳橘犹自可移",意思是说柳庆虽来自南方,但所作文章却较为质朴,不同于南方华靡的文风。

宇文泰、苏绰文章复古的主张,其实是他们一系列复古措施中的一项。他们"崇尚儒术","以反风俗复古始为心"(《周书·文帝本纪》),企图以此开创社会和政治的新局面。《大诰》说:"惟天地之道,一阴一阳;礼俗之变,一文一质。……惟我有魏,承乎周之末流,接秦汉遗弊,袭魏晋之华诞,五代浇风,因而未革。……克捐厥华,即厥实,背厥伪,崇厥诚。"这些话是泛指政治和社会生活而言,而反对华靡、崇尚古质的文学思想,无疑是与此相联系的。宇文泰在官制、礼仪等方面,都实行改革,改变汉魏之法而依托周代制度,企图以此为号召,争取关中汉族的支持,并别树一帜,与东魏和向来被视为衣冠礼乐之所萃、正朔之所在的南朝争衡。其文章复古、模拟《尚书》的主张,也正是托古改制,是服从于这种政治目的的。

南朝文坛存在过分注重藻彩以致妨碍内容表达的弊病,要求加以改良,本是合理的。但生硬模仿久已僵化的千余年前的文辞风格,违背了文学语言发展的规律,其实窒碍难通。虽然以行政命令加以推广,但实际上规仿《尚书》、"文笔皆依此体"的号令并未能贯彻多久。宇文泰、苏绰文章复古的主张并未获得成功。

第三章　刘勰《文心雕龙》

第一节　绪　说

在中国文学批评史上,刘勰的《文心雕龙》具有很重要的地位。它总结了南齐以前中国文学创作和文学批评的丰富经验,论述比较全面,体系比较完整,开创了我国文学批评的新纪元。历代著名文人,对《文心雕龙》常常给予很高的评价。刘勰同时作家沈约,说它"深得文理,常陈诸几案"(《梁书·刘勰传》)。唐代刘知幾把它作为自己写作《史通》的楷模,评介说:"词人属文,其体非一,譬甘辛殊味,丹素异彩;后来祖述,识昧圆通,家有诋诃,人相掎摭,故刘勰《文心》生焉。"明胡应麟说:"刘勰之评,议论精凿。"(《诗薮·内编》)清章学诚说:"文心体大而思精","笼罩群言"(《文史通义·诗话篇》)。明清两代,出现了若干《文心雕龙》的研究者。"五四"以来及至当代,更出现了不少研究此书的论文和著作。早在一千四百多年前,我国文学批评界就产生了这样的著作,这是值得我们自豪的。

刘勰(约 465—约 521),字彦和,祖籍为东莞莒县(今山东莒县)。西晋末年永嘉之乱时其祖先南迁避乱,世居京口(今江苏镇江)。少时家贫好学,博览群书。依沙门僧佑十余年,遂博通佛教经论。梁初官至步兵校尉、兼东宫通事舍人,受到爱好文学的昭明太子萧统的敬重。后出家为僧,改名慧地。他的生卒年,由于史料不足,各家推断纷歧,不能肯定。他的著作,除《文心雕龙》外,今尚存《梁建安王造石城寺石像碑》、《灭惑论》两文,均为宣扬佛理的作品。

刘勰精通儒学、佛学,当时融合儒道的玄学流行,他也受到玄学影响。《文心雕龙》一书,如刘勰本人所说,是以儒家思想为指导,但在少数地方也显示出玄学、佛学的影响。如《论说》篇赞美王弼、何晏等人的玄学论文，称为"锋颖精密"，又称道佛教"般若之绝境"，即是一例。现代研究者指出：《文心雕龙》全书体系完整，论证严密，当是受到佛教经论的启发。

《时序》篇曰："暨皇齐驭宇，运集休明。"称齐为皇齐，这是一个有力的证据，证明此书写成于南齐时代。清代刘毓崧有《书文心雕龙后》一文，于此推证颇详。现代研究者多数信从其说；也有人认为此书作于梁代，证据尚不足。梁武帝名萧衍，《文心》书中遇古人名有衍字者（如邹衍、冯衍）均改用字号等其他称呼，这种例子，当是刘勰在梁代又加修改的。钟嵘《诗品》撰成于梁代，略晚于《文心雕龙》。

《序志》篇是全书的自序，其中介绍了写书的宗旨和全书的结构。刘勰在前半篇说明立言可以不朽，自己服膺孔子，原拟注释儒家经典，"敷赞圣旨"。但因东汉马融、郑玄诸儒，"弘之已精，就有深解，未足成家"，因此决心撰作文论专著：

> 唯文章之用，实经典枝条，五礼资之以成，六典因之致用，君臣所以炳焕，军国所以昭明。详其本源，莫非经典。而去圣久远，文体解散，辞人爱奇，言贵浮诡，饰羽尚画，文绣鞶帨，离本弥甚，将遂讹滥。盖《周书》论辞，贵乎体要，尼父陈训，恶乎异端，辞训之异，宜体于要；于是搦笔和墨，乃始论文。

他从儒家的传统思想出发，说明文章渊源于儒家经典，密切为政教服务。而近代辞人，爱奇尚诡，背离经典的本源。此书的写作，在于阐明经典的准则以指导创作，纠正当世的不良文风。

《序志》篇后半篇介绍《文心雕龙》全书的篇章结构道：

> 盖《文心》之作也，本乎道，师乎圣，体乎经，酌乎纬，变乎骚；文之枢纽，亦云极矣。若乃论文叙笔，则囿别区分，原始以表末，释名以章义，选文以定篇，敷理以举统；上篇以上，纲领明矣。至于剖情析采，笼圈条贯，摛神性，图风势，苞会通，阅声字，崇替于《时序》，褒贬于《才略》，怊怅于《知音》，耿介于《程器》，长怀《序志》，以驭群篇；下篇以下，毛目显矣。位理定名，彰乎大易之数，其为文用，四十九篇而已。

《文心雕龙》全书可分为四个部分。自《原道》至《辨骚》五篇是全书的枢纽、总纲，表明了著者的基本文学思想和指导写作的总原则。自《明诗》至《书记》二十篇是各体文章分论，分别论述了各体文章的性质、历史发展、代表作家作品和写作要点。自《神思》至《总术》十九篇为写作方法统论,打通各种文体,研讨构思、篇章结构和用词造句等问题。自《时序》至《程器》五篇为杂论,论述了文学与时代及自然景物的关系、作家的才能与品德、文学批评的态度与方法等问题。最后一篇《序志》是自序,介绍了写作的动机、宗旨和全书的结构。各部分都有较强的逻辑性,比较完整地表达了对某个方面的文艺问题的见解;各部分的内容彼此又互相呼应和配合,基本思想在各部分表现得很明确,构成了全书相当完整的体系。

刘勰撰写《文心雕龙》,宗旨在于指导写作,纠正当时他认为不良的文风,《序志》曰:"夫文心者,言为文之用心也。"也是表明其书主旨是讲文章作法。自《明诗》至《书记》二十篇各体文章分论,各篇在末尾"敷理以举统"部分,指明各体文章的体制特色和写作规格,著者把它们称为"纲领之要"、"大要"、"大体"等等,是各篇的核心与结穴所在。《序志》把前二十五篇称为"纲领"。从指导写作的立场讲,明了各体文章的规格,从而写好它们,实是最重要的任务,所以称前半部为纲领。《文心》全书的前面三个部分,在论述中都鲜明地贯穿了指导写作的立场。但是,由于全书涉及到不少文学理论问题,并作了系统深入的论述,又系统评述了先秦到南朝初期的文学发展与重要作家作品,有许多精辟的看法,因而它具有重大的文学理论价值,是中国文学批评史上的一部巨著。

刘勰对过去文论所持的态度是比较客观的。《序志》篇说:"及其品列成文,有同乎旧谈者,非雷同也,势自不可异也;有异乎前论者,非苟异也,理自不可同也。同之与异,不屑古今;擘肌分理,唯务折衷。"别人的意见,他认为正确的,不怕相同;认为不正确的,不怕立异:标准只有一个——"唯务折衷",期于至当。这种态度,使他能够广泛地继承过去文论的有益经验,同时勇敢地提出新见解。

魏晋南北朝时期,由于对文学特点的认识日趋明确,文学创作较多地摆脱了过去常常依附于学术著作的状态;抒情言志的诗赋和各体文章,较过去大大增加;人们对作品的形式美和艺术技巧非常注意。在当时社会流行品评人物和各种文艺的风气中,文学创作的这种新现象,更有力地推动了文学理论批评迅速地向前发展。这时期的文学批评,不但出现了许多单篇论文,而且出现了一些文论专书,如挚虞《文章流别志论》、李充《翰林论》之类,形成了产生体系比较完整的文论专著的历史条件。文学批评为当时许多文人所注意,成为著述事业的一种。到刘勰时代,这方面已积累了比较丰富的成果。刘勰一生好学不倦,博通群书,潜心著述,思想又颇深邃精密,因此能够总结长时期来文学创作和文学批评的丰富经验,写出《文心雕龙》这样辉煌的著作。

第二节　基本思想

《文心雕龙》的基本思想,表现在《原道》至《辨骚》五篇中,《序志篇》称这些篇为"文之枢纽"。要理解《文心雕龙》全书,必须先领会这几篇的内容。

原道、征圣和宗经

原道、征圣、宗经的文学思想,是我国古代文论中的儒学传统,早在先秦时代,孟子的文论中已出现这种思想的萌芽,至荀子而具体化,至汉代扬雄而有较多的发挥。到了刘勰,在前人的基础上论述更为深入,发表了不少自己的看法。他在这方面的理论大致可分三点:(一)文章是道的表现,道是文的本源;(二)古代圣人创作文章来表现道,用以治理国家,进行教化;(三)圣人制作的经不但是后世各体文章的渊源,而且为文学作品的思想和艺术树立了标准。

(一)文章是道的表现,道是文的本源。这一点在《原道篇》中有具体的阐述。《原道篇》开头说:

> 文之为德也大矣,与天地并生者何哉?夫玄黄色杂,方圆体分。日月叠璧,以垂丽天之象;山川焕绮,以铺理地之形:此盖道之文也。仰观吐曜,俯察含章,高卑定位,故两仪既生矣;惟人参之,性灵所钟,是谓三才。为五行之秀,实天地之心。心生而言立,言立而文明,自然之道也。

这里所谓文是指广义的文采,它广泛地表现在自然界的各个方面。天上有日月的光曜,云霞的雕色;地面有山川的焕绮,林籁泉石的声响,动物有龙凤虎豹的奇姿,植物有草木的贲华,"形立则章成,声发则文生"(《原道》),形成了自然界各方面的形态或声音之美。其在有性灵的人类,则发而为语言文章。这些"形文"、"声文"、"情文"诸现象,刘勰认为都是自然而然地生成的,都是道的表现。这种理论说明刘勰认识到美普遍存在于自然界的各个方

面,人类文章的艺术美,则是较为突出地表现出美的一种事物。这里应该引《情采篇》的一段话来参证:

> 故立文之道,其理有三:一曰形文,五色是也;二曰声文,五音是也;三曰情文,五性是也。五色杂而成黼黻,五音比而成韶夏,五情发而为辞章,神理之数也。

五色、五声原来都是自然界事物的现象,但经过人们的运用,制成黼黻、韶夏,就成为人类的文化艺术现象了。不管是自然现象或者人类的文化现象(刘勰把自然现象的美和人类文化现象的美相提并论是不妥当的),都是道的表现,也就是“神理之数”(《文心雕龙》在不少地方用“神理”这一名词,意思和“道”或“道心”相当)。

这段话中关于文的根源是道或自然的看法,接受了《老子》的影响。《老子》说过:道为“万物之母”(第一章),“道法自然”(第二十五章)。这里见出,由于当时老庄思想流行,刘勰论道,已受其影响,而与过去荀子、扬雄论文道关系的看法有所不同。

(二)古代圣人创作文章来表现道,用以治理国家,进行教化。《原道》叙述文章的起源和古代圣人制作文章的历史道:

> 人文之元,肇自太极;幽赞神明,易象惟先。庖牺画其始,仲尼翼其终;而乾坤两位,独制文言,言之文也,天地之心哉!……爰自风姓,暨于孔氏,玄圣创典,素王述训,莫不原道心以敷章,研神理而设教,取象乎《河》、《洛》,问数乎蓍龟,观天文以极变,察人文以成化;然后能经纬区宇,弥纶彝宪,发挥事业,彪炳辞义。故知道沿圣以垂文,圣因文以明道,旁通而无滞,日用而不匮。《易》曰:“鼓天下之动者存乎辞。”辞之所以能鼓天下者,乃道之文也。

这里所谓人文是指广义的文学,包括整个文化学术;这里所谓“人文之元”,实际是指文字和历史记载的起源。刘勰的这种见解本于《易传》。《易·系辞下》云:“古者包牺氏之王天下也,仰则观象于天,俯则观法于地,观鸟兽之文与地之宜,近取诸身,远取诸物,于是始作八卦,以通神明之德,以类万物之情。”刘勰只是把这些话作了一些发挥,并没有新的意见。最后,他对道、圣、文三者的关系加以总结,说明圣人根据道心、神理,制作文章,以立教化,三者的关系是:“道沿圣以垂文,圣因文以明道。”《易传》说:“圣人以神道设教,而天下服矣。”(《观卦象辞》)可见刘勰的“原道心以敷章,研神理而设教”的看法也是本于《易传》。

《原道》前面论自然之道,本于《老子》,后面论圣人之道,取自《易传》。老庄论道,强调无为与自然而然;《易传》论道,强调上天意志与圣人以神道设教。《原道》把不属于一个系统的思想糅合在一起,正是反映了玄学融合儒道两家思想的特色。玄学家王弼、郭象等有一种看法,认为名教与自然相一致,即儒家提倡的一套维护封建政治社会秩序的思想制度和伦理道德规范是效法自然而又合于自然的,因而儒家之道(名教)与道家之道可以相通而不对立。《原道》认为集中体现了圣人之道的《六经》,不但根据上天意志,而且也是自然之道的体现,即圣人之道与自然之道相通,这正是玄学名教与自然合一思想的反映。从《文心》全书看,刘勰更重视的是圣人之道,他要以体现圣人之道的经书来指导写作;只是因为《原道》注意从本体论上解说文的根源,才援引了《老子》论道的观点。

《征圣》篇论文章的作用曰:

> 是以远称唐世,则焕乎为盛;近褒周代,则郁哉可从:此政化贵文之征也。郑伯入陈,以文辞为功;宋置折俎,以多文举礼:此事迹贵文之征也。襄美子产,则云“言以足志,文以足言”,泛论君子,则云“情欲信,辞欲巧”:此修身贵文之征也。

此处“事迹贵文”指外交活动,也属于政治范围。因此,文章的功能,也就是要在政治教化和个人道德修养两个方面发挥积极作用。这也是儒家传统的看法。

(三)圣人制作的经不但是后世各体文章的渊源,而且为文学作品的思想和艺术树立了标准。刘勰认为圣人所作的文章是内容形式并重,二者都很优美的,所谓“志足而言文,情信而辞巧”,给人的印象是“雅丽”,是“衔华而佩实”。它们在表现方面,或繁或简,或隐或显,根据具体情况而不同,但无不恰到好处(以上见解见《征圣》篇)。《宗经》篇说《六经》文章的风格各不相同,但其共同的特色是:“根柢槃深,枝叶峻茂,辞约而旨丰,事近而喻远。”即内容深刻而形式完美。刘勰特别强调内容的纯正和形式的要约二者。《征圣》说:

> 《易》称“辩物正言,断辞则备”,《书》云“辞尚体要,弗惟好异”;故知正言所以立辩,体要所以成辞,辞成无好异之尤,辩立有断辞之美。

这里刘勰援引了《易传·系辞下》、《尚书·毕命》的话作为立论依据。所谓“正言"，主要是就思想内容而言；所谓"体要"，主要是就形式体制而言。内容纯正，体制语言简要，刘勰认为是文章内容形式的首要标准。他在《序志》篇中，也郑重地表达了这层意思。

刘勰又指出，作文如能学习《六经》，就能表现出六个方面的优点：

> 故文能宗经，体有六义：一则情深而不诡，二则风清而不杂，三则事信而不诞，四则义直而不回，五则体约而不芜，六则文丽而不淫。（《宗经》）

"风清"与《风骨》篇之"风清"相通，指思想感情在作品中呈现出鲜明爽朗的风貌。"体约"之"体"，此处指体制规模。"六义"之美是指：感情深挚而不浮诡（虚假），风貌清朗而不繁杂，记事信实而不荒诞，思想正直而不回曲，体制要约而不芜秽，文采美丽而不淫滥。其中情深、事信、义直三者指思想内容，大体上属《征圣》所说的"正言"；风清指艺术风貌，体约、文丽指语言风格，大体上属《征圣》所说的"体要"。《宗经》的"六义"，为文学创作和文学批评树立了六条标准，比《征圣》所提的"正言"、"体要"更加具体了。

刘勰认为经不但是文章的楷模，而且是后世各体文章的渊源。《宗经》篇云：

> 故论说辞序，则《易》统其首；诏策章奏，则《书》发其源；赋颂歌赞，则《诗》立其本；铭诔箴祝，则《礼》总其端；纪传盟檄，则《春秋》为根：并穷高以树表，极远以启疆，所以百家腾跃，终入环内者也。

当时人们心目中的《五经》，包括了一部分释经的传，如《易传》、《礼记》、《春秋左传》等，这些著作大抵产生于战国以至西汉初期。春秋战国时代，文化（包括文学）已颇为发展，许多文体已经产生或萌芽，它们被保存在《五经》中间。《宗经》列举论说辞序等二十种文体，认为其体制源出《五经》，大致上也是有道理的。后来颜之推在《颜氏家训·文章》中也发表了类似的见解。刘勰强调《五经》的思想艺术成就及其深远影响，这种夸张的论述正是为他文必宗经的主张服务的。

《原道》、《征圣》、《宗经》三篇，关系密切，其中心思想是阐明圣人根据道和上天意志制作的经书是文章的典范和渊源，因而作文必须宗法经书，故《宗经》篇是三篇的结穴所在。在这三篇中，刘勰阐明了对文学的起源和作用、文学的思想艺术标准这些文学理论的根本问题的看法，因而具有重要的理论意义。

正纬和辨骚

《正纬》、《辨骚》两篇,指出纬书、楚辞虽然在不同程度上有异于经书雅正的传统,但在某些方面(特别是其奇辞异采)可以斟酌吸取。

纬书相传为解经之书,取经纬交错之义。它们产生于西汉,与预告吉凶的谶相结合,内容包含大量封建迷信,但也含有部分古史传说、天文地理等有价值的材料。纬书盛行于汉魏六朝,南朝文人以学习纬书为博学的标志,所作辞赋骈文喜欢用典,往往从纬书采掘资料。针对当时纬书影响颇大的现象,刘勰写作了《正纬》篇。它对纬书的荒诞内容,进行了具体分析和批评;但又认为,纬书中所包含的某些古代传说和自然界现象的记载,"事丰奇伟,辞富膏腴",题材文辞,均有可取,因而对文章写作有帮助,可以酌取(《序志》还有"酌乎纬"句)。

《辨骚》的"骚"是指《楚辞》中《离骚》以及其他的屈原、宋玉作品而言。在中国文学史上,屈赋具有非常重要的地位。它在汉魏六朝时代,为广大的人们所学习模仿,和《诗经》一起被奉为韵文的经典作品。比刘勰年辈稍早的沈约,在《宋书·谢灵运传论》中,论述汉魏以迄南朝诗赋的发展时,就说过"源其飙流所始,莫不同祖风骚"的话。钟嵘《诗品》评论汉魏六朝诗人,指出他们作品的远源分别是《国风》、《小雅》、《楚辞》三者,实际也与"同祖风骚"的意思基本相同。梁代阮孝绪编目录书《七录》,其"文集录"部分,首列"楚辞部",之后是别集、总集等部,为以后《隋书·经籍志》所承袭。这些现象和刘勰把《辨骚》列入"文之枢纽"的做法,都反映了南朝文人对楚辞的历史地位十分重视,认为它与《诗经》同为后代诗赋之祖。

《辨骚》一开始就以诗意的笔调赞美屈原作品道:

> 自风雅寝声,莫或抽绪,奇文郁起,其《离骚》哉!固已轩翥诗人之后,奋飞辞家之前,岂去圣之未远,而楚人之多才乎!

刘勰把《辨骚》归入"文之枢纽",而不属于底下的文体论范围(自《明诗》以至《书记》等属于文体论的各篇,其内容都分"原始以表末"等四项内容论述,《辨骚》却不是这样)。这是因为产生于战国时代的楚辞,不但时代较早,而且它的"惊采绝艳",对后世文学发生深远的影响,所谓"衣被词人,非一代也"。刘勰把《辨骚》列入"文之枢纽",表明他对于楚辞的价值与影响,具有较深的认识。

《辨骚》篇前半篇列举了汉代刘安、汉宣帝、扬雄、班固、王逸五家对于屈赋的纷歧评价,认为立论都有偏颇,"褒贬任声,抑扬过实"。接着他也把屈赋与儒家经典相比较,并作了具体分析,指出它同于风雅者有典诰之体、规讽之旨、比兴之义、忠怨之辞四事,异于经典者有诡异之辞、谲怪之谈、狷狭之志、荒淫之意四事,因此是"雅颂之博徒,词赋之英杰"。刘勰这方面的分析,固然要比汉人更为具体细致,但他仍然没有摆脱汉儒依经立论的缺点。

《辨骚》后半篇,对《楚辞》的成就大力加以赞美:

> 观其骨鲠所树,肌肤所附,虽取镕经旨,亦自铸伟辞。故《骚经》、《九章》,朗丽以哀志;《九歌》、《九辩》,绮靡以伤情;《远游》、《天问》,瑰诡而惠巧;《招魂》、《大招》,耀艳而深华;《卜居》标放言之致;《渔父》寄独往之才。故能气往轹古,辞来切今,惊采绝艳,难与并能矣。

> 自《九怀》以下,遽蹑其迹,而屈宋逸步,莫之能追。故其叙情怨则郁伊而易感,述离居则怆怏而难怀,论山水则循声而得貌,言节候则披文而见时。是以枚、贾追风以入丽,马、扬沿波而得奇,其衣被词人,非一代也。故才高者菀其鸿裁,中巧者猎其艳辞,吟讽者衔其山川,童蒙者拾其香草。若能凭轼以倚雅颂,悬辔以驭楚篇,酌奇而不失其贞,玩华而不坠其实,则顾盼可以驱辞力,欬唾可以穷文致,亦不复乞灵于长卿,假宠于子渊矣。

过去评论《楚辞》的文章颇多,但像刘勰那样对《楚辞》的艺术特色及其感染力量,《楚辞》中各篇不同的风格,作如此具体而精到的剖析,却还是首次。刘勰这种突出的艺术鉴赏能力,反映了南朝文人对于作品剖析能力的深入。刘勰指出,"惊采绝艳"、"奇"、"华"等是《楚辞》最显著的艺术特色。从中国文学的历史发展看,《楚辞》是儒家经典文风之变,它虽然存在着"异乎经典"的地方,但也有"取镕经旨,自铸伟辞"的特征,虽"体慢于三代,而风雅于战国",这是一个重要的富有创造性的变化,故能和儒家经典同样成为后代文学学习取法的对象。《定势》篇说:"模经为式者,自入典雅之懿;效骚命篇者,必归艳逸之华。"即表明了这意义。

刘勰认为,经书文辞的特征是贞(正)、实(朴实),《楚辞》的特征则是奇、华(华艳);作文应当"倚雅颂,驭楚篇",即应以《诗经》雅正文风为根本,酌取楚辞的奇辞异采,做到奇正兼采,华实相扶。这是贯穿《文心》全书的一个基本观点。刘勰认为,汉魏以至南朝的许多诗赋,在《楚辞》影响下,片面追求艳丽,形成"楚艳汉侈,流弊不还"(《宗经》)的不良文风,因而他强调应以《诗经》的雅正文风为根本,做到"执正驭奇"(《定势》)。在当时,诗赋是文章中两种最重要的体裁,《辨骚》提出"倚雅颂,驭楚篇",也是从诗赋角度立论。扩大起来说,这一原则就是倚《五经》,驭《楚辞》、纬书。

《文心》前五篇论"文之枢纽",其中《原道》、《征圣》、《宗经》为一组,阐述执正之理;《正纬》、《辨骚》为一组,阐述驭奇之理,合起来构成了执正驭奇的基本观点。

第三节　论内容、形式和体制

刘勰对于内容、形式和体制问题的意见,构成了《文心雕龙》全书的重要部分。关于内容和形式问题,在下半部《情采》到《总术》等篇中有很详细的论述,其他各篇中也有不少值得注意的意见。关于体制问题,大致见于上半部《明诗》到《书记》等篇。

内容和形式的关系

刘勰对作品的内容、形式二者都很重视。他在《征圣》篇中指出圣人之文是:"志足而言文,情信而辞巧。"在《宗经》篇中指出的情深、风清、事信、义直、体约、文丽六义,也是兼顾内容和形式的。书中专论内容和形式二者关系问题的是《情采》篇。情指情志,即思想内容;采指文采,即语言形式。《情采》篇以外界事物作比,指出文章应该质文并重。其言云:"夫水性虚而沦漪结,木体实而花萼振,文附质也。虎豹无文,则鞟同犬羊;犀兕有皮,而色资丹漆,质待文也。"《情采》篇除掉申述文章的内容形式二者应该并重外,还着重指出内容形式二者中应以内容为本的原则:

> 夫铅黛所以饰容,而盼倩生于淑姿;文采所以饰言,而辩丽本于情性。故情者,文之经;辞者,理之纬。经正而后纬成,理定而后辞畅,此立文之本源也。

《附会》篇说:"夫才童学文,宜正体制:必以情志为神明,事义为骨髓,辞采为肌肤,宫商为声气。"也是以内容为主的意思,看法和《情采》篇互相沟通。孔子论文,很重视内容。以后汉代王充说:"有根株于下,有荣叶于上;有实核于内,有皮壳于外。文墨辞说,士之荣叶皮壳也。实诚在胸臆,文墨著竹帛,外内表里,自相副称,意奋而笔纵,故文见而实露也。"(《论衡·超奇》)晋代陆机说:"理扶质以立干,文垂条而结繁。"(《文赋》)挚虞说:"古诗之赋,以情义为主,以事类为佐。"(《文章流别志论》)刘宋范晔说:"常谓情志所托,故当以意为主,以文传意。"(《狱中与诸甥侄书》)都说明了这一原则。刘勰对这一原则的论述较前人更为具体。

《情采》篇对于内容不充实而单纯追求华美形式的作家作品,作了尖锐的批判:

> 昔诗人什篇,为情而造文;辞人赋颂,为文而造情。何以明其然?盖风雅之兴,志思蓄愤,而吟咏情性,以讽其上,此为情而造文也;诸子之徒,心非郁陶,苟驰夸饰,鬻声钓世,此为文而造情也。故为情者要约而写真,为文者淫丽而烦滥。而后之作者,采滥忽真,远弃风雅,近师辞赋,故体情之制日疏,逐文之篇愈盛。故有志深轩冕而泛咏皋壤,心缠几务而虚述人外,真宰弗存,翩其反矣。

这里强调指出:文学创作应当先有思想感情,"为情而造文";反之,"为文而造情"、单纯追求形式、"采滥忽真"的作品是不足取的。并且对当日"远弃风雅、近师辞赋;体情之制日疏、逐文之篇愈盛"的不良文风,作了有力的批判。《哀吊》篇说:"隐心而结文则事惬,观文而属心则体奢。奢体为辞,则虽丽不哀;必使情往会悲,文来引泣,乃其贵耳。"《章表》篇说:"恳恻者辞为心使,浮侈者情为文使。"都是强调写作应以感情为根本。又《议对》篇说:"若不达政体,而舞笔弄文,支离构辞,穿凿会巧,空骋其华,固为事实所摈,设得其理,亦为游辞所埋矣。"则是强调思想内容的首要意义。汉代扬雄曾用"辞人之赋丽以淫"、"劝百讽一"的话来批评汉赋文辞靡丽而缺乏规讽内容。晋代挚虞对辞赋也发表了类似的看法。刘勰接受了这一观点,把这个问题提到内容决定形式的高度来论述,就显得更为有力了。

论内容

刘勰在《宗经》篇中提出情深而不诡、事信而不诞、义直而不回,这是他衡量作品内容的主要标准。以下就这三点分别加以说明。

刘勰很重视作品的情思,反对片面追求华美形式的作品,此点在《情采》篇、《哀吊》篇都有论述,已见上引。刘勰在评价作家作品时,往往对感情真挚的作品给予很高的赞美。如赞美《楚辞》云:"故其叙情怨,则郁伊而易感;述离居,则怆怏而难怀。"(《辨骚》)赞美汉代《古诗》云:"婉转附物,怊怅切情,实五言之冠冕也。"(《明诗》)都是其例。同时,他又批评后代的不少诗赋抒情作品,多虚假矫饰之词。《情采》篇曰:"故有志深轩冕,而泛咏皋壤;心缠几务,而虚述人外。真宰弗存,翩其反矣。"

刘勰很重视作品记载事实的真实可靠性。他不满意在作品中过于使用"诡异之辞"和"谲怪之谈"。这种观点,在《史传》篇中表现得尤为明显:

> 若夫追述远代,代远多伪。……盖文疑则阙,贵信史也。然俗皆爱奇,莫顾实理。传闻而欲伟其事,录远而欲详其迹,于是弃同即异,穿凿傍说,旧史所无,我书则传,此讹滥之本源,而述远之巨蠹也。至于记编同时,时同多诡,虽定哀微辞,而世情利害,勋荣之家,虽庸夫而尽饰,迍败之士,虽令德而嗤埋,吹霜煦露,寒暑笔端,此又同时之枉,可为叹息者也!

同时,《夸饰》篇还批评了汉赋夸张过分,时有记载失实之处。另一方面,刘勰对于记载核实的作品,则颇为赞美,如《史传》篇赞美司马彪《续汉书》之"详实",为东汉史籍之冠;《诸子》篇赞美《管子》、《晏子》"事核而言练";《封禅》篇赞美张纯的《泰山刻石文》"事核理举",都是其例。在这里,刘勰对于事实的真实和文学作品的真实性的区别,则是缺乏认识的。《辨骚》篇指责楚辞中的一部分神话传说是"诡异之辞"、"谲怪之谈",与经书典正之风不合。《诸子》篇也指责《列子》、《淮南子》中的一些神话传说是"踳驳之类"。这里说明刘勰对神话、传说、寓言一类文学的特点与价值缺乏认识,没有把它们与迷信、虚伪区别开来。

刘勰非常重视作品思想内容的"正",这种意见广泛地表现在《文心雕龙》各篇中,如:

> 固宜正义以绳理,昭德而塞违,剖析褒贬,哀而有正,则无夺伦矣。(《哀吊》,文字下黑点是笔者加的,下仿此)

> 谐之言皆也,辞浅会俗,皆悦笑也。昔齐威酣乐,而淳于说甘酒,楚襄宴集,而宋玉赋好色:意在微讽,有足观者。及优旃之讽漆城,优孟之谏葬马,并谲辞饰说,抑止昏暴。是以子长编史,列传《滑稽》,以其辞虽倾回,意归义正也。(《谐讔》)

> 是以立义选言,宜依经以树则;劝戒与夺,必附圣以居宗:然后诠评昭整,苛滥不作矣。……迁固通矣,而历诋后世;若任情失正,文其殆哉!(《史传》)

从上面的例证可以看出,刘勰对各体文章都强调内容的"正",所谓"正",就是儒家的所谓"正道"。刘勰认为只有这样,才能使文章发挥有助于教化和修身的效果。因为重视作品内容的规正及其作用,刘勰对一些追求华美形式而缺乏这种内容的作品,往往提出批评。例如《诠赋》篇批评辞赋的末流是"无贵风轨,莫益劝戒";《杂文》篇批评不少"七"体作品"讽一劝百,势不自反"。在《谐隐》篇中,他指出隐语的作用应该"大者兴治济身,其次弼违晓惑";批评东方朔、枚皋的谐辞"饤糟啜醨,无所匡正",批评东方朔的隐语"谬辞诋戏,无益规补"。这些都是明显的例子。

《征圣》篇指出,文章除应对政治产生积极作用外,对修身也具有积极作用。因此,刘勰不但大力肯定于政治教化有裨益的作品,还对有益于修身养性的文章加以肯定。如在《书记》篇中,他对汉代司马迁、杨恽以至魏晋应璩、赵至等人不少向朋友倾吐个人情愫的书信加以赞美,认为它们具有"散郁陶、托风采"、"条畅以任气、优柔以怿怀"的特色与优点。

刘勰处在玄学发达的时代,故《文心雕龙》全书虽以儒家思想为指导,并且大抵以儒家思想来评价作家作品,但对魏晋时代的玄学论文也颇有赞美之辞。如《论说》篇肯定王弼、何晏等的玄学论文"师心独见,锋颖精密",是论文之英华,《才略》篇称"嵇康师心以遣论",可见他对不少玄学论文敢于发表创见、析理精密的特长是颇为欣赏、评价甚高的。

刘勰评价作品内容的局限性,除上述对神话、传说的不理解外,还有一些较明显的事例。一是对游戏性文学的鄙视。《谐隐》篇专论谐辞(笑话)、隐语(谜语一类),篇中对优旃、优孟等的能"谲辞饰说、抑止昏暴"的谐辞加以肯定,因为它们能进行讽谏,对君王的昏暴行为有所匡正。而对汉代东方朔以至晋代潘岳、束皙的许多谐辞,还有东方朔、曹丕等的许多隐语均予以抨击,认为它们"无益规补"、"空戏滑稽,德音大坏"。他所谓德音,即指有益于政治教化与个人道德修养而言。

谐辞隐语都是通俗性的作品,刘勰认为它们"本性不雅"。与此相联系,他对通俗性的乐府民歌及其文人仿作也加以贬斥。汉乐府相和歌辞一类作品,源出民间,被贵族阶层采录、仿作,配合通俗乐曲,用以娱乐。《乐府》篇评汉代无名氏古辞有曰:"艳歌婉娈,怨志诀绝,淫辞在曲,正响焉生。"此处"艳歌"、"怨志"云云,当指《艳歌何尝行》、《白头吟》一类作品(参考范文澜《文心雕龙注》),它们描绘了民间男女的爱情生活与妇女的痛苦,富有社会现实意义,而刘勰竟斥之为淫辞。刘勰对反映民间下层社会生活的作品是轻视的。东汉末年汉灵帝在鸿都门招集了一批文人写作辞赋,其内容多写"方俗闾里小事",灵帝以此为娱乐。由此引起大臣杨赐、蔡邕等人的反对。刘勰在《时序》篇中把鸿都门文人斥为"浅陋"之徒,破坏了高雅文章的流风余韵。由上可见,刘勰对通俗文学抱轻蔑态度,包括谐辞、隐语、乐府民歌等。他认为其中少数作品对政治直接有裨益作用,则可以有所肯定;如果仅是游戏性的,就没有价值。那些反映下层社会日常生活(包括男女情爱、妇女痛苦题材)的乐府诗,也是供人们娱乐用的作品,无益于政治教化大体,因而也加以贬斥。在这方面显示出刘勰对作品思想内容的狭隘态度。魏晋南北朝时代,通俗性文学虽有所发展,但它们并未能在文坛占据较像样的地位,从而被不少文人所轻视与摈斥。刘勰在这方面的看法,正是反映了这一历史现象。

论形式

刘勰也是很重视文章形式的完美的,《宗经》篇中提出的"体约而不芜"、"文丽而不淫"两点,可说概括了他对于文章形式的要求。

现在先说"文丽而不淫"。《征圣》篇称道"圣文雅丽,衔华佩实"。《序志》篇说:"古来文章,以雕缛成体。"《情采》篇更强调文采的重要性道:

> 《孝经》垂典,丧言不文;故知君子常言,未尝质也。老子疾伪,故称"美言不信";而五千精妙,则非弃美矣。庄周云,"辩雕万物",谓藻饰也。韩非云,"艳乎辩说",谓绮丽也。绮丽以艳说,藻饰以辩雕,文辞之变,于斯极矣。

《文心雕龙》下半部《声律》、《章句》、《丽辞》、《比兴》、《夸饰》、《事类》、《炼字》、《隐秀》等篇的内容都是专门讨论形式问题的。从这些篇章中可以看出,刘勰不仅重视一般的辞藻文采,而且对于声律、骈偶、用典等当时骈文的语言因素,都非常注意。他是永明声病说的拥护者(参见前《声律论》节)。他认为对偶是文章的自然现象:"造化赋形,支体必双;神理为用,事不孤立。夫心生文辞,运裁百虑,高下相须,自然成对。"(《丽辞》)他强调用典的重要意义,指出它原本经典:"然则明理引乎成辞,征义举乎人事,乃圣贤之鸿谟,经籍之通矩也。"(《事类》)由此可见,刘勰不但用骈体文字写作《文心雕龙》,而且在理论上也是骈体文学的拥护者。

刘勰要求文章丽,同时要求它"不淫",即不淫滥过度。《情采》篇说:"联辞结采,将欲明理;采滥辞诡,则心理愈翳。"指出美丽的文采目的在乎表现内容,而淫滥过度的文辞反而使内容不明白。他对于辞赋创作中的淫丽之风,除《情采》篇外,其他《宗经》、《诠赋》、《杂文》等篇也常有指摘。《夸饰》篇认为运用夸饰,应当"酌诗书之旷旨,剪扬马之甚泰",他认为只有这样,才能做到丽而不淫。

再说"体约而不芜"。《征圣》篇引《书经》云:"辞尚体要,弗惟好异。"接着解释说:"体要所以成辞","辞成无好异之尤"。《序志》篇叙述写作《文心雕龙》的缘起时,批评"辞人爱奇、言贵浮诡"的风气,接着强调"《周书》论辞、贵于体要"之旨,指出近代辞人的文风,则是趋向浮诡讹滥,和体要相反。《文心雕龙》论述这方面时,目的就在于纠正这种不良风气。《定势》篇也指责了"近代辞人,率好诡巧"。《情采》篇所说的"要约而写真",就是"体要"的意思;所谓"淫丽而烦滥",则与"体要"相反,而"烦滥"就是"芜杂"的意思。总之,刘勰认为体要之文,能够做到不淫不芜。文丽而不淫、体约而不芜二者关系密切,都要求文章写得精练,但文丽而不淫指语言运用,体约而不芜则兼指体制、结构规模。

基于这种认识,提倡体要,反对浮诡讹滥,反对淫丽烦滥,成为《文心雕龙》论形式方面的一个重要思想。试举数例:

> 至于潘勖《符节》,要而失浅;温峤《傅臣》,博而患繁;王济《国子》,引广事杂;潘尼《乘舆》,义正体芜:凡斯继作,鲜有克衷。(《铭箴》)
> 是以立范运衡,宜明体要,必使理有典刑,辞有风轨。(《奏启》)
> 或全任质素,或杂用文绮,随事立体,贵乎精要。(《书记》)

综上所述,可见刘勰在形式问题上的态度是比较折衷的。一方面,他注重丽,对于辞藻、声律、对偶、用典等语言因素之美都很重视;另一方面,他又反对当时那种刻意追求奇异、过于靡丽的文风,提倡体要。他主张在体要的原则下来恰当地运用辞藻、声律等等,以达到雅丽的目的。

南朝宋齐时代,在谢灵运、鲍照等名家的倡导下,创作注重辞藻的富丽新奇、对偶的精工繁富,所谓"俪采百字之偶,争价一句之奇"(《明诗》),流风所及,影响深广。刘勰强调文章应写得文丽而不淫,体约而不芜,即是针对此种现象而发。他批评近代的不良文风,近代即指宋齐时代。

刘勰认为,文学作品形式之美或其艺术特征,主要体现在语言之美。语言美可分为形态色泽美、声韵美两个方面。《文心雕龙》下半部《声律》以下诸篇,专门讨论语言运用问题。《声律》篇讨论声韵之美,其他《丽辞》、《比

123

兴》、《事类》等篇,研讨对偶、辞藻、用典等问题,都属于语言的形态色泽之美。刘勰,还有当时其他文人都认为,不论写作诗赋还是其他各体文章,语言美是一种普遍性的要求。这正是当时骈文极度发达时代人们对文章艺术形式标准的共识。

对于诗赋等一部分着重抒情写景的作品,刘勰也重视它们的抒情性与形象性。《辨骚》篇赞美屈、宋辞赋"叙情怨则郁伊而易感,述离居则怆怏而难怀",《明诗》篇赞美汉代《古诗》"婉转附物,怊怅切情",都是从抒情性角度说的。《夸饰》曰:"至如气貌山海,体势宫殿,嵯峨揭业、熠耀焜煌之状,光采炜炜而欲然,声貌岌岌其将动矣。"这是赞美描写山海宫殿的辞赋写得形象生动。《物色》篇曰:"体物为妙,功在密附。故巧言切状,如印之印泥,不加雕削,而曲写毫芥。故能瞻言而见貌,即字而知时也。"这是赞美刘宋以来的山水写景文学作品描写精细,具有逼真的艺术效果。

值得注意的是,刘勰所赞美的文学形象,都是外界的景物而不是人物形象。对于人物形象,他是不重视的。汉代两大史书杰构《史记》与《汉书》,擅长刻画人物,有不少栩栩动人的篇章,可是《文心》的《史传》对此却是只字不加赞誉。它仅称道司马迁具有"博雅宏辩之才";对《汉书》,称道其"赞序弘丽",也不及其人物传记。当时人评价作品的艺术性,首先看它们是否具有骈文语言之美(即对偶、辞藻、声韵等修辞美),史书中的人物传记均用散体写作,不具有这种语言美,因而不受人们重视。《汉书》中列在篇章前后的赞、序,却往往具有此种语言美,故《史传》篇誉为"弘丽",《文选》也有选录。上文提到,刘勰对长于叙事和描写人物的汉乐府篇章,评价也很低,从内容上说,是他轻视作品表现民间小事,从艺术上看,则和他不重视人物形象、鄙夷语言俚俗而不高雅有关。

这种不重视人物形象的看法,在当时具有一定的普遍性。这不但反映当时骈文发达时代人们对艺术美的偏见,也反映了当时小说等一类注重人物及其故事的通俗性文学作品尚未充分发达,未能进入文坛上层,获得上层文人的赞许与肯定。

文体分类及其论述方法

《文心雕龙》上半部二十五篇,除头上五篇为全书枢纽外,底下二十篇都是采用文体论形式来分体论述该体的名义、源流、代表作家作品和作法(《辨骚篇》也带有文体论性质)。

两汉以来,文章体制日趋繁富,关于文体分类的意见也日渐兴起。曹丕

《典论·论文》分文体为奏、议、书、论等四科八类,陆机《文赋》分文体为诗、赋、碑、诔等十类,这都是约举主要文体而言,并没有作详细全面的分类和论述。挚虞的《文章流别志论》是一部规模较大的专著,就现存断片来看,它所论述的文体即有颂、赋、诗、七、箴、铭、诔、哀辞、哀策、对问、碑铭十一类,估计全书论述的文体当有数十类,因原书已佚,不知其详。但由此可知在西晋初年,文体分类已很繁密了。

《文心雕龙》的文体分类也颇繁密。上半部论述文体各篇,在篇名中提到的文体共有三十三类:

> 骚、诗、乐府、赋、颂、赞、祝、盟、铭、箴、诔、碑、哀、吊、杂文、谐、讔、史传、诸子、论、说、诏、策、檄、移、封禅、章表、奏、启、议、对、书、记。

这还是比较大或重要的类别,在论述中又涉及不少比较小或次要的类别,数量就更多了。这里不再详细介绍。文体分类的繁密是当时文坛的一种趋势,萧统《文选》所收作品的体裁有以下三十八类:

> 赋、诗、骚、七、诏、册、令、教、文(策文)、表、上书、启、弹事、笺、奏记、书、移、檄、对问、设论、辞、序、颂、赞、符命、史论、史述赞、论、连珠、箴、铭、诔、哀、碑文、墓志、行状、吊文、祭文。

《文选》分类的数目和《文心雕龙》接近,主要类别的名称也大致相同,可见这种分类反映了当时写作的实际情况。

从《文心雕龙》所论列的文体看,刘勰心目中的文学范围是很广泛的。他不但把儒家的《五经》作为文章的模范,而且有《史传》、《诸子》两篇专论子史,这与《文选》的不收经、史、子专门著作的看法很不相同。特别是《书记》篇中述及的谱籍簿录、方术占式、律令法制、符契券疏、关刺解谍、状列辞谚等一些没有文学价值的应用文字都一一列举,显得对文学作品的范围认识不够明确。但这只是一方面的情况。另一方面,他又受到当时文笔说的影响,如他在《序志》篇所说,《文心雕龙》上半部论述文体是“论文叙笔,囿别区分”,自《明诗》到《杂文》各篇所论的是有韵之文,自《史传》到《书记》各篇所论的是无韵之笔,把文笔二者区分得颇为清楚。各篇中于诗、乐府、赋、史传、诸子,都是每篇详论一体,其他各篇则每篇兼论两体,这固然是由于诗赋等材料多,但也由于对它们的更为重视。《辨骚》篇提出“倚雅颂、驭楚篇”的作文总原则,以诗赋代表文学创作。又《时序》篇总论历代文学发展,《才略》篇评述历代名家,内容都以诗赋为主。由此可见,刘勰所认识的文学范围虽很广泛,但他论述的主要对象,却仍然是文学性很强的诗赋;他一方面注意诗赋等美文,另一方面又不排斥学术著作甚至应用文字于文学范围之外。

《序志》篇说:"原始以表末,释名以章义,选文以定篇,敷理以举统,上篇以上,纲领明矣。"《文心雕龙》论文体各篇的内容,大体上就是由以上四项构成的。现在对这四项内容作简要的说明。一、释名以章义,是对各体文章名称的说明;二、原始以表末,是叙述各体文章的源流;三、选文以定篇,评述各体文章的作家作品;四、敷理以举统,论述各体文章的体制特色和写作要点。第一项内容大抵在各篇之首,第四项内容常在篇末,这两项分量较小。第二、三在中间,二叙源流,三论作家作品,二者常结合而不能截然划分,这两项分量颇大,论述详明。以《诠赋》篇为例,开头"诗有六义"至"班固称古诗之流也"一段是第一项,后面"原夫登高之旨"至"贻诮于雾縠者也"一段是第四项,中间大段文字都是属于二、三两项。

《文心雕龙》论文体各篇内容,其性质不但是文体论,而且近于文学史。第二、三两项,从单篇看,可以清楚见到该体文章的发展演变过程;各篇合起来看,无异是一部分体文学史。其内容不但论述详明,而且有很多精辟的见解;不但常常对许多重要作家作品作了中肯的评论,而且看到《文心雕龙》全书的若干重要文学观点,如何贯彻在具体的评论中间。过去《典论·论文》、《文赋》论文体,都是标举各体文章的风格特色,相当于《文心雕龙》的第四项。挚虞《文章流别志论》论述各体比较详细,其少数片段内容已兼及释名、源流、选文、作法各项,可以说是《文心雕龙》四项内容的前驱。《文心雕龙》在此基础上,又大大向前发展一步,内容更为丰富,论述更为完整,标举四项内容来结构各篇,形成了比较严密的体系。章学诚赞美《文心雕龙》为"体大而思精",这一特色在论述文体的部分也表现得非常显著。

第四节　论风格与文风

风格论是《文心雕龙》的一个重要部分,全书中许多篇章都涉及到这个问题,而在《体性》、《风骨》、《定势》、《时序》、《才略》诸篇中,有更多的论述。

风格和作家的关系

《体性》篇专论文章风格和作家的关系。"体"指体貌,即文章的风格;性指作家的情性。《体性》篇一开始就指出了文章风格和作家的密切关系：

> 夫情动而言形，理发而文见，盖沿隐以至显，因内而符外者也。然才有庸俊，气有刚柔，学有浅深，习有雅郑，并情性所铄，陶染所凝，是以笔区云谲，文苑波诡者矣。故辞理庸俊，莫能翻其才；风趣刚柔，宁或改其气；事义浅深，未闻乖其学；体式雅郑，鲜有反其习：各师成心，其异如面。

文章的辞理庸俊、风趣刚柔、体式雅郑等等，大致上都属于风格的范畴。刘勰指出，文章的这些方面的特色，都是分别被作者的才（才能）、气（气质）、学（学问）、习（习性）所决定的；有诸内则形诸外，作者有怎么样的才、气、学、习，就表现为怎么样的文章体貌。才、气、学、习四者可以分为两类，才和气是一类，属于先天的情性；学和习是一类，属于后天的陶染。故《体性》篇又称"才有天资，学慎始习"。为了培养作品的良好风格，刘勰主张"摹体以定习，因性以练才"。才、气、学、习决定作家作品的风格，在《文心雕龙》其他各篇中也有论述。如《才略》篇说："子建思捷而才俊，诗丽而表逸；子桓虑详而力缓，故不竟于先鸣。""仲宣溢才，捷而能密，文多兼善，辞少瑕累。"《奏启》篇说："若夫傅咸劲直，而按辞坚深；刘隗切正，而劲文阔略：各其志也。"这是说的作者才能气质和文章风格的关系。《才略》篇说："相如好书，师范屈宋，洞入夸艳，致名辞宗。"《定势》篇说："是以模经为式者，自入典雅之懿；效骚命篇者，必归艳逸之华。"这是说的学习和文章风格的关系。

才、气、学、习四者对文章风格都起很大的影响，刘勰虽很强调才、气，但同时又非常重视学习的作用。《体性》篇说：

> 若夫八体屡迁，功以学成；才力居中，肇自血气。气以实志，志以定言，吐纳英华，莫非情性。是以贾生俊发，故文洁而体清；长卿傲诞，故理侈而辞溢；……安仁轻敏，故锋发而韵流；士衡矜重，故情繁而辞隐。触类以推，表里必符，岂非自然之恒资，才气之大略哉！……八体虽殊，会通合数；得其环中，则辐辏相成。故宜摹体以定习，因性以练才，文之司南，用此道也。

《事类》篇也谈到才与学的重要关系：

> 夫姜桂同地，辛在本性；文章由学，能在天资。才自内发，学以外成。有学饱而才馁，有才富而学贫。学贫者迍邅于事义；才馁者劬劳于

辞情：此内外之殊分也。是以属意立文，心与笔谋，才为盟主，学为辅佐。主佐合德，文采必霸；才学褊狭，虽美少功。

过去曹丕《典论·论文》在讨论作家和作品风格的关系时，认为作家的气决定了作品的风格特色，而气又是天生成的，"不可力强而致"，"虽在父兄，不能以移子弟"，表现出片面强调才气的意见。刘勰在这个问题上，虽然也很强调才气的作用，但他总是把才气和学习并提，指出："功以学成"和"才学褊狭，虽美少功"，认为二者相辅相成，很重视后天陶染的作用，而且指出才也应该根据作者的情性而加以锻炼（"因性以练才"），后天的学习可以起补成才气之功（《体性篇赞》："习亦凝真，功沿渐靡。"），这比起曹丕的看法来是一个大进步。

《体性》篇更把文章的风格概括成为八体：

若总其归涂，则数穷八体：一曰典雅，二曰远奥，三曰精约，四曰显附，五曰繁缛，六曰壮丽，七曰新奇，八曰轻靡。典雅者，镕式经诰，方轨儒门者也；远奥者，复采曲文，经理玄宗者也；精约者，核字省句，剖析毫厘者也；显附者，辞直义畅，切理厌心者也；繁缛者，博喻酿采，炜烨枝派者也；壮丽者，高论宏裁，卓烁异采者也；新奇者，摈古竞今，危侧趣诡者也；轻靡者，浮文弱植，缥缈附俗者也。故雅与奇反，奥与显殊，繁与约舛，壮与轻乖，文辞根叶，苑囿其中矣。

从作者的情性来看作品的风格，前人已有论述。《易·系辞》曰："将叛者其辞惭，中心疑者其辞枝。吉人之辞寡，躁人之辞多。诬善之人其辞游，失其守者其辞屈。"这还是泛言人的情性品德与其言辞的关系。陆机《文赋》曰："故夫夸目者尚奢，惬心者贵当，言穷者无隘，论达者唯旷"诸语，谈得也还比较简略，刘勰在这里分为八体，雅、奇、奥、显、繁、约、壮、轻，形成一一相对的四组风格，其中雅与奇是指体式而言，奥与显是指事义而言，繁与约是指辞理而言，壮与轻是指风趣而言，这样的分类比起陆机的意见来可说是完备而有系统得多了。这在风格分类方面也是一个进步。多种多样的风格，有时候是各有特色，难分高下；有时则是优劣较然可分，如辞理的庸和俊。《体性》篇对新奇、轻靡两体，在说明时带有贬义，是含有对当时不良文风进行针砭的意味的。

对于历代名作家的风格，《文心雕龙》各篇在论述时辞句虽有不同，但基本论点却是统一的。如对贾谊，《体性》篇说："贾生俊发，故文洁而体清。"

《哀吊》篇说:"自贾谊浮湘,发愤吊屈,体周而事核,辞清而理哀。"《才略》篇说:"贾谊才颖,陵轶飞兔,议惬而赋清。"可见贾谊文风的基本特色是"清"。又如对班固,《体性》篇说:"孟坚雅懿,故裁密而思靡。"《诠赋》篇说:"孟坚《两都》,明绚以雅赡。"《杂文》篇说:"班固《宾戏》,含懿采之华。"《封禅》篇说:"《典引》所叙,雅有懿乎。"可见班固作品的基本特色是"雅懿"。从这里看出,刘勰对历代名作家文风的基本特色认识颇为明确,各篇的评论意见是统一的。

风格和文体的关系

文章风格的不同特色,和体裁的区别也很有关系。《典论·论文》论述奏、议、书、论、铭、诔、诗、赋八类文章的不同风格,《文赋》论述诗、赋、碑、诔、铭、箴、颂、论、奏、说十类文章的不同风格,都是从体裁不同的角度来说明的。《文心雕龙》在这方面有更详细的论述。上半部自《明诗》到《书记》各篇,其中"敷理以举统"一项内容,都是讲的文体和风格的关系。下半部《定势》篇更集中地讨论这个问题。《定势》篇说:

> 夫情致异区,文变殊术,莫不因情立体,即体成势也。势者,乘利而为制也。如机发矢直,涧曲湍回,自然之趣也。圆者规体,其势也自转;方者矩形,其势也自安:文章体势,如斯而已。

这里"体"是指文章的体裁,势指态势、姿态,即文章的风格。刘勰认为应该根据作者的思想感情即内容的需要来确定文章的体裁,根据体裁的情况和要求来形成文章的风格。为了与《体性》篇的"体"有所区别,更为了与体裁的"体"不致混淆,《定势》篇用"势"字指陈文章风格。

《定势篇》论述不同体制的文章,应有不同的风格标准曰:

> 是以括囊杂体,功在铨别,宫商朱紫,随势各配。章表奏议,则准的乎典雅;赋颂歌诗,则羽仪乎清丽;符檄书移,则楷式于明断;史论序注,则师范于核要;箴铭碑诔,则体制于弘深;连珠七辞,则从事于巧艳。此循体而成势,随变而立功者也。

这是很简要的论述,只用两个字来说明每一种体制文章的风格特色,和《典论·论文》、《文赋》的情况相似。在这里,刘勰跟曹丕、陆机一样,认为某种文体只能有一种标准风格,例如诗赋只能是清丽,这是比较机械的。在从《明诗》到《书记》各篇的"敷理以举统"部分,论述就更为详细,往往从该体作品的内容需要出发,指出它宜于具有怎么样的风格特色,同时说明应该注意避免的疵病。如：

> 原夫登高之旨，盖睹物兴情。情以物兴，故义必明雅；物以情观，故词必巧丽。丽词雅义，符采相胜，如组织之品朱紫，画绘之著玄黄，文虽杂而有质，色虽糅而有本，此立赋之大体也。然逐末之俦，蔑弃其本，虽读千赋，愈惑体要，遂使繁华损枝，膏腴害骨，无贵风轨，莫益劝戒，此扬子所以追悔于雕虫，贻诮于雾縠者也。（《诠赋》）

> 原夫论之为体，所以辨正然否，穷于有数，追于无形，钻坚求通，钩深取极，乃百虑之筌蹄，万事之权衡也。故其义贵圆通，辞忌枝碎，必使心与理合，弥缝莫见其隙；辞共心密，敌人不知所乘：斯其要也。是以论如析薪，贵能破理。斤利者越理而横断，辞辨者反义而取通；览文虽巧，而检迹知妄。唯君子为能通天下之志，安可以曲论哉！（《论说》）

> 凡说之枢要，必使时利而义贞，进有契于成务，退无阻于荣身。自非谲敌，则唯忠与信。披肝胆以献主，飞文敏以济辞，此说之本也。而陆氏直称"说炜晔以谲诳"，何哉？（同上）

其论述的详尽程度，远远超过《典论·论文》和《文赋》，而接近于桓范的《世要论》、挚虞的《文章流别志论》，但更加精密。《文心雕龙》在这方面的论述内容，是充分批判吸收了过去的研究成果的。例如上引《诠赋篇》一段内容吸收了扬雄、挚虞的论点，《论说》篇下一段内容则驳正了陆机的说法：它们做到了《序志》篇所说的"有同乎旧谈者"、"有异乎前论者"、"擘肌分理，唯务折衷"的程度。

《定势》篇中有一段话，谈论风格的多样性与统一性问题，指出一篇作品，必须有一个统一的风格即"总一之势"，不能"雅郑共篇"；而一个善于写作的人，又应懂得并运用多样化的风格，奇正刚柔，随时适用，以求兼通。上面说过，刘勰对于历代名家的基本风格特征，他是认识得颇为清楚的。他一方面肯定一个作家有他的基本风格特征，另一方面又要求作家根据不同内容和体制的需要，创造多样化的风格，这种看法是相当通达和辩证的。

对文章风格发生重大影响的，除掉作者才气学习和作品的体制而外，时代面貌也是一个重要的因素。这方面的问题在《时序》篇中有较多的论述，将在下节"论文学的产生和历史发展"中再来介绍。

风骨论

刘勰在《体性》篇、《定势》篇中，论述了风格与作家以及风格与文体的各种关系,《风骨》篇则进一步提倡文章要有风骨,即明朗刚健的风貌。风骨与《体性》篇中提出的典雅、远奥等概念,《定势》篇中提出的清丽、明断等概念,固然同属风格范畴,但性质有些不同,典雅、清丽等是指某一作家或某一文体的风格特征,而风骨则是对于许多作家和文体所提出的普遍性的要求。

关于风骨这一名称的涵义,《风骨》篇解释较多,下列语句具有关键性,值得注意:

> 结言端直,则文骨成焉;意气骏爽,则文风清焉。故练于骨者,析辞必精;深乎风者,述情必显。若能确乎正式,使文明以健,则风清骨峻,篇体光华。

由上可见,风是作者思想、感情、气质、性格等特征呈现于作品的外部风貌,故《风骨》说风是"志气之符契"。风的特征是清、显、明,即作者的思想感情在作品中呈现得清明显豁,它是作者"意气骏爽"的反映。风清是指文风清明爽朗,《风骨》说风是"化感之本源",是指作品的艺术感染力而言,不是指教育感化作用。黄侃《文心雕龙札记》说"风即文意",确切地说,风不是指文意的内涵,而是指文意呈现出来的外部风貌。《风骨》认为,文章有骨,是"结言端直"的表现,可知它是属于语言运用范围的事。骨的特征是精、健、峻,可知骨的涵义是指运用的语言精要、劲健、峻直。在《文心》一书中,语言统称之则为辞、文辞;若分析言之,则辞之精要刚健者谓之骨,绮丽华靡者谓之采、藻。刘勰主张,文章语言应当既精要刚健,又有文采。但骨与采二者中,应以骨为基干。以人的躯体为喻,精要劲健之辞犹如骨骼,藻丽之辞犹如血肉。躯体必须有骨骼作基干,然后血肉得以附丽。所以《风骨》说:"沉吟铺辞,莫先于骨。"又说:"辞之待骨,如体之树骸。"这是说明骨是辞的基干部分,如同骸骨是躯体的基干部分那样。

风和骨原是两个概念,分别指文章风貌的鲜明生动和刚健有力。《风骨》说"风清骨峻","文明以健",清、明指风,峻、健指骨。但风、骨二者又关系密切。作者的思想感情是通过文辞表现出来的,文辞精要劲健,思想感情就容易表现得鲜明爽朗;反之,文辞柔靡拖沓,必然会影响思想感情表现的明朗性。因此风、骨二者结合起来,被当作一个统一的美学要求提出来,其主要特征是指文风的爽朗刚健。

《风骨》篇还举了作品作例证。司马相如的《大人赋》不像其大赋《子虚》、《上林》那样辞藻繁富艳丽,文辞较为简练,风貌爽朗,因而被认为风好。

相传汉武帝读后"飘飘有凌云之气",说明它具有颇强的艺术感染力(即"化感"作用)。东汉末年潘勖的《册魏公九锡文》,代汉献帝立言,叙述曹操功绩,宠以九锡。此文用词造句,竭力规仿《尚书》中《尧典》、《伊训》等一类文章,文辞质朴刚健,故被认为骨健。此二文从政治教化作用讲,并无积极意义,但在艺术上具有风骨,故被举作范例。

《文心》书中评价作家作品时,也常以风骨为衡量标准。对建安诗歌的评价即是一例。《明诗》篇指出建安时代曹丕、曹植、王粲、刘桢等诗歌的特色道:

> 并怜风月,狎池苑,述恩荣,叙酣宴。慷慨以任气,磊落以使才。造怀指事,不求纤密之巧;驱辞逐貌,唯取昭晰之能。

这里说明他们的诗歌,内容着重叙写宾主游赏风景,宴会酬唱,不提及叙述丧乱与关心国事民生。"慷慨"以下诸句,说明他们意气骏爽,作诗词句不求繁密,呈现出昭晰即明朗的特征。《明诗》没有直接使用"建安风骨"一语,但在叙述中指明了建安诗歌风貌清明的特色。西晋陆机的作品,文辞繁富,骨力较逊。对此刘勰常有指责。如《议对》篇曰:"陆机断议,亦有锋颖,而腴辞弗剪,颇累文骨。"对以陆机、潘岳为主要代表的太康诗歌,指出它们"采缛于正始,力柔于建安",认为太康诗歌文采丰缛超过正始时代的嵇康、阮籍等人,但骨力柔弱,不及建安诗歌。

魏晋南北朝时期,风骨这一概念,被人们在人物品评与绘画、书法评论中广泛使用。早在魏晋时代,在人物品评中已有运用。风指人物姿态风神的清朗;骨指骨骼坚实挺拔,反之,躯体肥胖臃肿者被视为无骨。稍后,风骨被运用于绘画理论中。风指画中的人物(当时绘画以人物画为主)及其他对象被描绘得气韵生动,骨指画中对象的骨相形貌挺拔有力。到了南朝,风骨概念又被广泛运用到文学与书法评论中来。在文学评论中,《文心》的《风骨》是论述最有系统的一篇,此外如钟嵘《诗品》也把它作为品诗的重要标准。在书论中,风骨指字写得神气爽朗,笔法遒劲有力。可见刘勰强调风骨,有它特定的时代文化背景。

南朝骈体文学发达,文人作文,多喜欢堆砌华丽辞藻,致使作品往往内容晦昧不明朗,语言繁冗无力,风格柔弱,形成"丰藻克赡、风骨不飞"的弊病。为了矫正这种"习华随侈、流遁忘反"(《风骨》)的文风,刘勰大力提倡风骨,具有针砭时弊的深刻意义。刘勰一方面反对"丰藻克赡、风骨不飞",另一方面又很重视文采,他要求风骨与文采相结合,做到"唯藻耀而高翔,固文笔之鸣凤"。这种要求和钟嵘《诗品序》提出的"干之以风力、润之以丹采"的主张是一致的。刘勰认为,文章自楚辞、汉赋以后,日趋华侈。《通变》篇说:"榷而论之,则黄唐淳而质,虞夏质而辨,商周丽而雅,楚汉侈而艳,魏晋浅而绮,宋初讹而新。从质及讹,弥近弥淡。何则,竞今疏古,风末气衰也。"这段话指出了愈到后代,文章愈是"风末气衰",即缺少风骨。魏晋以至刘宋文章的华侈之风,刘勰认为正是沿着楚辞、汉赋发展而来的,《宗经》篇所谓"楚艳汉侈,流弊不还",正是此意。为了矫正此种文风,刘勰大力提倡作文应宗法《五经》,以经书雅丽的文风来挽救时弊,达到文质彬彬。《通变》篇提出:"矫讹翻浅,还宗经诰,斯斟酌乎质文之间,而櫽括乎雅俗之际,可与言通变矣。"即鲜明地表述了这种主张。

　　自从刘勰、钟嵘在文学理论批评中大力提倡风骨以后,人们就经常运用风骨这个名词来代表骏爽明朗、刚健有力的优良文风,它和淫靡柔弱的文风是鲜明的对立物。唐代的诗人,特别注意提倡风骨来反对六朝的不健康文风,掀起有力的诗歌革新高潮。在这方面,刘勰、钟嵘的影响无疑是深远的。

第五节　论文学与自然景物、时代的关系

自然景物和文学创作的关系

　　《文心雕龙·物色篇》专门讨论自然景物和文学创作的关系。它指出自然景物的变化,激动了人们的思想感情,是文学作品所以产生的一个重要原因:

> 春秋代序,阴阳惨舒,物色之动,心亦摇焉。盖阳气萌而玄驹步,阴律凝而丹鸟羞,微虫犹或入感,四时之动物深矣。……岁有其物,物有其容;情以物迁,辞以情发。一叶且或迎意,虫声有足引心;况清风与明月同夜,白日与春林共朝哉!

"情以物迁,辞以情发"两句,扼要地说明了人们的感情随着自然景物的变化而变化,而文辞则又是由于感情的激动而产生的。除《物色》篇外,这种认识还表现于《文心雕龙》的其他篇章中。如《明诗》篇说:"人禀七情,应物斯感。

感物吟志,莫非自然。"《诠赋》篇说:"原夫登高之旨,盖睹物兴情。情以物兴,故义必明雅;物以情睹,故辞必巧丽。"这里的物,都是指的自然景物。

关于自然现象与文学的关系,陆机的《文赋》已经论述到这个问题,所谓"遵四时以叹逝,瞻万物而思纷;悲落叶于劲秋,喜柔条于芳春",但谈得还比较简略。《文心雕龙·物色篇》在这方面作了比较充分的发挥。

时代和文学的关系

更重要的是,刘勰在《时序》篇里论述了文学与时代的关系。《时序》篇是《文心雕龙》中很重要的一篇文章,它按照历史顺序论述历代文学的演变情况,说明各时期的文学面貌和时代背景具有密切联系,集中地表现了刘勰的文学史观。《时序》篇说:"时运交移,质文代变";"文变染乎世情,兴废系乎时序。"这是刘勰对于文学的历史发展的总看法,认为文学创作随着时代的推移而发展变化,它反映着各个时代的特色。这是一个很精辟的论断。

《时序》篇论述历代文学的产生和发展,往往能够抓住各个历史时期文学创作的总面貌或主要倾向,把它们的特色指点得颇为明晰。如说战国文学的特色是"观其艳说,则笼罩雅颂",有"炜烨之奇意";西汉文学的特色是"大抵所归,祖述楚辞,灵均余影,于是乎在";东汉文学的特色是"华实所附,斟酌经辞";建安文学的特色是"雅好慷慨","并志深而笔长,梗概而多气";正始文学的特色是"篇体轻澹";晋初文学的特色是"结藻清英,流韵绮靡";东晋文学的特色是"世极迍邅,而辞意夷泰,诗必柱下之旨归,赋乃漆园之义疏"。以上都是《时序》篇的话。又《明诗》篇有一段文字,论述自建安时代以迄刘宋初年诗歌的发展过程,也着重揭示各时期的主要面貌,和《时序》篇互为表里:

> 暨建安之初,五言腾踊。文帝陈思,纵辔以骋节;王徐应刘,望路而争驱。并怜风月,狎池苑,述恩荣,叙酣宴;慷慨以任气,磊落以使才;造怀指事,不求纤密之巧,驱辞逐貌,唯取昭晰之能:此其所同也。乃正始明道,诗杂仙心,何晏之徒,率多浮浅;唯嵇志清峻,阮旨遥深,故能标焉。若乃应璩《百一》,独立不惧,辞谲义贞,亦魏之遗直也。晋世群才,稍入轻绮。张潘左陆,比肩诗衢,采缛于正始,力柔于建安,或析文以为妙,或流靡以自妍,此其大略也。江左篇制,溺乎玄风,嗤笑徇务之志,崇盛亡机之谈。袁孙以下,虽各有雕采,而辞趣一揆,莫与争雄;所以景纯仙篇,挺拔而为俊矣。宋初文咏,体有因革,庄老告退,而山水方滋。俪采百字之偶,争价一句之奇;情必极貌以写物,辞必穷力而追新:此

近世之所竞也。

比《文心雕龙》稍早,沈约在《宋书·谢灵运传论》中对历代诗赋的特色也有所论述,有云:

> 自汉至魏,四百余年,辞人才子,文体三变。相如巧为形似之言,班固(一作二班,指班彪、班固)长于情理之说,子建、仲宣,以气质为体,并标能擅美,独映当时。……降及元康,潘陆特秀,律异班贾,体变曹王,缛旨星稠,繁文绮合。……有晋中兴,玄风独振,为学穷于柱下,博物止乎七篇,驰骋文辞,义殚乎此。

刘勰在这方面的论述大概受到沈约的影响,但比较起来,《文心雕龙》的分析,比《宋书》更能系统地揭示各时代文学的总面貌和主要倾向,分析也更为细致深入。可以说,在《文心雕龙》的《时序》篇、《明诗》篇以前,我们还没有看到对我国的文学历史发展作出过如此系统而又比较深刻的论述。

各个历史时期文学的面貌及其特色是如何形成的呢? 根据《时序》篇的论述,除掉文学本身的继承关系,如楚辞影响汉赋外,其属于时代因素的,大约不外以下三点。

第一是政治的隆污和社会的治乱。《时序》篇开头叙述唐虞时代的歌谣,由于政治清明,社会安定,表现为"心乐而声泰"的特色。其后夏商周三代的情况则是:

> 至大禹敷土,九序咏功;成汤圣敬,猗欤作颂。逮姬文之德盛,《周南》勤而不怨;大王之化淳,《邠风》乐而不淫。幽、厉昏而《板》《荡》怒;平王微而《黍离》哀。

其结论是:"故知歌谣文理,与世推移,风动于上,而波震于下者也。"说明历代歌谣的内容和风格,随着时代的推移而变化;在上者有怎样的政治,在下者就有怎样的反应。对建安文学,指出其"梗概多气"的特色,同时说明其社会根源是"世积乱离,风衰俗怨",作了精辟而扼要的分析。文艺作品的思想内容和风格特色,常常是该文艺作品产生时期的社会政治条件所形成的人们的思想感情的反映和表现。这种认识表现于文艺理论,早就出现在春秋吴季札观周乐的谈话、《礼记·乐记》和《诗大序》中,它说明文艺作品是人类社会生活的反映,包含着唯物主义因素。刘勰在这方面的论述,继承了古代文论的这一进步传统。

　　第二是学术思想的面貌。《时序》篇指出屈宋辞赋"炜烨之奇意,出于纵横之诡俗";东汉文章"华实所附,斟酌经辞"的特色,是由于当时儒学的发展,"历政讲聚,故渐靡儒风";而东晋一代文风,则更是受到玄学盛行的深刻影响,"自中朝贵玄,江左称盛,因谈余气,流成文体"。在人类文化历史的发展中,各种意识间的相互作用和影响,是很频繁和显著的;文学创作在其发展过程中,受学术思想的影响尤为显著。刘勰在这方面概括了不少史实,作了具体的分析,使这一问题的探讨,比过去推进了一步。

　　第三是君主的提倡。以上第一、第二两点所说政治隆污、社会治乱、学术思想面貌对于文学的影响,主要表现在思想内容和风格特征方面;君主的提倡对文学的影响,则在于为文人的活动提供了有利的条件。综观《时序》篇内容,刘勰对于君主提倡一点,是很重视的。根据历史事实看,在封建社会中,君主的爱好和提倡,常常表现为某种政治力量和制度,造成某种社会风气。在文学方面,君主的爱好和提倡,使许多知识分子为了追求个人前途,努力从事创作,从而产生许多作家和作品;再则,君主提倡文学,招集一批文学之士,加以礼遇,使他们获得良好的生活条件和社会地位,专心从事创作,并且可以在一起互相切磋琢磨;这样作家作品日趋众多,创作经验的累积日趋丰富,作者们就容易获得启发和学习的机会,艺术技巧就容易提高。这些都是不容否认的事实。然而,君主提倡对于文学的积极影响,主要表现在作家作品的众多和艺术技巧的提高方面。至于作品内容的充实和深刻,则主要地依赖于作家的进步思想和丰富的生活实践。关于这一点,刘勰在《时序》篇论建安文学时所说的"良由世积乱离"等几句话,《才略》篇所说"刘琨雅壮而多风,卢谌情发而理昭,亦遇之于时世也"几句话,可说也是部分地接触到这个问题的,只是它在《文心雕龙》中没有展开广泛深入的论述,远没有君主提倡这个因素受到重视。因此,在这方面,刘勰虽然没有盲目地夸大君主个人在文学发展史上的作用;但他对君主影响文学的认识,毕竟是不够全面的。

文学的历史发展和通变

　　除《时序》篇外,《通变》篇对历代文学的发展,也发表了比较系统的看法,并与此相结合,提出了创作上的通变说。《通变》篇论述上古至刘宋历代文学的不同特色道:

　　　　榷而论之,则黄唐淳而质,虞夏质而辨,商周丽而雅,楚汉侈而艳,魏晋浅而绮,宋初讹而新。从质及讹,弥近弥澹。何则? 竞今疏古,风末气衰也。

这是刘勰对历代文学特色的概括的介绍和评价。他认为黄、唐、虞、夏文学的特色是质胜于文；楚、汉、魏、晋以迄宋初的文学是文胜于质；而商周则是丽而能雅，文质彬彬。这当然是就各时代文学的主要面貌和倾向而言，例如说"楚汉侈而艳"，主要是就辞赋说的，对汉代诗歌、散文就并不完全适用。至于黄、唐、虞、夏时代，根本没有产生书面文学，更谈不到质胜于文了。

　　文章质朴固是优点，但质而少文，也不能不说是缺陷。《明诗》篇说："至尧有《大唐》之歌，舜造《南风》之诗，观其二文，辞达而已。"这里说唐、虞时代的歌谣"辞达而已"，也含有质而少文的意思。对于楚、汉以下文胜于质的文学，刘勰尤多不满之辞。《诠赋》篇、《情采》篇对汉赋的流弊批评颇多，《宗经》篇又说："楚艳汉侈，流弊不还。"对"魏晋浅而绮"的文风，他也有所不满。对建安文学，他虽然肯定较多，但《乐府》篇批评曹魏三祖的清商三调歌辞"志不出于滔荡，辞不离于哀思，虽三调之正声，实韶夏之郑曲"，贬责就颇厉害。《明诗》篇评晋初诗人说："晋世群才，稍入轻绮，张潘左陆，比肩诗衢，采缛于正始，力柔于建安，或析文以为妙，或流靡以自妍。"这是"魏晋浅而绮"的具体阐释，文辞也带贬义。对于近代也就是刘宋以来的文风，刘勰尤多贬责。《定势》篇说："自近代辞人，率好诡巧。原其为体，讹势所变，厌黩旧式，故穿凿取新。"《序志》篇所批评的"辞人爱奇、言贵浮诡"的现象，也是指的近代文风。类似言论，在全书中不一而足。

　　至于商周之文，则是"丽而雅"，儒家的经典大致产生于周代，因此所谓商周之文，主要即指经书。刘勰评述了历代文风，认为商周之文最可宗法，实际上还是归结到征圣、宗经的儒家思想。所以《通变》篇说："故练青濯绛，必归蓝蒨，矫讹翻浅，还宗经诰。斯斟酌乎质文之间，而檃括乎雅俗之际，可与言通变矣。"

　　我们看到，由于从宗经立场出发，刘勰对于后代文学的发展，认识是不足的，对它们的批评也有些是不正确的，他甚至认为商周以后的文学是每况愈下，这表现了刘勰文学思想中的消极的一面。但所谓以商周雅丽之文为法，也并不是单纯的复古。刘勰对于后世文学创作的新变现象，认为还是应该斟酌采取的。《通变》篇说："名理有常，体必资于故实；通变无方，数必酌于新声：故能骋无穷之路，饮不竭之源。"要求对故实和新声同时资取参酌。《通变》篇《赞》说："文律运周，日新其业。变则其久，通则不乏。趋时必果，乘机无怯。望今制奇，参古定法。"指出文学创作因时变化的必要性，指出继承、创新的重要关系。《定势》篇说："旧练之才,则执正以驭奇;新学之锐,则逐奇而失正。"所谓"正",是指经典的正则;所谓奇,是指后世的奇变。"执正驭奇",就是"望今制奇、参古定法"的意思。只有如此,才能"变则其久,通则不乏"。

第六节　论文学创作和文学批评

《文心雕龙》的不少理论,诸如上面谈过的内容和形式、体制、风格、历史发展等,都涉及到创作方面的问题,在当时起着指导创作的作用。此外,另有一些篇章还专门讨论了创作构思、创作修养和写作技巧诸问题,也值得我们重视。

创作构思和创作修养

《神思篇》专论创作构思,对作家的构思活动描写得颇为细致,有云:

> 文之思也,其神远矣。故寂然凝虑,思接千载;悄焉动容,视通万里;吟咏之间,吐纳珠玉之声;眉睫之前,卷舒风云之色:其思理之致乎! 故思理为妙,神与物游。……夫神思方运,万涂竞萌,规矩虚位,刻镂无形,登山则情满于山,观海则意溢于海。我才之多少,将与风云而并驱矣。

这段文字指出作家的构思活动,能"思接千载","视通万里",使自己的精神和万物遨游,打破时间空间的限制。作家的构思活动不但范围非常广泛,而且由于专心苦思,惨淡经营,因此思想感情非常饱满深入,沉浸在想像的世界里,和被想像的客观事物紧密地打成一片,所谓"登山则情满于山,观海则意溢于海"。比起陆机《文赋》来,刘勰对作家构思活动特色的描写,可说又进了一步。

《神思》谈到了人们从事创作活动时的三个要素,即作家的思想感情、外界事物与文辞:

> 故思理为妙,神与物游。神居胸臆,而志气统其关键;物沿耳目,而辞令管其枢机。

作家的创作活动,就在于通过构思,把他所认识的外界事物、自己的思想感情,用文辞表现出来。《物色》篇云:"情以物迁,辞以情发。"也是提到情、物、辞三者。这三个要素,在构思阶段以至创作全过程中均须加以注意。在构思阶段,作者必须把自己头脑中涌现出来的种种外界事物的表象加以加工组织,还要考虑用文辞表现出来。

《神思》篇中之物,不是泛指外界众多事物,而是指自然景物。《神思》提到风云、山海等物,都是有形状有声响、可以耳闻目睹的景物,其涵义与《物色》篇以及《文选》所选赋"物色"类的物色大致相同,均指自然景物。原来《神思》、《物色》、《明诗》、《诠赋》诸篇,均从当时最重要的文体诗赋立论,以物偏指自然景物。魏晋南朝,抒情写景作品特为发达,文人写诗赋,或睹物兴情,或托物写志,常常通过写景物来表现情意,形成风尚。《文心》全书虽广泛论述各种文体,但有时又侧重从诗赋立论,此处就是一个明显的例证。

作者构思的一个重要内容是考虑运用文辞,主要指用词造句,也包括谋篇布局。《神思》于此只作概括性的论述,具体的则留待《声律》以下诸篇。《神思》指出,作者的思意决定文辞的运用;驱遣辞令,必须确切表达作者的情意,做到"密则无际"。刘勰认为文辞之美,主要表现在色泽、音调两个方面。《神思》赞语云:"刻镂声律,萌芽比兴。"以声律指音调之美,以比兴代表形象色泽之美,这两句就是指作者应考虑如何运用具有色泽音调之美的文辞来进行写作。

创作的构思,是作品将要写作时作者在他头脑中的一个酝酿过程,至于作者能否写出优秀的作品,还要看他在此以前的准备条件也就是平素的修养如何。平素的修养好,准备充分,构思时才能左右逢源,得心应手。刘勰对这方面问题也很注意,《神思》篇说:

> 是以陶钧文思,贵在虚静,疏瀹五藏,澡雪精神。积学以储宝,酌理以富才,研阅以穷照,驯致以绎辞。然后使玄解之宰,寻声律而定墨;独照之匠,窥意象而运斤。此盖驭文之首术,谋篇之大端。

他要求作者在构思时必须保持虚静,因为虚能容物,静能观物。平时又要注意积学、酌理、研阅、驯致诸方面的修养,这些意见都是相当中肯的。

刘勰又很重视养气与文学创作的关系。《养气》篇根据人的生理特点和创作的客观需要,指出在进行创作时,必须保持从容不迫的精神状态:

> 夫耳目鼻口,生之役也;心虑言辞,神之用也。率志委和,则理融而情畅;钻砺过分,则神疲而气衰:此性情之数也。……故宜从容率情,

优柔适会。若销铄精胆，蹙迫和气，秉牍以驱龄，洒翰以伐性，岂圣贤之素心，会文之直理哉！

《养气》篇《赞》云："水停以鉴，火静而朗。无扰文虑，郁此精爽。"他很强调养气对于写作的关系。《养气》篇又指出，一个人的文思时有利钝通塞，它是作者精神状态清明或昏烦的反映，因此要求：

> 是以吐纳文艺，务在节宣。清和其心，调畅其气；烦而即舍，勿使壅滞。意得则舒怀以命笔，理伏则投笔以卷怀。逍遥以针劳，谈笑以药倦。常弄闲于才锋，贾余于文勇，使刃发如新，腠理无滞。

过去陆机《文赋》也谈到创作时的思路有"天机骏利"、"六情底滞"的不同，他描写了这两种不同情状，却感慨"未识夫开塞之所由"。刘勰认为创作思路的开塞是作者精神状态的反映，只要遵循人的精神活动的规律，创作思路的开塞是能够予以控制的。

刘勰对学习也非常重视。他在学习上强调博见。《神思》篇说："理郁者苦贫，博见为馈贫之粮。"《事类》篇说："夫以子云之才，而自奏不学，及观书石室，乃成鸿采。表里（表指学，里指才）相资，古今一也。故魏武称张子之文为拙，然学问肤浅，所见不博……斯则寡闻之病也。夫经典沈深，载籍浩瀚，实群言之奥区，而才思之神皋也。扬班以下，莫不取资，任力耕耨，纵意渔猎，操刀能割，必裂膏腴。是以将赡才力，务在博见。"刘勰在创作修养上强调养气，要求人们注意保持饱满的精神状态；强调博见，要求人们用功学习：这些意见，跟曹丕单纯强调人的气质是不同的。但其缺点，在于他没有注意到社会生活这重要的一面。

写作方法和技巧

刘勰非常重视写作的方法和技巧，《文心》全书用了大量篇幅来论述这方面的问题。

作者在进行创作时，对作品首先应当注意哪些方面的问题呢？刘勰提出了三准之说：

> 凡思绪初发，辞采苦杂，心非权衡，势必轻重。是以草创鸿笔，先标三准：履端于始，则设情以位体；举正于中，则酌事以取类；归余于终，则撮辞以举要。然后舒华布实，献替节文，绳墨以外，美材既斫，故能首尾圆合，条贯统序。……故三准既定，次讨字句。（《镕裁》）

三准是指写作过程中前面三个步骤。设情位体,是指根据所要表现的情志来安排确定通篇的体制;酌事取类,是指根据所要表现的事物来选取有关的材料;撮辞举要,是指运用精要的语言来树立文骨,也就是《诗品序》所谓"干之以风力"的意思。三准确定后,再敷设文采,运用骈偶、比喻、夸张等修辞手段。这种立足于表现情志、先内容和整体、先质后文的主张是相当合理的。

《附会》篇谈到作文所应注意的几个方面,其说曰:

> 夫才童学文,宜正体制:必以情志为神明,事义为骨髓,辞采为肌肤,宫商为声气;然后品藻玄黄,摛振金玉,献可替否,以裁厥中,斯缀思之恒数也。

这里以人的身体为喻,指出作文应以神志为主帅,其次要注意事义、辞采、宫商几个方面。事义指题材;辞采这里指骈偶、比喻、夸张等文辞色泽之美;宫商指文辞的音调声律之美。

《文心》下半部自《镕裁》以至《总术》十多篇,着重研讨文辞的运用,重点放在用词造句等修辞手段方面,也注意到篇章的结构安排。刘勰对于字、句、章节的运用和安排都非常注意。他要求每一字、每一句都应该运用得很精确,不可增减。《镕裁篇》说:"句有可削,足见其疏;字不得减,乃知其密。"他要求一篇文章的章句要首尾呼应,结构完密。《章句》篇说:"启行之辞,逆萌中篇之意;绝笔之言,追媵前句之旨。故能外文绮交,内义脉注,跗萼相衔,首尾一体。"

从《声律》、《丽辞》、《事类》等篇,我们看到刘勰对于文章的声律、对偶、用典都很重视,肯定这些都是作文必须讲究的因素,并在此前提下谈论写作时应该注意的具体问题。

为了矫正当时骈体诗文"习华随侈、流遁忘反"的弊病,刘勰除掉强调内容和大力推崇风骨外,在讨论具体的写作方法时,也很注意这方面的问题。如《声律》篇说:"夫吃文为患,生于好诡,逐新趣异,故喉唇纠纷。"《练字》篇说:"若依义弃奇,则可与正文字矣。"这都是针对"辞人爱奇、言贵浮诡"的文风而发。《丽辞》篇说:"若气无奇类,文乏异采,碌碌丽辞,则昏睡耳目。"又是针对堆砌辞藻、缺乏风骨的作品而发。《附会》篇强调说明谋篇的重要性超过个别字句的运用道:"夫画者谨发而易貌,射者仪毫而失墙,锐精细巧,必疏体统。故宜诎寸以信尺,枉尺以直寻,弃偏善之巧,学具美之绩,此命篇之经略也。"弃偏善"两句,指出作文时应把力量集中在主要方面即命篇上,这也是有为而发的,因为"逐新趣异"的人们,总是常常片面地追求个别或部分字句之美。《比兴》篇对兴的作用很强调,认为"兴之托谕,婉而成章,称名也小,取类也大";并惋惜着汉代"辞人夸毗,诗刺道丧,故兴义销亡"。这里强调比兴内容应具有政治社会意义,并透露着类似"诗人之赋丽以则,辞人之赋丽以淫"的见解。

刘勰在《夸饰》篇中对夸张手法作了论述。他指出夸张手法是文学描写的不可缺少的手段,"文辞所被,夸饰恒存"。它能够产生惊人的艺术感染力量:"辞入炜烨,春藻不能程其艳;言在萎绝,寒谷未足成其凋。谈欢则字与笑并,论戚则声共泣偕。信可以发蕴而飞滞,披瞽而骇聋矣。"但又指出汉赋自司马相如以下,运用夸张产生了"诡滥愈盛"、"事义睽刺"的缺点,因而主张:"饰穷其要,则心声锋起;夸过其理,则名实两乖。若能酌诗书之旷旨,剪扬马之甚泰,使夸而有节,饰而不诬,亦可谓之懿也。"在我国古代文论中,孟子开始提出应该如何正确理解夸张手法的问题。以后辞赋发展,夸张手法,形成风尚。王充《论衡》对它采取了批评的态度,挚虞的《文章流别志论》也有这种倾向。刘勰对夸张手法进行了具体分析,作出了比较合理的论断,对这个问题的探讨是较有贡献的。

对于作品,刘勰一方面十分重视用字造句,以求取得文辞的色泽、音韵之美,另一方面又十分重视通篇的体制风貌。《文心》下半部《体性》、《风骨》、《通变》、《定势》诸篇,就是着重研讨通篇的体制风貌问题。他把这些篇章放在《声律》、《丽辞》诸篇之前,表明他认为通篇的体制风貌较之局部的用字造句更宜先行注意。三准说把"位体"放在最前面,也是此意。《文心》上半部《明诗》以下二十篇的"敷理以举统"部分,也是谈通篇的体制风貌。刘勰对此非常重视,把它们称为"纲领之要"、"大体"等等,表明它们是首先应当注意并掌握的。上引《附会》篇说有些作者"锐精细巧,必疏体统",又《总术》篇说有些作者"多欲炼辞,莫肯研术",则是对追求字句之美而忽略通篇体制者的批评。

文学批评的态度和方法

《知音》篇专门探讨进行批评时应有的态度和方法,提出了较有系统的文学批评原则,在《文心雕龙》全书中是颇重要的一篇。

《知音》篇一开始,就提出文学上的知音很难遇到,"知音其难哉!音实难知,知实难逢;逢其知音,千载其一乎!"也就是说不容易碰到公正合理的批评。接着结合具体事例，指出知音难遇的原因有三：一、贵古贱今；二、崇己抑人；三、信伪迷真。过去王充、曹丕、葛洪都批评过人们贵古贱今的毛病，曹丕又指出过人们"暗于自见、谓己为贤"的崇己抑人的毛病。刘勰在这方面综合了前人的意见，把它们归纳成为三点，立论就更为完备了。

除了以上三点以外，《知音》篇又指出，由于人们的性格、兴趣不同，在文学欣赏上各有偏好，也是造成不公允的批评的重要原因：

> 夫篇章杂沓，质文交加，知多偏好，人莫圆该。慷慨者逆声而击节，酝籍者见密而高蹈，浮慧者观绮而跃心，爱奇者闻诡而惊听。会己则嗟讽，异我则沮弃。各执一隅之解，欲拟万端之变，所谓东向而望，不见西墙也。

这种偏见实际上还是跟崇己抑人的思想作风有联系。刘勰的这个见解也本于葛洪。葛洪说过："近人之情，爱同憎异，贵乎合己，贱于殊途。"（《抱朴子·辞义篇》）

人们怎样才能克服偏好，作出公正而全面的批评呢？刘勰提出了具体的意见：

> 凡操千曲而后晓声，观千剑而后识器，故圆照之象，务先博观。阅乔岳以形培塿，酌沧波以喻畎浍，无私于轻重，不偏于憎爱，然后能平理若衡，照辞如镜矣。是以将阅文情，先标六观：一观位体，二观置辞，三观通变，四观奇正，五观事义，六观宫商。斯术既形，则优劣见矣。

所谓"圆照"，是指与偏好相反，能进行全面的合理的批评。要做到"圆照"，必先博观，阅读考察大量文学作品及其表现情状，加以仔细的比较研究，摒除个人的爱憎好恶，才能"平理若衡，照辞如镜"。接着刘勰指出要判断一篇作品的优劣，应先从六个方面进行考察。一观位体，考察作品所采取的是什么体制；二观置辞，考察作品如何运用辞采；三观通变，考察作品的因革，即向前代作品继承了什么，又创造了什么；四观奇正，考察作品在奇与正两种表现方法上的表现，即如何"执正以驭奇"的问题；五观事义，考察作品如何"据事以类义，援古以证今"的问题；六观宫商，考察作品的声律。这六方面的问题，在《文心雕龙》下半部都有详细的论述，如位体见于《体性》篇，置辞见于《丽辞》、《比兴》、《夸饰》等篇；通变见于《通变》篇；奇正见于《定势》篇，事义见于《事类》篇,宫商见于《声律》篇。这六个方面中,位体、置辞、宫商都是属于形式方面的,通变、奇正、事义三者和内容有关,但又与表现方法有密切的联系。

　　《宗经》篇论文有六义,首列"情深而不诡";《附会》篇论作文四要点,首列"以情志为神明"。《知音》篇论述评文的六观,却不提情志,而主要从形式和艺术表现着眼,这是否表现为轻视作品的思想内容呢? 不是的。《知音》篇所谓"将阅文情,先标六观",是说要了解文情,先得从六观入手;但又不是止于六观。《知音》篇又说:

　　　　夫缀文者情动而辞发,观文者披文以入情。沿波讨源,虽幽必显。
　　世远莫见其面,觇文辄见其心。

他要求批评者"披文以入情"。位体、置辞等六个方面,主要指作品的形式和艺术表现而言,也就是作品的"文";批评者就必须通过六观,沿波讨源,来探求作者的情志。所以说,刘勰在这方面并没有轻视思想内容。

　　"缀文者情动而辞发,观文者披文以入情"这两句话很重要,扼要地说明了文学创作过程和文学阅读欣赏过程二者的区别。创作者是先有了思想感情,然后把它体现在一定的文辞形式中;而批评者首先接触的却是作品的文辞形式,然后通过它来理解作者的思想感情。二者的过程恰恰相反,但有一个环节是作者和批评者都必须紧紧抓住的,那就是作品的文辞形式。作者必须凭借优美的文辞形式来表现思想感情,始能打动和教育读者;批评者必须仔细考察文辞形式,始能理解作者的思想感情深度,并判断作品的优劣。《镕裁》篇提出的三准——设情以位体,酌事以取类,撮辞以举要,是从作者的角度谈问题,假定已经有了思想感情,考察如何采取恰当的文辞形式来表现。《知音》篇的六观,是从批评者的角度谈问题,批评者接触的首先是作品的文辞形式,批评者必须通过文辞形式来探求作者的思想感情。刘勰在《宗经》篇中提出的"六义"的创作原则,实际上也是他的批评原则。通过"六观"后,必须从"六义"角度来评价作品,才能完成批评任务。

　　刘勰的文学批评论是和他的创作论紧密结合在一起的。他在创作上要求博见以馈贫,在批评上要求博观以圆照:都强调广泛阅读,丰富见识。他在创作上提出三准,在批评上提出六观,都在重视思想内容的前提下,来论述作品的艺术表现形式这一重要环节的。

144

第七节　结　语

理论的贡献与基本态度

根据上面的介绍,我们大致上可以看到《文心雕龙》的主要内容及其重大价值。全书内容涉及了不少文学理论中的重要问题,诸如文学与生活的关系、文学与时代的关系、内容和形式的关系、文学作品的思想艺术标准、作品风格与作家个性及文体的关系、文学作品优良风格的建立、继承与革新的关系、文学批评的态度和方法等等。在这些问题方面,刘勰一般都能在吸收前人研究成果的基础上有所丰富和提高,在中国文学批评史上占有重要地位。此外,刘勰对我国文学的历史发展面貌,对许多重要作家作品的思想艺术特色,对文学创作的方法和技巧,也发表了许多有价值的意见,这些意见对于中国文学史研究、古代文章学和修辞学研究方面,都很有参考价值。刘勰写作此书,宗旨是为了指导写作,《文心雕龙》书名,意思是指像雕龙一样细致地研讨"为文之用心"(即作文之道),但由于它系统论述了文学理论的不少重要问题,全面评述了文学的历史发展和许多重要作家作品,因而使此书实际上成为一部文学理论批评巨著,在中国文学批评史上占据非常重要的地位。

刘勰对《文心雕龙》是很自负的。《序志》篇说近代为文论者颇多,如曹丕、曹植、应玚、陆机、挚虞、李充等都有论著,但优劣互见,瑕瑜参半,存在"各照隅隙、鲜观衢路"的缺点。此外桓谭、刘桢、应贞、陆云等人,也各有文论,但"并未能振叶以寻根,观澜而索源"。我们认为刘勰的这种评价还是比较中肯的。在《文心雕龙》出现以前,文论绝大部分都是单篇论文,内容都不可能很充实丰富,论述也比较零碎。陆机《文赋》是其中最为突出的论文,也只是就创作过程和创作技巧方面的问题,作了比较细致的剖析。挚虞的《文章流别志论》,是一部规模比较宏大、内容比较丰富的专著,但也只是论述了各体文章的性质、历史发展和写作方法,而没有涉及其他方面。到《文心雕龙》的出现,才做到了章学诚所说的"体大思精"、"笼罩群言",在古典文学理论批评史上作出了重大的贡献。

魏晋南北朝时代,骈体文学昌盛。讲究骈偶藻饰的写作风气,遍及诗、赋、文各个领域,骈体文学在文坛占据了主导地位。刘勰处身在这个时代,也是拥护骈体文学,《文心雕龙》全书即用精美的骈文写成。只是他感到魏晋以来,文风过于华艳,文华过分而质朴不足,因此他强调作文必须宗法《五经》,企图通过提倡比较质朴刚健的经书文风来起到补偏救弊的作用。《通变》篇指出,为了矫正当时文风,必须"还宗经诰","斟酌乎质文之间",即是此意。他对于魏晋以迄南朝过于文华的骈体文风,不是否定,只是要求加以改善。这是他对待文学、指导写作的基本态度。

本章第二节《基本思想》中,曾经指出刘勰对于文学创作的基本态度是"酌奇而不失其贞,玩华而不坠其实",要求奇正结合,华实结合,这是他要求作品有文有质、文质彬彬主张的另一种表述。尽管他说过经书文风既丽且雅、最为理想一类的话,但他清醒地认识到战国以来的文学获得明显的发展,特别是辞采的华艳方面成绩卓著,必须予以继承,因此他提出了酌奇玩华、执正驭奇、斟酌质文之间等一类主张,这样既能继承吸取楚辞、汉赋以下文学的创新成就,又能不至于过于丧失质朴刚健的风貌。《风骨》篇一方面大力提倡风骨,提倡爽朗刚健的文风;另一方面又重视辞采,要求风骨与辞采相结合,做到像凤凰那样"藻耀而高翔",也鲜明地表现出这个基本态度。

基于此,刘勰对于战国以至南朝文学,一方面给予肯定与赞美,另一方面又指出其缺点。就诗歌来说,《明诗》篇尽管说"四言正体"、"五言流调",推重源于《诗经》的四言诗体,但仍以主要篇幅介绍汉魏晋宋的五言诗,对汉代《古诗》、建安诗歌都给予很高的评价。对刘宋时代以谢灵运为代表的山水诗,对其描写的细致逼真,也给予肯定,《物色》篇誉为:"不加雕削,而曲写毫芥,故能瞻言而见貌,即字而知时也"。另一方面,对山水诗文辞过于繁富,刻意求新,又有所不满,贬为"此近世之所竞也"(《明诗》)。对于赋,《诠赋》于汉魏两晋自枚乘、司马相如以至郭璞、袁宏等十八位著名作家,都指陈其不同风格特色,并给予肯定;还认为赋的艺术特色应当是"词必巧丽","符采相胜"。另一方面,《诠赋》又认为:有不少末流作者,作品缺乏积极的劝戒内容,片面追求文辞繁艳,就不好了。《情采》篇批评不少辞赋作品"为文而造情",文辞"淫丽而烦滥",也是这层意思。在《夸饰》篇中,他对辞赋家成功地运用了夸张手法增加了作品的生动性给予好评,同时又对其中某些夸张过分、不合事理的描写加以指责。总之,刘勰对于汉魏以来文学作品新的艺术创造(主要是奇辞异采)大抵都有所肯定,但又认为这类描写应有分寸,不要过分。《夸饰》最后提出"剪扬马之甚泰,使夸而有节,饰而不诬",这种适度的主张,在刘勰看来,不仅适用于夸张手法,也适用于其他艺术表现手段。

《文心雕龙》的局限性及其问题

由于儒家思想和时代风气的影响,也由于当时整个文学理论水平的限制,《文心雕龙》一书中也存在着一些问题和局限,上面几节中有的地方也已有所涉及,这里就一些比较显著的问题撮述一下。

在征圣、宗经这方面,由于刘勰以儒家思想为标准,对作品思想内容的要求,对某些作家作品的评价,就表现出一定的局限性和保守性。例如《辨骚》篇,对楚辞的艺术特征不能充分理解,指出其中诡异之辞、谲怪之谈、狷狭之志、荒淫之意四者,不合于经典。《诸子》篇说:"若乃汤之问棘,云蚊睫有雷霆之声;惠施对梁王,云蜗角有伏尸之战;《列子》有移山跨海之谈,《淮南》有倾天折地之说:此踳驳之类也。"同样表现出对神话传说、寓言故事的文学意义缺乏认识。《史传》篇接受班彪的观点,认为司马迁《史记》有"爱奇反经之尤",而称赞班固《汉书》为"儒雅彬彬",有"宗经矩圣之典",也流露了浓厚的儒家正统思想。

对作品的思想内容,刘勰强调要有益于政治教化和道德修养。他对于一些缺乏这种内容的供娱乐用的通俗性文学十分鄙视。汉乐府中的相和歌辞一类,是源出民间的通俗歌曲,当时配合音乐供人们娱乐,《乐府》篇明显加以贬斥,说什么"淫辞在曲,正响焉生"。他对不少汉乐府篇章反映了广阔的社会生活,具有丰富的现实意义,缺乏认识。在《谐隐》篇中,他对谐辞隐语这类滑稽性的通俗文学作品,认为它们从根本上说是"本体不雅"的,但其中部分作品具有"兴治济身、弼违晓惑"有益于政治修身的作用,则也有可取之处;如果仅仅"空戏滑稽",就没有价值了。在这方面,说明他对于文学作品的娱乐功能以及寓教于乐的作用缺乏理解。当时小说、戏曲等通俗文学尚未充分发展,未能进入文坛受到多数文人的重视,这种情况限制了刘勰对通俗文学的认识。

在艺术方面,刘勰虽然大力批判当时"习华随侈、流遁忘反"的不健康风气,但毕竟又受到时代文风的影响,有时候表现得过于重视形式美。如《丽辞》篇说对偶是文章的必然现象,犹如人的"支体必双"一样,《事类》篇说文章要运用古事成辞以说明道理,是"圣贤之鸿谟,经籍之通矩",都是对骈体诗文的某些修辞手段强调过当,显得意见偏颇。陶渊明是晋代最杰出的诗人,他的诗因不讲究运用华美的辞藻,不受南朝一般文人的重视。《文心雕

147

龙》不但《明诗》篇未加论述，而且全书从没有提到陶潜的名字。在这一点上，刘勰的见识还在萧统之下。他对于语言质朴、缺乏对仗、辞藻、音韵之美的作品，大抵评价不高。上面提到他对汉乐府中的民歌加以贬斥，除内容因素外，还在于它们往往词语质朴而不华美。

另一方面，刘勰对于后代文学在艺术上的创新变化，有时不免贬责过多。如他对刘宋时代以山水诗为代表的文学创新，就嫌贬斥过多。《体性》贬抑"新奇"文体，《通变》说"宋初讹而新"，《定势》批评"近代辞人，率好诡巧"，大抵都是针对刘宋文风而发。他还强调文辞的简要，贬抑后代文学描写的详赡细致。《物色》论景物描写，推崇《诗经》的描写"以少总多，情貌无遗"，奉为准则，同时说楚辞、汉赋的描写过于详细，词语重叠，认为是"辞人丽淫而繁句"，这一评价是片面的。

刘勰的基本思想中另一个重大的问题，是对于经典文章语言特色理解的片面性。他强调说"圣文雅丽，衔华佩实"，事实上除掉《诗经》是文学作品外，其他经文大多数是质朴而缺少文采的。《丽辞》篇、《事类》篇强调文章运用对偶和古事成辞的必要性，并引用经典之文来作证明；事实上运用对偶和古事成辞，只是经文的少数的并不常见的现象。在这个问题上，事实上并不是经文确以对偶、用典为重要修辞手段，使刘勰得以此作标准来加以提倡；而是刘勰首先确认作文必须对偶和用典，然后援引经文的少数例子来证成自己的论点。这种论证是主观片面而不是实事求是的。刘勰为了矫正当时不健康的文风，企图以经文为依据，建立一个思想艺术标准，因而不适当地解释并夸大了经文的语言特色。

唐宋古文家对经文语言特色的理解，和刘勰有很大的不同。他们认为经文尚奇不尚偶，以经文为楷模来提倡古文，反对骈文。唐宋古文家有时强调用奇句，排斥对偶，意见也未免失之偏颇；但他们对经文语言特色的理解，比刘勰更为接近于经文的原来面目。刘勰和唐宋古文家在创作上都主张宗经，以儒家经典为号召；但刘勰是骈文家（《文心雕龙》同时是富有文学价值的骈文著作），主张经文是骈文的源头和楷模，唐宋古文家是骈文的反对者，主张经文是古文的源头和楷模，认为经文的古朴风格，是"俳优之体"的骈文的对立面。因此，尽管刘勰大力提倡征圣、宗经，但他不能成为唐宋古文运动的前驱者；《文心雕龙》一书，也一直没有得到唐宋以来古文名家的大力推崇。

第四章 钟嵘《诗品》

第一节 绪 说

钟嵘《诗品》是现存我国古代最早的一部诗论专著,它对汉魏至南朝齐、梁时代的五言诗作了系统的论述,很多精辟的见解,对后代的诗论产生较大的影响。《诗品》和《文心雕龙》常常被人们相提并论,称为南朝文学理论批评的两大专门著作。清代章学诚从史学家的立场,曾对《诗品》作了很高的评价:

> 《诗品》之于论诗,视《文心雕龙》之于论文,皆专门名家,勒为成书之初祖也。《文心》体大而虑周,《诗品》思深而意远;盖《文心》笼罩群言,而《诗品》深从六艺溯流别也。论诗论文而知溯流别,则可以探源经籍,而进窥天地之纯,古人之大体矣。此意非后世诗话家流所能喻也。(《文史通义·诗话篇》)

钟嵘(约468—518),字仲伟,祖籍颍川长社(今河南长葛)。生于齐梁时代。齐时官至司徒行参军,梁时官至西中郎晋安王记室。《梁书》本传说他卒于为西中郎晋安王记室后不久,考《梁书·简文帝纪》,简文(萧纲)于天监五年封为晋安王,天监十七年征为西中郎将,领石头戍军事,不久改官。因此推定钟嵘卒于天监十七年(518),是较为可信的。又本传称其书为《诗评》,《隋书·经籍志》:"《诗评》三卷,钟嵘撰,或曰《诗品》。"可见在隋代,此书已有二称,但到了后代,只流行《诗品》一名了。

《诗品》的写成在什么年代呢?《诗品序》称梁武帝为"方今皇帝",可知此书撰于武帝时。又说"其人既往,其文克定;今所寓言,不录存者。"说明此书所评述的没有活着的作家。沈约卒于天监十二年(513),则此书的撰成,当在天监十二年以后了。

《诗品序》有一段文字详细叙述写作《诗品》的宗旨和背景,文云:

> 今之士俗,斯风(指写诗)炽矣。才能胜衣,甫就小学,必甘心而驰
> 骛焉。于是庸音杂体,人各为容。至使膏腴子弟,耻文不逮,终朝点缀,
> 分夜呻吟,独观谓为警策,众睹终沦平钝。次有轻薄之徒,笑曹刘为古
> 拙,谓鲍照羲皇上人,谢朓今古独步。而师鲍照,终不及"日中市朝满",
> 学谢朓,劣得"黄鸟度青枝",徒自弃于高听,无涉于文流矣。观王公搢
> 绅之士,每博论之余,何尝不以诗为口实。随其嗜欲,商榷不同。淄渑
> 并泛,朱紫相夺,喧议竞起,准的无依。近彭城刘士章,俊赏之士,疾其
> 淆乱,欲为当世诗品,口陈标榜,其文未遂,嵘感而作焉。昔九品论人,
> 《七略》裁士,校以宾实,诚多未值。至若诗之为技,较尔可知,以类推
> 之,殆均博弈。

序中指出当时士人写作五言诗的风气很盛,但是各人的嗜好不同,意见纷歧,没有准则。一些"轻薄之徒",见识卑下,以鲍照、谢朓为古今独步,学习他们,也只得其皮毛;而轻视曹植、刘桢,笑为古拙。《诗品》的写作,目的就在通过对诗人的品评,树立良好的准则,对诗歌创作发生指导作用。在这方面,钟嵘的意图和刘勰写《文心雕龙》的意图,有其相似之处。

钟嵘对当日"庸音杂体,人各为容"的诗风,深表不满,同时他认为过去的文论,没有对作家、作品进行品评,失去了文学批评对创作的指导作用。他在《诗品序》中列举陆机、李充、王微、颜延之、挚虞数家的著作,指出他们都是"就谈文体,而不显优劣"。而像谢灵运所编的《诗集》,张隲所撰的《文士传》,以及"诸英志录,并义在文,曾无品第"。在这里显示出钟嵘在文学批评思想方面的发展。因此《诗品》跟过去的文论很有不同,它是要"辨彰清浊,掎摭利病",也就是显优劣,列品第。书名《诗评》或《诗品》,即体现了写作这书的宗旨。

《诗品》评述了自汉魏至齐梁的一百二十二位诗人,分为上中下三品,每品一卷。这种分品论人的做法,受到两个方面的影响:一方面是古代的文化学术传统,另一方面是时代风气。在古代的文化学术传统方面,如《诗品序》所指出,班固的《汉书·古今人表》,分九品论人;而刘歆的《七略》,也是分流派来叙述过去的学术的。在时代风气方面,自汉末清谈盛行,曹魏设立九

品中正制度,自此以迄南朝,形成了一种喜欢品第人物的社会风气。这种风气的影响及于文学艺术的领域。曹丕的《典论论文》和《与吴质书》已经评骘了建安七子的优劣。到齐梁时代,这种风气更盛。南齐谢赫有《古画品录》,分画家为六品。梁庾肩吾有《书品论》,分书法家为九品。沈约有《棋品》,丑仅存序文,分品不详。在这种风气影响之下,钟嵘自然会不满意过去大部分文论的"不显优劣"、"曾无品第",而要写"辨彰清浊、掎摭利病"的《诗品》了。

魏晋南北朝时代,文学创作比过去有进一步的发展,尤其在诗歌方面,产生了许多风格不同的作家和作品,大大地开拓了诗歌的园地,这对于《诗品》的写作,提供了有利的条件。这时代文学理论批评也大大发展,除许多单篇论文外,还有若干专门著作。在《诗品》以前,诗论方面的专著见于记载的,有刘宋颜竣的《诗例录》二卷,见于新旧《唐书》。又《南齐书·文学传论》称"张际摘句褒贬",当是后世诗句图一类的著作。可惜两书都没有流传下来。

《诗品》三卷,分三品论述历代诗人创作的特色和渊源流变。正文对许多诗人分别作了具体分析。序文则是全书的总论,提出了一些对于诗歌比较原则性的看法,并对于当代的不良诗风,进行了批评。两部分的内容互相配合,议论互相印证。下面为了叙述方便,分别介绍序文和正文的主要论点。

第二节　论五言诗的思想艺术标准和历史发展

《诗品》序文原分三段,分置三处,后人把它们合在一起,置于书首。序文内容,指陈诗歌的性质、作用、思想艺术特色与标准等问题,评述了五言诗的历史发展,说明了写作《诗品》的缘起和它的体例、特色等。

魏晋南北朝是五言诗的发展时代,在这历史时期中,五言诗不但作家作品众多,而且也产生不少优秀的作家和作品。但当时一部分文论,拘于《诗经》是四言体的成见,仍然重四言轻五言。如挚虞《文章流别志论》说:"古诗率以四言为体。五言者,于俳谐倡乐多用之。雅音之韵,四言为正,其余虽备曲折之体,而非音之正也。"(文有节录)表现了很保守的正统观点。《文心雕龙·明诗》虽然以五言诗为主要论述对象,但仍然说:"四言正体,则雅润为本;五言流调,则清丽居宗。"所谓"正体"、"流调",仍不免有雅俗之分。《诗品序》与此不同,从正面明确地肯定了五言诗的艺术表现能力高于四言诗:

> 夫四言文约意广,取效风骚,便可多得。每苦文繁而意少,故世罕习焉。五言居文词之要,是众作之有滋味者也,故云会于流俗。岂不以指事造形,穷情写物,最为详切者耶!

梁时萧子显的《南齐书·文学传论》有云:"五言之制,独秀众品。"钟嵘、萧子显的议论,都表现出能够正视诗歌形式发展的历史事实、而不为儒家经典所束缚的进步观点。

论诗歌产生的根源与艺术性

《诗品序》一开头就说:"气之动物,物之感人,故摇荡性情,形诸舞咏。"指出诗歌的产生,是由于人们的性情受到外界事物的感召和激动。后面又对这个问题作了具体的阐述:

> 若乃春风春鸟,秋月秋蝉,夏云暑雨,冬月祁寒,斯四候之感诸诗者也。嘉会寄诗以亲,离群托诗以怨。至于楚臣去境,汉妾辞宫,或骨横朔野,魂逐飞蓬;或负戈外戍,杀气雄边;塞客衣单,孀闺泪尽;或士有解佩出朝,一去忘返;女有扬蛾入宠,再盼倾国:凡斯种种,感荡心灵,非陈诗何以展其义?非长歌何以骋其情?故曰:"诗可以群,可以怨。"使穷贱易安,幽居靡闷,莫尚于诗矣。故词人作者,罔不爱好。

这里说明变化不居的自然景物和不同寻常的社会生活,使身临其境的人们,产生了激动的感情,不能不形诸吟咏,从而产生"可以群、可以怨"的作用。这段话直接是讲诗歌产生的缘起及其作用,实际上也反映了对诗歌内容的看法和要求。钟嵘认为,诗歌内容只有表现了人们在自然环境和社会环境中所激发的思想感情,特别是哀怨之情,才能够产生"可群可怨"的强烈艺术感染力量。《诗品》本论对一些具体作家的评论,很多是从这一方面来衡量的。

《诗品序》论诗歌的艺术性道:

> 故诗有三义焉:一曰兴,二曰比,三曰赋。文已尽而意有余,兴也;因物喻志,比也;直书其事,寓言写物,赋也。宏斯三义,酌而用之,干之以风力,润之以丹采,使味之者无极,闻之者动心,是诗之至也。若专用

比兴,患在意深,意深则词踬。若但用赋体,患在意浮,意浮则文散,嬉成流移,文无止泊,有芜漫之累矣。

钟嵘要求诗歌在艺术上以风力为基干,以丹采为润色。所谓"风力",就是《文心雕龙》的所谓风骨。指作品思想感情表现明朗和语言质素有力。"干之以风力,润之以丹采",就是《文心雕龙·风骨篇》要求风骨与文采互相结合的意思。二者结合,使作品能够达到文质彬彬,形成优美的风格。在表现手法方面,钟嵘主张赋、比、兴三者交错运用,通过描写外界事物来表现内在情志,做到含意深长,具有余味。使表现的文意,不过深过浮,恰到好处,使读者不是感到难于理会,也不感到一览无余。

《诗品序》非常重视自然之美,对于宋齐时代不少诗人喜欢用典的风气,深表不满:

> 若乃经国文符,应资博古;撰德驳奏,宜穷往烈。至乎吟咏情性,亦何贵于用事?"思君如流水",既是即目;"高台多悲风",亦惟所见;"清晨登陇首",羌无故实;"明月照积雪",讵出经史。观古今胜语,多非补假,皆由直寻。颜延、谢庄,尤为繁密,于时化之。故大明、泰始中,文章殆同书钞。近任昉、王元长等,词不贵奇,竞须新事,尔来作者,浸以成俗。遂乃句无虚语,语无虚字,拘挛补衲,蠹文已甚。但自然英旨,罕值其人。词既失高,则宜加事义;虽谢天才,且表学问,亦一理乎!

钟嵘认为"经国文符"、"撰德驳奏"一类文章,应该援引古典;至于"吟咏情性"的诗歌,其优秀的篇什都是描写目击身历的景象,不需用典,因而提倡"直寻"和"自然英旨"。在当时"竞须新事"、"浸以成俗"的风气中,这种意见具有积极意义。

基于提倡自然之美,钟嵘还反对齐梁时代风靡一时的声律论。他认为由于王融、谢朓、沈约等提倡声病,使诗歌创作受到影响,"于是士流景慕,务为精密,襞积细微,专相陵架。故使文多拘忌,伤其真美"。他对于当日这种追求声律、流于形式的不良风气,进行了批评。他主张一般诗歌既"不被管弦,亦何取于声律";"但令清浊通流,口吻调利,斯为足矣"。四声八病之说为诗歌制订了严密的规律,作者们在写作过程中受到拘束,或者是"专相陵架",片面追求,因而造成"伤其真美"的弊病,钟嵘对这种倾向的批评,是有其意义的;但钟嵘对声律本身在诗歌艺术上的贡献,认识不足,因此在这方面表现出偏激的态度。

论五言诗的历史发展

《诗品序》论述五言诗的起源和汉代五言诗的作家作品道：

> 夏歌曰："郁陶乎予心。"楚谣曰："名余曰正则。"虽诗体未全，然是五言之滥觞也。逮汉李陵，始著五言之目矣。古诗眇邈，人世难详。推其文体，固是炎汉之制，非衰周之倡也。自王、扬、枚、马之徒，词赋竞爽，而吟咏靡闻。从李都尉迄班婕妤，将百年间，有妇人焉，一人而已。诗人之风，顿已缺丧。东京二百载中，惟有班固《咏史》，质木无文。

摘取先秦诗歌中的个别五言句来说明五言诗的滥觞，是当时文论家的共同做法，《文章流别志论》、《文心雕龙·明诗篇》都有类似情况。西汉诗人作品，真伪如何，当时传闻异词。关于枚乘、李陵、苏武、班婕妤诸人的诗作，颜延之《庭诰》、刘勰《文心雕龙》、萧统《文选》、徐陵《玉台新咏》诸书的题署，各自有所不同。《诗品》首列李陵、班姬两家，而不及枚乘、苏武，也是一种看法。

从建安时代开始，文人五言诗大大发展，《诗品序》对建安到刘宋五言诗的发展过程，作了很具体的评述：

> 降及建安，曹公父子，笃好斯文；平原兄弟，郁为文栋；刘桢、王粲，为其羽翼。次有攀龙托凤，自致于属车者，盖将百计，彬彬之盛，大备于时矣！尔后陵迟衰微，迄于有晋。太康中，三张、二陆、两潘、一左，勃尔复兴，踵武前王，风流未沫，亦文章之中兴也。永嘉时，贵黄老，稍尚虚谈，于时篇什，理过其辞，淡乎寡味。爰及江表，微波尚传。孙绰、许询、桓、庾诸公，诗皆平典似《道德论》，建安风力尽矣。先是郭景纯用隽上之才，变创其体；刘越石仗清刚之气，赞成厥美。然彼众我寡，未能动俗。逮义熙中，谢益寿斐然继作。元嘉中，有谢灵运才高词盛，富艳难踪，固已含跨刘、郭，凌轹潘、左。故知陈思为建安之杰，公干、仲宣为辅；陆机为太康之英，安仁、景阳为辅；谢客为元嘉之雄，颜延年为辅：斯皆五言之冠冕，文词之命世也。

在这段历史过程中，钟嵘指出建安、太康、元嘉三个时期的诗歌成就，并以曹植、陆机和谢灵运等人为杰出领袖。在我们今天看来，他对陆机的评价偏高，于晋宋之际，不举陶渊明，都是显著的缺点。但他在这里，强调了建安的风力，批判了玄言诗的虚淡，并指出郭璞、刘琨的不同艺术成就，都是可取的。沈约《宋书·谢灵运传论》在评述历代诗歌发展时，也特别重视建安时期的曹植、王粲，元康（惠帝年号，稍后于武帝太康年号）时期的潘岳、陆机和刘宋初年的谢灵运、颜延之这些诗人。萧统《文选》于曹植、陆机、谢灵运三人，选录诗歌也特别多(曹植十六题二十五首，陆机十九题五十二首，谢灵运三十二题三十九首)，数量远过其他诗人。由此可见，《诗品》所特别推重的诗人，在当时可说已有定评，因此批评家、选家的意见也颇一致。《宋书·谢灵运传论》更赞美建安曹氏父子作品的特色是："以情纬文，以文被质"，即情文并茂、文质兼备，这种衡量诗歌的标准和钟嵘的意见也是接近的。

建安以后、太康以前的曹魏时代，诗歌一度比较衰落，《诗品》称为"陵迟衰微"。这时期玄学抬头，对诗歌发生不良影响。《文心雕龙·明诗》篇称为："正始明道，诗杂仙心；何晏之徒，率多浮浅。"西晋末年到整个东晋时代，玄言诗盛行，诗风更为不振。《宋书·谢灵运传论》、《文心雕龙》(《明诗》、《时序》)都致不满，《诗品》讥为"建安风力尽矣"，所见也同。《诗品序》在这段诗歌发展过程的评述中，对作家作品所作的肯定和批判，并不是钟嵘一人的私见，在当时具有相当广泛的代表性。《诗品序》虽然批判了玄言诗风，但它更为着重指责的，乃是刘宋颜延之、谢庄开启的诗歌大量用典之风和齐梁时代的声律论，那是因为从刘宋初年谢灵运等诗人出来以后，玄言诗已趋于衰颓；而数典用事和讲求声病，却是齐梁时代诗歌创作的流行风气，钟嵘感到有矫正时弊的必要，就不免对后二者更加要大声谴责了。

第三节　论五言诗作家及其流派

《诗品》三卷，共评论自汉至梁的一百二十二位诗人，分成上中下三品，上品十一人(另有无名氏《古诗》一组)，中品三十九人，下品七十二人。对每位诗人，着重指陈其作品的体制风貌特色与优劣得失，对一部分重要作家，还指出其渊源所自。通过对于这些作家的评论，钟嵘表现了对诗歌的一些重要看法，并且论述了作家间的渊源继承关系，说明了五言诗歌史上的若干重要流派。

情兼雅怨和生活遭遇

钟嵘于历代诗人最推崇曹植，给他以极高的评价。说他的作品"譬人伦之有周孔，鳞羽之有龙凤"。论其思想、艺术的成就是："骨气奇高，词采华茂，情兼雅怨，体被文质。"概括起来讲，在内容上是情兼雅怨，在形式和风格上是骨气和文采相结合,而达到了文质彬彬的境界。钟嵘对于曹植诗歌的这个评语,正体现了他对于诗歌思想、艺术的要求,这个要求跟《诗品序》的观点也是完全符合的。

　　钟嵘很重视诗歌中所表现的感慨、哀怨的情思,这种情思正是封建社会诗人们,在政治环境和生活境遇中受到了压制和苦痛,而发射出来的不满现实的思想感情。司马迁云:"屈平之作《离骚》,盖自怨生也",正是这种情思的说明。钟嵘评《古诗》云:"意悲而远","多哀怨"。评李陵云:"文多凄怆,怨者之流。"评班姬云:"怨深文绮。"评王粲云:"发愀怆之词。"评阮籍云:"颇多感慨之词。"评左思云:"文典以怨。"评秦嘉、徐淑云:"文亦凄怨。"评刘琨云:"多感恨之词。"在这些具体的评述中,使我们体会到:他所说的这种"哀怨"、"愀怆"、"感慨"、"感恨"之情,是与政治现实和生活境遇紧密结合在一起的,正因为诗歌能表现这种思想感情,所以才具有"感荡心灵"的力量。

　　钟嵘又很重视诗歌风格的典雅。评阮籍云:"洋洋乎会于风雅,使人忘其鄙近,自致远大。"评应璩云:"指事殷勤,雅意深笃,得诗人激刺之旨。"评白马王曹彪和徐幹云:"亦能闲雅。"评张欣泰、范缜云:"希古胜文,鄙薄俗制,赏心流亮,不失雅宗。"从这些评语,可以看出钟嵘对典雅的赞美。典雅的反面是鄙俗和讦直,钟嵘是反对的。他评嵇康云:"过为峻切,讦直露才,伤渊雅之致。"评鲍照云:"贵尚巧似,不避危仄,颇伤清雅之调。故言险俗者多以附照。"(《南齐书·文学传论》也说鲍照的诗"发唱惊挺,操调险急,雕藻淫艳,倾炫心魂")都致不满之辞。钟嵘很反对颜延之所倡导的作诗大量用典的风气,但又赞赏颜有雅才,说:"喜用古事,弥见拘束,虽乖秀逸,是经纶文雅才。雅才减若人,则蹈于困踬矣。"评谢超宗、丘灵鞠等七人云:"檀谢七君,并祖袭颜延,欣欣不倦,得士大夫之雅致乎!余从祖正员常云:'大明、泰始中,鲍休(指鲍照、汤惠休)美文,殊已动俗,惟此诸人,传颜陆(指颜延之、陆机)体。'"颜延之、鲍照两家虽都列入中品,但从"檀谢七君"的评语中,可以看出钟嵘对颜、鲍两人还是有所轩轾的。又《诗品序》说"谢客为元嘉之雄,颜延年为辅";而对"轻薄之徒"尊崇鲍照,则深露不满之意。对颜、鲍两人的轩轾,表现了钟嵘重雅轻俗的偏见。

　　《诗品序》在论述诗歌的思想感情时,很重视生活遭遇和政治环境对作者的影响,这种观点也表现在《诗品》对一些作家的评论中。如评李陵云:"陵,名家子,有殊才,生命不谐,声颓身丧。使陵不遭辛苦,其文亦何能至此!"评秦嘉、徐淑云:"夫妻事既可伤,文亦凄怨。"评刘琨云:"琨既体良才,又罹厄运,故善叙丧乱,多感恨之词。"都是结合着作者的政治环境和身世之感,来说明作品的思想和风格特色。在钟嵘以前,谢灵运有《拟魏太子邺中集八首》的小序,也具有这种特色,如评王粲云:"家本秦川,贵公子孙,遭乱流寓,自伤情多。"评陈琳云:"袁本初书记之士,故述丧乱事多。"评应玚云:"汝颖之士,流离世故,颇有飘泊之叹。"评阮瑀云:"管书记之任,故有优渥之言。"评曹植云:"公子不及世事,但美遨游,然颇有忧生之嗟。"钟嵘大约受到这些议论的影响。

骨气奇高和词采华茂

骨气就是风骨,骨气奇高和词采华茂相结合,就是《诗品序》所说的"干之以风力,润之以丹采"。风骨是指思想感情表现的明朗和语言质素有力,属于质一方面;华茂的词采则属于文。风骨与丹采相结合,就能达到"体被文质"。

《诗品》除曹植外,最推重陆机、谢灵运两家。他评陆机说:"才高词赡,举体华美。""咀嚼英华,厌饫膏泽,文章之渊泉也。"虽然"气少于公幹,文劣于仲宣",但从文质结合的角度看,不像刘、王两家的偏胜。评谢灵运说:"嵘谓若人兴多才高,寓目辄书,内无乏思,外无遗物,其繁富,宜哉!然名章迥句,处处间起,丽曲新声,络绎奔会,譬犹青松之拔灌木,白玉之映尘沙,未足贬其高洁也。"他认为也是文质兼备的。钟嵘在《诗品序》中,很强调诗歌的自然之美,而他所大力推崇的陆机和谢灵运的诗,都非常注意形式的华美和字句的琢磨。后人颇以为陆、谢之诗人工多,自然不够;这样说来,钟嵘对陆、谢的评价,是否违背了自己提出的原则呢? 不是的。陆机的诗,钟嵘评为"尚规矩,不贵绮错,有伤直致之奇",可见认为还是自然的。至于谢灵运的诗,虽然"颇以繁富为累",但譬如青松、白玉,仍有自然之美。又引汤惠休的话说:"谢诗如芙蓉出水,颜如错采镂金。""芙蓉出水"也是标志着自然之美,看来钟嵘是同意汤惠休的评价的。原来,在南朝骈体文学鼎盛的风气中,文人们普遍重视对仗的工整、辞藻华丽的语言美。作品运用许多对偶与辞藻,只要不过分堆砌、雕琢,还属于自然。这种看法与唐宋以来崇尚古文的人们,见解是大相径庭的。

根据文质兼备的原则,钟嵘不满意一部分诗人的创作,气盛而采不足,甚至质而少文。在上品中,他评刘桢说:"仗气爱奇,动多振绝。贞骨凌霜,高风跨俗。但气过其文,雕润恨少。"钟嵘对刘桢评价极高,《诗品序》称"曹

157

刘殆文章之圣",但对他的文采不足,毕竟有些微辞。对左思,评为"野于陆机",指出他的文采较陆机为逊。《诗品》把刘桢、左思两人列入上品,说明钟嵘很重视气骨;但另一方面,钟嵘又从重视文采的角度,指出两人的不足,比不上曹植和陆机。中品中的某些诗人,钟嵘更是认为他们质而少文。评魏文帝云:"百许篇率皆鄙质如偶语。惟《西北有浮云》十余首,殊美赡可玩,始见其工矣。"应璩的诗,内容很好,"指事殷勤,雅意深笃",但只有像"济济今日所"这样的篇章,才是"华靡可讽味焉",言外之意是其他篇章缺少"华靡"之美。陶潜的诗,钟嵘认为"其源出于应璩,又协左思风力",应、左两家诗都偏于质,所以陶潜的作品也是"世叹其质直"。钟嵘虽然指出陶潜的某些篇什"风华清靡",但毕竟同意陶诗大部分是田家语,因此列入中品。钟嵘把曹操列入下品,评云:"曹公古直,甚有悲凉之句。"古直就是文采太少。《诗品》说应璩"善为古语",说陶潜"笃意真古","古"字都含有质而少文的意思。

对另外一些诗人,钟嵘又指出他们文多质少,也有所不满。如评上品的王粲说:"文秀而质羸。"评中品的张华说:"其体华艳,兴托不奇。巧用文字,务为妍冶。虽名高曩代,而疏亮之士,犹恨其儿女情多,风云气少。"

钟嵘《诗品》对于某些诗人的品第,后人颇有不同意见,特别是对陶潜屈居中品、曹操屈居下品,意见尤多。明王世贞《艺苑卮言》说:"魏文不列乎上,曹公屈第乎下,尤为不公。"清王士禛《渔洋诗话》认为:"上品之陆机、潘岳,宜在中品;中品之刘琨、郭璞、陶潜、鲍照、谢朓、江淹,下品之魏武,宜在上品。"这些意见都颇为有理,钟嵘对上面那些诗人的品第,的确存在问题,而成为《诗品》中显著的缺点。这里牵涉到批评的标准与尺度问题。原来钟嵘要求诗歌的风力和丹采相结合,质和文相结合;而他的所谓丹采或文采,在当时骈体文学非常发展的风气中,很重视辞藻华美、对仗工整的因素。以此为标准,因此对陆机、谢灵运的诗估价极高,而刘琨、陶潜、曹操诸家之作,就没有获得应有的重视。钟嵘的这种品第意见,实际上反映了南朝较多批评家的意见,在当时有它的代表性。沈约《宋书·谢灵运传论》,于历代诗家也最推重曹植、王粲、潘岳、陆机、谢灵运、颜延之诸人;萧统《文选》于曹植、陆机、谢灵运三家选诗首数最多。而像陶渊明那样杰出的诗人,当时人一般都没有给予应有的注意。《文心雕龙》全书对陶潜只字未提,萧统虽然在《陶渊明集序》中,竭力推尊陶潜的为人和作品,但《文选》选陶诗共七题八首,数量毕竟远逊于曹、陆、谢诸家。唐宋古文运动兴起、骈体文学衰落以后,人们对于诗歌,不像过去那样重视辞藻华美、对仗工整的因素,品评的标准与尺度起了很大的变化,因此对不少作家作品的评价,看法也就大有不同。自宋代开始,陶潜的地位大大提高,而陆机的地位大大降低,这一现象深刻地反映了批评思想的转变。我们认为:唐宋以来批评家在这方面的意见,的确胜过钟嵘,品第更为合理惬当;但同时也应该了解到:钟嵘在这方面的意见偏颇,实际上反映了当代的文风和当时批评家的标准尺度,并不完全是钟嵘一人的偏见。

诗人的继承关系及其流派

钟嵘品第诗人,最注意揭示各个作家的风格特色,他根据诗歌体制风格的互相类似来判断历代诗人的继承关系。《诗品》评"古诗"云:"其体源出于国风。"评谢灵运云:"其源出于陈思,杂有景阳之体。"评魏文帝云:"其源出于李陵,颇有仲宣之体。"这个"体"就是《文心雕龙·体性篇》的"体",指作品的体貌,也就是体制和风格。《诗品》常常说某家源出于某家,就是根据对各家作品体制风格的考察和比较而得来的认识。一个作家的作品的体制风格形成的因素是比较复杂的,就接受过去作家的影响而言,也常常是多方面的;《诗品》常常只是说某家源出于某家,提法不免显得过于简单片面。故《四库提要》评《诗品》说:"惟其论某人源出某人,若一一亲见其师承者,则不免附会耳。"但钟嵘原意,大约只是说某家体制风格的基本倾向和过去某家类似,这样也还是有其一定的意义的。

根据对于风格的分析和比较,钟嵘论述了历代不少诗家的渊源和继承关系。这方面的意见可以列成下表:

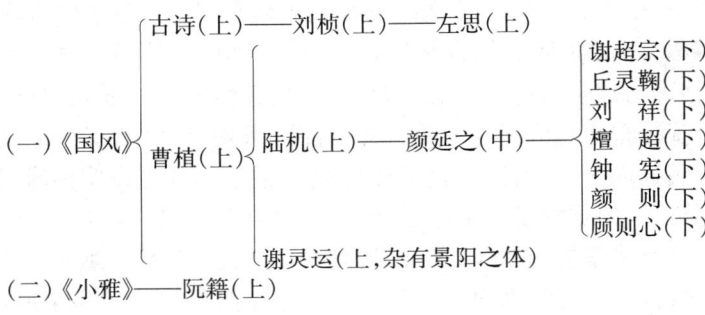

```
                        班姬(上)
                                  ┌潘岳(上)──郭璞(中)
                                  ├─张协(上)──鲍照(中)──沈约(中)
                                  │              ┌谢　瞻(中)
                                  │              │谢　混(中)──谢朓(中)
         (三)《楚辞》──李陵┤ 王粲(上)┤─张华(中)┤袁　淑(中)
                                  │              │王　微(中)
                                  │              └王僧达(中)
                                  ├─刘琨(中)
                                  ├卢谌(中)
                                  │                ┌应璩(中)──陶潜
                        曹丕(中,颇有仲宣之体)┤        (中,又协左思风力)
                                                   └嵇康(中)
```

（表内黑线表示源流关系，括弧内录《诗品》原文，说明兼受其他作家影响）

钟嵘把五言诗的作者分成三系：源出《国风》的一系，源出《小雅》的一系，源出《楚辞》的一系。从这里可以看出《诗经》、《楚辞》的受尊崇，被认为历代诗歌之祖，这种见解和刘勰把《宗经》、《辨骚》两篇并列入"文之枢纽"的看法是相通的。

在《国风》一系中，曹植、陆机、谢灵运一派是钟嵘认为最优秀的诗人。其中大家除颜延之因用典过多，有"弥见拘束"的弊病外，其余曹、陆、谢三人，如上文所论述，是以"情兼雅怨，体被文质"的标准来衡量的。古诗、刘桢、左思一派风骨甚高，文采稍逊，成就稍次于曹植一派。《小雅》一系只有阮籍一人。他的诗长于怨悱，语言比较质朴，"无雕虫之功"，风格确与《小雅》为近。

《楚辞》一系中的各派又都源出于李陵，其特色是富于哀怨之情。王粲一派中潘岳、张协、张华三支，文辞都比较艳丽（《诗品》引谢混语评潘岳为"烂若舒锦"，评张协为"词采葱蒨"，评张华为"其体华艳"）。哀怨和艳丽相结合，风格确与楚骚为近。王粲一派中鲍照、谢朓两人的成就很突出，王士禛《渔洋诗品》曾指出应列入上品。考《诗品》所列上品诗人，在世次上至刘宋初年谢灵运而止，以后诗人就没有列入上品的，这固然说明钟嵘对于近代诗人不轻许可，但更重要的是体制和风格上的问题。钟嵘对张华的诗颇表不满，认为"其体华艳，兴托不奇"，"儿女情多，风云气少"。鲍照之诗源出二张；谢朓之诗源出谢混，而谢混又源出张华。按照《诗品》的品第原则，上品之诗人，不可能源出中品之诗人；张华既然列入中品，鲍照、谢朓当然也只能列入中品了。《诗品序》批评当时"轻薄之徒"嗤笑曹植、刘桢,崇拜鲍照、谢朓,《诗品》列曹植、刘桢于上品,列鲍照、谢朓于中品,显然寓有矫正时弊的意思。其实,他在这方面的意见,有一些显然是不正确的。

《楚辞》一系中曹丕的诗长于写别怨,故《诗品》认为源出于李陵。曹丕大多数诗歌语言的特色是质朴通俗,《诗品》所谓"鄙质如偶语",后来应璩、陶潜诗歌的语言,风格和魏文比较接近,故《诗品》归为一派。但应、陶两家诗不长于写怨情,文辞又大都质朴而不艳丽,风格和《楚辞》距离已比较远了。陶潜的诗既然源出中品的应璩,当然也只能列入中品。有的研究者根据某一种《太平御览》版本并不可靠的引文,说《诗品》原来列陶潜于上品,这种说法是很难成立的。

《国风》一系名家除颜延之外,都列入上品,这里似乎包含着宗经的意味。《楚辞》一系名家,列入中品的就比较多,特别是对张华一支中张华、鲍照、谢朓、沈约诸家,或贬语较多,或估价较低,明显地表现出矫正作诗崇尚新奇艳丽的时风的意图,同时也反映了儒家正统思想的偏见。

《诗品》论诗歌的继承关系及其流派,大致可分为三个层次。第一层次是《国风》、《小雅》、《楚辞》三类先秦作品,是诗歌的远祖;第二层次是《古诗》作者、曹植、刘桢、阮籍、李陵、班姬、王粲、曹丕等汉魏时代的作家,他们分别渊源于《国风》、《小雅》、《楚辞》,在五言诗发展初期成就显著;第三层次是晋、宋、齐、梁诗人,他们主要从李陵、曹植等汉魏作者渊源而来,使五言诗得到进一步的发展。

在文学的历史发展过程中,出现着大量的前代作家影响后代作家、后代作家师承前代作家的事实,不能不引起文学批评家的注意。与钟嵘同时的萧子显,在《南齐书·文学传论》中把当时的诗歌分成三个流派,分别作了评论,并指出源出谢灵运、鲍照诸家。但限于篇幅,论述毕竟比较简略。钟嵘《诗品》通过对许多诗人的具体分析,对汉魏至齐梁时代五言诗的发展和流派,作了比较详细的论述,提出了自己的系统看法,为文学理论批评工作开辟了一条新的途径。尽管钟嵘的品第不尽恰当,分析评论也有片面和牵强附会的地方,但其中有不少好的意见,对于后代的诗论、诗话很有影响,在文学批评史上乃是值得我们重视的。

161

第三编　隋唐五代

绪　　论

　　在这一历史时期中,隋和五代为期短促,文学创作和批评的成就都远逊于唐代,因此这一编的内容,主要属于唐代。这一时期共计近四百年,拟按照文学理论批评发展的主要倾向分为隋和唐代前期、唐代中期、晚唐和五代三个历史阶段加以叙述。第一阶段大致包括隋代和一般所说的初、盛唐,由隋文帝建国迄于唐玄宗末年安史之乱爆发,共约一百七十年;第二阶段大致由安史之乱至唐文宗初年,约七十余年;第三阶段由文宗迄五代末,约一百二三十年。这当然只是大致的划分。有些批评家、作家活动的年代跨历了两个阶段(如元结在安史之乱爆发前后都有关于诗歌的议论);有的文学现象、文学理论从酝酿、萌芽到形成、发展经历了漫长的时期,不可能以年代简单地加以划断(如韩愈、柳宗元领导古文运动在中唐德宗、宪宗时期,但其前驱者早在盛唐玄宗天宝年间已经进行批评活动)。遇到这样的情况,便将有关内容归并于一个阶段之中加以叙述。此外,为叙述方便起见,偶有不按顺序之处。如孙樵是唐末人,但与中唐的李翱、皇甫湜同置于"韩门后学"一节之中。

　　三个阶段之中,第一阶段文学理论批评的主要倾向是在批判南朝文学的基础上确立思想内容和艺术方面的新标准。其中主要是追求风骨和要求作品有深沉的感慨,关心现实。第二阶段的重要内容是要求诗文为政教服务,即有关"新乐府"和"古文运动"的理论,此外还有反映当时诗坛追求清雅和奇崛倾向的言论。第三阶段的文学批评可说已近尾声。其中关于诗歌"象外之象"、"味外之旨"的理论可视为长期以来要求景物描写有悠远韵味这一审美趣味的明确表述,在意境说形成过程中有重要意义。

　　与前代文学理论批评相比,隋唐五代的文学批评有以下两个显著的特点。一是强调政教作用的理论再次兴盛,而注重文学审美与艺术的理论同时发展。在少数情况下,在有些偏狭的论者那里,因强调前者而对后者加以排斥。但大多数情况下二者并行不悖,许多批评家是将二者结合起来的。这既与汉代文学理论批评多注重政教、忽视甚至排斥审美不同,又与六朝注重审美忽视政教不同。唐代与前代相接续,文学批评似乎是走了一条曲折的、螺旋形上升的道路。二是诗歌批评的迅猛发展和诗、文批评的分道扬镳。魏晋南北朝时期的文学批评,常是诗赋、骈散文合论。虽然也有专门的诗论,如《文心雕龙》有《明诗》、《乐府》篇,更有钟嵘《诗品》那样的论诗专著,但毕竟为数较少。而唐代随着诗歌创作的极其繁荣,便出现了大量的诗歌评论,形式多样,内容丰富。同时,古文家的言论,往往专谈散文或着重谈散文。他们在诗歌方面的观点,与其古文方面的观点并不相同。这样,就使诗文批评分道扬镳的现象比较明显。此后宋、元、明、清各代均是如此。

隋唐五代文学创作的重要形式有诗(五七言古近体)、词、散文和小说。在文学批评中获得充分发展的是诗文批评。文人词的兴盛在晚唐五代,理论上的反映还不多。至于小说,当时地位不高,文人多视为游戏之作,因此创作成果虽然丰硕,在理论上却几乎没有什么反映。

重视政教作用的文学观

隋唐五代文学批评中,强调政教作用的观点的出现,常与政治历史环境有关。

隋朝的建立结束了三百余年的分裂局面,却短祚而亡。不到四十年,便为李唐王朝所代替。隋初和唐初的统治阶层在总结历史的经验教训时,也思考了文学与政治教化的关系、文学对于政治起何种作用等问题。有些人认为最高统治者若爱好文学,或者以文章之才选用人才,将荒废国政,并导致士人钻研文章而冷落儒学,最终使风教衰落、士风败坏。他们将追求文学的美丽与政治教化对立起来,于是出现了一些排斥文学审美功能的言论。这以隋代李谔上书和王通的言论为代表。而唐初的政治家们一般却并不如此偏激。唐太宗及其重臣,总的说来,还是肯定文学的审美作用的;对于前代作品,从《楚辞》、汉赋到南朝宋、齐和梁代前期的作品都表示赞赏,只有描绘女色的梁陈宫体被斥为亡国之音。

到了8世纪中叶玄宗天宝年间,随着各种矛盾的发展,社会和政治生活中隐伏的危机逐渐显现,一些敏感的知识分子已经有所觉察。这些矛盾、危机的发展终于导致安史之乱的爆发。经历了这场空前动乱的某些士人,对社会现实、民生疾苦有了较深的体验。他们创作了反映现实、充满忧患意识的作品,同时在理论上也要求文学能反映现实,对政治进行美刺。元结、杜甫就是其中的代表。乱后的唐王朝,面临着藩镇割据、宦官专权、官僚党争等棘手的问题。这时的知识分子,一方面思考着安史之乱的历史教训,一方面企图进行政治改革,有的更直接参与其事。他们思考的结果,是必须恢复、加强儒道在现实生活中的地位和作用。这样,就提出了以文明道的问题。古文运动的先驱者已经是这样主张的。到了德宗贞元、宪宗元和之际,古文运动的领导者韩愈、柳宗元本身就是积极投身于政治活动的人物,同时又是极富于写作才能的文章家,在他们那里,以文明道的命题有了更充实的内涵。大体上在同一时期,元和年间,白居易、元稹提倡新乐府,要求用诗歌反映民瘼,进行美刺,以期有裨于政治,也同样是从社会现实出发、服务于现实的。

晚唐时期,政治更加黑暗,危机日益深重,农民起义,社会动荡,唐王朝终于灭亡。五代则又是一个分裂时期,战乱连年。知识分子终于丧失了信心而趋于消沉。这时虽然也还有少数论者如皮日休等发出过要求诗文发挥教化作用的呼喊,却不可能再像中唐时那样形成连贯的趋势和较大的规模了。

诗歌批评中所反映的审美观念的演进

从隋代到唐高宗时期,诗歌理论批评中有两项内容比较重要。其一是出现了不少讲求声律、对偶的著作,这是沿着南朝永明声律说的道路律体诗即将正式形成的反映。其二便是对于诗歌中情感力量的呼唤。在传统的诗论中,诗歌本是抒情的;南朝的山水、咏物诗开拓了人们的趣味和观念,人们对于诗中自然风光的描写表现出极大的兴趣。但却也有人专注于此而忽视了情感。高宗时元兢撰《古今诗人秀句》,于此甚为不满,提出"以情绪为先"、"以物色留后"的评价标准。还有,高宗龙朔年间,文坛上出现了绮错婉媚的"上官体",专事于文词雕琢。元兢提出的"直置为本"、"绮错为末"或许是有感于此而发。至于王勃、杨炯提出诗文应"刚健"、有"骨气",则明确地针对着龙朔文坛纤微雕琢的不良风气。这种对于情感的呼唤,尤其是王、杨对于"骨气"的追求,尽管在理论上并不新鲜,但在当时的具体环境中,却值得重视,因为它体现了风气的转变,是自觉追求"风骨"的先声;而如若没有

167

这样的自觉追求,就不可能形成诗歌史上辉煌的盛唐气象。武则天时期的陈子昂,旗帜鲜明地批判南朝诗风,不但呼唤风骨,而且明确地说明他所说的风骨是指汉魏诗歌的优良风貌。同时他还标举"兴寄",要求诗歌中有深沉的感慨。风骨是外部的风貌,指作品爽朗刚健、具有抒发胸臆的强大情感力量;而兴寄是之所以有风骨的内在因素。陈子昂是一位政治家,胸怀大志,关注现实,而仕途坎坷,故而感慨深沉,发之于诗。他本人的创作很好地实践了其理论主张。无论是理论上还是实践中,他都是一代新诗风的开创者。嗣后盛唐时期的李白、殷璠,都强调风骨。殷璠编选《河岳英灵集》,较好地反映了盛唐诗坛风骨健举的面貌,他是自觉地将风骨作为最重要的审美标准的。初盛唐时,国力渐强,社会处于欣欣向荣的上升时期,许多知识分子对国家和个人的前途充满信心,期望在政治上有所作为。但理想和现实之间仍存在种种矛盾,尤其是处于中下层地位的士人,仕途并非如所期盼的那样顺遂,因此常常在光明的理想和痛苦的失望之间震荡。其浓郁的情思促成了对于风骨的呼唤。四杰、陈子昂、李白都具有那样的经历。但作为一种审美追求,欣赏风骨并不局限于中下层士人范围之内。到了玄宗时期,风骨已是朝野上下普遍的审美趣味,已成为诗人们自觉的审美追求。这种追求,对于所谓盛唐气象的形成,具有重要的作用。可以说,提倡风骨,在盛唐时达到高潮。到了安史之乱后的中晚唐时期,由于社会环境、审美趣味的变化,文学批评中谈风骨的便相当少见了。

除了呼唤风骨之外,诗歌理论批评中还有一条发展线索也很值得重视,那就是要求诗歌所描绘的客观环境(主要是自然风景的描绘)与作者的感受、情致相融浃,富有韵味,能让读者感受到一种悠远的意趣。这种感受、情致,可能是某种人生感慨、情绪,也可能是比较单纯的被自然风景引发的兴致、美感;可能比较质实,也可能空灵而不易把捉,难以言传。殷璠《河岳英灵集》评论诗人时,屡次标举"兴象"或"兴",便触及这一问题。他所谓"象"是指诗中的形象,"兴"则指诗人因外物触发而产生的感受。殷璠希望诗中形象能传达诗人的感受。王昌龄论诗,说到"物色兼意"的问题,说"若有物色,无意兴,虽巧亦无处用之"(《文镜秘府论·南卷》《论文意》)。他还谈到所谓"感兴势"、"含思落句势"。前者指诗人情感外射于景物,物色描写中蕴含着比较强烈的情感;后者指结尾处"常须含思,不得令语尽意穷",其方法便是以与诗人之意相惬的写景句结尾(见《文镜秘府论·地卷》"十七势")。这些论述,表明盛唐论者所欣赏的不是单纯的景物描写,而是要求写景中蕴含情感或兴致,做到耐人寻味(其实上文所说元兢要求"以情绪为先"、"以物色留后",便已包含这样的意思)。到唐代中叶,释皎然的《诗式》强调诗人构思时的"取境",说"诗人之思初发,取境偏高,则一首举体便高;取境偏逸,则一首举体便逸"。又举许多写景句说明"意中之静"、"意中之远"。这都是要求诗人有意识地在构思时将某种情致融入景物描绘之中。皎然大力赞赏谢灵运山水诗,说"池塘生春草""情在言外",又说谢灵运的"白云抱幽石,绿篠媚清涟"和何逊的"露湿寒塘草,月映清淮流"是"物色带情句"。这也表明他对于景物描写中蕴含情致此种艺术表现的自觉与欣赏。此外,戴叔伦所谓"诗家之景""可望而不可置于眉睫之前"(司空图《与极浦书》引),刘禹锡所谓"境生于象外"(《董氏武陵集纪》),都是对于诗中景物描写特点的概括,都希望这种描写具有悠长的韵味。最后,唐末司空图提出"象外之象"、"味外之旨"(见《与极浦书》《与李生论诗书》),谈论得较为充分、明确,给诗歌审美情趣的这一条线索在唐代的发展画上了句号。这条线索不像追求风骨那样,大体上止于盛唐,而是一直贯穿到唐末。南朝后期,刘勰、钟嵘、颜之推的某些言论已经隐约反映出这种审美趣味,可以说包含着意境说的萌芽(参见本书第二编《绪论》);而唐代论者的意见,则反映了意境说内涵的发展和趋向成熟。

追求风骨和"味外之旨",是唐代诗坛的两项重要的审美观念。此外其他一些审美趣味也在文学批评中有所反映。例如中唐诗坛百花齐放,风格、流派众多,其中崇尚清雅和奇崛这两种审美趣味,便分别在高仲武《中兴间气集》和韩愈的诗歌评论中有所表现。唐代是诗歌创作极盛的时代,诗歌理论批评也是丰富多彩的。

古文理论的历史发展

从东汉时期起,文章中骈偶成分逐渐增加。发展至齐梁、初唐,成为典型的骈四俪六的文体,不但大量使用对偶,而且十分讲究声律、用典和词藻富丽,甚至连政治和社会生活中的实用文章也多如此。这便引起一些人的不满。西魏时苏绰等便曾加以批判,并提倡复古。但其意在托古改制,故其制作模仿《尚书》,反而更不便于时用。至隋文帝时,下令禁止文表华艳,李谔上书表示支持,其中包含着要求公家应用之文易读易写的目的。此种对于华丽文风的批判,出于实用的目的,还不曾提出反对骈偶。唐初魏徵、陈子昂的奏疏论议之作,文风质朴,尤其是陈子昂的议政论事之作,很少偶对,绝去华饰,那都是出于实用目的。他们也都没有明确提出过改革骈偶文体的主张。

古文运动的理论,正式开始于安史之乱前后的萧颖士、李华、贾至诸人,其后还有独孤及、梁肃、柳冕等。他们可说是古文运动的前驱者。从他们开始,将文道关系的论述与改革文体的要求结合起来。他们要求文章担负"宏道"(独孤及《萧府君文章集录序》)、"行道"(柳冕《答杨中丞论文书》)的任务。道当然指儒道而言。而学习儒道,首先应学习《五经》,其次是《孟子》、《荀子》等儒家子书,还有被认为思想内容纯正的一些议论文和史学著作,主要是汉代贾谊、董仲舒、司马迁、刘向、班固等人的著作。魏晋以后,被认为是乱世,其文章著述决非道之所在。而从文体演变而言,先秦汉代较为质朴,魏晋以后日趋华美,骈偶之体日盛。因此这些论者在要求以文传道的同时,自然也要求一种质朴而不拘束于骈俪的文体。魏晋南朝文人孜孜不倦地写作华丽的骈文被他们认为是冷落、荒废儒道的表现。他们正式提出了反对骈体,如萧颖士反对"局夫俪偶"(《江有归舟诗序》),独孤及以"俪偶章句"、"八病四声"为文章大坏的表现(《赵郡李公中集序》)。他们的有关议论,卫道气息浓重。由于反对文章华美,他们一般都表现出否定文学审美的倾向,对前代文学发展,甚至包括屈原作品,都加以否定。

到了韩愈、柳宗元,在以文明道、反对骈体等问题上,继承了前驱者的看法。而由于韩、柳都是深入实际政治斗争的人物,故他们论及"道"时,与现实的政治、社会联系较密切,内容较充实。因此他们所主张的文以明道,在很大程度上具有要求文章密切联系现实的意义,这就更有利于古文运动的发展。尤为重要的是,前驱者们或多或少具有将"宏道"、"行道"与文章审美性能相对立的倾向,而韩、柳纠正了这一点。他们对前代文学肯定较多。所举出的学习对象,虽也多为汉以前作品,但取径较其先驱者宽得多。先秦子史著作,即使思想内容被认为驳杂不合儒道,但在写作艺术上仍被作为借鉴对象。至于每每受到前驱者指责的《楚辞》,则更为他们所喜爱和推崇。西汉作品是他们特别推重的,不仅推重政论文和史书,也推重前驱者所反对的汉赋。在"古文"功能问题上,韩、柳除了强调明道之外,也肯定其舒忧泄愤、自娱娱人的作用。他们自己便写了不少并无明显政教意义的抒情、写景以至游戏性质的作品,大大拓展了散文的表现范围和功能。总之,韩、柳既强调文章为政教服务,又将文章写作视为艺术,很用心地对待,并总结出一些规律,如韩愈的气盛言宜之说等等。这是古文运动能取得成功的一个重要原因。

韩、柳及韩门后学李翱、皇甫湜以至唐末孙樵等人,不论其本人创作风格如何,在理论上都主张艺术方面的"奇",都强调创新。这正是他们重视文章艺术的表现。所谓奇,即不同于一般,高出于流俗,以艺术上的独创与新变抓住读者。这也与前驱者们截然不同。不过有的古文作者,为了求奇,以致流于字句僻涩,如樊宗师的一些文章便是如此。古文家们一般不曾对"奇"加以分析,不曾指出过分求奇造成的流弊,是一个缺点。但就总体而言,他们求奇求新的主张,是积极的,应予肯定。因为若没有这样的创作心理和主张,没有开辟新的艺术境界的强烈要求,那就只能停留在前驱者那样的水平,至多做到平易通达,却缺少动人的艺术风力,那么古文运动便不可能取得巨大的成就。

第一章　隋和唐代前期的文学批评

第一节　隋代文论和唐初史家、
　　　　政治家的文学观

李　　谔

隋代文学理论批评建树不多,但从中可看出一种强调为政治、教化服务而轻视文学审美功能的倾向,反映了风气的变化。李谔上书便是一个例证。

李谔(生卒年不详),字士恢,赵郡(治平棘,今河北赵县)人。初仕北齐,齐亡入周,复入隋,官至治书侍御史(御史台属官,掌监察纠劾),后出为通州刺史。任治书侍御史时,曾上书隋文帝,要求纠察地方州县在选送人才时的不良风气。他说:"至有宗党称孝,乡曲归仁,学必典谟,交不苟合,则摈落私门,不加收齿;其学不稽古,逐俗随时,作轻薄之篇章,结朋党而求誉,则选充吏职,举送天朝。……臣既忝宪司,职当纠察。"(《隋书·李谔传》)所谓"轻薄之篇章",指华美而不切实用、无补于政教的文字。李谔认为不可将擅长写作此类作品、以此邀取虚誉的人作为人才加以选送。这当然有其合理性。上书中又说到隋文帝"普诏天下,公私文翰,并宜实录……泗州刺史司马幼之文表华艳,付所司治罪"之事,表示拥护。这也是有其合理性的。政治生活中的实用文体,本当注重内容的质实准确,不应徒事华辞。但是,李谔上书不止于此。他发表议论,对文学创作予以全面的否定:

　　臣闻古先哲王之化民也,必变其视听,防其嗜欲,塞其邪放之心,示以淳和之路。五教六行,为训民之本;《诗》、《书》、《礼》、《易》,为道义之

门。故能家复孝慈,人知礼让。正俗调风,莫大于此。其有上书献赋,
制诔镌铭,皆以褒德序贤,明勋证理。苟非惩劝,义不徒然。降及后代,
风教渐落。魏之三祖,更尚文词,忽君人之大道,好雕虫之小艺。下之
从上,有同影响,竞骋文华,遂成风俗。江左齐梁,其弊弥甚,贵贱贤愚,
唯务吟咏。遂复遗理存异,寻虚逐微。竞一韵之奇,争一字之巧。连篇
累牍,不出月露之形;积案盈箱,唯是风云之状。世俗以此相高,朝廷据
兹擢士。禄利之路既开,爱尚之情愈笃。于是闾里童昏,贵游总丱,未
窥六甲,先制五言。至如羲皇、舜、禹之典,伊、傅、周、孔之说,不复关
心,何尝入耳。以傲诞为清虚;以缘情为勋绩,指儒素为古拙,用词赋为
君子。故文笔日繁,其政日乱。良由弃大圣之轨模,构无用以为用也。
损本逐末,流遍华壤,递相师祖,久而愈扇。

认为凡作文章,都应有明确的政教目的,不然便应不作。尤其是人君,更不
应爱好文词。那些描绘月露风云的作品,在李谔看来,无益而有害,因为创
作此类作品使人们耗费大量精力,使人们不去钻研圣人之道,最终导致风俗
败坏,政治混乱。由这一立场出发,李谔将魏晋以来的文学发展,尤其是五
言诗的发展,全部加以否定。其观点与南朝时的裴子野颇为接近,都从反对
据文才擢士出发,进而否定文学创作本身,否定文学的审美功能,显得偏激
狭隘。裴氏所论,具有总结前朝教训之意;李谔处于新的大一统王朝建立之
后,其观点更具有了总结整个六朝历史教训的意义。

王通的文学观

王通(584 或 585—617),字仲淹,卒后门人私谥为文中子。绛州龙门
(今山西河津)人。隋代思想家。曾居河汾之间讲学,弟子颇多。据说隋及
唐初一些名臣曾与他交往,或曾以他为师。记录他的言论、思想的《中说》
(一名《文中子》)模仿《论语》,系由其门徒所编集,是今日研究王通思想见解
的主要依据。

王通尊崇儒家之道,并且以周公、孔子后继者自居。他曾著《续诗》、《续
书》、《元经》、《礼论》、《乐论》、《赞易》(均已亡佚),被称为"王氏《六经》"。其
文学思想,也具有浓厚的儒家色彩。

王通强调文章必须贯道言理。他引用《论语》说:"古君子志于道,据于
德,依于仁,而后艺可游也。"(《中说·事君》,下引《中说》只注篇名)表示应该

先德行而后文艺。又说："学者,博诵云乎哉? 必也贯乎道;文者,苟作云乎哉? 必也济乎义。"(《天地》)"言文而不及理,是天下无文也,王道何从而兴乎?"(《王道》)所谓道、理,均指儒家的道理而言。这样的说法,可谓开后来古文家的先声。

王通《续诗》,系模拟《诗经》。其《事君》篇云:

> 薛收问《续诗》,子曰:"有四名焉,有五志焉。""何谓四名?""一曰化,天子所以风天下也;二曰政,藩臣所以移其俗也;三曰颂,以成功告于神明也;四曰叹,以陈诲立诚于家也。凡此四者,或美焉,或勉焉,或伤焉,或恶焉,或诫焉,是谓五志。"

"四名"即化、政、颂、叹四个部类。化、政即相当于《诗经》的《雅》和《风》。《雅》有大、小,化也分大、小;《风》、《雅》有正变,化、政也有正、变。至于"五志",即美、勉、伤、恶、诫,是通过诗作表现的对于政教风俗的态度,相当于汉儒所说《诗经》的美刺讽谕功能。王通认为诗歌就应该发挥这样的功能,应该反映政教得失。因此他一再慨叹后世无贡诗采风之事。他对诗歌的功利主义态度还见于以下一则纪事:

> 李伯药见子而论诗,子不答。伯药退,谓薛收曰:"吾上陈应、刘,下述沈、谢,分四声八病;刚柔清浊,各有端序,音若埙篪,而夫子不应,我其未达与?"薛收曰:"吾尝闻夫子之论诗矣:上明三纲,下达五常;于是征存亡、辩得失。故小人歌之以贡其俗,君子赋之以见其志,圣人采之以观其变。今子营营驰骋乎末流,是夫子之所痛也,不答则有由矣。"(《天地》)

其主张政教作用和鄙视声律等艺术技巧的态度,表现得颇为鲜明。

《中说》对于汉魏以迄隋代的作家作品,多有评论。他评论南朝著名作家道:

> 子谓文士之行可见。谢灵运小人哉,其文傲,君子则谨。沈休文小人哉,其文冶,君子则典。鲍照、江淹,古之狷者也,其文急以怨。吴筠(当作均)、孔珪,古之狂者也,其文怪以怒。谢庄、王融,古之纤人也,其文碎。徐陵、庾信,古之夸人也,其文诞。或问孝绰兄弟。子曰:鄙人也,其文淫。或问湘东王兄弟。子曰:贪人也,其文繁。谢朓浅人也,其文捷。江总诡人也,其文虚。皆古之不利人也。子谓颜延之、王俭、

任昉,有君子之心焉,其文约以则。

这都是就人品与文品的结合而言的。对于谢灵运、沈约、鲍照等卓有建树的作家评价都不高,甚至加以彻底的否定。对颜延之、王俭、任昉加以肯定,可能一方面因他们的作品风格典雅凝重、中正平和,再一方面与他们的思想、为人有关。如颜延之著《庭诰》,颇有合于儒家道德伦理之处;王俭专心儒学,"发言吐论,造次必于儒教"(《南史》本传);任昉也究心儒学,人称其"行可以厉风俗,义可以厚人伦"(《南史》本传)。故王通在南朝诸文士中,最称赏此三人。

王通的文学思想重道轻文,颇为偏狭,但他的一些观点,可视为唐代某些诗文理论的先声。晚唐重视文章政教作用的皮日休、北宋古文运动的前驱者,都给他以高度评价,视他为儒家道统的重要人物,并不是偶然的。

唐初史家、政治家的文学观

唐代初年修成了好几部史书。有房玄龄(578—648)等编的《晋书》、李百药(565—648)编的《北齐书》、令狐德棻(583—666)等编的《周书》、姚思廉(生年不详,卒于公元637)编的《梁书》、《陈书》、魏徵(580—643)等编的《隋书》以及李延寿(生卒年不详)编的《南史》、《北史》等。在这些史书的文学家专传或合传的序、论以及其他某些篇章的议论中,可以看出修史者的文学观点。而这些史书绝大多数为官修,编者均为唐初名臣,直接参与政事,甚至是重要的决策人物,因此他们的观点,同时也就是初唐政治家关于文学的意见。他们的观点主要是:

一、重视文章的政治、教化作用

例如《晋书·文苑传序》说:

> 移风俗于王化,崇孝敬于人伦,经纬乾坤,弥纶中外,故知文之时义大哉远矣。

《梁书·文学传序》说:

> 经礼乐而纬国家,通古今而述美恶,非文莫可也。是以君临天下者,莫不敦悦其义,缙绅之学,咸贵尚其道。古往今来,未之能易。

又《隋书·文学传序》云:

> 《易》曰:"观乎天文以察时变,观乎人文以化成天下。"《传》曰:"言,
> 身之文也,言而不文,行之不远。"故尧曰"则天",表文明之称;周云"盛
> 德",著焕乎之美。然则文之为用,其大矣哉!上所以敷德教于下,下所
> 以达情志于上。大则经纬天地,作训垂范;次则风谣歌颂,匡主和民。

所谓"文"、"人文",当然不等于今之所谓文学,凡礼乐制度、儒家经典、子史
著作以至各体文章,均包含在内。文章中又包括实用的、议论的和偏于审美
愉悦的等等。史臣们所强调的是,文章之所以值得重视,首先是因为它们可
以发挥政治教化作用,它们是政治生活中所必须的。这些言论大都是承袭
或发挥前人旧说,没有什么创新的意义。但是初唐政治家提出这样的主张,
却反映了新建立的大一统封建王朝利用文章为自己的统治服务的迫切要
求,反映了对于文学与政治关系的思考。

二、肯定前代著名作家,但严厉批判梁陈宫体

唐初史臣对于前代著名作家多表示肯定和称赞。如《隋书·经籍志》集
部论曰:

> 屈原、宋玉,激清风于南楚,严(忌)、邹(阳)、枚(乘)、马(司马相
> 如),陈盛藻于西京,平子(张衡)艳发于东都,王粲独步于漳澨。爰逮晋
> 氏,见称潘、陆,并黼藻相辉,宫商间起,清辞润乎金石,精义薄乎云天。
> 永嘉已后,玄风既扇,辞多平淡,文寡风力。降及江东,不胜其弊。宋齐
> 之世,下逮梁初,灵运高致之奇,延年错综之美,谢玄晖之藻丽,沈休文
> 之富溢,辉焕斌蔚,辞义可观。

对于战国至南朝梁初的文学发展及代表作家,都给以高度的称许,只对西晋
末、东晋玄言诗的平淡寡味表示不满。又如《周书·王褒庾信传论》,也对屈
原、宋玉、荀况、贾谊、司马相如、司马迁、王褒、杨恽、班固、傅毅、张衡、蔡邕、
曹植、王粲、陈琳、阮瑀、潘岳、陆机、张协、左思都加以褒赞,说他们"高视当
世,连衡孔门"。这些历代作家之中,有许多是以其作品高度的艺术成就、审
美价值而不是以其政教作用而著称的。因此可以窥知初唐史家一方面强调
文章的政教功能,另一方面也肯定作品的审美性质,并不以偏狭的眼光评论
具体的作家作品,这与裴子野、李谔、王通是不一样的。还有,他们所举作
家,也是南朝多数论者所重视的;对玄言诗的批评也与南朝论者相同。可知
初唐史家的审美标准仍继承南朝,尚无明显的变化。

但史家对梁代后期和陈代文学则加以抨击。如《隋书·文学传序》曰:

> 梁自大同之后，雅道沦缺，渐乖典则，争驰新巧：简文、湘东，启其
> 淫放；徐陵、庾信，分路扬镳。其意浅而繁，其文匿而彩，词尚轻险，情多
> 哀思，格以延陵之听，盖亦亡国之音乎！

《周书·王褒庾信传论》云：

> 然则子山之文，发源于宋末，盛行于梁季，其体以淫放为本，其词以
> 轻险为宗，故能夸目侈于红紫，荡心逾于郑卫。昔扬子云有言："诗人之
> 赋丽以则，词人之赋丽以淫。"若以庾氏方之，斯又词赋之罪人也。

对于萧纲、萧绎、徐陵、庾信为代表的梁朝后期和陈朝文风，斥之为"亡国之
音"、"词赋之罪人"。这主要是指所谓"宫体"诗文而言。《隋书·经籍志》集
部说得尤为明白：

> 梁简文之在东宫，亦好篇什。清辞巧制，止乎衽席之间；雕琢蔓藻，
> 思极闺闱之内。后生好事，递相放习，朝野纷纷，号为宫体。流宕不已，
> 迄于丧亡。陈氏因之，未能全变。

由正统眼光看，写作描绘女性的诗文，特别是形成一种风气，那是有伤风化
的，何况二萧以及陈后主、隋炀帝以人君之尊而带头写作，偏偏又都是亡国
之君，因此唐初史家自然想到"亡国之音哀以思"、"声音之道与政通"的古
训，从总结前朝覆亡教训的立场出发，而施以严厉的批判。

三、合南北之长，以建立新文风

初唐史臣认为北朝文学不如南朝，但也指出其可肯定之处。《周书·王
褒庾信传论》指出，北朝的符檄之类实用性公家文书，"粲然可观"，而"体物
缘情"即诗赋之作，则成就不高。《隋书·文学传论》要提出了合南北之长以
建立新文风的主张：

> 然彼此好尚，互有异同。江左宫商发越，贵于清绮；河朔词义贞刚，
> 重乎气质。气质则理胜其词，清绮则文过其意。理深者便于时用，文华
> 者宜于咏歌。此其南北词人得失之大较也。若能掇彼清音，简兹累句，
> 各去所短，合其两长，则文质斌斌，尽善尽美矣。

这是首次对南北文章、文学的不同特点进行比较。认为南朝作品声律谐美、
风格清丽，首先给读者以文饰美丽的印象；北方作品则坚确有力，爽直朴实，
文采不突出而内容显豁。北方的优点宜于实用性的文章，南方的优点则适
合诗赋等专供欣赏的文体。又认为若能合二者之长，即以北方的不重雕饰、

177

明朗有力冲淡南方某些作者文饰过分之弊,而以南朝作品重视文辞加工、力求精美的精神改变北方一些文人粗率芜累之病,那么就能将文饰与质朴结合起来,使作品既爽朗有力,又有文采。这种文质结合的主张,南北朝后期一些论者已经提出,如刘勰要求"斟酌乎质文之间"(《文心雕龙·通变》);又如颜之推要求古今结合,其实也就是文质结合。但《隋书·文学传序》从总结南北文学不同特点的角度立论,故显得新鲜,体现了大一统之后观察、思考问题的新视角。

第二节　陈子昂等

上官仪、元兢、崔融论声律和对偶

自沈约等提倡声律论,诗文作者自觉地在创作中讲求声音和谐。至武则天、唐中宗时期,李峤、杜审言、沈佺期、宋之问等所作五言诗,大多平仄调谐,对偶工稳,标志着律体诗的正式成立。在此漫长的历史过程中,从梁陈以迄初唐,出现了不少专门探讨声律病犯和对偶的著作,形成"盛谈四声,争吐病犯,黄卷溢箧,缃帙满车"的局面(见《文镜秘府论序》)。其中初唐时期比较著名的,有上官仪(生年不详,卒于公元665)的《笔札华梁》、元兢(生卒年不详,高宗总章年间为协律郎)的《诗髓脑》、崔融(653—706)的《唐朝新定诗体》。它们均已亡佚,一部分内容见于《文镜秘府论》等所征引。

那些被征引的材料反映出诗歌声律规则趋于定型过程中的若干重要问题。例如永明声律论八病中的平头、上尾、蜂腰、鹤膝,都以同声调的字在一定位置上重复出现为病,而所谓同声调,指同为平声或同为上声、同为去声、同为入声。但唐以后的律诗,则将四声归为平与非平(即侧声、仄声)两大类。在元兢等人的著作中,便反映出此种四声二元化的意识已日趋明显。又如律诗的粘对规则,也已在元兢所说调声之术的"换头"一项中有所反映。再如八病中的大韵、小韵、旁纽、正纽四病,在唐以后的律诗中是不以为病的。从元兢的言论中,即可看到当时人已不以此四病为意的记载。

从上官仪、元兢、崔融等人的著述中,还可以看出初唐人如南朝人一样,非常重视对偶。他们还从创作实践中总结出种种对偶格式,以求对属切当。《文镜秘府论·东卷·二十九种对》举出的格式多至二十九种,其中即包含上官仪等的说法在内。又北宋李淑所撰《诗苑类格》(已佚),载有上官仪的六对、八对之说(见《类说》卷五十一、《诗人玉屑》卷七所引)。这些格式有的比较普通、宽泛,有的显得奇巧或过于苛细。但大多只是反映了创作实例中有那样的情况而已,并不是要求作者必须运用那些奇巧的格式。注重对偶是我国古代诗文创作和批评的特色之一,体现了对于文学语言形式美的高度重视。初唐论者的细致探讨,自有其历史价值和意义。

王 勃 和 杨 炯

主要生活于唐高宗时期的初唐四杰,都发表过一些有关文学的见解。王勃和杨炯的主张尤其值得注意。

王勃(650—676),字子安,绛州龙门(今山西河津)人。曾任虢州参军。其父左迁交阯令,勃随往,返回时渡海溺死。友人杨炯撰集其遗文,已佚,今存《王子安集》为后人所编。王勃为王通之孙,受祖父影响,也发表过一些重教化、轻视文学审美功能的言论。他在《平台秘略·艺文》篇中说:"故文章经国之大业,不朽之能事。而君子所役心劳神,宜于大者远者,非缘情体物、雕虫小技而已。"《上吏部裴侍郎启》又说:

> 夫文章之道,自古称难。圣人以开物成务,君子以立言见志。遗雅背训,孟子不为;劝百讽一,扬雄所耻。苟非可以甄明大义,矫正末流,俗化资以兴衰,家国由其轻重,古人未尝留心也。自微言既绝,斯文不振。屈、宋导浇源于前,枚、马张淫风于后,谈人主者以宫室苑囿为雄,叙名流者以沉酗骄奢为达。故魏文用之而中国衰,宋武贵之而江东乱。虽沈、谢争骛,适足兆济、梁之危;徐、庾并驰,不能免周、陈之祸。

认为若非有益于政治教化的文字,都不应加以留心。对于历代文学的发展,从《楚辞》、汉赋到南朝文学,予以全盘否定,连屈原也被说成是浇薄之风的始作俑者。其理由是文学不但不能救危亡之祸,而且有害于政教。这样极端的言论,与南朝裴子野、隋代李谔的看法大致相同。此种观点,与反对凭文章之才选士的主张有关。以文取士的制度确有其弊病,但因此而否定文学,实为偏狭。从根本上说,此种观念反映了新的王朝建立后,为巩固政权而对文学功能、作用的一种思考。实际上王勃本人便写过许多不具政教意义的缘情体物的诗赋作品,也认识到文学具有陶冶性灵、娱乐身心、宣泄情感的作用,只是在强调自己志向远大、不甘心仅仅做一个文人的场合,说一些过头的话而已。

王勃的文学趣味是反对纤巧,崇尚刚健。这在杨炯的《王勃集序》中看得很清楚。

杨炯(650—693后),华阴郡(治华阴,今陕西华县)人。曾官盈川令。今存《盈川集》,乃后人所编。其《王勃集序》对于王勃的作品给予很高的评价:

> (王勃)在乎辞翰,倍所用心。尝以龙朔(唐高宗年号)初载,文场变体,争构纤微,竞为雕刻,糅之金玉龙凤,乱之朱紫青黄,影带以徇其功,假对以称其美。骨气都尽,刚健不闻。思革其弊,用光志业。……壮而不虚,刚而能润,雕而不碎,按而弥坚。……积年绮碎,一朝清廓。翰苑豁如,词林增峻。反诸宏博,君之力焉。

可知王勃对于诗文写作是很用心的。他对龙朔年间文坛上的一种风气甚为不满。当时上官仪"诗多浮艳"(李德裕《臣子论》),"好以绮错婉媚为本"(《旧唐书·上官仪传》),时人称为上官体,仿效者甚多。王勃所反对的"文场变体",大约就是因效法上官仪而形成的一种雕琢纤巧、富丽秾艳而缺少刚健挺拔之气的风格。"影带以徇其功,假对以称其美",是指醉心于玩弄"影带"(一种双关手法)和对偶技巧。王勃大力反对那种绮碎小巧、"骨气都尽,刚健不闻"的不良倾向。不过他也并非否定藻彩润饰。他本人的作品,正如杨炯所说,是"刚而能润,雕而不碎"的。

王勃此种反对过分纤巧、崇尚"骨气"、"刚健"的审美趣味,与他的襟抱、性格有关。他年少气盛,自视甚高,自称"貌弱骨刚"(《感兴奉送王少府序》),"未尝下情于公侯,屈色于流俗,凛然以金石自匹"(《春思赋序》)。具有这样的气概,自然向往一种壮大昂扬之美。而此种趣味,又体现了时代的要求,要求文学作品具有雄放的气势和充实、强大的情感力量。

陈　子　昂

陈子昂(约659—700),字伯玉,梓州射洪(今属四川)人。武后时曾任麟台正字、右拾遗等职。有大略，关心国事，屡次上书议政，颇切中时弊。曾两度从军。但在政治上屡受挫折，后被诬陷，冤死狱中。有《陈伯玉文集》。其诗文创作在生前即颇为人称赏，身后更有盛名，被认为是"一扫六代之纤弱"(宋刘克庄《后村诗话》)、首开有唐一代新风的代表作家。在理论批评方面，他要求彻底改变六朝风气而力追汉魏，实具有文学改革的意义。其主张主要见于《与东方左史虬修竹篇序》：

> 东方公足下：文章道弊五百年矣。汉、魏风骨，晋、宋莫传，然而文献有可征者。仆尝暇时观齐、梁间诗，彩丽竞繁，而兴寄都绝，每以永叹，思古人常恐逶迤颓靡，风雅不作，以耿耿也。一昨于解三处见明公《咏孤桐篇》，骨气端翔，音情顿挫，光英朗练，有金石声。遂用洗心饰视，发挥幽郁。不图正始之音，复睹于兹，可使建安作者相视而笑。解君云：张茂先、何敬祖，东方生与其比肩。仆亦以为知言也。故感叹雅制，作《修竹诗》一篇。当有知音以传示之。

序中突出地强调风骨与兴寄；认为晋宋以来，尤其是齐梁间诗，日益颓靡不振，要求学习汉魏诗歌的优良风貌。

所谓风骨，指思想感情表现明朗，语言质朴有力，形成一种爽朗刚健的风格。所谓"音情顿挫，光英朗练，有金石声"，即作品给读者以明朗精健之感，让读者通过铿锵的音调鲜明地感受到情感起伏腾踔的节奏，可说是对"风骨"的一种形容。这是一种优良的艺术风貌。刘勰《文心雕龙》首先将"风骨"一语用于文学批评，钟嵘《诗品》也赞扬"风力"、"骨气"，说明南朝批评家已经很重视此种艺术风貌。与他们有所不同的是，陈子昂特别强调汉魏风骨。他说"汉魏风骨，晋宋莫传"，显然将诗歌史分为汉魏以上、汉魏以下两截。这表明他对汉魏风骨、建安作者的推崇，比刘勰、钟嵘更为突出，而对南朝诗风则甚为不满。刘、钟在强调风骨的同时，也重视辞采，认为风骨与采结合方为理想。陈子昂却只强调风骨而不提采。这体现了一种新的审美评价。

陈子昂的另一批评标准是兴寄。所谓兴寄，即要求作品中寄托作者深沉充实的感慨。汉代经师解释《诗经》，常将诗中的具体形象视为寄托着某种深意，并认为此种所谓"托事于物"(《周礼·太师》郑玄注引郑众语)的表现手法便是"兴"。而文士则结合创作加以体会，从另一角度加以补充，说"兴"是"有感之辞"(挚虞《文章流别论》)。陈子昂所谓兴寄，系从"有感"的一面

申发,强调真实深沉的感慨,而不局限于"托事于物"的手法。他批评齐梁诗
"采丽竞繁而兴寄都绝",确能切中其弊。齐梁诗工于体物,体现了诗人对于
外物敏锐细腻的审美感受能力,但往往缺少来源于生活深层的深沉感慨。
陈子昂怀抱大志,关注现实,在仕途中屡经挫折,是一位具有丰富的人生体
验、充实浓郁的思想情感的政治家兼诗人,因此他越发感到齐梁诗浅薄空
泛。他虽然没有明白直接地说到诗歌与现实、与社会政治的联系,但在"兴
寄"说的深处隐含着要求诗人关注社会现实的因素。陈子昂本人的《感遇》
等诗歌作品便是很好的证明。

　　风骨是对作品艺术风貌的要求,兴寄则是对内容方面的要求,二者密切
相关。心中有深沉的感慨、浓郁的情思,发为文辞,自然易于慷慨多气,具备
风骨。二者之中,兴寄应是先决的、根本的因素。陈子昂明确地提倡二者,
对于诗歌发展的历史鲜明地表示了自己的态度。他的主张和创作,可以说
正式揭开了唐诗革新的序幕。其友人卢藏用称赞他说:"道丧五百岁而得陈
君。……卓立千古,横制颓波,天下翕然,质文一变。"(《右拾遗陈子昂文集
序》)以后杜甫、韩愈等都对他给予很高的评价。金人元好问《论诗绝句》评
他的诗道:"沈、宋横驰翰墨场,风流初不废齐梁。论功若准平吴例,合著黄
金铸子昂。"也指出了陈子昂的创作在转变风气进程中的巨大作用,而这一
评价可以说同样适合于他的诗论。

第三节　刘　知　幾

　　刘知幾(661—721),字子玄,彭城(今江苏徐州)人。历仕武后、中宗、
睿宗、玄宗四朝。开元初官至左散骑常侍,后被贬为安州别驾,卒。曾参
与修撰国史。著有《史通》。《史通》是一部杰出的史学著作,它在史学理
论史中的地位,相当于文学理论史中的《文心雕龙》,后人往往将二书
并称。

　　南朝以来,在一般人观念中,文、史殊途。史书中叙事的文字,一般不被
视作审美对象。初唐时依然如此。刘知幾也强调文、史区别,《史通》本意在
于论如何撰写史书,并非论一般的诗文写作,但从文学角度看,书中也有值
得注意之处。

强调文史区别,重史轻文

南朝人重视文辞的声色之美,讲究对偶、声律、藻彩的骈俪文体几乎运用到各种体裁的单篇制作。史书叙事,基本上还是单笔散行,可是多少也受到骈俪文风的影响。刘知幾对此十分不满,因而他强调史书文辞须有其自身的特点,决不可与一般文章相混淆,不可用对一般文章的要求去要求史书。他批评南北朝某些著名文人涉笔史书写作时"尤工复语"、"雅好丽(俪)词"(《史通·核才》,以下引《史通》只注篇名),批评他们"虚加练饰,轻事雕彩"、"体兼赋颂,词类俳优","文非文,史非史"(《叙事》)。应该说明,刘知幾并非一般地反对骈文。即以《史通》这部论说性著作而言,其文辞虽较朴实,但大体上仍是对偶文体。他只是反对史传叙事文字浸染骈俪文风而已。

在刘知幾看来,史书重在记事真实,文辞应该是"辩而不华,质而不俚"(《鉴识》),做到明晰质直而不俚俗即可,断不可雕饰藻彩。这并非说史书作者运用文辞可以漫不经心。相反,刘知幾强调作者应"励精雕饰",使能"传诸讽诵"(《叙事》)。他非常赞赏《左传》善于叙事,认为其叙事栩栩如生,使读者如身临其境(见《杂说》上)。他其实是很重视史书文辞之美的,只是认为这种美另有其标准、不能如骈俪文那样华艳而已。

刘知幾从史学家的立场出发,强调史书文辞须有其自身特点,是合理的。但他的某些言论反映出对文学的特点认识不足。还有一些言论,强调文学的美刺教化,而轻视甚至排斥其审美愉悦功能。《载文》篇说:

> 夫观乎人文,以化成天下;观乎国风,以察兴亡。是知文之为用,远矣大矣。若乃宣、僖善政,其美载于周诗,怀、襄不道,其恶存乎楚赋。读者不以吉甫、奚斯为谄,屈平、宋玉为谤者,何也?盖不虚美不隐恶故也。是则文之将史,其流一焉,固可以方驾南、董,俱称良直者矣。爰洎中叶,文体大变。树理者多以诡妄为本,饰辞者务以淫丽为宗,譬如女工之有绮縠,音乐之有郑卫。盖语曰:不作无益害有益。

肯定《诗经》、《楚辞》,是因为它们不虚美、不隐恶,有益于政教。而于汉以后作品加以否定,因为它们只有愉悦作用,写作那样的作品是无益之举;非但无益,且妨害正事。所谓"文之将史,其流一也",是用史书劝善惩恶的功用去看待、要求文学作品。《载文》篇还把司马相如、扬雄、班固、马融等汉代作家的赋说成是"喻过其体,词没其义,繁华而失实,流宕而忘返,无裨劝奖,有长奸诈",这表明刘知幾深受扬雄晚年论调的影响,贬斥辞赋,轻视文学。总的说来,刘知幾是轻视诗赋文章的。他说:"余幼喜诗赋,而壮都不为,耻以文士得名,期以述者自命。"(《自叙》)这与强调著述政教功能的倾向有密切关系。

尚简与用晦

《史通·叙事》云:

> 夫国史之美者,以叙事为工;而叙事之工者,以简要为主。简之时义大矣哉!……然则文约而事丰,此述作之尤美者也。

将"文约而事丰"作为叙事文字的重大优点。刘知幾最佩服《左传》,原因之一即在于"其言简而要,其事详而博"(《六家》);又称赏《汉书》,也与《汉书》"言皆精练,事甚该容"(《六家》)有关。他认为从晋代以后,史文繁冗之弊越来越甚,而那与骈俪文风的影响不无关系。《叙事》篇说:"自兹以降,史道陵夷。……其为文也,大抵编字不只,捶句皆双,修短取均,奇偶相配。故应以一言蔽之者,辄足为二言;应以三句成文者,必分为四句。"刘知幾对此种做法加以严厉的批评。在《叙事》篇中,还提出了一些如何做到行文简洁的具体方法。

在刘知幾尚简的主张中,"用晦"之说尤其值得注意:

> 然章句之言,有显有晦。显也者,繁词缛说,理尽于篇中;晦也者,省字约文,事溢于句外。然则晦之将显,优劣不同,较可知矣。夫能略小存大,举重明轻,一言而巨细咸该,片语而洪纤靡漏,此皆用晦之道也。(《叙事》)

"用晦"即言简意赅、辞浅义深、意在言外的意思。从刘知幾所举的例子看,"用晦"的具体方法多种多样。最值得注意的,是选择包含本质的现象,运用富于表现力的细节以进行叙述描写的方法。如《左传》宣公十六年载,晋君命士会统帅中军,且为太傅,于是晋国之盗逃奔于秦。从这一现象中读者自然明白士会之善于治理。又如王劭《齐志》述高季式破敌,追奔逐北,云"夜半方归,犹血满袖"。虽不直说奋犹深入、击刺甚多,而读者自明(《齐志》今佚,见《史通·模拟》)。刘知幾说:"晦之时义不亦大哉!"(《叙事》)对"用晦"之道十分重视。又说:"文虽缺略,理甚昭著,此丘明之体也。"(《模拟》)即认为《左传》最擅长此道。

尚简体现了欣赏文辞精炼、峻洁的审美趣味。当然求简也有分寸问题,未必越简越好。这一文章繁简问题,是唐宋以后古文家经常讨论的问题之一。至于运用细节的手法，即后人所谓闲中着笔、颊上添毛，不仅古文家用于叙事和写人，且小说家也常用其法，使作品形象生动、含蓄隽永。

要求史书语言真实

刘知幾对史书的真实性要求很高，包括其语言，亦要求真实。

一是认为史家叙事用语应该求实。如叙事中涉及名物制度，应据实而书，不应盲目拟古。《叙事》举例说，王劭《齐志》述万俟洛"脱帽""谢恩，至李百药《北齐书》改为"免冠"。虽显得文辞典雅，却违背了真实，因为少数民族是不用冠冕制度的。《模拟》也曾举例，说秦始皇为天子，称宰辅为丞相。而谯周《古史考》盲目模仿《春秋》笔调，云"秦杀其大夫李斯"。这也是为拟古而失实。对于叙事文字用典故加以润色，刘知幾也进行了批评。如《叙事》篇说，《左传》有"禹合诸侯于涂山，执玉帛者万国"的记载，而吴均《齐春秋》载元旦天子朝会百官，也说成是"朝会万国"。刘知幾说，用典"置于文章则可，施于简史则否矣"（《叙事》）。因为史书用典，容易使读者发生误会。

二是记载历史人物的语言应该求实。《杂说》下云：

> 故知喉舌翰墨，其辞本异。而近世作者，撰彼口语，同诸笔文。斯皆以元瑜、孔璋之才，而处丘明、子长之任。文之与史，何相乱之甚乎？

仍从文史区别的角度，要求史家如实记录人物口语，不可为求文辞的典雅美丽而加工使其书面化。刘知幾认为，时代不同，风俗则变异，人物语言的风貌也就不同。而史书作者"皆怯书今语，勇效昔言"，以"示其稽古"，便不能显示时代风俗的面貌，"今古以之不纯，真伪由其相乱"（见《言语》）。这样的看法是具有历史观点的。即使同一时代，因社会文化背景不同，人物语言亦异。如东晋南北朝时期，南北人物的文化修养不同，但史家记录北方少数民族人物的语言，却"妄益文彩，虚加风物，援引《诗》、《书》，宪章《史》、《汉》。遂使沮渠、乞伏，儒雅比于元封；拓跋、宇文，德音同于正始"。刘知幾指责此种做法"华而失实，过莫大焉"（《言语》）。又即使同一时代同一环境，人物素养不同，其语言仍然有异。如西汉霍光，南朝刘裕，都是不学之人，而史书载其语，却引经据典，刘知幾也加以批评（见《杂说》下）。

刘知幾认为史书记载人物语言应尽可能不加文饰，这是出于史家崇实的要求。而从文学角度看，也可说是涉及人物形象塑造中的一个重要问题，即如何写好其语言的问题。史家写人，包括写人物语言，正与小说、戏剧等叙事文学有相通之处。

《史通》乃论史之作，并非泛论各体文章的写作。但仍有其文学批评方面的意义和价值。在刘知幾的时代，史书中叙事文字的艺术性，还极少有人加以注意。但自中唐韩、柳"古文"兴起之后，直至清代，其作者均取法于史传，揣摩其笔法、布局，学习其叙事、写人的方法，于是史书中优秀篇章的文学价值乃为人所重视。清代史学家章学诚甚至说："必具纪传史才，乃可言古文辞。"（《章氏遗书补编》卷一《信摭》）《史通》则相当早便已论及叙事文辞应有的风貌、细节的运用、人物语言的个性化等问题，是值得我们重视的。

第四节　李　　白

李白（701—762），字太白，绵州昌隆（今四川江油）人。有《李太白集》。李白是唐代积极浪漫主义大诗人，他的一些关于文学的主张，也鲜明地表现了反对束缚、要求解放的精神。

李白继陈子昂之后，大力进行以复古为革新的诗歌创作实践，并且取得了卓越的成就。李阳冰在《草堂集序》中指出："卢黄门（藏用）云：陈拾遗横制颓波，天下质文，翕然一变。至今朝诗体，尚有梁、陈宫掖之风。至公大变，扫地以尽。"李白在诗歌创作上提倡以复古来革新的主张，鲜明地表现在《古风·其一》中：

> 大雅久不作，吾衰竟谁陈？王风委蔓草，战国多荆榛。龙虎相啖食，兵戈逮狂秦。正声何微茫，哀怨起骚人。扬马激颓波，开流荡无垠。废兴虽万变，宪章亦已沦。自从建安来，绮丽不足珍。圣代复元古，垂衣贵清真。群才属休明，乘运共跃鳞，文质相炳焕，众星罗秋旻。我志在删述，垂辉映千春。希圣如有立，绝笔于获麟。

他推崇《诗经》为正声，鄙薄建安以后的创作，把文学改革的任务放在自己肩上，其宗旨是很明确的。孟棨《本事诗·高逸篇》有一段记载说："白才逸气高，与陈拾遗齐名，先后合德。其论诗云：梁、陈以来，艳薄斯极，沈休文又尚以声律，将复古道，非我而谁欤？故陈、李二集，律诗殊少。尝言寄兴深微，五言不如四言，七言又其靡也，况使束于声调俳优哉！"《本事诗》是小说家言，其中的记载不乏增饰的成分，不尽可信，但这段话却真实地反映了李白的文学思想。李白不是不能写律诗,他的少数律诗也写得很好,但是因不愿多受格律束缚,所以律诗写得不多。至于说"五言不如四言,七言又其靡也",那不免是一时偏激之言,事实上李白集中绝大部分还是五七言诗,成就也远在四言诗之上,七言歌行七言绝句的成就,尤为突出。李白感情强烈,性格狂放,在某种特定场合也容易说一些片面夸张的话,此处只是一例。李白推崇四言诗,并不是真的鄙薄五七言诗,其主要精神,还在推崇《诗经》朴素古雅风雅比兴的传统,以复古来进行革新。李白很推崇建安诗歌,他在《宣州谢朓楼饯别校书叔云》诗中说:"蓬莱文章建安骨,中间小谢(指谢朓)又清发。"赞美建安诗歌具有明朗刚健的风骨。综上所述,可见在推崇《诗经》和汉、魏古诗的优良传统,反对南朝特别是齐、梁以来的淫靡文风方面,李白和陈子昂两人的意见是一致的。

李白最崇尚诗歌风格的清新自然。他赞美谢朓的诗"清发",赞美友人韦太守的诗道:"清水出芙蓉,天然去雕饰。"(《经乱离后天恩流夜郎忆旧游书怀赠江夏韦太守良宰》)他更在诗中,对那些雕章琢句、丧失天然的创作,投以辛辣的嘲笑:

> 丑女来效颦,还家惊四邻。寿陵失本步,笑杀邯郸人。一曲斐然子,雕虫丧天真。棘刺造沐猴,三年费精神。功成无所用,楚楚且华身。大雅思文王,颂声久崩沦。安得郢中质,一挥成风斤?(《古风》其三十五)

提倡"天真",反对雕琢。这里推崇《诗经》,也与上述反对建安以来绮丽诗风的思想互相沟通,表现了他以复古为革新的主张。李白崇尚天真自然,除了与儒家重视古雅淳朴的思想相合外,还受到道家思想的影响。上引《古风》其三十五诗中运用的丑女效颦、寿陵学步、匠石挥斤几个典故,均出自《庄子》,即是明显的证据。

李白也主张诗歌要关心政治社会。《本事诗》说他主张诗歌要"寄兴深微"。《古风》其一所谓"大雅久不作,吾衰竟谁陈",运用《礼记·王制》"命太师陈诗以观民风"的典故,也表现出对社会民生的关注。李白《泽畔吟序》赞美友人崔成甫的作品"忠愤义烈,形于清辞",肯定了崔诗的忠愤内容。李白五十多首《古风》诗中较多述及唐王朝的国计民生,有所讥刺;李白族叔李阳冰《草堂集序》称李白"凡所著述,言多讽兴"。这些说明李白在言论、创作两方面都是重视诗歌的政治社会内容的,只是这方面的言论没有像他要求形

187

式自由解放那样鲜明罢了。由此可见,李白大力推崇《诗经》,除崇尚其朴素自然的一面外,还包括着要求继承《诗经》美刺比兴传统的一面。

李白是屈原以后我国古代杰出的浪漫主义诗人。李白不但在诗歌创作上深受屈原的影响,而且对屈原作品作了崇高的评价。《江上吟》说:"屈平词赋悬日月,楚王台榭空山丘。"在《泽畔吟序》中,李白指出,崔成甫由于学习屈原的作品,因而"逸气顿挫,英风激扬,横波遗流,腾薄万古",这也间接反映了李白对屈原作品的赞美。建安诗歌,大多数风格比较明朗自然。上文提到李白推崇建安风骨,与他一贯崇尚自然诗风的主张相合。盛唐部分诗人,为了反对南朝至初唐的雕琢柔靡诗风,往往推尊建安诗体,而在殷璠《河岳英灵集》的评论中尤有突出的表现(详见下文)。

李白很推崇鲍照与陈子昂,他所擅长的七言歌行,风格俊逸,语言奔放,深受鲍照乐府歌行的影响;他的《古风》更与陈子昂的《感遇诗》相近。李白在《赠僧行融》诗中说:"梁有汤惠休,常从鲍照游;峨眉史怀一,独映陈公(子昂)出:卓绝二道人,结交凤与麟。"他是把鲍、陈二人比为凤与麟来赞美的。

李白在诗篇中经常提到并屡屡致以很大敬意的诗人是谢朓,除了上面举过的"中间小谢又清发"外,还可以举出不少句子,例如:

> 解道"澄江净如练",令人长忆谢玄晖。(《金陵城西楼月下吟》)
> 我吟谢朓诗上语,朔风飒飒吹飞雨。(《酬殷明佐见赠五云裘歌》)
> 独酌板桥浦,古人谁可征? 玄晖难再得,洒酒气填膺。(《秋夜板桥浦泛月独酌怀谢朓》)

李白所以经常提到谢朓并加以赞美,原因大致有二。其一是谢朓的诗歌(特别是一些山水写景诗和五言小诗)写得颇为清新自然,符合于李白所崇尚的诗歌风格。其二是李白所常游的金陵、宣城两地,跟谢朓的活动和诗作关系密切(谢朓曾为宣城太守)。李白一生爱好游山玩水,爱好吟咏山水,他在常游的名胜之地作诗时,容易联想起谢朓清发的佳句,也是相当自然的事了。

李白在诗篇中,常常赞美谢灵运《登池上楼》诗中"池塘生春草"的佳句,如"梦得春草句,将非惠连谁?"(《感时留别从兄徐王延年从弟延陵》)"昨梦见惠连,朝吟谢公诗,东风生碧草,不觉生华池。"(《书情寄从弟邠州长史昭》)"他日池塘一梦君,应得池塘生春草。"(《送舍弟》)李白经常称道"池塘生春草"这一佳句,除了以谢灵运、谢惠连两人的从兄弟关系来比拟自己和赠诗对象的关系外,很重要的一个原因,是这一诗句特别清新自然,得到他的喜爱。

李白说过"自从建安来,绮丽不足珍"的评语,那是对于六朝文学总的不健康倾向的否定;但另一方面,他对于南朝少数诗人谢灵运、鲍照、谢朓诸人所取得的艺术成就,予以应有的评价,并且注意学习他们的长处。这种态度,不但不矛盾,而且是合理的。

第五节　殷璠与《河岳英灵集》

在唐人所编的唐诗选本中,殷璠的《河岳英灵集》是很重要的一种,它不但选诗,而且附以评语,用理论结合选诗的方法,表达了他自己的诗歌见解。殷璠(生卒年不详),丹阳(今属江苏)人。生平事迹不详。《河岳英灵集》卷头题为"丹阳进士"。主要生活在唐玄宗开元、天宝年间。

《河岳英灵集》卷首有《序》和《集论》各一篇,介绍了编选此书的宗旨。全书选录了盛唐时代常建、李白、王维等二十四位作家的诗歌二百余首(序言说此集所选,"起甲寅,终癸巳",即玄宗开元二年至天宝十二载),分别对各家作了评论,揭示了各家创作的风格特色,并标举佳篇名目和摘引佳句来说明,其中颇多精到的见解。就全书的评论部分和卷首的序言、集论来看,其体制颇近于钟嵘的《诗品》,可能受到《诗品》的启发和影响。但此书只分析各家诗歌的风格特色,并没有探讨流变,也没有品第作家,又与《诗品》不同。书原分上下两卷,后世有的刻本分为上中下三卷,《四库提要》据以推测它有三品论人之意,那是不可靠的。

殷璠在《河岳英灵集》序言中,对自南朝到盛唐的诗歌发展作了论述:

> 至如曹、刘诗多直致,语少切对,或五字并侧,或十字俱平,而逸驾终存。然挈瓶肤受之流,责古人不辨宫商,词句质素,耻相师范。于是攻乎异端,妄为穿凿,理则不足,言常有余,都无兴象,但贵轻艳;虽满箧笥,将何用之? 自萧氏以还,尤增矫饰。武德初,微波尚在;贞观末,标格渐高;景云中,颇通远调;开元十五年后,声律风骨始备矣。

殷璠在这里,指责了南朝以来不少诗歌内容不充实(理则不足)、只是追求华美形式(但贵轻艳)的缺点,这种风气自梁代以后更为严重,余波直至唐初。

到盛唐时代,诗风才大变,形成了声律、风骨二者兼备的局面。这些意见都是相当中肯,符合于诗歌发展的历史事实的。

序言称道曹植、刘桢的诗歌,音律不密而"逸驾终存",《集论》更就音律问题作了专门论述。文云:

> 论曰:昔伶伦造律,盖为文章之本也。是以气因律而生,节假律而明,才得律而清焉。预于词场,不可不知音律焉。孔圣删诗,非代议所及。自汉、魏至于晋、宋,高唱者十有余人;然观其乐府,犹有小失。齐、梁、陈、隋,下品实繁,专事拘忌,弥损厥道。夫能文者,匪谓四声尽要流美,八病咸须避之,纵不拈二,未为深缺。即"罗衣何飘飘,长裾随风还",雅调仍在,况其他句乎! 故词有刚柔,调有高下,但令词与调合,首末相称,中间不败,便是知音。而沈生虽怪曹王曾无先觉,隐侯去之更远。璠今所集,颇异诸家,既闲新声,复晓古体;文质半取,风骚两挟;言气骨则建安为俦,论宫商则太康不逮。将来秀士,无致深惑。

从这里可以看出,殷璠颇注重声律,理解声律在诗歌艺术上的作用,但又反对"妄为穿凿"地过分讲究声律,以致"专事拘忌,弥损厥道"。他主张词的刚柔和调的高下互相配合,形成自然的音节美,而不赞成沈约他们的严分四声八病。他赞美曹植、刘桢的诗,并引用曹植《美女篇》五字皆平的诗句,称道它"雅调仍在"。这种意见和钟嵘《诗品》是颇为接近的。

盛唐诗歌创作的特色,一方面是吸取了南朝以至初唐讲究声律的合理因素,另一方面又克服了前此"都无比兴,但贵轻艳"和"专事拘忌"的弊病,使诗歌在内容和形式上较好地结合起来,形成明朗刚健的风格。殷璠认识到盛唐诗歌的这种声律风骨兼备的特色。《集论》说:"既闲新声,复晓古体;文质半取,风骚两挟;言气骨则建安为俦,论宫商则太康不逮。"这段话可说是"声律风骨始备"一语的诠释。盛唐诗歌一方面风骨力追建安,所以能"与之为俦";另一方面吸取了南朝以至初唐时代长期形成起来的声律成果,所以"论宫商则太康不逮"。唐初史家曾经提出建立文质彬彬的新文风的意见。《隋书·文学传序》在评论南北朝的文学时说:"江左宫商发越,贵于清绮;河朔词义贞刚,重乎气质。……若能掇彼清音,简兹累句,各去所短,合其两长,则文质斌斌,尽善尽美矣。"在殷璠的言论中,也可以说体现出这种精神。

殷璠虽然称道盛唐诗歌的声律风骨兼备,但他在具体评论诗人的时候,

却是更为强调风骨的。如评陶翰云："既多兴象,复备风骨。"评高适云："多
胸臆语,兼有气骨。"评崔颢云："晚节忽变常体,风骨凛然。"评王昌龄云："元
嘉以还,四百年内,曹、刘、陆、谢,风骨顿尽。顷有太原王昌龄、鲁国储光羲,
颇从厥游。"殷璠强调风骨,是为了矫正南朝以至初唐诗歌柔靡不振的风貌。
他的这些话,和陈子昂、李白的强调汉、魏风骨的意见是互相呼应的。

但是,殷璠在强调风骨的同时,又重视兴象,这和陈子昂、李白又形成一
种不同的倾向。所谓兴象,大抵是指自然景物(象)和诗人由此触发的感受
(兴)。殷璠常以具有兴象赞美某些诗人,并赞美他们的作品具有秀雅幽远
的意境。如评常建云："其旨远,其兴僻,佳句辄来,唯论意表。"评王维云:
"词秀调雅,意新理惬。在泉为珠,着壁成绘,一句一字,皆出常境。"评刘眘
虚云："情幽兴远,思苦语奇。"评陶翰云："既多兴象,复备风骨。"评孟浩然
云："文彩丰茸,经纬绵密。半遵雅调,全削凡体。至如'众山遥对酒,孤屿共
题诗',无论兴象,兼复故实。"都是明显的例子。以上常建、刘眘虚等评语中
单用"兴"字,实际他们诗中也有物象,故可认为"兴"即指"兴象"。以兴象见
长的诗人,大抵擅长描写山水田园等自然景物,如常建、王维、孟浩然等均
是。如所周知,盛唐诗人就其创作主要倾向来说,有的长于表现边塞军戎与
祖国雄伟山川,如王昌龄、高适、岑参等人,作品富有风骨;有的长于描绘静
谧秀美的山水田园风光,作品富有兴象。殷璠较多地使用风骨、兴象这对术
语来评论盛唐诗人,是能够较好地概括盛唐诗人的创作实际的。他以风骨、
声律这对术语评论唐诗,是就盛唐诗的总体成就来指出它们对前代诗歌的
批判继承与发展;以风骨、兴象这对术语来评论,则在指明盛唐诗人创作风
貌在主要倾向上存在两种不同的特色。

殷璠提出的兴象,是内容较为丰富的一个美学概念,它既包含作家浓郁
的情思,又包含外界事物的生动形象,主客观互相融合,形成情景交融,其内
涵与意境比较接近。文学作品要借景抒情,情景结合,在前此文论中已多有
涉及(《文心雕龙》并有《物色》专篇加以论述),但还没有形成明确的文学理
论概念。兴象说的提出,标志着唐代的抒情写景诗在过去南北朝基础又有
新的繁荣发展,并在文学理论批评方面获得了相应的反映。

殷璠论诗,还重雅,重奇。雅指诗风雅正、清雅。殷璠评王维诗"调雅",
评孟浩然诗"半遵雅调",评储光羲诗"挟风雅之迹",均是其例。《英灵集叙》
还指出,诗有雅体、野体、鄙体、俗体的区别,他推崇雅体,而不满与雅体背道
而驰的野体等。他推崇雅体,反映了盛唐许多诗人追求《诗经》、汉魏诗古雅

191

传统的要求。他还重视奇，如评李白诗"奇之又奇"，评刘眘虚诗"思苦语奇"，评高适诗"甚有奇句"，评岑参诗"语奇体峻"等等，要求诗歌在体调、构思立意、遣词造句等方面具有奇警不凡的表现。雅、奇二者往往容易发生矛盾。注重雅正，易使诗风平正而缺乏奇警，如殷璠评卢象诗有"象雅而平"之语。反之，刻意追求新奇，则容易流于轻佻而不雅。《文心雕龙·体性》把诗歌分为八体，认为"雅与奇反"，把典雅与新奇二者互相对立。他批评新奇之风特色是"摈古竞今，危侧趣诡"，与典雅、古雅大异其趣。殷璠论诗，既重雅，又重奇，他要求诗歌典雅而不鄙俗，同时又要奇警不凡，把二者统一起来，这种见解是相当辩证的，实际上也反映了当时盛唐不少杰出诗人的创作业绩。《诗品》论诗，雅奇兼重，殷璠在这方面当是受到钟嵘的影响。

在唐人所选唐诗中，殷璠《河岳英灵集》和稍后高仲武的《中兴间气集》两书对所选各家诗均有评语，在文学批评史上均占有一定地位。比较说来，殷书的评论尤见公允精到。五代孙光宪《白莲集序》指出，唐人选唐诗有十数家，"惟丹阳殷璠，优劣升黜，咸当其分"。据《新唐书·艺文志》，殷璠还编有《丹阳集》一书，编集当时润州(治所在今江苏镇江市)诗人包融、储光羲等十八人的诗作。唐代润州前此曾为丹阳郡，故名《丹阳集》。原书惜已亡佚，但序文和各家评语的一部分残片，尚保存于北宋蔡传所编的《吟窗杂录》中，可以窥豹一斑。此书评论不及《河岳英灵集》精警。

第二章　唐代中期的诗论

第一节　杜甫和元结

杜　甫

杜甫(712—770),字子美,河南巩县(今河南巩义)人。有《杜工部集》。

杜甫是我国古代现实主义的大诗人,他的诗歌被称为集古典诗歌艺术的大成。元稹《唐故工部员外郎杜君墓系铭序》说杜甫的诗"尽得古今之体势,而兼人人之所独专矣";《新唐书·文艺传》说他的诗"浑涵汪茫,千汇万状,兼古今而有之"。杜甫诗歌获得如此巨大的成就,主要在于他具有同情人民的进步思想和深厚的生活基础,但同时跟他认真地多方面地向文学遗产进行学习和借鉴也是分不开的。他这种同情人民、认真地多方面地学习和借鉴的精神,不但体现在他许多诗歌创作里,而且也反映在一部分以诗歌形式写作的理论批评中。

重视思想内容

杜甫非常重视诗歌的思想内容,他具有浓厚的儒家仁政爱民思想,要求诗须有益于国家人民;他非常重视《诗经》、《楚辞》以来我国诗歌密切联系现实的优良传统。除了在诗中常常赞美"国风"、"楚骚"以外,这一思想最突出地表现在对陈子昂和元结的评价中间。评陈子昂云:

> 有才继骚雅,哲匠不比肩。公生扬马后,名与日月悬。……终古立忠义,《感遇》有遗篇。(《陈拾遗故宅》)

陈子昂是唐代诗歌改革的有力的先驱者,他的代表作品《感遇》诗,表现了当时政治社会的弊端,反映了诗人忧国伤时的思想感情,为唐代关心政治社会诗歌的发展树立了典范。杜甫对陈子昂的为人和作品都作了很高的评价,认为他的诗歌可上继具有怨恻特色的骚雅,表现了对国家的一片忠义之心,可以永垂不朽。

杜甫的《同元使君春陵行》一诗,对他的朋友元结在道州刺史任上爱护人民的政治活动,和所写的两首人民性很强的诗篇《春陵行》、《贼退示官吏》,作了高度的颂扬:

> 粲粲元道州,前圣畏后生。观乎《春陵行》,欵见俊哲情;循览《贼退篇》,结也实国桢。贾谊昔流恸,匡衡常引经。道州忧黎庶,词气浩纵横。两章对秋月,一字偕华星。

杜甫认为元结这两首诗可与星月争光,因为它们具有热爱人民("忧黎庶")的内容,辞情慷慨("词气浩纵横")的特色。杜甫在这篇诗的小序中,更赞美元结的诗具有"比兴体制,微婉顿挫之词",指出它们继承了《诗经》紧密联系现实、婉而多讽的优良传统。

元结的《春陵行》是用新乐府体来写作的,《贼退示官吏》虽非乐府体,风格也颇相近。杜甫自己是唐代新乐府诗体的杰出的开路人,他的名作《兵车行》、《丽人行》、《悲陈陶》、《悲青坂》、《三吏》、《三别》以至暮年的《岁晏行》、《蚕谷行》等等,在体制上都属于新乐府。以后元稹、白居易等诗人继承这一传统,把这一体制大力提倡和创作,形成了中唐时代以新乐府为主体的讽谕诗创作高潮。杜甫对于元结《春陵行》的赞扬,反映了他对于这类诗体的重视,也反映了他写作《三吏》、《三别》等诗篇的指导思想。元稹、白居易不但在新乐府的创作上受到了杜甫的影响,而且在理论上也受到杜甫的启发。白居易的《读张籍古乐府》、《与元九书》、元稹《叙诗寄乐天书》等作品是其明证。

除重视诗歌的比兴讽谕性能以外,杜甫认为诗歌还具有陶冶性灵、遣兴排闷的作用。他说:"登临多物色,陶冶赖诗篇"(《秋日夔府咏怀奉寄郑监李宾客一百韵》);"遣兴莫过诗"(《可惜》);"排闷强裁诗"(《江亭》)等等。在日常生活里,诗人由于受各种事物的触动,会产生种种喜怒哀乐的感情,从而写下不少诗篇,歌咏身边风物,抒发日常感受。这类作品虽然并没有与国事民生直接相联系,但杜甫认为它们具有陶冶性灵、遣兴排闷的功用,这是符合客观实际情况的。《文心雕龙·征圣》论文学的功能,除"政化贵文"、"事迹(指外交活动)贵文"外,还提出"修身贵文"一项。同书《书记》篇指出书札可以"言以散郁陶",即具有遣兴排闷的作用。《诗品序》指出,由于四时景物的感召,生活中各种悲欢离合情景的激动,使人们心灵感荡,要求陈诗长歌,以展义骋怀,从而达到可群可怨,"使穷贱易安,幽居靡闷"的目的。说的主要是指诗歌的陶冶性情的作用。《诗品》评阮籍诗亦云:"《咏怀》之作,可以陶性灵,发幽思。"刘、钟二家重视文学作品的修身、观赏作用,冲破了汉儒片面强调作品为政治教化服务的狭隘观念,是魏晋南北朝时代文学思想的一种进步。杜甫这方面的言论,正是继承了上述刘勰、钟嵘理论的传统。

注意艺术形式

杜甫在重视思想内容的同时,对于诗歌的形式和技巧也是很重视的。他的一些常常为人们所提到的诗句,可以看出他极其注意诗歌语言的精炼:

> 为人性僻耽佳句,语不惊人死不休。(《江上值水如海势聊短述》)
> 陶冶性灵存底物,新诗改罢自长吟。孰知二谢将能事,颇学阴何苦用心。(《解闷》其七)
> 晚节渐于诗律细。(《遣闷戏呈路十九曹长》)

杜甫非常重视诗歌的遣词造句,他不但自己写作要求做到"语不惊人死不休",而且对于朋辈的诗歌,也往往赞美他们的佳句,例如评李白说:"李侯有佳句,往往似阴铿。"(《与李十二白同寻范十隐居》)评高适说:"美名人不及,佳句法如何?"(《寄高三十五书记》)评孟浩然云:"清诗句句尽堪传。"(《解闷》其六)评王维云:"最传秀句寰区满。"(《解闷》其八)同时杜甫也很重视诗歌的格律,除了传诵的"晚节渐于诗律细"外,还说过:"遣辞必中律。"(《桥陵诗三十韵》)"觅句新知律。"(《又示宗武》)"思飘云物动,律中鬼神惊。"(《敬赠郑谏议十韵》)这些话虽然都是称道别人,但可看出他对于格律是极其注意的。

杜甫对待文学遗产,不像其他人笼统地加以否定,也不像陈子昂、李白那样,对南朝文学加以猛烈攻击,而是抱着"别裁伪体"、"转益多师"的态度。他善于吸取前人作品中思想或艺术技巧的精华,作为自己创作的营养。南朝诗歌就其内容的现实性和风格的质朴刚健来说,固然远逊于诗骚和汉魏古诗,但在语言锻炼、声律探索和表现手法的细致精巧方面,积累了不少的经验,在这些经验中,还有不少可取的地方。应当承认,唐代诗歌(特别是近

195

体诗)的许多优美技巧,有不少是渊源于南朝诗歌。南朝诗歌的艺术发展过程经历了几个阶段。刘宋初期谢灵运、鲍照的作品,一反当日的玄言诗风,写景状物,色彩鲜明;用词造句,趋向精细。这是一变。到南齐永明时代,谢朓、沈约提倡四声八病之说,诗的音律更趋谐和,产生了新体诗。又是一变。到梁陈的何逊、阴铿,诗律更严,造语更细,成为唐人五律的前驱者。又是一变。精于词句格律、擅长写作近体诗的杜甫,对于这些在近体诗形成过程中分别作出不同贡献的南朝诗人,往往从其艺术方面的某些特色加以肯定和推尊,这是我们可以理解的。除了上面所举的《解闷》(其七)和《与李十二白同寻范十隐居》赞美了谢灵运、谢朓、阴铿、何逊外,还可以举出一些例子:

> 赋诗何必多,往往凌鲍谢。(《遣兴五首》其五,忆孟浩然)
> 流传江(江淹)鲍体。(《赠毕曜》)
> 清新庾开府(庾信),俊逸鲍参军(鲍照)。(《春日忆李白》)
> 谢朓每篇堪讽诵。(《寄岑嘉州》)

这些诗句都是赠送或回忆友朋的,并不是直接评论南朝诗人;但杜甫以这些诗人为比来赞美友朋,也间接表现了他对于南朝一些有艺术特色的诗人们是重视的。另外,他在《宗武生日》诗中告诫他的儿子说:"诗是吾家事,人传世上情。熟精《文选》理,休觅彩衣轻。"要宗武精通《文选》,也反映了他的"转益多师"的态度。

　　杜甫生活的时代,在文风改革运动日益发展的形势下,人们对于庾信诗赋的华艳和四杰作品沿袭梁陈遗风的倾向深表不满,但有些人不加分析,对他们采取了讥笑、否定的态度,杜甫不同意这种看法。

> 庾信生平最萧瑟,暮年诗赋动江关。(《咏怀古迹》其一)
> 庾信文章老更成,凌云健笔意纵横。今人嗤点流传赋,不觉前贤畏后生。(《戏为六绝句》其一)
> 王杨卢骆当时体,轻薄为文哂未休。尔曹身与名俱灭,不废江河万古流。(同上其二)
> 纵使卢王操翰墨,劣于汉魏近风骚;龙文虎脊皆君驭,历块过都见尔曹。(同上其三)

杜甫认为四杰的诗尽管不及汉魏之诗接近风骚,但他们毕竟很有文采,在艺术上有其一定的成就。至于庾信,他前期的诗赋,确实是华艳绮靡,风格卑弱,但其暮年之作,老成萧瑟,一洗浮薄,变化为"凌云健笔意纵横"了。杜甫对于庾信和四杰的评价,可以说是比较公允的。

对于唐代反齐梁、复汉魏的诗歌革新活动,杜甫是赞同的。陈子昂、元结是唐诗复古运动中的重要人物,如上所述,杜甫对两人古朴的《感遇》诗、《舂陵行》等作品给予了极高的评价。对于擅长古体诗的孟云卿,杜甫也表示了很大的敬意:"李陵苏武是吾师,孟子论文更不疑。一饭未曾留俗客,数篇今见古人诗。"(《解闷》)但是杜甫不同意对六朝以至初唐诗人采取笼统否定的态度。陈子昂、李白为了大力提倡诗歌改革,对六朝作家作品有时批判否定颇多,表现出改革前驱者在与旧传统决裂时候所射出的猛烈火力,但有的话毕竟说得过头一些。至于对六朝以至初唐文学进行实事求是的估价,那杜甫的意见毋宁要更为全面客观一些。

尊重多种风格

杜甫对于文学作品风格的多样性认识也是比较全面的,他不像某些人们那样强调自己所喜爱的某一风格,而贬低其余的不同风格。他一方面赞美"鲸鱼碧海"的宏伟气魄,另一方面又重视"清词丽句"(见《戏为六绝句》)。一方面钦佩李白的"笔落惊风雨,诗成泣鬼神"(《寄李十二白二十韵》)的豪迈气概,一方面也赞叹孟浩然、王维的"清诗"和"秀句"。对于李白的诗歌,杜甫的认识是非常深刻的。李白诗歌的最大特色是豪迈奔放,富有浪漫主义精神。杜甫一则说:"白也诗无敌,飘然思不群。清新庾开府,俊逸鲍参军。"(《春日忆李白》)再则说:"近来海内为长句(指七言歌行),汝(指薛华)与山东李白好。何刘沈谢力未工,才兼鲍照愁绝倒。"(《苏端薛复筵简薛华醉歌》)指出李白诗歌雄俊飘逸、擅长七言歌行,受到鲍照乐府歌行的影响。但杜甫又认为李诗清新之处似庾信,佳句似阴铿,指出了李白诗歌风格具有多样性的特点。

综上所述,可见杜甫在诗歌理论批评方面,很强调思想内容,同时又注意艺术技巧;一方面推重古体,另一方面又爱好近体;一方面推重风格的雄浑古朴,另一方面又重视清丽华美。这种眼界开阔、注意到艺术创作各个方面的特色,就构成了杜甫"不薄今人爱古人"和"转益多师"的理论原则。杜甫自己的诗作,兼长古体近体,在风格方面,既有雄浑古朴的一面,又有清丽华美的一面,充分体现了他的理论。正是在这种思想指导之下,杜甫能够比较全面地认识到各个历史时期的作家、作品,都有自己的特色和成就,在"别裁伪体"的前提下,进行分析、评价,不作笼统的否定。这种认识在他晚年所作的《偶题》诗中表述得最为明确:

  文章千古事,得失寸心知。作者皆殊列,名声岂浪垂。骚人嗟不见,汉道盛于斯。前辈飞腾入,余波绮丽为。后贤兼旧制,历代各清规。

  这段话在杜甫对于诗歌发展的认识上是带有总结性的。所以明代王嗣奭《杜臆》评云:"此篇乃一部杜诗总序。"盛唐诗歌具有兼揽、吸取各种精华的特色,这种特色,不但在杜甫的创作中获得了完美的体现,而且在他的文学理论批评中也有鲜明的反映。

  杜甫的《戏为六绝句》、《解闷》等诗,以短小精悍的七绝体裁来评述作家作品,在中国文学批评史上提供了一种新的形式,对后人很有影响。此后模仿者很多,比较著名的有金代元好问的《论诗绝句》三十首、清代王士禛的《戏仿元遗山论诗绝句》三十五首等。

  杜甫在《进雕赋表》中自称其作品"沈郁顿挫","沉郁"原意是指其辞赋构思深沉,在思想文词两方面均具有深厚功力;"顿挫"则指其赋在结构表达方面,做到音情抑扬顿挫。后代评论者往往利用"沉郁顿挫"这一词语赞美杜诗,把"沉郁"理解为悲怆的思想倾向,并和杜诗忧国忧民的哀思联系起来。有的评论者更广泛地运用这一词语品评其他作家作品,如清代陈廷焯的《白雨斋词话》即是。

元结的文学主张

  与杜甫同时、为杜甫所称道的元结,诗文创作和文学主张都颇有特色。

  元结(719—772),字次山,鲁县(今河南鲁山)人。官至容州经略使。有《元次山集》。元结是一位政治活动家,做地方长官时,在政治、军事方面很有建树。他身经玄宗后期的政治腐败和安史之乱,关心国事民生,以挽救危亡为己任。元结文学主张的特色,是强调诗歌应该反映国家大事,要对君王发生讽谏作用。早在玄宗天宝六载,他在《二风诗论》中表明自己写作《二风诗》,目的在于"极帝王理乱之道,系古人规讽之流"。稍后,他在《系乐府十二首序》中,又表明写作动机在于"尽欢怨之声,上感于上,下化于下"。元结晚年,写了著名的反映道州人民疾苦的《舂陵行》,末尾说:"何人采国风?吾欲献此辞。"这些话说明元结继承了《诗三百》的关于采诗和美刺作用的见解,要求诗歌发挥积极的社会作用。元结的上述作品及其文学主张,对稍后白居易、元稹等提倡讽谕诗、新乐府的创作活动和文学批评,产生了明显的影响。

　　元结一方面提倡诗歌要发生规讽作用,同时对当时许多他认为不良的诗歌,进行了批判。《刘侍御月夜宴会序》说:"文章道丧盖久矣。时之作者,烦杂过多。歌儿舞女,且相喜爱,系之风雅,谁道是耶?"《箧中集序》说:"近世作者,更相沿袭,拘限声病,喜尚形似,且以流易为辞,不知丧于雅正,然哉! 彼则指咏时物,会谐丝竹,与歌儿舞女生污惑之声于私室可矣;若令方直之士,大雅君子,听而诵之,则未见其可矣。"元结不满意当日那些缺乏讽谕内容、追求艺术美的作品,也体现了他要求诗歌发挥讽谏作用的主张,但又表现出他对待文学的片面狭隘观点。他批评"近世作者"写诗"拘限声病,喜尚形似","声病"指近体诗注意调协平仄,讲究粘对。"形似"指诗歌描模事物(特别是自然景物)的逼真、具体。南朝谢灵运山水诗追求形似,形成创作风气,故《文心雕龙·物色》有"自近代以来,文贵形似"之评论。唐代声律和谐的近体诗形成,山水、边塞等题材的诗歌都崇尚形似,这都继承并发展了南朝诗歌的艺术创造并取得辉煌成就。元结笼统地反对声病、形似,表现出他对诗歌的艺术特征认识不足。又唐代合乐由歌儿舞女演唱的歌词,多数为时人的近体诗(绝句尤多),李白的《清平调》三首、王维《渭城曲》即是,又《集异记》载高适、王昌龄、王之涣三人在旗亭饮酒,歌伎们唱他们的诗作,也均为绝句。这类作品,虽然没有反映国事民生,但也不乏健康优美的篇章,因而传诵广泛。元结笼统地指斥它们,表现出他对文艺表现日常生活、怡情悦性的功能认识不足而进行排斥,其主张显得片面狭隘。

　　元结所编集的《箧中集》,编录了他的朋友沈千运、王季友、于逖、孟云卿、张彪、赵微明和他弟弟元季川七人的诗歌共二十四首。这些诗篇都是五言古体,在风格上具有共同的特色,《四库提要》称为"淳古淡泊,绝去雕饰",和元结所反对的"拘限声病、喜尚形似,且以流易为辞、不知丧于雅正"的诗歌风格是完全不同的。元结在《箧中集》中没有选自己的诗,但他也是专写古体诗,风格古雅质朴,和《箧中集》入选诸诗人的风格是一致的。元结于七人中最推崇沈千运,《箧中集序》说:"吴兴沈千运,独挺于流俗之中,强攘于已溺之后。……凡所为文,皆与时异。"这些评语,可以说也适用于元结自己的创作。元结的复古思想特别浓重。他把传说中上古时代帝王的乐歌视作理想的音乐和诗歌,惋惜它们后世失传,作《补乐歌》十首,歌辞多数采用古朴的四言体,希冀追复上古之声。其序文充分表现了向往古乐、古歌的精神,慨叹"百世之后尽无古音","遂无古辞"。过去陈子昂、李白虽然大力提倡复古,但在写作艺术上仍重视创新,还写近体诗,元结则是彻底反对艺术创新的复古者,因而大大束缚并降低了他的文学成就。

元结在《文编序》中说明自己在天宝末载,看到朝政腐败,"时人谄邪以取进",他想"推时人于礼让之庭"而不可得,"故优游于林壑,快恨于当世,是以所为之文,可戒可劝,可安可顺"。这里体现了儒家"穷则独善其身,达则兼济天下"的人生观。元结"可戒可劝,可安可顺"的文学主张,对后来白居易兼重讽谕诗、闲适诗的创作思想,发生了直接的启发作用。

第二节　皎然、高仲武

皎　　然

在唐五代人的诗学著作中,释皎然的《诗式》是相当重要的一部。明胡震亨认为在唐人诗话(指诗法、诗格一类著作)中,"惟皎师《诗式》、《诗议》二撰,时有妙解"(《唐音癸签》卷三十二)。

释皎然(生卒年不详),俗姓谢,字清昼,简称昼。湖州长城(今浙江长兴)人。谢灵运十世孙。约生于玄宗开元前期,卒于德宗贞元后期。长于吟咏,为唐代著名诗僧,有《杼山集》十卷。《诗式》有一卷本、五卷本两种,以五卷本(收入清陆心源所刻《十万卷楼丛书》)为完备。五卷本《诗式》是现存唐人诗学著作中分量最大的一部。卷一列有不少条目,着重说明作诗的原则和方法,其中含有不少有价值的看法。卷一尾部和下面四卷,分五格品诗,每格各举许多诗句为例,借以通过实例来指示诗格高下之分,为后学取为法式,由此也可见皎然的品评标准。其间穿插了十来条评语,评价历代著名诗人及其作品,则更为直接鲜明地表现出著者的批评见解。除《诗式》外,皎然尚有《诗议》一卷,原本已佚,后来典籍引用其文,尚保存一部分,可与《诗式》互相参证。

情与格并重

《诗式》以四卷多的篇幅,分五格品评汉魏至唐代诗歌。五格的区分,表面上看用事(用典)情况如何,实际是以情、格二者为衡量。情指感情,要求真挚高远;格指体格、格力,要求高雅健壮。大致说来,他认为第一、第二两格,情格俱高;第三、第四两格,情格稍为低弱;第五格情格俱下。

皎然对诗的内容,主张情要真实丰富,立意要高,兴要远。对于题材,着重在表现日常的各种生活感受,不注意反映政治、社会现实,进行讽谕。因他长期过着僧徒的隐居生涯,故喜爱幽雅闲适的情趣。在这方面,其诗歌创作倾向与主张是一致的。基于此,皎然对谢灵运诗评价极高。《诗式》卷一《文章宗旨》条赞美谢诗"真于情性","其格高,其气正",说谢的《述祖德》、《临池上楼》等诗"识度高明,盖诗中之日月也"。此外,他对汉代《古诗十九首》、陶潜诗等评价也很高。

皎然对诗的体格、格力十分重视。他主张格要高远、高雅,他赞美曹植、王粲两人的《三良诗》"体格高远"(《诗式》卷二《三良诗》条)。又主张格要健壮有力,指出诗要"力劲而不露"(《诗式》卷一《诗有四不》条)。《诗议》还指出梁代柳恽的诗"雅而高",其体格在何逊之上(《文镜秘府论》南卷引)。由于重视高雅,皎然对俚俗的作品颇为不满,他把南朝乐府吴声歌曲、宫体诗的一些例句,都放在情格俱下的第五格。当时以钱起、刘长卿为首的一批大历诗人,诗风婉约清丽,但偏于柔弱,明胡应麟《诗薮》内编卷四评为"气骨顿衰",皎然对此也颇表不满,《诗式》卷四《齐梁诗》条曾加以批评,认为其气格还不逮齐梁,但又肯定这些诗人在大历末年能够改弦易辙。

《诗式》从情、格二者来衡量作家作品,实际是从思想感情、体格风貌两大方面着眼进行评价。

论诗歌创作艺术

皎然论诗,重点放在指陈诗歌艺术的高下以及作法方面。除上述论体格主张外,还发表了不少值得重视的见解。

首先,他主张自然和人工相结合。皎然论诗,很重视自然,《诗式》卷一评建安诗人云:"邺中七子,陈王最高。刘桢辞气偏,王得其中。不拘对属,偶或有之,语与兴驱,势逐情起。不由作意,气格自高,与《十九首》其沉一也。"评谢灵运诗更云:"曩者尝与诸公论康乐为文,真于情性,尚于作用,不顾词彩,而风流自然。……惠休所评谢诗,如芙蓉出水,斯言颇近矣。"(《文章宗旨》条)皎然所重视的自然,是跟人工的锻炼互相结合着的,而不是单纯的质朴。《诗式》卷一又说:

> 或云:诗不假修饰,任其丑朴,但风韵正,天真全,即名上等。予曰:不然。无盐阙容而有德,岂若文王太姒有容而有德乎? 又云:不要苦思,苦思则丧自然之质。此亦不然。夫不入虎穴,焉得虎子。取境

之时，须至难至险，始见奇句；成篇之后，观其气貌，有似等闲，不思而
得，此高手也。有时意静神王，佳句纵横，若不可遏，宛如神助。不然盖
由先积精思，因神王而得乎？（《取境》条）

他在这里阐述了自然之美，必须经过人工的锻炼，必须经过苦思的创造，"貌
若等闲"，实际出于艺术的功力。所谓取境之时，必身入其境，要经过"至难
至险"的体会、观察和构思，才能得到奇句，这都是精辟之见。卷一《诗有二
废》条说："虽欲废巧尚直，而思致不得置。虽欲废言尚意，而典丽不得遗。"
也是主张人工和自然相结合，通过苦心锤炼来达到妙造自然。

因为重视自然，皎然对沈约的声律论深表不满。《诗式》批评沈约说：
"沈休文酷裁八病，碎用四声，故风雅殆尽。后之才子，天机不高，为沈生弊
法所媚，懵然随流，溺而不返。"（卷一《明四声》条）但皎然并不是完全否定声
律，他所反对的是那些拘限声病，"溺而不返"的现象。他主张"用律不滞"
（《诗有四深》条）。要深于声对的人，才能做到这一点。他自己长于律诗，对
沈佺期、宋之问律诗中的佳句，也是很欣赏的。

盛唐诗人于创作，往往一方面提倡恢复汉魏古诗的质朴刚健之风，另一
方面又吸收西晋以至齐梁诗的工丽，创造出融合历代之长的新诗歌。殷璠
《河岳英灵集》指出盛唐诗歌风骨、声律兼备，上继建安，下超太康，鲜明地指
陈了盛唐诗风的特色。皎然自然和人工结合的主张，其精神与殷璠之论是
相通的。

其次，皎然主张诗歌在艺术表现上要注意不偏不倚，具有适度感与中和
之美。《诗式》卷一有好几个条目谈论这一问题。如《诗有四不》条说："气高
而不怒，怒则失于风流；力劲而不露，露则伤于斤斧。"《诗有二要》条说："要
力全而不苦涩，要气足而不怒张。"《诗有六至》条说："至险而不僻，至奇而不
差，至丽而自然，至苦而无迹，至近而意远，至放而不迂。"这类见解是相当精
辟的，具有辩证因素。《诗式》卷一作为作法总论，用不少条目来反复申述这
一命题，足见皎然认为适度是诗歌艺术表现中的一个十分重要的问题。"至
丽而自然"两句，即是上述自然和人工结合的主张，它也可以概括在表现适
度的范围内，它是适度范围内的一个突出命题。

再次，皎然很重视诗歌要写得"情在言外"，有"文外之旨"，即含蓄有余
味。《诗式》说："情者如康乐公'池塘生春草'是也。抑由情在言外，故其辞
似淡而无味，常手览之，何异文侯听古乐哉！"（卷二《池塘生春草，明月照积
雪》条）赞美谢灵运"池塘"句言外含不尽之情，表面似乎平淡无味，实际却是

余味无穷。《诗式》又说："两重意已上,皆文外之旨。若遇康乐公览而察之,但见性情,不睹文字,盖诣道之极也。"(卷一《重意诗例》条)所谓两重意,指作品表层意思之外,尚有言外之意。《诗式》卷二引鲍照《西城廨中望月》诗句云:"夜移衡汉落,徘徊入户中。归华先委露,别叶早辞风。"皎然评曰:"意也情也。此诗体俳而意在言外。"赞美鲍照诗句有意在言外之妙。皎然"文外之旨"说为以后司空图的"味外之旨"说开启了先路。南朝文论家已注意到诗歌要写得意蕴丰富,含蓄而有余味。《文心雕龙·物色》提出"物色尽而情有余",《诗品序》指出兴的特色是"文已尽而意有余"。皎然、司空图的言论,在这方面有了进一步的发展。

对陈子昂的看法和复变问题

于頔《吴兴昼上人集序》评皎然诗说:"得诗人之奥旨,传乃祖之菁华,江南词人,莫不楷范。极于缘情绮靡,故词多芳泽;师古典制,故律尚清壮;其或发明玄理,则深契真如,又不可得而思议也。"皎然是一个佛徒,又是一个隐士,他的诗大都抒写隐情,"发明玄理"。皎然的创作倾向和他的文学三张有着紧密的联系。他在诗论重视诗的体制、格力、技巧等问题,不注意诗的社会内容。他最欣赏、赞美擅长山水写景的谢灵运诗,称其"能上蹑风骚,下超魏晋",甚至比为"诗中之日月"(《诗式》卷一《文章宗旨》条),这种言过其实的评价,反映出皎然对诗歌的宗尚所在。

唐代初期,陈子昂的诗歌关注国事民生,成为唐诗革新的有力先驱者。陈子昂好友卢藏用《陈子昂文集序》对子昂作了很高的评价,认为"道丧五百岁而得陈君"。皎然不同意这种看法,反驳说:

> 若但论诗,则魏有曹、刘、三傅,晋有潘岳、陆机、阮籍、卢谌,宋有谢康乐、陶渊明、鲍明远,齐有谢吏部,梁有柳文畅、吴叔庠,作者纷纭,继在青史,如何五百之数,独归于陈君乎?藏用欲为子昂张一尺之罗,盖弥天之宇,上掩曹刘,下遗康乐,安可得耶?(《诗式》卷三《论卢藏月陈子昂集序》条)

唐代大诗人李白、杜甫、白居易等都很推崇陈子昂。卢藏用"道丧五百岁而得陈君"的话虽不免有些夸张,但他首先能够认识到陈子昂诗歌在诗的历史发展过程中所产生的重大变革意义,其论点在精神实质上是中肯的。皎然却把子昂和潘、陆、二谢甚至柳恽、吴均等诗人相提并论,表现出他不重视诗的社会内容的偏向。

皎然在另一个地方谈到通变的问题,也谈到陈子昂,其言云:

> 作者须知复变之道。反古曰复,不滞曰变。若惟复不变,则陷于相似之格,其状如驽骥同厩,非造父不能辨。能知复变之手,亦诗人之造父也。……又复变二门,复忌太过,诗人呼为膏肓之疾,安可治也?……如陈子昂复多而变少,沈宋复少而变多,今代作者,不能尽举。吾始知复变之道,岂惟文章乎,在儒为权,在文为变,在道为方便。后辈若乏天机,强效复古,反令思扰神沮。何则? 夫不工剑术,而欲弹抚干将大阿之铗,必有伤手之患,宜其诚之哉!(《诗式》卷五《复古通变体》条)

这里皎然说明学习传统和变化创新二者应该互相结合,这是对的。复变结合,正体现出继承和革新的创作精神。"反古曰复,不滞曰变;若惟复而不变,则陷于相似之格",这些含有辩证因素的论点,跟他的自然和人工相结合的意见是互相沟通的。但是这里皎然把陈子昂和沈宋相提并论,认为其间的区别只是复变多少的不同,这说明皎然只是从诗歌的形式方面看问题,而没有注意到诗歌的思想内容,因而不能认识陈子昂诗歌在复古口号下所表现出来的革新意义。皎然奉劝缺乏天机、不工技术的后辈不要"强效复古",把复古只看作是形式上的问题。其实陈子昂、李白、元结诸人的提倡复古,都具有反对淫靡诗风、要求诗歌反映现实的积极的革新意义,关于这方面,皎然是并不注意的。

同时,皎然对大历才子诗人的柔靡诗风也有所不满,《诗式》卷四《齐梁诗》条说:

> 大历中,词人多在江外,皇甫冉、严维、张继、刘长卿、李嘉祐、朱放,窃占青山白云、春风芳草,以为己有,吾知诗道初丧,正在于此,何得推过齐梁作者? 迄今余波尚寝,后生相效,没溺者多。大历末年,诸公改辙,盖知前非也。如皇甫冉《和王相公玩雪诗》:"连营鼓角动,忽似战桑乾。"严维《代宗挽歌》:"波从少海息,云自大风开。"刘长卿《山鹧鸪歌》:"青云杳杳无力飞,白露苍苍抱枝宿。"李嘉祐《少年行》:"白马撼金珂,纷纷侍从多。身居骠骑幕,家近滹沱河。"张继《咏镜》:"汉月经时掩,胡尘与岁深。"朱放诗:"爱彼云外人,来取涧底泉。"已上诸公,方于南朝张正见、何胥、徐摛、王筠,吾无间然也。

这里皎然虽然比较中肯地批评了大历诗人流连光景的诗歌,但他所肯定的也只是一些雄健的笔力,还是没有重视诗歌的社会内容。

论述诗歌的风格

皎然关于诗歌风格的意见,是他的诗论中重要的一部分。关于诗歌的风格分类,刘勰在《文心雕龙》中有比较周密的分析和说明。唐代诗格一类著作中,也往往谈到这个问题。如初唐崔融《唐朝新定诗体》把诗分为十体,其说云:

> 一、形似体。形似体者,谓貌其形而得其似,可以妙求,难以粗测者是。诗曰:"风花无定影,露竹有余清。"又云:"映浦树疑浮,入云峰似灭。"二、质气体。质气体者,谓有质骨而作志气者是。诗云:"雾烽暗无色,霜旗冻不翻。雪覆白登道,冰塞黄河源。"三、情理体。情理体者,谓抒情以入理者是。诗云:"游禽暮知返,行人独未归。"又云:"四邻不相识,自然成掩扉。"四、直置体。直置体者,谓直书其事置之于句者是。诗云:"马衔苜蓿叶,剑莹鹧鹕膏。"又曰:"隐隐山分地,沧沧海接天。"五、雕藻体。雕藻体者,谓以凡事理而雕藻之,成于妍丽,如丝彩之错综、金铁之砥炼是。诗曰:"岸绿开河柳,池红照海榴。"又曰:"华志怯驰年,韶颜惨惊节。"六、映带体。映带体者,谓以事意相恊,复而用之者是。诗曰:"露花疑濯锦,泉月似沉珠。"又曰:"侵云蹀征马,带月倚雕弓。"又曰:"舒桃临远骑,垂柳映连营。"七、飞动体。飞动体者,谓词若飞腾而动是。诗曰:"流波将月去,潮水带星来。"又云:"月光随浪动,山影逐波流。"八、婉转体。婉转体者,谓屈曲其词,婉转成句是。诗曰:"歌前日照梁,舞处尘生袜。"又曰:"泛色松烟举,凝花菊露滋。"九、清切体。清切体者,谓词清而切者是。诗曰:"寒葭凝露色,落叶动秋声。"又曰:"猿声出峡断,月彩落江寒。"十、菁华体。菁华体者,得其精而忘其粗者是。诗曰:"青田未矫翰,丹穴欲乘风。"鹤生青田,凤出丹穴。今只言青田,即可知鹤;指言丹穴,即可知凤。此即文典之菁华。又曰:"曲沼疏秋盖,长林卷夏帷。"又曰:"积翠彻深潭,舒丹明浅濑。"

这十体,有的是属于表现手法,有的则是属于风格。中国古代文论往往用"体"字来指风格。《文心雕龙·体性篇》的"体",钟嵘《诗品》所谓某家杂有某家之体,主要是指的风格。

崔融稍后,王昌龄的《诗格》说,"诗有五趣向:一曰高格,二曰古雅,三曰闲逸,四曰幽深,五曰神仙。"并各举诗句为例,大抵都指风格而言。至皎然《诗式》而诗歌的风格分类愈趋详细。《诗式》卷一《诗有七德》条说:"一识理,二高古,三典丽,四风流,五精神,六质干,七体裁。"大抵指风格。同卷《辨体有一十九字》条把诗分为十九体,各以一字标之,并加以解说道:

> 高(风韵朗畅曰高)、逸(体格闲放曰逸)、贞(放词正直曰贞)、忠(临危不变曰忠)、节(持操不改曰节)、志(立性不改曰志)、气(风情耿耿曰气)、情(缘境不尽曰情)、思(气多含蓄曰思)、德(词温而正曰德)、诫(检束防闲曰诫)、闲(情性疏野曰闲)、达(心迹旷诞曰达)、悲(伤甚曰悲)、怨(词调凄切曰怨)、意(立言盘泊曰意)、力(体裁劲健曰力)、静(非如松风不动,林狄未鸣,乃谓意中之静)、远(非如渺渺望水,杳杳看山,乃谓意中之远)。

这十九体有一部分是指风格。从十九字的标目看,多数是从作者的思想感情和品德修养着眼;从其解释语句看,除高、逸、贞、德、怨、意、力诸体从形式角度立论外,其他各条也均从思想感情和品德修养进行描述。皎然评析诗体,注重作者的思想感情和品德修养,是其特色。又十九体中,高、逸、闲、达、静、远六体,都较明显地与隐逸生活、出世思想有关,显示出诗僧皎然的个人偏好。要之,皎然论诗的十九体,角度并不一致,在理论的逻辑性上并不周密有系统;但他对诗歌体貌的分类更趋详细,在诗歌风格学的历史发展过程中还是值得重视的。

皎然论诗,语多玄虚,流于微妙。"康乐公早岁能文,性颖神彻,及通内典,心地更精。故所作诗,发皆造极,得非空王之道助邪?"(卷一《文章宗旨》条)"两重意已上,皆文外之旨,若遇高手如康乐公,览而察之,但见情性,不睹文字,盖诣道之极也。向使此道尊之于儒,则冠六经之首;贵之于道,则居众妙之门;崇之于释,则彻空王之奥。"(卷一《重意诗例》条)这些带有浓厚的唯心因素的言论,除接受道家庄子的影响外,又加进了不少佛学的成分,开了后来以禅理论诗的先河。

<h2 style="text-align:center">高仲武的《中兴间气集》</h2>

中唐前期诗论家和皎然同时的,有高仲武。高仲武(生卒年不详),自署渤海(今河北沧州)人。编有《中兴间气集》,选诗范围,起自肃宗至德初年,迄于代宗大历暮年,作者二十六人,诗歌一百三十余首。每家均有评语,在唐人选唐诗中,较有特色,和殷璠的《河岳英灵集》同样受到人们的注意。

《中兴间气集自序》说:"古之作者,因事造端,敷弘体要,立义以全其制,因文以寄其心。著王政之兴衰,表国风之善否,岂其苟悦权右,取媚薄俗哉!今之所收,殆革前弊,但使体状风雅,理致清新,观者易心,听者竦耳,则朝野通取,格律兼收。"序文颇为强调诗歌的社会内容,但从所选的作家作品和评语看,却是偏重在艺术形式方面。

高仲武常用清雅、新奇、婉丽、绮靡、巧用文字等一类词语赞美诗人,可以看出他评论诗歌的倾向。如评钱起云:"体格新奇,理致清赡。"评张众甫云:"婉媚绮错,巧用文字。"评于良史云:"侍御诗清雅,工于形似。"评郑丹云:"剪刻婉密。"评李希仲云:"务为清逸。"评李嘉祐云:"绮靡婉丽,盖吴均、何逊之敌也。"评皇甫冉云:"巧于文字,发调新奇,远出情外。"评郎士元云:"两君(指郎士元、钱起)体调,大致欲同,就中郎公稍更闲雅,近于康乐。"评张继云:"诗体清迥,有道者风。"评郑常云:"常诗婉靡,虽未弘远,已入文流。"大历时代诗歌创作的一般特色是:喜用近体诗抒写日常生活中的情趣,语言婉丽;其缺点是较少关心社会生活,风格柔弱,和内容充实、风格雄健的盛唐诗歌很不相同。高仲武对这种诗风,是大力加以肯定的。

高仲武对大历诗人的领袖钱起和郎士元特别推崇,把两人分置于上下两卷之首。评钱起云:"越从登第,挺冠词林,文宗右丞(王维),许以高格。右丞没后,员外为雄。芟齐宋之浮游,削梁陈之靡嫚。迥然独立,莫之与群。"评郎士元云:"员外河岳英奇,人伦秀异,自家邢国,遂拥大名。右丞以往,与钱(起)更长。"于盛唐诗人推重王维,认为钱、郎两人是王维以后最杰出的诗人,这些意见更足以看出他品评的标准。以后姚合选《极玄集》,专选王维、祖咏和大历十才子等诗人,宗旨和高仲武很接近。

《中兴间气集》也选录了若干思想性较强的作品,如苏涣的《变律格诗》,孟云卿的《伤时》,刘湾的《出塞曲》、《云南曲》等。评苏涣云:"其文意长于讽刺,亦育有陈拾遗一鳞半甲。"评孟云卿云:"祖述沈千运,渔猎陈拾遗,词气伤怨。"评刘湾云:"性率多直,属文比事,尤得边塞之思。"但这类诗篇和评语并不多见,在全书中是不占重要地位的。

《中兴间气集》在编选上深受殷璠《河岳英灵集》影响。《英灵集》专选玄宗朝诗,《间气集》选诗起自肃宗至德初年,时间正相衔接。《英灵集》于所选诗家名下各缀评语,又摘录佳句加以品评,创选评结合之体,其体例为《间气集》所承袭。但高仲武的见识实逊于殷璠,故后人对《英灵集》多持肯定态度,于《间气集》则贬语较多。

207

第三节　白　居　易

白居易是唐代现实主义的大诗人,同时又是杰出的文学批评家。

白居易(772—846),字乐天,下邽(今陕西渭南)人。有《白氏长庆集》。白居易生活在安史乱后的中唐时代,当时唐朝国势渐趋衰弱,各种社会矛盾日益加深。白居易深刻地认识到诗歌的社会作用,大力提倡写作讽谕诗。他总结了过去《乐记》、《诗大序》以至唐代陈子昂、杜甫等的关于诗歌的理论,结合时代的需要,把诗歌与现实的关系及其社会作用,都阐述得颇为明确。

诗歌与现实的关系及其社会作用

白居易继承和发展了过去儒家关于诗乐理论中的进步成分,认为表现人们思想感情的诗歌和音乐,必然反映了作者所处时代的社会政治面貌的特色。不同的社会和政治情况,形成了不同的诗歌风貌。人们通过对作品的不同特色的分析考察,可以认识到作者所处时代的社会政治的面貌。

> 臣闻乐者本于声,声者发于情,情者系于政。盖政和则情和,情和则声和,而安乐之音由是作焉。政失则情失,情失则声失,而哀淫之音由是作焉。斯所谓音声之道与政通矣。(《策林》第六十四目“复乐古器古曲”)

> 大凡人之感于事,则必动于情,然后兴于嗟叹,发于吟咏,而形于歌诗矣。故闻《蓼萧》之诗,则知泽及四海也;闻禾黍之咏,则知时和岁丰也;闻《北风》之言,则知威虐及人也;闻《硕鼠》之刺,则知重敛于下也;闻广袖高髻之谣,则知风俗之奢荡也;闻“谁其获者妇与姑”之言,则知征役之废业也。故国风之盛衰,由斯而见也;王政之得失,由斯而闻也;人情之哀乐,由斯而知也。(《策林》第六十九目“采诗以补察时政”)

《左传》、《国语》都记载周代君王令其臣僚献诗,借以考察民情风俗,知政教之得失,作为施政的参考。汉代遂有采诗制度的传说。白居易非常赞美这种制度的良好作用,他在《策林》中说:“臣闻圣王酌人之言,补己之过,所以立理本,导化源也。将在乎选观风之使,建采诗之官,俾乎歌咏之声,讽刺之兴,日采于下,岁献于上者也。所谓言之者无罪,闻之者足以自诫。"(第六十九目"采诗以补察时政")他又指出诗歌采集起来以后,"然后君臣亲览而斟酌焉。政之废者修之,阙者补之;人之忧者乐之,劳者逸之。"(同上)最后可以达到老子所说"不出户,知天下"的要求。他在《新乐府五十首》末篇《采诗官》中也说:"采诗官,采诗听歌导人言。言者无罪闻者诫,下流上通上下泰。……欲开壅蔽达人情,先向歌诗求讽刺。"在这方面,白居易特别强调在下者要进行讽刺,在上者要听取讽刺之音。

白居易对于诗歌的社会作用的认识,和对于采诗制度的赞美,二者是密切关联着的,要保证诗歌能够充分发挥它的社会作用,在白居易看来,建立采诗制度是最有效的办法。

诗歌所以能够发挥积极的社会作用,除掉它反映的现实内容以外,还由于它所具有的艺术特点:

> 人之文,《六经》首之。就六经言,《诗》又首之。何者?圣人感人心而天下和平。感人心者,莫先乎情,莫始乎言,莫切乎声,莫深乎义。诗者,根情,苗言,华声,实义。上自圣贤,下至愚骏,微及豚鱼,幽及鬼神,群分而气同,形异而情一,未有声入而不应,情交而不感者。圣人知其然,因其言,经之以六义;缘其声,纬之以五音。音有韵,义有类。韵协则言顺,言顺则声易入;类举则情见,情见则感易交。(《与元九书》)

白居易指出诗在六经中最能感动人,是由于它"根情、苗言、华声、实义",是由于它具有强烈的感情与和谐的韵律。所谓"义有类",当指比兴手法,以类似的事物来表达作者的思想感情。抒情性、音乐性和形象化,的确都是诗歌能够打动人的重要艺术特征。白居易关于诗歌艺术特征及其与社会作用关系的认识,基本上也渊源于先秦两汉时代儒家的诗乐理论,但某些地方却说得更为具体和明确。

强调讽谕诗的价值

白居易编集自己的诗歌,分为讽谕、闲适、感伤、杂律四类。《与元九书》说明四类诗歌的区别云:

> 自拾遗来,凡所适所感,关于美刺兴比者,又自武德迄元和,因事立题,题为"新乐府"者,共一百五十首,谓之讽谕诗。又或退公独处,或移病闲居,知足保和,吟玩情性者一百首,谓之闲适诗。又有事物牵于外,情理动于内,随感遇而形于叹咏者一百首,谓之感伤诗。又有五言、七

209

言、长句、绝句,自一百韵至两韵者四百余首,谓之杂律诗。

在这四类诗歌中,白居易最重视的是讽谕诗;因为它反映了国事民生,对政治可以发生美刺作用。白居易在《与元九书》中介绍了自己的写诗经历。他在五六岁时便学为诗,二十岁后写得很勤。"及授校书郎时,已盈三四百",朋友见了都加赞美,但自己觉得"其实未窥作者之域"。等到他后来写作了大量讽谕诗时,才感到走上了创作的正路:

> 自登朝来,年齿渐长,阅事渐多。每与人言,多询时务;每读书史,多求理道。始知文章合为时而著,歌诗合为事而作。是时皇帝初即位,宰府有正人,屡降玺书,访人急病。仆当此日,擢在翰林,身是谏官,手请谏纸。启奏之外,有可以救济人病,裨补时阙,而难于指言者,辄咏歌之,欲稍稍递进闻于上。上以广宸聪,副忧勤;次以酬恩奖,塞言责;下以复吾平生之志。

"歌诗合为事而作"是讽谕诗的主要精神,也是白居易特别重视讽谕诗的主要原因。他在《新乐府序》末尾谈到"新乐府"的创作意图说:"总而言之,为君为臣为民为物为事而作,不为文而作也。"也鲜明地显示了这层意思。又在《读张籍古乐府》中,称其诗"风雅比兴外,未尝著空文",也是赞美对方的诗歌为事而作,所以不是空文。白居易非常强调采诗制度,他用乐府体来写作讽谕诗,希望它们能被采入乐,为君王所闻知,对推动政治改革发生积极的作用。在《读张籍古乐府》中,他对张籍的乐府诗,慨叹它们因"时无采诗官,委弃如泥尘",同时又表达了"愿播内乐府,时得闻至尊"的希望。白居易把采纳讽谕、改良政治的希望一心寄托在君王身上,这是他的阶级局限的表现。

白居易的《寄唐生》、《伤唐衢》诗也表现了对讽谕诗的重要看法。《寄唐生》有云:

> 我亦君之徒,郁郁何所为? 不能发声哭,转作乐府诗。篇篇无空文,句句必尽规。功高虞人箴,痛甚骚人辞。非求宫律高,不务文字奇。惟歌生民病,愿得天子知。

《伤唐衢》(其二)有云:

> 忆昨元和初,忝备谏官位。是时兵革后,生民正憔悴。但伤民病痛,不识时忌讳。遂作《秦中吟》,一吟悲一事。贵人皆怪怒,闲人亦非

訾。天高未及闻,荆棘生满地。

这里除掉说明自己的讽谕诗,不为空文和希望为君王所知以外,又表明了它们内容方面的反映民生疾苦的特色。白居易不仅是一般的强调诗歌的风雅比兴,而且进一步提出"惟歌生民病"的主张,突出地规定了诗歌的具体内容,要求诗歌更好地发挥针砭时弊的作用;这是他诗歌理论的一个鲜明的标志,也是古代这方面诗论的一个新的发展。

为了达到作品的积极的社会作用,白居易很重视作品内容和题材的核实。他认为只有"其事核而实",才能使"采之者传信"(《新乐府序》),使人认识政治社会的真实面貌,从而产生改革现实的要求。他又说:"今褒贬之文无核实,则惩劝之道缺矣。"(《策林》第六十八目"议文章碑碣词赋")白居易所作的《秦中吟》、《新乐府》等讽谕诗所描写的情事,大都有事实作为依据,正是这一创作思想的表现。但白居易固然强调核实,同时也并不排斥艺术的想像和虚构。他的"新乐府"中不少篇章的细节描写,即是出诸想像的。

白居易在《新乐府序》中,论述他的"新乐府"诗说:"其辞质而径,欲见之者易喻也;其言直而切,欲闻之者深戒也;……其体顺而肆,可以播于乐章歌曲也。"白居易的诗歌,语言通俗,音节和谐,有"老妪都解"的传说,这不但在为诗歌内容服务上取得了更好的效果,而且也使他的诗篇获得广泛的传播。上面这段话很好地说明了这种艺术特色。但所谓"质而径"、"直而切",不仅是语言上的问题,而更重要的是紧密联系着反映现实、批判政治的诗歌的创作思想问题。白居易的"意激而言质"的诗风,违背了儒家所标举的"温柔敦厚"、"怨而不怒"的诗说,而赋予更积极的批判意义。如果讽谕诗一类作品,仍然追求蕴藉、兴象,追求清新、雅正,那必然会损害诗歌的批判锋芒。因此,他的作品的风格与艺术特色,固不同于孟浩然、王维,即与殷璠、释皎然他们所标举的旨趣,也很有区别。

白居易诗歌语言的通俗流畅,是一个很大的优点,为其他唐代诗人所不及。但他的一部分诗篇,写得过于周详浅露,缺少凝炼含蓄,使人读起来有余味不足之感。白居易在《和答诗十首序》中对元稹说:"顷者在科试间,常与足下同笔砚。每下笔时辄相顾,共患其意太切而理太周。故理太周则辞繁,意太切则言激。然与足下为文,所长在于此,所病亦在于此。"可见这一点,他自己是意识到了的。

对历代诗歌的评论

在《与元九书》中,白居易本着《诗经》六义的标准和诗歌为政教服务的要求,评述了历代诗歌的发展,对许多代表性的作家,表达了他自己的看法,特别是梁陈时代的文学,他认为都是"嘲风雪,弄花草",完全丧失了六义的精神,对它们进行了激烈的批判。

> 洎周衰秦兴,采诗官废,上不以诗补察时政,下不以歌泄导人情。乃至谄成之风动,救失之道缺。于是六义始刓矣。
>
> 国风变为骚辞,五言始于苏、李。苏、李、骚人,皆不遇者,各系其志,发而为文。故"河梁"之句,止于伤别,泽畔之吟,归于怨思,彷徨抑郁,不暇及他耳。然去《诗》未远,梗概尚存。故兴离别则引双凫一雁为喻;讽君子小人,则引香草恶鸟为比。虽义类不具,犹得风人之什二三焉。于时六义始缺矣。
>
> 晋宋以还,得者盖寡。以康乐之奥博,多溺于山水;以渊明之高古,偏放于田园。江鲍之流,又狭于此。如梁鸿《五噫》之例者,百无一二焉。于时六义浸微矣。
>
> 陵夷[矣]至于梁陈间,率不过嘲风雪,弄花草而已。噫!风雪花草之物,《三百篇》中岂舍之乎?顾所用何如耳。设如"北风其凉",假风以刺威虐也;"雨雪霏霏",因雪以愍征役也;"棠棣之华",感华以讽兄弟也;"采采芣苢",美草以乐有子也。皆兴发于此而义归于彼。反是者,可乎哉!然则"余霞散成绮,澄江净如练","离花先委露,别叶乍辞风"之什,丽则丽矣,吾不知其所讽焉。故仆所谓嘲风雪、弄花草而已。于时六义尽去矣。
>
> 唐兴二百年,其间诗人不可胜数。所可举者,陈子昂有《感遇诗》二十首,鲍防有《感兴诗》十五首。又诗之豪者,世称李杜。李之作,才矣奇矣,人不逮矣;索其风雅比兴,十无一焉。杜诗最多,可传者千余首,至于贯串今古,觑缕格律,尽工尽善,又过于李。然撮其《新安吏》、《石壕吏》、《潼关吏》、《塞芦子》、《留花门》之章,"朱门酒肉臭、路有冻死骨"之句,亦不过三四十首。杜尚如此,况不逮杜者乎!

在这里,白居易从《诗经》到杜甫,论述了历代诗歌的发展和得失。他认为诗歌中价值最高的是《诗经》,它具有"根情、苗言、华声、实义"的特色。他在六义中,特别强调风雅比兴在诗歌中所发挥的讽刺意义和作用。基于这样的认识,他不但对于梁陈间的诗歌作了全盘否定,就是对于大诗人屈原的"归于怨思",陶渊明的"偏放于田园",李白的缺少风雅比兴,也深表不满。《诗经》以外,杜甫是他最所推崇的,称赞他"贯串今古,觇缕格律,尽工尽善,又过于李"。但同时又感叹其反映现实、讽刺时政之作,"亦不过三四十首",也流露出美中不足之感。

在《与元九书》中,白居易固然较为系统地评述了历代诗歌,但其评价全从提倡讽谕诗的立场出发,未能全面分析各个历史阶段诗歌的特色与成就,显示出轻视后代诗歌向多方面发展的偏颇态度。我们看到,在其他场合,白居易的态度就不是这样。他对陶渊明诗一直十分爱好,在篇章中常常流露出仰慕赞美的情绪(详见下文)。对李白诗也给予很高评价,有句云:"可怜荒陇穷泉骨,曾有惊天动地文。"(《李白墓》)又评李杜诗云:"吟咏流千古,声名动四夷。"(《读李杜集因题卷后》)可谓推崇极高。对其他不写讽谕诗的诗人也有赞美之辞。由此可见,上述《与元九书》中对历代诗歌的评价,只是白居易在大力提倡讽谕诗时的意见,并不代表他的全部看法。

对闲适诗的评论

白居易除了讽谕诗外,还写了更多的闲适、感伤一类的作品。《与元九书》论述他个人的作品诗,也表现了重视闲适诗的观点。

　　故仆志在兼济,行在独善,奉而始终之则为道,言而发明之则为诗。谓之讽谕诗,兼济之志也;谓之闲适诗,独善之义也。故览仆诗,知仆之道焉。其余杂律诗,或诱于一时一物,发于一笑一吟,率然成章,非平生所尚者,但以亲朋合散之际,取其释恨佐欢。今铨次之间,未能删去,他时有为我编集斯文者,略之可也。

　　今仆之诗,人所爱者,悉不过杂律诗与《长恨歌》以下耳。时之所重,仆之所轻。至于讽谕者,意激而言质,闲适者,思淡而词迂,以质合迂,宜人之不爱也。

可见白居易在强调讽谕诗的同时,也重视闲适一类的诗歌,他比较更不满意的是那些杂律诗。因此,他对陶渊明和韦应物常常给予赞美。如说:"苏州及彭泽,与我不同时。"(《自吟拙什因有所怀》)"常爱陶彭泽,文思何高玄。又怪韦江州,诗情亦清闲。"(《题浔阳楼》)他对陶渊明的为人,尤表爱慕。晚年作《醉吟先生传》,说自己郊游时常在"肩舁中置陶谢诗数卷"。陶渊明诗歌在平淡之中有愤激,但白居易最欣赏他的还是"高玄"。韦应物诗,白居易虽也称道他的歌行"颇近兴讽",但更重视他的"五言诗高雅闲淡,自成一家之体"(《与元九书》)。他赞美陶渊明、韦应物为人的清高和诗歌的

"高玄"、"清闲"、"高雅闲淡",和他自己喜爱闲适生活和创作上重视"思淡而词迂"的闲适诗的精神是相通的,同时也表现出他独善其身、知足保和的人生态度。

白居易后期,尤其是晚年,独善其身的思想和闲逸情趣,有了进一步的发展,在创作上完全失去了前期的批判锋芒,这种衰颓的精神,在他的文学批评中也得到了反映。《序洛诗》说:

> 序洛诗,乐天自叙在洛之乐也。……自(大和)三年春至八年夏,在洛凡五周岁,作诗四百三十二首。除丧朋哭子十数篇外,其他皆寄怀于酒,或取意于琴,闲适有余,酣乐不暇,苦词无一字,忧叹无一声。岂牵强所能致耶,盖亦发中而形外耳。斯乐也,实本之于省分知足,济之以家给身闲,文之以觞咏弦歌,饰之以山水风月,此而不适,何往而适哉?兹又以重吾乐也。予尝云:治世之音安以乐,闲居之诗泰以适。苟非理世,安得闲居?故集洛诗,别为序引。不独记东都履道里有闲居泰适之叟,亦欲知皇唐大和岁有理世安乐之音。集而序之,以俟夫采诗者。

过去是"惟歌生民病",现在却是"忧叹无一声";过去要求君王"先向歌诗求讽刺",现在却是"俟夫采诗者""知皇唐大和岁有理世安乐之音":这是多么大的变化!大和年间正是牛李党争剧烈的年代,白居易写《序洛诗》的次年(大和九年),发生了著名的甘露之变。白居易把这个年代称为"理世",说明他对当时的朝廷政局,完全采取了消极回避的态度。

对感伤诗杂律诗的评论

白居易的感伤诗,表现了他在接触种种外界事物时所迸发的感伤情绪,所谓"事物牵于外,情理动于内,随感遇而形于叹咏者"(《与元九书》)。《序洛诗》中所谓"丧朋哭子",就是属于这一类。白居易对其感伤诗实际也是喜爱的。《与元九书》提到属于感伤诗类的《长恨歌》时有曰:

> 及再来长安,又闻有军使高霞寓者,欲聘倡伎。伎大夸曰:"我诵得白学士《长恨歌》,岂同他伎哉!"由是增价。……又昨过汉南日,适遇主人集众乐娱他宾。诸伎见仆来,指而相顾曰:"此是《秦中吟》、《长恨歌》主耳。"

又他在《编集拙诗成一十五卷因题卷末戏赠元九李二十》诗有云:"一篇《长恨》有风情,十首《秦吟》近正声。"也以《长恨歌》与《秦中吟》讽谕诗并提。尽管白居易自称感伤诗是"时之所重,仆之所轻",但上面引文的字里行间,显然流露出对《长恨歌》的自我欣赏。

杂律诗即指律体诗。因其样式颇多,有四句(即绝句)、八句、十句以上以至一百韵(两百句)者,又分为五言、七言两体,体式繁杂,故白居易称之为杂律诗。白居易对其杂律诗实际也是很喜爱的。他不但一生创作了大量律诗,而且在理论批评中也有所表述。《与元九书》肯定杂律诗在"亲朋合散之际"有"释恨佐欢"的作用。又提到与元稹同游长安城南时"各诵新艳小律",其乐趣不异于登上蓬瀛仙岛,言下也洋溢着自我欣赏的味道。

白居易对其友人的律体诗也往往给予赞美。如评元稹律诗云:"清楚音谐律,精微思入玄。收将白雪丽,夺尽白云妍。寸截金为句,双雕玉作联。"(《江楼夜吟元九律诗成三十韵》)又云:"声声丽曲敲寒玉,句句妍辞缀色丝。"(《酬微之》)他的《刘白唱和集解》赞美刘禹锡诗写得"神妙",并举其律句"雪里高山头白早"、"沉舟侧畔千帆过"为例。又据刘禹锡《金陵五题序》记载,白居易对刘的《金陵五题》(均为七绝)十分赞赏:"掉头苦吟,叹赏良久。且曰,《石头》诗云'潮打空城寂寞回',吾知后之诗人不复措词矣。"

在《与元九书》中,白居易认为自己的诗歌中讽谕、闲适两类最重要,因为它们分别体现了儒家"兼济"、"独善"的立身处世原则。又认为其杂律诗价值不大,今后别人为他编纂集子时可以把它们删去。然而,他暮年自己编订《白氏长庆集》七十五卷,令人缮抄五部,分藏各处,杂律诗不但没有被删去,而且在全部诗作中比重最大。应当看到,作为一个诗人,白居易既关心国事民生并具有兼济天下的志愿,因而在某一时期的理论上大力提倡讽谕诗;同时,他在日常生活中又具有丰富真挚的感情,并热爱各种自然美和艺术美,因而从内心深处喜爱长于抒情、文词美丽、声律和谐的杂律诗和感伤诗。

第四节　元　　稹

白居易的诗友元稹,与白居易在创作倾向与理论批评方面均有不少共通之处。元稹(779—831),字微之,河南(今河南洛阳)人。有《元氏长庆集》。

提倡讽谕诗和新乐府

元稹写了许多各种不同体制和题材的诗歌,其中他重视的是讽谕诗。

其《进诗状》说：

> 臣九岁学诗，少经贫贱；十年谪官，备极恓惶。凡所为文，多因感激。故自古风诗至古今乐府，稍存寄兴，颇近讴谣，虽无作者之风，粗中道人之采。自律诗百韵至于两韵七言，或因朋友戏投，或以悲欢自遣，既无六义，皆出一时，词旨繁芜，倍增惭恐。

元稹重视讽谕诗，因为它们"稍存寄兴"；他不重视律诗，因为它们"既无六义"。这里他与白居易一样，是以《诗经》六义或风雅比兴为衡量的标准，也就是要求诗歌密切联系国事民生，对政治发生作用。元稹在《叙诗寄乐天书》中，为自己的诗歌分类作了详细说明，也表现了这种思想：

> 其中有旨意可观而词近古往者为古讽；意亦可观而流在乐府者为乐讽；词虽近古而止于吟写性情者为古体；词实乐流而止于模象物色者为新题乐府（按它与反映国事民生的新乐府不同）；声势沿顺属对稳切者为律诗，仍以七言五言为两体，其中有稍存寄兴与讽为流者为律讽。不幸少有伉俪之悲，抚存感往，成数十诗，取潘子悼亡为题。又有以干教化者，近世妇人，晕淡眉目，绾约头鬓，衣服修广之度，及匹配色泽，尤剧怪艳，因为艳诗百余首。词有今古，又两体。

《叙诗寄乐天书》更详述了所以提倡讽谕诗的历史背景，其中提到了政治腐败、藩镇骄横、剥削严重等情状，对我们了解元白创作讽谕诗的社会原因有很大帮助，节录如下：

> 贞元十年已后，德宗皇帝春秋高，理务因人……由是诸侯（指藩镇）敢自为旨意。……甚者碍诏旨，视一境如一室。刑杀其下，不啻仆畜。厚加剥夺，名为进奉，其实贡入之数百一焉。京城之中，亭第邸店，以曲巷断；侯甸之内，水陆腴沃，以乡里计；其余奴婢资财生生之备称之。朝廷大臣，以谨慎不言为朴雅。以时进见者不过一二亲信；直臣义士，往往抑塞。禁省之间，时或缮完隤坠；豪家大帅，乘声相扇，延及老佛，土木妖炽，习俗不怪。上不欲令有司备宫闱中，小碎须求，往往持币帛以易饼饵。吏缘其端，剥夺百货，势不可禁。

接着叙述了在这种政治局面下，自己开始写作政治讽刺诗，受到了陈子昂、杜甫诗歌的很大启发：

> 仆时孩骏，不惯闻见，独于书传中初习理乱萌渐，心体悸震，若不可

活,思欲发之久矣。适有人以陈子昂《感遇诗》相示,吟玩激烈,即日为《寄思玄子诗》二十首。故郑京兆于仆为外诸翁,深赐怜奖。因以所赋呈献,京兆翁深相骇异。……由是勇于为文。又久之,得杜甫诗数百首,爱其浩荡津涯,处处臻到,始病沈宋之不存寄兴,而讶子昂之未暇旁备矣。

读了《叙诗寄乐天书》,我们对元稹、白居易在当时的历史情况下从事写作讽谕诗的目的要求,就比较清楚了。

《乐府古题序》也是元稹的一篇重要的文学论文。文中论述了乐府歌诗的各种门类及历史发展,强调指出写作古题乐府,应当反映现实,反对毫无新意的摹拟:

况自风雅至于乐流,莫非讽兴当时之事,以贻后代之人。沿袭古题,唱和重复,于文或有短长,于义咸为赘剩。尚不如寓意古题,刺美见事,犹有诗人引古以讽之义焉。

元稹的《乐府古题》诗十九首,就是看到梁州新进士刘猛、李余所“赋古乐府诗数十首,其中一二十章咸有新意”,因此“选而和之”的。序文中对杜甫“即事名篇”的乐府体诗,特别加以赞美:

近代唯诗人杜甫《悲陈陶》、《哀江头》、《兵车》、《丽人》等,凡所歌行,率皆即事名篇,无复倚傍。予少时与友人乐天、李公垂辈,谓是为当,遂不复拟赋古题。

杜甫的《悲陈陶》、《哀江头》等诗篇,继承汉魏古乐府的现实主义精神,采用乐府诗体来反映时事,不沿袭古乐府的题目和题材,开辟了创作乐府诗的新途径。元稹、白居易于唐代先辈诗人最推崇杜甫,受杜甫这类诗歌的影响尤为显著,并由此确立了新乐府的名称。李绅(公垂)首先作了《乐府新题》二十首(诗已佚),以后元稹选和了十二首,白居易发展为五十首。当时张籍、王建,虽不参加倡和,也各有制作。同时他们所写的古题乐府,如元稹所说的,能够“寓意古题,刺美见事”,也具有新乐府的精神,与过去一般的古题乐府风貌颇不相同。这些作家作品汇合起来,就形成了某些文学史所赞美的以元白为首的中唐新乐府创作运动。元稹在《和李校书新题乐府十二首序》中说:“予友李公垂贶予《乐府新题》二十首,雅有所谓,不虚为文。予取其病时之尤急者,列而和之。”元稹所说的“雅有所谓,不虚为文”、“即事名篇,无复倚旁",扼要而中肯地揭示了新乐府诗的创作特色。

元稹在《唐故工部员外郎杜君墓系铭序》中,对南朝文学缺乏内容追求形式的风气作了猛烈的批评,说:"宋齐之间,教失根本,士以简慢歙习舒徐相尚,文章以风容色泽放旷精清为高,盖吟写性灵、流连光景之文也,意义(一作气)格力无取焉。陵迟至于梁陈,淫艳刻饰佻巧小碎之词剧,又宋齐之所不取也。"这种主张,跟提倡讽谕诗的精神是互相沟通的。

对律体诗的评论

元稹上述对讽谕诗、新乐府诗的提倡与强调,只是他在主张诗歌应当反映国事民生、有助于政治改革时的主张;实际他对其他题材和体制的诗歌也相当重视。他不但写了大量其他题材和体制的诗篇,而且发为自我赞赏的言论(特别是对律体诗)。其《上令狐相公诗启》说:

> 唯杯酒光景间屡为小碎篇章,以自吟畅。然以为律体卑痹,格力不扬,苟无姿态,则陷流俗。常欲得思深语近,韵律调新,属对无差,而风情宛然,而病未能也。江湖间多新进小生,不知天下文有宗主,妄相仿效,而又从而失之,遂至于支离褊浅之词,皆目为元和诗体。稹与同门生白居易友善。居易雅能为诗,就中爱驱驾文字,穷极声韵,或为千言、或为五百言律诗,以相投寄。小生自审不能以过之,往往戏排旧韵,别创新词,名为次韵相酬,盖欲以难相挑耳。江湖间为诗者,复相放效,力或不足,则至于颠倒语言,重复首尾,韵同意等,不异前篇,亦自谓为元和诗体。而司文者考变雅之由,往往归咎于稹。

文章主旨在为自己辩白,但透露出对自己和白居易所创作的元和体律诗的自负,认为所作有不同流俗之感。白居易的《余思未尽加为六韵重寄微之》诗有云:"诗到元和体变新。"自注云:"众称元白为千字律诗,或号元和格。"元稹《酬乐天余思不尽加为六韵之作》有云:"次韵千言曾报答。"自注云:"乐天曾寄予千字律诗数首,予皆次用本韵酬和,后来遂以成风耳。"从两人的话中可以看出,彼此对于互相倡和酬答的长篇律体诗都颇为欣赏。又元稹《白氏长庆集序》有曰:"五字律诗,百言而上长于赡。"是赞美白居易的五言律诗以赡富见长。元稹把他的律体诗按篇幅长短分为两大类:一类是长律(指十韵二十句以上的律诗),另一类则是以两韵、四韵为主的短篇律体,即绝句、律诗,元稹称为"小碎篇章"。对于短律诗,元稹也是喜爱并赞美的。上面提到,白居易《与元九书》尾部自述与元稹春游长安城南时,于马上"各诵新艳小诗",其乐有如腾空游仙。元稹在《为乐天自勘诗集即事成篇》一诗中回忆往事,还不胜神往。和白居易相仿,元稹是一位富于感情和才华的诗人,当他主张诗歌应为政治改革服务时,就大力提倡讽谕诗;而在日常生活中,则又倾向于写作诗篇来抒发亲朋情谊与男女恋情,并注意诗歌的色彩声律之美,因而写作大量律体诗,并表现出由衷的自我欣赏。

对杜甫的评价

元稹于唐代前辈诗人中最推重杜甫,上面提到,他写作讽谕诗和新乐府,都受到杜甫诗歌的很大影响。他的《唐故工部员外郎杜君墓系铭序》一文,对杜甫诗歌作了极高的评价。序文通过具体分析,指出杜甫善于多方面地向遗产学习,掩有过去众家之长,成为诗歌艺术上的集大成者:

> 唐兴,官学大振,历世之文,能者互出。而又沈宋之流,研练精切,稳顺声势,谓之为律诗。由是而后,文变之体极焉。然而莫不好古者遗近,务华者去实;效齐梁则不逮于魏晋,工乐府则力屈于五言;律切则骨格不存,闲暇则纤浓莫备。至于子美,盖所谓上薄风骚,下该沈宋,古傍(一作言夺)苏李,气吞曹刘,掩颜谢之孤高,杂徐庾之流丽,尽得古今之体势,而兼人人之所独专矣。使仲尼考锻其旨要,尚不知贵其多乎哉?苟以为能所不能,无可无不可,则诗人以来,未有如子美者!

元稹指出唐代许多诗人在创作上表现颇不相同,在体制上也各有区别,而其弊病,在于"好古者遗近,务华者去实",很难兼备众长,往往流于偏美。至于杜甫,则是博大精深,兼揽《诗经》、《楚辞》以至汉魏六朝诸名家之长,"尽得古今之体势",集诗歌艺术的大成。这一分析和评价,是符合于杜甫诗歌的实际情况的。后来《新唐书·文艺传》论杜甫诗云:"开元间,稍裁以雅正。然恃华者质反,好丽者壮违,人得一概,皆自名所长。至甫浑涵汪茫,千汇万状,兼古今而有之。"就是继承了元稹的意见。元稹在这里对杜诗的分析评价,偏重在体制、风格、语言方面,没有着重揭示杜诗深刻的思想内容,这是一个缺点,我们如把这里的话跟上面举过的《叙诗寄乐天书》、《乐府古题序》中对杜诗的评语结合起来考察,就可以较全面地理解他对杜诗的看法了。

另外,元稹很推重杜诗的独创精神。有诗云:"杜甫天材颇绝伦,每寻诗卷似情亲。怜渠直道当时语,不着心源傍古人。"(《酬孝甫见赠十首》之二)杜诗一方面善于学习吸取前人之长,一方面又富有不依傍古人的创造性,这首诗正和他在《乐府古题序》中,说杜甫的《悲陈陶》等诗篇"无复依傍"一样,都正确地揭示了杜诗在创造性方面的特点。

元稹在《唐故工部员外郎杜君墓系铭序》中,对杜诗作了大力肯定以后,接着以杜甫和李白作了对比。他说:

> 时山东人李白,亦以奇文取称,时人谓之李杜。予观其壮浪纵恣,摆去拘束,模写物象,及乐府歌诗,诚亦差肩于子美矣。至若铺陈终始,排比声韵,大或千言,次犹数百,词气豪迈,而风调清深,属对律切,而脱弃凡近,则李尚不能历其藩翰,况堂奥乎!

这里的李杜优劣论却是不公允的。李白是浪漫主义的大诗人,他的创作不愿受格律的束缚,不能因他比较不长于写律诗而加以贬抑。杜甫的律诗固然很有成就,但他那些"大或千言,次犹数百"的长篇排律,虽很见功力,但无论从思想内容或语言形式看,并不是杜甫集中的最精粹部分。元稹从这方面来抑李扬杜,是不正确的。无怪后来要受到元好问的讥嘲:"排比铺张特一途,藩篱如此亦区区。少陵自有连城璧,争奈微之识碔砆。"(《论诗绝句》)元稹特别推崇杜甫的长篇排律,有其个人创作爱好与当时诗坛创作风尚的特定原因。上面提到,元稹写了不少长律,他和白居易互相酬答,还写了若干百韵千字等长篇巨制,并以此自负。长律属对工整,声律和谐,文辞富美,能较充分地展示文人才学的赡富。当时除元、白写得最多外,其他如刘禹锡、柳宗元、李绅、杨巨源、李贺等都有四十韵以上的长律,写二十韵的人就更多了,可谓形成一时风气。元稹从五言长律角度扬杜抑李,正是这一创作氛围中的产物。

第三章 唐代古文运动的理论

第一节 古文运动的前驱者

在韩愈、柳宗元等人之前，从玄宗天宝年间起，就有一些作者不满于骈文的华丽，写作朴实而较多散句的文章，并发表不少文章复古的言论。他们虽未标举"古文"名称，但可视为"古文运动"的前驱。

萧颖士、李华、贾至

独孤及《吏部员外赵郡李公中集序》云："天宝中，公(李华)与兰陵萧茂挺(颖士)、长乐贾幼几(至)，勃焉复起，振中古之风，以宏文德。"可见萧、李、贾三人早在玄宗天宝年间即已从事于文章复古。

萧颖士(约717—760)，字茂挺，郡望兰陵(今江苏常州)，家居汝颍间。曾任秘书正字、扬州功曹参军等职。《全唐文》存文两卷。天宝中曾聚徒教授，时称"萧夫子"，名扬海外。在《赠韦司业书》中，他自述其志向，说即使不能在政治上建功立业，也应"优游道术，以名教为己任，著一家之言，垂诅劝之益"。又自称"平生属文，格不近俗，凡所拟议，必希古人，魏晋以来，未尝留意"。可见其重名教和复古的倾向。

天宝十三载，萧颖士作《江有归舟》诗送门人归江南，其诗序云：

> 猗！尔之所以求，我之所以诲，学乎文乎？学也者，非云征辨说，撷文字，以扇夫谈端，轹厥词意。其于识也，必鄙而近矣。所务乎宪章典法、膏腴德义而已。文也者，非云尚形似，牵比类，以局夫俪偶，放于奇靡。其于言也，必浅而乖矣。所务夫激扬雅训、彰宣事实而已。……孔门四科，吾是以窃其一矣。然夫德行、政事，非学不言；言而无文，行之不远。岂相异哉？四者一夫正而已矣。

认为作者若耗精力于描绘物象、追求奇丽，其文必浮浅而乖于正道；作文的目的，只应是阐扬道德教化和宣明事实。其重政教、轻审美之意十分明白。而反对"局夫俪偶"，明确地表示了对骈俪文体的不满。

萧颖士曾评论历代文学。李华《扬州功曹萧颖士文集序》云：

> 君以为《六经》之后，有屈原、宋玉，文甚雄壮而不能经。厥后有贾谊，文辞最正，近于理体。枚乘、司马相如，亦璝丽才士，然而不近风雅。扬雄用意颇深，班彪识理，张衡宏旷，曹植丰赡，王粲超逸，嵇康标举。此外皆金相玉质，所尚或殊，不能备举。左思诗赋，有《雅》《颂》遗风；干宝著论，近王化根源。此后夐绝无闻焉。近日陈拾遗子昂文体最正，以此而言，见君之述作矣。

又《新唐书·文艺传》云：

> 颖士数称班彪、皇甫谧、张华、刘琨、潘尼能尚古，而混流俗不自振，曹植、陆机所不逮也。又言裴子野善著书。所许可当世者，陈子昂、富嘉谟、卢藏用之文辞。

所肯定者，均为晋以上文士。南朝仅裴子野因著《宋略》与其专心史学的志趣相合，故受到称赞，其他众多的诗文作者均在不加论评之列。这本身显示了复古的倾向。在晋以上文士中，给以好评的，主要是议论政教而见解卓著者，以及好深沉之思、写作子书者。于《楚辞》、汉赋，认为其思想内容不合乎儒家经典。曹植、陆机在南朝和初唐人心目中地位甚高，而萧颖士认为尚不及班彪、皇甫谧等人。其门人曾说："闻萧氏风者，五尺童子羞称曹、陆。"（《新唐书·文艺传》）因萧颖士的评价标准，原不在于文思才藻之美。唐代作者中最称许陈子昂。陈氏论政事诸作精当要切而不事华彩，故被称为"文体最正"。

李华（约715—774），字遐叔，赵郡赞皇（今属河北）人。曾为监察御史、右补阙等。《全唐文》存文八卷。他是萧颖士的好友，又是同年进士。其文辞较之萧颖士更少骈俪成分而多散行之气。独孤及曾论他在天宝文坛的作用："二十年间，学者稍厌《折扬》《皇芎》而窥《咸池》之音者什五六，识者谓之文章中兴，公实启之。"（《李公中集序》）

李华论文，也强调宗尚儒家经典，发挥政教作用。《赠礼部尚书清河孝公崔沔集序》云：

文章本乎作者,而哀乐系乎时。本乎作者,《六经》之志也;系乎时者,乐文、武而哀幽、厉也。立身扬名,有国有家,化人成俗,安危存亡,于是乎观之。……见公文章,知公行事,则人伦之叙、治乱之源备矣。岂唯化物谐声、为文章而已乎?

认为作者之志应合乎儒道,而由文章见作者的行事和世之盛衰,探求人伦、治乱之理。若文章不能发生这样的作用,而徒求文辞之工,则不足取。

李华也曾论及历代文章。《崔沔集序》云:

夫子之文章,偃、商传焉。偃、商殁而孔伋、孟轲作,盖《六经》之遗也。屈平、宋玉哀而伤,靡而不返,《六经》之道遁矣。论及后世,力足者不能知之,知之者力或不足,则文义浸以微矣。

所肯定的只是儒家一系的著作,而屈、宋以下的文学发展全被否定。认为后世有力量者不懂得文章须宣扬儒道、服务于政教的道理,懂得其道者却无力量以拨乱反正,故文章之道日益衰微。这样的观点当然是颇为狭隘的。

贾至(718—772),字幼几,一作幼邻,河南洛阳(今属河南)人。与萧颖士、李华为同年进士。曾为起居舍人知制诰、右散骑常侍等。《全唐文》存文三卷。

贾至以教化天下为己任,"誓将以儒,训齐斯民"(独孤及《祭贾尚书文》)。由教化的立场出发,与萧颖士、李华一样,颂扬三代《五经》之文,而全盘否定《楚辞》以下的文学发展。其《工部侍郎李公集序》云:

易曰:"观夫天文以察时变,观乎人文以化成天下。"然则唐虞赓歌,殷周雅颂,美文之盛也。厥后四夷交侵,诸侯征伐,文王之道将坠地;于是仲尼删《诗》、述《易》、作《春秋》,而叙帝王之书,三代文章,炳然可观。洎骚人怨靡,扬、马诡丽,班、张、崔、蔡、曹、王、潘、陆,扬波扇飚,大变风雅。宋、齐、梁、隋,荡而不返。昔延陵听乐,知诸侯之兴亡;览数代述作,固足验乎理乱之源也。

其态度也是十分偏狭的。

·独孤及、梁肃和柳冕

年岁稍晚于萧、李、贾三人的古文运动前驱者有独孤及。独孤及

(725—777)，字至之，河南洛阳人。曾为左拾遗、常州刺史等。有《毗陵集》。

独孤及天宝中与李华、贾至交往，尊事二人为兄，思想倾向也颇为一致。他同样推崇《六经》是不可企及的文章典范，而以《楚辞》、汉赋为文风浇讹之源。他曾引述友人的话说："扬、马言大而迂，屈、宋词侈而怨。沿其流者，或文质交丧，雅郑相夺。"（《唐故殿中侍御史赠考功郎中萧府君文章集录序》）贬抑屈、宋，是当时复古者共同的论调。

值得注意的是独孤及除尊经之外，很重视两汉文章。他说："后世虽有文章，六籍其不可及已。《荀》、《孟》朴而少文，屈、宋华而无根。有以取正，其贾生、史迁、班孟坚云尔。"此语见于其门人梁肃的《常州刺史独孤及集后序》，是教导梁肃如何作文时所说。看来他对于文采还是重视的，认为《孟子》、《荀子》文采不足，故以贾谊的政论文和马、班的《史记》、《汉书》为效法对象。按卢藏用曾说："汉兴二百年，贾谊、马迁为之杰，宪章礼乐，有老成人之风。"（《陈子昂文集序》）萧颖士也说贾谊"文词最正，近于理体"（见李华《萧颖士文集序》）。独孤及则进而与《荀》、《孟》比较，将贾、马、班三人的作品作为学习写作的典范，具有从思想内容和写作艺术两方面加以肯定的意味。这对后来韩愈、柳宗元都颇有影响。

在独孤及论文的言论中，还有颇值得注意的一点，是他比前人更鲜明地反对骈偶声律。《检校尚书吏部员外郎赵郡李公中集序》云：

> 志非言不形，言非文不彰，是三者相为用，亦犹涉川者假舟楫而后济。自典谟缺，雅颂寝，世道陵夷，文亦下衰。故作者往往先文字后比兴。其风流荡而不返，乃至有饰其词而遗其意者，则润色愈工，其实愈丧。及其大坏也，俪偶章句，使枝对叶比，以八病四声为楷柔，拳拳守之，如奉法令。闻皋繇、史克之作，则呷然笑之。天下雷同，风驱云趋，文不足言，言不足志；亦犹木兰为舟，翠羽为楫，玩之于陆，而无涉川之用。痛乎流俗之惑人也旧矣。

从文章内容与文辞、文采关系的角度，批判讲究对偶、声律的骈俪文体"润色愈工，其实愈丧"，较之萧颖士反对"局夫俪偶"的说法，论述得更深入一些。独孤及本人的作品，多取散行，骈俪之作甚少，确可与其理论主张相印证。

独孤及关于诗歌的意见却与对散文的要求颇有不同。其《唐故左补阙安定皇甫公集序》云：

五言诗之源,生于《国风》,广于《离骚》,著于苏、李,盛于曹、刘,其所自远矣。当汉魏之间,虽以朴散为器,作者犹质有余而文不足。以今揆者,则有朱弦疏越、太羹遗味之叹。历千余岁,至沈詹事、宋考功,始裁成六律,彰施五色,使言之而中伦,歌之而成声,缘情绮靡之功,至是乃备。虽去雅浸远,其丽有过于古者。亦犹路鼗出于土鼓,篆籀生于鸟迹也。沈、宋既殁,而崔司勋颢、王右丞维崛起于开元、天宝之间。得其门而入者,当代不过数人,补阙其人也。补阙讳冉……右丞相曲江张公深所叹异,谓清颖秀拔,有江、徐之风。……其诗大略以古之比兴,就今之声律,涵咏风骚,宪章颜、谢。……

这里充分肯定了诗歌由质趋文的历史发展,尤其是明确地肯定了回忌声病、讲究对偶的律体诗。对历朝著名诗人,包括南朝的谢灵运、颜延之、江淹、徐陵都表示推重,更充分肯定了初唐沈佺期、宋之问使律体诗最终得以完成的重大贡献。显然独孤及在这里并不强调诗歌的政教内容,所重视的是其缘情绮靡的审美价值。看来他的复古、宗经、宏道之论,主要是就散文写作而言,诗歌则是仍被作为怡情悦性之具的。

梁肃(753—793),字敬之,一字宽中,郡望安定乌氏(今宁夏固原东南),世居河南陆浑,后又迁新安(今属河南)。曾为右补阙、翰林学士等。《全唐文》存文六卷。在古文运动前驱者中,梁肃是承前启后的人物。他青年时以文章见知于李华、独孤及,自称是独孤及的"门下士"。而晚年曾奖借韩愈、李观、欧阳詹等人。

梁肃论文,也推崇两汉。他称道独孤及"其文宽而简,直而婉,辩而不华,博厚而高明。论人无虚美,比事为实录。天下凛然,复睹两汉之遗风"(《常州刺史独孤及集后序》)。又在《补阙李君前集序》中说:

> 炎汉制度,以霸王道杂之,故其文亦二:贾生、马迁、刘向、班固,其文博厚,出于王风者也;枚叔、相如、扬雄、张衡,其文雄富,出于霸途者也。

以两汉政论文和史家之文出于王风,辞赋出于霸道,隐含前者高于后者之意。但既说汉代制度本是兼取王霸,则于后者仍有肯定的意思。梁肃这里主要是以王、霸为比喻,形容两种作品的风格特点。

在同篇中,还提出了文章与道、气、辞的关系问题:

> 故文本于道,失道则博之以气,气不足则饰之以辞。盖道能兼气,

气能兼辞,辞不当则文斯败矣。……若乃其气全,其辞辩,驰骛古今之际,高步天地之间,则有左补阙李君。……议者又谓君之才若崇山出云,神禹导河,触石而弥六合,随山而注巨壑,盖无物足以遏其气而阂其行者也。

认为"道"即儒道、道德修养是文章的根本。以道为本,自能气全而辞辩。若离道而鼓其"气",已不足贵;若气亦不足而雕琢其辞,则更不足观。而文虽以道为本,但必然表现为气与辞,故气、辞也是重要的,只是应受道的统帅。这样从道、气、辞三者的关系论文,在唐代古文家中以梁肃为最早,值得注意。

柳冕(生卒年不详),字敬叔,河东(治今山西永济)人,与柳宗元同族。贞元中曾为吏部郎中、福州刺史等。《全唐文》存其文一卷。

柳冕论文之作颇多,大要在于反复强调教化和复古。

他强调文必须紧密地与道相联系:"故君子之文,必有其道。道有深浅,故文有崇替。"(《答衢州郑使君论文书》)而道的核心即在于教化:"盖言教化,发乎性情,系乎国风者,谓之道。"(同上)"故在君子之心为志,形君子之言为文,论君子之道为教"(《与徐给事论文书》)。总之认为文和道、教应该合成一体。对于这样的文,他是很重视的。他说:"文而知道,二者兼难,兼之者大君子之事。"(《答徐州张尚书论文武书》)"故言而不能文,非君子之儒也;文而不知道,亦非君子之儒也。"(《答衢州郑使君论文书》)当然,道与文之间必须以道为根本。若文章不以教化为根本,那就只不过是一种技艺罢了(见《谢杜相公论房杜二相书》)。

由这样的立场出发,柳冕对历代文章加以评论。他最推崇的当然是三代之文,即儒家经传。汉代贾谊、董仲舒的著述也为他所肯定。而对于屈、宋以迄齐梁的辞赋诗歌,柳冕则不止一次地给予猛烈的批判:

至于屈、宋,哀而以思,流而不反,皆亡国之音也。至于西汉扬、马以降,置其盛明之代,而习亡国之音,所失岂不大哉!……于是风雅之文,变为形似;比兴之体,变为飞动;礼义之情,变为物色:诗之六义尽矣。何则?屈、宋唱之,两汉扇之,魏晋江左,随波而不反矣。(《谢杜相公论房杜二相书》)

屈、宋以降,则感哀乐而亡雅正;魏晋以还,则感声色而亡风教;宋齐以下,则感物色而亡兴致。教化兴亡,则君子之风尽;故淫丽形似之

文,皆亡国哀思之音也。自夫子至梁陈三变,以至衰弱。(《与滑州卢大夫论文书》)

及王泽竭而诗不作,骚人起而淫丽兴,文与教分而为二。(《答荆南裴尚书论文书》)

自屈、宋以降,为文者本于哀艳,务于恢诞,亡于比兴,失古义矣。虽扬、马形似,曹、刘骨气,潘、陆藻丽,文多用寡,则是一技,君子不为也。(《与徐给事论文书》)

自南朝裴子野批评楚骚,初盛唐时王勃、李白也都曾将屈、宋作品说成是后世文风颓靡之始。萧颖士、李华、贾至、独孤及这些古文运动前驱者都有贬抑屈、宋的论调。柳冕更变其本而加厉。可笑的是西汉盛世的赋作也被说成是"习亡国之音"。在柳冕看来,凡抒发哀怨动人的情感、描绘物象、追求文采美丽,总之致力于文学审美而非直接明道者,便都该否定。

柳冕论文,常常说到"气"。《答衢州郑使君论文书》说:

夫善为文者,发而为声,鼓而为气。直则气雄,精则气生。使五彩并用而气行乎其中。故虎豹之文,蔚而腾光,气也;日月之文,丽而成章,精也。精与气,天地感而变化生焉,圣人感而仁义生焉。

气生而雄的关键在于作者正直而无邪、道德学问精粹而不杂。他又说:

文不知道,则气衰。(《答荆南裴尚书论文书》)

夫君子学文,所以行道。……道则未行,亦有才者之病。……故无病则气生,气生则才勇,才勇则文壮,文壮然后可以鼓天下之动。《(答杨中丞论文书》)

可知气与道紧密相联,柳冕提倡的是这样的气。若文章虽然刚健有气势,但未能"行道",则并非柳冕所称道的气。故"曹、刘骨气"也被批判为"则是一技,君子不为也"(见《与徐给事论文书》)。

第二节　韩　　愈

韩愈不但是唐代杰出的古文作家和诗人,而且还发表了不少重要的文学主张,对于古文运动的发展,产生很大的影响。韩愈(768—824),字退之,河南河阳(今河南孟县东南)人。官至吏部侍郎。有《韩昌黎集》。韩愈与李华从子李观是好友,受知于萧颖士的儿子萧存,又为梁肃所赏荐。他在学术渊源上和古文运动的先驱者有着密切的联系。在文学思想上,韩愈继承了这些前驱者的绪论,纠正了其偏激狭隘之处,使古文运动的理论进一步具体和系统化,促进了运动的深入开展。

志在古道,提倡古文

韩愈主张恢复先秦、西汉那样以散行为主的文体,称之为"古文"。他曾多次说,他之提倡古文,是因为"志在古道"(《答陈生书》),"思古人而不得见,学古道而欲兼通其辞。通其辞者,本志乎古道者也"(《题欧阳生哀辞后》)。又多次说自己写作文辞,是"思修其辞以明其道"(《争臣论》),是为了"传道"(《寄崔二十六立之》)、"扶树教道"(《上兵部李侍郎书》)。

古文运动前驱者已常言及文、道关系。韩愈对"道"的意义,尤多所阐发。在《原道》篇中,他说其道乃"合仁与义言之",即由尧、舜、禹、汤、文、武、周公以至孔子、孟子代代相传的儒家之道。韩愈倡言复古道,企图以儒道统一人们的思想,从而巩固封建秩序。这在当时,具有加强中央集权、反对藩镇割据和打击寺院经济膨胀的意义。若结合韩愈其他许多文章来看,所谓道的具体内容包罗很广,大至国家政治,小至交友为人,都有"道"贯彻其中。道就是处理各种事务、各种关系的正确原则。韩愈要人们恪守这些原则,有操守,不苟且。他本人是一位执著从事于实际政治的人物,而不是空谈道德性理的腐儒。他论道是与实际政治和社会生活相结合的。因此,韩愈大声疾呼复古道,从而热心提倡古文,是从实际政治社会活动的需要出发的。古文不必严守对偶声律,用来说理叙事"明道",比骈体方便。这是古文家——包括韩愈——提倡古文的原因之一。

韩愈反对骈体,与他鄙薄科举文体也很有关系。当时考试用骈文,主司所考校者往往在于"绣绘雕琢"、"声势之逆顺、章句之短长"方面(见《上宰相书》),韩愈认为这势必埋没人才。他说若让那些"有化俗之方、安边之画"、有真见解真学问的"豪杰之士"屈心下气于琐屑的文字雕琢之间,那他们一定会感到是蒙受耻辱。由于对此种选拔人才的做法不满,也就加深了对科举所用骈体的厌憎。

韩愈于诗文写作深嗜笃好,也十分自负,他企求以文章自树立和传世不朽,这是他提倡古文、反对骈体的又一原因。他曾这样描述自己:"矜汝文章,负汝言语,乘人不能,掩以自取。"(《知名箴》)骈体文发展到唐代,可说已经到达顶点,已给人以庸烂之感。韩愈乃力求通过艰辛的劳动,创造新文体,以超越流俗,出奇制胜。所谓复古,相对于当时流行的骈体而言,其实倒是出新。韩愈曾谆谆教导后学者:

> 夫百物朝夕所见者,人皆不注视也;及睹其异者,则共观而言之。夫文岂异于是乎? 汉朝人莫不能为文,独司马相如、太史公、刘向、扬雄为之最。然则用功深者,其收名也远。若皆与世沉浮,不自树立,虽不为当时所怪,亦必无后世之传也。……若圣人之道不用文则已,用则必尚其能者。能者非他,能自树立、不因循者是也。(《答刘正夫书》)

再三强调要在文章写作上深探力取,强调"自树立,不因循"。此种强烈的愿望,正是韩愈提倡古文、反对骈体、孜孜讲求表现技巧的一个重要动机。宋明一些理学家便看出了此点,如朱熹就再三说,韩愈"唤做要说道理,又一向主于文词"(《朱子语类》),"其弊精神,糜岁月,又有甚于前世诸人(指前代文人)之所为者"(《读唐志》)。

学习古文的途径和方法

韩愈继承了古代儒家的思想传统,很注意作者的道德修养,认为它是写作的一个根本条件,要写出好文章,必须首先提高道德修养。《答尉迟生书》说:"夫所谓文者,必有诸其中,是故君子慎其实。实之美恶,其发也不掩,本深而末茂,形大而声宏,行峻而言厉,心醇而气和,昭晰者无疑,优游者有余。"《答李翊书》也说:"将蕲至于古之立言者,则无望其速成,无诱于势利,养其根而俟其实,加其膏而希其光。根之茂者其实遂,膏之沃者其光晔;仁义之人,其言蔼如也。"他认为作者的德行是根本,言辞文章是德行的外部表现;有怎么样的道德修养工夫,就有怎么样的文章表现,所以"仁义之人,其言蔼如"。这种主张,可以说是根据孔子"有德者必有言"的意见而发挥的。写作古文,在当时并不为一般人所理解,"时人始而惊,中而笑且排"(李汉《昌黎先生集序》),也不能用作求取功名利禄的工具。韩愈叮嘱后学树立根本,毋求速成,毋慕势利,实有坚定其信念的深意。

气盛则言宜是韩愈关于如何写好古文的又一著名论点。《答李翊书》说:

> 气,水也;言,浮物也。水大而物之浮者大小毕浮;气之与言犹是也,气盛则言之短长与声之高下者皆宜。

229

所谓气,指作者的精神状态。对于所要说明的道理充满自信,情感强烈,有高屋建瓴之势,又经过了深思熟虑,情思酣畅,沛然有余,便是所谓"气盛"。具有此种精神状态,则遣词造句时声调之抑扬、句式之长短,便能自然合宜。如何方能气盛? 固然有多种因素,但从《答李翊书》所说"不可以不养也,行之乎仁义之途,游之乎《诗》、《书》之源"看来,韩愈强调的仍是道德学识的修养。孟子有养气之说,要培养"至大至刚"之气,便是就道德修养而言。韩愈则将它与作文联系起来了。他揭示了作者精神状态与文辞声调高下、节奏之间的关系。清代桐城派古文家很重视文章声调,由音节字句体会文之神气,那样的方法,可以说从中也可见出韩愈气盛言宜说的深远影响。

韩愈又主张务去陈言。《答李翊书》说:"唯陈言之务去,戛戛乎其难哉!"《樊绍述墓志铭》称赞樊氏之文:"必出于己,不蹈袭前人一言一句,又何其难也。"又说:"惟古于词必己出,降而不能乃剽贼。"所谓去陈言、求创新,首先是摒除凡俗庸腐之论;此外在构思立意、表达方式、语汇运用等艺术表现方面,也须下苦功钻研。这也就是"自树立,不因循"。韩愈认为,学习古圣贤人,也是"师其意不师其辞"(《答刘正夫书》)。可见他在文章写作艺术方面的创新意识是十分强烈的。

在学习的具体对象方面,韩愈也提出了若干主张。古文是指先秦两汉时代的文体,所以韩愈说自己开始学习时,"非先秦两汉之书不敢观"(《答李翊书》)。应该学哪一些先秦两汉之书呢?《进学解》中有更具体的说明:

> 沈浸醲郁,含英咀华,作为文章,其书满家。上规姚姒,浑浑无涯,周诰殷盘,佶屈聱牙。《春秋》谨严,《左氏》浮夸,《易》奇而法,《诗》正而葩。下逮《庄》、《骚》,太史所录,子云相如,同工异曲。先生之于文,可谓闳其中而肆其外矣。

除儒家的《五经》以外,韩愈还提出要学习《庄子》、屈赋、《史记》、司马相如、扬雄等作家作品,可见他学习的范围是比较宽广的。在《答崔立之书》中,韩愈谈到古代杰出的能文之徒,列举了屈原、孟轲、司马迁、司马相如、扬雄等人,意见和《进学解》相表里。其中《庄子》一书,为六朝人谈玄必读之书,但其文章之妙,几乎不见有人言及。韩愈则对其文辞颇为欣赏,除《进学解》外,《山南郑相公樊员外酬答为诗……愈依赋十四韵以献》诗说"俚言绍庄屈",也将《庄》、《骚》并列,这是颇有见地的。韩愈对《孟子》的文辞也很欣赏。其文章说理富有气势,正与《孟子》相似。独孤及说《孟子》"朴而少文",

其眼光不如韩愈。

韩愈评述前代文学,特别重视西汉的文章。在《与祠部陆员外书》中,他赞美侯喜的文章"学西京而为也"。他所推重者尤在司马迁、相如、扬雄诸家。除见于《进学解》、《答崔立之书》以外,其他如《答刘正夫书》说:"汉朝人莫不能为文,独司马相如、太史公、刘向、扬雄为之最。"《送孟东野序》说:"汉之时,司马迁、相如、扬雄,最其善鸣者也。"在这一点上,韩愈和古文运动的前驱者的意见表现出很大的区别。萧颖士、李华以至柳冕等人大抵提倡宗经,对屈原、宋玉以至司马相如、扬雄的辞赋常常流露不满态度。独孤及重视两汉文章,也只是推重贾谊、司马迁、班固等散文作家。韩愈不但重视汉文,而且往往把司马迁、司马相如、扬雄三人相提并论,同样推重。《进学解》说:"子云、相如,同工异曲。"显然指司马相如、扬雄的赋而言。这是韩愈的新见解。在这些地方,表明韩愈在尊重经典和道统的基础上,又能重视屈原以下各赋家的艺术成就,并取其精华,丰富自己的写作,因而他的散文写得气势浩瀚,文采焕发,成就大大超过他的前驱者。

不平则鸣和穷苦之言易好

韩愈主张以文明道,"学所以为道,文所以为理"(《送陈秀才彤序》)。但并不是说非明道之文便不能作。他的古文,有许多是抒发愤懑、表现亲友情谊以至嘲谑戏弄之作。对于诗歌,他原未标举明道,更以抒情体物为主。他毕竟是一位文学家,而不是狭隘的道学家。反映在理论上,他也发表过一些并不直接论道而是审美意味浓厚的言论。"不平则鸣"和"穷苦之言易好"就是论文学抒发感慨的两个著名论点。

"不平则鸣"见于《送孟东野序》:

> 大凡物不得其平则鸣。草木之无声,风挠之鸣;水之无声,风荡之鸣。其跃也,或激之;其趋也,或梗之;其沸也,或炙之。金石之无声,或击之鸣。人之于言也亦然,有不得已者而后言,其歌也有思,其哭也有怀。凡出乎口而为声者,其皆有弗平者乎! 乐也者,郁于中而泄于外者也,择其善鸣者而假之鸣。……其于人也亦然。人声之精者为言,文辞之于言,又其精也,尤择其善鸣者而假之鸣。

意谓文章著作,都是因作者心有所感,郁积于中,不能自已而发。序中还指出,作者的感触系于其所遭遇,既与时代、国家的兴亡盛衰有关,又与个人运命有关。所谓"不平",是泛指心有所动,还不是专指悲伤忧愁而言。不过若结合孟郊穷愁不遇的经历和啼饥号寒的诗作加以体会,则韩愈这里实际上偏于因哀痛不平而鸣的一面。他自称所作"时有感激怨怼奇怪之辞"(《上宰相书》),以诗"舒忧娱悲"(《土兵部李侍郎书》),对于忧愤而鸣是颇为自觉的。

韩愈又有《送高闲上人序》,言及情感与艺术创作的关系。虽是就书法而言,但其理自与抒情诗文相通:

> 往时张旭善草书,不治他技。喜怒窘穷,忧悲愉佚,怨恨思慕,酣醉无聊,不平有动于心,必于草书焉发之。观于物,见山水崖谷,鸟兽虫鱼,草木之花实,日月列星,风雨水火,雷霆霹雳,歌舞战斗,天地万物之变,可喜可愕,一寓于书。故旭之书,变动犹鬼神,不可端倪,以此终其身而名后世。

认为情感是创作的动力,艺术是情感的表现,而且强调作者须将全部心思和浓烈的情感都倾注于艺术之中,以全身心投入。其情感既包含人生遭际方面的"喜怒窘穷,忧悲愉佚,怨恨思慕,酣醉无聊",也包括观赏外物而产生的美感。在这篇序中,韩愈还指出,作者须"利害必明,无遗锱铢,情炎于中,利欲斗进,有得有丧,勃然不释",即必须执著于人生,执著于现实生活中的种种利害得失,从而内心常常处于激动不平之中,然后方能创造动人的艺术作品。若如出家人那样,远离人生,无情无欲,则难于有好的作品。这里虽是谈书法,但所表述的观点,实有助于对"不平则鸣"论点的进一步理解。

"穷苦之言易好"见于《荆潭唱和诗序》:

> 夫和平之音淡薄,而愁思之声要妙,欢愉之辞难工,而穷苦之言易好也。是故文章之作,恒发于羁旅草野。至若王公贵人,气满志得,非性能而好之,则不暇以为。

这里有两层意思:一是说创作欲望往往产生于愁苦困窘,故羁旅草野、贫困憔悴之士多为之。若"气满志得"、没有那种不平之气的王公贵人,则难于产生强烈的写作冲动。这与"不平则鸣"的观点是相通的。二是说表现愁苦悲忧之情的作品容易动人。韩愈《调张籍》称李白、杜甫诗云:"惟此两夫子,家居率荒凉。帝欲长吟哦,故遣起且僵。剪翎送笼中,使看百鸟翔。"又《答孟郊》称孟郊云:"规模背时利,文字觑天巧。人皆余酒肉,子独不得饱。……名声暂膻腥,肠肚镇煎煼。"都说好诗出于穷厄悲苦。杜甫已有"文章憎命达"之语(见《天末怀李白》),白居易说:"世所谓文士多数奇,诗人尤命薄。"(《序洛诗序》)可知此种看法是相当普遍的。"穷苦之言易好","愁思之声要妙",说出了人们以悲为美的普遍心理。

诗歌评论

韩愈不但是一位杰出的散文家,而且也是一位重要的诗人。其诗风格雄奇,对后世产生不小的影响。他有些评论诗歌的诗篇,值得重视,其中《荐士》、《调张籍》两篇,尤为重要。《荐士》诗云:

> 周诗三百篇,雅丽理训诂,曾经圣人手,议论安敢到? 五言出汉时,苏李首更号。东都渐弥漫,派别百川导。建安能者七,卓荦变风操。透迤抵晋宋,气象日凋耗。中间数鲍谢,比近最清奥。齐梁及陈隋,众作等蝉噪,搜春摘花卉,沿袭伤剽盗。

评论《诗经》以来的历代诗歌,贬抑晋宋,尤轻齐梁。认为齐梁陈隋诗绮碎小巧,而且沿袭剽盗,没有新创和作者的个人风格。韩愈于散文写作强调务去陈言,强调自树立、不因循,于诗歌创作同样如此。当然他对南朝诗人中也有表示肯定者,这里说到鲍照、谢灵运之"清奥",在《韶州留别张端公使君》诗中还曾说"久钦江总文才妙"。但就总体而言,以韩愈雄放之才和追求奇崛深奥的美学趣味,轻视齐梁陈隋是必然的。所肯定的谢、鲍、江三人,其风格都有奇奥之处。

《荐士》又称唐代诗人云:

> 国朝盛文章,子昂始高蹈。勃兴得李、杜,万类困凌暴。后来相继生,亦各臻闷奥。

称美陈子昂革新诗风的首创之功,又说李白、杜甫才力雄大,万物都受其凌轹,供其驱使。李、杜在中唐已享盛名,韩愈屡屡将二人并称,表示十分地倾倒:"昔年因读李白杜甫诗,长恨二人不相从。"(《醉留东野》)"蜀雄李杜拔。"(《城南联句》)"少陵无人谪仙死,才薄将奈石鼓何!"(《石鼓歌》)"远追甫白感至诚。"(《酬司马卢四兄云夫院长望秋作》)又作《调张籍》云:

> 李杜文章在,光焰万丈长。不知群儿愚,那用故谤伤? 蚍蜉撼大树,可笑不自量。伊我生其后,举颈遥相望。……徒观斧凿痕,不瞩治水航,想当施手时,巨刃磨天扬。垠崖划崩豁,乾坤摆雷硠。……我愿生两翅,捕逐出八荒。精诚忽交通,百怪入我肠。刺手拔鲸牙,举瓢酌天浆。腾身跨汗漫,不著织女襄。

以大禹治水比喻李、杜构思之雄伟不凡、惊天动地。又自称能与李、杜精神交通,而捕捉意象,乃升天入海,自由翱翔,穷搜冥索,怪怪奇奇。此诗反映了韩愈对李杜诗风格的感受,也体现了他自己的审美趣味。

韩愈对孟郊诗也十分称赞。《醉留东野》云:"低头拜东野,愿得终始为驱蛰。……吾愿身为云,东野变为龙。四方上下逐东野,虽有离别何由逢?"欣羡之诚,溢于言表。孟郊比韩愈长十七岁,当时诗名甚著。其诗境界风格较寒窘瘦硬,不似韩愈豪放,但其意象构思、遣词造句力求新异奇崛,不肯落于熟套。这也正与韩愈务去陈言的主张相合。《荐士》即荐孟郊之作,诗中说孟郊为诗"冥观洞古今,象外逐幽好。横空盘硬语,妥帖力排奡",即搜求意象至于幽冥窈深、常人思维所不到处,虽给人以突兀强硬之感,其实十分妥帖。又《贞曜先生墓志铭》云:"及其(孟郊)为诗,刿目鈥心,刃迎缕解。勾章棘句,掐擢胃肾。神施鬼设,间见层出。"是说孟郊诗思快利,变化莫测,而读者就像被针棘兵刃刺伤心目、抽掐内脏一般,感到一种特殊的夹杂痛楚的美。这种风格和语言特色,正符合韩愈的审美趣味。

第三节　柳　宗　元

柳宗元是唐代杰出的古文作家和诗人,和韩愈同为古文运动的领导者。柳宗元(773—819),字子厚,郡望河东(汉代郡治安邑,今山西夏县西北),世居长安(今陕西西安)。顺宗时参加了王叔文集团,企图改革政治,失败后遭受打击,后半生郁郁不得志。官终柳州刺史。有《柳河东集》。

文以明道

与韩愈一样,柳宗元重视文章明道的作用,反对徒事藻饰的骈偶之文。他说:

> 始吾幼且少,为文章,以辞为工。及长,乃知文者以明道,是固不苟为炳炳烺烺、务彩色、夸声音而以为能也。(《与韦中立论师道书》)
> 言道、讲古、穷文辞以为师,则固吾属事。(《答严厚舆秀才论为师道书》)

所谓"炳炳烺烺、务彩色、夸声音",即指时俗流行的骈文而言。柳宗元说作文应以明道为目的,不可只讲求声色之美。在《乞巧文》中,他批评时俗以骈俪之作博取声誉:"眩耀为文,琐碎排偶。抽黄对白,啴哰飞走。骈四俪六,锦心绣口。宫沉羽振,笙簧触手。观者舞悦,夸谈雷吼。"表达自己不肯媚俗的决心;表示"不期一时,以俟悠久",所追求的乃是立言不朽。他是将当时流行的骈文视为明道的对立面看待的。所谓道,并非仅停留于书本之上,而是须接触具体事物,有益于现实。他说:"道之及,及乎物而已耳。"(《报崔黯秀才论为文书》)《与杨诲之第二书》说:"且子以及物行道为是耶非耶?伊尹以生人为己任,管仲豒浴以伯济天下,孔子仁之。凡君子为道,舍是无以为大者也。"在《答吴武陵论〈非国语〉书》中,柳宗元说自己在长安从事改革政治的活动时,不甚重视文章,"意欲施之事实,以辅时及物为道"。遭贬斥后,深感"辅时及物之道,不可陈于今,则宜垂于后",故更多地从事于文章。韩愈说文以明道,其道也是与现实政治社会相结合的,柳宗元则表述得更为明白。

由于强调文以明道,柳宗元非常反对诬妄背理、有害于道的作品。他认为《国语》一书,多荒诞不实、似是而非之处,但它的文采很好,故为人所爱,因此危害性就更大,因为人们"溺其文,必信其实,是圣人之道舛也"(《与吕道州温论〈非国语〉书》)。因此他作《非国语》六十余篇加以辩白批驳。这一事实,鲜明地表现了柳宗元以文明道、将思想内容放在第一位的态度。当然,他也并不忽视文章艺术。他说:"言而不文则泥,然则文者固不可少耶?"(《答吴武陵论〈非国语〉书》)"阙其文采,固不足以竦动时听,夸示后学。立言而朽,君子不由也。"(《杨评事文集后序》)即使《国语》那样的作品,其内容为柳宗元所批判,其艺术方面却仍为他所重视,是主张加以吸取的。

学写古文的态度与方法

和韩愈一样,柳宗元也很重视作家道德学问的修养。《报袁君陈秀才避师名书》说:"大都文以行为主,在先诚其中。……秀才志于道,慎勿怪勿杂,勿务速显。道苟成,则炳然尔,久则蔚然尔。"这样的意见,他是反复强调的。

至于具体方法,柳宗元重视学习揣摩古人文章。所取法者,也以西汉之前为主。《答韦中立论师道书》说:

　　本之《书》以求其质,本之《诗》以求其恒,本之《礼》以求其宜,本之《春秋》以求其断,本之《易》以求其动,此吾所以取道之原也。参之《穀梁氏》以厉其气,参之《孟》、《荀》以畅其支,参之《庄》、《老》以肆其端,参之《国语》以博其趣,参之《离骚》以致其幽,参之《太史公》以著其洁,此

235

吾所以旁推交通而以为之文也。

首先是学习儒家经典,此外先秦诸子、《楚辞》和西汉文章也都是取法对象。《报袁君陈秀才避师名书》中也有类似的表述。此外如《与杨京兆凭书》说到"博如庄周,哀如屈原,奥如孟轲,壮如李斯,峻如马迁,富如相如,明如贾谊,专如扬雄",《辩列子》还称赞《列子》"其文辞类《庄子》,而尤质厚少为作"。可知柳宗元所主张学习的对象范围颇广,而都在西汉以前。这大致与韩愈相近。

由柳宗元所举取法对象,可知他对于思想内容驳杂不纯、甚至荒诞不经的著作,比如《国语》、《列子》、《庄子》(《辩列子》说《列子》"不概于孔子道",《送僧浩初序》说《庄子》有"怪僻险贼"处),若其写作上有可取之处,则还是主张加以吸取的。当然他也指出学习此类作品须注意分寸,如《与杨诲之第二书》便批评杨氏"用《庄子》、《国语》太多,反累正气"。

柳宗元认为西汉文章最可效法。他曾打算将《汉书》中所载西汉文排比成书,后未果,而由其堂弟宗直成就其事,编成《西汉文类》四十卷,他十分高兴,为之作序云:

> 文之近古而尤壮丽,莫若汉之西京。……殷周之前,其文简而野;魏晋以降,则荡而靡;得其中者汉氏。汉氏之东,则既衰矣。当文帝时,始得贾生明儒术。武帝尤好焉,而公孙弘、董仲舒、司马迁、相如之徒作,风雅益盛,敷施天下,自天子至公卿大夫士庶人咸通焉。于是宣于诏策,达于奏议,讽于辞赋,传于歌谣,由高帝讫于哀、平、王莽之诛,四方之文章盖烂然矣。

所谓"殷周之前,其文简而野",其实包括儒家经典在内。就总体而言,柳宗元认为就文辞风貌而言,西汉文章最为文质彬彬,合乎理想。他不仅推重司马迁、贾谊,而且也推重辞赋家司马相如。这种看法也与韩愈一致而不同于古文运动的前驱者们。

柳宗元还强调临文之际的态度、精神状态十分重要。《答韦中立论师道书》说:

> 故吾每为文章,未尝敢以轻心掉之,惧其剽而不留也;未尝敢以怠心易之,惧其弛而不严也;未尝敢以昏气出之,惧其昧没而杂也;未尝敢以矜气作之,惧其偃蹇而骄也。

认为写作时须有严肃认真的态度。若轻忽懈怠,信笔写去,文章便可能浮泛而不深沉,或漫无约束而不严整;若作文时心思不清明,文章便会芜秽杂乱;若洋洋得意,自以为是,文章便可能显出傲慢自大的样子。韩愈说"气盛言宜",可以说也是论临文之际的精神状态。韩愈着重于饱满昂扬的一面,柳宗元则着重于严肃、检摄的一面,二者是相辅相成的。而二家所说,又正与他们文章的不同风格相对应:韩文气势盛大,柳文峻洁幽深。柳宗元一再称赞《穀梁传》气"厉"、"峻洁",于《史记》也说"甚峻洁",他对于整肃严峻的风格似是尤有会心的。

《答韦中立论师道书》还谈到自己的写作体会:

> 抑之欲其奥,扬之欲其明,疏之欲其通,廉之欲其节,激而发之欲其清,固而存之欲其重。

是说文章要做到既深奥又鲜明,既畅达又有所节制,既清扬又凝重。这样从矛盾对立的角度立论,要求作文时注意相反相成,掌握合适的分寸,无过与不及。这种主张是从其大量鉴赏、学习和写作的实践中得来的真切体会,值得重视。

推崇当世作者

柳宗元对当代文人评价颇高。《与杨京兆凭书》说:

> 自古文士之多莫如今。今之后生为文,希屈、马者,可得数人;希王褒、刘向之徒者,又可得十人;至陆机、潘岳之比,累累相望。若皆为之不已,则文章之大盛,古未有也。后代乃可知之。今之俗耳庸目,无所取信;杰然特异者乃见此耳。……今之文士咸能先理。理不一断于古书老生,直趣尧舜之道、孔氏之志,明而出之。又古之所难有也。然则文章未必为士之末,独采取何如尔。

这段话热情赞颂中唐文坛,说优秀的作者蜂拥而出;又说许多人能够不为古书、老先生所拘,而是直趋尧舜孔子之道,宣之于文,这是古来所难有的盛况。柳宗元断言这种盛况将为后世所称颂。在此书中,他慨叹"凡人可以言古,不可以言今","古之人未始不薄于当世,而荣于后世"。《与友人论文书》也说:"荣古虐今者比肩叠迹,大抵生则不遇、死而垂声者众焉。"他对于文坛上厚古薄今的现象十分感慨和不满。

柳宗元对韩愈文章非常推重,认为可与司马迁相比而胜过扬雄:

退之所敬者,司马迁、扬雄。迁于退之固相上下。若雄者如《太
玄》、《法言》及四赋,退之特未作耳;决作之,加恢奇。至他文过扬雄远
甚。雄之遣言措意,颇短局滞涩,不若退之猖狂恣睢,肆意有所作。
(《答韦珩示韩愈相推以文墨事书》)

称赞韩愈文雄放奔逸、纵横如意。《先君石表先友记》中称韩愈"文益奇",准
确地把握了韩文"奇"的特点。《读韩愈所著〈毛颖传〉后题》也称赞韩文的怪
奇不常,以"若捕龙蛇、搏虎豹、急与之角而力不敢暇"描绘韩文给予读者一
种紧张热烈、精神振奋的感受,颇为精彩。《毛颖传》实是游戏之作,当时颇
有人加以非议,柳宗元特地著文予以辩护。文中说圣人并不排斥诙谐戏谑,
反映了柳宗元对于古文功用的一种通达态度。

第四节　韩门后学

从韩愈学习古文的作者中,以李翱、皇甫湜最为著名。又晚唐孙樵,自
称曾得为文之道于来无择,来氏得之于皇甫湜,皇甫湜得之于韩愈(见其《与
友人论文书》、《与王霖秀才书》)。其散文创作、文学主张均受韩愈影响。现
为叙述方便起见,将孙樵与李翱、皇甫湜放在同一节中加以介绍。

李　　翱

李翱(约774—约836),字习之,郡望陇西成纪(今甘肃秦安西北),实陈
留(治所在今河南开封东南)人。曾为国子博士、史馆修撰、山南东道节度使
等。有《李文公集》。

李翱早年曾被梁肃所称道,以立言不朽相期(见李翱《感知己赋》)。后
从韩愈学古文,韩愈以从兄之女妻之。他也强调文章的教化作用,说:"言语
不能根教化,是人文之纰缪也。"(《杂说》上)认为植根于仁义的文章,居有崇
高的地位,不可仅以一艺视之:

汝勿信人号文章为一艺。夫所谓一艺者,乃时世所好之文,或有盛
名于近代者是也;其能到古人者,则仁义之辞也,恶得以一艺而名之哉!

仲尼、孟轲，殁千余年矣，吾不及见其人，吾能知其圣且贤者，以吾读其辞而得之者也。后来者不可期，安知其读吾辞也而不知吾心之所存乎？亦未可诬也。(《寄从弟正辞书》)

在强调文章内容纯正的同时，李翱也重视词章之工。他主张义理和文词兼善。《答朱载言书》云：

> 义不深不至于理，言不信不在于教劝，而词句怪丽者有之矣，《剧秦美新》、王褒《僮约》是也。其理往往有是者，而词章不能工者有之矣，刘氏《人物志》、王氏《中说》、俗传《太公家教》是也。……故义虽深、理虽当，词不工者不成文，宜不能传也。文、理、义三者兼并，乃能独立于一时而不泯灭于后代，能必传也。仲尼曰："言之无文，行之不远。"子贡曰："文犹质也，质犹文也，虎豹之鞟，犹犬羊之鞟。"此之谓也。

因此，他在推崇《六经》之外，于先秦、西汉诸家文辞，尽管认为其思想内容有驳杂不合乎道之处，也还是主张广收博取。《答朱载言书》说：

> 列天地，立君臣，亲父子，别夫妇，明长幼，浃朋友，《六经》之旨矣。浩乎若江海，高乎若丘山，赫乎若日火，包乎若天地，掇章称咏，津润怪丽，《六经》之词也。……《六经》之后，百家之言兴。老聃、列御寇、庄周、鹖冠、田穰苴、孙武、屈原、宋玉、孟轲、吴起、商鞅、墨翟、鬼谷子、荀况、韩非、李斯、贾谊、枚乘、司马迁、相如、刘向、扬雄，皆足以自成一家之文，学者之所师归也。

但于东汉以后骈俪之风，则斥为"文卑质丧，气萎体败"(《祭吏部韩侍郎文》)，是十分轻视的。

李翱论文，也主张新创，提出"创意造言，皆不相师"之说。所谓"创意"，是指作品的具体内容、构思而言。韩愈所谓"师其意不师其辞"(《答刘正夫书》)，则是泛指学习古圣贤之道而言，故二人并无矛盾。《答朱载言书》说：

> 创意造言，皆不相师。故其读《春秋》也，如未尝有《诗》也；其读《诗》也，如未尝有《易》也；其读《易》也，如未尝有《书》也；其读屈原、庄周也，如未尝有《六经》也。……如百品之杂焉，其同者饱于腹也；其味咸酸苦辛，不必均也。……此创意之大归也。……陆机曰："怵他人之我先。"韩退之曰："唯陈言之务去。"假令述笑哂之状，曰"莞尔"，则《论语》言之矣；曰"哑哑"，则《易》言之矣；曰"粲然"，则穀梁子言之矣；曰

"攸尔",则班固言之矣;曰"颣然",则左思言之矣。吾复言之,与前文何以异也? 此造言之大归也。

事实上文章用语不可能一概不重复前人。不过李翱这里所说,确体现了一种力求避熟就新的心理。

关于语言运用,《答朱载言书》还批评了当时某些人的六种说法,即"尚异"(主张辞句须奇特怪异)、"好理"(认为只需把意思说明白即可)、"溺于时"(认为辞句必须对偶)、"病于时"(认为辞句不应对偶)、"爱难"(说文章应深奥不平易)、"爱易"(说文章应平易不深曲)六者。李翱说文章语言的表现手法、风格是多样的,不应执著于一端,"古之人能极于工而已,不知其辞之对与否、易与难也"。他本人虽"不协于时而学古文"(《答朱载言书》),但并不认为必须刻意避免偶对;他的作品虽平易通畅,但并不排斥奇险。从他对古今作家的具体评价看,他倒是欣赏别出心裁的构思、奇特不凡的风格的。他也有少量立意较新奇的作品,如《杂说》、《国马说》、《解江灵》、《截冠雄鸡志》等,似是有意仿效韩愈《获麟解》、《杂说》一类构想新奇之作。

这里附带提到李翱从表兄裴度的《寄李翱书》,因为该书反映了对于韩愈、李翱等写作古文的态度。裴度(765—839),为中晚唐重臣,终中书令。与韩愈、白居易、皇甫湜、刘禹锡均有交往。宪宗元和间率军讨伐藩镇吴元济,曾辟韩愈为行军司马。

德宗贞元末年,李翱曾致信于裴度,并呈所作文章。裴度答书,既加以称赞,又有所商榷。其言云:

> ……厥后周公遭变,仲尼不当世,其文遗于册府,故可得而传也。于是作周、孔之文。荀、孟之文,左右周、孔之文也。理身理家理国理天下。一日失之,败乱至矣。骚人之文,发愤之文也,雅多自贤,颇有狂态。相如、子云之文,谲谏之文也,别为一家,不是正气。贾谊之文,化成之文也,铺陈帝王之道,昭昭在目。司马迁之文,财成之文也,驰骋数千载,若有余力。董仲舒、刘向之文,通儒之文也,发明经术,究极天人。其实擅美一时、流誉千载者多矣。……然皆不诡其词而词自丽,不异其理而理自新。若夫《典》、《谟》、《训》、《诰》,《文言》、《系辞》,《国风》、《雅》、《颂》,经圣人之笔削者,则又至易也,至直也。虽大弥天地,细入无间,而奇言怪语,未之或有。意随文而可见,事随意而可行。此所谓文可文,非常文也;其可文而文之,何常之有?……

　　观弟近日制作大旨,常以时世之文,多偶对俪句,属缀风云,羁束声韵,为文之病甚矣;故以雄词远致,一以矫之。则是以文字为意也。且文者,圣人假之以达其心,达则已,理穷则已,非故高之、下之、详之、略之也。……昔人有见小人之违道者,耻与之同形貌,共衣服,遂思倒置眉目,反易冠带以异也,不知其倒之反之之非也。虽非于小人,亦异于君子矣。故文之异,在气格之高下,思致之浅深,不在其磔裂章句、𬴂废声韵也。人之异,在风神之清浊,心志之通塞,不在于倒置眉目,反易冠带也。

裴度反对当时某些古文作者求奇的倾向,反对他们在笔法结构上故意抑扬高下、疏密详略,在句式音节上故意“磔裂章句,𬴂废声韵”。他认为文章重在政教作用,因此,应该平易坦直,不应“以文字为意”。圣人文章,为永恒之至文,是不能加以文饰的;若有意文饰,必定不是恒久之文。当时确有一些古文作者,为了反对骈俪,矫俗求新,便故意追求奇特,甚至文风诡异。这与韩愈的文学好尚不无关系。故李肇《国史补》说:“元和以后,为文笔则学奇诡于韩愈。”韩愈之文大多数还是文辞畅达的,有少数如《曹成王碑》、《贞曜先生墓志铭》、《樊绍述墓志铭》等,稍偏于艰涩。有些作品的构思立意则曲折新奇,以求不凡。在文学批评方面,他有爱好奇特险怪的倾向。如樊宗师文用语僻涩,而韩愈常赞美樊宗师文章,说他“文从字顺”,便是一例。李翱本人作品虽多平易,但受韩愈影响,力求新创,讲究文辞,也多少表现出一些求奇的倾向。裴度的意见,就是针对古文运动的此种倾向而发,虽有其合理之处,但立论不免片面。他实际上轻视甚至否定对文章艺术形式、语言锤炼方面的讲求。他对历代著作的评价也表现出重政教、轻审美的倾向,与古文运动前驱者的观点接近。

皇　甫　湜

　　皇甫湜(约777—约835),字持正,睦州新安(今浙江淳安)人。官至工部郎中。有《皇甫持正文集》。

　　皇甫湜与李翱同为韩门著名古文作者。他所作对策、书信、论说等也大体平易畅达,而某些记、序、碑铭则力求奇崛,其《答李生》三书反复申说文章贵奇之旨。李生书不存,从皇甫湜答书看来,他对于当时人为文求奇不满,皇甫湜对他展开了理论上的辩驳。他说:

夫意新则异于常,异于常则怪矣;词高则出众,出众则奇矣。虎豹之文,不得不炳于犬羊;鸾凤之音,不得不锵于乌鹊;金玉之光,不得不炫于瓦石:非有意先之也,乃自然也。(《答李生第一书》)

生言非常之物如何得常。故当尔也,所以千年圣而愚比肩也。(《答李生第三书》)

生言奇与易,作者何别,在所为尔。请考之于实:生为易矣;试为仆作难者,视何如相如、扬雄也? 恐生乃不能,非不为也。(《答李生第三书》)

皇甫湜说,凡"意新""词高",远出于众人之上,便是"奇"、"怪"。又说能做到"奇"很不容易,那样的作者当然不多。这里所谓"意新",主要不是指文章思想性之高卓不凡,而是指构思立意的新奇,指具体意思、形象的新颖。"意新""词高"其实是指艺术表现之出众、不平凡。他说:"夫言亦可以通理矣,而以文为贵者,非他,文则远,无文即不远也。……夫绘事后素,既谓之文,岂苟简而已哉? ……秦汉已来至今,文学之盛,莫如屈原、宋玉、李斯、司马迁、相如、扬雄之徒。其文皆奇,其传皆远。"(《答李生第二书》)强调"文"即艺术加工的重要,艺术表现出众,便是"奇"。李生书中曾"以松柏不艳比文章",大约是说文章只须内容好即可,何必求其美丽动人。又轻视屈原、宋玉,还讪笑《九歌》中"紫贝阙兮珠宫"、"被薜荔兮带女萝"之句。看来李生正是轻视艺术和审美,在这方面显得无知的。皇甫湜针对他的议论而标举"奇怪",则是重视艺术表现,力求在艺术方面有所新创。

皇甫湜又说奇并不妨碍正,完全可以通过"奇"的艺术表达"正"的内容:

夫文者非他,言之华者也,其用在通理而已,固不务奇,然亦无伤于奇也。使文奇而理正,是尤难也。……以非常之文,通至正之理,是所以不朽也。生何嫉之深邪? (《答李生第二书》)

《书》之文不奇,《易》之文可为奇矣,岂碍理伤圣乎? 如"龙战于野,其血玄黄";"见豕负涂,载鬼一车";"突如其来如,焚如,死如,弃如":此何等语也? (同上)

"以非常之文通至正之理",乃是皇甫湜心目中的理想作品。若从实用角度言,只要能"通理"即可;但为了让人喜爱、传之久远,则必须"文奇而理正"方可。

皇甫湜标举"奇怪",重视艺术上的出奇制胜,是合理的。不过"奇"的具体内容是各种各样的。有意象经营之奇,有结构开合变化之奇,也有字句间之奇。一般作者往往只能在字句间求新奇,便易于流入生涩诡僻。韩愈周围文人中樊宗师此种倾向最甚,皇甫湜也未能免,那是不足取的。皇甫湜和其他古文家均未能对"奇"加以具体分析。此外,诗文亦有看似平淡而极富于艺术力量的,在强调"奇"时不应忽略此种。这也是皇甫湜所未曾言及的。刘禹锡称柳宗元文"咀嚼不有文字",而"味渊然以长","端而曼","苦而腴"(《答柳子厚书》),散文的这种蕴藉之美,是当时多数人还缺少明确认识的。

　　皇甫湜在《韩文公墓铭》中对韩愈文章倾倒备至。描述韩文道:"茹古涵今,无有端涯。浑浑灝灝,不可窥校。及其酣放,豪曲快字,凌纸怪发,鲸铿春丽,惊耀天下。"将那种雄放酣畅、怪怪奇奇、使读者心目耸动而快意的风格形容得淋漓尽致,从而也反映了皇甫湜自己尚奇的审美情趣。

孙　　樵

　　孙樵(生卒年不详),字可之。自称"家本关东,代袭簪缨"(《自序》)。僖宗时官职方郎中。有《孙可之文集》。

　　孙樵自称是皇甫湜的再传弟子,而皇甫湜得之于韩愈。其散文创作关心现实政治,揭露时弊,文风也颇奇崛,均可看出韩愈的影响。其文学主张也与韩愈一脉相承。他以"明道"为言,自称读书作文,"期入圣域","期到古人"(《骂僮志》);而尤其强调文章之奇。《与王霖秀才书》说:

　　　　太原君足下:《雷赋》逾六千言,推之大《易》,参之玄象,其旨甚微,其辞甚奇。如观骇涛于重溟,徒知褫魄眙目,莫得畔岸。诚谓足下怪于文,方举降旗,将大夸朋从间,且疑子云复生。……

　　　　鸾凤之音必倾听,雷霆之声必骇心。龙章虎皮,是何等物;日月五星,是何等象?储思必深,摛辞必高。道人之所不道,到人之所不到。趋怪走奇,中病归正。以之明道则显而微,以之扬名则久而传。前辈作者正如是。譬玉川子《月蚀诗》、杨司成《华山赋》、韩吏部《进学解》、冯常侍《清河壁记》,莫不拔地倚天,句句欲活。读之如赤手捕长蛇,不施鞍骑生马,急不得暇,莫不捉搦。又似远人入太兴城,茫然自失,讵比十家县,足未及东郭,目已极西郭耶?

又《与友人论文书》也说:"古今所谓文者,辞必高然后为奇,意必深然后为工。"都充分表现了对于文章奇创不凡的爱好。所称赞的诸家诗文,多为发想奇特、比喻新颖、饶有奇趣之作。孙樵用了许多比喻,极称这些作品新意叠出,不落常套,出没变化,使读者莫测其端倪,被紧紧吸引,感到趣味无穷,热烈兴奋。

孙樵所称的"趋怪走奇",主要是指在构思立意方面苦心孤诣、力求出众,并不是专指语言运用。关于语言的艰难还是平易,他在《与友人论文书》中曾说:

> 故其习于易者,则斥涩艰之辞;攻于难者,则鄙平淡之言,至有破句读以为工,摘俚句以为奇。秦汉以降,古文所称工而奇者,莫如扬、马。然吾观其书,乃与今之作者异耳。岂二子所工,不及今之人乎!

大约以为难与易二者,不必偏执一端而排斥另一端。而对于主艰难一派的"破句读"即故意违背语法规律和"摘俚句",表示反对。孙樵曾说,古代史书有记载俚言俗语的,那是为了如实记录历史人物的话语,并不是说使用俚语便显得"奇健"(见《与高锡望书》)。他对于文章中用俚俗语言以求奇是反对的。这种态度的得失姑且不论,总之可知孙樵对于语言之奇,有自己的标准,并非一概赞同。他认为"今之作者"求奇异,与司马相如、扬雄之"奇"不一样。也就是说,他对于当时某些古文作者求奇的做法是不满的,具体说来,便是不满于"破句读"和"摘俚句"。

总的说来,韩门后学诸人,虽然其作品成就和风格不一样,但在文学思想上,都有求奇的倾向。所谓求奇,并非仅是在字句间求异,仅是使用一些生僻的语汇和特别的句法,而是包含在艺术上力求新创、力求不同一般的意思。不过他们大多说得较笼统,而未能对"奇"作具体的分析,未能从理论上防止过分求奇以致流于文风僻涩的偏向。

第四章　唐代晚期和五代的文学批评

第一节　杜牧、李商隐、皮日休、陆龟蒙

晚唐影响较大的文学批评家是司空图,将在下节专门论述。又古文家孙樵的文论,已附见于上章第四节。本节介绍杜牧、皮日休等人的文学主张。

杜　　牧

杜牧(803—852),是晚唐的诗人,字牧之,京兆万年(今陕西西安)人。曾任司勋员外郎、考功郎中知制诰、中书舍人等职。有《樊川文集》。

杜牧在《答庄充书》中,说明了文章内容和形式的主次关系:

> 凡为文以意为主,气为辅,以辞彩章句为之兵卫。未有主强盛而辅不飘逸者,兵卫不华赫而庄整者。四者高下圆折,步骤随主所指,如鸟随凤,鱼随龙,师众随汤武,腾天潜泉,横裂天下,无不如意。苟意不先立,止以文彩辞句绕前捧后,是言愈多而理愈乱。如入阛阓,纷纷然莫知其谁,暮散而已。是以意全胜者,辞愈朴而文愈高;意不胜者,辞愈华而文愈鄙。是意能遣辞,辞不能成意,大抵为文之旨如此。

关于文学内容和形式的主从关系,前人已有论述,但杜牧这段话,通过形象的比喻,说得很为具体。"意不先立,止以文彩辞句绕前捧后,是言愈多而理愈乱",片面追求形式美的作品,确实是这种情形。因此,他认为内容愈是充实的作品,"辞愈朴而文愈高",否则"辞愈华而文愈鄙",这种主张,对于当时

不重视内容而只是追求形式的风气,具有针砭意义。杜牧"气为辅"之"气",不像魏晋南北朝时代文论那样偏指作者的气质、个性,而是指作者临文时的精神状态和文章的气势、气脉。唐代古文重振以后,文家论文重视文气,韩愈有"气盛言宜"之论(见《答李翊书》)。杜牧爱写古文,故也重视气和文辞的质朴。

杜牧写作散文,比较能重视"以意为主"和"意胜"的原则,《上知己文章启》说:

> 伏以元和功德,凡人尽当歌咏纪叙之,故作《燕将录》。往年吊伐之道,未甚得所,故作《罪言》。自艰难来,始卒伍佣役辈多据兵为天子诸侯,故作《原十六卫》。诸侯或恃功不识古道,以至于反侧叛乱,故作《与刘司徒书》。处士之名,即古之巢由伊吕辈,近者往往自名之,故作《送薛处士序》。宝历大起宫室,广声色,故作《阿房宫赋》。有庐终南山下,尝有耕田著书志,故作《望故园赋》。

可见他的散文,往往是有感而发,而不是专门追求辞藻的作品,其中如《罪言》、《原十六卫》、《阿房宫赋》等篇,都具有一定的现实意义。

在论述李贺创作时,杜牧也发表了较好的见解。他在《李贺集序》中评李贺诗说:

> 云烟绵联,不足为其态也;水之迢迢,不足为其情也;春之盎盎,不足为其和也;秋之明洁,不足为其格也;风樯阵马,不足为其勇也;瓦棺篆鼎,不足为其古也;时花美女,不足为其色也;荒国陊殿,梗莽丘垅,不足为其恨怨悲愁也;鲸呿鳌掷,牛鬼蛇神,不足为其虚荒诞幻也。盖骚之苗裔,理虽不及,辞或过之。骚有感怨刺怼,言及君臣理乱,时有以激发人意。乃贺所为,无得有是? 贺能探寻前事,所以深叹恨今古未尝经道者,如《金铜仙人辞汉歌》、《补梁庚肩吾宫体谣》,求取情状,离绝远去笔墨畦径间,亦殊不能知之。贺生二十七年死矣,世皆曰:使贺且未死,少加以理,奴仆命骚可也。

李贺的诗,词藻瑰琦艳丽,构思新巧,设想诡异,形象鲜明,为抒情诗的艺术表现开辟了新境界。杜牧的这段评论,对李贺诗的艺术特色和成就,作了生动的描绘和较为确切的估价。杜牧指出李贺的诗从其风格来讲,是楚骚的苗裔,但比起楚骚来,显得"理虽不及,辞或过之",就是内容不及楚骚的深刻充实,而在文辞表现上却有突过前人的地方。杜牧认为李贺的诗假如能够

"少加以理",成就一定更加不凡,这跟他的"以意为主"的主张是相通的。

杜牧对于元稹、白居易诗歌的批评,是后人常常提到的问题。杜牧在《唐故平卢军节度巡官陇西李府君墓志铭》中,记载李戡的议论说:

> 所著文数百篇,外于仁义,一不关笔。尝曰:诗者,可以歌,可以流于竹,鼓于丝,妇人小儿,皆欲讽诵。国俗薄厚,扇之于诗,如风之疾速。尝痛自元和已来,有元白诗者,纤艳不逞,非庄士雅人,多为其所破坏。流于民间,疏于屏壁,子父女母,交口教授,淫言媟语,冬寒夏热,入人肌骨,不可除去。吾无位,不得用法以治之,欲使后代知有发愤者。因集国朝已来类于古诗得若干首,编为三卷,目为《唐诗》,为序以导其志。

这虽是李戡的意见,但杜牧用肯定的语气来加以叙述,表示他也是同意李戡的看法,因此后人有时把这些话即作为杜牧的意见看待。杜牧在这里所指责的元白诗中的"淫言媟语"和"纤艳"之作,不是指两人富有现实意义的讽谕诗,而是指那些酬应唱和与抒写艳情、流连光景一类的韵律调新的作品。元白的这类作品在当时产生很大的影响。根据元稹《上令狐相公诗启》所述,元白诗歌在当时社会上流行最广、摹仿的人最多的是律体诗,它们或者是"杯酒光景间"所作的"小碎篇章",讲究"韵律调新,属对无差,而风情宛然";或者是互相酬答的长律,"爱驱驾文字,穷极声韵,或为千言或五百言"。这类作品人们称为"元和诗体"。李肇《国史补》说:"元和已后,诗章学浅切于白居易,学淫靡于元稹,俱名元和体。"也是指这一类诗。至于元白两人的讽谕诗,在当时反而流传不广。元稹《白氏长庆集序》说:"乐天《秦中吟》、《贺雨》讽谕等篇,时人罕能知者。"白居易《与元九书》也有这一类话。元白两人描写艳情的律体诗,一部分内容偏于肉感描写而流于猥亵。这类写男女之情较露骨的作品,文词亦较通俗,其体格实受当时传奇小说和讲唱文学变文等的影响,而趋向俚俗化。元白艳情诗数量众多,流传广泛,所以重视教化、提倡古雅诗风的李戡要猛烈地加以攻击了。杜牧也重视文学的政治社会作用,因此附和李戡的议论。然而,杜牧自己也喜欢狎妓,并写了若干有关狎妓的诗篇,此点遭到后人的非议,刘克庄讥为"未知去元白几何"(《后村诗话》后集)。但杜牧的艳情诗(均为短律),大抵写得简括含蓄,没有浅露的色情猥亵成分,没有元白诗的俚俗化倾向;尽管杜牧对元白的批评有些过分,但彼此艳情诗的风貌还是有所不同的。

李　商　隐

在诗歌创作上与杜牧齐名的李商隐,主张创作应该有独创性,反对古文家所提倡的文必载周孔之道和"攘取经史"的因袭模仿,也值得我们注意。李商隐(约813—约858),字义山,怀州河内(今河南沁阳)人。有《李义山诗文集》。他在《上崔华州书》中说:

> 愚生二十五年矣,五年诵经书,七年弄笔砚。始闻长老言,学道必求古,为文必有师法,常悒悒不快。退自思曰:夫所谓道,岂古所谓周公、孔子者独能邪?盖愚与周孔俱身之耳。以是有行道不系今古,直挥笔为文,不爱攘取经史,讳忌时世,百经万书,异品殊流,又岂能意分出其下哉!

在他看来,所谓道不是周公、孔子所独能的,而是"愚与周、孔俱身之耳",因此作文时就不必依傍古人,而可以凭自己的意思"挥笔为文"了。

在《容州经略使元结文集后序》中,李商隐对元结的文章给予很高评价,最后说:

> 论者徒曰次山不师孔氏为非。呜呼,孔氏于道德仁义外有何物?百千万年,圣贤相随于涂中耳。次山之书曰:"三皇用真而耻圣,五帝用圣而耻明,三王用明而耻察。"嗟嗟此书,可以无乎?孔氏固圣矣,次山安在其必师之邪!

《上崔复州书》还只是认为道非周公、孔子所能独专,这里更大胆提出"孔氏于道德仁义外有何物",这可以说是对当时盲目崇拜儒学传统、专以"攘取经史"为能者的强烈批判。元结"三皇用真而耻圣"等言论,接受老庄思想影响;李商隐大力赞美元结,说明他在思想上反对儒家一统的局面,主张吸取儒学以外的成分。

李商隐在文学创作上经历了从古文到骈文的道路。《旧唐书·文苑传》说:"商隐能为古文,不喜偶对。从事令狐楚幕,楚能章奏,遂以其道授商隐,自是始为今体章奏。"商隐自己在《樊南甲集序》中也有具体的叙述。他的反对古文家所提倡的文必载周孔之道,和"攘取经史"的因袭模仿,大约和他创作道路的转变有一定联系。但他不在散文创作中求发展,转而去作"骈四俪六"以"獭祭"为工的文章,却又走上了片面追求形式美的道路。

皮　日　休

皮日休是唐代末期的作家,在文学批评方面也值得注意。皮日休(约834—883),字逸少,后改字袭美,襄阳(今属湖北)人。仕唐官太常博士。黄巢入长安称帝,任为翰林学士,后被杀。有《皮子文薮》。

《皮子文薮》一书,充满关心现实的精神。在《文薮序》中,皮日休介绍自己的创作情况道:

> 赋者,古诗之流也。伤前王太佚,作《忧赋》;虑民道难济,作《河桥赋》;念下情不达,作《霍山赋》;悯寒士道壅,作《桃花赋》。……其余碑、铭、赞、颂、论、议、书、序,皆上剥远非,下补近失,非空言也。

他在这里说明自己的作品,都是针对现实,有所为而作的。在《桃花赋序》中,又说自己"状花卉,体风物,非有所讽,辄抑而不发",也是这个意思。皮日休非常推重汉代的贾谊,因为贾谊不但是杰出的文学家,而且是杰出的政治家。他在《悼贾序》中说:"余尝读贾谊《新书》,见其经济之道,真命世王佐之才也。……是以其心切,其愤深,其词隐而丽,其藻伤而雅。"将贾谊的政治才能及其作品的文学价值紧密结合起来,作了很高的评价。

在学术思想上,皮日休受到韩愈的很大影响,注意儒家道统,大力辟佛。他赞美孟子肯定汤武革命和反对杨墨,主张朝廷应建立孟子学科以取士。认为"孟子之文,粲若经传"(见《请孟子为学科书》)。他赞美文中子王通,认为是"复乎千世而可继孟氏者"(见《文中子碑》)。对于韩愈的学术和文章,也是竭力加以赞扬,认为可继孟子和文中子。《请韩文公配飨太学书》说:

> 夫孟子、荀卿,翼传孔道,以至于文中子。文中子之末,降及贞观、开元,其传者醨,其继者浅,或引刑名以为文,或援纵横以为理,或作词赋以为雅。文中之道,旷百祀而得室授者,惟昌黎文公之文,蹴杨墨于不毛之地,蹂释老于无人之境,故得孔道巍然而自正。夫今之文,千百士之作,释其卷,观其词,无不裨造化,补时政,繄公之力也。

这里他对于韩愈文章的推尊,是由于它们具有排佛老,"裨造化,补时政"的内容。《皮子文薮》中有不少作品,可以明显地看出受到韩愈文章的启发和影响。例如《十原》十篇,即受到韩愈《五原》的影响。

在诗歌理论方面,皮日休受到元结、白居易、元稹的影响颇大。他很重视乐府诗反映社会现实、促进政治改革的功效,《正乐府十篇序》说:

> 乐府,盖古圣王采天下之诗,欲以知国之利病、民之休戚者也。得之者命司乐氏入之于埙篪,和之以管籥。诗之美也,闻之足以观乎功;诗之刺也,闻之足以戒乎政。故周礼太师之职,掌教六诗;小师之职,掌讽诵诗。由是观之,乐府之道大矣。今之所谓乐府者,唯以魏晋之侈丽、陈梁之浮艳,谓之乐府诗,真不然矣。

这种见解可说跟元结、白居易、元稹是一致的。他所反对的当时侈丽浮艳的乐府诗,也就是吴融在《禅月集序》中所批评的、受到李贺诗篇影响的一类歌行(吴融说参见本章第三节)。

在《七爱诗·白太傅篇》中,皮日休更对白居易的为人和诗歌作了很高的评价:

> 吾爱白乐天,逸才生自然。谁谓辞翰器,乃是经纶贤。欻从浮艳诗,作得典诰篇。立身百行足,为文六艺全。清望逸内署,直声惊谏垣。所刺必有思,所临必可传。

"欻从"两句,是说白居易能够运用通俗艳丽的乐府诗体(也就是白居易在《新乐府序》中所说的"其体顺而肆"),来写作反映国事民生的讽谕诗。

除掉最重视密切联系现实的乐府诗外,皮日休对其他题材和风格的优秀作品也是肯定的。在《七爱诗·李翰林篇》中,他赞美李白"口吐天上文","五岳为辞锋,四溟作胸臆"。在《刘枣强碑》中,他赞美李白的诗歌"言出天地外,思出鬼神表。读之则神驰八极,测之则心怀四溟。磊磊落落,真非世间语"。又赞美刘言史的歌诗"美丽恢赡,自(李)贺外世莫得比"。《郢州孟亭记》赞美孟浩然的诗歌"遇景入咏,不拘奇抉异,令齷龊束人口者,涵涵然有干霄之兴,若公输氏当巧而不巧者也"。

皮日休有一段时期,在江南作苏州刺史的军事判官,和当地隐逸诗人陆龟蒙交游,写了不少倡和诗,其中有不少是文字游戏性质的杂体诗。皮日休在《杂体诗序》中,对联句、离合、反复、回文、叠韵、双声等等诗体的起源,都加以探讨,并对陆龟蒙所作的"四声诗、三字离合、全篇双声叠韵之作"大加称赞,对刘禹锡的回文、离合、双声、叠韵诗,韩愈、孟郊的联句诗也加以赞赏。序文认为"由古至律,由律至杂,诗之道尽乎此也"。这种不适当地夸大文字游戏的思想,正是皮日休这时期清闲的官僚生活的反映,在他的创作和理论中,形成消极的一面。

陆　龟　蒙

　　陆龟蒙与皮日休友善,多唱和之作,后人并称为"皮陆"。陆龟蒙(？—约881),字鲁望,号江湖散人、甫里先生、天随子。吴郡(今江苏苏州)人。举进士不第,隐居松江甫里。有《笠泽丛书》、《甫里先生文集》。

　　陆龟蒙虽然长期过着闲散的隐居生活,但他对政治社会情况仍然关心。他不但写了若干讽世意义鲜明的短篇散文,并在理论批评上有所表述。其《苔赋序》曰:

　　　　江文通尝著《青苔赋》,置苔之状则有之,劝之道则未闻也。如此则化下讽上之旨废。因复为之,以嗣其声云。

其《蚕赋序》自述写作宗旨曰:"诗人硕鼠之刺,于是乎在。"均可见出他主张诗文应具有讽世劝时的作用。

　　陆龟蒙在《酬谢袭美先辈》长诗中,较为具体地评论了陆机《文赋》、刘勰《文心雕龙》,颇足注意。诗云:

　　　　吾祖(指陆机)仗才力,革车蒙虎皮。手持一白旄,直向文场麾。轻若脱钳钛,豁如抽痎瘳。精钢不足利,腰褭何劳追。大可罩山岳,微堪析毫厘。十体免负赘(指《文赋》中提到诗赋等十种文体),百家咸起痿。争入鬼神奥,不容天地私。一篇迈华藻,万古无子遗。

　　　　刻鹄尚未已,雕龙(指《文心雕龙》)奋而为。刘生(指刘勰)吐英辩,上下穷高卑。下臻宋与齐,上指轩从羲。岂但标八索,殆将包两仪。人谣洞野老,骚怨明湘累。立本以致诘,驱宏来抵巇。清如朔雪严,暖若春烟蠃。或欲开户牖,或将饰缨缕。虽非倚天剑,亦是囊中锥。皆由内史意,致得东莞词。

指出《文赋》以华美的文辞研讨文学,作者气魄有如指挥文场的将帅,议论精警轻捷,大罩山岳,微析毫厘。《文心雕龙》纵论上古至宋齐文学,内容广泛,明辨本原,包举宏富,议论精锐,有如囊中之锥。这些意见都比较中肯。这段文字对魏晋南朝的文学批评著作进行评价,在唐代文论中是罕见的,值得重视。

第二节　司空图及其他

司　空　图

在唐代晚期的文学理论批评中,对诗歌艺术分析深入、具有继往开来作用的,是司空图的诗论。

司空图(837—908),字表圣,河中虞乡(今山西永济)人。僖宗时曾仕至知制诰、中书舍人。后因政治日乱,遂称病隐居不出。唐亡,绝食而死。有《司空表圣文集》、《司空表圣诗集》。

提倡韵味

司空图在《与李生论诗书》中,提出了诗歌的韵味问题,他说:

> 文之难,而诗之难尤难。古今之喻多矣,而愚以为辨于味,而后可以言诗也。江岭之南,凡足资于适口者,若醯,非不酸也,止于酸而已;若鹾,非不咸也,止于咸而已。华之人以充饥而遽辍者,知其咸酸之外,醇美者有所乏耳。彼江岭之人,习之而不辨也,宜哉。……噫!近而不浮,远而不尽,然后可以言韵外之致耳。……今足下之诗,时辈固有难色,倘复以全美为工,即知味外之旨矣。

在这里,司空图指出,优美的诗歌,其所表现的情景,使人感到贴近而不浮浅,深远而含蕴不尽,像食品之有咸酸之外的味道那样,具有"韵外之致"和"味外之旨",即耐人寻绎体会的言外的韵味。这样的诗篇,才称得上是醇美或全美。韵、韵致,指诗歌的气韵、风韵、神韵,它是植根于作者气质、才情基础上的作品呈现出来的艺术风貌。过去文论家在谈论艺术性时,已经提到韵和味,但大抵分别言之,司空图把二者结合起来,指出韵致是诗歌美味的重要根源,韵味因而成为后来文论者常常使用的一个重要概念。

在《与李生论诗书》中,司空图以较多篇幅列举了自己写的比较满意的诗句,可以帮助读者理解怎么样的诗句具有他所提倡的韵味。节录如下:

> 愚幼常自负,既久而逾觉缺然。然得于早春,则有"草嫩侵沙短,冰

轻著雨销";又"人家寒食月,花影午时天";又"雨微吟足思,花落梦无
憀"。得于山中,则有"坡暖冬生笋,松凉夏健人";又"川明虹照雨,树密
鸟冲人"。得于江南,则有"戍鼓和潮暗,船灯照岛幽";又"曲塘春尽雨,
方响夜深船";又"夜短猿悲减,风和鹊喜灵"。得于塞下,则有"马色经
寒惨,雕声带晚饥"。得于丧乱,则有"骅骝思故第,鹦鹉失佳人";又"鲸
鲵人海涸,魑魅棘林高"。得于道宫,则有"棋声花院闭,幡影石幢幽"。
……(省略者为得于夏景、佛寺、郊园、乐府、寂寥、惬适六项,共七个例
句)虽庶几不滨于浅涸,亦未废作者之讥诃也。

又七言云:"逃难人多分隙地,放生鹿大出寒林";又"得剑乍如添健
仆,亡书久似忆良朋";又"孤屿池痕春涨满,小栏花韵午晴初";又"五更
惆怅回孤枕,犹自残灯照落花"。又"殷勤元旦日,歌舞又明年",皆不拘
于一概也。盖绝句之作,本于谐极。此外千变万状,不知所以神而自神
也。岂容易哉!

司空图自称其所举例句"不滨于浅涸",即指具有深长的韵味;自称"不知所
以神而自神",即指具有神韵、韵味。上面所引的例句,前面是颇多的五言
诗,大抵是描写风景和日常闲逸生活和情趣,即使是塞下、丧乱两项,其例句
也以雍容闲雅的笔调出之,而不露剑拔弩张之态;在形式上则讲求对偶、声
律之美,均是从五律中摘取的句子。所引七言诗例句少,但其风貌特色也是
如此。引绝句两例,虽不讲对偶,但声律和谐。由此可见,司空图最欣赏的
自己的诗例,是以语言精致的律句(特别是五言律句)来描绘景物,通过景物
描写来表现自己的恬淡心境与和闲情趣。这类诗句,使读者看到鲜明生动
的形象,感受到作者隐逸生活的情趣,语言精炼工巧,因而具有耐人咀嚼的
韵味。但其题材偏重于田园山水一路,内容不免狭窄。

在《与王驾评诗书》中,司空图赞美王驾的诗歌具有"思与境偕"之美:
"五言所得,长于思与境偕,乃诗家之所尚者。"境的内涵比景要宽,但司空图
所谓境,主要是指景色。因此所谓"思与境偕",大致上就是情景交融之意。
《与李生论诗书》所举的诗例,都是思与境结合得好的。不妨说,司空图认为
诗与境结合得好的作品,就会产生深长的韵味。长时期来,由于抒情诗的发
展,不少作者与批评者往往注意到情境二者要互相配合,司空图用"思与境
偕"四字概括了这一命题,给人以简练精当的感觉,并富有启发意义。

在《与极浦书》中,司空图又提出了好诗往往有"象外之象"、"景外之景"
的看法:

戴容州云："诗家之景,如蓝田日暖,良玉生烟,可望而不可置于眉睫之前也。"象外之象,景外之景,岂容易可谈哉!

然题纪之作,目击可图,体势自别,不可废也。愚近有《虞乡县楼》及《柏梯》二篇,诚非平生所得者。然"官路好禽声,轩车驻晚程",即虞乡入境可见也。又"南楼山色秀,北路邑偏清",假令作者复生,亦当以著题见许。其《柏梯》之作,大抵亦然。

中唐诗人戴叔伦(曾为容州刺史)运用生动的比喻,指出某些好诗中的景色,可望而不可即,若有若无,好像温润的蓝田美玉,在和煦的阳光下远望如生蔼然烟雾,迫近则不可见。司空图把这种可望不可即之景称为"象外之象"、"景外之景",即隐藏在诗歌直接描绘的形象、风景后面须由读者进一步寻绎体会的形象、风景。这是诗歌艺术的高层次境界,所以司空图认为"岂容易可谈哉"。诗歌具有象外之象和景外之景,当然更具有远而不尽之美,耐人咀嚼寻绎,因而具有言外的韵味了。不妨说,在司空图看来,表现出象外之象、景外之景,是诗歌能具有韵外之致、味外之旨的一条重要途径。以上引司空图自己的诗为例,他写早春曰"花影午时天",令人想像起春花烂漫、春意盎然的一片景象,的确给读者带来了言外的深远韵味。司空图对自己某些题纪之作,虽然不具有象外之象、景外之景的美味,但描写真切而著题之作,如《虞乡县楼》、《柏梯》等,也有所肯定,但认为这类诗"诚非平生所得者",即不是平生得意之作,比起那些具有深远韵味的篇章来,造诣要低。

在探索抒情诗的艺术特点时,过去文论者不但注意它要情景结合,而且重视它应有深长滋味。《文心雕龙·物色》篇专论景物描写,有曰:"四序纷回,而入兴贵闲;物色虽繁,而析辞尚简;使味飘飘而轻举,情晔晔而更新。……物色尽而情有余者,晓会通也。"可谓已开其端。唐代皎然《诗式》论诗,特重言外情味。他贬抑"无含蓄之情"的作品,竭力推崇擅长描模山水的谢灵运诗,赞美它们"情在言外",具有"文外之旨"。其后刘禹锡又说:"境生于象外,故精而寡和。"(《董氏武陵集纪》)还有上引戴叔伦蓝田良玉之喻。它们都是这方面有代表性的言论。司空图吸取、发展了南朝以至唐代文论的有关成果,提出了"韵外之致、味外之旨"的艺术效果说,为抒情诗的创作和鉴赏树立了一条重要的美学原则。他还主张"思与境偕",主张诗歌应表现"象外之象,景外之景",为诗歌创作如何具备韵味指出了一条途径。由于他要求诗歌具有深远韵味和言外景象,对诗歌情意和境的内涵提出了高层次的标准,因而标志着意境说的趋向成熟。司空图这方面的言论在中国文学批评史上具有重要地位,并对后世产生深远影响。

推重王维一派诗歌

司空图对唐代一部分诗人进行过评论,有曰:

> 国初,主上好文章,雅风特盛。沈、宋始兴之后,杰出于江宁,宏肆于李、杜,极矣!右丞、苏州,趣味澄夐,若清沉之贯达。大历十数公,抑又其次。元、白力勍而气屏,乃都市豪估耳。刘公梦得,杨公巨源,亦各有胜会。浪仙、无可、刘德仁辈,时得佳致,亦足涤烦。厥后所闻,徒褊浅矣。(《与王驾评诗书》)

> 诗贯六义,则讽谕、抑扬、渟蓄、温雅,皆在其间矣。……王右丞、韦苏州,澄澹精致,格在其中,岂妨于遒举哉!……(《与李生论诗书》)

司空图认为,在唐代前中期,著名诗人,在沈佺期、宋之问、张九龄(封始兴伯)之后,最突出的是王昌龄(江宁)和李、杜。王昌龄在唐代即有盛名,其不少篇章写得含蓄有韵味。李、杜在唐代中后期已被公认为两大诗人,所以司空图那么说。但司空图最倾心爱好的,还是王维(右丞)、韦应物(苏州)两人的诗歌。他一则说它们趣味澄清复远,像清澈的沉水(在山西省)一样流畅。趣味澄夐,即是赞美王、韦诗韵味清远。再则说它们风貌清澄淡远,而复语言精致,表现出高雅的品格;貌虽平和,却不妨碍具有遒举的骨力。司空图上承皎然,论诗重格。在他看来,诗格是诗人品格和精神状态的体现,王维、韦应物心境淡泊平和,爱好宁静生活,故其诗品格也高。司空图晚年弃官不出,长期过隐居生活,《旧唐书·文苑传》说他"有先人别墅在中条山之王官谷,泉石林亭,颇称幽栖之趣。自考槃高卧,日与名僧高士游咏其中"。他特别推崇王维、韦应物两人,认为其诗韵味深远,品格高雅,表现出他在长期隐居生活中偏至的审美趣味。

王维、韦应物之后,司空图比较推重的还有大历、元和时期的一些诗人。"大历十数公",指代宗大历年间的一批诗人(包括大历十才子)。他们的诗篇,长于抒情写景,语言新颖工致,尤长五言律诗。高仲武《中兴间气集》专选大历诗人作品,多五律,并指出其代表诗人钱起诗继承王维传统。可见司空图推重大历诗人,和他特重王维有着密切关系。此外,他对刘禹锡(梦得)、杨巨源、贾岛(浪仙)等人的诗也有好评。他们的诗作,往往写得含蓄有味,符合于他的审美标准。总之,司空图推重、赞美王维、韦应物以及大历诗人等的作品,是和他提倡诗歌应有韵味的主张息息相通的。

255

元稹、白居易诗,在唐代中后期最负盛名,流传广远。司空图对两人独加贬抑,评为"力勍而气孱,乃都市豪估耳"。元、白诗写得浅易通俗,表达周详,如白居易自评的"理太周则辞繁,意太切则言激"(《和答诗十首序》),因而缺乏韵味深长、意在言外的艺术性,为司空图所不喜。又据元稹《上令狐相公诗启》所述,元、白两人在当时流行最广、号称元和体的篇什,都是律体诗。其中有大量短篇(包括绝句),还有相当数量的长律,有的长达五十韵、七十韵、一百韵。如白居易的《代书诗一百韵寄微之》、《东南行一百韵》及元稹的两篇和诗均是这方面的代表作。对这类长律,元稹颇为自负,自诩有"驱驾文字、穷极声韵"之美。律体诗讲求对偶、声律,往往富有辞藻、声韵之美,较多地表现出作家的才学,长律更是如此;但也容易形成元稹所说的"律体卑痹、格力不扬"之弊,即缺乏清新刚健的骨力。司空图讥元、白诗"力勍而气孱",即是说它们才力虽富,但气格卑弱,远不逮王、韦诗的气格高雅;正像都市的豪商大贾,赀力虽雄,但品格俗而不雅。据上引《与李生论诗书》,司空图也肯定诗歌内容贯穿六义、有讽谏,但又主张应与渟蓄、温雅结合,即表现要温柔敦厚与含蕴。元、白的讽谕诗也有辞繁言激、缺少含蕴之病,为司空图所不喜。但就诗歌的艺术特色讲,就诗歌在当时社会上的流行情况讲,司空图对元、白"力勍而气孱"的讥评,主要当是针对元、白的律体诗(特别长律)而言。

司空图《题柳柳州集后》一文,对韩愈、柳宗元的诗歌也加以赞美:

> 愚尝览韩吏部歌诗数百首,其驱驾气势,若掀雷抉电,奔腾于天地之间,物状奇怪,不得不鼓舞而徇其呼吸也。……今于华下方得柳诗,味其深搜之致,亦深远矣。俾其穷而克寿,玩精极思,则固非琐琐者轻可拟议其优劣。

这里赞美韩诗雄奇豪迈,柳诗深远有味。司空图对雄奇而缺少含蓄有韵味的韩诗加以赞美,说明他特别推重王维、韦应物一派诗歌外,对其他不同风格而具有成就的诗歌,也是加以肯定的。

关于《诗品》

相传司空图著有《诗品》一文,共二十四则,每则四言十二句,用韵语写成,故又称《二十四诗品》。

《诗品》是一篇论述诗歌风格的专文。它共分二十四品,每品以两字标名,揭示诗的风格特色。其品目为:雄浑、冲淡、纤秾、沉著、高古、典雅、洗炼、劲健、绮丽、自然、含蓄、豪放、精神、缜密、疏野、清奇、委曲、实境、悲慨、形容、超诣、飘逸、旷达、流动。《诗品》在指陈诗歌风格特征时,除了少数理论性概括词语外,大量运用了比喻象征的手法来描述诗的风格特征,如《典雅》品有云:"玉壶买春,赏雨茅屋。坐中佳士,左右修竹。"以隐士的生活及其环境来描绘诗的风格,故许印芳称之为"比物取象,目击道存"(《二十四诗品跋》)。

《诗品》用诗体写成,语言优美,富有形象性,加上它所着重表现的士人幽雅冲淡的情趣,受到清代不少文人的注意和赞赏。王士禛曾摘引《诗品》一些语句来宣传他的神韵说,袁枚更推演而作《续诗品》。清代出现了好几种《诗品》注释和续补诗品。还有人效其体式以论其他文体,有文品、赋品、词品等。现代学者复有若干《诗品》新注本。

《诗品》是否司空图所作,疑点很大。前几年有的学人经过考证,认为不是司空图所作,所提供材料比较翔实,颇有说服力。《诗品》一文,不见于司空图本集,宋代文献也没有提到该文。元代文人所编的《诗家一指》(诗法著作汇录一类著作)中开始著录此文,但不署作者姓名。至明代晚期的某些丛书,如吴永《续百川学海》、毛晋《津逮秘书》等,才把它作为司空图著作编入该丛书。明晚期学者胡震亨,一生致力于搜罗、研究唐诗。编有《唐音统签》一千余卷。其《唐音癸签》卷三十二《集录三·唐人诗话》,自李嗣真《诗品》、李峤《评诗格》以下,罗列二十八种唐人诗话一类著作,不及《二十四诗品》。明末另一学者许学夷也致力于唐诗研究,著有《诗源辨体》三十八卷。该书卷三十五提到司空图《与李生论诗书》中的"梅止于酸"数语,誉为"得唐人精髓";而在提及《诗家一指》中无名氏的《二十四诗品》时,又讥为"卑浅"。由此可见,晚明某些丛书把《二十四诗品》作为司空图著作收入,是缺乏可靠根据的。《诗源辨体》说《诗家一指》出于元人",故有的研究者推测《二十四诗品》可能出于元代文人之手,比较可信。目下学术界对这一问题还没有一致的看法,除怀疑论者外,有的学者仍认为当是司空图所作,有的则持存疑态度。

张为的《诗人主客图》

我国古代诗文批评有摘句的风气。南朝以来,风气愈盛,以至著为专书。萧子显《南齐书·文学传论》所说"张际摘句褒贬",当即此类。唐代则有褚亮等的《古文章巧言语》、元兢《古今诗人秀句》、玄鉴《续古今诗人秀句》、黄滔《泉山秀句集》、李洞《集贾岛句图》等(以上诸书均已亡佚)。古代文学批评又有品第作者高下和区分流派的做法,钟嵘《诗品》便是这方面的代表之作。又唐人有《琉璃堂墨客图》(今仅存残本),列陈子昂、王昌龄、李白等三十余位诗人之名,摘引诸人诗句,又称陈子昂为"诗仙",王昌龄为"诗天子",李白为"诗宰相",綦毋潜为"诗大夫",寓有品第高下之意。唐末张为的《诗人主客图》,也与此类著作相似,而兼具摘句、品第、区别流派三种做法。

张为(生卒年不详),袁州(治所宜春,今属江西)人。除《诗人主客图》外,还编有《前贤咏题诗》,今佚。今本《诗人主客图》有清人李调元《函海》刻本等,应是从宋人计有功《唐诗纪事》中辑录有关资料编成,乃是一残缺之本,原书大约久已亡佚。

《诗人主客图》所著录的绝大多数是中晚唐诗人,共八十四人,分为六系。每系诗人分为主、上入室、入室、升堂、及门五层(有两系不足五层),以寓品第高下之意。上入室、入室、升堂、及门四者即为"客"。各诗人名下摘录其若干诗句(少数录载全诗)。之所以分成各系,据其序云:"若主人门下处其客者,以法度一则也。"即认为各系诗人有其共同之处。但在后人看来,有的同系诗人的作品并不相近。其等第上下,也颇有使人难解之处。更有不少著名作者,如韩愈、柳宗元、李商隐、温庭筠竟都未入图;倒有一些在后人看来成就不高,甚至存诗甚少的诗人被著录。因此,该书颇受后人讥评。

不过今本《主客图》已是残本,书中也无任何说明文字,故张为原意不易推断。若加以推敲,便觉得其书虽存在随意性,但也并非全无线索可寻,有些地方仍反映出中晚唐诗歌创作的某些情况,反映出晚唐诗歌批评的某些倾向。

书中第一系,以白居易为广大教化主。所谓"教化",当是指白氏讽谏诗而言。晚唐吴融《禅月集序》便说:"厥后白乐天讽谏五十篇,亦一时之奇逸极言。昔张为作诗图五层,以白氏为广大教化主,不错矣。"此系中诗人多有语涉讽刺之作。其中张祜早年以宫体浮艳之作著称,但后来又写了不少"谏讽怨谲,时与六义相左右"(陆龟蒙《和过张祜处士丹阳故居诗序》)的作品,为人们所重视。此系凡十八人,仅次于清奇雅正一系。人数之多,即从一个侧面反映了白居易诗在晚唐人心目中地位之高、影响之大。正因为此,被命名为"广大"。当然,白氏影响之大,并非全由于作讽谏诗,而是与其诗语言流便浅易、表现范围扩大等很有关系。不论如何,"广大"与"教化"是白诗及其影响的特征所在。

第二系以孟云卿为高古奥逸主。孟氏诗确以高古著称,杜甫《解闷》称他"数篇今见古人诗",崇尚古体的元结对他评价很高,高仲武《中兴间气集》也说"孟君好古"。此系中诗人风格不同,但都长于古体。其中杜牧近体甚多,但五古亦很著名。

第三系以李益为清奇雅正主。此系反映了中晚唐律诗,尤其是五律,迅速发展和为人所喜好的状况。姚合、贾岛分别在入室、升堂之中。他们均长于五律,为晚唐人所仰慕。二人诗风相近,贾岛偏于奇,姚合偏于雅。其他诗人也都擅长五律。此系人数最多,凡二十七人,反映了风格清雅的诗作,尤其是律诗在晚唐诗坛上地位的重要。

第四系以孟郊为清奇僻苦主。此系诗人都是命运乖蹇之士,其诗多苦寒语。

第五系以鲍溶为博解宏拔主。鲍溶诗在后世不甚著名,但在当时未必如此。即使北宋时,欧阳修也酷好其诗(见《竹庄诗话》一三引《诗史》)。

第六系以武元衡为瑰奇美丽主。武氏诗名在后世不太高,但在当时是很有名声的,《旧唐书》本传便说他"工五言诗,好事者传之,往往被于管弦"。词藻美丽确也是其诗的特色。

总之,《诗人主客图》虽有不妥处,但其分别流派,也自有其意图和理由。它对后世有一定的影响。宋代吕本中作《江西诗社宗派图》,当即受其启发。故陈振孙《直斋书录解题》云:"近世诗派之说殆出于此。"至清代李怀民因不满于张为之书而作《重订中晚唐诗主客图》,但其体例仍沿袭张书,分为主、上入室、入室、升堂、及门五层。

晚唐五代的诗学著作

伴随着诗歌创作的发展,唐代讨论诗歌格律、体制、作法的著作比较繁富。在唐代前期,继永明声病说之后,出现了不少探讨近体诗声律病犯和对偶方法的著作。其情况已经在前面介绍过。唐代中期,这类著作较少,有王昌龄《诗格》、释皎然《诗式》,还有传为白居易著的《金针诗格》和贾岛著的《二南密旨》。到晚唐五代,这类著作更多起来,现在留存的有王叡的《炙毂子诗格》、李洪宣的《缘情手鉴诗格》、齐己的《风骚旨格》、虚中的《流类手鉴》、徐衍的《风骚要式》、徐寅的《雅道机要》、王玄的《诗中旨格》、王梦简的

259

《诗要格律》、文彧的《诗格》等。这些著作多为教示初学者而作,内容琐碎粗略,多有牵强附会之处。但也有一些地方值得注意:如论及律诗中各联的地位、作用,特别重视第二、第三联;又如强调字句锤炼、重视含蓄的表现手法等等。中晚唐不少诗人倾心于写作律诗,崇尚苦吟。这类诗格著作便反映了那样的风气,对于后世的诗话类著作也有一定的影响。

第三节　五代的文学批评

五代的文学批评,跟其时诗文创作一样,成就不大,但在一部分文人的言论中,也反映出当时的文学创作风尚与批评倾向。

《旧唐书》的文学观点

《旧唐书》编成于后晋,是当时官修的史书。署名刘昫撰,实际出自赵莹、张昭远、贾纬、赵熙等人之手(参考赵翼《二十二史札记》卷十六)。

唐代诗文有古今体之分。今体诗(即近体诗)重视声律、对偶、辞藻之美,今体文(骈文、四六文)也是如此,而古体诗、古文则往往鄙薄声律、对偶,也不重视辞藻富美。《旧唐书》史臣明显地偏袒今体诗文。《文苑传序》有曰:

> 臣观前代秉笔论文者多矣,莫不宪章《谟》、《诰》,祖述《诗》、《骚》;远宗毛、郑之训论,近鄙班、扬之述作。谓"采采芣苢",独高比兴之源;"湛湛江枫",长擅咏歌之体。殊不知世代有文质,风俗有淳醨,学识有浅深,才性有工拙。昔仲尼演三代之《易》,删诸国之诗,非求胜于昔贤,要取名于今代。实以淳朴之时伤质,民俗之语不经,故饰以文言,考之弦诵,然后致远不泥,永代作程。即知是古非今,未为通论。

> ……近代唯沈隐侯斟酌《二南》,剖陈三变,摅云、渊之抑郁,振潘、陆之风徽。俾律吕和谐,宫商辑洽,不独子建总建安之霸,客儿擅江左之雄。

> 爰及我朝,挺生贤俊。文皇帝解戎衣而开学校,饰贲帛而礼儒生,门罗吐凤之才,人擅握蛇之价。靡不发言为论,下笔成文。足以纬俗经邦,

岂止雕章缛句。韵谐金奏，词炳丹青。故贞观之风，同乎三代。……

这篇文章是用骈体写的(《旧唐书》全书多骈体文字)，它对骈体文学持着显著的肯定态度。它提倡文饰，反对"是古非今"者只知"祖述《诗》、《骚》"而鄙薄汉魏以来制作的主张；它大力推崇声律论的提倡者沈约，认为其文学成就可与曹植、谢灵运比美；它赞美初唐贞观年间的文风。这种看法和唐代诗文革新运动者的主张是互相对立的。它对文学作品的要求，反而和南朝的文学思潮比较接近。

史臣基于这一基本立场，对唐代古文运动诸家的成就评价并不高。《旧唐书》卷一六〇是一篇合传，记载了韩愈、张籍、孟郊、唐衢、李翱、宇文籍、刘禹锡、柳宗元、韦辞诸家，于《韩愈传》后评曰：

> 常以为自魏晋已还，为文者多拘偶对，而经诰之指归，迁、雄之气格，不复振起矣。故愈所为文，务反近体，抒意立言，自成一家新语。后学之士，取为师法。当时作者甚众，无以过之，故世称"韩文"焉。然时有恃才肆意，亦有戾孔孟之旨。……

指出了韩愈古文的特色，指出它们是当时不少古文作者的师法对象，但对它们并没有赞扬备至。将此评语与李翱、李汉以及宋代古文家对韩文的高度推崇相比较，可以看出其间有很大的距离。接着史臣还对韩文加以指责，举出韩愈《柳州罗池庙碑》、《讳辨》、《毛颖传》为例，认为它们是"文章之甚纰缪者"。又批评韩愈的《顺宗实录》"繁简不当，叙事拙于取舍"。传末对韩文的诋诃竟多于介绍与有所肯定。卷一六〇末尾有一段总的传论，其中评韩愈、李翱两人曰：

> 韩、李二文公，于陵迟之末，遑遑仁义，有志于持世范，欲以人文化成，而道未果也。至若抑杨、墨，排释、老，虽于道未弘，亦端士之用心也。

认为韩、李两人提倡儒学、反对佛老的动机是"端士之用心"，而其成就则是"于道未弘"、"道未果"，评价不高。

传论于柳宗元、刘禹锡的文学成就评价颇高："贞元、太和之间，以文学耸动搢绅之伍者，宗元、禹锡而已。其巧丽渊博，属辞比事，诚一代之宏才。"可见他的赞赏柳宗元、刘禹锡的古文，并不在于它们的思想价值和散文艺术，而只在于"巧丽渊博、属辞比事"，这种崇尚文辞富丽工巧的看法，正是骈文家的批评标准。

于唐代文人中,《旧唐书》编者最推重的是元稹和白居易,该书卷一六六《元白传论》说:

> 国初开文馆,高宗礼茂才。虞、许(虞世南、许敬宗)擅价于前,苏、李(苏味道、李峤)驰声于后。或位升台鼎,学际天人,润色之文,咸布编集。然而向古者伤于太僻,徇华者或至不经,鼪鼫者局于宫商,放纵者流于郑卫。若品调律度,扬摧古今,贤不肖皆赏其文,未如元、白之盛也。昔建安才子,始定霸于曹、刘;永明辞宗,先让功于沈、谢;元和主盟,微之、乐天而已。臣观元之制策,白之奏议,极文章之壶奥,尽治乱之根荄;非徒谣颂之片言,盘盂之小说。……

> 赞曰:文章新体,建安、永明。沈、谢既往,元、白挺生。……

元白不少文章介于骈散之间,风格虽较当时流行的骈体文字略为古雅,但与韩柳的古文颇不相同。《旧唐书》编者反对“向古者伤于太僻,徇华者或至不经”,所以特别赞赏这种斟酌古今、折衷华实的文章。《旧唐书》是一部史书,史臣评介文章,首先着眼于对政治是否产生积极作用,因此此处也是对元、白的制策、奏议加以肯定。实际史臣对元、白的诗歌评价也很高。史臣指出自汉末至唐代,文章新体有建安、永明、元和三个时代。这三个时代的新体,当然兼包文、赋、诗而言,更主要的是指诗歌。建安时代,文人五言诗空前发展;永明时代,声律论形成与永明新体诗产生;元和时代,元、白元和新体诗流行。据元稹自述,元、白两人当时在社会上流传最广、号称元和体的作品,是两人的律体诗,包括短篇和长律。史臣在《元稹传》中叙述元、白两人以长律互相酬答时有曰:

> 俄而白居易亦贬江州司马,稹量移通州司马。虽通、江悬邈,而二人来往赠答,凡所为诗,有自三十、五十韵乃至百韵者。江南人士,传道讽诵,流闻阙下,里巷相传,为之纸贵。观其流离放逐之意,靡不凄惋。

这段文字在叙述中充分流露出对元、白长篇律诗的赞赏,可与元白传论、赞互相参照、补充。的确,从长律的成就看,元、白两人的作品不但数量多,而且声律、对偶、辞藻等最为富美。史臣于唐诗中对元、白的新体诗(特别长律)评价最高,充分显示出他们崇尚骈体文学的审美倾向。

唐代文章文体,沿袭南朝的传统,政治界、社会上习惯使用骈文或骈文气息较强的散文。唐代进士科考试要考讲究声律、对偶的律诗、律赋,吏部授官要考骈体的判文。这种制度更促使士人究心骈文写作。整个唐代骈文长期处于优势地位。唐代古文运动,由于韩愈、柳宗元诸人的积极鼓吹和努力创作,确实获得了很大的成就,影响也较大,但当日不赞成的人也还不少。后来韩门弟子皇甫湜、孙樵等大力尚奇尚怪,使古文创作走上歧路。到了晚唐五代,骈文又占到了压倒的优势。《旧唐书》的观点,正反映了当时的这种风尚。到宋代古文家所编修的《新唐书》出来,对韩柳诸人的评价,才改变了《旧唐书》的这种看法。

晚唐五代艳体诗的发展与文学思想

　　安史乱后的中唐时代,一方面是讽谕诗和新乐府等一类诗歌发展,注意反映国事民生的弊病;另一方面因少数大城市进一步繁荣,文人冶游之风很盛,又形成了艳体诗盛行的情况。元稹、白居易除了大力写作讽谕诗外,还写了不少艳体诗。特别是元稹写得更多,他在《叙诗寄乐天书》中,说自己有感于当时的妇女风尚,"因为艳诗百余首"。元白的这类艳体诗,在当时社会上要比讽谕诗流行得多(参见上面介绍元稹、杜牧的两节)。

　　到晚唐五代,由于政治黑暗社会混乱,封建官僚的文士们一般意志消沉,在生活上追求感官享乐,在艺术上追求形式美,艳体诗风比前有了进一步的发展。晚唐大诗人李商隐、温庭筠都写过不少艳体诗。这种诗歌跟当时新兴的长短句(词),在内容题材和语言风格上有着紧密的联系。这时期艳体诗的发展,也在文学批评中反映出来。

　　晚唐诗人韩偓以擅长艳体著名。偓(842—914?),字致光(一作致尧),京兆万年(今陕西西安)人。唐末官至兵部侍郎。唐亡,入闽依王审知而卒。《全唐诗》存诗四卷。他在《香奁集序》中说:

　　　　退思宫体,未敢称庾信工文;却诮《玉台》,何必倩徐陵作序。粗得捧心之态,幸无折齿之惭。柳巷青楼,未尝糠粃;金闺绣户,始预风流。咀五色之灵芝,香生九窍;咽三危之瑞露,春动七情。若有责其不经,亦望以功掩过。

韩偓把自己的艳体诗与南朝宫体诗相比,同时还对这类诗篇表现出欣赏和自负,这种态度在当时一部分文人中,是具有代表性的。

　　五代时前蜀监察御史韦縠(生卒籍贯均不详)编辑的唐诗选本《才调集》,据自序"韵高而桂魄争光,词丽而春色斗美"云云,可以见其选诗标准。

263

再细按入选作家作品,艳体诗实是一个重要的选录对象。此书共分十卷,每卷第一人选诗最多,是一卷的重点。第一卷选白居易诗十九首,其中虽有《秦中吟》十首,但以白氏的五言长律居首,长律中有歌咏妓女和冶游之作。第二、三、四、五卷以温飞卿、韦庄、杜牧之、元稹四家居首,所选各达数十篇,均多写艳情的作品。第六卷首选李白诗二十八首,也多歌咏男女爱情;接着就选李商隐诗四十首。此外,第四卷中选了曹唐的《大游仙》、《小游仙》诗,又选了《北里志》作者孙棨的咏妓诗四首等等。这些,都表现出《才调集》取材的鲜明倾向。《才调集》由于具有这个特色,而成为后代艳体诗的学习范本。艳体诗均用律体写作,声韵和谐,辞藻富美,符合于韦縠提出的"韵高"、"词丽"标准。韦縠还喜爱长律,书中选了白居易、元稹、温庭筠、李商隐等人的一部分长律。其中如白居易的《江南喜逢萧九彻因话长安旧游戏赠五十韵》、元稹的《梦游春七十韵》、《会真诗三十韵》等,都是富有代表性的艳体诗。

欧阳炯的《花间集序》

后蜀赵崇祚编有《花间集》,是词集中的著名选本。欧阳炯为此书写了一篇序言,反映了当时人们对长短句的看法。它是中国文学史上首出的词学批评论文。欧阳炯(896—971),益州华阳(今四川双流)人。初仕前蜀,后仕后蜀,官至门下侍郎。后入宋。《花间集序》全文说:

> 镂玉雕琼,拟化工而迥巧;裁花剪叶,夺春艳以争鲜。是以唱云谣则金母词清,挹霞醴则穆王心醉。名高《白雪》,声声而自合鸾歌;响遏行云,字字而偏谐凤律。《杨柳》、《大堤》之句,乐府相传;《芙蓉》、《曲渚》之篇,豪家自制。莫不争高门下,三千玳瑁之簪;竞富樽前,数十珊瑚之树。则有绮筵公子,绣幌佳人,递叶叶之花笺,文抽丽锦;举纤纤之玉指,拍按香檀。不无清绝之辞,用助娇娆之态。自南朝之宫体,扇北里之倡风,何止言之不文,所谓秀而不实。有唐已降,率土之滨,家家之香径春风,宁寻越艳;处处之红楼夜月,自锁嫦娥。在明皇朝,则有李太白之应制《清平乐调》四首,近代温飞卿复有《金荃集》。迩来作者,无愧前人。今卫尉少卿字弘基,以拾翠洲边,自得羽毛之异;织绡泉底,独殊机杼之功。广会众宾,时延佳论,因集近来诗客曲子词五百首,分为十卷。以炯粗预知音,辱请命题,仍为叙引。昔郢人有歌《阳春》者,号为

绝唱,乃命之为《花间集》。将使西园英哲,用资羽盖之欢;南国婵娟,休唱莲舟之引。

序文前面叙说词的特色、功能和文学渊源。指出它们是配合音乐的歌曲,由女子(佳人)演唱,以供王孙公子筵席娱乐之用,并称道书中所选的歌词很精美。又指出它们继承了南朝乐府清商曲和宫体诗(二者内容均以表现男女之情为主)。《杨柳》、《大堤》等篇章,均出自南朝清商曲。在唐代前中期,人们一提到宫体诗,往往把它们作为贬责奚落的对象。欧阳炯对承袭宫体诗的《花间》词大加赞美,誉为"清绝之辞",这反映了唐代后期至五代艳体诗词的发展和文人们文学观念的巨大变化。作者虽也谦称这类作品"言之不文"、"秀而不实",但批评语气较轻。

据《宋史·西蜀世家》载:欧阳炯"尝拟白居易讽谏诗五十篇以献,(孟)昶手诏嘉美"。其诗虽佚,但必是规讽孟昶(后蜀国君)之作。但他论词,却赞美上承南朝清商曲、宫体诗的作品。这说明当时文人认为曲子词用于酒席佐欢,功能不同,因而对它们的要求也不同。"将使西园英哲,用资羽盖之欢"二句,就是肯定这类词作在文人生活中具有娱乐作用。

艳丽文风的反对者

晚唐五代艳体诗词的发展,也激起了一部分人士的反对。中唐时代李戡对于元白诗歌中"淫言媟语"的指斥,可说是这方面意见的先驱者。到唐末,又有吴融、黄滔的意见值得重视。

吴融(? —903),字子华,越州山阴(今浙江绍兴)人。唐末官至翰林承旨。《全唐诗》存诗四卷。他在《禅月集序》中批评晚唐时代的诗风道:

> 夫诗之作,善善则颂美之,恶恶则风刺之。苟不能本此二道,虽甚美,犹土木偶不主于气血,何所尚哉! ……国朝能为歌为诗者不少,独李太白为称首,盖气骨高举,不失颂美风刺之道焉。厥后白乐天讽谏五十篇,亦一时之奇逸极言。昔张为作诗图五层,以白氏为广大教化主,不错矣。至后李长吉以降,皆以刻削峭拔、飞动文彩为第一流,有下笔不在洞房蛾眉、神仙诡怪之间,则掷之不顾。迩来相教学者,靡曼浸淫,困不知变。呜呼,亦风俗使然也!

吴融论诗强调内容,他指出李白、白居易的歌行具有美刺意义,风格高举奇逸;而李贺以下的制作,多追求文辞的奇丽,内容不脱男女之情和神仙诡怪,可见他对这种艳丽文风的强烈不满。

　　黄滔(生卒年不详),字文江,莆田(今属福建)人。唐末官监察御史里行,充威武军节度推官。有《黄御史集》。黄滔论文,也重视内容。他在《与王雄书》中大力提倡古文,反对骈文,认为写"俪偶之辞"是"文家之戏",不能称为作者,指责"近日场中,或尚辞而鲜质",赞美王雄的文章有元结、韩愈之风。在《答陈磻隐论诗书》中,他指出:"诗本于国风王泽,将以刺上化下;苟不如是,曷诗人乎?"又慨叹唐末诗风之弊道:"咸通、乾符之际,斯道陵明。郑卫之声鼎沸,号之曰今体才调歌诗。援雅音而听者憛,语正道而对者睡。噫,王道兴衰,幸蜀移洛,兆于斯矣!"这种看法,跟吴融的意见是颇为接近的。两人都是站在诗歌应有裨于政治教化的立场上来批评艳体诗歌的。

第四编　宋　金　元

绪　　论

宋元时期是中国文学批评史一个重要发展阶段,诗文批评空前繁荣,而新兴词论闪耀其特异光彩,戏曲小说批评也崭露头角。

北宋诗文革新运动的理论成就

公元960年赵宋王朝建立后,结束了晚唐五代十国长期战乱割据局面,国家出现一个半世纪以上相对稳定的统一。1126年北宋沦亡,南宋维持其偏安也达一个半世纪。宋代的国势显然不如汉、唐,而其政治、经济尤其文化自有特殊成就。陈寅恪曾说:"华夏民族之文化,历数千年之演进,造极于赵宋之世。"北宋诗文革新运动的理论发展,正是这种"造极"的一个标志。

宋王朝任用文官,并重言职,对科举制度作了重大改革,大量吸收新兴知识分子。社会比较安定,经济与文化均迅速兴盛起来。世界上最早的活字印刷与纸币(交子)均产生于北宋,具见其时工商业的发展程度,对文化之高涨与思想解放都有巨大的互动作用。从宋初到中期,王禹偁、田锡以至范仲淹、欧阳修、王安石、苏轼等系列知识精英,不是凭借身份特权而是以其卓识宏才,竞胜于文战之场而登上历史舞台,畅抒其怀抱。欧、苏等的诗文词赋诸体创作与文学理论造诣都达到历史上第一流水平,而历史上这样全面发展的大家还是不多见的。在他们的前后左右更涌现众多的优秀作家与批评家,文坛呈现群星灿烂的繁盛景象。这是其时文化普遍高涨的一种体现。

宋朝的偃武修文政策,成功地防止分裂与篡权,却未能有效抵御辽、夏侵扰,每年以大量赂遗换求妥协,加上冗官冗费,国防与财政出现严重危机,也加剧了社会矛盾。仁宗时范仲淹领导的庆历新政,神宗时王安石主持的熙宁变法,是两次政治改革高潮。后者规模尤大,虽著成绩,也多流弊。北宋中后期出现了长期反复的新旧党争。政治改革要求"国之文章,应于风化"(范仲淹语),"文者务为有补于世"(王安石语)。诗文革新运动与之桴鼓相应而自有独立的发展轨迹。宋初柳开、王禹偁的提倡韩愈古文与李白、杜甫诗歌,已初步改变五代以来文坛衰敝现象;杨亿、刘筠等致力于学习李商隐的近体诗与骈俪文,号称西昆体,风靡于一时。西昆末流产生徒事藻饰的弊病,后起石介力批杨、刘而鼓吹古道,又助长怪僻的太学体泛滥成灾。故欧阳修领导的诗文革新,首先是反对太学体与西昆体末流之弊,倡导内容充实、风格自然而丰富多彩之作。苏轼继之领袖文坛,对文艺创作的内部与外部规律更作多角度、多层次的探讨,此外如梅尧臣、王安石、苏洵、苏辙、曾巩、黄庭坚等,在文学观与具体诗文批评许多方面均有自己的建树。

北宋诸家大都是强调以"道"为文之内容的,但对"道"的理解以及"道"与"文"关系之处理则大有不同。柳开、石介标举之"道"主要为宣扬"三纲五常"的儒道,并表现出轻视文艺的偏向。发展为理学家周敦颐的"文以载道"以至程颐的"作文害道",从以"文"为附属于"道"之工具到否定文学。到了南宋,朱熹集理学之大成,倡言"这文皆是从道中流出",强烈批评韩愈以至欧阳修、苏轼等古文家为"裂""道"与"文"为"两物"而本末倒置。朱熹本人很有文学修养与眼光,在具体批评方面自有精到之见。理学家在选文时仍只能求取于欧、苏诸家的文章。

欧阳修的"道胜文至"、"事信言文"等说,则既突出了"道"的时代现实意义,并肯定"文"的独立地位。苏轼的"有道有艺","有道而不艺,则物虽形于心,不形于手"以及"求物之妙","能使是物了然于心"到"了然于口与手"云云,其所谓"道"既指客观事物规律,而将创作的形象思维与艺术表现手法的作用提高到更加重要的位置。欧阳修比喻"文章如精金美玉,市有定价"(见苏轼《答谢民师书》);苏轼更以"钱"喻"作文之意",而以经史子籍中所载比喻市场百货,谓皆可任凭己意采购使用。这里主要从艺术标准明确肯定文学作品的价值,充分突出作者独立意志在创作中的主导作用,比诸传统"宗经"、"征圣"、"崇本抑末"而以技艺为末事之论,允属文艺观念的重大进步,明显打着当时与商品经济、货币流通发展相关联之新意识的烙印。

在文章的语言方面,北宋诗文革新运动中的主流大都崇尚自然之美而反对浮华不实与艰深模拟,保证所谓"古文"朝着符合时代要求的方向发展。唐代韩愈倡导古文,既主张不师难易、"惟其是尔",又有尚奇好怪倾向。韩愈固能兼收并蓄而自铸伟词,而其后学或分趋于偏尚平易与怪奇难涩两途。宋初张扶及后来太学体作者当为后者之末流。虽然宋初柳开即曾指出:"古文者,非在辞涩言苦,使人难读诵之。"王禹偁更反对"句之难道"、"义之难晓",并谓"模其语而谓之古,亦文之弊"。但柳、王或多或少地忽视文辞艺术特征,其身后遂为"雕章丽句"的西昆体所代兴。欧、苏等家所谓"自然",则包含着对文采的高要求。自然原是极为丰富多彩的。欧阳修谓之"譬夫金玉之有英华","而光辉之发自然也"(《与乐秀才第一书》)。苏轼宣称"词至于能达,则文不可胜用矣",从而揭示"行云流水"、"随物赋形"、"文理自然"而"姿态横生"等行文法则,在创作的充分自由表达与循遵艺术规律方面进行了辩证的总结。他们提倡古文却并不否定骈俪。范仲淹、欧阳修对西昆体领袖杨亿仍有好评,苏轼给予中唐陆贽骈文以崇高评价。苏轼尖锐批评扬雄"好为艰深之辞以文浅易之说",可见他既反艰深,也不满浅易。

欧阳修论诗重视美刺劝戒,触事感物,"发声通下情",并提出"诗穷而后工"的命题,涉及诗人的生活遭遇和社会实践对于创作成就的重要作用。"翰林风月三千首",表示了他对唐代李白浪漫诗风的心向神往;他对同时代苏舜钦诗的"超迈横绝"和梅尧臣诗的"深远闲淡"都加赞美,则反映其审美兴趣之宽广。他首著《诗话》(也称《六一诗话》),开创一种自由活泼而具有多功能机制的诗歌批评形式,从此作者蜂起,蔚为中国文学批评史上一大景观。据今人郭绍虞考证,已知宋诗话达一百四十余种。梅尧臣强调继承《国风》、《离骚》"自下磨上""愤世嫉邪"精神,突出诗歌的批判现实、讥刺统治阶层与抒发穷者感情的内容;而在艺术上他追求"平淡"之境,要求做到"状难写之景如在目前,含不尽之意见于言外"。王安石极力推崇杜甫诗中的人道精神,而对李白诗的浪漫特色则认识不足。他晚年也很讲究诗歌的艺术锻炼。苏轼既尊崇李白、杜甫的"英玮绝世",也向往魏晋以来的"高风绝尘",赞美陶渊明、柳宗元诗的"似淡而实美",企图综合多种艺术风格。他力主"诗须要有为而作",兼顾诗歌的抒发感情作用与社会现实意义;而高度赞扬李白的"气盖天下"与陶渊明的"不肯为五斗米一束带",突现其蔑视权贵与追求个性解放精神。苏轼还揭示诗人实践与"静观"结合的认识规律,"诗"与"画"、"神似"与"形似"结合的表现手法,反映其丰富的多种文艺创作与鉴赏的心得体会。黄庭坚注重诗人的人格、学问修养,致力于总结杜甫等诗歌的"句法"经验,也注意到杜诗"无意于文而意已至"的浑成之境。他提出"夺胎换骨"、"点铁成金"、"无一字无来处"等化用古人之作的方法,则不甚高明。其诗论与诗风开启了江西诗派,影响非常深远,也颇致非议。

271

南宋诗论的发展

南宋时期，散文理论已成终结而诗歌批评则颇有发展。陆游、杨万里、刘克庄诸家，都以诗名，从其丰富的创作实践中，得出了许多宝贵经验总结，具有深刻的理论意义。张戒《岁寒堂诗话》、姜夔《白石诗说》、严羽《沧浪诗话》在探讨诗歌原理、论述作诗方法与艺术风格方面也作出重要贡献。尤以后者，是宋诗话中最具体系规模的。

公元1126年靖康之变，仓皇南渡。广大军民与爱国人士艰苦抵抗，而南宋统治者执行妥协路线，形成长期宋金对峙局面。后来元蒙崛起，于1276年攻破宋都临安。时局的激烈变化，民族与社会矛盾的尖锐，与南宋偏安地区经济、文化的继续繁荣发展，给诗歌创作与批评以巨大影响。既有爱国精神与时代忧患意识的强烈表现，也有对诗艺规律与特征的精致系统之理论建设。

南宋初期，苏黄诗体，风靡一时；黄庭坚开创江西一派的诗歌和理论，影响尤大。但在当时激变的形势之下，一些面对现实的后起诗人，则试图突破前人框架，自谋创新，在诗歌理论方面也逐步开展了关于江西诗派的论争，这在南宋的诗论中占有重要地位。吕本中早年作《江西宗派图》，是这诗派之名的建立者。但其后来，自悔少作。他提出"活法""悟入"之论，强调循遵法度而有自由变化，对江西诗论有所发展。他还指出"古之作者""或遇事因感，时时举扬"，而对"江西之学者"的"左规右矩，不遗余力"进行了批评。张戒的《岁寒堂诗话》对北宋诗歌中以用事、押韵为工的风气，对"子瞻以议论作诗，鲁直又专以补缀奇字"的习气，都表不满，但他反对的主要对象则是黄庭坚。他论诗推崇《诗经》和杜甫，强调思想内容及其教化作用，主张"言志乃诗人之本意，咏物特诗人之余事"，认为黄庭坚标榜杜甫，只学其格律句法，并没有继承杜诗反映民生疾苦的创作精神。他在强调含蓄、反对浅露时常与"礼"联系起来，表现出封建正统观念。

陆游早年曾从江西派传人曾几学习诗法。由于爱国思想的激发和入蜀从戎的生活体验，他进一步认识到"悲愤积于中"才能写出好诗，若一意"乞人残余"，"但工藻绘"，是不会有成就的："琢雕自是文章病，奇险尤伤骨气多。"（《读近人诗》）又以为"今人解杜诗，但寻出处，不知少陵之意，初不如是。且如岳阳楼诗……此岂可以出处求哉？纵使字字寻得出处，去少陵之意益远矣"(《老学庵笔记》)。这都是对江西诗派偏弊的批判。他从生活实践与创作实践中,得到了"工夫在诗外"的教训;这就是说,诗人必须接触广阔的现实世界,有了丰富的生活体验,才能写出优秀的作品。但应看到,陆游直至晚年,对黄庭坚、曾几等江西名家的思想人格和诗学功夫之传授仍是很尊重的。

杨万里也是从江西诗派入手,终于摆脱束缚,自成一家,他的诗严羽称之为"诚斋体"。他认为诗歌是矫正不善的工具,其主要任务,是"议天下之善不善"(《诗论》)。他推重晚唐诗,曾举"可怜无定河边骨,犹是春闺梦里人"等句为例,赞赏其有《诗经》之遗味;并提倡平易自然的风格,反对雕镂艰深。他认识到"闭门觅句非诗法,只是征行自有诗"(《下横山滩头望金华山》),这与陆游的"工夫在诗外"观点相通。他对黄庭坚始终钦佩,写过《江西宗派诗序》,在《诚斋诗话》里,也存在一些江西诗派相传的论点而有自己的发展。

姜夔以词著名,也能诗。他论诗注重艺术之美,反对以议论、以典故为诗的风气,强调简约含蓄,提出四种高妙,而以"自然高妙"为最高境界,开严羽"妙悟"等理论的先声。

严羽能诗,七古学李白,五律学杜甫,有抒发爱国感情之作;然以论诗著名,著《沧浪诗话》,为宋代诗话中最有系统者。他不满"以文字为诗,以才学为诗,以议论为诗"的苏黄以来诗风,这与张戒、姜夔很有相近的地方,而对江西诗派表现了更强烈的反感,曾宣称其《诗辨》"说江西诗病,真取心肝刽子手"。他为了矫宋诗之弊,力主"妙悟",创诗有"别材""别趣"之说,推崇汉魏盛唐,强调"吟咏性情"、"唯在兴趣"、"笔力雄壮"、"气象浑厚"等,旨在突出诗歌的抒情作用,要求有雄浑的风格,委婉的手法,深远的意境,隽永的韵味,优美的景象,响亮的音节,而反对直接说理,堆砌典故,刻意雕琢或浅露无遗。他在探索诗歌艺术特征,辨别时代风貌、体制等方面是作出显著成绩也颇有精到之处的;但把艺术形式方面某些表现手法和特点作为凝固模式,把盛唐诗歌作为极限,抹煞一切变化与发展,又把"熟参"古人作品当作"悟入"诗道的唯一途径,以形式拟古为写诗之能事,"截然谓当以盛唐为法",强调"诗则用健字不得"、"以己诗置之古人诗中与识者观之而不能辨",这就势必限制诗歌的时代现实性、批判性与艺术上的创造性。《沧浪诗话》对于明清诗风与诗论产生过深刻的影响。

戴复古与刘克庄都是江湖派诗人中有成就者,诗论与严羽可以相互发明也有对立的。戴复古年辈较严羽为长,有《论诗十绝》,反对江西诗风和模拟藻饰、流连光景之作,崇尚独创精神、雄浑气象与纵横笔力,特别注重杜甫、陈子昂诗中"忧国"、"伤时"的内容与"有用"于"人间"。刘克庄的诗词中颇有一些批判现实与表现爱国思想之作。他对宋人为诗的"或尚理致,或负材力,或逞辨博"表示不满,但承认宋诗也有发展,推尊梅尧臣与陆游,强调诗歌的现实内容与社会作用,对盲目拟古的风尚提出了强烈的批评。由此可见戴、刘的诗论虽不及严羽之有体系与精致,却有比其高明的地方。

综上所述,南宋诗论,借鉴了北宋诗歌创作与批评的经验教训,结合时代形势的变化与自身走过的生活与创作道路,在探索作者生活实践对创作的作用与诗歌艺术特征方面是有着不少进展的。

宋 人 词 论

词起于唐而极盛于宋,至被推为一代文学之代表。宋人论词,也有特殊的成就。

宋人对词,开始时是既轻视又喜爱,"曲子""小词"等称便含有贬低之意。南宋胡寅回顾这历程道:"名之曰曲,以其曲尽人情耳。方之曲艺犹不逮焉,其去《曲礼》则益远矣。然文章豪放之士,鲜不寄意于此者,随亦自扫其迹曰:谑浪游戏而已也。"道出了相当时期许多文人对词的态度。

词之被视为"小道",是其不幸,不少绝妙好词或因而不传;而在另一种意义上则为其大幸。作者于此卸下庄重的"诗教"、"明道"冠服,得以没有顾忌地尽量抒发心底哀感顽艳之情、胸头激昂慷慨之气,自由采用新鲜活泼的语言与节奏,使作品具有活跃生命力而异彩缤纷。宋初潘阆所谓"盘泊之意,缥渺之情,尽见于兹矣";陈世修论冯延巳词的"思深辞丽,韵律调新",都反映这样特色。北宋多数大词人,晏殊、欧阳修、柳永、苏轼、晏几道等,都把抒发个人感情作为写词主要目的,强调"情"为人所固有、天所赋与,自承"多情"与"情痴"。其专注于男女爱情者,具有冲决封建禁锢的普遍意义;而其郁勃爱国家、爱自然之豪情者,也有着强烈的主体意识与反抗精神,这里孕涵着人性觉醒与个性解放因素,是新兴意识在文艺思潮中的反映。

宋词坛多有尚婉约之风者,所谓"本色"论者当即属之。然婉约词代表作家之言情有的是相当沉挚、执著的,柔中有刚。黄庭坚称晏几道之词为"清壮顿挫",并非虚美;理学家程颐斥秦观"和天也瘦"词为"亵渎上穹",也足见秦词锋芒的尖锐与力度。同时更可看到宋人词论中有不少鲜明标举"豪放"、"壮观"、"诗人之雄"、"举首高歌"、"英雄感怆"的，从苏轼到南宋的胡寅、陆游、辛弃疾、范开、刘克庄、刘辰翁等，在词坛与其理论界回荡起爱国的时代强音，在古时历代文学创作与批评史上是非常突出的。

还值得注意的是，自从柳永自豪地宣称"风流才子占词场，真是白衣卿相"到李清照的公然宣布词为"别是一家"，表现词人及词体的独立意识。晁补之、李清照、王灼、姜夔以至张炎、沈义父等，或以论文，或以专著，从各个角度、不同层次探讨词的特殊艺术规律，研究词的音律、修辞、风格、体制等，也留给后人丰富的理论批评遗产。

金元的诗文批评

金元的诗文批评，基本上沿袭宋的余风，较有成就或影响的是由金入元的王若虚、元好问和由宋入元的方回、元代后期的杨维桢等。

王若虚论文，主张"以意为主，以字语为役"，表示了他对内容与形式关系的处理准则。但他很少论述关于"意"的具体内容。他推崇白居易、苏轼，强烈反对江西诗派，批评黄庭坚"夺胎换骨"、"点铁成金"之说是"剽窃之黠"，提倡"典实过于浮华，平易过于奇险，始为知本末"。他在文法修辞研究方面做出了成绩；但也有失诸拘泥，例如甚至称《史记》的文法为"百孔千疮"。

元好问是金元之际的杰出诗人。他有《论诗》绝句三十首，是以诗歌形式论诗的重要作品，一直为读者所重视，对后代也很有影响。其论诗主旨是要辨别汉魏以来诗歌的"正"、"伪"、"清"、"浊"，同杜甫所说"别裁伪体"的精神颇为相近。总的来说，他提倡建安以来诗歌的优良传统，反对齐梁诗风、西昆体和江西诗派，对唐代改革诗风的陈子昂予以很高的评价；赞赏刚健豪放和淳朴天然的风格，鄙薄浮靡怪诞、雕章琢句、切响浮声以及俯仰随人等等弊病，对潘陆、沈宋、卢孟、温李等人，都从不同角度表现了不同程度的不满；在歌词方面，推"东坡为第一"（《遗山自题乐府引》），而对他的百态争新的诗风，也有所讥讽。他这些意见，具有针砭时弊的积极意义；但由于他论诗以诚为本（见《杨叔能小亨集引》），而最后归结于"厚人伦，美教化"和"温柔敦厚"的诗教，对诗歌的语言也规定了种种限制，遂为他的诗论涂上一层保守的色彩。

275

　　方回是江西派诗论最后的宣传者，倡"一祖三宗"之说，以杜甫为"祖"，黄庭坚、陈师道、陈与义为"宗"，力图振兴与扩大江西诗派的阵营。他编选《瀛奎律髓》一书，并加评点，把江西诗派师友相传的句法、字眼、变体、拗律等，具体标志出来。有些评论如推重陈与义诗作的"开宏"、"恢张悲壮"，强调诗人人格与诗格的关系，标举格高，注意诗歌的现实性与时代兴亡之感，反映了对过去江西派诗论有所提高与发展；对"四灵"诗的纤弱与江湖派诗中的庸俗风气之批判也是有意义的。当然，其立论有较大片面性，一味崇尚瘦硬枯劲的风格，探讨形式技巧也有陋狭与自相矛盾之处。因此，《瀛奎律髓》这部书，后来虽受部分作者的重视，也遭到不少非议。

　　杨维桢作诗学李贺，风格奇诡；论诗首重诗人品格，注重诗人与诗作的"情性神气"与"面目骨体"的统一，从中看出他对文学作品个性化的要求。他主张学习古人诗歌时着重要求学习古人这些方面，如讲到学习杜甫时要求继承杜诗中"忧君忧国"、"褒贬是非"的精神，讲到追和陶诗时要求继承陶潜悠然神往南山的高尚情趣，而对形式模拟古人的风尚表示深恶痛绝。他的思想与诗论、诗作，在当时是较有异端色彩者。

戏曲小说批评

　　宋元时代，戏曲小说批评已有一定发展。虽然其述作多还比较零碎，或属史料性质，但作为新兴文学的批评，还是值得重视的。司马迁在《史记》中对优孟扮饰孙叔敖的讽谏作用的高度评价，唐人常非月关于《踏谣娘》演出成功的赞赏，可以说是戏曲批评的萌芽和滥觞。宋初优人演李商隐被"挦扯"衣服以讥讽西昆诗人的剽章窃句，南宋伶人借参军来鞭挞秦桧的投降卖国，都是直接以戏曲来进行文艺批评和政治批判。在这些史料记载的字里行间，显示了作者对这类表演的重视和肯定。金元以后，杂剧繁盛，文学史上所称"元曲"者，实兼指杂剧与散曲。因此，当时的曲论也大都兼及杂剧与散曲不加区分。燕南芝庵的《唱论》，是金元时论述声乐的专著，书中对唱曲的艺术特征与题材内容之分类有专门论述。元人胡祗遹称杂剧所演"无一物不得其情，不穷其志"，揭示出杂剧广泛反映社会生活的独特功能，并对演员的思想、生活、艺术修养、舞台形象塑造等诸多方面提出了要求，标志着戏曲批评早期的进展。贯云石对曲词新鲜泼辣风格的赞誉，周德清对戏曲语言的种种规定，乔吉标举作曲的行文布局之法，都是从不同角度对于戏曲这一新文学样式创作艺术的理论总结。锺嗣成的《录鬼簿》，专门记载了金元戏曲作者一百余人的传记和作品目录，间加简略评述，其序文、小传、挽曲〔凌波仙〕等赞美了作者的才华与作品的价值，推重戏曲针砭时态的内容和艺术感染力，是研究戏曲发展的重要著作。杨维桢强调戏曲"警人视听"和"讽谏"等教育警示作用，欣赏"文采音节兼济"的艺术形式，注重作者文化艺术积累，都是他在创作实践中得出的会心之论。

　　我国的小说批评在先秦两汉时期已有了萌芽，当时学者从孔子到桓谭、班固大都视小说为"小道"，但也肯定它"有可观者"，在不同程度上承认其价值。魏晋南北朝时随着志怪、志人小说的产生，干宝、萧绮等则对小说的真实性与虚构等问题进行了探讨。唐代传奇作者往往在作品中说明其创作意图与经过，如沈既济《任氏传》、李公佐《谢小娥传》等，提到了传述奇事与其褒贬、教育作用，反映了对小说特点的进一步认识。宋元时代小说批评有了较大发展，赵令畤赞扬《会真记》为"大手笔"，并接触到了小说人物形象的塑造问题。洪迈高度评价唐传奇"与诗律可称一代之奇"，指出唐人小说同诗歌有同样辉煌的成就与历史地位。刘辰翁评点《世说新语》，特别注意小说中的语言和人物描写，开明清人评点小说之风。罗烨《醉翁谈录》比较全面地总结了话本创作的经验，对这时期勃兴的话本小说进行分类，揭示它们广泛反映社会生活，语言生动通俗、情节曲折和具有强烈感染力等特点，强调小说作者具有渊博精湛的知识与艺术修养，可与诗文大家媲美。这些论述在文学批评史上有其重要意义。

第一章　北宋的诗文批评

第一节　宋初的诗文批评

北宋初年,国家统一,社会相对安定,经济与文化均有恢复与发展,宋王朝又实行偃武修文政策,文学创作与理论批评也兴旺起来,先后涌现了一批文学之士,如柳开、田锡、王禹偁、杨亿等,各领风骚,流派迭兴,异说纷呈。其中重振唐风的因素较多,宋代自己的理论体系尚未形成,然而为文学理论高潮的来到准备了条件。

柳　　开

柳开(947—1000),字仲涂,号东郊野夫、补亡先生。大名(今属河北)人。开宝间进士,官殿中侍御史。大概五代末年至宋朝初建时的文体骈散掺杂而气格卑弱。柳开率先提倡古文与古道。他因慕韩愈、柳宗元为文,曾名肩愈(一作肖愈),字绍先(一作绍元)。而据其《补亡先生传》自述:"已而有包括扬、孟之心,乐与文中子王仲淹齐其述作。遂易名曰开,字曰仲涂,其意谓将开古圣贤之道于时也。"表现他进一步向往孟轲、扬雄、王通,以开启儒道为己任的热忱。有《河东集》。

柳开《答臧丙第三书》批评当日的文风是:"轻淫侈靡,张皇虚诈,苟从时欲,求顺己利。"而在《东郊野夫传》中,自叙在年轻时便深得韩文的要妙。他的推尊韩愈之文,更重要的还在于其中所表现的"道"。《昌黎集后序》说:

先生于时作文章,讽颂规戒,答论问说,淳然一归于夫子之旨,而言之过于孟子与扬子云远矣。先生之于为文,有善者益而成之,有恶者化而革之，各婉其旨，使无勃然而生于乱者也。……观先生之文诗，皆用于世者也。与《尚书》之号令，《春秋》之褒贬，大《易》之通变，《诗》之风赋，礼乐之沿袭，经之教授，语之训导，酌于先生之心，与夫子之旨无有异趣者也。

韩愈所用的是古文，明的是古道，这正是柳开所遵循的道路。所以他说："吾之道，孔子、孟轲、扬雄、韩愈之道；吾之文，孔子、孟轲、扬雄、韩愈之文也。"（《应责》）并把"道"和"文"密切地联系在一起，而自命为是这个道统与文统的继承人。

柳开所谓"道"，主要就是古代儒学中的道德伦理观念。其《应责》说："古之教民，以道德仁义；今之教民，亦以道德仁义。是今与古胡有异哉？古之教民者，得其位则以言化之，是得其言也，众从之矣；不得其位，则以书于后，传授其人，俾知圣人之道易行，尊君敬长，孝乎父，慈乎子。大哉斯道也，非吾一人之私者也，天下之至公者也。"他认为要阐述这种古道，必须采用古文：

> 文章为道之筌也，筌可妄作乎？筌之不良，获斯失矣。女恶容之厚于德，不恶德之厚于容也。文恶辞之华于理，不恶理之华于辞也。（《上王学士第三书》）

> 文取于古，则实而有华；文取于今，则华而无实。实有其华，则曰经纬人之文也，政在其中矣。华无其实，则非经纬人之文也，政亡其中矣。（《答臧丙第二书》）

> 古文者，非在辞涩言苦，使人难读诵之；在于古其理，高其意，随言短长，应变作制，同古人之行事，是谓古文也。……吾若从世之文已，安可垂教于民哉？亦自愧于心矣。欲行古人之道，反类今人之文，譬乎游于海者，乘之以骥，可乎哉！（《应责》）

这里他明确指出文章是明道的工具，工具不良，会损害道。而所谓"筌之不良"，当着重指过于华丽的文采。柳开虽也说过文章应该"实而有华"，兼顾思想内容与艺术形式，但他反对"辞之华于理"，却不反对"理之华于辞"，存在贬抑艺术美的倾向。他所讲的"理"和"实"的内容，不外乎上面所说过的传统儒道说教，尽管在五代纷乱之后，或许对北宋政权统一与稳定社会秩序有一定意义，毕竟缺乏新意与进步内容，甚至儒家文论中批判现实与关心民生疾苦的因素也未见突现，而片面强调"文取于古"，显然偏离了唐代

279

古文家韩愈、柳宗元理论前进的轨辙。韩愈提倡儒道与古文,所谓"道"既有现实意义而对"文"又深感兴趣,通古而更尚独创。柳开《答梁拾遗改名书》说明自己始名"肩愈","其所以志之于文也";及改名为"开","不执其名于肩韩氏矣"。《上王学士第二书》中更推崇孟轲、扬雄、王通之书而认为"韩氏有其文,次乎下也"。韩愈在柳开心目中地位的降低,更是向着贬低"文"的角度倾斜。

田　　锡

田锡(940—1003),字表圣,嘉州洪雅(今属四川)人。太平兴国三年进士,官至右谏议大夫,史馆修撰,有《咸平集》。苏轼《田表圣奏议叙》比之汉代贾谊,并赞叹云:"呜呼! 田公古之遗直也。其尽言不讳,盖自敌以下受之有不能堪者,而况于人主乎? 吾是以知二宗之圣也。"既赞美田锡的能"直言"、"尽言",也称道了宋太宗、真宗的能够容纳。

田锡十分注重文学创作的谏讽作用,而在其间寓有深挚的感情。他曾将自己在做地方官时所作诗歌赋颂编录进呈宋太宗,其《进文集表》云:

> 臣闻美盛德之形容谓之颂,抒深情于讽刺莫若诗,赋则敷布于皇风,歌亦揄扬于王化。下情上达,《周礼》所以建采诗之官;君唱臣酬,《舜典》于是载赓歌之事。既逢清世,何让古人。木铎求规讽之词,弥光圣德;金门献刍荛之说,式表忠怀。

表文虽然首先突出了"美盛德之形容",然其主要精神则在"抒深情于讽刺",所谓"下情上达"、"献刍荛之说"云云,创作的倾向性与目的性是很鲜明的。这与传统儒学"风雅"、"比兴"观念,与司马迁"敢直谏"(《史记·屈原贾生列传》)精神,与白居易作"讽谕诗"的思想是相通的。值得注意的是,田锡突出"抒深情"于讽刺诗的首要位置。这一个"情"字,既指作者的思想感情,也包括民众"下情"。曰"情"而又冠之以"深",足见所"抒"者出自肺腑而非浮光掠影,尽情倾臆而非忸怩作态。这样的讽刺之作的确是诗而不是一般奏议之押韵者。还可以想像,田锡在写作"尽言"、"直言"的奏议时,未尝不是笔挟感情,故也未尝不带有诗的原质,能令后学苏轼读来为之击节赞叹不已!

田锡的文学眼光相当宽广。他对于陈季和的诗渊源于李贺艳歌而类同于温庭筠,贻书寄予期望;对于宋小著的"论文"而"更得新意",也贻书进行商讨。这里他发表了不少烁耀着异端思想闪光的意见：

> 孟轲、荀卿得大道者也，其文雅正，其理渊奥。厥后扬雄秉笔，乃撰《法言》；马卿同时，徒有丽藻。迩来文士，颂美箴阙，铭功赞图，皆文之常态也。若豪气抑扬，逸词飞动，声律不能拘于步骤，鬼神不能秘其幽深，放为狂歌，目为古风，此所谓文之变也。李太白天付俊才，豪侠吾道。观其乐府，得非专变于文欤！乐天有《长恨词》、《霓裳曲》、五十讽谏，出人意表，大儒端士，谁敢非之！何以明其然也？世称韩退之、柳子厚，萌一意，措一词，苟非美颂时政，则必激扬教义。故识者观文于韩、柳，则警心于邪僻。抑末扶本，跻人于大道可知也！然李贺作歌，二公嗟赏；岂非艳歌不害于正理，而专变于斯文哉！（《贻陈季和书》）

> 禀于天而工拙者，性也；感于物而驰骛者，情也。研《系辞》之大旨，极《中庸》之微言，道者，任运用而自然者也。若使援毫之际，属思之时，以情合于性，以性合于道。如天地生于道也，万物生于天地也，随其运用而得性，任其方圆而寓理。亦犹微风动水，了无定文；太虚浮云，莫有常态。则文章之有声气也，不亦宜哉！……锡以是观韩吏部之高深，柳外郎之精博，微之长于制诰，乐天善于歌谣，牛僧孺辨论是非，陆宣公条奏利害，李白、杜甫之豪健，张谓、吕温之雅丽，锡既拙陋，皆不能宗尚其一焉！但为文、为诗、为铭、为颂、为箴、为赞、为赋、为歌，氤氲吻合，心与言会，任其或类于韩，或肖于柳，或依希于元、白，或仿佛于李、杜，或浅缓促数，或飞动抑扬，但卷舒一意于洪濛，出入众贤之阃阈，随其所归矣！使物象不能桎梏于我性，文彩不能拘限于天真，然后绝笔而观，澄神以思，不知文有我欤！我有文欤！（《贻宋小著书》）

文中形象化地以"风"、"水"、"云"等相互激荡与运动变化来比喻文章，说明文学创作应出于真情实意，符合人的本性与自然规律，体裁风格多样而不拘于一格。

田锡这里也讲"道"与"文"的关系，但不同于柳开等专以儒道去约制文艺，而是强调"文"与"道"的自然契合。他强调创作本于作者感物之真情，合于人的天性，也符合客观世界事物运动的规律。他所谓"道者，任运用而自然者也"云云，指的是运动着的客观规律，不以主观意志为转移。他自谓这观念从透彻钻研《易传·系辞》和《礼记·中庸》的"大旨"、"微言"得来，不难发现这里有着老庄学说的烙印。他列举《孟子》、《荀子》以至韩愈、柳宗元的合道之作,皆属文之常态,李白的狂歌,李贺的艳歌,是文之变态。白居易诗歌中有常有变,都应该加以肯定。看来田锡关于"道"与"文"、"常"与"变"的论说中,既有关心现实、注意文学的美刺教化和社会作用的因素,也有尊重个性、感情之解放的浪漫意识。尤其"艳歌不害于正理"一语,实为传统诗歌理论中石破天惊之声,大概他以为男女之情也属于"造化之真态"而"物性自然"(《贻宋小著书》)吧!

田锡高瞻远瞩地看到了自然界运动和文学发展的壮观,故而胸怀开阔,对散文、诗歌、辞赋以至骈文(元稹制诰、陆贽奏议都是骈体)等各种文章体裁都不加轩轾,不像有些论者那样尊古体而薄今文,重诗歌而轻辞赋,同时广泛展示许多流派作家各体作品的不同特色,主张根据自己创作意图的契合而选择吸取参用,不受拘束。他的结论既"文有我",亦"我有文"。在一唱三叹中表现出一种顽强地追求文学的自我意识与个性解放的精神。

田锡这些文学见解似未在当时文坛引起很大反响。然而多年后文坛异军突起的苏洵、苏轼的以"风水相遭"、"行云流水"等比喻文学创作,显然得有田锡诸论的余绪。田、苏均是蜀人,乡先贤的论著于其后学自属近水楼台,而田、苏的思想意识确也颇有相通者。

王　禹　偁

王禹偁(954—1001),字元之,钜野(今属山东)人。出身农家,太平兴国间进士,曾任翰林学士等职。有《小畜集》。他为官敢言直谏,所作诗文,颇能接触现实。"胡为碌碌事文笔,歌时颂圣如俳优"(《对雪示嘉祐》),在其自我批评中,反映出对于歌功颂德的作家及其作品的鄙视。"咸通以来,斯文不竞;革弊复古,宜其有闻。"(《送孙何序》)这些话,都表示出他对唐末以来文坛弊风的不满,抱有改革的愿望。

王禹偁论文,以传道明心与语言平易为主。他说:"夫文,传道而明心也,古圣人不得已而为之也。且人能一乎心,至乎道,修身则无咎,事君则有立。及其无位也,惧乎心之所有不得明乎外,道之所畜不得传乎后,于是乎有言焉;又惧乎言之易泯也,于是乎有文焉。"(《答张扶书》)他所讲的道,当然属于儒道,但能注意吸取其中坚持正直操守、积极入世、注意民生的一面,同实际事功相联系:"古君子之为学也,不在乎干禄位,而在乎道义而已。用之则从政而惠民,舍之则修身而垂教。……读尧、舜、周、孔之书,师轲、雄、韩、柳之作,故其修身也誉闻于乡里,其从政也惠布于郡县。"(《送谭尧叟序》)"屈于身兮不屈其道,任百谪而何亏?吾当守正直兮佩仁义,期终身以行之。"(《三黜赋》)他在《三谏书序》中,推荐了三篇好文章,一是反对搢绅浮薄的刘蒉《崇让论》,一是反对佛教的韩愈《谏迎佛骨表》,一是批评选举制度的杜佑《并省官吏疏》,说这些文章,可救今时弊病,并称赞"昔贤"的"放逐以终,而词气不屈;布在方册,千古如生。苟举而行之,则其道未坠"。王禹偁并举"传道"与"明心",在强调作文以表述圣贤相传客观之道的同时,还应表明个人的主观心情。这就将作者的主体意识提到一定高度,乃是对韩愈、柳宗元以来古文家"明道"说的一种补充。

关于文章的表现形式,柳开也讲过"非在辞涩言苦"的话,然其所作,仍有涩苦之病。王禹偁自己的文章,既以平易清畅见称,在《答张扶书》和《再答张扶书》中更着重讨论了这个问题。

> 信哉,不得已而为之也!既不得已而为之,又欲乎句之难道邪?又欲乎义之难晓耶?……今为文而舍《六经》,又何法焉?若第取其《书》之所谓"吊由灵",《易》之所谓"朋盍簪"者,模其语而谓之古,亦文之弊也。近世为古文之主者,韩吏部而已。吾观吏部之文,未始句之难道也,未始义之难晓也。其间称樊宗师之文必出于己,不袭蹈前人一言一句,又称薛逢为文,以不同俗为主。然樊薛之文,不行于世;吏部之文,与六籍共尽。此盖吏部诲人不倦,进二子以观学者。故吏部曰:"吾不师今,不师古,不师难,不师易,不师多,不师少,惟师是尔。"(《答张扶书》)

> 子之所谓扬雄以文比天地,不当使人易度易测者,仆以为扬雄自大之辞也,非格言也,不可取而为法矣。……子又谓《六经》之文,语艰而义奥者十二三,易道而易晓者十七八。其艰奥者非故为之语,当然矣。今子之文则不然,凡三十篇,语皆迂而艰也,义皆昧而奥也,岂子之文也,过于六籍邪?(《再答张扶书》)

文章既为传道明心而作,首先要使人容易理解。王禹偁认为《六经》韩文,都是如此。因此,他极力反对迂艰昧奥之文而崇尚明白通畅、平易近人的文风,要求形式恰当地为表达内容服务。按文尚艰深,起于扬雄。韩愈《答刘正夫书》有"为文""无难易,惟其是尔"之说,而在《南阳樊绍述墓志铭》中则推崇樊宗师之为"必出于己,不袭蹈前人一言一句,又何其难也";《匡子助教河东薛君墓志铭》又称道薛公达为文"务出于奇,以不同俗为主"。韩愈本人的作文中,确能兼融"难""易"两端而自铸伟词。然其后学或分两途。如李翱主张语言平易,皇甫湜、孙樵等则偏向怪奇奥僻,而后者往往以扬雄为张本。张扶当是此派的末流。王禹偁这里积极发展了韩愈"无难易,惟其是尔"之说,更指出扬雄"自大之辞"为"不可取",期望张扶作到"使句之易道,义之易晓;又辅之以学,助之以气"(《答张扶书》)。这说明他是追求平易而不希望流于浅薄的。

王禹偁诗初学白居易,进而推崇杜甫、李白。他赞美杜诗为"子美集开诗世界"(《日长简仲咸》)。他的《李太白真赞序》则展现了李白作品的多方面成就与特色。他还曾学习民歌,写了《畲田词》五首。其序云:"援枹者有勉励督课之语,若歌曲然。且其俗更互力田,人人自勉,仆爱其有义,作《畲田词》五首以侑其气,亦欲采诗官闻之,传于执政者。"可见他重视民歌的态度。

在当时,王禹偁"以文章负天下之望"(《答郑褒书》),他说:"谁怜所好还同我,韩柳文章李杜诗。"(《赠朱严诗》)"本与乐天为后进,敢期子美是前身。从今莫厌闲官职,主管风骚胜要津。"(《自贺》)这些都表现出他的改革文学的勇于负责精神。他以继承李、杜、韩、柳的传统自勉并号召后进,体现了对唐代诗文的最佳选择。虽然,他的"为文著书,师慕古昔,多涉规讽,以是颇为流俗所不容"(朱熹《五朝名臣言行录》卷九);在其身后,西昆体起来,文风更趋华靡。但北宋中期欧阳修等领导的诗文革新运动,正是沿着王禹偁展望的道路前进的。

杨亿和西昆体

杨亿(974—1020)、刘筠、钱惟寅等是西昆体诗文的倡导者。他们都是宗尚晚唐李商隐近体诗和骈文的。

杨亿,字大年,建中浦城(今属福建)人。淳化进士,真宗时曾为翰林学士兼史馆修撰,官至工部尚书。《宋史》本传著录其著作共一百九十四卷,今仅存《武夷新集》二十卷。又有《杨文公谈苑》,已佚,在宋代类书、笔记中尚保存若干条。他曾将自己与刘筠、钱惟寅等唱和之诗编为《西昆酬唱集》。西昆体之名由是而得,并被用以兼指其文与诗,风靡于文坛者达二三十年。

杨亿曾以"史笔"、"自许"(《读史效白体》),操守正直而有爱国思想。当

景德元年(1004)契丹南下时,寇准坚请真宗亲征抵抗,王钦若、陈尧叟劝说
真宗逃往南方,其他从官"至皆黯然",独杨亿与寇准意同,"其说数千言"(见
陈师道《后山谈丛》)。澶渊盟后,真宗大演求仙祀神活剧,迎合者争献祥瑞,
劝请封禅。大中祥符元年(1008)杨亿奉命草拟关于封禅诏书,原稿"有'不
求神仙,不为奢侈'等语",意存针砭,遂被真宗亲笔削改(见《续资治通鉴长
编》卷六十八)。同书卷八十载:杨亿曾因真宗改其所拟文稿而请求辞职,
真宗"谓辅臣曰:'杨亿真有气性,不通商量。'"及议册(刘妃)皇后,上欲得
(杨)亿草制,使丁谓谕旨。(杨)亿难之,因请三代。(丁)谓曰:"大年勉为
此,不忧不富贵。"(杨)亿曰:"如此富贵,亦非所愿也。"乃命他学士草制。司
书卷八十三又载:真宗对宰相王旦说:"(杨)亿性峭直,无所附会,文学固无
及者,然或言其好窃议朝政,何也?"这些都反映杨亿临文的严肃态度。

　　杨亿初期为诗曾受宋初流行的效白居易体的影响,及真宗咸平、景德年
间,更对李商隐诗进行深入钻研。《宋朝事实类苑》卷三十四《玉溪生》条载
杨亿对李诗的研究心得云:

> 观富于才调,兼极雅丽,包蕴密致,演绎平畅,味无穷而久(炙)愈
> 出,钻弥坚而酌不竭,曲尽万态之变,精索推(难)言之要,使学者少窥其
> 一斑,略得其余光,若涤肠而换骨矣。……钱(若水)君举《贾谊》两句
> 云:"可怜夜半虚前席,不问苍生问鬼神。"钱云:"其措意如此,后人何以
> 企及!"余闻其所云,遂爱其诗弥笃……鹿门先生唐彦谦慕玉溪,得其清
> 峭感怆,盖圣人之一体也。

此条记载当出自《杨文公谈苑》,有力揭示李商隐诗歌艺术之精美,更发掘其
意境之深、识见之高。李商隐《贾生》中表现出一种对民众生活的关心与对
君主鬼神迷信的批判精神,其思想境界远过于一般咏贾谊而徒为怀才不遇
之叹者,钱、杨之特殊会心于此,反映两人文学批评的识度。又据《苕溪渔隐
丛话·后集》卷十四引《杨文公谈苑》,杨亿曾"酷爱"李商隐《宫妓》(珠箔轻明
拂玉墀):"击节称叹曰:'古人措意寓意,如此之深妙,令人感慨不已。'"反映
他对诗中寄寓的讽刺意义有真切之感受。

　　《西昆酬唱集》是杨亿及其诗学同志仿效李商隐诗歌创作实践的产物。
景德二年(1005)秋,真宗命杨亿等编纂巨书《册府元龟》(初名《历代君臣事
迹》)。编纂者聚集在皇家藏书秘阁约三年,工作之余,常以诗唱和。杨亿将
这些诗包括部分非编纂组成员而参加唱和活动者之作编辑成书于大中祥符

285

元年(1008)秋,并为作序云:

> 余景德中,忝佐修书之任,得接群公之游。时今紫微钱君希圣、秘阁刘君子仪,并负懿文,尤精雅道,雕章丽句,脍炙人口。予得以游其墙藩,而咨其模楷。二君成人之美,不我遐弃,博约诱掖,置之同声。因以历览遗编,研味前作,挹其芳润,发于希慕,更迭唱和,互相切劘。

序言宣告他们的学诗途径是研习、体会前代作品,也即是撷取李商隐诗中优美的辞采,唱和的目的在于相互观摩切磋才艺。这里的基本创作态度是唯美的、纯艺术的、兴趣性的。《西昆酬唱集》中某些作品仍或有其寓意,例如杨、刘等唱和的《宣曲》诗便有讽刺古代帝王后宫荒淫之意,因被检举为隐射当朝。《续资治通鉴长编》卷七十一载,王嗣宗对真宗说此诗"述前代掖庭事,词涉浮靡"。该书又引江休复《嘉祐杂志》云:"杨、刘在禁林作《宣曲》诗,王钦若密奏,以为寓讽,遂著令戒辞文字。"真宗在大中祥符二年(1009)正月发布《诫约属辞浮艳令欲雕文集转运使选文士看详诏》。这是一篇宋朝皇帝直接干涉文风及明令控制出版物的文献,其中有云:"国家道茫天下,化成域中。敦百行于人伦,阐《六经》于教本,冀斯文之复古,期末俗之还淳。而近代已来,属辞之弊,侈靡滋甚,浮艳相高,忘祖述之大猷,竞雕刻之小技。爰从物议,俾正源流。……今后属文之士,有辞涉浮华,玷于名教者,必加朝典,庶复素风。"南宋初期的陆游,也认为此诏系因杨亿等诗犯了讥刺宫闱的嫌疑而发,《跋西昆酬唱集》云:

> 祥符中,尝下诏禁文体浮艳,议者谓是时馆中作《宣曲》诗。"宣曲"见《东方朔传》。其诗盛传都下,而刘、杨方幸。或谓颇指官掖,又二妃皆蜀人,诗中有"取酒临邛远"之句。赖天子爱才士,皆置而不问,独下诏讽切而已。不然,亦殆哉!

当然《西昆酬唱集》中"寓讽"之作仅属少数,杨亿等之慕李商隐也未得其"清峭感怆"之体。处于宋初统一安定时期的高官厚禄的学士们在皇家书院中优游酬唱,自然不可能具有晚唐黄昏夕照里蹭蹬失路的羁客骚人发愤孤吟那种感慨与幽情,即有不平之意,也未便在此场合轻易发露,何况与杨亿同时担任总编纂的,还有像王钦若那样的告密之徒呢? 那么《西昆酬唱集序》的公开宣告其纯艺术性质,当是此中没有"窃议朝政"的一种表白吧。杨亿的《温州聂从事云堂集序》更标举那种追步《颂》、《雅》的中和之音,以为超越那些源自《风》、《骚》的不平则鸣:

　　若乃《国风》之作、骚人之辞,风刺之所生,忧思之所积,犹防决水泄,流荡而忘返,弦急柱促,掩抑而不平。今夫聂君之诗,恬愉优柔,无有怨谤,吟咏情性,宣导王泽,其所谓越《风》、《骚》而追二《雅》,若西汉《中和》、《乐职》之作者乎!

这番完全符合统治思想的议论,或许也属于特定场合的表态吧。无论杨亿所最爱慕的李商隐诗或他自己在《西昆酬唱集》中的作品,都是不够此"高标"的。

　　杨亿的风流文采,使"五代以来芜鄙之气,由此尽矣"(田况《儒林公议》)。但其专学李商隐的取径毕竟狭隘。相传他对杜甫诗与韩愈、柳宗元文都表示不满,金王若虚《文辨》载:

　　旧说杨大年不爱老杜诗,谓之"村夫子语",而近见傅献简《嘉话》云:"晏相常言,大年尤不喜韩、柳文,恐人之学,常横身以蔽之。"

"晏相"即晏殊,西昆体的后劲,相传他论诗"每言富贵","唯说气象"(见《苕溪渔隐丛话·前集》卷二十六),自然与杜甫、韩、柳作品的朴质迥然异趣了。西昆体的末流形成模拟剽窃、典故辞藻堆砌的严重弊病,倡始者也存在片面导向之责。后之论者如石介之全盘加以否定,并非科学态度。范仲淹、欧阳修则反对西昆体末流之弊而对杨亿都曾有好评。

姚　铉

　　在西昆体风行之际,坚持提倡古体的有姚铉(968—1020)、穆修(979—1032)。姚铉编选《唐文粹》,穆修编辑刊行韩愈、柳宗元集,与《西昆酬唱集》相抗。

　　姚铉字宝臣,庐州合肥(今属安徽)人,自署郡望,故曰吴兴。太平兴国间进士,官至两浙转运使。

　　姚铉曾与王禹偁交游。《唐文粹》成于大中祥符四年(1011),费时十载。其序言自称此选"止以古雅为命,不以雕篆为工,故偈言曼辞,率皆不取。"同时还对唐代的诗文选集,提出了批评:"世传唐代之类集者,诗则有《唐诗类选》、《英灵》、《间气》、《极玄》、《又玄》等集,赋则有《甲赋》、《赋选》、《桂香》等集,率多声律,鲜及古道,盖资新进后生干名求试者之急用尔。岂唐贤之文,迹两汉,肩三代,而反无类次,以资于《文选》乎!"《唐文粹》于诗、赋惟取古

体,在散文方面,大力提倡韩愈一派的古文。序中还说:

> 《文粹》谓何?纂唐贤文章之英粹者也。《诗》之作,有雅颂之雍容
> 焉;《书》之兴,有典诰之宪度焉。礼备乐举,则威仪之可观,铿锵之可听
> 也。大《易》定天下之业,而兆乎爻象;《春秋》为一王之法,而系于褒贬。
> 若是者得非文之纯粹而已乎!是故志其学者必探其道,探其道者必诣
> 其极,然后隐而晦之,则金浑玉璞,君子之道也;发而明之,则龙飞虎变,
> 大人之文也。自微言绝响,圣道委地,屈平宋玉之辞,不陷于怨怼,则溺
> 于谄惑。……惟韩吏部超卓群流,独高遂古,以二帝三王为根本,以六
> 经四教为宗师,凭陵轹铄,首唱古文,遏横流于昏垫,辟正道于夷坦;于
> 是柳子厚、李元宾、李翱、皇甫湜又从而和之,则我先圣孔子之道,炳然
> 悬诸日月。故论者以退之之文,可继杨、孟,斯得之矣。

姚铉特重古雅之体,力图藉以矫正西昆体片面崇尚骈俪与声律所产生的流
弊。然而他对屈、宋的微辞与其书中完全不选唐代有灿烂成就的五、七言近
体诗,则未免存在很大偏见。不过,姚铉虽注重“道”,还相当重视文采,序言
强调《昭明文选》“亦一家奇书”。南宋理学家真德秀《文章正宗纲目》并举
《文选》与《唐文粹》云:“二书所录,果皆得源流之正乎?”对两者都有不满
之意。

石　介

　　对杨亿进行最猛烈攻击的是西昆体流行数十年后的石介(1005—
1045)。介字守道,兖州奉符(今山东泰安东南)人。曾居于徂徕山下,世称
徂徕先生。天圣间进士,官国子监直讲、濮州通判等。有《徂徕集》。他在提
倡古道与反对西昆体方面表现了巨大的热忱。曾说:“四五十年来,斯文何
屯蹇。雅正遂凋缺,浮薄竞相扇。……患大恐不救,有时泪如霰。”(《寄明复
熙道》)“吾宋兴国来,文人如栉比。……卒能霸斯文,河东柳开氏。嗟吁河
东没,斯文乃屯否。泪泪三十年,淫哇满人耳。”(《赠张绩禹功》)他抱着“有
慕韩愈节、有肩柳开志”(《赠张绩禹功》)的决心,作《怪说》三篇,排斥佛老、
时文,中篇则对西昆体倡导者杨亿进行抨击:

> 昔杨翰林欲以文章为宗于天下,忧天下未尽信己之道,于是盲天下
> 人目、聋天下人耳。使天下人目盲,不见有周公、孔子、孟轲、扬雄、文中

子、吏部之道;使天下人耳聋,不闻有周公、孔子、孟轲、扬雄、文中子、韩吏部之道。俟周公、孔子、孟轲、扬雄、文中子、吏部之道灭,乃发其盲,开其聋,使天下唯见己之道,唯闻己之道,莫知其他。今天下有杨亿之道四十年矣!……

今杨亿穷妍极态,缀风月,弄花草,淫巧侈丽,浮华纂组,刓锼圣人之经,破碎圣人之言,离析圣人之意,蠹伤圣人之道;使天下不为《书》之《典》、《谟》、《禹贡》、《洪范》,《诗》之《颂》、《雅》,《春秋》之经,《易》之繇、爻、十翼;而为杨亿之穷妍极态,缀风月,弄花草,淫巧侈丽,浮华纂组,其为怪大矣。

石介在当时思想界与文坛上,可谓冲锋勇士,然而他的理论却有着很大偏向。首先,他关于"道"的观念相当保守。其《尊韩》说:"道始于伏羲氏而成终于孔子,道已成终矣,不生圣人可也"。而韩愈之后,"道已大明矣,不生贤人可也"。那就是说儒道已终结,毋须发展,已经阐明,毋须再说了。其二,韩愈于高张道统的同时,还揭示一个文统。石介却只举道统,而偏废文统。其三,西昆体固然有严重流弊,其创始者杨亿还是有成就的。石介则对之完全否定,表现出一种否定文学的艺术性的倾向,实为后来理学家文论的先驱。

石介的"酷愤时文之弊"(文莹《湘山野录》),还曾误导文风趋向另一极端。当时文坛一种新奇险怪之体——"太学体"(见韩琦《文忠欧阳公墓志铭》)的形成,便与石介的倾向有关。张方平于庆历六年(1046)权知贡举时指出:

尔来文格日失其旧,各出新意,相胜为奇。至太学盛建,而讲官石介益加崇长,因其好尚,浸以成风。以怪诞诋讪为高,以流荡猥琐为赡,逾越绳墨,惑误后学。

这种文体流行了十余年,至嘉祐二年(1057)欧阳修主持的贡举考试而力予抵制。欧阳发等述欧阳修《事迹》载:

先公知贡举,时学者为文,以新奇相尚,文体大坏。僻涩如"狼子豹孙林林逐逐"之语,怪诞如"周公评图,禹操畚锸,傅说负版筑来筑太平之基"之说。公深革其弊,一时以怪僻知名在高等者,黜落几尽。二苏出于四川,人无知者,一旦拔在高等。榜出,士人纷然惊怒怨谤。其后,稍稍信服,而五六年间,文格遂变而复古。

这里所谓"以怪僻知名"的代表人物是太学高材生刘几。沈括《梦溪笔谈》卷九载:"士人刘几,累为国学第一人,骤为怪险之语,学者翕然效之,遂成风俗。欧阳公深恶之。""二苏"即苏轼、苏辙。苏轼《上欧阳内翰书》追叙宋初以来文风转变的历程云:

> 自昔五代之余,文教衰落,风俗靡靡。日以涂地。圣上慨然太息,……明诏天下,晓谕厥旨。于是招来雄俊魁伟、敦厚朴直之士,罢去浮巧轻媚、丛错采绣之文,将以追两汉之余,而渐复三代之故。士大夫不深明天子之心,用意过当,求深者或至于迂,务奇者怪僻而不可读,余风未殄,新弊复作……号称古文。

据《续资治通鉴长编》载宋仁宗于天圣七年(1029)的"诏"(卷一〇八)及至道二年(1033)的"上谕"(卷一一〇),均有罢黜浮华、提倡古道的内容。苏文中所谓"用意过当"的"士大夫"及成为"新弊"的"古文",自然包括石介及"太学体"之文。由此可见,欧阳修、苏轼等诗文革新面临着改革西昆体流弊余风与太学体等"古文"新弊的双重任务。

第二节　欧阳修(附梅尧臣)

欧　阳　修

北宋自开国至宋仁宗时期(1022—1063),经历了所谓"百年无事"(王安石《本朝百年无事札子》),文化有了很大发展,而各种社会矛盾也逐渐暴露出来,财政困难,辽与西夏的侵扰,多次农民反抗活动,引起许多有志文士改革政治的迫切要求,在文风方面也积极进行革新。这场政治改革运动的领袖是范仲淹(989—1052),而诗文革新运动的领袖是欧阳修(1007—1072)。范、欧在政治上、文学上相互配合。范仲淹在《奏上时务书》强调指出政治与文学是息息相通的,改革政治必须革新文风:

> 臣闻国之文章,应于风化;风化厚薄,见乎文章。是故观虞夏之书,足以明帝王之道;览六朝之文,足以知衰靡之化。故圣人之理天下也,

文弊则救之以质，质弊则救之以文。质弊而不救，则晦而不彰。文弊而不救，则华而将落。

他的《尹师鲁河南集序》更云：

> 洎杨大年以应用之才，独步当世。学者刻辞缕意，有希仿佛，未暇及古也。其间甚者，专事藻饰，破碎大雅，反谓古道不适于用，废而弗学者久之。洛阳尹师鲁，少有高识，不逐时辈。从穆伯长游，力为古文。而师鲁深于《春秋》，故其文谨严，辞约而理精。章奏疏议，大见风采。士林方耸慕焉。遽得欧阳永叔从而大振之，由是天下之文一变，而其深有功于道欤！

两文对照，可见前所谓"文弊"，主要指西昆体末流，而所谓"救之以质"，即尹洙、欧阳修等的振兴"古文"。还可看到，范仲淹既重理道，也重文华。如遇"质弊"，则要求"救之以文"。他对尹洙、欧阳修的推重也是突出其文学成就的，他对西昆体领袖仍有所肯定。其《杨文公写真赞》中称杨亿为"命世之才"，"天下知公之文，而未知其道"，并赞云："呜呼杨公，两朝清风。盛乎斯文，直哉厥躬。"这里反映范仲淹的"文""道"观念具有新意，与石介之论的拘守儒学传统而片面排斥文艺是颇有不同的。

欧阳修字永叔，号醉翁、六一居士。庐陵（今江西吉安）人。天圣八年（1230）进士。官枢密副使、参知政事。有《欧阳文忠公集》。他积极参加当时的政治改革活动，他的诗词散文创作和文学理论批评都很有成就，团结和提携许多优秀文人，无论前辈、同辈或后辈，如尹洙、苏舜钦、梅尧臣、曾巩、王安石、苏轼等，都曾受到他的推重，肯定他们各自的文学特色，表现出文坛领袖的风度。

欧阳修是尊崇韩愈古文的。他在《记旧本韩文后》中说：

> 予为儿童时……得唐《昌黎先生文集》六卷。……见其言深厚而雄博，然予犹少，未能悉究其义，徒见其浩然无涯若可爱。是时天下学者，杨、刘之作，号为时文，能取科第擅名声，以夸荣当世，未尝有道韩文者。予亦方举进士，以礼部诗赋为事。年十有七，试于州，为有司所黜。因取所藏韩氏之文，复阅之，则喟然叹曰："学者当至于是而止尔！"……后七年，举进士及第，官于洛阳，而尹师鲁之徒皆在，遂相与作为古文。因出所藏《昌黎集》而补缀之，求人家所有旧本而校定之。其后天下学者亦渐趋于古，而韩文遂行于世，至于今盖三十余年矣。学者非韩不学

也,可谓盛矣。

在欧阳修以前,柳开、石介诸人,也曾大力推尊韩愈,但他们对于韩愈的理解有很大的片面性。到了欧阳修,关于道与文的关系和道的内容、文的特征,阐述得颇为全面,不但不同于柳开、石介,即与韩愈本人相比,也有了发展。

"道胜文至"与"事信言文"

欧阳修提出了"道胜者文不难而自至"和"事信言文"等重要论点。它说明了道与文的关系,也涉及到内容与形式的关系。其《答吴充秀才书》说:

> 夫学者未始不为道,而至者鲜焉。非道之于人远也,学者有所溺焉尔。盖文之为言,难工而可喜,易悦而自足,世之学者往往溺之,一有工焉,则曰:"吾学足矣。"甚者至弃百事不关于心,曰:"吾文士也,职于文而已。"此其所以至之鲜也。……圣人之文,虽不可及,然大抵道胜者,文不难而自至也。故孟子皇皇不暇著书,荀卿盖亦晚而有作。若子云、仲淹方勉焉以模言语,此道未足而强言者也。后之惑者,徒见前世之文传,以为学者文而已,故愈力愈勤而愈不至。

这里说明他十分鄙视那些以文士自居、自满于辞藻的工丽而言不及物、片面追求形式的空头文学家,这些人的作品是不可能有很高成就的。

那就是说,要作"不朽"之文,不能是"勤一世以尽心力于文字间"(《送徐无党南归序》),后来南宋大诗人陆游《示子遹》云:"汝果欲学诗,功夫在诗外。"说的也是这样的意思。而欧阳修的文外功夫,主要是丰富的社会实践。孔、孟、荀况都在周游列国之后才著书立说,便是范例。

欧阳修对传统儒道也有所发展,他强调的"道"主要在于关心百事。其《与张秀才第二书》更批评了那些脱离实际、侈谈所谓古道的人,"然而述三皇太古之道,舍近取远,务高言而鲜事实,此少过焉"。从而指出"知古明道而后履之以身,施之于事,而又见于文章而发之,以信后世。……其道易知而可法,其言易明而可行"。这就把道的内容,也就是把文的内容同时代社会现实联系起来,强调实践意义与能为人们所接受的重要性。他的《与黄校书论文书》虽所论主要是策论,精神也通于其他文体:

> 见其弊而识其所以革之者,才识兼通,然后其文博辩而深切,中于时病而不为空言。盖见其弊,必见其所以弊之因。若贾生论秦之失而推古养太子之礼,此可谓知其本矣。然近世应科目文辞,求若此者盖寡。

欧阳修在这里,主要说明文学必须反映现实,针砭时弊,积极发挥它的社会作用。他要求作家才识兼通,关心时事,写出博辩深切的作品,既能中于时病,还要指出造成弊病的根源和改革办法,贾谊的《过秦论》、《治安策》等就是这一类的作品。他论汉代的文章,"善以文言道时事,质而不俚,兹所以为难"(《试笔·汉人善以文言道时事》)。从这些话里,更可以体会到他对于道的理解和关于文学内容的具体要求。因之,曾为柳开、石介极力推崇为儒道传人的扬雄、王通,在欧阳修看来他们的著作也只是勉强于语言模仿而已。这和后来理学家的论"道"与"理"也有很大不同。

《读李翱文》也是欧阳修的一篇值得注意的文学批评。其中对韩愈一些描写个人得失的作品,表示不满;对李翱的忧时虑世之作,则予以很高的评价。

> 最后读《幽怀赋》,然后置书而叹,叹已复读,不自休。……凡昔翱一时人,有道而能文者,莫若韩愈。愈尝有赋矣,不过羡二鸟之光荣,叹一饱之无时尔。此其心使光荣而饱,则不复云矣。若翱独不然,其赋曰:"众嚣嚣而杂处兮,咸叹老而嗟卑;视予心之不然兮,虑行道之犹非。"又怪神尧以一旅取天下,后世子孙不能以天下取河北以为忧。呜呼!使当时君子,皆易其叹老嗟卑之心为翱所忧之心,则唐之天下,岂有乱与亡哉!然翱幸不生今时,见今之事,则其忧又甚矣,奈何今之人不忧也!余行天下,见人多矣。脱有一人能如翱忧者,又皆贱远,与翱无异。其余光荣而饱者,一闻忧世之言,不以为狂人,则以为病痴子,不怒则笑之矣。呜呼!在位而不肯自忧,又禁他人使皆不得忧,可叹也夫!

欧阳修在这里,并不是全面评价韩愈、李翱,而是结合北宋国势和社会的实际情况,通过对李翱的《幽怀赋》和韩愈的《感二鸟赋》的比较,抒发自己爱国与关心现实的怀抱。但从此也可以看出,欧阳修所强调的是:作家应该忧时感事,作品须要触及社会问题。这与范仲淹《岳阳楼记》所表现的"先天下之忧而忧"的时代忧患意识与社会责任感相呼应。但欧阳修并不排斥感慨个人遭遇的抒情之作。他的《梅圣俞诗集序》等文中就对诗友的贫困境遇寄予深切同情而对"穷者之诗"给予高度评价。当然,"诗穷而后工"之说中未尝不是对社会现实问题有所接触的。

"道胜者文不难而自至"这句话或被理解为对"文"的轻视,实大不然。

293

欧阳修是重道也重文的。他首先强调"道胜",但终于还是要落实到"文至"上去。他的《答祖择之书》云:"中充实则发为文者辉光。"《与乐秀才第一书》云:"夫畜于其内者实,而后发为光辉者日益新而不竭也。"都是说明思想内容充实了,文章才能达到自然而不断创新的最高境界。前文中的"不难",是与"道未足而强言"相对立的。如走后者的道路,则必然"愈力愈勤而愈不至"。《与乐秀才第一书》中批评某些"今之学者"说:"徒巧其词以为华,张其言以为大。夫强为则用力艰,用力艰则有限,有限则易竭,又其为辞不规模于前人,则必为屈曲变态以随时俗之所好,鲜克自立,此其充于中者不足而莫自知其所守也",也是说的这层意思。"难"这一词,在古代文论中有特殊意义。韩愈《答刘正夫书》中即有"文宜难宜易"之说。五代牛希济《文章论》将艰深难懂文辞如皇甫湜、樊宗师之作"谓之'难文'"。所以欧阳修所谓"文不难而自至"有着反对徒在形式上勉强造作、故作艰深,拟古趋时而缺少独立创造等涵义,并非放松创作中的艺术要求。《代人上王枢密求先集序书》中说:"君子之所学也,言以载事,而文以饰言,事信言文,乃能表见于后世";"甚矣言之难行也,事信矣须文,文至矣又系其所恃之大小,以见其行远不远也"。他把内容的真实、关系的重大和艺术优美紧密地结合起来,认为真能流传广远的作品,三者不可缺一。"事信"相当于"道胜",而"言文"之作用与地位被明确地肯定下来了。

　　"简而有法"是欧阳修在《尹师鲁墓志铭》中提出来的写作准则。尹洙为文谨严,不事繁缛,所以欧阳修以此评之。在此,也表现出他自己对写作文章(特别是传记文)善于剪裁和意深言简的要求。这里首先是选材必须突出重点,叙事必须真实可信,论断必须精确明晰,既没有虚附衍溢,也不能大小事件一齐罗列。作者要在真实性的基础上描述有代表性的事物,才能显示出人物的精神特色和动人形象。欧阳修在前后两篇《与杜诉论祁公墓志书》中,自称其所作"止记大节,期于久远","然所纪事皆录实有稽据,皆大节与人之所难者;其他常人所能者,在他人更无巨美,不可不书,于公为可略者皆不暇书"。《论尹师鲁墓志》也说,尹洙可记的事很多,"不可遍举,故举其要者一两事以取信"。但当日很有些人,对这种方法表示不满;欧阳修认为他们是无识之人,"不考文之轻重,但责言之多少"。这些见解,为后来古文家如清代方苞"义法论"的先声。当然,方苞所谓"义"中,更掺杂着理学思想。

　　欧阳修还很重视语言的精炼和修饰。据《朱子语类》载:"顷有人买得他《醉翁亭记》稿,初说滁州四面有山凡数十字,末后改定,只曰'环滁皆山也'

五字而已。"又《宋稗类钞》载：有人记奔马践死一犬，其文为"有犬卧于通衢，逸马蹄而杀之"。欧阳文忠公曰："使子修史，万卷未已也。"改为"逸马杀犬于道"。他所修的《新唐书》，自谓"其事则增于前，其文则省于旧"(《进新修唐书表》)。又周必大云："前辈尝言公作文，揭之壁间，朝夕改定。今观手写《秋声赋》，凡数本，刘原父手帖亦至再三，而用字往往不同。"(《欧阳文忠公集序》)。欧阳修也不是片面尚简约的，《与渑池徐宰》中说："然著撰苟多，他日更自精择，少去其繁，则峻洁矣。然不必勉强，勉强简节之，则不流畅，须待自然之至。"既要简约峻洁，又要流畅自然，这就更为全面了。

欧阳修在语言风格上，提倡自然光辉，反对模拟，反对古奥。曾巩《与王介甫书》云："欧公更欲足下少开廓其文，勿用造语及模拟前人。……欧云：孟、韩文虽高，不必似之也，取其自然耳。"韩愈在语言方面，也主张独创，"唯陈言之务去"(《答李翊书》)，但有追求奇险艰深的倾向；而欧阳修则重在通达自然。韩愈称誉扬雄、樊宗师的文章；而欧阳修对于他们都表示了不满，称扬雄为"勉焉以模言语"，评樊宗师为"其怪奇至于如此"(《唐樊宗师绛守居园池记跋尾》)。这里都透露出韩愈、欧阳修对语言风格的不同要求，同时也显示出他们古文的不同特色。欧阳修这种主张与宋初王禹偁之说比较接近而更为丰富，对宋代的古文运动向符合时代与通俗化方向发展起了积极的作用。当然，他的散文偏于优柔之美而在壮美方面视韩愈文有所逊色。但正如苏洵《上欧阳内翰第一书》所云："执事之文，纡余委备，往复百折，而条达疏畅，无所间断；气尽语极，急言竭论，而容与闲易，无艰难劳苦之态。"欧文在优游不迫之中自有充沛气势，与某些明清后学的流于软弱者不同。

正因为欧阳修崇尚自然之美，故而提倡古文。一般说来，古文比起骈文来更可以挥洒自由。然而对偶之产生原也合于自然之美。《文心雕龙·丽辞》云："造化赋形，文体必双。""高下相须，自然成对。"只是句句都要求成双作对，堆砌辞藻典故，那就不免成为桎梏。反之，写作古文而故意避免偶句，务奇尚难，则又是违反自然了。所以欧阳修并不像柳开、石介那样片面排斥骈俪。他反驳石介"雕刻文章薄者之所为"的论点说："足下安知世无明诚实厚君子之不为乎？"(《与石推官第二书》)他又曾肯定"偶俪之文，苟合于理，未必为非"(《论尹师鲁墓志》)；"如苏氏父子，以四六述叙，委曲精尽，不减古文"(《苏氏四六》)。《六一诗话》中对西昆体领袖刘筠、杨亿律诗中偶句之"虽用故事"或"不用故事"者都称为"佳"，并云："盖其雄文博学，笔力有余，故无施而不可。"这种论说当适用于评杨、刘之骈文的。故欧阳修的古文,也吸取了骈文的手法,特别中唐陆贽对偶精当而气势流畅的骈文,为欧阳修、苏轼借鉴的重要对象。苏轼《六一居士集叙》说欧阳修之文"论大道似韩愈,论事如陆贽",反映两人兼收并蓄骈散之美的融通态度。

"诗穷而后工"与"合奏乃锵锵"

欧阳修论诗,重视美刺劝戒,反对无病呻吟。他赞美《诗经》的精神说:"诗之作也,触事感物,文之以言,善者美之,恶者刺之,以发其揄扬怨愤于口,道其哀乐喜怒于心,此诗人之意也。"(《诗本义·本末论》)学习《诗经》,主要在于"察其美刺,知其善恶,以为劝戒"。如果舍此而他求,那就是"劳其心而不知其要,逐其末而忘其本"(同上)。他在这里,说明了诗歌的产生,必由于触事感物而发,要具有美善刺恶的内容,从而表达出作者揄扬怨愤、哀乐喜怒的感情。其《赠杜默》诗云:"饥荒与愁苦,道路日以盈,子盍引其吭,发声通下情。"则反映欧阳修是提倡诗歌能反映民众情感的。

诗歌内容的丰富、充实,有赖于触事感物的实践。欧阳修在《梅圣俞诗集序》中提出了"诗穷而后工"之说:

> 予闻世谓诗人少达而多穷,夫岂然哉!盖世所传诗者,多出于古穷人之辞也。凡士之蕴其所有而不得施于世者,多喜自放于山巅水涯,外见虫鱼草木风云鸟兽之状类,往往探其奇怪,内有忧思感愤之郁积,其兴于怨刺,以道羁臣寡妇之所叹,而写人情之难言,盖愈穷则愈工。然则非诗之能穷人,殆穷者而后工也。

"穷而后工"说源出于司马迁的"发愤著书"之说。唐杜甫《天末怀李白》有"文章憎命达"之叹,白居易《序洛诗》更称"世所谓'文士多数奇,诗人尤命薄'"。韩愈也曾说过:"欢愉之辞难工,而穷苦之言易好。"(《荆潭唱和集序》)欧阳修则在这里进一步接触到作家的生活遭遇对其创作成就的重要作用。古代社会的进步文人,往往遭受种种压抑和困窘,抱负和理想不能实现;但这却使他们有机会深入观察事物,接触穷苦人民的生活,由于触事感物,忧思悲愤,进而兴于怨刺,用诗歌来批判现实,发泄不平,唱出心声。诗人的境遇愈是穷困,触事感物的面就愈丰富,生活体验和现实感受就愈深刻,在创作上就能够"写人情之难言",因而愈穷则愈工。欧阳修所说的"非诗之能穷人,殆穷者而后工也",正是古代社会中许多优秀作家在创作上获得成就所走过的痛苦道路。屈原的长期放逐,杜甫的穷饿流浪,都是具体的例证。但是,欧阳修在文章中,一方面赞美梅圣俞的诗"穷而后工";同时又为他惋惜,说他如果得幸用于朝廷,作雅颂之篇,歌咏大宋之功德,"岂不伟欤! 奈何使其老不得志,而为穷者之诗,乃徒发于虫鱼物类、羁愁感叹之言",这又反映出作者思想中的矛盾。

欧阳修于唐代诗人,曾并比李白、杜甫为麒麟凤凰(见《感二子》),而在具体评论时,常表现出对李白的特殊欣赏。"至于'清风明月不用一钱买,玉山自倒非人推',然后见其横放,其所以警动千古者,固不在此也。杜甫于白,得其一节,而精强过之,至于天才自放,非甫可到也。"(《笔说·李白杜甫诗优劣说》)刘攽《中山诗话》云:"欧公亦不甚喜杜诗。……然于李白而甚赏爱,将由李白超趠飞扬为感动也。"欧阳修在《读李白集效其体》一诗中,对李白的雄伟气魄和豪迈风格,表示了高度的赞赏:"李白高歌蜀道难,蜀道之难难于上青天。李白落笔生云烟,千奇万险不可攀,却视蜀道犹平川。……山头婆娑弄明月,九域尘土悲人寰。……下看区区郊与岛,萤飞露湿吟秋茞。"他在这里描绘了李白气吞山河的雄伟形象,赞美了李白笔下奔腾变幻的浪漫主义艺术特色,从而对孟郊、贾岛寒瘦穷苦的低吟,作了轻微的嘲笑。"翰林风月三千首,吏部文章二百年"(《赠王介甫》)。这是他对唐代诗文评价的总结,也是他创作所向往的典范。

欧阳修虽特别喜爱豪迈雄放的风格,也并不是不重视其他风格的。他论梅尧臣、苏舜钦的诗云:"圣俞、子美齐名于一时,而二家诗体特异。子美笔力豪隽,以超迈横绝为奇;圣俞覃思精微,以深远闲淡为意。各极其长,虽善论者不能优劣也。"(《六一诗话》)他在《水谷夜行寄圣俞》诗中,对苏、梅的不同的诗风作了更为形象的描绘:"苏豪以气轹,举世徒惊骇;梅穷独我知,古货今难卖。"他在《读蟠桃诗寄子美》诗中论韩愈、孟郊的诗云:"孟穷苦累累,韩富浩穰穰。穷者啄其精,富者烂文章。发生一为宫,擎敛一为商。二律虽不同,合奏乃锵锵。"可以看到欧阳修是提倡多样风格的诗歌的交响和鸣,以构成诗坛上的铿锵大合奏的。

欧阳修晚年有《诗话》之作,后称《六一诗话》,他自称是"退居汝阴而集以资闲谈"的。共二十八条,其中多属诗人故事的记载和诗句的品评,也表述了一些理论性的见解。它是一部以"诗话"题名的最早著作,开启以随笔漫谈的批评方法论诗的风气,成为后来各家诗话的先声。

在本节的最后,想介绍一下梅尧臣的诗论。他的成就主要在创作方面,但在诗歌理论方面,也有一些好的见解。

梅　尧　臣

梅尧臣(1002—1060)字圣俞,宣城(今属安徽)人。曾任国子监直讲、尚书都官员外郎等职。他仕途失意,穷困一生。有《宛陵集》。他是欧阳修的诗友,在北宋的文学革新运动中,在诗歌发展方面作出了重要的贡献,得到欧阳修、王安石、苏轼诸人的推崇。刘克庄说:"欧公诗如昌黎,不当以诗论,本朝诗惟宛陵为开山祖师;宛陵出然后桑濮之哇淫稍熄,风雅之气派复续,其功不在欧、尹下。"(《后村诗话》)

梅尧臣论诗,强调《诗经》、《离骚》中批判现实的传统,他在《答韩三子华韩五持国韩六玉如见赠述诗》中,阐述了他的论点。

> 圣人于诗言,曾不专其中。因事有所激,因物兴以通。自下而磨上,是之谓《国风》;《雅》章及《颂》篇,刺美亦道同。不独识鸟兽,而为文字工。屈原作《离骚》,自哀其志穷,愤世嫉邪意,寄在草木虫。迩来道颇丧,有作皆言空:烟云写形象,葩卉咏青红;人事极诙诡,引古称辩雄;经营惟切偶,荣利因被蒙。遂使世上人,只曰一艺充。

这里梅尧臣首先说明诗歌之作,必须是由于事物的激发,而不能是无病呻吟。他指出《国风》"自下而磨上"的精神和《雅》、《颂》的美刺作用;而屈原的《离骚》,则是通过草木虫的描写,抒发愤世嫉邪的思想感情。作诗不独在于识鸟兽之名,而专求文字的工丽,必须继承和发扬《诗》、《骚》的这种传统。他认为当代有些诗人,离开了这种传统,所作都是空言。对于那些内容空洞、嘲风弄月、堆砌典故、歌颂功德、片面追求形式的诗风进行了批判。这在反对西昆体末流的诗歌革新运动中,起了积极的作用。按《毛诗序》云:"风,风也,教也。"又云:"上以风化下,下以风刺上。"其重点是自上而下的教化,而梅尧臣则把"自下而磨上"作为《国风》的主要精神,这是诗论史上批判现实理论的发展,与苏舜钦《石曼卿诗集序》中发展古代采诗制度传说而肯定石延年诗歌的"警时鼓众"社会作用,都反映某种民主意识。梅尧臣在《寄滁州欧阳永叔》诗中说:

> 有才苟如此,但恨不勇为。仲尼著《春秋》,贬骨常苦笞。后世各有史,善恶亦不遗。君能切体类,镜照媸与施,直辞鬼胆惧,微文奸魄悲。不书儿女书,不作风月诗,唯存先王法,好丑无使疑。安求一时誉,当期

千载知。

　　他在诗里赞扬了欧阳修的诗歌能继承《春秋》的精神。明辨是非,褒贬善恶,使美丑奸邪无所遁形。梅尧臣化用《孟子·滕文公上》"孔子作《春秋》而乱臣贼子惧"之意以评诗,而更突出其针砭时弊的意义。其中精神和上面那首诗是相同的。当然,在这两诗中,对留连光景、吟风弄月之作的全盘否定,则殊为失当。欧阳修曾对李白的"风月三千首"表示过无限向往呢!

　　梅尧臣自己作诗也有观览自然风物而生兴感并追求平淡境界的经历。《依韵和晏相公》云:"一为清颍行,物象颇所览。泊舟寒潭阴,野兴入秋荄,因吟适情性,稍欲到平淡。"《读邵不疑学士诗卷》又云:"作诗无古今,惟造平淡难。"可见要达到"平淡"之境,须经历艰苦的构思和锻炼。欧阳修《六一诗话》说他"平生苦于吟咏,以闲远古淡为意,故其构思极艰",便是对梅尧臣苦吟过程的说明。应该看到在上面所举梅尧臣论述平淡的诗篇中,《依韵和晏相公》开首云:"微生守贱贫,文字出肝胆";《读邵不疑学士诗卷》最后云:"既观坐长叹,复想李杜韩,愿执戈与戟,生死事将坛"。表示自己一贯具有披肝沥胆而奋斗于诗坛的不平意气。

　　关于诗歌的造意、写景以及表现方法方面,梅尧臣也有很好的意见。欧阳修《六一诗话》说:

　　　　圣俞常语予曰:诗家虽主意,而造语亦难。若意新语工,得前人所未道者,斯为善也。必能状难写之景如在目前,含不尽之意见于言外,然后为至矣。

　　他认为诗歌虽以创意为主,但必须制作工巧的语言把它表达出来。两者皆非易事,要做到意新语工的完美结合,而又不蹈袭前人,方可显出诗歌的成就。在写景与表意方面,他要求景与意的高度融合,写景要形象生动,表意要有弦外之音,能如此,才可达到诗歌艺术最高的境界。寥寥数语,正是他从艰苦创作的体验中得来,见解颇为精辟。

　　陈师道《后山诗话》载:

　　　　闽士有好诗者,不用陈语常谈,写投梅圣俞。答书曰:"子诗诚工,但未能以故为新,以俗为雅尔。"

"以故为新,以俗为雅"两语,当也为梅尧臣作诗时选词造语的甘苦之谈,后来苏轼、黄庭坚均曾从不同角度用之以论诗歌创作,其语源当出于梅说。

第三节　王安石(附李觏和曾巩)

王　安　石

由于欧阳修、梅尧臣诸人的努力,诗文革新运动取得了很大的成就。王安石、苏轼诸人继之而起,北宋文坛进入极盛时期。

王安石(1021—1086)字介甫,号半山,临川(今属江西)人。仁宗庆历二年进士,神宗时两度为相,推行新法,晚年退居金陵。有《临川集》。

欧阳修对王安石的文学十分器重,曾作《赠王介甫》勉励他达到李白、韩愈的诗文造诣。王安石的答诗《奉酬永叔见赠》云:"欲传道义心犹在,强学文章力已穷。他日若能窥孟子,终身安敢望韩公。"明确表示以继承孟子道义为职志,而并不愿意徒作文人。他论文也是重道、宗经的。他说过:"文贯乎道"(《上邵学士书》),又说过:"若欲以明道,则离圣人之经,皆不足以有明也。"(《答吴孝宗书》)他所讲"道"的内容,主要在于安危治乱、国计民生一面。所以说:"夫圣人之术,修其身,治天下国家,在于安危治乱,不在章句名数焉而已。"(《答姚辟书》)因此,他提倡新学,不满传统的儒家义理,讥笑《春秋》为断烂朝报,倡言"法先王之政者,法其意而已"。并强调读经必须博览百家之书,还要深入社会,访问农夫女工,才能知其大体。"然世之不见全经久矣,读经而已,则不足以知经。故某自百家诸子之书,至于《难经》、《素问》、《本草》诸小说无所不读,农夫女工无所不问,然后于经为能知其大体而无疑。"(《答曾子固书》)这种博观约取的学习态度和方法,这种通经致用的现实精神,比起那些拘守传统的儒生来是迥然不同的。

作为一位政治家,王安石特别强调"治教政令,圣人之所谓文也"(《与祖择之书》),反对"章句声病,苟尚文辞",注重文学的实用功能,而十分重视政治内容。其《上人书》云:

尝谓文者,礼教治政云尔。其书诸策而传之人,大体归然而已。而曰"言之不文,行之不远"云者,徒谓辞之不可以已也,非圣人作文之本意也。……且所谓文者,务为有补于世而已矣;所谓辞者,犹器之有刻镂绘画也。诚使巧且华，不必适用；诚使适用，亦不必巧且华。要之以适用为本，以刻镂绘画为之容而已。不适用非所以为器也，不为之容，其亦若是乎否也？然容亦未可已也，勿先之其可也。

他在这里提出了内容与形式的主次关系，认为文章应该以内容为主，而内容是有关"礼教治政"、"有补于世"，能积极发生社会作用的。辞藻文采犹如器具上的刻镂绘画，必须服务于内容，而以"适用为本"，"不必巧且华"。他又说："然容亦未可已也，勿先之其可也。"可见并不是完全否定形式，而是把形式放在次要地位的。因此，他对西昆体的末流，作了有力的批判。"杨刘以其文词染当世，学者迷其端原，靡靡然穷日力以摹之，粉墨青朱，颠错丛庞，无文章黼黻之序，其属情藉事，不可考据也。"(《张刑部诗序》)他又在《上邵学士书》中说："某尝患近世之文，辞弗顾于理，理弗顾于事，以襞积故实为有学，以雕绘语句为清新。譬之撷奇花之英，积而玩之，虽光华馨采，鲜缛可爱，求其根柢济用，则蔑如也。"他在这里具体地指出，文学必须"顾于理"，理必须"顾于事"，事必须有济于用。因此对于韩愈的作品，他也表示了不满。其《韩子》诗云："纷纷易尽百年身，举世何人识道真？力去陈言夸末俗，可怜无补费精神。"在当日尊韩的风气中，他指出韩愈作品中也存在内容不足与过分追求形式的缺点，反映了他在这方面的高要求、高标准。然而从上述中，也可体会到王安石对文章内容的理解不免偏狭，而对艺术价值的认识也是不足的。

王安石于唐代诗人中，最推崇杜甫，他在《老杜诗后集序》中云："予考古之诗，尤爱杜甫氏作者。"他的敬爱杜甫是主要从其诗歌的思想内容出发的。其《杜甫画像》诗云：

> 吾观少陵诗，为与元气侔。力能排天斡九地，壮颜毅色不可求。浩荡八极中，生物岂不稠？丑妍巨细千万殊，竟莫见以何雕镂。惜哉命之穷，颠倒不见收。青衫老更斥，饿走半九州。瘦妻僵前子仆后，攘攘盗贼森戈矛。吟哦当此时，不废朝廷忧，常愿天子圣，大臣各伊周。宁令吾庐独破受冻死，不忍四海赤子寒飕飕。伤屯悼屈止一身，嗟时之人死所羞。所以见公像，再拜涕泗流。惟公之心古亦少，愿起公死从之游。

从白居易、元稹、韩愈以来，许多人对杜甫作了评赞，而王安石这首诗，进一步揭示了杜甫忧国爱民的进步思想，突出他舍己为人的崇高精神，阐明杜诗之所以获得巨大成就的主要根源，这不但说明了他对于杜甫的人品及其创作精神的理解,同时也反映出他评价作家和作品的观点。正因为他对杜甫有如此的理解和同情,才能在诗歌中塑造出那样一个生动感人的诗人形象。胡仔说得好:"李杜画像,古今诗人题咏多矣。若杜子美,其诗高妙,固不待言,要当知其平生用心处,则半山老人之诗得之矣。"(《苕溪渔隐丛话·前集》卷十一)所谓"愿起公死从之游",正显示出作者诗歌的创作方向和想要继承的传统。

王安石曾编选过《四家诗》,其次序是杜甫、欧阳修、韩愈和李白。据《遁斋闲览》载:"或问王荆公云:'公编四家诗,以杜甫为第一,李白为第四,岂白之才格词致不逮甫也?'公曰:'白之歌诗,豪放飘逸,人固莫及,然其格止于此而已,不知变也。至于甫,则悲欢穷泰,发敛抑扬,疾徐纵横,无施不可……此甫之所以光掩前人而后来无继也。'"又《钟山语录》云:"荆公次第四家诗,以李白最下,俗人多疑之。公曰:'白诗近俗,人易悦故也。白识见污下,十首九首说妇人与酒;然其才豪俊,亦可取也。'"这里对杜甫的推崇可与《杜甫画像》相互补充,而在对李白的批评中,则反映了王安石对浪漫主义作品的价值认识是很不够的。

值得注意的是,王安石也还有不少精心讲究诗歌艺术锻炼的例子。叶梦得《石林诗话》说:"王荆公晚年诗律尤精严,造语用字,间不容发。"又说:"荆公诗用法甚严,尤精于对偶。尝云:用汉人语止可以汉人语对,若参以异代语,便不相类。如'一水护田围绿去,两山排闼送青来'之类,皆汉人语也。……尝有人向公称'自喜田园安五柳,但嫌尸祝扰庚桑'之句,以为的对。公笑曰:'伊但知柳对桑为的对,然庚亦自是数,盖以十干数之也。'"王安石又反对拘守格律,他肯定诗之宁可对偶不合而不使力弱的作法,这也是一种艺术锻炼。《王直方诗话》载:"荆公云:凡人作诗,不可泥于属对,如欧阳公作《泥滑滑》云:'画帘阴阴隔宫烛,禁漏杳杳深千门。''千'字不可以对'宫'字。若当时作'朱门',虽可以对,而句力便弱耳。"此例实为江西诗派"宁律不谐,不使句弱"(黄庭坚《题意可诗》)的先声。再如王安石还有《题张司业诗》:

苏州司业诗名老,乐府皆言妙入神。看似寻常最奇崛,成如容易却艰辛。

在对唐代张籍乐府诗的赞美中表示一种语言平易近人而格力奇崛不凡的美学理想和艰苦锻炼以达到自然天成的创作境界的追求,具有艺术辩证法因素。

王安石的诗学当有得梅尧臣,而给予黄庭坚江西诗派以一定影响。王安石有《哭梅圣俞诗》,对梅诗十分推重,称之为"真人当天施再流,笃生梅公应时求"。黄庭坚则曾说:"余从半山老人得古诗句法。"(见吴聿《观林诗话》)

李　觏　和　曾　巩

在这一节里,想简略地介绍一下李觏和曾巩。王安石很推重李觏、曾巩的文章,《答王景山书》云:"足下又以江南士大夫为无能文者,而李泰伯、曾子固豪士,某与纳焉。"

李觏(1009—1059)字泰伯,南城(今属江西)人。皇祐初范仲淹荐为太学助教,后为直讲。有《盱江集》。他是一位思想家、学者,也能文。其《答李观书》中称"范公、欧阳盖为贾谊、刘向之事业,穷高致远未易量也"。表示他对范仲淹、欧阳修政治改革和诗文革新事业的崇高评价。

李觏的文学理论具有鲜明的哲学、政治学基础。其《原文》肯定"利"与"欲"为"人生"与"人情"的正当要求,只要不贪不淫,文学完全可以"言利""言欲",而且这大概是作者认为"文"之"原"吧:

> 利可言乎? 曰:人非利不生,曷为不可言? 欲可言乎? 曰:欲者人之情,曷为不可言? 言而不以礼,是贪与淫,罪矣;不贪不淫,而曰不可言,无乃贼人之生、反人之情! 世俗之不憙儒以此。孟子谓"何必曰利",激也。焉有仁义而不利者乎? 其书数称汤、武将以七十里、百里而王天下,利岂小哉? 孔子七十所欲不逾矩,非无欲也;于诗则道男女之时、容貌之美,悲感念望,以见一国之风,其顺人也至矣。……古人之言,岂一端而已矣? 夫子于管仲三归具官则小之,合诸侯、正天下则仁之,不以过掩功也;韩愈有取于墨翟、庄周,而学者乃疑。

按《孟子·梁惠王》开宗明义即云:"王何必曰利,亦有仁义而已矣。"李觏却公然批评孟子此言为过激,并把肯定"利"、"欲"的观点追溯到孟轲、孔子,又指出韩愈曾有取于墨翟、庄周。这样对孔、孟、韩学说的抉发,迥然不同于汉唐至宋许多儒者之论,表现独特眼光,其中闪耀某种新兴意识的光芒。本文指出那些儒家之流不许"言利"、"言欲"是"贼人之生"、"反人之情",故为"世俗"所不喜,可证作者正是反映世俗的人文观点的。李觏还极力强调文学的政治教化作用。

> 文者岂徒笔札章句而已,诚治物之器焉。……上之为史,则怙乱者惧;下之为诗,则失德者戒。……禹、益、稷、皋陶之谟,廋之《诰》,尹之《训》,周公之制作,咸曰兴国家、靖生民矣。(《上李舍人书》)

这与王安石《上人书》中所谓"文者礼教治政云尔"之说很相接近,反映北宋政治改革运动中一种要求文学直接为政治服务的倾向。

曾巩(1019—1083)字子固,南丰(今属江西)人。嘉祐间进士,官至中书舍人。有《元丰类稿》。他是著名的古文家,欧阳修的门人。他的政治文学思想,也近于王安石。黄震《黄氏日抄》云:"南丰与荆公俱以文学名当世,最相好,且相延誉。其论学皆考古,其师尊皆主扬雄,其言皆纤悉于制度,而主《周礼》。荆公更官制,南丰多为拟制诰以发之,岂公与荆公抱负亦略相同,特遇于时者不同耳。"曾巩对于王安石变法中的流弊,也提出过批评。

曾巩十分重视文学与时世的关系,强调作者的"有志乎道"而"其言能当于理":

> 由汉以来,益远于治,故学者虽有魁奇拔出之材,而其文能驰骋上下伟丽可喜者甚众,然是非取舍不当于圣人之意者,亦已多矣。故其说未尝一,而圣人之道未尝明也。士之生于是时,其言能当于理者亦可谓难矣。由是观之,则文章之得失,岂不系于治乱哉?(《王子直文集序》)

> 足下自称有悯时病俗之心,信如是,是足下之有志乎道,而予之所爱且畏者也。……夫道之大归非他,欲其得诸心,充诸身,扩而被之国家天下而已,非汲汲乎辞也。其所以不已乎辞者,非得已也。(《答李沿书》)

由此出发,曾巩重视学术、史传之作,而轻视刻雕藻缋之文。其《南齐书目录序》中说:

> 将以是非得失、兴坏理乱之故而为法戒,则必得其所托而后能传于久,此史之所以作也。……古之所谓良史者,其明必足以周万事之理,其道必足以适天下之用,其智必足以通难知之意,其文必足以发难显之情,然后其任可得而称也。

古代文史密切结合在一起,这里论的是史,也就适用于文。其中提出的四项标准,可谓当时古文运动中关于"道"与"文"理论的某种总结。本文在论及司马迁之作《史记》时说:"斯亦可谓奇矣。然而蔽害天下之圣法,是非颠倒而采摭谬乱者,亦岂少哉?"因之,论定其"明""道""智""文"四方面都还"不足"。这是班固《汉书·司马迁传》中评《史记》为"其是非颇谬于圣人"等说的绍述,反映曾巩理论中存在的儒学正统观念。李觏有《读史》诗,对司马迁也作了类同于班固、曾巩之说的批评,与唐韩愈、柳宗元以来古文家多推重《史记》者表现不同倾向。

第四节　苏轼(附苏洵、苏辙、张耒)

苏　轼

苏轼(1037—1101)字子瞻,号东坡居士,眉山(今属四川)人。嘉祐二年进士,官至礼部尚书。有《东坡七集》。其父洵(1009—1066)字明允,有《嘉祐集》。弟辙(1039—1112)字子由,有《栾城集》。俱以文名,世称"三苏"。

苏轼的生活实践、政治经历、学术思想与文艺创作都是非常丰富的,与其文学观念相互影响。他在宋仁宗时曾写大量策论,积极鼓吹改革。及宋神宗任用王安石进行变法时,他却连续上书反对,并写了许多讽刺诗,以致被捕下狱审讯,最后定案贬为黄州团练副使。这就是著名的"乌台诗案",是北宋第一桩文字狱。但当哲宗初期旧党司马光执政尽废新法时,苏轼又持异议,主张"校量利害,参用所长"(《辩试馆职策问札子》二),因受排挤。后来新党再度当权,他被一贬再贬,流放到了海南。

苏轼对新法的批评虽有所偏激,但不少是合理的,而且其基本出发点为"窃怀忧国爱民之意"。他自称"好僭议朝政"是"受性于天"(《辨贾易弹奏待罪札子》),各时期向当政者提不同意见是希望做到"君臣之间""可否相济"(《辩试馆职札子》二)。他十分重视独立人格意志。《和陶咏三良》云:"我岂犬马哉,从君求盖帷。""顾命有治乱,臣子得从违。"揭示臣子非君父家畜,君父之命有是有非,臣子可以根据自己判断或从或否。这些都表现出一种鲜明的爱国民主精神,反映于其文学观,便是把作品的现实性、批判性与创作自由提到一个新的高度。

葛立方《韵语阳秋》中载有苏轼论"作文之意"云:"儋耳虽数百家之聚,州人之所须,取之市而足。然不可徒得也,必有一物以摄之,然后为己用。所谓一物者,'钱'是也。作文亦然。天下之事,散在经、子、史中,不可徒得。必有一物以摄之,然后为己用;所谓一物者,'意'是也。不得钱不可以取物,不得意不可以用事,此作文之要也。"这里以"钱"喻作者之意,以市场商店的各种货物喻诸书中所载之事,说明当时货币流通与商品经济发达对苏轼思想的影响之深。货币与商品的特点为自由流通,苏轼的论作文也不同于以前一般文论家的"宗经"、"征圣",他以自己个人的自由意态为主导而摄取经子史籍中材料为我所用。对于儒、道、佛等家学说,苏轼均结合自己的认识有所吸收与扬弃。他大力肯定贾谊、陆贽经世致用之学,这里有儒家的民本思想、法家的功利观念、纵横家的善析形势与辩说艺术等多种成分,而不满空洞说教。其《答王庠书》说:"儒者之病,多空文而少实用,贾谊、陆贽之学殆不传于世。"《乞校正陆贽奏议札子》高度评价陆贽及其文章为"智如子房而文则过,辩如贾谊而术不疏",以其为"聚古今之精英"而置之于《六经》、"三史"、"诸子百家"之上。对道佛两家,苏轼主要吸取其自然观念、通达态度以及某些思考、观察问题方法。《答毕仲举》云:"学佛老者,本期于静而达。"《和陶杂诗》之五云:"博大古真人,老子关尹喜。独立万物表,长生乃余事。"苏轼也受到诸家学说中某些消极因素影响;但宽广的学术渊源与思想境界,使他所揭橥的"道"与"理"中闪耀着异端光芒。

苏轼是欧阳修以后文坛领袖。他的诗、词、文、赋以至书法、绘画都达到时代的最高造诣。他的文学理论批评也表现出对艺术特征的更加重视,并多方面探索创作的规律,因而成为北宋最大的文论家。

有为而作

苏轼说"诗须要有为而作"(《题柳子厚诗》)。"有为而作"也就是"不能自已而作",是苏轼得之于其父苏洵而反复加以提倡的文艺口号。这里包括两层意思:一是强调创作必须是作者对客观事物有真实的感受而有把这种感受抒写出来的强烈冲动,是胸中充满勃郁激情的自然流露。那就是刘勰《文心雕龙·情采》"为情造文"之旨的发展。苏轼《南行前集叙》中云:

> 夫昔之为文者,非能为之为工,乃不能不为之为工也。山川之有云雾,草木之有华实,充满勃郁而见于外,夫虽欲无有,其可得耶?自少闻家君之论文,以为古之圣人有所不能自已而作者。……己亥之岁,侍行

适楚……而山川之秀美,风俗之朴陋,贤人君子之遗迹,与凡耳目之所接者,杂然有触于中,而发于咏叹。

"有为而作"的另一层意思是强调创作须有积极的目的与作用。那就是白居易《与元九书》"为时而著"、"为事而作"原则的进一步申述。苏轼《凫绎先生诗集叙》引述苏洵之说云:

> 先生之诗文,皆有为而作,精悍确苦,言必中当世之过。凿凿乎如五谷必可以疗饥,断断乎如药石必可以伐病。其游谈以为高,枝词以为观美者,先生无一言焉。其后二十余年,先君既没,而其言存。

文中明确地把文艺当作有益于人生的工具,而且把批判现实、揭露社会弊病当作发挥这种有益作用的首要任务。苏轼自己在这方面也是身体力行的,《乞郡札子》中自称:"臣屡论事,未蒙施行,乃复作为诗文,寓物托讽,庶几流传上达。"说明他一些文艺创作是有意识作为政论的继续,发挥其讽刺作用,尽管用了形象化手法。即使在他晚年远贬到岭南时期的《次子由诗相庆》仍豪迈地宣称:

> 《春秋》古史乃家法,诗笔《离骚》亦时用。但令文史还照世,粪土腐余安足梦!

表示要继承孔子作《春秋》、屈原赋《离骚》的传统,以诗文来褒贬是非、抒发感情,在社会上发挥光热,而个人得失是不值得介怀的。

苏轼注重文艺的社会作用,但眼光并不褊狭。例如关于李白之诗,强调"为时"、"为事"而著作的白居易曾说"索其风雅比兴,十无一焉"(《与元九书》);强调"文者礼教治政云尔"的王安石,相传对李白更有片面的看法(见下文引《春渚纪闻》)。苏轼的《李太白碑阴记》则称李白为"气盖天下",《书丹元子所示李太白真》更赞之为"麾斥八极隘九州",都以最大力量揭示其追求自由与反抗权贵的浪漫精神与积极意义。何薳《春渚纪闻》说:"李太白以天挺之才,自结明主,意有所疾,杀身不顾。王舒公言:'太白人品污下,诗中十句九句说妇人与酒。'至先生(指苏轼)作《太白赞》则云:'开元有道为可留,麾之不可矧肯求。'又'平生不识高将军,手污吾足乃敢嗔'。二公立论,正似见二公胸次也。"

又如陶渊明的《闲情赋》,倾写男女热烈感情,显示出这位田园诗人并非"浑身静穆"的一面。但《文选》的编者南朝梁昭明太子萧统却认为这是陶渊明的"白璧微瑕"(见萧统《陶渊明文集序》)而不予选录。苏轼的《题文选》则表示了不同的看法：

> 渊明《闲情赋》正所谓国风好色而不淫,正使不及《周南》,与屈、宋所陈何异? 而统乃讥之,此乃小儿强作解事者。

按在封建正统思想禁锢并不甚严的南朝,在颇有文学眼力的萧统手中,《闲情赋》还是遭到摈弃的命运。苏轼对它评价如此之高,尤见特识。

道可致不可求

苏轼《潮州韩文公庙碑》曾颂扬韩愈"文起八代之衰,而道济天下之溺",实际上他推重韩愈的主要是其"文",曾屡称韩文属于"集大成者"(见陈师道《后山诗话》),而在《韩愈论》中则批评韩愈:"然其论至于理而不精,支离荡佚,往往自叛其说而不知。"《中庸论上》中对有些儒者关于"道"的鄙塞或空泛之论尤为不满:"甚矣道之难明也! 论其著者,鄙滞而不通;论其微者,汗漫而不可考。其弊始于昔之儒者,求为圣人之道而无所得,于是务为不可知之文,庶几乎后世之以我为深知之也。"苏轼自己的论"道",就不拘儒学道统,内容更切合现实而范围扩大了。他还时常讲"理"与"物",与所谓"道"的涵义大略相同：

> 故世之言道者,或即其所见而名之,或莫之见而意之,皆求道之过也。然则道卒不可求欤? 苏子曰:道可致而不可求。……南方多没人,日与水居也。七岁而能涉,十岁而能浮,十五而能没矣。夫没者岂苟然哉! 必将有得于水之道者。日与水居,则十五而得其道;生不识水,则虽壮见舟而畏之。(《日喻》)

> 古之学道,无自虚空入者。轮扁斫轮,痀偻承蜩,苟可以发其智巧,物无陋者。聪若得道,琴与书皆与有力,诗其尤也。聪能如水镜以一含万,则书与诗当益奇。吾将观焉,以为聪得道深浅之候。(《送钱塘聪师闻复叙》)

> 物固有是理,患不知之,知之患不能达之于口与手。所谓文者,能达是而已矣。(《答虔倅俞括奉议书》)

不难看出,苏轼所讲的"道"和"理",意味着客观事物的规律,人们只有直接接触客观事物,不断实践、学习,才能掌握。实践的途径是宽广的,通过生活锻炼、生产劳动、文艺活动,都可以获得对事物规律性的一定程度的认识,诗歌创作如能从一个典型反映万象,其作者的规律性认识也就更加深刻。这些论说中,有《庄子》"善游者数能"(《达生》)、"得之于手应之于心,口不能言"等说的影响,但摒弃了庄说中的神秘性,对认识规律与表达认识的态度是积极的。

苏轼有时也很强调站高处远、冷静观察对于认识事物规律的作用。《朝辞赴定州论事状》说:"夫操舟者常患不见水道之曲折,而水滨之立观者常见之。何则? 操舟者身寄于动,而立观者常静故也。"这与《日喻》所说似有矛盾,实则相辅相成。观察事物,既需要不断实践,又需要冷静的头脑和客观的态度;两者结合,认识就更为全面深刻。他的《送参寥诗》则进一步论述这种认识事物方法对诗歌创作的重要意义。

> 退之论草书,万事未尝屏,忧愁不平气,一寓笔所骋。颇怪浮屠人,视身如丘井,颓然寄淡泊,谁与发豪猛。细思乃不然,真巧非幻影。欲令诗语妙,无厌空且静。静故了群动,空故纳万境。阅世走人间,观身卧云岭。咸酸杂众好,中有至味永。诗法不相妨,此语更当请。

韩愈的《送高闲上人序》认为张旭以草书著名,由于他有"喜怒窘穷"、"怨恨思慕"的种种不平之心,一寓于书,故其造诣精绝;可是高闲是一位僧徒,超然物外,颓然淡泊,于心无所动,于世无所嗜,他也能成为草书的名家,是否因为僧徒有"善幻多技能"的本领呢? 苏轼觉得韩愈这种推测有误。高闲、参寥子都是僧徒,一长于书法,一长于诗歌,他们那样的艺术技巧,是有真实基础的。接着他把佛家"空""静"观念作了夺胎换骨的改造,成为认识世界,涵蕴诗情的方法。按东晋僧肇的《物不迁论》与《不真空论》就力图论证一切事物看来似乎在变动着,其实是静止的;客观世界是不真实的,所以是空的。苏轼这里肯定了现实世界的丰富物质存在和客观事物都在运动之中,又认为作者必须使自己感觉与思维器官"空"与"静",即具有清明而远大的眼光、冷静与开阔的心胸,广泛经历世间的人事活动,又高处于纷扰的环境之上,才能充分加以认识。在此基础上产生的诗歌,如同多种美好食料加上调味品,意境深远而韵味隽永。这样的"佛法"与诗歌创作当然不相矛盾了。

"静观"(苏轼《赠钱道人》)之说,源出道家。《老子》云:"致虚极,守静笃"。《庄子·天道》云:"圣人之心静乎! 天地之鉴也,万物之镜也。"儒籍《荀子·解蔽》也有"虚壹而静"之说,要求排除杂念,精力专一,镇静不乱,使理性认识能够充分地发挥。刘勰《文心雕龙·神思》说:"陶钧文思,贵在虚静。疏瀹五藏,澡雪精神。"则以之论文学创作时的思维活动。唐刘禹锡更以禅学之"虚"论诗,其《秋日过鸿举法师寺院便送归江陵引》有云:"梵言沙门,犹华言去欲也。能离欲则方寸地虚,虚而万景入,入必有所泄,乃形乎词。"苏轼这种观念,是在他从中央朝廷被排挤出来历任好几个州的地方官吏时期逐步形成的。他增广了阅历,认真思考了社会人生问题,进行大量创作活动,从而得到理论启悟。其所论既渊源于前贤,更有自己的发展。他力图将"静"与"动","空"与"有",参与实践、深入体验与高瞻远瞩、进行理性思考结合起来。"阅世走人间,观身卧云岭"以及《书黄道辅品茶要录后》所标举的"学者观物之极而游于物之表,则何求而不得",都是辩证地阐说了两者的关系,以求取得客观事物深刻而全面的认识,以体现于文艺创作与学术研究。近代王国维《人间词话》有云:"诗人对宇宙人生,须入乎其内,又须出乎其外。入乎其内,故能写之;出乎其外,故能观之。入乎其内,故有生气;出乎其外,故有高致。"其论与苏轼之说相通。

崇尚自然,摆脱束缚与遵循规律

苏轼曾自评其文云:

> 文如万斛泉源,不择地而出,在平地滔滔汩汩,虽一日千里无难,及其与山石曲折,随物赋形而不可知也。所可知者,常行于所当行,常止于不可不止,如是而已矣,其他虽吾亦不能知也。(《文说》)

在《答谢民师书》中,他发挥了类似论点,实也为其自己创作之写照:

> 所示书教及诗赋杂文,观之熟矣。大略如行云流水,初无定质,但常行于所当行,常止于所不可不止,文理自然,姿态横生。

这是苏轼关于写作艺术的理论结晶,包含着多层意思。

苏轼要求创作有极大限度的自由。这首先是摆脱精神的枷锁,敢于直抒胸臆。《录陶渊明诗》云:"言发于心而冲于口,吐之则逆人,茹之则逆予,以谓宁逆人也,故卒吐之。"真情实感郁勃于胸,一吐为快,是自由抒写的思想基础。其二是形式上的解放。为了把作者的感受与认识充分表达出来,需要破除一切陈规旧套的障碍,像充沛的源泉随处能喷薄而出,像云水的飘浮流荡,随所变态,呈现异景。其三,创作的高度自由还须遵循一定艺术法则,以塑造鲜明生动的形象。客观事物是不依人们意志而存在的,如何自由运用各种艺术手段真实地再现它,也就存在严格的客观规律,必须遵从。"行云流水"还须"行于所当行","止于所不可不止","遇山石曲折,随物赋形而不可知也",受着客观规律的制约,不是作者主观所能臆定。所以这里的

"不可知"不存在神秘性。"随物赋形"一词,可能来自南齐谢赫绘画六法中的"应物象形"、"随类赋采",陆机《文赋》曾说:"其为物也多姿,其为体也屡迁。"刘勰《文心雕龙·物色》也有"体物为妙,功在密附","写气图貌,既随物以宛转"等说。苏轼言简意赅地概括为文艺写作的一种法则,其意相当于按照客观事物的本来风貌来塑造形象,它是自由与规律的统一。苏轼的《书吴道子画后》对此也有很好的论述:

> 道子画人物,如以灯取影,逆来顺往,旁见侧出,横斜平直,各相乘除,得自然之数,不差毫末,出新意于法度之中,寄妙理于豪放之外,所谓游刃余地、运行成风,盖古今一人而已。

艺术上的自由与创造以认识和遵循客观法则为基础,创作之活跃与解放以表现出深刻的规律性为条件。这样既如实地描绘出客观事物的形体状貌,也生动地表现出它的神情意态,寄寓着高远理想。这番画论,通于论文。

苏轼所最反对的,莫过于强迫以一种凝固的格式来束缚艺术的创造与发展了。"案其形模而出"(《送人序》),只能产生"千人一律"的令人"益庆"(《答王庠书》)的文风。《答张文潜书》云:

> 文字之衰,未有如今日者也,其源实出于王氏。王氏之文,未必不善也,而患在于好使人同己。自孔子不能使人同,颜渊之仁,子路之勇,不能以相移,而王氏欲以其学同天下!地之美者,同于生物,不同于所生。惟荒瘠斥卤之地,弥望皆黄茅白苇,此则王氏之同也。(《答张文潜书》)

这里并不是否定王安石的学术文章,而是不满他"好使人同己"的作风。以"未必不善"之"文"来强使大家与之雷同,尚且造成文坛学界的荒芜。大地之美在于万物生长各呈姿态,学术文艺之繁荣也在于各种流派风格的自由发展。这是苏轼的自然观,也是他的审美理想。

论辞达

苏轼在崇尚自然、语言文辞有充分表达自由的基础上,进一步发展了古代关于"辞达"的理论,而给予自己的解析。这里也表现出苏轼对于"文"的重视。他在《答谢民师书》中说:

> 孔子曰:"言之不文,行而不远。"又曰:"辞达而已矣。"夫言止于达意,即疑若不文,是大不然。求物之妙,如系风捕影,能使是物了然于心

者,盖千万人而不一遇也,而况能使了然于口与手者乎? 是之谓辞达。
辞至于能达,则文不可胜用矣。

按《论语·卫灵公》载有孔子"辞达而已矣"之说,一般对这句话大都是从"尚
质"的角度来理解的。《论语集解》引孔安国之说云:"凡事莫过于实,辞达则
足矣,不烦文艳之辞。"苏轼则将之与传为孔子"言之不文,行而不远"(见《左
传·襄公二十五年》)之论联系起来,推为修辞的极诣。他强调指出,作者能
够对客观事物特征有充分的认识而又能把它充分地表现描绘出来,这才是
"辞达"。这样的文辞自然是十分丰富多采的,达到了最高的水平。

苏轼的"辞达"说是与汉代扬雄的"艰深"论相对立的。扬雄曾模仿儒家
经典《易》与《论语》而作《太玄》、《法言》,使"观之者难知,学之者难成"(见
《汉书·扬雄传》)。他"少而好赋",但后又自悔,鄙薄赋体为"童子雕虫篆
刻","壮夫不为也"。并说:"如孔氏之门用赋也,则贾谊升堂,相如入室矣,
如其不用何?"又比屈原之作为"初则炳然,久则渝变"的"丹青",意谓不如
"圣人之书"的"久而益明"(见《法言·吾子》及李轨注》)。唐宋古文运动中有
模拟儒经与崇尚艰奥之一脉,颇承其绪,王禹偁、欧阳修均曾给予批判,而苏
轼的批评尤为尖锐:

> 扬雄好为艰深之辞,以文浅易之说;若正言之,则人人知之矣。此
> 正所谓"雕虫篆刻"者,其《太玄》、《法言》皆是类也,而独悔于赋,何哉?
> 终身雕篆而独变其音节,便谓之经,可乎? 屈原作《离骚经》,盖《风》、
> 《雅》之再变者,虽与日月争光可也,可以其似赋而谓之雕虫乎? 使贾谊
> 见孔子,升堂有余矣;而乃以赋鄙之,至与司马相如同科,雄之陋如此比
> 者甚众。(《答谢民师书》)

本文首先指出那些故作艰深之文者不过是以此来装饰其内容的浅薄而已,
深刻揭示这种文风的病根,从反面论证了辞达说的合理性。其二,文中驳斥
扬雄的片面宗经鄙赋观点,也接触到文评史上一桩重大公案。汉代刘安、司
马迁、王逸均曾给屈原《离骚》以高度评价,尊之为"经",谓之"义兼《风》、
《雅》",可与"日月争光"。汉代赋体勃兴,即沐楚骚余辉而成美文之大宗。
然自扬雄、班固已认为《离骚》中强烈批判精神与浪漫风格不合儒经,唐代儒
学与古文提倡者如王勃、李华、柳冕等更排斥屈原、宋玉的楚辞与枚乘、司马
相如的汉赋为"淫丽"而置于儒教对立位置。韩愈将《离骚》与司马相如、扬
雄之赋置于其"文统"系列,然未尝将屈原、贾谊列入"道统"。宋之柳开、石

介既尊崇扬雄之道，《楚辞》、汉赋自不在他们话下。现在苏轼再度高呼《离骚经》，肯定其为"《风》、《雅》之再变"，实为刘安等说的重申与发展；并推定"使贾谊见孔子，升堂有余矣"，说明孔子会当重用贾谊之赋，只是历史限制未及见到而已。这是在"道"与"文"两方面对屈原、贾谊及其辞赋作出最高评价，大胆地突破儒学传统，也反映他的辞达说并不是一味追求浅易的。苏轼对司马相如的评价是不高的。其《书相如大人赋后》说他："作《大人赋》，不过欲以侈言广武帝意耳。夫所谓大人者，相如孺子，何足以知之？若贾生《鵩赋》，真知大人者也。"由此可见苏轼为什么认为司马相如不得与贾谊"同科"，主要着眼于两人思想境界的高下，而并不是鄙视赋体。当然，扬雄的思想与文论也有其成就，苏轼对他一笔抹煞，也有片面性。

《左传·襄公二十五年》载孔子引《志》云："言以足志，文以足言。"认为语言文辞具有完成表达意志的职能。《庄子》中的《秋水》、《天道》则强调"言"、"意"、"物"之间存在矛盾。晋陆机《文赋》也说："恒患意不称物，文不逮意。"苏轼所谓"求物之妙，如系风捕影"云云，则是综合孔、庄、陆机等说而自出新意，既承认其间矛盾之存在，又展示了完美解决矛盾的前景，乃是传统"言意之辨"、"道"与"文"关系理论的重要发展。其《书李伯时山庄图》云："虽然，有道有艺。有道而不艺，则物虽形于心，不形于手。"公然确立艺术的独立地位，并肯定它在创作中的重要作用。这是从文艺创作实践中得来的甘苦之言，与那些重道轻文，或是以道代文的古文家或理学家的高论截然不同。成功的文艺创作，当然首先要求作者在创作之前对所描写的事物形象完整、真切、鲜明地"了然于心"，反映于脑际而浮现于眼前。这自然不是易事。然而艺术又有其特殊规律，需要长时期下苦功学习与实践去掌握，使妙手的塑造能力完全契合、适应于客观事物的形象特征。这更是非常难能可贵的。苏轼《文与可画筼筜谷偃竹记》的"胸有成竹"说便把创作中"形于心"至"形于手"的过程生动地表述出来：

> 竹之始生，一寸之萌耳，而节叶具焉。自蜩腹蛇蚹，以至于剑拔十寻者，生而有之也。今画者乃节节而为之，叶叶而累之，岂复有竹乎？故画竹必先得成竹于胸中，执笔熟视，乃见其所欲画者，急起从之，振笔直遂，以追其所见，如兔起鹘落，少纵则逝矣。与可之教予如此，予不能然也，而心识其所以然。夫既心识其所以然而不能然者，内外不一，心手不相应，不学之过也。故凡有见于中，而操之不熟者，平居自视了然，而临事忽焉丧之，岂独竹乎？

313

苏轼对于形象塑造，不单要求外貌的相像，更期望充分展示出事物的内在精神，并在此基础上他建立了"形似"与"神似"、"诗"与"画"辩证结合的艺术论。《书鄢陵王主簿所画折枝》云：

> 论画以形似，见与儿童邻。赋诗必此诗，定非知诗人。诗画本一律，天工与清新。边鸾雀写生，赵昌花传神。何似此两幅，疏淡含精匀。谁言一点红，解寄无边春？

意谓评论绘画徒凭形似，不能算是有艺术眼光的；作诗局限于原文而缺乏丰富联想，一定不是懂诗的人。诗画创作有其共同规律，都须自然工妙、生动而传神，在一枝红艳的描写中寄寓着无边春色。在本诗开头两句中似有轻视形似倾向，但据此而以为苏轼不要形似，主张画花不必像花，作诗不必切题，显然也与全诗之意不符。按"传神"之说，源出晋大画家顾恺之。苏轼有《传神记》云：

> 传神之难在目。顾虎头云："传形写影，都在阿睹中。……吾尝见僧惟真画曾鲁公，初不甚似。一日往见公，归而喜甚，曰：'吾得之矣。'乃于眉后加三纹，隐约可见，作俛首仰视眉扬颈蹙者，遂大似。

顾说见《世说新语·巧艺》。苏轼申述其旨，强调人物的神情意态是通过刻画其形态的最有特征部分而传达出来的。神似就寓于这样精微的形似之中，能神似也就更加形似了。南齐谢赫《绘画六法》第一条即为"气韵生动"。唐张彦远《历代名画记》云："今之画纵得形似，而气韵不生，以气韵求其画，则形似在其间矣。"这些画论与苏轼"天工与清新"诸说，都是要求形神兼备的。苏轼的《书竹石后》云：

> 与可论画竹木，于形既不可失，而理更当知；生死新老，烟云风雨，必曲尽真态，合于天造，厌于人意，而形理两全，然后可言晓画。

对于"形"与"理"（相当于"神"）关系的论说是颇为全面而辩证的了。

一般的说法，诗歌是述情志的，图画是写形貌的。而那些论画取貌遗神、作诗尚理而忽视形象的人，更陷于一偏。苏轼作为有多方面成就的文艺家，既看到诗画艺术规律的共同性，又注意综合利用两者的特殊性。他要求图画不是单纯地描绘事物形貌，而应具有深远意境，寓托作者志趣耐人寻味，如读诗歌；诗歌不是简单地抒写作者情志，而应塑造生动的形象，使读者有真切感受、丰富联想，如对图画。他从诗人兼画家王维的作品中看到了这种特色：

> 味摩诘之诗，诗中有画；观摩诘之画，画中有诗。(《书摩诘蓝田烟雨图》)

事实上古来艺术大师之作，不管是诗人或画家，所作的是咏景诗或写意画，都具有诗情画景交融的特色，苏轼曾反复加以总结：

> 少陵翰墨无形画，韩干丹青不语诗。(《韩干马》)
> 借君妙意写筼筜，留与诗人发吟讽。(《自题临文与可画竹》)
> 龙眠独识殷勤处，画出阳关意外声。(《书林次中所得李伯时归去来阳关二图后》)

汉代扬雄《法言·问神》就说过："言，心声也；书，心画也。"欧阳修《盘车图》云："古画画意不画形，梅诗咏物无隐情。忘形得意知者寡，不若见诗如见画。"就是把"诗"、"画"、"形"、"意"结合起来谈的。苏轼上述议论则更为丰满了。

主张多种艺术风格的自由发展与结合

苏轼论诗并尊李白、杜甫，《次韵张安道读杜诗》说："谁知杜陵杰，名与谪仙高。扫地收千轨，争标看两艘。"他自己所作也兼有现实与浪漫精神。至于"以文字为诗，以才学为诗，以议论为诗"(严羽《沧浪诗话》)，又与韩愈诗风相近。至其晚年，更极其赞赏陶渊明、柳宗元诗歌的淡远高致，还作有《和陶诗》一百二十首。其弟苏辙在《追和陶渊明诗引》中引用苏轼自己的话，说明他晚年的诗境和心境：

> 东坡先生谪居儋耳，寘家罗浮之下，独与幼子过负担度海，葺茅竹而居之，日啖薯芋，而华屋玉食之念不存于胸中。……书来告曰：古之诗人有拟古之作矣，未有追和古人者也。追和古人则始于吾。吾于诗人无所甚好，独好渊明之诗。渊明作诗不多，然其诗质而实绮，癯而实腴，自曹、刘、鲍、谢、李、杜诸人，皆莫及也。……然吾于渊明，岂独好其诗也哉？如其为人，实有感焉。渊明临终疏告俨等：吾少而穷苦，每以家弊东西游走，性刚才拙，与物多忤，自量为己，必贻俗患，黾勉辞世，使汝等幼而饥寒。渊明此语，盖实录也。吾真有此病，而不早自知，半生出仕，以犯世患，此所以深愧渊明，欲以晚节师范其万一也。

苏轼死于1101年；谪居惠州、儋耳(海南岛)，是1094年到1100年5月，这已是他人生的最后阶段。三十多年来,他一直沉浮于激烈的党争中,饱经忧患,流寓四方,这一次贬谪到海南,那真是穷乡僻壤之地,生活相当贫困,《答程全父推官》第三首说:"流转海外,如逃深谷,既无与晤语者,又书籍举无有,惟陶渊明一集、柳子厚诗文数册,常置左右,目为二友。"在他晚年这样的生活环境下,欲以陶渊明为师范,想就陶诗寻求寄托,"寄傲疑今是,求荣感昨非"(《集归去来诗》);"师渊明之雅放,和百篇之新诗"(《和陶归去来兮辞》);而在其《和陶咏三良》"仕宦岂不荣,有时缠忧悲,所以靖节翁,服此黔娄衣"等句中也可窥见他对陶渊明慕其人而爱其诗的会心所在。春秋秦穆公卒时以三位良臣为殉。陶渊明的《咏三良》曾以"君命安可违"来慨叹这一为人臣属的悲剧,苏轼的和诗更明白揭示仕宦求荣不免作统治者殉葬品的忧悲,指出陶渊明的甘居贫贱,实际上是争得自由之身,能保持独立人格。该诗中还说过:"杀身固有道,大节要不亏",仍表示出一种不辞为国捐躯的节概。这与陶渊明诗的平淡中自有豪放之致的精神风貌深相契合,故而苏轼的晚喜陶诗,正如他以前称颂李白的"气盖天下"一样,在和陶之作中也表现一种崇尚人格之独立与自由的精神力量。柳宗元贬谪时期所作诗歌,常在闲适中寓寄愤激忧愁之情,正如其《对贺者》所谓:"嘻笑之怒,甚乎裂眦;长歌之哀,过乎恸哭。庸讵知吾之浩浩,非戚戚之尤者乎!"苏轼对柳诗也有特殊会心。《评韩柳诗》云:"柳子厚诗在陶渊明下、韦苏州上,退之豪放奇险则过之,而温丽靖深不及也。所贵乎枯淡者,谓其外枯而中膏,似淡而实美,渊明、子厚之流是也。若中边皆枯淡,亦何足道。"《题柳子厚诗》之二云:"诗须要有为而作,用事当以故为新,以俗为雅。好奇务新,乃诗之病。柳子厚晚年诗,极似陶渊明,知诗病者也。"又有《书柳子厚南涧诗》云:"柳仪曹诗,忧中有乐,乐中有忧,盖妙绝古今矣。"这些都是从"中"、"边"两方面进行评说的。他的《书黄子思诗集后》更在赞扬陶、柳等诗风之余,对李白、杜甫之诗若有所憾,而于晚唐司空图《与李生论诗书》所标举的"咸酸之外"等说表示向往:

> 苏、李之天成,曹、刘之自得,陶、谢之超然,盖亦至矣。而李太白、杜子美以英玮绝世之姿,凌跨百代,古今诗人尽废;然魏晋以来高风绝尘,亦少衰矣。李、杜之后,诗人继作,虽间有远韵,而才不逮意。独韦应物、柳宗元发纤秾于简古,寄至味于淡泊,非余子所及也。唐末司空图崎岖兵乱之间,而诗文高雅,犹有承平之遗风,其论诗曰:"梅止于酸,盐止于咸,饮食不可无盐梅,而其美常在咸酸之外。"盖自列其诗之有得

于文字之表者二十四韵,恨当时不识其妙,予三复其言而悲之。

这番议论,当然也反映了苏轼晚年心情与艺术趣味的发展。他有感于自己前期所作雄放有余而余韵不足以及宋诗中直说过多而乏一唱三叹之致所带有的普遍性问题而发这样的感慨。朱熹《答巩仲至》说:"坡公病李、杜而推韦、柳,盖亦自悔其平时之作而未能自拔者。"但是苏轼主要还是企图吸取另一种手法来补充这一种艺术手法的不足,并非转为专尚平淡而否定雄奇,更不是他前期批判现实与积极浪漫精神的倒退。他在评韩柳诗时重申了"有为而作"之旨,对韩愈诗的豪放奇险仍持肯定态度,而指出"中边皆枯淡"者为不足称道。他晚年再三所标举的"质而实绮"、"癯而实腴"、"外枯中膏"、"似淡实美"、"发纤秾于简古"、"寄至味于淡泊",都反映他把淡妆浓抹多种表现手法结合起来的主张。

苏洵和苏辙

苏轼的文论,受到他父亲苏洵的影响。苏洵论文,强调"有为而作"的同时,重文而不拘于儒家道统。他在《上欧阳内翰第一书》中所谓"孟子之文,语约而意尽……韩子之文,如长江大河"等等,都是指他们文章的艺术和风格。苏洵擅写政论文,自言"著书无他长,及言兵事论古今形势,至自比贾谊"(《上韩枢密书》)。苏辙说他父亲"博观古今议论,而以陆贽为贤"(《陆贽》)。苏洵在《仲兄字文甫说》中,论述了风水相遭、自然成文之说:"二物者非能为文,而不能不为文也,物之相使而文出于其间也,故此天下之至文也。今夫玉非不温然美矣,而不得以为文;刻镂组绣,非不文矣,而不可与论乎自然。"他在这里强调了随物赋形、自然天成的艺术境界,这些论点当渊源于宋初田锡,并在苏轼的文论中有了进一步的发挥。

以气论文,始于曹丕,后来刘勰、韩愈对此都作了论述;轼弟苏辙进一步阐述了气与文的关系。其《上枢密韩太尉书》云:"辙生好为文,思之至深,以为文者气之所形,然文不可以学而能,气可以养而致。孟子曰:'我善养吾浩然之气。'今观其文,宽厚宏博,充乎天地之间,称其气之小大。太史公行天下,周览四海名山大川,与燕赵间豪俊交游,故其文疏荡,颇有奇气。此二子者,岂尝执笔学为如此之文哉!其气充乎其中,而溢乎其貌,动乎其言,而见乎其文,而不自知也。"他认为文是"气之所形","气充乎其中",文便见乎其外。故作家重在养气。养气一为内心修养,一为接触外物。孟子属于内修,司马迁属于外览。苏辙所论,则侧重于后者。他所谓孟子之文宽厚宏博,司马迁之文疏荡奇肆,主要都是指文章的风格气势,并特别强调了广阔的生活阅历对于激发志气与文气的作用。在历来论"气"诸说中是有其独特识见的。

张　　耒

苏轼乐于奖掖后进,文学史上有"苏门四学士"、"苏门六君子"之称。四学士是指黄庭坚、秦观、晁补之、张耒;六君子于上述四人外,再加上陈师道、李廌。他们的文章诗词和文学批评各有自己成就,表现苏门崇尚学术与创作自由的特色。

张耒(1052—1112)字文潜,楚州淮阴(今江苏靖江)人。熙宁进士,曾任太常少卿等职。有《柯山集》。其《赠李德载》评论苏轼、苏辙、黄庭坚、陈师道、秦观、晁补之文学创作的特征云:

> 长公波涛万顷海,少公峭拔千寻麓。黄郎萧萧日下鹤,陈子峭峭霜中竹。秦文倩丽若桃李,晁论峥嵘走珠玉。

这里真切地展示了他们作品的独特精神风貌,也生动反映出苏门中丰富多彩的审美取向。张耒的诗,据晁补之《题张文潜诗册》云:"君诗容易不着力,忽似春风开百花。"也是别具一格的。

张耒的文论,以"理达"为主,崇尚自然,源本苏轼而有着自己的见解:

> 自《六经》以下,至于诸子百氏,骚人辩士论述,大抵皆将以为寓理之具也。是故理胜者文不期工而工,理诎者巧为粉泽而隙间百出。……江河淮海之水,理达之文也,不求奇而奇自至矣。激沟渎而求水之奇,此无见于理,而欲以言语句读为奇之文也。《六经》之文,莫奇于《易》,莫简于《春秋》,夫岂以奇与简为务哉? 势自然耳。(《答李推官书》)

> 文章之于人,有满心而发,肆口而成,不待思虑而工,不待雕琢而丽者,皆天理之自然,而性情之道也。(《贺方回乐府序》)

> 盍观于语者乎? 直者文简事核而明,虽使妇女童子听之而喻;曲者枝词游说,文繁而事晦,读之三反而不见其情,此无待而然也。(《答汪信民书》)

这里肯定诸子著作以至屈原骚赋、纵横家说辞都寓有道理,是一种相当宽宏的识度。苏轼为文虽深有心契于《庄子》《战国策》,然还未遽谓其思想性之可以上继《六经》。张耒的以水喻文,揭示"奇变"之产生当"因其所适"(《答李推官书》)而合乎自然,理论上与苏轼的"辞达"等说有其渊源;但是,张论中在强调语言的明白通俗方面更有发挥,而其对文辞艺术锻炼作用的认识则显然不够了。

第五节 黄 庭 坚

黄庭坚(1045—1105),字鲁直,自号山谷老人,又号涪翁,分宁(今江西修水)人。治平进士。元祐时以校书郎为《神宗实录》检讨官,迁著作郎。他为苏门四学士之首,尤长于诗,至与苏轼并称而别树一帜,并由此而形成为江西诗派。有《山谷全集》《豫章黄先生文集》。南宋刘克庄《后村诗话》云:"元祐后,诗人迭起,一种则波澜富而句律疏,一种则锻炼精而情性远,要之不出苏、黄二体而已。"《江西诗派小序》说:"国初诗人,如潘阆、魏野,规规晚唐格调,寸步不敢走作;杨、刘则又专为昆体,故优人有挦撦义山之诮;苏、梅二子,稍变以平淡豪俊,而和之者尚寡;至六一、坡公,巍然为大家数,学者宗焉,然二公亦各极其天才笔力之所至而已,非必锻炼勤苦而成也。豫章稍后出,荟萃百家句律之长,穷极历代体制之变,搜猎奇书,穿穴异闻,作为古律,自成一家,虽只字半句不轻出,遂为本朝诗家宗祖。"于此可见黄庭坚的诗歌及其理论在宋诗发展中的重要位置,而江西诗派末流也由之产生片面追求形式技巧、模拟剽窃之弊。这里须补充刘说的是:黄庭坚论诗还有注意"性情"一面;而其论诗艺也还向往着自然浑成、不事雕琢的更高境界。

行要争光日月,诗须皆可弦歌

黄庭坚十分重视人的人格修养,他论诗文也常把作者的品格德行与诗文风格联系在一起。《再用前韵赠高子勉》四首之二、三有云:

> 行要争光日月,诗须皆可弦歌。
>
> 句法俊逸清新,词源广大精神。

《史记·屈原列传》评屈原的"志洁"、"行廉"云:"虽与日月争光可也。"《史记·

孔子世家》载："《三百五篇》孔子皆弦歌之。"黄庭坚以此两例来喻"行"与"诗"，反映他为人与作诗的志趣与标准。杜甫《春日忆李白》云："白也诗无敌，飘然思不群。清新庾开府，俊逸鲍参军。"以兼有庾信、鲍照的诗歌特色来赞美李白之诗，黄庭坚更指出兼具清新俊逸之美的词句来源于"广大精神"。其《跋李太白诗草》云："观此诗草，决定可知是胸中潇洒人也。"人品胸怀的飘然不群，也是创作思想的飘然不群。因之，黄庭坚常常告诫后学，道德品行的修养是从事创作的根本：

> 所寄文字，更觉超迈，当是读书益有味也。……然孝友忠信是此物根本，极当加意，养以敦厚纯粹，便根深蒂固，然后枝叶茂尔。（《与洪驹父》）

黄庭坚还非常注意创作中体现出作者的思想境界、人格力量以及由此产生的社会作用。《书嵇叔夜诗与侄榎》指出，通过嵇康超尘绝俗的诗风，可以想见其作者人品，也可涤除读者脸上、心头的尘垢俗秽：

> 叔夜此诗豪壮清丽，无一点尘俗气，凡学作诗者不可不成诵在心，想见其人。虽沈于世故者，暂而揽其余芳，便可扑去面上三斗俗尘矣。何况深其义味者乎！故书以付榎，可与诸郎诵取，时时讽咏以洗心忘倦。

《宿旧彭泽怀陶令》论陶潜（渊明）的怀抱与诗风云：

> 潜鱼愿深渺，渊明无由逃。彭泽当此时，沈冥一世豪。……岁晚以字行，更始号元亮。凄其望诸葛，抗脏犹汉相。时无益州牧，指挥用诸将。平生本朝心，岁月阅江浪。空余诗语工，落笔九天上。向来非无人，此友独可尚。

这里揭示陶潜为一世之豪，怀有诸葛亮般兴复故国的抱负，其翱翔青冥的凌云诗笔正是这种高风亮节的体现，而"尚发古人"的表态，黄庭坚的志趣也跃然纸上了。这样评价陶潜，为南宋辛弃疾"看渊明，风流酷似卧龙诸葛"（《贺新郎》）的先声。

黄庭坚论杜甫诗，首先突出其关注现实的精神和爱国思想。《潘子真诗话》载：

> 山谷尝谓余言：老杜虽在流落颠沛，未尝一日不在本朝，故善陈时事，句律精深，超古作者，忠义之气，感发而然。

范温《潜溪诗眼》载黄庭坚曾将杜甫《北征》与韩愈《南山》两首长篇名诗进行比较道：

> 若论工巧，则《北征》不及《南山》；若书一代之事，以与《国风》、《雅》《颂》相为表里，则《北征》不可无，而《南山》虽不作无害也。

他指出《北征》反映整个时代风貌，具有历史意义；《南山》虽文字工巧，未可与之相比。其《胡宗元诗集序》评胡诗云："其兴托高远，则附于《国风》；其忿世疾邪，则附于《楚辞》。后之观宗元诗者，亦以是求之。"也表示同样的批评眼光。

　　然而黄庭坚对诗歌所反映的情性与社会内容有自己的理解与规范。他强调诗歌创作应该本诸忠信笃敬的性格，坚持道义原则，将环境遭遇中的悲喜感情通过优游不迫的声调抒发出来，使作者自己胸怀得以排释，而对听者也有某种劝勉作用，让不同时代、地域的人们的生活景况与思想感情藉之交流。他认为这样的诗歌是合乎审美理想的，而反对在诗中发泄感情与使用语言过于激烈，造成人际关系的紧张与尖锐对抗。显然，这种宗旨对诗歌的批判性与战斗作用有所掩抑。其《书王知载朐山杂咏后》云：

> 诗者人之情性也，非强谏争于廷，怨忿诟于道，怒邻骂坐之为也。其人忠信笃敬，抱道而居，与时乖逢，遇物悲喜，同床而不察，并世而不闻，情之所不能堪，因发于呻吟调笑之声，胸次释然，而闻者亦有所劝勉，比律吕而可歌，列干羽而可舞，是诗之美也。其发为讪谤侵陵，引颈以承戈，披襟而受矢，以快一朝之忿者，人皆以为诗之祸，是失诗之旨，非诗之过也。故世相后或千岁，地相去或万里，诵其诗而想见其人，所居所养，如旦暮与之期，邻里与之游也。

黄庭坚这种文艺观念的形成，既根源于其一贯的人生观与美学观，当也与他在当时党争中的处境与心态有关。政治上黄庭坚站在苏轼一边，但感到新、旧两党激烈的磨擦与争斗并无益于国家与后人。其《题竹石牧牛》云："石吾甚爱之，勿遣牛砺角。牛砺角尚可，牛斗残我竹。"论者或谓此诗是对党争的讽谕。苏轼作政治讽刺诗而致迫害事，也给黄庭坚以深刻教训。其《答洪驹父书》云："《骂犬文》虽奇，然不作可也。东坡文章妙天下，其短处在好骂，慎勿袭其轨也。"该书作于崇宁二年(1103)，该年四月宋徽宗下诏禁毁苏轼、黄庭坚等人文集，形势是非常严峻的。不过在此事件的次年，即崇宁三年，黄庭坚作有《书磨崖碑》，热烈赞扬了元结《舂陵行》、杜甫《杜鹃》诗为"忠臣痛至骨"之作,对唐玄宗、肃宗、张后、李辅国等均有讥刺而词气慷慨,致有顾虑其涉嫌讥讽当朝者,事见王明清《挥麈后录》卷七。清方东树《昭昧詹言》卷十一云:"读韩公与山谷诗,如制毒龙,敛其爪牙横气于盂钵中,抑遏闷藏,不使外露,而时不可掩。"可见黄庭坚虽然力诚"强争怒骂",而其"横气"也有"不可掩"之时的。

拾遗句中有眼,彭泽意在无弦

黄庭坚论创作,非常重视法度的谨严,注意篇章结构的惨淡经营、字句的精心锻炼;然而他有其更高的要求,即达到自然浑成,也即自由地合于规律、平淡而意境深远的境界。

范温《潜溪诗眼》载:"山谷言文章必谨布置,每见后学,多告以《原道》命意曲折。《诗眼》接着体会其意以"概考古人法度",由此可知所谓"布置"也即"法度",为黄庭坚所反复致意的,有时则称为"绳墨":

> 文章之工难矣。而有左氏、庄周、董仲舒、司马迁、相如、刘向、扬雄、韩愈、柳宗元及今世欧阳修、曾巩、苏轼、秦观之作,篇籍具在,法度灿然,可讲而学也。(《杨子建通神论序》)

> 诸文亦皆好,但少古人绳墨耳,可更熟读司马子长、韩退之文章。凡作一文,皆须有宗有趣,终始关键,有开有阖,如四渎虽纳百川,或汇而为广泽,汪洋千里,要自发源注海耳。(《答洪驹父书》)

黄庭坚还好言"句法"、"句眼",那是"法度"的组成部分:

> 一洗万古凡马空,句法如此今谁工?(《题韦偃马》)

> 无人知句法,秋月自澄江。(《奉答谢公定与荣子邕论狄元规孙少述诗长韵》)

> 句法提一律,坚城受我降。(《子瞻诗句妙一世乃云效庭坚体盖退之戏效孟郊樊宗师之比以文滑稽耳》)

> 拾遗句中有眼,彭泽意在无弦。(《赠高子勉》四)

"一洗万古凡马空"出自杜甫《丹青引》,诗句格力雄健,为黄庭坚所推崇的句法榜样;"澄江净如练"出自谢朓《晚登三山还望京邑》,诗句意境清复,此借用以形容所向往的句法境界。杜甫《寄高十五书记》云:"美名人不及,佳句法如何?"当为黄庭坚句法理论的渊源。苏轼有时也讲句法:"遇物无情句法新。"(《次旧韵赠清凉长老》)"句法本黄子。"(《次韵范淳夫送秦少章》)黄庭坚论句法主要指诗句的构造方法,包括格律、语言的安排,也关系到诗句的艺术风格、意境、气势,所蕴涵的内容,是多角度、多层次的。

"句中有眼",是黄庭坚句法理论的创造。他的《题绛本法帖》云:"余尝评书字中有笔,如禅家句中有眼。"至于说杜甫诗句中有眼,则是指一句诗或一首诗中最精炼、最传神而又有空灵意趣的一个关键词,如人之有炯炯清眸,足以顾盼、照映全体。晋画家顾恺之云:"传神写照,正在阿堵中。"(《世说新语·巧艺》)具见眼睛的传神作用,而诗句的有眼,也即如绘画人物之点睛。黄庭坚曾说:"安排一字有神"(《荆南签判向和卿用予六言见惠次韵奉酬》)。有人问:"老杜诗如何是巧处?"但答之:"直须有孔窍,始得。"(《答秦少章帖》)这些也反映其"句眼"说的涵意。

"意在无弦",语本萧统《陶靖节传》:"渊明不解音律,而蓄无弦琴一张,每酒适,辄抚弄以寄其意。"李白《赠临洛县令皓弟》以之与《老子》的"大音希声"之旨相联系云:"大音自成曲,但奏无弦琴。"黄庭坚这里更用来形容陶潜之诗的意象超妙,纯出自然而不事雕琢,以与"句中有眼"的精心于字句锻炼者相对举,标志着诗歌创作两种境界。其《题意可诗》以庾信的"有意于为诗"与陶潜诗的"拙与放"相比,也是揭示两种不同层次的艺术造诣:

> 宁律不谐,不使句弱;用字不工,不使句俗,此庾开府之所长也。然有意于为诗也。至于陶渊明,则所谓不烦绳削而自合者。虽然,巧于斧斤者多疑其拙,窘于检括者辄病其放。孔子曰:"宁武子其智可及也,其愚不可及也。"渊明之拙与放,岂可为不知者道哉!

这里所举庾信有意识追求诗之字句的奇拗生硬与反庸俗作法,陈师道《后山诗话》发挥之云:"宁拙毋巧,宁朴毋华,宁粗毋弱,宁僻毋俗。"成为江西诗派后学循遵的创作准则。然而黄庭坚所更向往的则在"不烦绳削而自合"的境界。换言之,即"意在无弦",也即"句法简易而大巧出焉"、"无意于文""而意己至",他认为杜甫、韩愈后期的诗文,也达到了这样境界。

> 好作奇语,自是文章病,但当以理为主,理得而辞顺,文章自然出群拔萃。观杜子美到夔州后诗,韩退之自潮州还朝后文章,皆不烦绳削而自合矣。(《与王观复书》)
>
> 所寄诗多佳句,犹恨雕琢功多耳。但熟观杜子美到夔州后古律诗,便得句法简易,而大巧出焉,平淡而山高水深,似欲不可企及。文章成就,更无斧凿痕,乃为佳耳。(《与王观复书》二)

子美诗妙处乃在无意于文，夫无意而意已至，非广之以《国风》、《雅》、《颂》，深之以《离骚》、《九歌》，安能咀嚼其意味，阆然入其门耶？……彼喜穿凿者弃其大旨，取其发兴于所遇林泉人物草木鱼虫，以为物物皆有所托，如世间商度隐语者，则子美之诗委地矣。（《大雅堂记》）

这里的"理得"乃是指对物理、文理，也即对客观事物、文学创作规律的掌握。黄庭坚认为杜甫后期所以能够自由地运用创作规律，乃是广泛深入钻研《诗经》、《楚辞》等古代典范作品而有真切体会、得其门径的结果，当然还有待于"发兴于所遇"，自然地抒写感受。那也就是其《论作诗文》中所谓"作诗遇境而生，便自工耳"。

在上面所引文字中黄庭坚揭示了文艺创作的两个阶段。《答洪驹父书》所谓："文章最为儒者末事，然索学之，又不可不知其曲折，幸熟思之。至于推之使高，如泰山之崇崛，如垂天之云；作之使雄壮，如沧江八月之涛，海运吞舟之鱼，又不可守绳墨令俭陋也。"这是指出从第一阶段到第二阶段的发展。"妙在和光同尘，事须钩深入神。"（《赠高子勉》三）则是两个阶段的结合，精深构思锻炼与自然浑成的结合。"句中有眼"与"意在无弦"并举，也有两者对立统一的意思。

黄庭坚《次韵向和卿》云："觅句真成小技，知音定须绝弦。"（注："盖期之以远大者。"）尽管黄庭坚的诗学与江西诗派后学得力之处常在于"觅句小技"，在讲求句法、句眼方面有不少经验总结，也每为人所诟病。张戒《岁寒堂诗话》说："鲁直学子美，但得其格律耳。"魏泰《临汉隐居诗话》批评黄庭坚"专求古人未使之事，又一二奇字缀葺而成诗，自以为工，而实所见之僻也，故句虽新奇而气乏浑厚"。然而应该看到他论诗自有"期之以远大者"，即"意在无弦"与"无意于文"之境，故对"好作奇语"与"雕琢功多"转有所不满。金元好问《杜诗学引》云："窃尝谓子美之妙，释氏所谓学至于无学耳。""先东严君有言，近世唯山谷最知子美。"对黄庭坚《大雅堂记》中的论杜诗表示了特有心契。

"点铁成金"与"夺胎换骨"

"词意高胜，要从学问中来尔……作文字须摹古人，百工之技，亦无有不法而成者也。"（《论作诗文》）黄庭坚在《与徐师川书》、《跋书柳子厚诗》、《答洪驹父书》等文章中反复劝导人们熟读古书、揣摩古人作品作为诗文创作的借鉴。他还认为杜甫、韩愈诗文中词语都是渊源于前人之作的，同时总结了

如何活学活用前人作品的方法,即所谓"点铁成金"、"夺胎换骨":

> 自作语最难,老杜作诗,退之作文,无一字无来处;盖后人读书少,故谓韩、杜自作此语耳。古之能为文章者,真能陶冶万物,虽取古人之陈言入于翰墨,如灵丹一粒,点铁成金也。(《答洪驹父书》)

> 诗意无穷而人之才有限,以有限之才,追无穷之意,虽渊明少陵不得工也。然不易其意而造其语,谓之换骨法;窥入其意而形容之,谓之夺胎法。(见惠洪《冷斋夜话》卷一)

按杜甫、韩愈确是注重读书学古的。杜甫《奉赠韦左丞丈》自云:"读书破万卷,下笔如有神。"但杜、韩都强调创新。杜甫所谓"赋诗新句稳"(《长吟》)、"诗清立意新"(《奉和严中丞西城晚眺》),说明从语句到意蕴都是新创的。韩愈更揭示"惟古乎词必己出",独立创造意识十分鲜明。黄庭坚这里片面认定他们之作为"无一字无来处",不仅抹煞了杜、韩的创造性,也是对后人创造力的限制,造成对杜诗、韩文字字求出处与自己创作中处处掉书袋的风气,其理论失误是很严重的。

"点铁成金"之说或与梅尧臣、苏轼"以故为新"说有关联,然梅尧臣则以此作为达到平淡诗境的一种手法,苏轼则在"有为而作"前提下以此来反对刻意的"好奇务新"。黄庭坚《再次韵杨明叔小序》说:

> 盖以俗为雅,以故为新,百战百胜,如孙、吴之兵,棘端可以破镞,如甘蝇、飞卫之射,此诗人之奇也。

其意专在活用古人成语典故来追求字句的翻奇出新,与梅、苏等说的旨趣大相径庭了。按融化前人语言而再铸伟词,即所谓"化腐朽为神奇"的例子是有的,但不能作为普遍的创作规律。专靠废铁回炉,不无效益,但生产怎能发展呢?陈陈相因,神奇也不免蜕变为腐朽了。"夺胎换骨"说出自转述,意不甚明,揣其大旨当是指吸取化用或翻用前人作品中意蕴而加以丰富、扩充、改造,其精神与"点铁成金"说相通。金王若虚《滹南诗话》称黄庭坚此两说为"特剽窃之黠者耳",真是愤切之言了。

"听它下虎口着,我不为牛后人"(黄庭坚《赠高子勉》),他为诗是有超越前人雄心的,然而又时感力不从心。《与秦少章书》中说:"庭坚心醉于诗与楚词,似若有得,然终在古人后。"这也许与上述他的创作指导思想中的局限有关吧!

黄庭坚的诗文理论批评内容是丰富的,也有矛盾。他的"意在无弦"、

"无意于文"等说陈义甚高,学者难依;而其对诗文写作中"布置"、"法度"、"句法"、"句眼"等技法的讲求,并总结出一套如何吸取、借鉴、活用前人创作中成果的方法,比较具体,很符合许多学者的需要,江西诗派由之形成,江西诗派末流之弊也发端于此。江西派诗论在南宋更颇有发展,对其或褒或贬是南宋诗坛议论的中心话题之一。宋末元初方回《瀛奎律髓》推杜甫、黄庭坚、陈师道、陈与义为古今诗人的"一祖三宗",直到清代崇尚宋诗流派中还有不少溉沐江西余泽的,其影响是相当深远的。

第二章　南宋的诗文批评

　　北宋的文学革新运动中,欧阳修、王安石、苏轼诸大家已基本完成文论的建设任务;而宋诗道路的开拓,则在梅尧臣、欧阳修之后,经历苏轼、黄庭坚的高峰迭起而方兴未艾。南宋诗文批评家,更专注于诗论方面的建树。

　　南宋初期,苏、黄诗风靡一时,黄庭坚及其江西诗派的影响尤为显著。然而在政治激变、国难深重的历史条件下,江西派片面崇尚形式的理论和创作,日益引起人们的不足之感。

　　张戒的《岁寒堂诗话》,就首先以积极的态度,在这方面进行了批判。就是为江西诗派作宣传的吕本中,也继承黄庭坚的诗论而有所发展,并对黄氏及江西诗派的短处有所认识。大诗人陆游、杨万里等,初曾受到江西诗派的影响,终于突破樊篱,自成一家,在理论方面表现出他们自己的特色。姜夔的《白石诗说》也针对江西派的弊病,提出自己的意见。至于严羽的《沧浪诗话》,更正面开展了对江西诗派的批判和抨击。同时还有"四灵"和江湖诗派戴复古、刘克庄等也积极参加诗坛的争鸣。他们的理论倾向各有不同,而江西诗派的功过常是他们的中心议题之一;围绕着这一论争,又提出和探讨了一系列规律性问题,共同构成诗论发展史上的灿烂篇章。

第一节　吕本中和张戒

吕　本　中

　　吕本中(1084—1145),字居仁,寿州(今安徽寿县)人。绍兴进士,累官中书舍人,权直学士院。以直言敢谏、主张抗金而忤秦桧。有《东莱先生诗集》、《紫薇诗话》、《童蒙训》等。

吕本中是一位理学家,也以诗名。他虽未以江西派自居,但自言作诗得黄庭坚、陈师道句法。故刘克庄作《江西诗派小序》,列其名于宗派中。他作过《江西诗社宗派图》,自黄庭坚以下,列举陈师道、潘大临、谢逸、洪刍、饶节、僧祖可、徐俯、洪朋、林敏修、洪炎、汪革、李錞、韩驹、李彭、晁冲之、江端本、杨符、谢薖、夏倪、林敏功、潘大观、何觊、王直方、僧善权、高荷,合二十五人,以为法嗣,其《宗派图序》大略云:

> 唐自李杜之出,焜燿一世,后之言诗者,皆莫能及。至韩、柳、孟郊、张籍诸人,激昂奋厉,终不能与前作者并。元和以后至国朝,歌诗之作或传者,多依效旧文,未尽所趣。惟豫章始大出而力振之,抑扬反复,尽兼众体。而后学者同作并和,虽体制或异,要皆所传者一,予故录其名字,以遗来者。(关于图中二十五人及此序文,各本略有出入,此据《苕溪渔隐丛话·前集》)

在序文里,吕本中对李杜以后至北宋诸诗人,作了不恰当的贬抑,独于黄庭坚极力加以称道,俨然成为李杜以后振弊起衰的唯一大家。这显然是出于宗派的标榜,其所列举二十五人名单也不精审。故胡仔批评他“此图之作,选择勿精,议论不公”(《苕溪渔隐丛话·前集》)。曾季狸《艇斋诗话》则云:“东莱作《江西宗派图》,本无诠次,后人妄以为有高下,非也。予尝见东莱自言少时率意而作,不知流传人间,甚悔其作也。”然而,江西诗派之称则是他率先提出而为大家所接受的。

吕本中论诗,强调活法和悟入。所谓活法,是指作诗的一种方法,悟入为理解和掌握这种方法的门径。他在《夏均父集序》中说:

> 学诗当识活法。所谓活法者,规矩备具,而能出于规矩之外;变化不测,而亦不背于规矩也。是道也,盖有定法而无定法,无定法而有定法。知是者则可以与语活法矣。谢元晖有言:“好诗(疑脱‘流’字)转圆美如弹丸”,此真活法也。近世惟豫章黄公首变前作之弊,而后学者知所趣向,必(一作毕)精尽知,左规右矩,庶几至于变化不测。然余区区浅末之论,皆汉魏以来有意于文者之法,而非无意于文者之法也。

他要求作诗,既要重法,又要能活用其法。重法就能规矩备具,能活用又能摆脱规矩,自行变化,而终不背于规矩。这是法与活用的结合,其说渊源于黄庭坚,而又融合了苏轼的理论。苏轼论文,贵在"随物赋形",所谓"大略如行云流水,初无定质,但常行于所当行,常止于不可不止"(《答谢民师书》)。其义甚高,近于无定法。黄庭坚则矜言法度,强调准绳,偏于有定法。吕本中融合二说而成为他的活法论。他说过:"《楚辞》、杜、黄,固法度所在,然不若遍考精取,悉为吾用,则姿态横出,不窘一律矣。如东坡、太白诗,虽规摹广大,学者难依,然读之使人敢道,澡雪滞思,无穷苦艰难之状,亦一助也。"(《与曾吉甫论诗第一帖》)在这里正说明了由黄到苏的融合。

吕本中所讲的活法,主要是关于用字造句一方面的问题。《童蒙训》云:

> 前人文章各自一种句法。如老杜"今君起柂春江流,予亦江边具小舟";"同心不减骨肉亲,每语见许文章伯"。如此之类,老杜句法也。东坡"秋水今几竿"之类,自是东坡句法。鲁直"夏扇日在摇,行乐亦云聊",此鲁直句法也。学者若能遍考前作,自然度越流辈。

> 潘邠老言七言诗第五字要响。如"返照入江翻石壁,归云拥树失山村","翻"字、"失"字是响字也。五言诗第三字要响,如"圆荷浮小叶,细麦落轻花","浮"字、"落"字是响字也。所谓响者,致力处也。予窃以为字字当活,活则字字自响。

句法、句眼等等,是黄庭坚所津津乐道的,吕本中所论的内容,主要也在于此。俞成《萤雪丛说》卷上云:"文章一技,要自有活法;若胶古人之陈迹而不能点化其句语,此乃谓之死法。死法专祖蹈袭,则不能生于吾言之外;活法夺胎换骨,则不能毙于吾言之内。"他以为活法就是"夺胎换骨",所指未免过狭,但它与"夺胎换骨"之说,自是有联系的。

定法易于遵循,活法难于领会。要如何才能掌握活法的运用,吕本中提出了"悟入"之说。《童蒙训》云:"作文必要悟入处,悟入必自工夫中来,非侥幸可得也。"又《与曾吉甫论诗第一帖》云:"要之此事,须令有所悟入,则自然越度诸子。悟入之理,正在工夫勤惰间耳。如张长史见公孙大娘舞剑,顿悟笔法。如张者专意此事,未尝少忘胸中,故能遇事有得,遂造神妙;使他人观舞剑,有何干涉。非独作文学书而然也。"吕本中认为:诗人要掌握活法,必须从领悟中得来,而领悟又必须从勤学苦练的实践工夫中得来。一旦有悟,触类旁通,就可达到艺术技巧的神妙境界。正如他所说的"忽然有入,然后惟意所在,万变无穷"(俞成《萤雪丛说》引)。悟入虽有禅宗语意,但他压艺术实践来说明悟入之理,并没有故弄玄虚。

活法、悟入的原理,曾为江西派诗人以多种方式反复称说。陈师道云:"学诗如学仙,时至骨自换。"(《答秦少章》)韩驹云:"学诗当如初学禅,未悟且遍参诸方。一朝悟罢正法眼,信手拈出皆成章。"(《赠赵伯鱼》)曾几云:"学诗如参禅,慎勿参死句。……忽然毛骨换,政用口诀故。居仁说活法,大意欲人悟。"(《读吕居仁诗怀旧》)他们这些话,大同小异,而皆源出于黄庭坚。所谓学禅、参禅、法眼等等,表现出当时以禅语论诗的风气。

吕本中对于黄庭坚的句法,虽是推崇备至,但也指出他的短处:"鲁直诗有太尖新、太巧处,皆不可不知。"(《童蒙训》)他看到当日江西派的后学,徒斤斤于规矩之间,作品规摹狭小,缺少波澜,也表示不满。他批评说:"近世江西之学者,虽左规右矩,不遗余力,而往往不知出此,故百尺竿头,不能更进一步,亦失山谷之旨也。"(《与曾吉甫论诗第二帖》)因此,他劝人学李白、苏轼的诗,来挽救这种流弊。他所讲的活法、悟入,固然是重在形式技巧,但也注意到作品的内容和作用问题。他说过:"子曰:'兴于诗'。'诗可以兴,可以观,可以群,可以怨;迩之事父,远之事君,多识于鸟兽草木之名。'今之为诗者,读之果可使人兴起其为善之心乎?果可使人兴、观、群、怨乎?果可使人知事父、事君而识鸟兽草木之名之理乎?为之而不能使人如是,则如勿作。"(《夏均父集序》)又说:"或励精潜思,不便下笔;或遇事因感,时时举扬,工夫一也。古之作者,正如是耳。惟不可凿空强作,出于牵强,如小儿就学,俯就课程耳。"(《与曾吉甫论诗第一帖》),他在南渡前后民族危机严重的历史现实中,在流亡的生活实践中,写出了《兵乱后杂诗》、《柳州开元寺夏雨》、《连州阳山归路》一类优秀的富于现实意义的作品。从这些地方可以看出,吕本中作过《江西诗社宗派图》,推崇黄庭坚,倡活法、悟入之说,对江西诗派的形成和发展起了很大作用,但他也有超越于江西诗派的地方,已播下了后来陆游、杨万里、姜夔等对江西诗派反思的种子。

张　戒

张戒(生卒年不详),正平(今山西新绛)人。北宋宣和末年进士。南宋绍兴间,官司农少卿等职。论事切直,后因反对和议,被劾革职。他不以诗名而善于论诗,有《岁寒堂诗话》。宋人诗话,在兴起之初大都属于记述遗闻轶事,以及用事造语的考释和寻章摘句的批评。张戒之作,是比较具有思想体系的,为严羽《沧浪诗话》的前驱。

一、言志为本

张戒论诗,推演《诗大序》旨意,强调兴、观、群、怨的作用而以言志为本。他说:

> 建安陶、阮以前诗,专以言志;潘、陆以后诗,专以咏物;兼而有之者,李、杜也。言志乃诗人之本意,咏物特诗人之余事。古诗、苏、李、曹、刘、陶、阮,本不期于咏物,而咏物之工,卓然天成,不可复及,其情真,其味长,其气胜,视《三百篇》几于无愧,凡以得诗人之本意也。潘、陆以后,专意咏物,雕镌刻镂之工日以增,而诗人之本旨扫地尽矣。(《岁寒堂诗话》,以下所举皆同)

> 然诗者志之所之也。情动于中而形于言,岂专意于咏物哉!子建"明月照高楼,流光正徘徊",本以言妇人清夜独居愁思之切,非以咏月也,而后人咏月之句,虽极其工巧,终莫能及。渊明"狗吠深巷中,鸡鸣桑树巅",本以言郊居闲适之趣,非以咏田园,而后人咏田园之句,虽极其工巧,终莫能及。……后人所谓含不尽之意者此也。

张戒提出"言志乃诗人之本意",所谓"志",实当指诗歌作者的主体意识。按先秦的"诗言志"说至《诗大序》的"在心为志,发言为诗",都是概括人的思想感情来说的。自晋陆机倡"缘情"说,论者或将"志"与"情"歧而为二。张戒这里则更合"情"、"味"、"气"而言之。他说"咏物特诗人之余事",并非反对咏物,只是强调咏物应有兴托,能为抒发情志服务,如所举曹植、陶渊明等诗句即是如此。他所不满的,是潘岳、陆机以后那些专为咏物而咏物的作品。他认为言志咏物兼而有之的是李白和杜甫。他说:"至于李、杜,尤不可轻议。欧阳公喜太白诗,乃称其'清风明月不用一钱买,玉山自倒非人推'之句,此等句虽奇逸,然在太白诗中,特其浅浅者。鲁直云'太白诗与汉魏乐府争衡',此语乃真知太白者。……子美诗奄有古今,学者能识《国风》骚人之旨,然后知子美用意处,识汉魏诗,然后知子美遣词处,至于掩颜、谢之孤高,杂徐、庾之流丽,在子美不足道耳。"可见他所许于李、杜者,主要在于他们继承了《国风》、《离骚》和汉魏乐府的精神。

张戒在主张诗以言志为本的同时,又强调"思无邪"的重要意义。他认为在人的情志之中,总是有邪有正,诗人既能言志,又能无邪,才能符合《诗经》之本旨,才能发挥"兴观群怨"的作用。

> 孔子曰:"《诗》三百,一言以蔽之,曰思无邪。"世儒解释终不了。余

尝观古今诗人，然后知斯言良有以也。《诗序》有云："诗者志之所之也。在心为志，发言为诗，情动于中，而形于言。"其正少，其邪多，孔子删诗，取其思无邪者而已。自建安七子、六朝、有唐及近世诸人，思无邪者惟陶渊明、杜子美耳，余皆不免落邪思也。六朝颜、鲍、徐、庾，唐李义山，国朝黄鲁直，乃邪思之尤者。鲁直虽不多说妇人，然其韵度矜持，冶容太甚，读之足以荡人心魄，此正所谓邪思也。

张戒所讲的"思无邪"，要求很严格，指出自建安七子至宋世诸人，不落邪思的只有陶、杜二家，这自然是过于偏狭的。这里存在浓重的封建意识。但他所称赞杜甫的，一再以其心存国家、忧时爱民为言，可见其中更有着关怀社会现实和人民疾苦的重要的一面。

二、坚持杜甫方向，反对苏、黄习气

张戒论诗，于古代尊《国风》、《离骚》，汉魏晋代尊古诗、曹植、陶渊明，唐代尊李白、杜甫，而尤推重杜甫。他认为杜诗不但内容充实，而且形式优美，风格多样，非他人所能及。

王介甫只知巧语之为诗，而不知拙语亦诗也；山谷只知奇语之为诗，而不知常语亦诗也；欧阳公诗，专以快意为主；苏端明诗，专以刻意为工；李义山诗只知有金玉龙凤，杜牧之诗只知有绮罗脂粉，李长吉诗只知有花草蝶蜂，而不知世间一切皆诗也。惟杜子美则不然，在山林则山林，在廊庙则廊庙，遇巧则巧，遇拙则拙，遇奇则奇，遇俗则俗，或放或收，或新或旧，一切物，一切事，一切意，无非诗者。故曰"吟多意有余"，又曰"诗尽人间兴"，诚哉是言！

应该看到，王安石、黄庭坚、欧阳修、苏轼、李商隐、杜牧、李贺之诗，各有成就；张戒这里以偏概全，殊失片面。但他确也指出上述诸家诗中某种偏向，有其识见。张戒有力地强调了杜甫诗歌丰富多彩的特点，而他所最推重的，还在其中含蕴的远大社会理想、人道精神与批判现实精神。他认为这是杜诗真正价值所在，从而指出唐元稹《唐故工部员外郎杜君墓係铭序》之着眼于杜甫长篇排律的"铺陈排比"方面来肯定其优于李白，实非高明之论：

少陵在布衣中，慨然有致君尧舜之志，而世无知者，虽同学翁亦颇笑之，故浩歌弥激烈，沈饮聊自遣也。此与诸葛孔明抱膝长啸无异，读其诗可以想见其胸臆矣。

嗟夫，子美岂诗人而已哉！其云："彤庭所分帛，本自寒女出，鞭挞其夫家,聚敛贡城阙。"……又云:"朱门酒肉臭,路有冻死骨,荣枯咫尺异,惆怅难再述。"方幼子饿死之时,尚以常免租税、不隶征伐为幸,而思失业徒,念远戍卒,至于"忧端齐终南",此岂嘲风咏月者哉! 盖深于经术者也,与王吉、贡禹之流等矣。

　　杜子美、李太白才气虽不相上下,而子美独得圣人删诗之本旨,与《三百五篇》无异,此则太白所无也。元微之论李、杜,以为"太白壮浪纵恣,摆去拘束,摹写物象,诚亦差肩于子美,至若铺陈终始,排比声韵,李尚未能历其藩翰,况堂奥乎"。鄙哉! 微之之论也。铺陈排比,曷足以为李、杜优劣?

金元好问《论诗绝句》有云:"排比铺张特一途,藩篱如此亦区区。少陵自有连城璧,争奈微之识碔砆。"其批评观点,大概受到张戒前说的影响吧! 当然,无论元稹或张戒,对李白诗中浪漫精神之价值如苏轼所谓"气盖天下"者,认识都是颇为不足的。

基于对杜甫创作精神的这样认识,张戒批评黄庭坚的从"句法"上学习杜诗和吕本中所谓"活法"为未得真髓,其批评黄、吕虽未必全面,却击中了江西诗派末流的要害。

　　往在桐庐见吕舍人居仁,余问:"鲁直得子美之髓乎?"居仁曰:"然。""其佳处焉在?"居仁曰:"禅家所谓死蛇弄得活。"余曰:"活则活矣。……至于子美'客从南溟来'、'朝行青泥上'、《壮游》、《北征》,鲁直能之乎? 如'莫自使眼枯,收汝泪纵横,眼枯却见骨,天地终无情',此等句鲁直能到乎?"居仁沈吟久之曰:"子美诗有可学者,有不可学者。"余曰:"然则未可谓之得髓矣。"

　　鲁直学子美,但得其格律耳。

　　鲁直专学子美,然子美诗读之使人凛然兴起,肃然生敬,《诗序》所谓经夫妇、成孝敬、厚人伦、美教化、移风俗者也,岂可与鲁直诗同年而语耶?

基于诗以言志为本的宗旨,张戒强调"因情造文",认为作诗不从情意出发,只求用事押韵的精工,那就是"为文造情"。从而批评那种"以议论作诗"、"专以补缀奇字"为诗的风气为"苏黄习气",是对诗风的败坏:

　　苏、黄用事押韵之工,至矣尽矣,然究其实,乃诗人中一害,使后生只知用事押韵之为诗,而不知咏物之为工,言志之为本也,风雅自此扫地矣。

　　《国风》、《离骚》固不论,自汉魏以来,诗妙于子建,成于李、杜,而坏于苏、黄,余之此论,固未易为俗人言也。子瞻以议论作诗,鲁直又专以补缀奇字,学者未得其所长,而先得其所短,诗人之意扫地矣。段师教康昆仑琵琶,且遣不近乐器十余年,忘其故态,学诗亦然。苏、黄习气净尽,始可以论唐人诗,唐人声律习气净尽,始可以论六朝诗,镌刻之习气净尽,始可以论曹、刘、李、杜诗。《诗序》云:"情动于中而形于言,言之不足,故嗟叹之。"子建、李、杜,皆情意有余,汹涌而后发者也。刘勰云:"因情造文,不为文造情。"若他人之诗,皆为文造情耳。

在苏轼、黄庭坚诗风靡于文坛之际,张戒率先抨击苏黄习气所产生的流弊,可谓富有胆识,然而这里也反映他思想中的复古观念,并六朝词采、唐人声律等诗学新成果而一概否定之。再如所谓"以议论作诗",并没有违反言志抒情的本旨,《诗》《骚》及李白、杜甫的诗中也多有之,宋人特沿此发展。议论风发,何尝不是批判精神与浪漫意气的强烈表现。那些干巴空洞说教而无情韵者才味同嚼蜡。宋诗中确有存在此弊的,这又何尝是好的议论呢?张戒将"议论为诗"一概归诸于"为文造情",是并不恰当的。

三、贵含蓄,反浅露

在诗歌表现方法上,张戒崇尚含蓄,反对浅露,强调词婉意微的境界。

《国风》云:"爱而不见,搔首踟蹰,瞻远弗及,伫立以泣。"其词婉,其意微,不迫不露,此其所以可贵也。古诗云:"馨香盈怀袖,路远莫致之。"李太白云:"皓齿终不发,芳心空自持。"皆无愧于《国风》矣。杜牧之云:"多情却是总无情,惟觉尊前笑不成。"意非不佳,然而词意浅露,略无余蕴。元、白、张籍,其病正在此,只知道得人心中事,而不知道尽则又浅露也。后来诗人能道得人心中事者少尔,尚何无余蕴之责哉!

世言白少傅诗格卑,虽诚有之,然亦不可不察也。元、白、张籍诗,皆自陶、阮中出,专以道得人心中事为工,本不应格卑;但其词伤于太烦,其意伤于太尽,遂成冗长卑陋尔。比之吴融、韩偓俳优之词,号为格卑,则有间矣。若收敛其词,而少加含蓄,其意味岂复可及也。

白居易论诗,坚持《诗经》的风雅和杜甫的现实精神,强调兴寄、讽谕,要诗歌能担负起"补察时政、泄导人情"的使命。从这方面来说,他和张戒是大略相同的。故张戒对白居易以及元稹、张籍的不满,主要在于认为他们的作品写得过于浅露,缺少含蓄余蕴的韵味。含蓄本是诗歌的一种重要艺术特点。但如果不分清诗歌的对象和内容,把含蓄强调为作诗的唯一标准,那就必然贬低富于现实意义和强烈批判性的作品,这也涉及到创作思想的问题。

张戒在反对浅露的同时,就一再同"礼"联系起来。他说:"杨太真事,唐人吟咏至多,然类皆无礼。太真配至尊,岂可以儿女黩之耶?"特别对白居易《长恨歌》表示不满:

> 如《长恨歌》虽播于乐府,人人称诵,然其实乃乐天少作,虽欲悔而不可追者也。其叙杨妃进见专宠行乐事,皆秽亵之语。首云"汉皇重色思倾国,御宇多年求不得",后云"渔阳鼙鼓动地来,惊破霓裳羽衣曲",又云"君王掩面救不得,回看血泪相和流",此固无礼之甚。

> 往年过华清宫,见杜牧之、温庭筠二诗,俱刻石于浴殿之侧,必欲较其优劣而不能。近偶读温庭筠诗,乃知牧之之工,庭筠小子无礼甚矣。刘梦得《扶风歌》、白乐天《长恨歌》及庭筠此诗,皆无礼于其君者。庭筠语皆新巧,初似可喜,而其意无礼,其格至卑,其筋骨浅露,与牧之诗不可同年而语也。

在诗中描叙了帝王、妃子的儿女情态,讽刺他们的荒淫生活,均被张戒斥为"无礼之甚",并以反对浅露为名,贬低其作品的价值,在这里正反映出他的封建正统观念。张戒的喜言韵味情味,似乎是受了司空图的影响。他说:"陶渊明诗,专以味胜;曹子建诗,专以韵胜。""韦苏州诗,韵高而气清;王右丞诗,格老而味长。""随州诗韵度不能如韦苏州之高简,意味不能如王摩诘、孟浩然之胜绝。"其艺术旨趣,由此可见。张戒的尚含蓄、贵余韵,反对以议论奇字为诗,批判苏黄习气和江西诗派以及主张学古:"其始也学之,其终也岂能过之,屋下架屋,愈见其小。后有作者出,必欲与李、杜争衡,当复从汉魏诗中出尔。"显然给严羽《沧浪诗话》以深刻影响。严羽诗论自成体系,其构架迈越《岁寒堂诗话》;然而张戒在论"言志"而兼及"情真"、"味长"、"气胜"与阐发杜甫诗髓等方面的见解,则又是《沧浪诗话》所不及的。

第二节　陆游、杨万里和姜夔

陆　　游

陆游(1125—1210)是南宋时期最大的爱国诗人,他字务观,号放翁,山阴(今浙江绍兴)人,官至宝章阁待制,有《剑南诗稿》、《渭南文集》、《老学庵笔记》等。

陆游论诗,重在抒发悲愤,联系现实。创作的成就,固有赖于语言技巧的锻炼,而更重要的是生活的体验,这就是陆游所讲的"诗外工夫"。他初从江西诗派入,终于通过生活与创作实践而超越出来,形成他自己的诗风和理论。

陆游少时,私淑吕本中,后又从曾几学诗。其《吕居仁集序》云:"某自童子时,读公诗文,愿学焉。稍长,未能远游,而公捐馆舍。晚见曾文清公,文清谓某:'君之诗渊源殆自吕紫微,恨不一识面。'某于是尤以为恨。"又《追怀曾文清公呈赵教授赵近尝示诗》云:"忆在茶山听说诗,亲从夜半得玄机。常忧老死无人付,不料穷荒见此奇。律令合时方帖妥,工夫深处却平夷。人间可恨知多少,不及同君叩老师。"在这些诗文里,说明了他和江西诗派的渊源。

陆游中年时期在川陕一带从军的生活经历中,重新探索和领会了诗歌创作的道路,逐步摆脱江西诗派的框架,诗风起了很大的转变。他的《示子遹》说:"我初学诗日,但欲工藻绘。中年始少悟,渐若窥宏大。怪奇亦间出,如石漱湍濑。数仞李杜墙,常恨欠领会。元白才倚门,温李真自郐。正令笔扛鼎,亦未造三昧。诗为六艺一,岂用资狡狯。汝果欲学诗,工夫在诗外。"其中指出不仅但工词采为未曾窥见作诗之道,即笔力雄伟,也未必能达到诗的最高境界;专在诗歌艺术技巧上模拟雕琢是做不好诗的,重要的还当在诗外下工夫。陆游在《九月一日夜读诗稿有感走笔作歌》形象地描绘了自己中年在南郑一带从军的经历对创作所发生的决定性影响:

> 我昔学诗未有得,残余未免从人乞,力屏气馁心自知,妄取虚名有惭色。四十从戎驻南郑,酣宴军中夜连日,打球筑场一千步,阅马列厩三万匹,华镫纵博声满楼,宝钗艳舞光照席,琵琶弦急冰雹乱,羯鼓手匀风雨疾。诗家三昧忽见前,屈贾在眼元历历,天机云锦用在我,剪裁妙处非刀尺。世间才杰固不乏,秋毫未合天地隔,放翁老死何足论,《广陵散》绝还堪惜。

丰富的生活经历,使他体会到创作的宽阔途径。他的《题萧彦毓诗卷后》云:"法不孤生自古同,痴人乃欲镂虚空。君诗妙处吾能识,正在山程水驿中。"说明作诗必须多同外面的世界接触,多同社会生活接触,否则只是闭门觅句,终于是空无所有的。这是从他的生活和创作实践中得来的深刻教训。此外他又说：

> 诗岂易言哉！一书之不见，一物之不识，一理之不穷，皆有憾焉。
> （《何君墓表》）

> 诗首《国风》，无非变者，虽周公之《豳》亦变也。盖人之情，悲愤积
> 于中而无言，始发为诗，不然无诗矣。苏武、李陵、陶潜、谢灵运、杜甫、
> 李白，激于不能自已，故其诗为百代法。（《澹斋居士诗序》）

> 大巧谢雕琢，至刚反摧藏。一技均道妙，俛心讵能当。结缨与易
> 箦，至死犹自强。东山七月篇，万古真文章。天下有精识，吾言岂荒唐。
> （《夜坐示桑甥十韵》）

由此可见，读书、识物、穷理等等，都是属于他所说的"诗外工夫"的范
围。作诗应当是悲愤之情的抒发，而不是徒事形式雕琢。他的《何君墓表》
又道："大抵诗欲工，而工亦非诗之极也。锻炼之久，乃失本指，斫削之甚，反
伤正气。"说的也是这层意思。

陆游这种重视诗人的生活体验、人格修养而不满形式雕琢和模拟堆砌
的诗论，是南宋民族矛盾尖锐、爱国主义精神高涨时代的产物，是作者昂扬
的爱国热情和丰富的斗争生活相结合的产物，反映了这位伟大诗人如何经
历曲折道路而取得辉煌成就的过程和关键。由于陆游早年是向江西诗派学
习的，因之他这种对自己早年学诗历程和作诗方法的反思，也意味着对江西
诗派传统反思与突破。他所批判的"乞人残余"、"但工藻绘"、"锻炼之久"、
"斫削之甚"等等，正是江西诗派追求形式技巧所表现出来的某种有共同性
的偏向。

黄庭坚曾说："老杜作诗，退之作文，无一字无来处；盖后人读书少，故谓
韩、杜自作此语耳。"（《答洪驹父书》）这是对江西派诗人很有影响之论。陆
游对此所作批评极为深刻：

> 今人解杜诗，但寻出处，不知少陵之意，初不如是。且如《岳阳楼》
> 诗："昔闻洞庭水，今上岳阳楼。吴楚东南坼，乾坤日夜浮。亲朋无一
> 字，老病有孤舟。戎马关山北，凭轩涕泗流。"此岂可以出处求哉？纵使
> 字字寻得出处，去少陵之意益远矣。盖后人元不知杜诗所以妙绝古今
> 者在何处，但以一字亦有出处为工。如《西昆酬唱集》中诗，何曾有一字
> 无出处者，便以为追配少陵可乎？且今人作诗，亦未尝无出处，渠自不
> 知。若为之笺注，亦字字有出处，但不妨其为恶诗耳。（《老学庵笔记》

卷七）

陆游这段话，关于作诗论诗，都很有意义。作诗论诗，若只寻其字句的出处，那是一种舍本逐末的方法。陆游这些精辟的意见，不但击中了黄庭坚诗论的误区，而且对江西诗派的流弊，也作了中肯的批判。又苏轼《书黄鲁直诗后》云："鲁直诗文，如蝤蛑江瑶柱，格韵高绝，盘飧尽废，然不可多食，多食则发风动气。"陆游有《读近人诗》云："琢雕自是文章病，奇险尤伤骨气多。君看太羹玄酒味，蟹螯蛤柱岂同科。"也当是针对江西诗派某些作品的过于琢雕和追求奇险之病而发的。

吕本中论诗，喜言"活法"，曾云："谢元晖有言，'好诗转圆美如弹丸'，此真活法也。"（《夏均父集序》）陆游对此也表示不满之意。他有诗《答郑虞任检法见赠》云："文章要须到屈宋，万仞青霄下鸾凤。区区圆美非绝伦，弹丸之评方误人。"陆游深受江西诗派的影响，也深知其流弊，入室操戈，确能触及要害。

陆游对于文学批评的方法和态度也提出了有益的见解。例如《何君墓表》说："同此世也而盛衰异，同此人也而壮老殊，一卷之诗有淳漓，一篇之诗有善病，至于一联一句，而有可玩者，有可疵者，有一读再读至十百读乃见其妙者，有初悦可人意，熟味之使人不满者。"指出评价一位作家或其作品，不能浮光掠影，浅尝即止，抓住一点，便作结论；而应注意时代的演变及作者创作道路的发展，顾及全人、全卷、全篇，深入体味，具体分析。这是从他曲折的生活道路和丰富的创作经验中总结出来的精辟之见。

正因如此，陆游对于江西诗派的一些理论作了批判，并强调"诗外工夫"，但如果遽以为他全盘否定江西诗派和不要"诗内工夫"那是很大的误解。从其八十一岁所作《澹斋居士诗序》中，可以看到他对黄庭坚及近时"江西名家"表示敬意，称他们"例以党籍禁锢，乃有才名，盖诗之兴本如是。"在他八十二岁所作的《跋曾文清公诗稿》和八十四岁所作的《梦曾文清公》的诗篇中，仍表现出对曾几的仰慕深情。一方面他尊重曾几的学问和爱国品质，另一方面，他也很重视早年从曾几那里学来的锻炼字句的诗内工夫，在他后来的诗歌成就上所起的重要的作用。在他中年以后的作品中，也还可以看到这样的诗句：

　　我得茶山一转语，文章切忌参死句。（《赠应秀才》）
　　文章换骨余无法，学但穷源自不疑。齿豁头童方悟此，乃翁见事可

怜迟。(《示儿》)

　　六十余年妄学诗,工夫深处独心知。夜来一笑寒灯下,始是金丹换
骨时。(《夜吟》)

可见他对江西诗派的说法,既有批判,也有继承,其主要精神在于诗内工夫
和诗外工夫的结合。他还说过:"文章要法,在得古作者之意,意既深远,非
用力精到则不能造也。前辈于《左氏传》、《太史公书》、韩文、杜诗,皆熟读暗
诵,虽支枕据鞍间,与对卷无异,久之乃能超然自得。今后生用力有限,掩卷
而起,已十亡三四,而望有得于古人亦难矣。"(《杨梦锡集句杜诗序》)陆游在
强调诗人多同外界接触、丰富生活的同时,对于诗文要讲方法、要多向遗产
学习等等,也是很重视的。

杨　万　里

　　杨万里(1127—1206),字庭秀,号诚斋,吉水(今江西吉安)人。绍兴进
士,曾任秘书监等职。其诗与尤袤、范成大、陆游齐名,称为南宋四家。有
《诚斋集》、《诚斋诗话》。

　　杨万里作诗,经过了多次的变化。他在《荆溪集序》里,叙述其变化的过
程道:"予之诗始学江西诸君子,既又学后山五字律,既又学半山老人七字绝
句,晚乃学绝句于唐人;学之愈力,作之愈寡。……戊戌三朝,时节赐告,少
公事,是日即作诗。忽若有寤,于是辞谢唐人及王、陈、江西诸君子,皆不敢
学,而后欣如也。"他还说:"予少作有诗千余篇,至绍兴壬午七月皆焚之,大
概皆江西体也。"(《江湖集序》)他的诗是先自江西派入手,再学王安石和晚
唐,终而领悟到依傍古人是没有出路的,必须突破陈规,注重独创,才能自成
一家。他在这方面是有其成就的,严羽在《沧浪诗话》里,称他的诗为"诚
斋体"。

　　杨万里对江西派虽表示不满,但也并非全盘否定,始终还有所继承。他
六十岁以后,还增补吕本中的《宗派图》为《江西续派》,把江西派比作南宗
禅,写了《江西宗派诗序》、《江西续派二曾居士诗集序》、《送分宁主簿罗宠材
秩满入京》、《书黄庐陵伯庸诗卷》诸作。在他晚年的《诚斋诗话》里,也存在
着一些江西派的论点。至于他的创作,葛天民、周必大、刘克庄诸人,都称赞
他善于运用活法。刘克庄还把他补入江西宗派,以黄庭坚为禅学之初祖,称
他为临济德山(见《茶山诚斋诗选序》)。说明他并未与江西派绝缘。然而在

论述诗歌的作用和风味诸方面,杨万里表现出他自己的见解。

一、诗的作用

杨万里有《诗论》一篇,虽是专论《诗经》的,但从这里也反映出他对于一般诗歌的意见。在文章里,他着重论述了诗歌的教育作用和诗歌为何而作的重要问题。

> 天下之善不善,圣人视之甚徐而甚迫。甚徐而甚迫者,导其善者以之于道,矫其不善者以复于道也。……天下皆善乎? 天下不能皆善,则不善亦可导乎? 圣人之徐,于是变而为迫。非乐于迫也,欲不变而不得也。迫之者矫之也,是故有诗焉。诗也者,矫天下之具也。

他认为社会以及个人,都有善与不善的现象。善者要加以引导,使归于正途;不善者要加以纠正,使能改过迁善。诗歌就是矫正不善的工具。诗歌所以能成为矫正不善的工具,因为诗歌能反映人们的感情深处并发挥感染力量。他又说:

> 盖圣人将有以矫天下,必先有以钩天下之至情;得其至情,而随以矫,夫安得不从? 盖天下之至情,矫生于愧,愧生于众。愧,非议则安;议,非众则私。安,则不愧其愧;私,则反议其议。圣人不使天下不愧其愧、反议其议也,于是举众以议之,举议以愧之。则天下之不善者,不得不愧。愧斯矫,矫斯复,复斯善矣。此诗之教也。

要矫正不善,首先要了解人的思想感情,使人觉悟到不善的羞耻和惭愧;而羞愧之情的产生,主要依赖群众的批评和制约。如果没有批评,即使行为不善,他也不会感到羞愧,反而心安理得;如果批评不是来自群众,批评的意见不一定公正,很难得到效果。诗歌的重大意义,主要就在于它反映了来自群众对于社会不善现象的批评和讽刺,而能达到感染教育作用,这就是他所说的诗教。正因如此,他强调诗歌必须具有社会意义,为现实而作。

> 诗人之言,至发其君宫闱不修之隐慝,而亦不舍匹夫匹妇复关溱洧之过,歌咏文、武之遗风余泽,而叹息东周列国之乱,哀穷屈而憎贪谗。深陈而悉数,作非一人,词非一口,则议之者寡耶? 夫人之为不善,非不自知也,而自赦也。自赦而后自肆。自赦而天下不赦也,则其肆必收。圣人引天下之众,以议天下之善不善,此诗之所以作也。

《诗经》的价值,就在于其中多数作品,来自群众,不但歌颂文王武王的遗风余泽,更重要的是:对社会风俗中和统治者间的丑恶现象进行了讽刺。这是他关于《诗经》的论述中反映出来的对于诗歌的重要意见,从理论上阐述了诗歌的教育作用和诗歌与群众的密切关系,并且特别重视诗之反映现实和批判现实精神,都是很有识见的。

二、诗的表现方法

诗歌要达到感人的讽刺和教育作用,还应重视表现方法。杨万里在这方面,特别强调委婉含蓄,不要失之浅露。《诚斋诗话》云:

> 太史公曰:"《国风》好色而不淫,《小雅》怨诽而不乱。"《左氏传》曰:"《春秋》之称,微而显,忠而晦,婉而成章,尽而不污。"此《诗》与《春秋》纪事之妙也。近世词人,闲情之靡,如伯有所赋,赵武所不得闻者,有过之无不及焉,是得为好色而不淫乎? 惟晏叔原云:"落花人独立,微雨燕双飞。"可谓好色而不淫矣。唐人《长门怨》云:"珊瑚枕上千行泪,不是思君是恨君。"是得为怨诽而不乱乎? 惟刘长卿云:"月来深殿早,春到后宫迟。"可谓怨诽而不乱矣。近世陈克咏李伯时画宁王进史图云:"汗简不知天上事,至尊新纳寿王妃。"是得谓为微、为晦、为婉、为不污秽乎? 惟李义山云:"侍宴归来宫漏永,薜王沉醉寿王醒。"可谓微婉显晦、尽而不污矣。

杨万里认为诗歌的讽刺,要遵循《史记·屈原列传》所说"《国风》好色而不淫,《小雅》怨诽而不乱"的精神,要符合《左传》所揭示《春秋》的微婉隐晦、尽而不污的意旨方式。同样的内容,由于表现方法不同,形成各自的诗歌意境和艺术力量。他还列举系列实例加以说明:同样是描写宫怨,有的是怨而怒,有的是委婉曲折,意在言外。再如同样是讽刺玄宗娶杨玉环事,有的浅而露,有的婉而深。这些意见,虽是儒家传统诗教的"温柔敦厚"之说的发挥,但他却进一步地从诗歌的艺术特点,发展了诗味说的理论。

> 夫诗何为者也? 尚其词而已矣。曰:善诗者去词。然则尚其意而已矣。曰:善诗者去意。然则去词去意,则诗安在乎? 曰:去词去意,而诗有在矣。然则诗果焉在? 曰:尝食夫饴与荼乎? 人孰不饴之嗜也,初而甘,卒而酸。至于荼也,人病其苦也,然苦未既,而不胜其甘。诗亦如是而已矣。昔者暴公谮苏公,而苏公刺之,今求其诗,无刺之之词,亦不见刺之之意也。乃曰:"二人从行,谁为此祸?"使暴公闻之,未尝指我也,然非我其谁哉? 外不敢怒,而其中愧死矣。《三百篇》之后,

此味绝矣,惟晚唐诸子差近之。《寄边衣》曰:"寄到玉关应万里,戍人犹在玉关西。"《吊战场》曰:"可怜无定河边骨,犹是春闺梦里人。"《折杨柳》曰:"羌笛何须怨杨柳,春光不度玉门关。"《三百篇》之遗味,黯然犹存也。近世惟半山老人得之。(《颐庵诗稿序》)

杨万里认为诗歌的艺术特点,是要通过造词遣意,显示出弦外之音,令人感到一种含蓄不尽的风味。他以糖和茶为例,来说明这个问题。吃糖之初觉得甜,因无余味,终于酸。饮茶就不同了,开始觉其苦,因其余味不尽,苦未竟而终于甘。诗歌也应该如此。他强调《诗经》中的作品是有这种风味的,《诗经》以后,惟有晚唐人的诗,还略能保存这种遗风余韵。并举出"寄边衣"(按此为北宋贺铸《古捣练子》词)、"吊战场"(即陈陶《陇西行》)、"折杨柳"(按此为盛唐王之涣《凉州词》)三诗,来证明他的论点。正因如此,杨万里大力推尊晚唐的诗。在《颐庵诗稿序》、《黄御史集序》、《唐李推官披沙集序》、《周子益训蒙省题诗序》诸文里,反复说明了这一点。对于当代轻视晚唐诗的风气,他深表不满,感慨地说:"晚唐异味同谁赏,近日诗人轻晚唐。"(《读笠泽丛书》)晚唐以后,他觉得王安石(半山老人)的诗,还有一些这样的特点。他的推尊晚唐,和那些学习晚唐华靡之风者是有所不同的。因此可见,杨万里作诗,经过江西,再学王安石、学晚唐,终于推尊《诗经》,是有他自己的理论的。他有诗云:"受业初参且半山,终须投换晚唐间。《国风》此去无多子,关捩挑来只等闲。"(《答徐子材谈绝句》)说明了他学诗的历程。

杨万里从诗歌的艺术特点,强调风味,并认为讽刺文学不在于谩骂,而要采用婉曲尽情、意在言外的表现方法,使人能生自愧之情,终于改过迁善,这是有其精到之处的;但如果说《诗经》中的作品,都是采用了这种表现方法;不问讽刺对象,要求一切诗歌都采用这种表现方法,那也是不全面的,将会限制诗歌暴露丑恶、批判现实的作用。

三、脱略形似,崇尚独创

杨万里论诗,强调诗味,故轻形重神,反对墨守成规。他在《江西宗派诗序》里,论述了这一点:"东坡云:'江瑶柱似荔子。'又云:'杜诗似太史公书。'不惟当时闻者吭然,阳应曰诺而已,今犹吭然也。非吭然者之罪也,舍风味而论形似,故应吭然也。"专从形貌上说,江瑶柱当然不似荔子,杜诗也不似《史记》,但从风味来说,它们又是相似的。他认为论诗不要徒求形似,而必须求之于风味。徒求形似,必流于模拟;求其风味,始贵乎独创。贵乎独创并不是完全舍弃法则,而是既要掌握法则,又要能超然法外,正如他于该文中所说的："一其形,二其味;二其味,一其法也。"由此引申,他认为苏轼、李白的诗是"无待"的,杜甫、黄庭坚的诗是"有待而未尝有待"的,前者是"神于诗",后者是"圣于诗"。所谓"无待"、"有待",语本《庄子·逍遥游》。"待"意谓"凭藉"、"依靠"。《庄子》所说的"恶乎待"(即"无所待")是一种绝对自由的精神状态,其境界高于"有所待"。杨万里这里借以喻作诗的自由与法则,主要说明大诗人创作的最高之境是天然自得,不拘守成法。正因如此,他反对作诗依傍古人而为宗派所束缚。其《见苏仁仲提举书》云:

> 韦苏州之诗,天下之所同美也。客有效韦公之体以见公者,而公不悦;既而以己平生之诗见公,而公悦之。当其效人之诗体以求合于人,自以为巧矣,而其巧适所以为拙,则夫舍己以徇于人,与夫信己以俟于人,其巧拙未易以相过也。

所谓舍己徇人,就是依傍古人,走模拟的道路,结果弄巧成拙,是不会有什么成就的。他有诗云:"传派传宗我替羞,作家各自一风流。黄陈篱下休安脚,陶谢行前更出头。"(《跋徐恭仲省乾近诗》)又云:"问侬佳句如何法,无法无盂也没衣。"(《酬阁皂山碧崖道士甘叔怀》)"学诗须透脱,信手自孤高。衣钵无千古,丘山只一毛。"(《和李天麟》)在这些诗句里,不但说明他对于"法"的看法,更重要的是从他的创作实践中,反映出某种要求独创一格的觉悟。

姜　　夔

姜夔(约1155—约1221),字尧章,号白石道人,鄱阳(今属江西)人。屡试不第,终身未仕。能诗,尤以词名。有《白石道人歌曲》、《白石道人诗集》、《白石诗说》等作。他在《诗集自叙》中说:"近过梁溪见尤延之先生,问余诗自谁氏。余对以异时泛阅众作,已而病其骎如也,三熏三沐师黄太史氏,居数年,一语噤不敢吐,始大悟学即病,顾不若无所学之为得,虽黄诗亦偃然高阁矣。"可见他的诗也是学过黄庭坚的,但终于认识到"诗本无体,《三百篇》皆天籁自鸣,下逮黄初,迄于今人,异轨,故所出亦异";从而觉悟到"学即是病",乃摆脱黄诗的束缚,以独造为宗。他的诗论有自己的见解,尽管其中尚存在着江西派诗论的影响。他说过:"不知诗病何由能诗? 不观诗法何由知病?"又说过:"波澜开阖,如在江湖中,一波未平,一波已作。如兵家之阵,方以为正,又复为奇;方以为奇,忽复是正。出入变化,不可纪极,而法度不可乱。"（《白石诗说》）还说过"圆活"、"活法"、"句法"等等,都与黄庭坚、吕本中诸人所论相合。但其论诗的主要精神并不在于此。他虽不废法,并不为法所拘,而认为学诗作诗,必须超然法外,由学到悟,由工到妙,才能天然自得,才是诗的最高境界。

> 作者求与古人合,不若求与古人异。求与古人异,不若不求与古人合而不能不合,不求与古人异而不能不异。彼惟有见乎诗也,故向也求与古人合,今也求与古人异;及其无见乎诗已,故不求与古人合而不能不合,不求与古人异而不能不异。其来如风,其止如雨,如印如泥,如水在器,其苏子所谓不能不为者乎。余之诗盖未能进乎此也。(《诗集自叙》二)

这一段话是姜夔论诗方面很重要的见解。

求与古人合,是指墨守成规,以模拟为主,这是姜夔所最为反对的。他说:"一家之语,自有一家之风味,如乐之二十四调,各有韵声,乃是归宿处。模仿者语虽似之,韵亦无矣。鸡林其可欺哉!"(《白石诗说》)这种意见,一面是针对江西末流的弊病而发,同时也是从他自己学诗实践中得来的。他认为只从模拟中求与古人合,不是归宿之处,欲自成一家,必须摆脱依傍,自出机杼,所以"求与古人合,不若求与古人异",这是一种可贵的觉悟。他在《诗集自叙》中,谈到杨万里、范成大诸人论诗时说:"而诸公咸谓其与我合也。岂见其合者,而遗其不合者耶? 抑不合乃所以为合耶? 抑亦欲俎豆余于作者之间而姑谓其合耶? 不然何其合者众也?"可见他在诗歌创作方面求异的精神。

求与古人异固然优于求与古人合,但姜夔并不满意于此,他所追求、向往的是"不求与古人合而不能不合,不求与古人异而不能不异"的境界,这就是"其来如风,其止如雨"的自然境界,是苏轼《南行前集叙》所说"不能不为"、"充满勃郁而见于外"的境界。这种最高的境界,姜夔自认为他是没有达到的。求合求异,还是有见于诗,只能做到工的地步;必须由学到悟,才能无见乎诗,才能进入到不求合而合、不求异而异的妙境。所以他说:"文以文而工,不以文而妙,然舍文无妙,胜处要自悟。"又说:"只求工于句字,亦末矣。"(《白石诗说》)工在字句、法度之间,妙在字句、法度之外,工是有见乎诗,妙是无见乎诗。所谓"胜处要自悟",就是要领悟于字句、法度之外的妙境,也就是无见乎诗的妙境。因此,姜夔提出了诗的"四种高妙"之说。

> 诗有四种高妙:一曰理高妙,二曰意高妙,三曰想高妙,四曰自然
> 高妙。碍而实通,曰理高妙;出自意外,曰意高妙;写出幽微,如清潭见
> 底,曰想高妙;非奇非怪,剥落文采,知其妙而不知其所以妙,曰自然高
> 妙。(《白石诗说》)

这些论点的主要精神是要求诗歌创作应该要精思独造,天然自得,具有辞意
俱不尽的余味。他所说的"沉著痛快,天也";"句意欲深、欲远,句调欲清、欲
古、欲和";"意中有景,景中有意";"句中有余味,篇中有余意,善之善者也"
等等(《白石诗说》),都是这方面的说明。

张戒和姜夔同样反对大发议论、堆砌典故、雕琢文字的诗风,同样强调
含蓄的风格,但两人的救弊方法颇有不同。张戒是以言志为本要求诗歌重
视美刺的内容和兴观群怨的社会作用,而姜夔则着重在艺术探讨方面。他
并不反对诗歌中说理,认为"诗"与"理"是"碍而实通",也不片面反对用事,
重要的是说理、用事须有高妙的艺术手法。他还说:

> 难说处一语而尽,易说处莫便放过;僻事实用,熟事虚用;说理要简
> 切,说事要圆活,说景要微妙。
> 学有余而约以用之,善用事者也;意有余而约以尽之,善措辞者也;
> 乍叙事而间以理言,得活法者也。
> 人所易言,我寡言之;人所难言,我易言之,自不俗。
> 篇终出人意表,或反终篇之意,皆妙。
> 雕刻伤气,敷衍露骨。若鄙而不精巧,是不雕刻之过;拙而无委曲,
> 是不敷衍之故。
> 大凡诗自有气象、体面、血脉、韵度。气象欲其浑厚,其失也俗;体
> 面欲其宏大,其失也狂;血脉欲其贯穿,其失也露;韵度欲其飘逸,其失
> 也轻。(《白石诗说》)

他在这里所谈的都是一些关于立意、措辞、用事和风格诸方面的问题,颇能
切合诗歌的艺术特点。《白石诗说》大都是论述作诗的方法,所以他说:"《诗
说》之作,非为能诗者作也,为不能诗者作,而使之能诗,能诗而后能尽吾之
说,是亦为能诗者作也。虽然,以吾之说为尽,而不造乎自得,是足以为能诗
哉!"(《白石诗说》)这些话是颇为真实的。

姜夔的诗论,在诗歌艺术的探索方面,是有其特色的;但也有其片面性,
例如很少接触诗歌与社会现实关系及其思想内容。他比较着重强调清空淡

远的意境,倡自悟、高妙之说,同后来严羽的理论是很为接近的。清初倡神韵说的王士禛,在大力推崇严羽的同时,对姜夔的诗歌创作和理论,也一再表示欣赏(见《渔洋诗话》、《香祖笔记》及《跋白石道人诗集》),可见他们在文艺思想方面的联系。

第三节　朱熹和理学家的文学观

　　理学也称道学,是宋代新起的儒家学派,继承孔、孟的道统,宣扬义理性命之学。其代表人物有周敦颐、邵雍、张载、程颢、程颐诸人,至朱熹集其大成,建立一个完整的哲学体系。

　　理学家一般说来是重道轻文,甚至排斥文艺创作的。然而,他们有时也认识到诗歌在吟咏性情方面的作用,并承认文章艺术有一定地位。特别是朱熹,他有很高的文学修养,在评论作家、作品时发表过若干精到的见解。

周敦颐的文以载道说

　　宋初的柳开、石介,论文强调道统,已开理学家论文的先声。至周敦颐,正式提出了“文以载道”之说。周敦颐(1017—1073)字茂叔,湖南道县人。程颢、程颐曾向他问学,朱熹著《伊洛渊源录》,即以周为首,故世以周为宋代理学的创始人。其哲学著作有《太极图说》、《通书》等。

　　周敦颐在《通书·文辞》中说:

　　　　文所以载道也,轮辕饰而人勿庸,徒饰也,况虚车乎?文辞艺也,道德实也。笃其实而艺者书之,美则爱,爱则传焉。贤者得以学而至之,是为教。……不知务道德而第以文辞为能者,艺焉而已。噫,弊也久矣。

“文以载道”之说,就是要求文辞为道德服务。他认为只要载的是道,美丽的文辞还是有用处的,因为它可以吸引人们的喜爱,有利于道的传播。他所不满意的,是那些“不知务道德而第以文辞为能”的人。“圣人之道,入乎耳,存乎心,蕴之为德行,行之为事业,彼以文辞而已者,陋矣。”(《通书·陋》)周敦颐虽强调载道,但并不废文;到了程颐,进一步提出"作文害道"之说。

程颐的作文害道说

程颐(1033—1107),字正叔,洛阳(今属河南)人。与兄程颢为北宋理学大家,后世并称二程。他们的著作经后人合编为《河南程氏遗书》及《外书》。《遗书》卷十八中载程颐说:

> 问作文害道否?曰:害也。凡为文不专意则不工,若专意则志局于此,又安能与天地同其大也。《书》云:"玩物丧志",为文亦玩物也。吕与叔有诗云:"学如元凯方成癖,文似相如始类俳。独立孔门无一事,只输颜氏得心斋。"此诗甚好。古之学者惟务养情性,其它则不学。今为文者专务章句,悦人耳目;既务悦人,非俳优而何?……人见《六经》便以为圣人亦作文,不知圣人亦摅发胸中所蕴自成文耳。所谓"有德者必有言"也。曰:游、夏称文学何也?曰:游、夏亦何尝秉笔学为词章也。且如"观乎天文以察时变,观乎人文以化成天下",此岂词章之文也!

他这里把道和文、道德修养和文章写作对立起来,得出作文害道的结论。他还把"文章之学"与"儒者之学"加以区别,只推崇后者而否定前者,《遗书》卷十八载他的话道:"古之学者一,今之学者三,异端不与焉:一曰文章之学,二曰训诂之学,三曰儒者之学。欲趋道,舍儒者之学不可。""今之学者有三弊:一溺于文章,二牵于训诂,三惑于异端。苟无此三者,则将何归?必趋于道矣。"基于这种观点,他对于杜甫与韩愈也表示了轻蔑的态度。

> 某素不作诗,亦非是禁止不作,但不欲为此闲言语。且如今言能诗,无如杜甫。如云:"穿花蛱蝶深深见,点水蜻蜓款款飞",如此闲言语,道出做甚?(《遗书》卷十八)
>
> 退之晚来为文,所得处甚多。学本是修德,有德然后有言,退之却倒学了。(同上)

程颐认为世上只有一种真正该学的学问,那就是"理学",他要求学者都要学"道",都要做"圣贤",圣人有了"道","摅发胸中所蕴",便能自然成"文"。如果专去求文章之工,那就是舍本逐末,有害于"道",而成为玩物丧志,成为俳优,都是可鄙的。正因如此,他笑杜诗为"闲言语",评韩愈为"倒学了"。按韩愈等古文家虽也很强调"道"而重视文章的思想内容,同时又非常注重其

347

艺术特征,而倾注其很大精力于"文"。理学家则以为,"文"只是"道"的附庸,而且成为累害,因而批评古文家的处理文道关系为本末倒置。然而,二程也是承认诗歌在涵养德性方面的作用及其感发意志的力量的。

　　　　诗可以兴,某自再见茂叔后,吟风弄月以归,有"吾与点也"之意。(《二程遗书》卷三)

　　　　兴于诗者,吟咏性情,涵畅道德之中而歆动之,有"吾与点"之气象。(《二程外书》卷三)

据《论语·先进》,孔子学生曾点曾自述其志愿云:"莫春者,春服既成,冠者五六人,童子六七人,浴乎沂,风乎舞雩,咏而归。"孔子听了"喟然叹曰:'吾与点也!'"表示十分赞同。曾点所述优游的人生境界富有诗意,反映一种审美情趣。这样,"吟风弄月"、"吟咏性情"也便属于诗"可以兴",而有益于道德修养了。

朱　熹

　　朱熹(1130—1200),字元晦,号晦庵,婺源(今属江西)人,绍兴进士,官至宝文阁待制。晚年退居福建讲学,著作很多,有《朱子大全》、《朱子语类》等。宋代理学,至朱熹集其大成,发展了二程的理气学说,建立了完整的思想体系,在宋儒中,朱熹的学问最称渊博,也富于文学修养,对于经学、史学、文学、乐律各方面,都有不同程度的贡献。

一、道文合一

　　朱熹论文,继续发挥了周敦颐、程颐诸人重道轻文的观点,但他在具体论述上又有不同于他们的地方。周敦颐说"文以载道",程颐说"作文害道",朱熹则倡"文道一贯"之说,强调文道的统一。他说:"若曰惟其文之取,而不复议其理之是非,则是道自道、文自文也。道外有物,固不足以为道;且文而无理,又安足以为文乎?盖道无适而不存者也,故即文以讲道,则文与道两得而一以贯之,否则亦将两失之矣。"(《与汪尚书》)又说:"道者文之根本,文者道之枝叶,惟其根本乎道,所以发之于文者皆道也。三代圣贤文章皆从此心写出,文便是道。"(《语类》一三九)道为文的根本,文乃道的枝叶,根本与枝叶本为一体,故道与文也为一体,是不能分开的。他强调道外无物,也就是强调道外无文。他坚决反对道自道、文自文的看法。在这里正表现出理学家和古文家对这一问题的很大分歧。古文家认为文可以明道、贯道,但文仍然是文,朱熹以为这种看法,患了道自道、文自文的错误。因此他对李汉所说的"文者贯道之器"和欧阳修、苏轼所说的"文与道俱"之说,都进行了批判。他说:"这文皆是从道中流出,岂有文反能贯道之理。"(《语类》卷一三九)"三代圣贤文章皆从此心写出,文便是道。今东坡之言曰"吾所谓文,必与道俱",则是文自文而道自道,待作文时旋去讨个道来入放里面,此是它大病处。"(同上。按,"吾所谓文,必与道俱"两句,原出苏轼《祭欧阳文忠公文》,系欧阳修对苏轼说的话)

朱熹论文以"道"为本,有时以"理"释"道",有时又称为"义理",意义大略是相同的。他说过:"凡有形有象者皆器也,其所以为是器之理者则道也。"(《答陆子静》)因之他所谓"文从道中流出",也就是从理中流出。

> 古之圣贤所以教人,不过使之讲明天下之义理,以开发其心之知识,然后力行固守,以终其身。而凡其见之言论,措之事业者,莫不由是以出,初非此外别有歧路可施功力,以致文字之华靡,事业之恢宏也。(《答巩仲至》)

> 贯穿百氏及经史,乃所以辨验是非,明此义理,岂特欲使文词不陋而已。义理既明,又能力行不倦,则其存诸中者,必也光明四达,何施不可?……今执笔以习研钻华采之文,务悦人者,外而已,可耻也矣。(《语类》卷一三九)

他认为人们只要能修道明理而又能力行不倦,文便可从此中流出;如果舍此而求文,徒以悦人耳目,那是可耻的行径。他又说:"今人不去讲义理,只去学诗文,已落第二义。"(《语类》卷一四〇)

基于这样的观点,朱熹不但批评古文家是所谓道自道、文自文,而且也进一步认为他们实际上于道并无所得。他说:"世之业儒者既大为利禄所决溃于其前,而文辞组丽之习,见闻掇拾之工,又日夜有以渗泄之于其后,使其心不复自知道之在是,是以虽欲慕其名而勉为之,然其所安终在彼而不在此也。"(《答杨子顺》)这里讥讽古文家实际上并不懂得真正的"道",为利禄所诱而追求文辞,表面还要以"道"相标榜。这样使古文家的"明道"、"贯道"之论丧失了依据。从这一点看来,朱熹认为古文与时文并没有什么分别。"所喻学者之害莫大于时文,此亦救弊之言。然论其极,则古文之与时文,其使学者弃本逐末,为害等尔。"(《答徐载叔》)古文家本来是以反对时文起家的,而且又是举"文以明道"作为旗帜的,到了朱熹,从这两方面都把他们否定了。正因如此,他对韩愈、柳宗元、欧阳修、苏洵、苏轼这些古文名家,都表示了不满:

> 东京以降,迄于隋唐,数百年间,愈下愈衰,则其去道益远,而无实之文亦无足论。韩愈氏出,始觉其陋,慨然号于一世,欲去陈言以追《诗》、《书》六艺之作,而其弊精神、磨岁月,又有甚于前世诸人之所为者。然犹幸其略知不根无实之不足恃,因是颇溯其源而适有会焉,于是《原道》诸篇始作。而其言曰:"根之茂者其实遂,膏之沃者其光晔,仁义之人,其言蔼如也。"其徒和之,亦曰:"未有不深于道而能文者。"则亦庶几其贤矣。然今读其书,则其出于诐谀戏豫放浪而无实者,自不为少。若夫所原之道,则亦徒能言其大体,而未见其有探讨服行之效,使其言之为文者,皆必由是以出也。故其论古人,则又直以屈原、孟轲、马迁、相如、扬雄为一等,而犹不及于董、贾,其论当世之弊,则但以词不己出而遂有神狙圣伏之叹。至于其徒之论,亦但以剽掠僭窃为文之病,大振颓风,教人自为为韩之功,则其师生之间,传受之际,盖未免裂道与文以为两物,而于其轻重缓急本末宾主之分,又未免于倒悬而逆置之也。自是以来,又复衰歇数十百年,而后欧阳子出。其文之妙,盖已不愧于韩氏。而其曰"治出于一"云者,则自荀、扬以下皆不能及,而韩亦未有闻焉,是则疑若几于道矣。然考其终身之言与其行事之实,则恐其亦未免于韩氏之病也。抑又尝以其徒之说考之,则诵其言者,既曰"吾老将休,付子斯文"矣,而又必曰"我所谓文,必与道俱"。其推尊之也,既曰"今之韩愈"矣,而又必引夫"文不在兹"者,以张其说。由前之说,则道之与文,吾不知其果为一耶为二耶? 由后之说,则文王、孔子之文,吾又不知其与韩、欧之文,果若是其班乎否也? 呜呼,学之不讲久矣,习俗之谬,其可胜言也哉! (《读唐志》)

韩愈、欧阳修是唐宋古文家的代表人物,朱熹对他们作了严厉的批判。一,韩、欧以"明道"为名,实际是重文轻道。二,他们虽以"道"相标榜,也"徒能言其大体","考其终身之言与其行事之实",与"道"并不相符。如韩愈倡"原道",其所为文却多出自诐谀戏豫放浪而无实。又《语类》卷一三九说:欧阳修作过《本论》,而晚年与琴书棋酒为乐,"更不成说话";苏轼平日说尽道理,做《昌化峻灵王庙碑》时,引尼姑升天之说,"似丧心人说话"。三,他们论当世之弊,不过指"词不己出"以及"剽掠僭窃"一类,而其师徒间之授受,都以文为主,正是本末倒置。朱熹在《沧州精舍谕学者》一文中,批评苏洵费七八年工夫,熟读古圣贤之文,是为了"欲学古人说话声响",韩愈、柳宗元也是如此,"然皆只是要作好文章,令人称赏而已,究竟何预己事,却用了许多岁月,费了许多精神,甚可惜也!"在这里不但表现出理学家对于古文家的鄙薄态度,也反映他们对文艺的偏见。

但是,朱熹在批判古文家的同时,又无法否定他们在文章上的艺术成就。他曾说:"文字到欧、曾、苏,道理到二程,方是畅。"(《语类》卷一三九)对于主张"文道一贯"的理学家来说,这是一个矛盾。朱熹解释这种矛盾说:"人之才德,偏有长短,其或意中了了而言不足以发明之,则亦不能传于远矣。故孔子曰:'辞达而已矣。'程子亦言:'《西铭》吾得其意,但无子厚笔力,不能作耳。'正谓此也。然言或可少而德不可无,有德而有言者常多,有德而不能言者常少,学者先务,亦勉于德而已矣。"(《通书·文辞》注)他这样说并没有解决问题。既然文是从道中流出,何以"意中了了而言不足以发明之"?既然文可以不学而能,何以无张载(字子厚)的笔力,就写不出《西铭》?既然强调"有德者必有言",何以还有"有德而不能言"的人?这样他还是承认了文辞有其一定的地位。

二、论诗

朱熹论文重道,论诗主志,其基本精神是一致的。他说:

> 然则诗者,岂复有工拙哉?亦视其志之所向者高下如何耳。是以古之君子,德足以求其志,必出于高明纯一之地,其于诗固不学而能之。至于格律之精粗,用韵属对比事遣辞之善否,今以魏晋以前诸贤之作考之,盖未有用意于其间者,而况于古诗之流乎?近世作者,乃始留情于此,故诗有工拙之论,而葩藻之词胜,言志之功隐矣。(《答杨宋卿》)

朱熹所讲的志,是指道德修养。他所谓"德足以求其志,必出于高明纯一之地",也即是其《诗集传序》中所说的"察之情性隐微之间,审之言行枢机之始,则修身及家平均天下之道,其亦不待他求而得之于此矣。"他认为道充而文生,志高而诗至,道必须学,志必须养,诗文都是可以不学而能的。衡量诗人和作品,主要是看其志向的高下,如果从格律、词藻方面去论工拙,那就丧失了言志的功能。近世诗人之弊,正在于此。"近世诸公作诗费工夫,要何用?元祐时有无限事合理会,诸公却尽日唱和而已。今言诗不必作,且道恐分了为学工夫,然到极处当自知作诗果无益。"(《语类》卷一四〇)这与程颐的"作文害道"说一脉相承了。

朱熹主张不以工拙论诗,故对于形式,强调自然,他认为魏晋以前的诗人,都是不关心艺术形式的,而诗格自高;及于近世,诗人专于格律、辞藻诸方面求工,于是诗道日衰。他从此得出诗歌"三变"之说。

> 因知古今之诗,凡有三变。盖自书传所记,虞、夏以来,下及魏、晋,自为一等。自晋、宋间颜、谢以后,下及唐初,自为一等。……然自唐初以前,其为诗者,固有高下,而法犹未变。至律诗出,而后诗之与法,始皆大变。以至今日,益巧益密,而无复古人之风矣。(《答巩仲至》)

他的所谓"三变"、"三等",是愈变愈下的。故说唐诗不及两晋、南北朝。在上书原注中,他提到李白的《古风》和杜甫的秦蜀纪行及其《遣兴》、《出塞》诸诗,也只称"自有萧散之趣"而已。他对于李杜尚且如此,对于宋诗自然更为不满,而评为"细碎卑冗",全无余味。

朱熹这种观点,也有其家学渊源。他的父亲朱松,也是一位理学家。他在《上赵漕书》中论述诗歌演变时,推崇《诗经》,力贬唐诗。认为《三百篇》为先王之余泽,合乎正心诚意之学,而唐代诗人,"鲜有轨于大道而厌足人意者,其甚者,曾与闾阎儿童之见无以异。此风也,至唐之季年而尤剧,使人鄙厌其文,惟恐持去之不速。"又说:"至汉苏、李,浑然天成,去古未远。魏、晋以降,迨及江左,虽已不复古人制作之本意,然清新富丽,亦各名家,而皆萧然有拔俗之韵,至今读之,使人有世表意。唐李、杜出,而古今诗人皆废。自是而后,贱儒小生,膏吻鼓舌,决章裂句,青黄相配,组绣错出,穷年没齿,求以名家,惴惴然恐天下之有轧己以取名者。至其甚者,特才以犯上,骂坐以贻遗,摈斥颠沛,足迹相及,此何为者耶?"朱熹的"三变"、"三等"之说,正是将他父亲的观点加以发挥。

然而,在宋代理学家中,朱熹是最富于文学修养的,也是一位诗人。他在评价作家作品时,也发表过若干独到的见解。如论《国风》云:"凡诗之所谓风者,多出于里巷歌谣之作,所谓男女相与咏歌,各言其情者也。"(《诗集传序》)他指出风诗大都来自民间,内容多为言情之作。论陶潜诗云:"人皆说是平淡,据某看,他自豪放,但豪放得来不觉耳。其露出本相者,是《咏荆轲》一篇,平淡底人如何说得这样言语出来?"(《语类》卷一四〇)他能不拘泥于一般人的说法,指出陶潜不忘情世事的一面,于平淡中看到他的豪放。

"或言今人作诗,多要有出处。曰:关关雎鸠,出在何处?"(《语类》卷一四〇)。朱熹对于屈原的作品很有研究。他在《楚辞集注序》中,一面指出屈原为人"皆出于忠君爱国之诚心",其作"皆生于缱绻恻怛不能自已之至意",不能以词人之赋视之;另一面又说其志行过于中庸而不可以为法,其辞旨流于跌宕怪神怨怼激发而不可为训,只"驰骋于变风变雅之末流",不知学周公、孔子之道。他又反对怨君之说:"《楚辞》不甚怨君,今被诸家解得都成怨君,不成模样。"(《语类》卷一三九)按《论语·阳货》载孔子说:诗"可以怨",何晏《论语集解》引孔安国说是"怨刺上政",朱熹的《论语集注》则云:"怨而不怒",已是对怨情升华力度的限制。屈原《离骚》鲜明地唱出"怨灵修之浩荡兮,终不察夫民心"等句,朱熹却对《楚辞》中"怨君"成分也予以否认,更是抹煞了《离骚》"自怨生也"(《史记·屈原列传》)的基本创作精神。不仅与屈原"发愤以抒情"(《九章·惜诵》)、司马迁"发愤著书"等说相对立,即与孔子诗"可以怨"的旨趣也有所违离了。

理学家的诗文选本

朱熹在理论上倡文道一贯之说,实际并不完全废文。他说:"东坡文字明快,老苏文雄浑,尽有好处。如欧公、曾南丰、韩昌黎之文,岂可不看。柳文虽不全好,亦当择。合数家之文择之,无二百篇,下此则不须看,恐低了人手段,但采他的好处以为议论足矣。"(《语类》卷一三九)朱熹对于古文家,是一面批判他们,又主张学习他们,而学习必须选择。在这种观点指导下,就产生了理学家的诗文选本。首先出现的是吕祖谦(1137—1181)的《文章关键》。吕祖谦与朱熹、张栻齐名,称东莱先生。书中选辑了韩愈、柳宗元、欧阳修、三苏、曾巩、张耒等文六十余篇,并将所选文章的命意、结构、句法、字法等等,详细评注批点出来,示人以学习门径,故称为《文章关键》。

在这方面最有代表性的,是真德秀(1178—1235)的《文章正宗》。他是朱熹的再传弟子,学者称西山先生。《文章正宗》的编选标准有意识地贯彻了理学家论文的观点。其《纲目》云:

> 正宗云者,以后世文辞之多变,欲学者识其源流之正也。自昔集录文章者众矣,若杜预、挚虞诸家,往往埋没弗传。今行于世者,惟昭明《文选》、姚铉《文粹》而已。由今眂之,二书所录,果皆得源流之正乎?夫士之于学,所以穷理而致用也。文虽学之一事,要亦不外乎此。故今

　　所辑,以明义理、切世用为主。其体本乎古,其指近乎经者,然后取焉,否则辞虽工亦不录。

　　萧统选文,以能文为本,特别强调辞采文华;姚铉的《唐文粹》在宗经明道、反对华靡的思想基础上,非常推崇韩愈诸人在古文运动中的成就。在真德秀看来,这样的选本,都没有得到源流的正宗。他的选文标准是“以明义理、切世用为主,其体本乎古,其指近乎经”,除此以外,“辞虽工亦不录”。他所强调的是义理之学并抹杀文学的艺术价值。所以稍后之刘克庄讥其偏狭(见《后村诗话》),明末清初的顾炎武也“病其以理为宗,不得诗人之趣”(见《四库全书总目提要》)。

　　理学在南宋时虽曾被当作“伪学”加以禁止,而旋又弛禁,在思想学术界有相当的影响。南宋大诗人陆游有诗云:“名誉不如心自肯,文辞终与道相妨。”(《老学庵》)又云:“文词害道第一事,子能去之其庶几?”(《杂感》之四)当受有理学家文论的感染。明清时代,理学更被王朝统治者所利用,抬高到正统学术的地位。朱熹的学说,被法定为八股文思想准则,他的义理说及吕祖谦的《文章关键》、真德秀的《文章正宗》等等,实际成为明清古文评点之学、桐城派的义法论和《古文辞类纂》等选本的远祖,虽其具体内容各有不同。理学家对于一般文学的轻视和排斥的态度,也影响着小说、戏曲等新兴文艺的正常发展。

第四节　严羽的《沧浪诗话》和戴复古、刘克庄

严　　羽

　　宋代诗话繁兴,但大都近于随笔。严羽的《沧浪诗话》是一部最有系统之作,它的出现标志着以诗话形式探讨诗歌艺术理论进入更自觉的阶段。

　　严羽字仪卿、丹丘,号沧浪逋客,邵武(今属福建)人,有《沧浪集》、《沧浪诗话》。后人有以两者合刻为《沧浪吟卷》者。《诗人玉屑》也几乎全部收录了他的诗话。严羽的生卒年代与生平都不详,大致与戴复古(1167—?)、刘克庄(1187—1269)同时。戴复古有《祝二严》诗云:“前年得严粲,今年得严

羽。……羽也天资高,不肯事科举。风雅与骚些,历历在肺腑。持论伤太高,与世或龃龉。长歌激古风,自立一门户。"反映了严羽的为人与论诗态度。由此也可见他的年辈较戴复古为晚。

《沧浪诗话》分五章。《诗辨》提出论诗基本主张,《诗体》、《诗法》、《诗评》分别谈诗歌的体制、写作方法和评论历代许多作家、作品。《考证》对一些诗篇文字、作者等进行辨订,有些也反映了严羽的文学思想。末附《答吴景仙书》,对诗话的主旨作了说明与补充,可看为作者自序。

盛唐诸人唯在兴趣

《沧浪诗话》提出诗歌艺术的五项标准。"诗之法有五:曰体制,曰格力,曰气象,曰兴趣,曰音节。"(《诗辨》)他在《诗辨》中首先标举出来的是"兴趣":

> 夫诗有别材,非关书也;诗有别趣,非关理也。然非多读书、多穷理,则不能极其至(《诗人玉屑》作"而古人未尝不读书、不穷理")。所谓不涉理路、不落言筌者,上也。诗者,吟咏情性也。盛唐诸人唯在兴趣,羚羊挂角,无迹可求。故其妙处透彻玲珑,不可凑泊,如空中之音,相中之色,水中之月,镜中之象,言有尽而意无穷。近代诸公乃作奇特解会,遂以文字为诗,以才学为诗,以议论为诗。夫岂不工,终非古人之诗也,盖于一唱三叹之音有所歉焉。且其作多务使事,不问兴致;用事必有来历,押韵必有出处,读之反复终篇,不知着到何处。其末流甚者,叫噪怒张,殊乖忠厚之风,殆以骂詈为诗。诗而至此,可谓一厄也。

这里有力地强调了诗歌艺术有其特殊规律,而掉弄书袋,追求奥僻,逞驰博辩等作法是不符诗艺的特征的。所谓"书",主要指以"文字"、"才学"为诗;所谓"理",主要指以"议论"为诗。这段话着重抨击的是黄庭坚和他的江西诗派,当然也连带到苏轼。苏黄诗风虽有很大差别,而在以议论、才学、文字为诗方面,却有其共同的地方。张戒对此早有批评。陈师道说韩愈"以文为诗","虽极天下之工,要非本色",也是认为诗歌的散文化不符传统诗艺特点。苏、黄正是继承发展了韩诗的散文化趋向,严羽则无疑继承发展陈师道、张戒等的看法。

"吟咏情性","唯在兴趣",是严羽这里提出来的诗歌创作的特殊规律,大意是说:诗歌应是抒情的,要有真实感受,通过一唱三叹的吟咏方式抒写出来,作到景象优美,意境深远,语言凝炼而韵味隽永。他认为盛唐诗歌就是体现这些特点的标本。

"兴"在古代诗论中原有多种意思：一是指诗人对外界事物的感触所发生的情思；二是指联想、委婉含蓄等表现手法；三是指有寄托，有现实内容与社会作用。《文心雕龙·比兴篇》说"兴"是"起兴者依微以比拟"。钟嵘《诗品》说："文已尽而意有余，兴也。"孔颖达《诗大传正义》说："郑司农又云：兴者托事于物。则兴者起也，取譬引类，起发己心。""比之与兴，虽同是附托外物，比显而兴隐。"说明"兴"的方式表现思想观点较"比"更为隐蔽。陈子昂批评齐梁之诗"兴寄都绝"，白居易赞美张籍乐府"风雅比兴外，未尝著空文"，梅尧臣的"因事有所激，因物兴以通"，则偏重在诗歌的社会现实意义。杨万里《答建康府大军库监门徐达书》说："大抵诗之作也，兴上也……我初无意于作是诗，而是物是事适然触乎我，我之意亦适然感乎是物是事，触先焉，感随焉，而是诗出焉。我何与哉？天也。斯之谓兴。"朱熹《诗集传》说"兴"是"先言他物以引起所咏之词也"。这些话都说明了"兴"的意义，在某种程度上接触到诗歌的形象思维问题。

看来严羽所着重的是上述"兴"的第一、二两种意思。"唐人好诗，多是征戍、迁谪、行旅、离别之作，往往能感动激发人意。"（《诗评》）这是注意到触景生情的。"语忌直，意忌浅，脉忌露，味忌短。"（《诗法》）这是强调含蓄手法的。他把"兴"与"趣"结合起来成为一个概念。"趣"相当于诗歌的韵味，与钟嵘的"滋味"、司空图的"韵外之致"、杨万里的"风味"（《江西诗宗派序》）相近，它与"兴"的含意原是相通的。因之严羽的"空中之音"、"水中之月"、"镜中之象"云云，虽然说得似乎有点神秘化，实际上无非力图描述出诗歌中的形象应该空灵蕴藉、深婉不迫，与现实保持一定距离，令人神往而不要太落实。这种艺术要求对于宋诗中某些过于散文化、抽象说理、一泻无遗、堆砌典故、缀补奇字等损害形象之美的偏弊，不失为有益的针砭。但这里所标举的只是诗歌形象化的一种形式，如果片面加以强调，也会削弱与限制诗歌的现实性与批判性，也限制了形象的丰富性。拈花微笑与戟手怒斥，可爱可畏，都是美的形象。"将军欲以巧伏人，盘马弯弓惜不发。"（韩愈《雉带箭》）这当然是一种雄姿，但战场上毕竟需要有劲矢飞射、纵马奔逐的时候。这里不必举《诗经》中作品来论证，严羽论诗原是不谈《诗经》的。《楚辞》还是他认为要"朝夕讽咏以为之本"（《诗辨》）的，可是他又说《九章》不如《九歌》"（《诗评》），这当是由于《九章》中多倾吐愤结、直斥邪恶之笔而《九歌》则多情思婉约之致，艺术上的偏嗜使严羽对两者不能作出全面的评价。严羽宣称

"论诗以李杜为准"(《诗评》),但杜甫诗歌中就不乏直抒胸臆、议论慷慨之作。李白《古风》开头就公然宣称"大雅久不作,吾衰竟谁陈",结尾又明确表示"我志在删述,垂辉映千春,希圣如有立,绝笔于获麟",那就是"以议论为诗"。苏轼作诗"好骂",黄庭坚也加以反对。严羽反对江西诗派,这方面的态度倒是与之一致的。他说"以骂詈为诗"是"殊乖忠厚之风",显然把"吟咏情性"限制在所谓"性情之正""温柔敦厚"的"诗教"之中了。杜甫赞美过庾信"凌云健笔意纵横",严羽却力主"诗则用'健'字不得"(《答吴景仙书》)。他自称所立诗论"李杜复生,不易吾言"(《答吴景仙书》),这里就与杜甫所论直接相矛盾。盛唐诗歌是有光辉成就的,但"截然谓当以盛唐为法"(《诗辨》)就不免故步自封了;盛唐诗歌是丰富多彩的,称之为"唯在兴趣"也是不够全面的。

　　值得讨论的是,对于严羽的"诗有别材,非关书也;诗有别趣,非关理也"云云,我们过去曾以为这是割断了"诗"与"书"("学")、"理"的关系,与其接下来所云"然非多读书、多穷理则不能极其至"自相枘凿。问题盖在于对"关"字的理解。按"关"之本义为"门闩",《说文》所谓"以横木持门户也"。因此,"非关书"、"非关理"当系不为"书"与"理"所闩闭、堵塞之意。所谓"不涉理路"也是这样的意思。正如严羽又强调"不落言筌",乃是要求不为语言所囿,并非不用语言。如将《诗辨》里的两个"关"字理解为"关联"、"联系",遂以为严羽论诗完全排斥"书"与"理",恐不合其本旨。他在《诗评》中就说得比较全面:

　　　　诗有词理意兴。南朝人尚词而病于理;本朝人尚理而病于意兴;唐人尚意兴而理在其中;汉魏之诗,词理意兴,无迹可求。

指出了六朝与宋代诗歌中各自的偏弊,肯定唐诗的寓思想观点于抒情形式与某种形象之中以及汉魏古诗的情与景、内容与形式密切交融,浑然一体的境界。这里把"理"看作诗歌的一个基本要素,与"意兴"互为表里,不能截然分割,更难有所取舍。"尚理而病于意兴"当然是缺陷,可是怎么说与"理"没有关联呢?

笔力雄壮,气象浑厚

　　当然,只从"兴趣"一端来评述严羽诗论也是不全面的。除了"兴趣"外,他对"格力"、"气象"、"音节"、"体制"都很重视,多有论说,与"兴趣"说相互贯通、补充。"格力"相当于"笔力"。严羽在具体评论作家作品时还沿用"风骨"一词："黄初之后,惟阮籍《咏怀》之作,极为高古,有建安风骨。""顾况诗多在元白之上,稍有盛唐风骨处。"(《诗评》)风骨指文章具有明朗刚健的风格。"气象"是诗歌神情气概风貌的总的表现。姜夔《白石道人诗说》云："气象欲其浑厚。"严羽对这方面再三加以强调,如《诗评》云：

> 唐人与本朝人诗,未论工拙,直是气象不同。
>
> 汉魏古诗,气象混沌,难以句摘。晋以还方有佳句,如渊明"采菊东篱下,悠然见南山",谢灵运"池塘生春草"之类。谢所以不及陶者,康乐之诗精工,渊明之诗质而自然耳。
>
> 建安之作,全在气象,不可寻枝摘叶。灵运之诗,已是彻首尾成对句矣,是以不及建安也。

严羽有时单讲"气",也是和"气象"之说有联系的：

> 词气可颉颃,不可乖戾。(《诗法》)
>
> 孟郊之诗,憔悴枯槁,其气局促不伸,退之许之如此,何耶？诗道本正大,孟郊自为之艰阻耳。(《诗评》)

《答吴景仙书》更把"气象"与"笔力"有机结合起来,构成一种完整的美的艺术境界：

> 又谓盛唐之诗,雄深雅健。仆谓此四字,但可评文,于诗则用健字不得,不若《诗辨》雄浑悲壮之语为得诗之体也。毫厘之差,不可不辨。坡、谷诸公之诗,如米元章之字,虽笔力劲健,终有子路(一本有"未"字)事夫子时气象。盛唐诸公之诗,如颜鲁公书,既笔力雄壮,又气象浑厚,其不同如此！

归结起来,在格力、气象等方面,严羽要求诗歌的风格应该是雄浑壮阔而不锋芒毕露,含蓄深妙而不雕琢奥僻,质朴自然而不浅俗浮薄;再联系他的"兴趣"之说以及注重响亮悠扬的音调："下字贵响","音韵忌散缓,亦忌迫促"(《诗法》),"孟浩然之诗,讽咏之久,有金石宫商之声"(《诗评》);可以看到他所最向往的是一种以壮美为主的境界,汉代古诗的浑沌,建安的风骨,陶潜的自然,"盛唐人"的"有似粗而非粗处,有似拙而非拙处"(《诗评》),都是臻于这种境界的范例。"唐人七言律诗,当以崔颢《黄鹤楼》为第一。"(《诗评》)当也是因为这首诗不严格讲究对偶声律,雄浑自然,符合严羽向往的境界。然而他所最为推尊的是李白、杜甫：

诗之品有九：曰高,曰古,曰深,曰远,曰长,曰雄浑,曰飘逸,曰悲壮,曰凄婉。其用工有三：曰起结,曰句法,曰字眼。其大概有二：曰优游不迫,曰沉着痛快。诗之极致有一,曰入神。诗而入神,至矣,尽矣,蔑以加矣！惟李、杜得之,他人得之盖寡也。(《诗辨》)

子美不能为太白之飘逸,太白不能为子美之沉郁。太白《梦游天姥吟》、《远别离》等,子美不能道；子美《北征》、《兵车行》、《垂老别》等,太白不能作。论诗以李、杜为准,挟天子以令诸侯也。(《诗评》)

李、杜数公,如金鹍擘海,香象渡河。下视郊、岛辈,直虫吟草间耳。(《诗评》)

从丰富多彩的艺术风格中有力地概括出"优游不迫"与"沉着痛快"两种特点,前者接近于柔美,后者接近于壮美,而"入神"则是两美融会结合的最高境界,"金鹍擘海"与"香象渡河"又是它的形象化比喻。李白、杜甫的诗歌虽然各有所长,但都兼备两美,是这种最高境界的体现者,这种评价分析确有相当见识。

有人以为严羽的论诗表面上尊崇李、杜而实际上宗奉王维、孟浩然一派。黄宗羲《张心友诗序》说："沧浪论唐虽归宗李、杜,乃其禅喻,谓'诗有别才,非关书也；诗有别趣,非关理也',亦是王、孟家数,与李、杜之海涵地负无与。"许印芳《沧浪诗话跋》说："严氏虽知以识为主,犹病识量不足,僻见未化,名为学盛唐,准李、杜,实则偏嗜王、孟冲淡空灵一派,故论诗唯在兴趣,于古人通讽谕、尽忠孝、因美刺、寓劝惩之本意全不理会。"这种看法的产生有一定原因,却并不全对。这是由于只看到严羽的"兴趣"之说而没有兼顾他关于"格力"、"气象"、"音节"的论述的缘故。严羽对于李、杜诗歌的思想意义、社会作用虽未加探讨,但在剖析他们的艺术成就方面就不能说没有真知灼见。严羽崇尚的是壮美与柔美的结合,因而对韩愈、苏轼、黄庭坚的豪放健劲感到不合,而对孟郊、贾岛等的清苦局促也并不满意。对于孟浩然诗,只是从"妙悟"方面肯定其胜过韩愈的以才学为诗,从音节的"有宫商金石之声"加以讽咏赞赏；至于王维,在整部《沧浪诗话》中都未曾赞美过。严羽自称其论诗是"辨白是非,定其宗旨,正当明目张胆而言,使其词说沉著痛快,深切著明,显然易见"(《答吴景仙书》),如果他偏嗜王维,何必曲为讳饰?看来那些抒写田园风光闲情逸趣之作,格力气象不够雄浑壮阔,并不符合他的艺术标准。他揭示唐人好诗多是"征戍"、"迁谪"、"行旅"、"离别"之作而未及"山林"、"田园",可见这类诗歌在他心目中并没有占据重要地位。也正

因此,严羽对当时刻意学习晚唐贾岛、姚合的"四灵"诗及江湖诗派也进行了抨击:

> 近世赵紫芝、翁灵舒辈,独喜贾岛、姚合之诗,稍稍复就清苦之风,江湖诗人多效其体,一时自谓之唐宗,不知止入声闻辟支之果,岂盛唐诸公大乘正法眼者哉!

南宋诗坛出现的学习晚唐之风,是有一个发展过程的。黄庭坚原是看不起晚唐诗歌的,《与赵伯充书》说:"学习晚唐诸人诗,所谓'作法于凉,其敝犹贪;作法于贪,敝将若何?'"但南宋以后厌倦于江西诗风的就有人转向晚唐诗中寻谋出路,杨万里的"终须投换晚唐间"(《答徐子材谈绝句》),就表示了这种转变趋向。"四灵"是徐照(字灵晖)、徐玑(号灵渊)、翁卷(字灵舒)、赵师秀(号灵秀),他们字号中均有"灵"字,故称。赵师秀曾选《二妙集》,"二妙"即贾岛、姚合。"四灵"取径狭窄,作五言律诗,内容多写日常生活情趣,自然小景,风格纤巧。赵师秀说:"但能饱吃梅花数斗,胸次玲珑,自能作诗。"(见韦居安《梅硐诗话》)"一篇幸止有四十字,更增一字,我末如之何矣!"(见刘克庄《野谷集序》)诗境与才思之窘薄可以想见了。这种"清苦"诗风如果只与严羽"兴趣说"比照,似乎距离并不太远;但如果把他的"兴趣说"和"格力"、"气象"等说联系起来,与"金鹍擘海,香象渡河"相比照,"四灵"诗将更下于"虫鸣草间"了。姚合曾编《极玄集》,专选王维、祖咏和大历十才子一派诗,而以王维为首。"四灵"宗姚合,实际上远祧王维。严羽既然否定姚合、四灵,对王维也未必十分重视了。

有人说严羽的贬低元稹、白居易是反对他们新乐府等的思想内容,这看法需要分析。看来他的不满元、白,主要由于"元轻白俗"的浅显呈露的诗风不合他雄壮浑厚、深婉不迫的艺术标准而不是由于思想内容。他对于杜甫的《兵车行》、《垂老别》都曾加以赞扬;被他置于元、白之上的顾况、柳宗元也都有现实性很强的作品。他还说过:"大历后刘梦得之绝句,张籍、王建之乐府,我所深取耳。"(《诗评》)这当是因为张、王乐府写得比较凝炼含蓄,但严羽不排斥这类诗的思想内容也是可藉以证明的。当然,整个《沧浪诗话》的重点是对诗歌艺术特征的讨论。

"妙悟"与"熟参"

《沧浪诗话》论诗方式的一个特点是"以禅喻诗"。宋代禅学在知识分子中盛行,禅宗术语也成为不少人的口头语言。苏轼、黄庭坚就有用禅语来论诗,"悟"、"参"等词经常出现在宋代诗论中。韩驹《赠赵伯鱼》云:"学诗当如初学禅,未悟且遍参诸方。一朝悟罢正法眼,信手拈出皆成章。"所谓"悟",指掌握诗歌创作的规律,所谓"参"指钻研诗歌创作的规律。"中年始少悟,渐若窥宏大。""诗家三昧忽在前,屈贾在眼元历历。"陆游讲的也是一种参悟的境界。我们要把"以禅喻诗"和"以禅入诗"区别开来。后者是以禅理来论诗或以诗来宣扬禅理,前者不过是用禅宗的某些语言作为譬喻来说明诗歌理论。所以同样用了"悟"、"参"等语论诗,有人着重在对前人写作经验的总结与体会,有人着重在自由创作的兴会与灵感,有人强调个人的思想文化修养,有人强调生活、社会阅历的磨砺激发。严羽《答吴景仙书》称自己的"说禅"是"本意但欲说得透彻,初无意于为文,其合文人儒者之言与否,不问也",表示他只是为了藉以把诗歌理论说得清楚明白,并非有意在儒佛之间有所取舍。他对于禅学未必有深入研究,有些禅语的运用也不准确。这些并不是他诗论功过的关键,问题主要还在于他所谓"悟"、"参"的具体内容。

严羽认为认识辨别诗歌的体制是从事创作与评论的基本功,并以辨体的识力自负不凡。所谓"体制",主要指历史上各个诗歌的时代、流派和重要作家、作品的艺术风格与特色,也包括各种诗歌体裁的特点。《诗法》说:"辨家数如辨苍白,方可言诗。""家数"相当于"体制"。《答吴景仙书》云:"作诗正须辨尽诸家体制,然后不为旁门所惑。……仆于作诗不敢自负,至识则自谓有一日之长,于古今体制,若辨苍素,甚者望而知之。"通过辨体认识到诗歌应有的艺术特征,这就是"悟"、"悟入"。汉魏之作自然地具有这种艺术特征,所以不需要讲"悟"。从谢灵运到盛唐诗人有意识地掌握了这种艺术特征,如兴趣、格力、气象等,这就是"妙悟"、"透彻之悟"。熟读历代各种流派和重要作家作品,认真钻研体会,是提高识别能力、进入悟境的途径,这就是"参"、"熟参"。《诗辨》说:

> 夫学诗者以识为主:入门须正,立志须高;以汉、魏、盛唐为师,不作开元、天宝以下人物,若自退屈,即有下劣诗魔入其肺腑之间,由立志之不高也。……工夫须从上做下,不可从下做上。先须熟读《楚辞》,朝夕讽咏以为之本;及读《古诗十九首》,乐府四篇,李陵、苏武、汉魏五言皆须熟读,即以李、杜二集枕藉观之,如今人之治经,然后博取盛唐名家,酝酿胸中,久之自然悟入。

> 大抵禅道惟在妙悟,诗道亦在妙悟。且孟浩然学力下韩退之远甚,

> 而其诗独出退之之上者,一味妙悟而已。惟悟乃为当行,乃为本色。然悟有浅深,有分限,有透彻之悟,有但得一知半解之悟。汉魏尚矣,不假悟也。谢灵运至盛唐诸公,透彻之悟也。他虽有悟者,皆非第一义也。……若以为不然,则是见诗之不广,参诗之不熟耳。

他认为只要把从汉魏到宋代各时期诸家之诗"熟参之","其真是非自有不能隐者"。

严羽对于历史上各个时期诗歌的风貌与一些重要作家作品艺术特点的分析,是有其成绩的。他把唐代诗歌发展分为初唐、盛唐、大历、元和、晚唐五体,对文学史研究很有影响,明高棅分唐诗为初、盛、中、晚四期,即由此而来。他的兴趣、格力、气象等诸说,也确有精到之处。然而他把这些作为诗歌艺术的极限,凝固的模式,画地为牢,否定一切变化与发展,就必然反过来成为一种束缚创作的桎梏。学习古代诗歌遗产是重要的,但严羽片面地加以强调而忽视作者思想认识的提高与生活实践的意义,甚至说:

> 诗之是非不必争,试以己诗置之古人诗中,与识者观之而不能辨,则真古人矣。(《诗法》)

这就完全是一条形式摹拟复古的死胡同了。严羽反对江西诗派的"无一字无来处",揭示"诗有别材非关书也",而自己的主张却仍然在古人书本中讨生活,尽管所"熟参"的书本的范围有所不同,但在方法上并不比江西诗派的"点铁成金"、"夺胎换骨"高明多少了。这样的学习盛唐,必然不能真正得到"第一义";批判江西,也未必真是"取心肝刽子手"。与张戒、杨万里、陆游等在不同程度上看到"诗外功夫"来扬弃江西诗风相比,严羽在这方面是退步了。

《沧浪诗话》吸收、综合前人与当时人的论诗旨趣加以系统化而有自己的建树,在诗歌理论史上产生很大影响。在明代,它成为诗学权威,"终明之世,馆阁宗之"(《四库提要》)。高棅的编《唐诗品汇》,李东阳的论"声调",前、后七子的倡"格调"说,他们"诗必盛唐"的主张,清代王士禛的"神韵"说,都分别承受到它的余风。袁枚强调"性灵",旨趣颇异,但与它"别材"、"别趣"之说也有某种联系。当然反对它的也颇不乏人,钱谦益力加批驳,冯班有《严氏纠谬》之作,就是有代表性的。褒贬纷纷,都反映了这部诗话的历史地位与作用。

362

戴　复　古

戴复古(1167—1248?)是江湖派诗人中有成就者,他字式之,号石屏,台州黄岩南圹(今浙江温岭)人,有《石屏诗集》。他作有《论诗十绝》,其小序说:"昭武太守王子文日与李贾、严羽共观前辈一两家诗及晚唐诗,因有《论诗十绝》。子文见之,谓无甚高论,亦可作诗家小学须知。"可知这十首诗是和严羽等共同探讨诗艺时所作,其中有云:"文章随世作低昂,变尽风骚到晚唐。举世吟哦推李杜,时人不识有陈黄。""曾向吟边问古人,诗家气象贵雄浑。雕锼太过伤于巧,朴拙惟宜怕近村。"论点与严羽也相接近。然而他又说:

> 意匠如神变化生,笔端有力任纵横。须教自我胸中出,切忌随人脚后行。
> 陶写性情为我事,留连光景等儿嬉。锦囊言语虽奇绝,不是人间有用诗。
> 飘零忧国杜陵老,感寓伤时陈子昂。近日不闻秋鹤唳,乱蝉无数噪斜阳。

这里强调诗歌的抒情性、独创性与健笔纵横,重视作品的现实性与社会作用,有力地鞭挞了摹拟剽窃、留连光景、徒事字句雕琢之作。这种对陈子昂、杜甫诗歌的现实主义精神的揭示与对当时诗坛拟古风气的批判,语言不多,其识见却有比《沧浪诗话》高明的地方。

刘　克　庄

刘克庄(1187—1269),字潜夫,号后村,莆田(今属福建)人,官至龙图阁学士,有《后村先生大全集》。他是南宋后期著名作家,诗词颇有伤时念乱之作。他的诗论有的可和严羽之说相互发明,也有相互对立的。

刘克庄也不满宋人的专以议论、才学、文字为诗以致过分散文化而丧失诗歌的艺术特征,反对"四灵"的才思窘薄和江西派诗的缺少韵味。他还追本溯源,对杜甫及中、晚唐诸家也有所批评:

> 唐文人皆能诗,柳尤高,韩尚非本色。迨本朝,则文人多诗人少。

三百年间，虽人各有集，集各有诗，诗各自为体，或尚理致，或负材力，或逞辨博，少者千篇，多至万首，要皆经义策论之有韵者尔，非诗也。自二三巨儒及十数大作家，俱未免□此病。(《竹溪诗序》)

或古诗出于情性，发必善，今诗出于记问博而已。自杜子美未免此病。于是张籍、王建辈稍束起书袋，划去繁缛，趋于切近。世喜其简便，竞起效颦，遂为晚唐，体益下，去古益远。岂非资书以为诗失之腐，捐书以为诗失之野欤?(《韩隐君诗序》)

余尝病世之为唐律者，胶挛浅易，窘局才思，千篇一体；而为派家者，则又驰骛广远，荡弃幅尺，一嗅味尽。(《刘圻父诗序》)

杜甫在宋代声望极高，无人敢非议，宋人的以议论、才学为诗，实际上都与杜诗有渊源关系。严羽反对宋诗而不及这一点，在理论上自陷于矛盾之中。刘克庄公然讥评到杜甫头上，不失为一种大胆的议论。他关于"诗"与"书"的关系，说得也似比严羽之作较为圆通些。他不只在艺术形式方面批评时人，还能揭露他们所作在思想内容方面的不足，指出作诗应把思想内容和社会现实作用放在首位，并尖锐地嘲讽了盲目拟古的赝鼎。这就不仅击中了江西诗派末流与"四灵"的诗病症结，也显示出严羽诗论这方面的不足之处。

余观古诗以六义为主，而不肯于片言只字求工。季世反是，虽退之高才，不过欲去陈言以夸末俗。后人因之，虽守诗家之句律严，然去风人之情性远矣。君诗之病，在于炼字而不炼意，予窃以为未然。若意义高古，虽用俗字亦雅、陈字亦新、闲字亦警。(《跋方俊甫小藁》)

如永嘉诗人，极力驰骋，才望见贾岛、姚合之藩而已。余诗亦然，十年前始自厌之，欲息唐律，专造古体。赵南塘不谓然，其说曰："言意深浅，存人胸怀，不系体格。若气象广大，虽唐律不害为黄钟大吕，否则手操《云和》而惊飚骇电，犹隐隐弦拨间也。"余感其言而止。亡友翁应叟，尤工律诗，集中古体不一二见……然观其送人去国之章，有山人处士疏直之气；伤时闻警之作，有忠臣孝子微婉之义；感知怀友之什，有侠客节士生死不相背负之意；处穷而耻势利之合，无责而任善类之忧。其言多有益世教，凡敖慢亵狎闺情春思之类，无一字一句及之。(《瓜圃集序》)

南昌徐君德夫为方遇时夫作诗评，其论甚高。盖今之为诗者尚语，而德夫尚志；尚巧，而德夫尚拙矣。德夫之论考时父之诗，往往意胜于语、拙多于巧。时父可谓善为诗，而德夫可谓善评诗矣。抑□余愿有献焉:世所以宝贵古器物者,非直以其古也。余尝见人家藏盘匜鼎洗之属,凡出于周汉以前者,其质甚轻,其范铸极精,其款识极高简,其模拟物象殆几类神鬼所为,此其所以为贵也。苟质范无取,款识不合,徒取其风日剥裂、苔藓模糊者而宝贵之,是土鼓瓦釜得与清庙钟鼓并陈也。时父勉之,使语意俱到,巧拙相参,它日必为大作家而不为小家数矣。(《跋表弟方遇诗》)

刘克庄批评了宋诗中的弊病,却并不全盘否定宋诗,而且指出宋诗自有其创造。他承认唐诗的成就,但并不认为诗歌的发展到唐朝为止。《本朝五七言绝句序》说:

童子或曰:"本朝理学古文高出前代,惟诗视唐似有愧色。"余曰:"此谓不能言者也。其能言者,岂惟不愧于唐,盖过之矣。"

《跋李贾县尉诗卷》说:

然谓诗至唐犹存则可,谓诗至唐而止则不可。本朝诗自有高手。李、杜,唐之集大成者也;梅、陆,本朝之集大成者也。

梅尧臣的诗开辟了宋诗现实主义的道路,陆游的诗闪烁着强烈的爱国精神。陆游曾大力推重梅尧臣的诗,陈振孙《直斋书录解题》说:"圣俞为诗,古淡深远,有盛名于一时。近世少有喜者,或加毁訾;惟陆务观重之。此可为知者道也。自世人竞宗江西,已看不入眼,况晚唐卑格方锢之时乎?"刘克庄独推梅、陆为宋代诗歌的集大成者,鲜明地表现了在理论和创作上继承他们传统的倾向。

刘克庄还激烈地反对把禅理与诗学混为一谈的论诗风气。《跋何秀才诗禅方丈》道:"诗家以少陵为祖,其说曰:'语不惊人死不休。'禅家以达摩为祖,其说:'不立文字。'诗之不可为禅,犹禅之不可为诗也。何君合二为一,余所不晓。夫至言妙义固不在于言语文字,然舍真实而求虚幻,厌切近而慕阔远,久而忘返,愚恐君之禅进而诗退矣。何君其思之!"这对禅风盛行的宋代诗坛不失为一种针砭,表现了作者的崇实精神。

365

第三章 宋代词论

词兴于晚唐而极盛于宋。初期的"诗客"、"曲子词"(后蜀欧阳炯《花间集序》),多为酒筵歌席上娱情遣兴之作,配合新兴曲调而付诸歌女传唱,一般被视为"小道"、"艳科",不得与诗文并列。然词体却深受"文章豪放之士"的钟爱。他们得于此摆脱诗歌庄重教化理论与严整模式等束缚,大胆采用新鲜活泼的语言与艺术手法,自由抒写心底哀感顽艳之情、胸头激昂慷慨之气。在宋人的词作与批评中,不论专主歌咏男女爱情,或强调抒发爱国忧时、向往大自然之豪情,往往闪耀着人性觉醒与个性解放的辉芒,具有冲决封建统治禁网的意义。这是一种文艺新思潮澎湃于词坛。宋人词论中也有着重探讨词的特殊语言风格与音律等问题的,为总结一代文学之代表的艺术经验作出了贡献。

晏殊、欧阳修、晏几道

宋初词坛多受《花间集》尤其是南唐李璟、冯延巳、李煜词风的影响而逐渐表现自己的时代特色。潘阆(? —1009)《与茂秀才书》中自评所作《酒泉子》词为"盘泊之意,缥渺之情,亦尽见于兹矣"。宋仁宗嘉祐三年(1058)陈世修的《阳春集序》评冯延巳词云:"观其思深辞丽,韵律调新,真清奇飘逸之才也!""以清商自娱,为之歌诗以吟咏情性,飘飘乎才思何其清也!"从歌词所反映的性情才思方面反复赞叹,较之五代欧阳炯的《花间集序》为更有文学批评意义。晏殊、欧阳修都喜爱冯延巳词。然晏、欧自己在词中抒写无限情怀,其真切解放程度有迈越前贤者。晏殊词集名《珠玉词》,标志其艺术旨趣。他的《破陈子》中云:"多少襟怀言不尽,写入蛮笺曲调中,此情千万重。"鲜明表现以词抒情的自觉意识。欧阳修《玉楼春》云:"人生自是有情痴,此恨不关风与月。离歌且莫翻新阕,一曲能教肠千结。"公然宣称痴情为人性所固有,而在新翻词曲中正蕴凝着这千回万转的情结。晏殊之子晏幾道有《小山词》。其《点绛唇》自称"天与多情",也即人情天赋。他所作词集自序中称他的作词为"补乐府之亡"与"试续南部诸贤绪余",即久已亡佚的汉魏六朝乐府诗情和南唐词风的延伸。序中又说:"尝思感物之情,古今不易。窃以为篇中之意,昔人所不遗,第于今无传尔。"揭示人之感情的共同性,而其词正是传述这种永恒普遍情感的。近人夏敬观《小山词跋》云:"晏氏父子嗣响南唐二主","盖不特词胜,尤有过人之情"。颇能道出二晏词的创作特色与意旨。

柳永　苏轼

柳永,尤其是苏轼,对北宋词学的发展作出了巨大贡献。

柳永(987?—1053)字耆卿,原名三变,曾为屯田员外郎,有《乐章集》。他为人放荡不羁,长期浪迹城市江湖,专力于填词。相传柳永曾因其词中有"忍把浮名,换了浅斟低唱"(《鹤冲天》)等句流露不受功名牢笼之意,为宋仁宗所不取,并说:"且去浅斟低酌,何用浮名?"(见吴曾《能改斋漫录》卷十六)柳永的一首《西江月》又云:

> 腹内胎生异锦,笔端舌喷长江。纵教片绢字难偿,不屑与人称量。
> 我不求人富贵,人须求我文章。风流才子佔词场,真是白衣卿相。

这里充分表达了他对自己歌词艺术成就的高度评价和作为一个专业词人而领袖词坛的自豪感,某种看轻贵权位而重视"小词"地位的意识也跃然可见,怀才不遇的牢骚则见于言外。

词体既以其善言个人情愫而婉谐长短音律的特异功能,突破诗坛正统教条而呈现异采。柳永的词正沿着这个突破口大力拓展。他"胎生异锦"而"舌喷长江",有意识地博采新声,创作大量慢词,运用通俗语言与铺叙手法,描写都市风光、羁旅生活与追求爱情自由的憧憬,既表现作者"疏狂"(《凤栖梧》)意态,也某程度上反映市民情趣。故柳词虽或抵触封建礼教,却得到普遍爱好。叶梦得《避暑话录》云:"教坊乐工,每得新腔,必求永为辞。"又云:"凡有井水处即能歌柳词。"说明柳永"风流才子佔词场"之语并非虚夸。

苏轼的词则是对词坛固有传统的突破,有《东坡词》,或称《东坡乐府》。他意识鲜明地提倡"以诗为词"和豪放词风。其《与鲜于子骏书》中说:

367

> 近却颇作小词，虽无柳七郎风味，亦自是一家。呵呵！数日前，猎于郊外，所获颇多；作得一阕，令东州壮士抵掌顿足而歌之，吹笛击鼓以为节，颇壮观也。

这里他所自我欣赏的"一阕"，当即《江城子·密州出猎》。词中塑造了自己出猎时的雄风壮概，抒发出爱国抗敌的雄心壮志，确是在盛行的柳永词风之外别自成家。苏轼还常以这种词体之革新与同行共勉：

> 颁示新词，此古人长短句诗也。得之惊喜，试勉继之，晚即面呈。（《与蔡景繁》之四）

> 近者新阕甚多，篇篇皆奇，迟公来此，口以相传授。（《与陈季常》之九）

> 又惠新词，句句警拔，诗人之雄，非小词也。但豪放太过，恐造物者不容人如此快活。（《与陈季常》之十三）

以上所谓"奇"、"警拔"、"雄"等都属于"豪放"范畴。非词坛传统框格所容，故谓之"诗人之雄，非小词也"。新兴之词自是对传统诗歌某些框格的一种解放。然而专言柔情而尚婉美，排除诗歌传统中其他丰富多彩的思想感情与艺术手法，也自形成某种框套。苏轼提倡豪放而标举壮美，以凌云健笔为自由舒卷的歌词，突破音律方面某些过细的拘束，则又是词体的一种解放。入宋以来，李煜、李冠、范仲淹、欧阳修、柳永等词中也有个别表现豪放者，而苏轼则大力倡导和创作，遂开词坛新风。值得注意的是，苏轼虽赞赏作词如"古人长短句诗"，其作仍属于新兴之词而非传统之诗，故名之为"新词"、"新阕"，或仍自承"颇作小词"。所谓"长短句"原属词的重要形式特征；所谓"阕"与"抵掌顿足而歌"、"吹笛击鼓以为节"都是反映词之音乐性的，只是其音节高昂有异于当时流行的曼声低唱。而且苏轼也并未因之否定婉约词风，他称赞张先词为"微词宛转，乃诗之裔"（《祭张子野文》）便是一例。又据王保珍《东坡词研究》，苏轼词中"重复使用'多情'一辞"达十八处之多。其中固有"故国神游"（《念奴娇·赤壁怀古》）之"多情"，也有"多情却被无情恼"（《蝶恋花》）之词，清王士禛《花草蒙拾》评为"恐屯田（柳永）缘情绮靡，未必能过"。苏轼屡次以自己的词与柳永词相比，作为争鸣竞技对手，具见柳词在他心目中地位。俞文豹《吹剑续录》载：

> 东坡在玉堂，有幕士善讴，因问："我词比柳词何如？"对曰："柳郎中词只合十七八女孩儿，执红牙拍板，唱'杨柳外，晓风残月'；学士词须关

西大汉,执铁板,唱'大江东去'。"公为之绝倒。

幕士之说十分形象地展示柳、苏两家之词各有千秋,未加轩轾,而苏轼也欣然赞许。

相传苏轼对柳永与秦观的词有过严厉批评:

> 少游自会稽入都,见东坡。东坡曰:"不意别后,公却学柳七作词。"少游曰:"某虽无学,亦不如是。"东坡曰:"销魂当此际,非柳七语乎?"(曾慥《高斋诗话》)

> 苏子瞻于四学士中最善少游,故他文未尝不极口称善,它特乐府。然犹以气格为病,故常戏云:"山抹微云秦学士,露花倒影柳屯田。"(叶梦得《避暑录话》)

按曾慥为南宋初人,词学尚雅,曾编《乐府雅词》,不选柳永、秦观之词。上引他所传述批评秦、柳故事,与原话或有出入。秦观词风以婉约为主,原与柳永相近。苏轼对此固有认识,且颇欣赏。《王直方诗话》载:

> 东坡以所作小词示无咎、文潜,曰:"何如少游?"两人皆对云:"少游诗似小词,先生小词似诗。"

这里苏轼与晁补之、张文潜关于苏词与秦观词作比较之问答,和前引苏轼与其幕士关于苏词与柳永词作比较之问答,情景意趣何其相似。秦观"山抹微云"与"销魂当此际"两句皆出于其《满庭芳》一词。据严有翼《艺苑雌黄》云:"其词极为东坡所称道,取其首句,呼之为'山抹微云君'。"显然是一种褒称。由此观之,该词中"销魂当此际"以及柳永"露花倒影"之句,也未必蒙苏轼之讥了。

在苏轼门下学生中,对词体也多所评说,颇具代表性。黄庭坚曾极度赞扬苏轼《卜算子》(缺月挂疏桐)云:

> 语意高妙,似非吃烟火食人话。然非胸中有万卷书,笔下无一点尘俗气,孰能至此!(《跋东坡乐府》)

他又有《小山词序》评晏幾道词云:

> 乃独嬉弄于乐府之余,而寓以诗人之句法,清壮顿挫,能动摇人心。

显然黄庭坚是以其论诗手法来论词的。

陈师道(1053—1102),字无己,号后山。他曾学诗于黄庭坚,为江西诗派重要人物。其《后山诗话》中有云：

> 退之以文为诗，子瞻以诗为词，如教坊雷大使之舞，虽极天下之工，要非本色。今代词手，推秦七、黄九尔，唐诸人不逮也。

这里所谓词之本色，当指词坛传统的音律、情调与语言风格方面的基本特色。

晁补之（1053—1110），字无咎，《苕溪渔隐丛话·后集》卷三十三载有他的《词评》，也称《评本朝乐府》，历论柳永、欧阳修、苏轼、黄庭坚、晏幾道、张先、秦观等七家词。其评说苏、黄、秦之词云：

> 东坡词，人谓多不谐音律，然居士词横放杰出，自是曲中缚不住者。黄鲁直间作小词，固高妙，然不是当家语，自是着腔子唱好诗。……近世以来作者，皆不及秦少游，如"斜阳外，寒鸦万点，流水遶孤村"，虽不识字，亦知是天生好言语。

这里揭示苏轼词在突破音律束缚方面的特点，比诸一般徒指苏词不合律者为有艺术眼光。其品定黄庭坚词为"好诗"而"不是当家语"（《能改斋漫录》卷十六作"不是当行家语"），与陈师道的并推"秦七"、"黄九"为"词手"的看法自有差别；但"当家语"一词与陈师道的"本色"论意思有相通者，都反映某种保持词体传统的观点。

张耒虽与晁补之同时认为苏轼"小词似诗"（见《王直方诗话》），而其为贺铸所作《东山词序》中云：

> 是所谓满心而发，肆口而成，虽欲已焉而不得者。若其粉泽之工，则其才之所至，亦不自知者。夫其盛丽如游金张之堂，而妖冶如揽嫱施之袪，幽洁如屈宋，悲壮如苏李，览者自知之，盖有不可胜言者矣。

显然，他从苏轼论诗文中所谓"不能不为之为工"、"充满勃郁而见于外"等说中吸取了文艺思想养料，而贺词风格的丰富多彩，也是兼有诗赋特色的。

以上对词学不同角度、层次的探讨，为李清照《词论》的建立奠下了基础。

李 清 照

李清照（1084—1151?）是宋代杰出女词人，号易安，济南人，有《漱玉词》。她著作多佚,今辑本有中华书局版《李清照集》、王仲闻《李清照集校注》、黄墨谷《重辑李清照集》。南宋初胡仔《苕溪渔隐丛话·后集》卷三十三载有李清照《词论》(题目是后人拟的)一篇,当作于北宋末年,实为对唐五代至北宋词学的发展进行总结:

　　　　乐府声诗并著,最盛于唐。开元、天宝间,有李八郎者,能歌擅天下。……自后郑、卫之声日炽,流靡之变日烦。已有《菩萨蛮》、《春光好》、《莎鸡子》、《更漏子》、《浣溪沙》、《梦江南》、《渔父》等词,不可遍举。五代干戈,四海瓜分豆剖,斯文道熄。独江南李氏君臣尚文雅,故有"小楼吹彻玉笙寒"、"吹皱一池春水"之词。语虽奇甚,所谓"亡国之音哀以思"也。逮至本朝,礼乐文武大备,又涵养百余年,始有柳屯田永者,变旧声,作新声,出《乐章集》,大得声称于世,虽协音律,而词语尘下。又有张子野、宋子京兄弟、沈唐、元绛、晁次膺辈继出,虽时时有妙语,而破碎何足名家!至晏元献、欧阳永叔、苏子瞻,学际天人,作为小歌词,直如酌蠡水于大海,然皆句读不葺之诗尔,又往往不协音律者。何邪?盖诗文分平侧,而歌词分五音,又分五声,又分六律,又分清浊轻重。且如近世所谓《声声慢》、《雨中花》、《喜迁莺》,既押平声韵,又押入声韵。《玉楼春》本押平声韵,又押上去声,又押入声。本押仄声韵,如押上声则协,如押入声则不可歌矣。王介甫、曾子固文章似西汉,若作一小歌词,则人必绝倒,不可读也。乃知别是一家,知之者少。后晏叔原、贺方回、秦少游、黄鲁直出,始能知之。又晏苦无铺叙,贺苦少典重,秦即专主情致而少故实,譬如贫家美女,虽极妍丽丰逸,而终乏富贵态。黄即尚故实,而多疵病,譬如良玉有瑕,价自减半矣。

　　这里李清照系统地展示了词体发展的轨迹,评说了历来词坛代表作家的优缺点,表述了自己丰富的审美理想:既爱"新声",复尚"文雅";既赏"妙语",更重整体之美;既主"情致",又要求兼备"铺叙"、"典重"、"故实"等艺术特点。胡仔于引载本文后讥之云:"易安历评诸公歌词,皆摘其短,无一免者,此论未公,吾不凭也。其意盖自谓能擅其长,以乐府名家者。"然于此正表现这位年轻女词人的独立批评精神与力图集词学之大成的豪迈气概。

　　我们过去曾指责李清照《词论》中"片面强调词的音律"、否定"以诗为词"的发展,回顾起来,颇有不合。

　　李清照强调词为"别是一家",主要是着眼于其音律特征的。词既为配合乐曲而作的歌词,如不合乐可歌则失其所以为词。《词论》所说歌词又分"五音"、"五声"、"六律"、"清浊轻重"云云,虽似过严,应是符合当时歌唱需要的。柳永《玉蝴蝶》云:"按新声,珠喉渐稳。"可见精通音律者试制新词,还须善唱者歌喉的检验,则其审音协律的精微处,自有非一般诗文之仅供吟诵者所及。大概欧阳修、苏轼等的某些即兴挥毫为长短句,有如作诗之仅分平仄,故被称为"句读不葺之诗"。虽然,不少欧、苏之词,当还属可歌,遽谓之"往往不协音律",或属过当;但这里也似无排斥这几位硕学宏才以作诗的巨笔濡染词苑之意。"酌蠡水于大海",便是很高崇仰。李清照的《临江仙序》云:"欧阳公作《蝶恋花》,有'深深深几许'之语,予酷爱之,用其语作'庭院深深'数阕,其声即旧《临江仙》也。"对欧阳修词语的向慕之情,便溢于言表。《词论》中评柳永词为"虽协声律,而词语尘下",表示十分鄙视。按柳词中虽或有流于庸俗者,据此而遽予全盘否定,自非的评。但即此可以说明李清照论词并非片面只看音律。李清照的论词律,也还有比近体诗律为宽松而灵活之处。她列举了若干音律不同的词调可供作者自由选用,作者还能按照乐理自由地变调变体。例如《声声慢》等,"既押平声韵,又押入声韵",便不拘一格。李清照自己所作《声声慢》("寻寻觅觅")即押入声,极声律变化之能事以抒写其伤心人别有怀抱,实为一种创调。故而她虽强调歌词音律的精审,而又致力于创造性地运用其规律来为抒情达意服务,作到声情并茂,而不是作茧自缚。

李清照有力肯定了词的独立文学地位,却仍积极引进诗文的写作手法去充实开拓词的艺术境界。她在词中屡屡自述:"险韵诗成"(《念奴娇》)、"酒意诗情谁与共"(《蝶恋花》)、"学诗漫有惊人句"(《渔家傲》)。其中所谓"诗",当兼指"词",或即指"词"。她论南唐二主及冯延巳词时一则曰"奇甚",再则曰"亡国之音哀以思"。"奇"字一般用于评诗文之突破正格者,柳宗元《先君石表阴先友记》称韩愈为"文益奇",欧阳修赞韩愈《听颖师弹琴》诗为"奇丽"(见苏轼《水调歌头叙》),苏轼始自许其"新阕"为"篇篇皆奇"。"亡国之音"云云,语本《诗大序》。李清照以之评南唐词,实为最高礼赞。其辞若有所憾者,或以其与北宋"中州盛日"(李清照《永遇乐》)的时代氛围不合。待宋室南渡以后,李清照自己的词也变得"哀以思"了。《词论》指出晏几道、贺铸、秦观词中所缺少的"铺叙"、"典重"、"故实"等,历来也属诗文写作手法。《文心雕龙·诠赋》云:"赋者,铺也。"近人夏敬观《手评乐章集》谓柳永词"层层铺叙"为"用六朝小品文赋作法"。晏几道后于柳永而所作多属小令,故李清照引以为憾。《文心雕龙·议对》云:"采故实于前代,观通变于当今。"苏轼、黄庭坚的以才学为诗都惯于使用故实。黄庭坚也是"以诗为词"的典型,故晁补之谓其词是"好诗"而非"当行家语"。但犹可"着腔子唱",李清照仍登诸知词者之列,具见她并不反对"以诗"的某些手法"为词"的。李清照的评秦观词是在肯定其"主于情致""极妍丽丰逸"的前提下指出其不足的,并非专尚"故实"。故其审美视野,既包括词坛传统的婉丽优柔之美,也博取诗赋中充实宏壮之美,表现出一种荟萃众长、精益求精的理想精神。

总之,李清照这篇锋芒四射的词学论文,容有偏至,不失为北宋词坛理论发展所结出的丰美果实。

王灼、胡寅与陆游

南宋初期,时局的风云剧变,词坛回荡起壮怀激烈的爱国歌声,理论界如王灼、胡寅以及大诗人陆游等,对词的发展过程进行反思,探索其起源与流变,感到倚声填词、婉转低唱的传统为不足拘守,而对苏轼开创豪放词风的成就作了极为崇尚评价。

王灼,字晦叔,号颐堂,遂宁(今属四川)人,著有《碧鸡漫志》五卷。据其自序,该书成于宋高宗绍兴十五年至十九年间(1145—1149)。全书综论上古至唐宋声歌的递变发展,历评宋代诸家词风特色,对许多曲调的缘起沿革进行考订,可谓词学史上第一部颇有规模的专著。

王灼精于声律。他揭示歌曲起源于人之心声,极力强调诗歌合乐的效应;但深感声调应随歌词而定,唐宋以来依声填词的作法为本末倒置。北宋王安石早有过类似意见:"古之歌者,皆先有词,后有声,故曰:'诗言志,歌永言,声依永,律和声。'如今先撰腔子,后填词,却是永依声也。"(赵令畤《侯鲭录》引)王灼之论,则有很大发展:

> 故有心则有诗,有诗则有歌,有歌则有声律,有声律则有乐歌。永言即诗也,非于诗外求歌也。今先定音节,乃制词从之,倒置甚矣。……诗至于动天地,感鬼神,移风俗,何也?正谓播诸乐歌,有此效耳。

> 古人初不定声律,因所感发为歌,而声律从之,唐虞禅代以来是也。……古歌变为古乐府,古乐府变为今曲子,其本一也。

> 乐之有拍,非唐虞创始,实自然之度数。……古人岂无度数,今人

岂无性情,用之各有轻重,但今不及古耳。今所行曲拍,使古人复生,恐未能易。

他看到了先定音节而从之制词,将导致重音律而轻性情的倾向;然而也充分认识到歌词谐合音律的必要性,音乐自有其必然规律,而新兴流行曲拍也是合于音乐规律的。所以虽持"今不及古"的见解,却不主张变今复古,从而大力肯定苏轼在词之革新与发展道路上所起的作用:

> 东坡先生以文章余事作诗,溢而作词曲,高处出神入天,平处尚临镜笑春,不顾侪辈。或曰:"长短句中诗也。"为此论者乃是遭柳永野狐涎之毒。诗与乐府同出,岂当分异?

> 长短句虽至本朝盛,而前人自立,与真情衰矣。东坡先生非心醉于音律者,偶尔作歌,指出向上一路,新天下耳目,弄笔者始知自振。今少年妄谓东坡移诗律作长短句,十有八九不学柳耆卿则学曹元宠,虽可笑,亦毋用笑也。

王灼极力提高词的地位至与诗接轨,是有解放词体之意义;但又不免以诗论传统中尚雅正、崇教化的观念来限制词中表现的新意识。他对柳永、李清照词的评价就明显存在偏颇。

> 柳耆卿《乐章集》,世多爱赏该洽,序事闲暇,有首有尾,亦间出佳语,又能择声律谐美者用之。惟是浅近卑俗,自成一体,不知书者尤好之。予尝以比都下富儿,虽脱村野,而声态可憎。前辈云:"《离骚》寂寞千年后,《戚氏》凄凉一曲终。"《戚氏》,柳所作也。柳何敢知世间有《离骚》,惟贺方回、周美成时时得之。

> 易安居士……作长短句,能曲折尽人意,轻巧尖新,姿态百出,闾巷荒淫之语,肆意落笔,自古搢绅之家能文妇女,未见如此无顾忌也。

柳永《戚氏》("晚秋天")以三叠长调铺叙羁旅情景,怀念"帝里风光",自是词中伟构。它是否可继《离骚》固可商榷,而如此鄙薄,也属偏见。李清照曾说柳永"词语尘下",已有尚雅倾向,然柳词尚确有流于庸俗者。至于李清照本人的写闺情,清新活泼,内容都属健康的。王灼竟谓之"荒淫""无顾忌",具见其正统观念之浓厚;而李词中的个性解放因素与反封建礼教性质,却由此鲜明地反衬出来了。

胡寅(1098—1156)字明仲,福建崇安人。《宋史》称他志节豪迈,曾一再

上书高宗,反对和议,主张抗金,后为秦桧所忌,被贬。他有为向子諲的词集而作的《题酒边词》,也称《酒边词序》:

> 词曲者古乐府之末造也,古乐府者诗之傍行也。诗出于《离骚》、《楚辞》,而《离骚》者变风变雅之怨而迫、哀而伤者也。其发乎情则同,而止乎礼义则异。名之曰"曲",以其曲尽人情耳。方之曲艺,犹不逮焉,其去《曲礼》则益远矣。然文章豪放之士,鲜不寄意于此者,随亦自扫其迹,曰:谑浪游戏而已也。唐人为之最工者。柳耆卿后出,掩众制而尽其妙,好之者以为不可复加。及眉山苏氏,一洗绮罗香泽之态,摆脱绸缪宛转之度,使人登高望远,举首高歌,而逸怀浩气超然乎尘垢之外,于是《花间》为皂隶,而柳氏为舆台矣。

题序首先指出词曲渊源于古代诗歌、乐府而为其流变,特别继承楚辞《离骚》之发展《诗经》中"变风"、"变雅"的精神,故"怨而迫"、"哀而伤","发乎情"而超越了《诗大序》所设制的"止乎礼义"界限。以"曲尽人情"来解释词曲之"曲"的意义,虽有望文生义之嫌,然生动地说明了词体在尽量抒写个人的各种深层感情方面有着特殊功能,而与礼仪规范则距离甚远。故意气豪迈、思想解放的文学之士,大都乐于采取这种形式来倾吐情意,却又顾这样不守经典教条将遭物议,常不敢收在文集之中,自我解嘲为游戏之作。胡寅这里不仅揭示新兴之词源出《诗》、《骚》,而且指出其异端倾向,比诸一般强调诗词同体或别异者更有识见。对于初期一些歌词作者心理与行为矛盾的刻画,也真切地展示了词在发展历程中的一个侧影。

胡文在肯定词之发展中"唐人为之最工"与柳永词的"掩众制而尽其妙"之后,极力突出苏轼豪放之词的巨大成就,鲜明地表现出词体解放意旨,在某种程度上反映其时风云激荡的时代精神。然笔挟感情,遽谓"花间"及柳永词如此相形见绌,未免过激。苏轼也没有排斥婉美词风。

陆游为南宋最大诗人,余事为词,与辛弃疾并称"辛陆"。刘克庄称"其激昂感慨者,稼轩不能过"(《后村诗话》),陆游十分向往苏轼的词风,并明确奉为学习榜样:

> 世言东坡不能歌,故所作乐府多不协。晁以道谓:"绍圣初,与东坡别于汴上。东坡酒酣,自歌《阳关曲》。"则公非不能歌,但豪放不喜剪裁以就声律耳。(《老学庵笔记》卷五)
> 昔人作七夕诗,率不免有珠栊绮疏惜别之意,惟东坡此篇,居然是

> 星汉上语。歌之曲终,觉天风海雨逼人,学诗者当以是求之。(《跋东坡〈七夕词〉后》)

前人关于苏轼之词的异议主要有二:一是"以诗为词","要非本色";二是"往往不合音律"。陆游于此作了正面的解释。他拈出苏轼曾经称道过的"豪放"一词,并借用其《鹊桥仙》"客槎曾犯,银河波浪,尚带海天风雨"等词语,来概括苏词的精神风貌,对苏轼处理其词与音律关系的主观态度作了合理的推断,生动地展现了苏轼词风的声情与客观效果,从而有力肯定其在推陈出新、突破框套、开拓词境方面的贡献。这里径称苏轼《七夕》之"词"为"诗",说明陆游是将词与诗同样看待的。

陆游有关于《花间集》的跋语两则,评价迥异:

> 《花间集》皆唐末五代时人作,方斯时,天下岌岌,生民救死不暇,士大夫乃流宕如此,可叹也哉! 或者亦出于无聊故耶?(《花间集跋》第一)

> 唐自大中后,诗家日趣浅薄。其间杰出者,不复有前辈闳妙浑厚之作,久而自厌,然梏于俗尚,不能拔出。会有倚声作词者,本欲酒间易晓,颇摆落故态,适与六朝跌宕意气差近。此集所载是也。故历唐季五代,诗愈卑而倚声者辄简古可爱。(《花间集跋》第二)

前者严厉批评了花间词人的脱离现实倾向,这里自当寓有陆游对南宋某些士大夫中苟安享乐、醉生梦死现象的愤懑。后者突出了新兴之词的清新活泼风姿,所谓"简古"当指一种原始的、新生的状态。两则跋语并载于陆游晚年亲定编次的《渭南文集》,当为他有意识表示其对《花间集》及其词风"一分为二"的看法。

陆游在其为自己的词集所作《长短句序》中,反映他看待词体的矛盾心理:

> 雅正之乐微,乃有郑卫之音。……风雅颂之后,为骚,为赋,为曲,为引,为行,为谣,为歌。千余年后,乃有倚声制辞,起于唐之季世,则其变愈薄,可胜叹哉! 予少时汩于世俗,颇有所为,晚而悔之。然渔歌菱唱,犹不能止。今绝笔已数年,念旧作终不可揜,因书其首以识吾过。

这里说明他仍怀有词为"艳科""小道"的观点,对之既轻视,又留恋,心情十分微妙。陆游创作力旺盛,一生存诗九千三百余首,而《放翁词》仅一百三十首,后人辑补也只共一百四十五首,可见这种对词的暧昧态度所造成的损失。

范开、刘克庄、刘辰翁

与陆游大略同时的辛弃疾(1140—1207)、陈亮(1143—1194),则把词作为抒发其情怀抱负的重要渠道。陈亮字同甫,人称龙川先生。叶适《书龙川集后》说:"同甫……有长短句四卷,每一章就,辄自叹曰:'平生经济之怀,略已陈矣。'"辛弃疾字幼安,号稼轩。《稼轩词》存六百余首,为宋代最大词家。他不仅以诗为词,还以文为词,笔力雄壮而风格多样,极大地开拓了词的境界。因之,对辛词的评价,是南宋词论中重要内容,值得注意的有范开、刘克庄、刘辰翁。

范开,字廓之,后改字先之,是辛弃疾的学生。久从辛游,深知辛氏的政治遭遇和创作态度。《稼轩词》是他第一次编集的,并为词集作了一篇序云:

> 器大者声必闳,志高者意必远。知夫声与意之本原,则知歌词之所自出,是盖不容有意于作为。而其发越著见于声音言意之表者,则亦随其所蓄之浅深,有不能不尔者存焉耳。世言稼轩居士辛公之词似东坡,非有意于学坡也,自其发于所蓄者言之,则不能不坡若也。坡公尝自言,与其弟子由为文〔至〕多,而未尝敢有作文之意,且以为得于谈笑之间而非勉强之所为,公之于词亦然。……虽然,公一世之豪,以气节自负,以功业自许,方将敛藏其用,以事清旷,果何意于歌词哉,直陶写之具耳。故其词之为体,如张乐洞庭之野,无首无尾,不主故常,又如春云浮空,卷舒起灭,随所变态,无非可观。无他,意不在于作词,而其气之所充,蓄之所发,词自不能不尔也。其间固有清而丽、婉而妩媚,此又坡词之所无,而公词之所独也。昔宋复古、张乖崖方严劲正,而其词乃复有浓纤婉丽之语,岂铁石心肠者类皆如是耶?

序文化用并发展了韩愈"形大而声宏"(《答尉迟生书》)、苏轼"为文至多而未尝敢有作文之意"(《南行前集叙》)等评说诗文之论和《庄子·天运》中关于黄帝《咸池》之乐演奏情况的描写来评价辛弃疾词。这里传神地展示辛词创作力量源自其作者的器大志高,感情丰满,意气充沛,积蓄深广;深有体会地揭示他以歌词作为陶冶性情、抒发怀抱工具的创作态度;从而形象地展现其词作摆脱一切常规定格束缚而达到充分自由卷舒变态境界的艺术特色。最后特意举出辛词还有一些清丽婉妩之作，表现其丰富的审美理想与兴趣。辛弃疾自称其词为"狂歌"（《水调歌头》）、"壮语"（《破阵子·序》）外，也还有"效李易安体"（《丑奴儿·序》）和"效《花间集》"（《唐河传·序》）的，说明范开之序在很大程度上反映他的词学观点。

刘克庄有《自题长短句后》自称其为词是"别有诗余继变风"，又有《贺新郎·席上闻歌有感》云："粗识国风《关雎》乱，羞学流莺百啭，总不涉闺情春怨。"都是强调作词当继承《诗经》中《国风》特别是"变风"精神，而反对当时词坛上脱离现实倾向和绮靡之风的。他的《贺新郎》（"放身逐蓝缕"）云："管甚是非并礼法，顿足低昂起舞。任百鸟喧啾春语。欲托朱弦写悲壮，这琴心脉脉谁堪许。"更充分表现其作词时的狂放豪壮风概。然而，他并不否定词的写人之感情（包括写男女之情）的，尤其不同意理学家的鄙薄词艺。《跋黄孝迈长短句》中说：

> 为洛学者，皆崇性理而抑艺文。词尤艺文之下者也，昉于唐而盛于本朝。秦郎"和天也瘦"之句，脱换李贺语尔，而伊川有"褒渎上穹"之诮。岂惟伊川哉？秀上人罪鲁直劝淫，冯当世愿小晏损才补德，故雅人修士相戒不为。或曰："鲁庵亦为之何也？"余曰："议论至圣人而止，文字至经而止。'杨柳依依，雨雪霏霏'，非感时伤物乎？'鸡栖日夕'、'黍离麦秀'，非行役吊古乎？'熠熠宵行'、'首如飞蓬'，非闺情别思乎？宜鲁庵之为之也。"

北宋洛阳程颐对文艺的态度，见前章第三节《朱熹和理学家的文学观》。秦观《水龙吟》云："玉佩丁东别后，怅佳期参差难又，名缰利锁，天还知道，和天也瘦。"后两句乃化用唐李贺诗句"天若有情天亦老"而更有新意。李诗原意若曰：天是无情的，故不老。秦词则以为天如知道人间的离愁别恨则也将深表同情而与人一样消瘦。其意则是天亦有情了。程颐见之而厉斥为对上天的污蔑、大不敬，正是出于理学家的"去人欲、存天理"观点。刘克庄更指出《诗经》中也有不少"感时伤物""闺情别思"之作，曾得圣人孔子的肯定。比之于"经"，这是对抒情之词的有力扬举。

刘克庄的《辛稼轩集序》中极力称扬辛弃疾为国家分裂时期尤为突出的豪杰，具有恢复中原的雄才大略，故其歌词宏壮开阔，迈越前人，开古今未有之境：

> 世之知公者,诵其诗词,而以前辈谓有井水处皆倡柳词。余谓耆卿
> 直留连光景、歌咏太平尔;公所作大声镗鞳,小声铿鍧,横绝六合,扫空
> 万古,自有苍生以来所无。其秾纤绵密者,亦不在小晏、秦郎之下。

言下之意,辛弃疾之词不仅远非北宋和平时期柳永所作流行歌曲所能及,更
应是超过《诗经》之风雅了。当然,从这里接下来对辛词中"秾纤绵密者"的
称述中,可以看到晏幾道、秦观之词在刘克庄心目中的地位是不低的。在
《跋刘叔安感秋八词》中则在高度评价陆游、辛弃疾词之余,也指出其缺点:
"近岁放翁、稼轩,一扫纤艳,不事斧凿,高则高矣,但时时掉书袋,要是一
癖。"由之,他向作者提出了"周(邦彦)、柳(永)、辛、陆之能事,庶乎其兼之"
的期望。

　　刘辰翁(1232—1297),字会孟,号须溪,庐陵(今江西吉安)人,有《须溪
词》。他亲身体验亡国之痛,故对辛弃疾词更有特殊的会心。其《辛稼轩词
序》中云:

> 斯人北来,喑呜鸷悍,欲何为者? 而诮摈销沮,白发横生,亦如刘越
> 石。隔绝失望,花时中酒,托之陶写,淋漓慷慨,此意何可复道! 而或者
> 以流连光景,志业之终恨之,岂可向痴人说梦哉! 为我楚舞,吾为若楚
> 歌,英雄感怆,有在常情之外,其难言者未必区区妇人孺子间也。……
> 吾怀此久矣,因宜春张清则取《稼轩词》刻之,复用吾请。清则少游杭
> 浙,有奇志逸气,必能仿佛为此词者。

本序深刻揭示辛弃疾的心理矛盾冲突,他怀有恢复中原的宏大抱负,却受到
种种压抑,英雄垂老,壮志难酬,其平生不平之事,心头无限感慨,都托之于
词。序文更以辛弃疾比诸西晋刘琨,以辛词比诸汉高祖的《鸿鹄歌》,在此赵
宋政权土崩瓦解之际,刘辰翁一吐其胸中久怀的郁勃之气,鼓励有奇志逸气
之士效法前贤,发扬爱国精神,则其意义不仅是评论词艺了。

姜夔、张炎《词源》与沈义父《乐府指迷》

　　南宋至宋元之际的词坛,除上述辛弃疾、刘克庄、刘辰翁等外,更有部分
词人与词论家,如姜夔、吴文英、张炎、沈义父等,讲究修辞炼句、审音协律。
提倡婉雅之风,其论虽较多注意艺术经验的探讨,但不能谓之形式主义。如
姜夔即喜为"自制曲",即先按照抒写情意需要而自由作词,再制曲调配合,

改变词体兴起以来依调填词的习惯。他的《长亭怨慢序》云："予颇喜自制曲,初率意为长短句,然后协以律,故前后阕多不同。"他还一再自述其作词的目的是"述志"(《江梅引·序》),来源于"顿起幽思"(《齐天乐·序》)。姜夔还曾为史达祖《梅溪词》作序,黄昇《花庵词选》中《中兴以来绝妙词选》卷七载有其佚句云："盖能融景情于一家,会句意于两得。"反映他的丰满而有辩证因素的审美理想。姜词中未尝没有国家时代之感,不过表现比较隐微低回,与辛弃疾等的硬语盘空各有特色。《扬州慢》便是一首他经过金兵侵扰破坏后的扬州而怆然感慨所作的词,其序云:

> 淳熙丙申至日,予过维扬,夜雪初霁,荠麦弥望。入其城,则四顾萧条,寒水自碧,暮色渐起,戍角悲吟。予怀怆然,感慨今昔,因自度此曲。千岩老人以为有《黍离》之悲也。

从其自叙创作背景,可见这首自度曲调名之设置,迳如杜甫、白居易作新乐府的"即事名篇",也足证其音律配合是完全为抒情述志服务的。千岩老人即萧德藻,比此词于《诗经》中相传为东周大夫悲悼宗周覆亡的著名诗篇,当然也代表姜夔的自我评价。

姜夔的《自述》中曾称"稼轩辛公深服其长短句"(见周密《齐东野语》),引为自豪,当非虚夸。姜夔的《汉宫春·次韵稼轩》末句云："公歌我亦能书",也表示对辛弃疾词的爱重。辛、姜词风不同,却相互心折,反映他们宽宏的批评态度。

张炎(1248—1320?)字叔夏,号玉田。原籍天水,家寓临安(今浙江杭州)。以词著称,有《山中白云》词。《词源》二卷是他在宋亡以后晚年所作,上卷专论乐律,下卷为创作论,有《音谱》、《拍眼》、《制曲》、《句法》、《字面》、《虚词》、《清空》、《意趣》、《用事》、《咏物》、《节序》、《赋情》、《离情》、《全曲》、《杂论》等目。近人夏承焘有《词源注》(只录下卷《制曲》以下),1963年人民文学出版社出版,与蔡嵩云的沈义父《乐府指迷笺释》合刊。张炎高祖辈张镃、父张枢都擅长填词,精通音律,故《词源》颇传其家学,本人也"用功四十年","嗟古音之寥寥,虑雅词之落落"(《词源》下卷序),说明了他的著作缘起。

一、张镃是姜夔词友,其《梅溪词序》曾指出"跻攀风雅,一归于正"的高标。张炎论词,也首尚"雅正",这里包括对思想内容与艺术形式等方面的要求。他还标举了"清空"、"骚雅"、"意趣"等有关范畴,而往往推姜夔之词为极则。

　　古之乐章、乐府、乐歌、乐曲,皆出于雅正。(《词源》下卷序言)
　　词要清空,不要质实;清空则古雅峭拔,质实则凝涩晦昧。姜白石词如野云孤飞,去留无迹。吴梦窗词如七宝楼台,眩人眼目,碎拆下来,不成片段。此清空质实之说。梦窗《声声慢》云:"檀栾金碧,婀娜蓬莱,游云不蘸芳洲。"前八字恐亦太涩。……白石词如《疏影》、《暗香》、《扬州慢》、《一萼红》、《琵琶仙》、《探春》、《八归》、《淡黄柳》等曲,不惟清空,又且骚雅,读之使人神观飞越。(《清空》)

"清空"指清新空灵的意境,是"雅正"的一种表现,而与"意趣"相联系。故云"清空则古雅峭拔"。《意趣》条云:"词以意为主",又例举苏轼《水调歌头》("明月几时有")、《洞仙歌》、王安石《桂枝香》以及姜夔《暗香》、《疏影》等而评曰:"此数词皆清空中有意趣。""质实"而晦涩者,自将窒塞雅趣。姜夔《白石诗说》的"自然高妙"、张镃《梅溪词序》的"辞情俱到,织绡泉底,去尘眼中"等说,当都是"清空"说的渊源。"骚雅"一词,当指《离骚》与《诗经》风雅的结合,南宋初鲖阳居士《复雅歌词序》中已有"缊骚雅之趣"一说。张炎是承认词体具有抒写情感、吟咏风月之特殊职能的。"骚雅"云云,即是要求既蕴骚情而志趣雅正。《赋情》云:"簸弄风月,陶写性情,词婉于诗,盖声出莺吭燕舌间,稍近乎情可也。若邻乎郑卫,与缠令何异也。""景中带情,而有骚雅。故其燕酣之乐,别离之愁,回文、题叶之思,岘首、西州之泪,一寓于词。若能屏去浮艳,乐而不淫,是亦汉魏乐府之遗意。"《离情》又云:"情至于离,则哀怨必至。苟能调感怆于融会中,斯为得矣。""全在情景交练,得言外意。"从这些标准出发,张炎不满柳永、康与之的词,对周邦彦词也时有不足之感,对辛弃疾、刘过等的豪气词也表示不取。《杂论》中有云:

　　康、柳词亦自批风抹月中来,风月二字,在我发挥,二公则为风月所使耳。
　　词欲雅而正,志之所之,一为情所役,则失其雅正之音。耆卿、伯可不必论,虽美成亦有所不免;如"为伊泪落",如"最苦梦魂,今宵不到伊行"……所谓淳厚日变成浇风也。
　　美成词只当看他浑成处,于软媚中有气魄;……惜乎意趣却不高远,所以出奇之语,以白石骚雅句法润色之,真天机云锦也。
　　辛稼轩、刘改之作豪气词,非雅词也,于文章余暇戏弄笔墨为长短句之诗耳。

辛弃疾词骚情郁勃、志趣高远。但因其气概豪迈,与《词源》所列举的"风流醖藉"(《杂论》)、"平妥精粹"(《句法》)、"词中一个生硬字用不得"(《字面》)等准则有距离,遂被摒于雅词之外。这里反映张炎尚雅理论的狭隘性。

二、张炎关于雅词的一个重要标准是审音协律。《音谱》说:"词以协音为先,音者何? 谱是也。古人按律制谱,以词定声,此正'声依永、律和声'之遗意。"他叙述他父亲张枢"每作一词,必使歌者按之,稍有不协,随即改正"。枢曾赋《瑞鹤仙》词有"粉蝶儿,扑定花心不去"句,"按之歌谱,声字皆协,惟'扑'字稍不协,遂改为'守'字乃协。始知雅词协音,虽一字亦不放过,信乎协音之不易也。又作《惜花春起早》云'琐窗深','深'字音不协,改为'幽'字,又不协,改为'明'字,歌之始协。此三字皆平声,胡为如是? 盖五音有唇齿喉舌鼻,所以有轻清重浊之分,故平声字可为上入者此也。"按"扑"与"守"既情态各异,"深"、"幽"与"明"更情景完全不同;这样修改,不仅是内容迁就形式,还进一步以形式损害内容。李清照虽有词须分辨"五音"、"五声"、"六律"等说,但无此以辞害意的实例。这与姜夔的自度曲精神也背道而驰了。《词源》在这方面论说也有矛盾。如《杂论》中云:

> 词之作必须合律,然律非易学,得之指授方可。若词人方始作词,必欲合律,恐无是理;所谓千里之程起于足下,当渐而进可也。……音律所当参究,词章先宜精思。俟语句妥溜,然后正之音谱,二者得兼,则可造极玄之域。

此则似乎又是主张以精思词章为先于音律了。然究此论的本旨,乃是为初学者指示循序前进的津梁而设的,非其最高标准。

《词源》最后附列杨缵《作词五要》。缵字守斋,为张炎的作词前辈。"五要"中的第一至第四为"要择腔"、"要择律"、"要填词按谱"、"要随律押韵",都是关系音律的;第五才是"要立新意"。张炎当是赞赏这种先后次第要求的,但也不禁叹息道:"观此,则词欲协音,未易言也。"(《杂论》)张炎等对雅词音乐格律的研究是用了很大功夫的,而曲高和寡,只能徒兴寥落之嗟叹了。

沈义父,字伯时,一字时斋,震泽(今江苏吴县)人,曾为白鹿洞书院山长,宋亡后隐居不仕,著有《乐府指迷》。他曾与吴文英交游,相与唱酬,讲论作词之法,故其词论深受吴文英影响。《乐府指迷》开宗明义《论词四标准》云：

> 盖音律欲其协，不协则成长短之诗；下字欲其雅，不雅则近乎缠令
> 之体；用字不可太露，露则直突而无深长之味；发意不可太高，高则狂怪
> 而失柔婉之意。

此四者当即传述"梦窗家法"（蔡嵩云《乐府指迷笺释·前言》），而为全书评说词法与词人得失的指导思想。

《乐府指迷》与张炎《词源》在尚雅、重音律等方面是基本相同的。它批评康与之、柳永的词云："音律甚协，句法亦多有好处，然未免有鄙俗语。"（《康柳得失》）又对苏轼、辛弃疾一派豪放词也表示不满："近世作词者不晓音律，乃故为豪放不羁之语，遂借东坡、稼轩自诿。诸贤之词，固豪放矣，不豪放处，未尝不协律也。"然而两书艺术旨趣自有微妙差别。《词源》最推崇姜夔词，而《乐府指迷》则最尊重周邦彦词，其书之第二则《清真词所以冠绝》云："凡作词，当以清真为主。盖清真最为知音，且无一点市井气，下字运意，皆有法度，往往自唐宋诸贤诗句中来，而不用经史中生硬字面，此所以为冠绝也。"而《姜词得失》则云："姜白石清劲知音，亦未免有生硬处。"看来，张炎偏赏"清空"，而沈义父则更注重词之语言风格的"柔婉"与"深长"。

《乐府指迷》中对周邦彦、吴文英词也有所批判。《句法》指出周词也有"轻而露"的，"亦是词家病，却不可学也"；而《梦窗得失》评吴文英云："梦窗深得清真之妙，其失在用事下语太晦处，人不可晓。"大概吴词之"晦"正是为对"露"之救弊补偏而矫枉过正。沈义父也有此类过偏之论，如《语言须用代字》云：

> 炼句下语，最是紧要。如说桃，不可直说破桃，须用"红雨"、"刘郎"
> 等字；说柳，不可直说破柳，须用"章台"、"灞岸"等字。又用事，如曰"银
> 钩空满"，便是"书"字了，不必更说"书"字，"玉筋双垂"，便是泪了，不必
> 更说泪。……往往浅学俗流，多不晓此妙用，指为不分晓，乃欲直捷说
> 破，却是赚人与耍曲矣。如说情，不可太露。

《四库全书总目提要·乐府指迷》谓之"欲避鄙俗，而不知转成涂饰"。王国维《人间词话》云："梦窗以下，则用代字更多。其所以然者，非意不足，则语不妙也。盖意足则不暇代，语妙则不必代。……沈伯时《乐府指迷》云：说桃不可直说破桃，须用红雨、刘郎等字；说柳不可直说破柳，须用章台、灞岸等字。若惟恐人不用代字者，果以是为工，则古今类书具在，又安用词为耶？"这些

批评都是很中肯的。

张炎与沈义父这两部词论著作在总结宋词艺术经验方面影响甚为深远。清代号称词学中兴,其前后两大词派,浙派词家朱彝尊等专宗姜夔、张炎,常州词派周济等力尊周邦彦、吴文英,明显地对《词源》与《乐府指迷》的审美理想分别有所继承与发展,当然也受到它们的某些误导。

第四章　金元的文学批评

第一节　金元的诗文批评

在金朝统治北中国和元朝统治时期,诗文的创作与批评虽不及宋朝繁荣,也产生过一些有成就的作者与批评家。王若虚与元好问都是由金入元的文坛领袖。由宋入元的方回则为江西诗派的理论作了总结与发展。杨维桢是元代后期颇有影响的人物。他们在宋明之间,起着承上启下的作用。

王若虚等的诗文批评

金朝的文坛基本上沿袭北宋的余风,大致可以分为两大派。一派大都倾向于学习唐代的李贺、卢仝和北宋黄庭坚等,崇尚奇险艰深,偏重字句琢雕,以李纯甫、雷希颜、李天英、赵衍等为代表;一派大都继承苏轼的风尚,提倡自然通达,不拘一格。赵秉文、周昂、王若虚等属之,元好问的观点也与他们比较接近。

赵秉文(1159—1232),字周臣,号闲闲老人。李纯甫(1185—1231),字之纯,号屏山。两人都是当时文坛导师,旨趣颇不相同。刘祁《归潜志》道:"李屏山教后学为文欲自成一家,每曰:'当别转一路,勿随人脚跟',故多喜奇怪。然其文亦不出庄、左、柳、苏,诗不出卢仝、李贺。晚甚爱杨万里诗,曰:'活泼剌底,人难及也。'赵闲闲教后进为诗文则曰:'文章不可执一体,有时奇古,有时平淡,何拘?'李尝与余论赵文曰:'才甚高,气象甚雄,然不免有失支堕节处,盖学东坡而不成者。'赵亦语余曰:'之纯文字止一体,诗只一向去也。'"赵秉文有《与李天英书》,教他学诗文书法应该广泛向古代作者学习,谓"尽得诸人所长,然后卓然自成一家,非有意于专师古人也,亦非有意于专摈古人也"。他又批评李天英的诗最多不过能达到"长吉、卢仝合而为一,未能以故为新,以俗为雅","间有枭音",并对李纯甫评李天民诗"自李贺死二百年无此作矣"之说表示不满。按李纯甫较为重视作者个性的发挥,赵秉文则取径较为宽广,但两人都未摆脱复古的影响。比较起来,王若虚的诗文理论更有明显的进步性。

王若虚(1174—1243),字从之,号慵夫、滹南遗老,藁城(今属河北)人。曾任金翰林直学士,金亡不仕。有《滹南遗老集》,其中有《文辨》四卷、《诗话》三卷,对诗文创作发表许多看法。《归潜志》也记载了王若虚与李纯甫、雷希颜文学主张的对立:"王则贵议论文字有体致,不喜出奇,下字止欲如家人语言,尤以助辞为首,与屏山、之纯学大不同。尝曰:'之纯虽才高,好作险句怪语,无意味。'……千古以来,惟推东坡为第一。……雷则论文尚简古,全法退之,诗亦喜韩,兼好黄鲁直新巧。""正大中,王翰林从之在史院领史事,雷翰林希颜为应奉兼编修,同修《宣宗实录》。二公由文体不同,多纷争。盖王平日好平淡纪实,雷尚奇峭造语也。王则云:'实录止文其当时事,贵不失真,若是作史则又异也。'雷则云:'作文字无句法,委靡不振,不足观。'故雷所作,王多改革。雷大愤不平,语人曰:'请将吾二人所作令天下文士定其是非。'王亦不屑。王尝曰:'希颜作文好用恶硬字,何以为奇!'雷亦曰:'从之持论甚高,文章亦难止以经义科举法绳之也。'"这故事宛如北宋欧阳修与宋祁在修《唐书》时文风对立的戏剧性的重演,而且对峙得更加剑拔弩张了。

一、王若虚论诗文首先强调"以意为主"、崇尚"真"与"似",由此他分析文学作品内容与形式的关系、文学的真实性问题,从而总结苏轼、白居易等的创作特点与成就,有力地加以提倡。《诗话》上引述了他舅父周昂的论点道:

> 吾舅尝论诗云:"文章以意为之主,字语为之役,主强而役弱,则无使不从。世人往往骄其所役,至跋扈难制,甚者反役其主。"可谓深中其病矣。

这就是说创作要以内容为主,形式应该服从内容,为内容服务。当然,王若虚也并不认为形式是无足轻重、不值得计较的。《文辨》四中有云:"或问:'文章有体乎?'曰:'无。'又问:'无体乎?'曰:'有。''然则果何如?'曰:'定体则无,大体须有。'"其意是说,不应有凝固僵化的形式框套,但须遵循基本的法则。

所谓"真"与"似"，意思相当于说创作必须抒写真实的思想感情与符合生活的真实面貌，这是涉及到作品的内容与形式两方面的问题。上面引到《归潜志》已记载了王若虚认为实录记载时事"贵不失真"。《诗话》上说："哀乐之真，发乎情性，此诗之正理也。"《文辨》一说："邵公济尝言：'迁史杜诗，意不在似，故佳。'此谬妄之论也。使文章无形体邪？则不必似。若其有之，不似则不是。谓其不主故常，不专蹈袭可矣，而云意不在似，非梦中语乎？"他还补充了苏轼"形似"与"神似"的论说，进一步接触到生活真实与艺术真实的问题，《诗话》中说：

> 东坡云："论画以形似，见与儿童邻；赋诗必此诗，定非知诗人。"夫所贵于画者，为其似耳。画而不似，则如勿画。命题而赋诗，不必此诗，果为何语！然则坡之论非欤？曰：论妙在形似之外，而非遗其形似；不窘于题，而要不失其题。如是而已耳。世之人不本其实，无得于心，而借此论以为高。画山水者，未能正作一木一石，而托云烟杳霭，谓之气象。赋诗者茫昧僻远，按题而索之，不知所谓，乃曰格律贵尔。一有不然，则必相嗤点，以为浅易而寻常。不求是而求奇，真伪未知而先论高下，亦自欺而已矣。岂坡公之本意也哉！

艺术作品必须反映所描写事物的客观真实面貌，决不允许脱离与违背这种真实，但也不一定与它完全一样，所谓"妙在形似之外"、"不窘于题"之论，在某种程度上揭示了比生活真实更高、更丰富的艺术形象规律。他对于苏轼、白居易的竭力推崇，主要都是从他们创作的能够"随物赋形"，根据描写客观事物形象的需要自由挥洒、刻画尽致。《文辨》三说："文至东坡，无复遗憾矣！""夫以一日千里之势，随物赋形之能，而理尽辄止，未尝以驰骋自喜，此其横放超迈而不失为精纯也耶？"《诗话》上说：

> 乐天之诗，情致曲尽，入人肝脾，随物赋形，所在充满，殆与元气相侔。至长韵大篇，动数百千言，而顺适惬当，句句如一，无争张牵强之态，此岂撚断吟须悲鸣口吻者之所能至哉！而世或以浅易轻之，盖不足与言矣。

《诗话》下说：

> 张舜民谓乐天《新乐府》几乎骂，乃为《孤愤吟》五十篇以压之。然

其诗不传,亦略无称道者,而乐天之作自若也。公诗虽涉浅易,要是大才,殆与元气相侔,而狂斐之徒,仅能动笔,类敢谤伤,所谓"尔曹身与名俱灭,不废江河万古流"也。

他又有论诗绝句四首批判时人王庭筠的轻视白居易的态度,小序云:"王子端云:'近来陡觉无佳思,纵有诗成似乐天。'其小乐天甚矣。予亦尝和为四绝。"兹录其后二首表示他对白居易诗的崇仰和对贬低白居易者的愤慨道:

> 妙理宜人入肺肝,麻姑搔痒岂胜鞭。世间笔墨成何事,此老胸中具一天。

> 百斛明珠一一圆,丝毫无恨彻中边。从渠屡受群儿谤,不害三光万古悬。

白居易诗歌在宋金时代,有些宗奉江西诗派和崇尚奇字奥句者不满它的平易浅俗,有些反对江西诗派而醉心深婉韵味的又不满它的直言无隐,那些恪守温柔敦厚诗教而反对诗中有"怒骂"的人当然更不会满意他《新乐府》等作品中的强烈批判现实。赵秉文《答李天英书》中曾说:"太白词胜于理,乐天理胜于词,东坡又以太白之豪、乐天之理合而为一。"肯定了白居易诗歌的思想内容及其对苏轼的影响,但对他的"词"与李白的"理"却同样缺乏认识。元好问《论诗》三十首列论历代诗人而不及白居易,也反映了白居易在他心目中不占重要地位。王若虚这样高度评价了白居易诗歌的思想与艺术成就,正是捍卫了古代诗歌史上现实主义传统与通俗化倾向。

二、王若虚对诗文创作领域中种种形式模拟复古倾向和矜眩险怪奥僻的风气以及扬雄、宋祁、黄庭坚与其江西诗派的批判,常常比较深刻。《文辨》一说:

> 夫文章唯求真是而已,须存古意何为哉?

《诗话》下在批评了"近岁诸公""往往持论太高,开口辄以《三百篇》、《十九首》为准"的现象后指出:

> 然世间万变皆与古不同,何独文章而可以一律限之乎?

北宋时欧阳修曾与尹师鲁等各作《河南驿记》,以力求文字简洁相竞赛,被文坛传为美谈。这种作法对于矫正宋初华靡文风起过一定作用,但一味求简,也将成为某种形式桎梏。王若虚《文辨》三即指出:"予谓此特少年豪俊一时争胜而然耳。若以文章正理论之,亦惟适其宜而已,岂专以是为贵哉!盖简而不已,其弊将至于俭陋而不足观矣。"文章繁简,应该完全根据表达的需要,片面追求,都将是一种偏差。然而当时文坛上存在着一种片面追求形式奇险和文辞浮华的风气,所以他的《文辨》四中又说:

> 凡文章须是典实过于浮华,平易多于奇险,始为知本末。世之作者,往往致力于其末而终身不返,其颠倒亦甚矣。

> 扬雄之经,宋祁之史,江西诸子之诗,皆斯文之蠹也。散文至宋人,始是真文字,诗则反是矣。

他的肯定宋代散文,主要因为宋代散文无论欧阳修、苏轼都比前代更趋于平易近人和自然通达;他的反对宋代诗歌,则主要指黄庭坚及其江西诗派。他不同于有些论者那样认为宋诗变古而一概加以否定,有论诗绝句四首对苏轼与黄庭坚的诗风作了不同评价道:

> 骏步由来不可追,汗流余子费奔驰。谁言直待南迁后,始是江西不幸时?

> 信手拈来世已惊,三江衮衮笔头倾。莫将险语夸勍敌,公自无劳与若争。

> 戏论谁知是至公,蜻蜓信美恐生风。夺胎换骨何多样,都在先生一笑中。

> 文章自得方为贵,衣钵相传岂是真。已觉祖师低一著,纷纷法嗣复何人!

苏轼与黄庭坚都是变尽唐音、奠定宋格的代表诗家,在这一点上,两人是同为一些崇尚唐诗者所不满的。然而两人的风格各异,成就不同。江西诗派盛行,奉黄庭坚为首,在金朝也有其余波。王若虚这四首诗的小序说:"山谷于诗,每与东坡相抗,门人亲党遂谓过之,而今之作者亦多以为然。"他这四首诗即是针对这种论调而作的。苏轼的诗风前后期也有某种转变,他在流迁到海南以后,爱好陶潜、柳宗元的诗的风格,所作趋于古淡,论者也有比之于杜甫晚年之作而特别加以推重的。《诗人玉屑》引《诗话》云:"东坡自南迁以后诗,全类子美夔州以后诗,正所谓老而严者也。子由云:'东坡谪居儋耳,独善为诗,精深华妙,不见老人衰惫之气。'鲁直亦云:'东坡岭外文字,读之使人耳目聪明,如清风自外来也。'"元好问《陶然集诗序》也有这类论调。黄庭坚和江西诗派的特重苏轼南迁后诗的说法中流露了某种复古倾向,王若虚这里大力称颂苏轼前期诗作的豪迈雄骏、自然奔放,非黄庭坚所能企及,也就是肯定苏诗在变古方面的成绩。他对黄庭坚与江西派竞奇夸险诗风的批判也不是责备他们的改变唐风而着重在他们的在形式上矫揉造作,乞人残余,缺乏自得。《诗话》中说:"山谷之诗,有奇而无妙,有斩绝而无横放,铺张学问以为富,点化陈腐以为新,而浑然天成如肺腑中流出者不足也,此所以力追东坡而不及欤?"《诗话》下更对他们所讲求的"句法"、"点铁成金"给予强烈的批判,并揭示黄庭坚虽然怀着"不为牛后"的雄心而终于成为"剽窃之黠"的悲剧原因:

> 古之诗人,虽趣尚不同,体制不一,要皆出于自得。至其辞达理顺,皆足以名家,何尝有以句法绳人者。鲁直开口论句法,此便是不及古人处,而门徒亲党,以衣钵相传,号称法嗣,岂诗之真理也哉!
>
> 鲁直论诗,有"夺胎换骨""点铁成金"之喻,世以为名言。以予观之,特剽窃之黠者耳。鲁直好胜而耻其出于前人,故为此强辞而私立名字。夫既已出于前人,纵复加工,要不足贵。虽然,物有同然之理,人有同然之见,语意之间,岂容全不见犯哉?盖昔之作者初不校此,同者不以为嫌,异者不以为夸,随其所自得而尽其所当然而已。至于妙处,不专在于是也。故皆不害为名家而各传后世,何必如鲁直之措意邪?

这里对于形式拟古的弊端的分析何等的深刻!当然,黄庭坚虽存在这方面缺点,也有自己的成就,王若虚有感于江西末流的弊病与金朝当时文坛上的情况,因而对这种风气的倡导者给予更严厉的责备,措辞不免有过当处。

王若虚还从文法修辞角度对司马迁以至唐宋诸家的作品进行细致的评析,反映他逻辑思想的严密与古代文法修辞之学的发展,但在不少地方也失之拘泥,例如他很不满《史记》,至有"迁虽气质近古,以绳准律之,殆百孔千疮"(《文辨》一)、"文法之疏,莫迁若也"(《文辨》二)之说,就显然失诸过偏了。

元　好　问

元好问(1190—1257),字裕之,号遗山,太原秀容(今山西忻县)人。祖系出自北魏拓拔氏。曾任金行尚书省左司员外郎等职。金亡后致力于著述。他是金元之际很负重望的作者,著有《遗山集》。

元好问曾作《论诗》绝句三十首,系统地阐述其对诗歌创作的看法,对汉魏至北宋许多作家作品进行评论。自从杜甫的《戏为六绝句》后,宋代以绝句形式来论诗的颇不乏人。吴可的《学诗诗》、戴复古《论诗》十绝等外,陆游的《读近人诗》、杨万里的《答徐子材谈绝句》等均属此范围。诗人以诗句论诗,常别有会心,启人深思。但有些论诗绝句,不免受这特殊形式的拘束,或偶尔遣兴,仅抒一时感触;或微露契机,难以具体捉摸。元好问这组诗却是有明确的目的,严肃的态度,比较全面的论述,在文学批评史上是有相当影响的。其第一首说:"汉谣魏什久纷纭,正体无人与细论。谁是诗中疏凿手?暂教泾渭各清浑。"就鲜明表示要对汉魏以来诗歌流变进行论析,慨然以指出创作发展的正确道路自任。《论诗》题下自注:"丁丑岁三乡作。"这年为金宣宗兴定元年(1217),时作者二十八岁。但最后一首又说:"撼树蚍蜉自觉狂,书生技痒爱论量。老来留得诗千首,却被何人校短长!"已若老者口吻,可证他在晚年对这组诗还有所更定。

一、注重诗歌的真情实感

写诗要有真情实感,这是元好问所反复强调的。《杨叔能小亨集序》说:"故由心而诚,由诚而言,由言而诗也。三者相为一。情动于中而形于言,言发乎迩而见乎远,同声相应,同气相求,虽小夫贱妇孤臣孽子之感讽,皆可以厚人伦、美教化,无它道也。故曰:不诚无物。夫唯不诚,故言无所主,心口别为二物,物我邈其千里,漠然而往,悠然而来,人之听之,若春风之过马耳,其欲动天地、感神鬼,难矣!其是之谓本。"指出情真心诚是诗歌具有感染力量的根本。《论诗》五就高度赞美了阮籍的诗笔纵横,如长江奔流,神与俱远,正是他高尚情怀、胸中不平之气的表现:

纵横诗笔见高情,何物能浇魂磊平?老阮不狂谁会得,出门一笑大江横。

《论诗》六则深刻嘲讽了潘岳的躁求荣利、谄事权贵,而托赋《闲居》,伪装清高:

心画心声总失真,文章宁复见为人!高情千古《闲居赋》,争信安仁拜路尘。

《论诗》九指出诗歌既然是传达心声,意尽就该言止,不须摇唇鼓舌,多所铺张:

斗靡夸多费览观,陆文犹恨冗于潘。心声只要传心了,布谷澜翻可是难。

《论诗》十二对李商隐《锦瑟》等诗的含情深邈表示向往,而可惜其本事迷离,难以索解:

> "望帝春心托杜鹃",佳人锦瑟怨华年。诗家总爱西昆好,独恨无人作郑笺。

《论诗》十五揭示李白原是鲁仲连一流人物,其笔底银河,奔流直下,自然不同凡响:

> 笔底银河落九天,何曾憔悴饭山前! 世间东抹西涂手,枉著书生待鲁连。

《论诗》十九批评陆龟蒙的生活在晚唐社会动荡时代,不作忧国感愤之辞而徒兴春草输赢的叹息:

> 万古幽人在涧阿,百年孤愤竟如何! 无人说与天随子,春草输赢较几多。

这里也反映了元好问在强调真情实感时是注意到社会现实内容的。唐元稹论杜甫诗,特别推重它的"铺陈终始,排比声韵"的排律,认为这方面李白"尚不能历其藩翰",元好问表示不同的意见。《论诗》十说:

> 排比铺张特一途,藩篱如此亦区区。少陵自有连城璧,争奈微之识碔砆。

指出杜甫诗歌中最有价值者别有所在,是有其识见的。这里透露了元好问对诗歌艺术形式的看法,他是崇尚自然雄浑而反对过分讲求声律对偶的;同时也未尝不反映他对诗歌思想内容的看法,因为杜诗最有价值之处当在其丰富深刻的现实意义,他的长篇排律功力固然深厚,却较多投赠之作。然而元好问对诗歌的现实内容又作了许多限制,这在下面将要讲到。

二、崇尚雄浑、高古、自然、醇雅的风格

《论诗》三十首中占很大比重的是对诗歌艺术风格的评论,元好问所推崇的是雄浑、高古、自然、醇雅的风格,而不满柔靡、轻艳、险怪、雕琢之作。因之,他赞美建安诗人曹氏父子、刘桢等以及晋代刘琨诗风的雄壮似虎,向往陶潜诗歌的朴素真淳、历久如新,北朝民歌《敕勒歌》的引吭高歌、浑然天成,唐元结所作的音节自然、合于天籁,肯定唐代陈子昂、宋代欧阳修、梅尧臣的复古之功,谴责六朝、唐初、宋初那种竞尚声律藻丽的风气,对孟郊的寒苦、卢仝的怪僻,温庭筠、李商隐的新声,秦观的柔弱等都进行讥评,兹举例如下:

> 曹刘坐啸虎生风,四海无人角两雄。可惜并州刘越石,不教横槊建安中。(其二)

> 邺下风流在晋多,壮怀犹见缺壶歌。风云若恨张华少,温李新声奈尔何!(其三)

> 一语天然万古新,豪华落尽见真淳。南窗白日羲皇上,未害渊明是晋人。(其四)

> 慷慨歌谣绝不传,穹庐一曲本天然。中州万古英雄气,也到阴山敕勒川。(其七)

> 沈宋横驰翰墨场,风流初不废齐梁。论功若准平吴例,合著黄金铸子昂。(其八)

> 万古文章有坦途,纵横谁似玉川卢?真书不入今人眼,儿辈从教鬼画符。(其十三)

> 切响浮声发巧深,研摩虽苦果何心?浪翁水乐无宫徵,自是云山韶濩音。(原注:水乐,次山事。又其《欸乃曲》云:"停桡静听曲中意,好是云山韶濩音。")(其十七)

> 东野穷愁死不休,高天厚地一诗囚。江山万古潮阳笔,合在元龙百尺楼。(其十八)

> "有情芍药含春泪,无力蔷薇卧晚(《淮海集》作'晓')枝。"拈出退之山石句,始知渠是女郎诗。(其二十四)

> 百年才觉古风回,元祐诸人次第来。讳学金陵犹有说,竟将何罪废欧梅?(其二十七)

看来元好问在诗歌风格欣赏方面与《沧浪诗话》的"气象说"比较接近。然而,他一再高度评价韩愈的健笔,肯定宋代元祐诗人的成就,说明其艺术眼光比严羽宽阔。他对李商隐虽有贬抑,也有赞许,这不仅表现在对《锦瑟》等诗的爱慕,还显示在对江西诗派的批评之中。《论诗》二十八说:

> 古雅难将子美亲,精纯全失义山真。论诗宁下涪翁拜,未作江西社里人。

江西诗派是标榜学习杜甫的,而李商隐的能得杜甫遗意,则宋人早就有此说法。《蔡宽夫诗话》称王安石"以为唐人知学老杜而得其藩篱,惟义山一人而已"。朱弁《风月堂诗话》更说黄庭坚"用昆体工夫而造老杜浑成之地",揭示了江西诗派的开创者通过李商隐以学习杜甫的途径。元好问批评了江西诗派既不能及到杜甫的风貌,又失却了李商隐的真意。这里以"精纯"来称道李商隐的诗,是很确切的评价。

三、对黄庭坚、苏轼的评价问题

从元好问对黄庭坚的评论,可以联系看到他关于诗歌创作进程中"学至于无学"这种比较辩证的论述;从他关于苏轼的评论,可以联系看到他恪守温柔敦厚诗教的局限。元好问对江西诗派的不满是明确的,但他对黄庭坚的态度则后人有不同解释。"论诗宁下涪翁拜"句,宗廷辅注云:"查初白云:'涪翁生拗锤炼,自成一家,直得下拜。'此读'宁'为'宁可'之'宁'也。故为调停,非先生意。'宁下'者,'岂下'也。"一种意见认为元好问对黄庭坚还有所崇敬,把黄与江西诗派区别开来。一种则认为他对黄庭坚也一概否定。两说都言之成理,看来前说近是。元好问在其他场合对黄庭坚诗论也曾加以推重。《杜诗学引》说:

> 切(窃)尝谓子美之妙,释氏所谓学至于无学者耳。今观其诗,如元气淋漓,随物赋形;如三江五湖,合而为海,浩浩瀚瀚,无有涯涘;如祥光庆云,千变万化,不可名状;固学者之所以动心而骇目。及读之熟,求之深,含咀之久,则九经百氏古人之精华,所以膏润其笔端者,犹可仿佛其余韵也。夫金屑丹砂、芝术参桂,识者例能指名之;至于合而为剂,其君臣佐使之互用,甘苦酸咸之相入,有不可复以金屑丹砂、芝术参桂而名之者矣。故谓杜诗为无一字无来处,亦可也;谓不从古人中来,亦可也。前人论子美用故事,有著盐水中之喻,固善矣,但未知九方皋之相马,得天机于灭没存亡之间,物色牝牡,人所共知者为可略耳。先东严君有言,近世唯山谷最知子美,以为今人读杜诗,至谓草木虫鱼皆有比兴,如试世间商度隐语然者,此最学者之病。山谷之不注杜诗,试取《大雅堂记》读之,则知此公注杜诗已,意可为知者道,难为俗人言也。

杜甫学诗原有"读书破万卷,下笔如有神"的过程,自从黄庭坚创杜诗"无一字无来处"之说,江西后学片面地以用事遣词为能事,自然引起人们的反感。朱熹说:"关关雎鸠,出在何处?"严羽说:"诗有别材,非关书也。"在某种意义上都针对上述偏向而发。但诗人之诗与上古歌谣的本无所继承原有所不同,丰富的文学遗产也是应该学习的。元好问的"学至于无学"的说法就比较全面,他特别赞扬了黄庭坚《大雅堂记》"子美诗妙处乃在无意于文"等说,说明他与一般江西俗流是趋舍异趣的。他的《陶然集诗序》就分析了古代歌谣与后世文人创作的环境不同,由于诗歌艺术的不断发展完备,后世诗人必须经过长期的刻苦钻研琢磨才能纯熟地掌握诗艺的规律,"今就子美而下论之,后世果以诗为专门之学,求追配古人,欲不死生于诗,其可已乎? 虽然,方外之学,有'为道日损'之说,又有'学至于无学'之说,诗家亦有之。子美夔州以后,乐天香山以后,东坡海南以后,皆不烦绳削而自合,非技进于道者能之乎?"(同前)这里所谓杜甫夔州以后诗"不烦绳削而自合"云云,也是从黄庭坚《与王观复书》中的说法发展而来的。

"苏学盛于北,景行遗山仰。"(清翁方纲《斋中与友人论诗》)元好问是深受苏轼影响的。然而他对苏诗也有批评。《论诗》中有云:

> 奇外无奇更出奇,一波才动万波随。只知诗到苏黄尽,沧海横流却是谁?(其二十二)

> 曲学虚荒小说欺,俳谐怒骂岂诗宜? 今人合笑古人拙,除却雅言都不知。(其二十三)

> 金入洪炉不厌频,精真那计受纤尘。苏门果有忠臣在,肯放坡诗百态新。(其二十六)

这里有的针对苏轼本人作品的,有的是兼及苏轼诗风的末流的。对于苏诗,他无疑是在充分肯定其气势宏伟的前提下,又以其新变过多而有失古雅之趣为憾。《东坡诗雅引》也说:"五言以来,六朝之唐,谢、陶之陈子昂、韦应物、柳子厚,最为近风雅。……近世苏子瞻绝爱陶、柳二家,极其诗之所至,诚亦陶、柳之亚。然评者尚以其能似陶、柳而不能不为风俗所移为可恨耳。夫诗至于子瞻,而且有不能近古之恨,后人无所望矣。"按苏轼的《书黄子思诗集后》等称李白、杜甫"以英玮绝世之姿,凌跨百代,古今诗人尽废,然魏晋以来高风绝尘亦少衰矣"以及对陶潜、柳宗元诗风的追慕,也未尝不是有意图借以补自己创作中的不足。但这仅是苏轼晚年论诗的一端,他并不把陶、柳诗歌的总成就置于李杜之上。元好问则反对新变与崇尚古雅似乎过了分,这不仅是艺术表现手法问题,更涉及到诗歌思想内容问题,它与所谓"温柔敦厚"的诗教紧密地联系着。《杨叔能小亨集引》就竭力赞美唐人诗歌的既寓有不平之气而又穷而不怨、怨而不怒,辞旨深婉,这就是古雅的标准:"唐人之诗,其知本乎? 何温柔敦厚蔼然仁义之言之多也! 幽忧憔悴,寒饥

395

困惫,一寓于诗,而其阨穷而不悯,遗佚而不怨者故在也。至于伤谗疾恶,不平之气,不能自揜,责之愈深,其旨愈婉,怨之愈深,其辞愈缓,优柔餍饫,使人涵泳于先王之泽,情性之外不知有文字。"接着他又自叙学诗时曾以十数条自警云:

> 无怨怼,无谑浪,无骛狠,无崖异,无狡讦,无婥阿,无傅会,无笼络,无衔鬻,无矫饰,无为坚白辨,无为贤圣癫,无为妾妇妬,无为仇敌谤伤,无为聋俗哄传,无为瞽师皮相,无为黥卒醉横,无为黠儿白捻,无为田舍翁木强,无为法家丑诋,无为牙郎转贩,无为市倡怨恩,无为琵琶娘人魂韵词,无为村夫子兔园册,无为箅沙僧困义学,无为稠梗治禁词,无为天地一我、今古一我,无为薄恶所移,无为正人端士所不道。信斯言也,予诗其庶几乎?

当然作者这里所悬为禁忌者,并不都是值得提倡的,然而加给诗歌创作这么许多的清规戒律,其中有些条目无疑将限制创作的现实内容,限制它的明朗性与通俗性,有碍于诗歌的发展。《陶然集诗序》中一方面称道《诗经》中一些风谣为不可企及,一方面又竭力贬低后代民歌的鄙俗不足观采:"盖秦以前,民俗醇厚,去先王之泽未远,质胜则野,故肆口成文,不害为合理。使今世小夫贱妇,满心而发,肆口而成,适足以污简牍,尚可辱采诗官之求取耶?"这种态度也是受着他崇尚古雅与温柔敦厚诗教的观点所制约的。古代有些批评家与诗人,常常倾倒在国风、汉魏乐府面前膜拜顶礼,却对当代民间文学加以鄙视,贵古贱今,贵远贱近,元好问的论调是有代表性的。

方　　回

　　南宋后期诗坛,四灵的兴起,江湖派的风行,相形之下,江西诗派逐渐衰微。宋末刘辰翁、方回出来,成为该派后起中坚,并把这诗风带到元代。特别是方回的诗论,重振江西旗鼓,又有所丰富发展。

　　方回(1227—1307),字万里,号虚谷,歙县(今属安徽)人。宋景定间别省登第,曾知严州。入元,任建德路总管,不久罢官。有《桐江集》、《桐江续集》,又曾选唐宋以来律诗为《瀛奎律髓》,书成于至元二十年(1283),自序道:"文之精者为诗,诗之精者为律。所选诗格也,所注诗话也,学者求之,髓由是可得也。"说明他的选诗与注诗是具有文学批评的意义的。

《瀛奎律髓》对所选之诗多详加批点,标明句眼,指出写作特点。例如卷一于杜甫《登岳阳楼》中"吴楚东南坼,乾坤日夜浮"两句的"坼"及"浮"字旁均加圈,注云:"凡圈处是句中眼。"《拗字类》、《变体类》等探讨句律之法颇为精微。"拗字"是作律诗时于某些字突破平仄格律,该卷小序道:"拗字在老杜集七言律诗中谓之吴体。……往往神出鬼没,虽拗字甚多,而骨格愈峻峭。……五言律亦有拗者,止为语句要浑成,气势要顿挫,则换易一两字平仄无害也。"在杜甫《题省中院壁》诗后注云:"此篇八句俱拗,而律吕铿锵,试以微吟,或以长歌,其实文从字顺也。……此等句法惟老杜多,亦惟山谷、后山多,而简斋亦然。乃知江西诗派非江西,实皆学老杜耳。""变体"是作律诗时不拘景情、虚实对称的规则。该卷在陈与义《怀天经智老因以访之》中"客子光阴诗卷里,杏花消息雨声中"两句注云:"以'客子'对'杏花',以'雨声'对'诗卷',一我一物,一情一景,变化至此,乃老杜'即今蓬鬓改,但愧菊花开'、贾岛'身事岂能遂,兰花又已开',翻窠换臼,至简斋而益奇也。"这些例子反映方回用评点的手法,把江西诗派师友相传关于句法的"玄机",具体而明白地标志出来,是他对江西派诗学流传的贡献。这里也可看到,他们的讲求句律形式,未始不怀有打破形式束缚、翻窠换臼的目的。

一、推尊杜甫、黄庭坚、陈师道、陈与义为"一祖三宗",提高与扩大了江西诗派

《瀛奎律髓》卷二十六云:"古今诗人,当以老杜、山谷、后山、简斋四家为一祖三宗,余可预配飨者有数焉。"黄庭坚诗学原是宗奉杜甫的,尽管张戒讥讽他未能得杜甫之髓,可是江西宗派的建立,既推黄庭坚为教主,其末流数典忘祖,杜甫也被丢在脑后了。胡仔就曾慨叹道:"近时学诗者,率宗江西,然殊不知江西本亦学少陵者也。……今少陵之诗,后生少年不复过目,抑亦失江西之意乎!"(《苕溪渔隐丛话·前集》卷四十九)方回这里推尊杜甫为不祧之祖。《瀛奎律髓》卷一即指出黄庭坚、陈师道的"号江西派,非自为一家也,老杜实初祖也",某种意义上即提高江西诗派为杜甫诗派,为后学揭示了更高一层学习的标的。崛起于宋朝南渡之际的陈与义,曾宣称"要必识苏、黄之所不为,然后可以涉老杜之涯涘"(《简斋诗集引》)。表示了直接继承杜甫而不屑局促于苏轼、黄庭坚宇下的态度。一般论者也认为他与江西派有所不同。严羽《沧浪诗话》虽称"简斋体"是"亦江西之派而小异",刘克庄《后村诗话》则说:"元祐后诗人叠起……要之不出苏、黄二体而已。及简斋出,始以老杜为师……建炎以后,避地湖峤,行路万里,诗益奇壮……造次不忘忧爱,以简严扫繁缛,以雄浑代尖巧,第其品格,故当在诸家之上。"说明陈与义在这动乱的时代,扩大了生活,抱着爱国忧时的心情,发为慷慨雄壮的悲歌,不再是前人所能范围了。方回把陈与义和黄庭坚、陈师道并列为"三宗",《瀛奎律髓》卷一说:"黄、陈学老杜者也,嗣黄、陈而恢张悲壮者陈简斋也。"他在《送俞唯道序》中自述学诗经过道:"相与抄诵少陵、山谷、后山律诗,似未有所得,别看陈简斋诗,始有入门。"《虚谷桐江续集序》中也自称在"束之以黄、陈之深严"外,更"参之以简斋之开宏",都反映了他对陈与义诗的颇有会心,借以壮大了江西诗派的阵营,扩大了江西诗派学者的眼界,所谓"恢张悲壮""开宏"等等,是可以和刘克庄对陈与义诗的评价相互参证的。

二、崇尚"格高",强调人格与诗格的关系

黄庭坚与江西诗派的许多名家都是注重"格"的,方回明确标举"格高"为评诗的重要标准。《唐长孺艺圃小集序》说"诗以格高为第一"。《瀛奎律髓》卷二十一说:"诗先看格高而意又到、语又工为上。"卷十三评陈与义诗说:"独是格高,可及子美。"方回所谓"格高",既指诗歌苍劲自然的风格,又指诗歌中所反映的高尚真率的人格,两者密切地交融为一种特殊的境界。他于杜甫诗歌中就特别取其后期"顿挫悲壮,剥浮落华",瘦硬枯劲的作品。《瀛奎律髓》卷十称杜甫集中诗"一节高一节,愈老愈剥落",《程斗山吟稿序》论杜诗艺术的发展道:

> 山谷论老杜诗,必断自夔州以后。试取其庚子至乙巳六年之诗观之,秦陇剑门,行旅跋涉,浣花草堂,居处啸咏,所以然之故,如绣如画。又取其丙午至辛亥六年诗观之,则绣与画之迹俱泯。赤甲白盐之间,以至巴峡、洞庭、湘潭,莫不顿挫悲壮,剥浮落华。今之诗人,未尝深考及此,善为诗者,由至工而入于不工,工则粗,不工则细,工则生,不工则熟。

《读张功父南湖集并序》说:

> 《三百五篇》,有丽者,有工者,初非有意于丽与工也。风赋比兴,情缘事起云耳,而丽之极、工之极非所以言诗也。

接着它就列举了杜甫七言律句如"鱼吹细浪摇歌扇,燕蹴飞花落舞筵"等,以为"学者能学此诗,未足为雄"。又举出"不为困穷宁有此,只缘恐惧转须亲","幸不折来伤岁暮,若为看去乱乡愁","巫峡寒江那对眼,杜陵野老不胜悲","念我能书数字至,将诗不必万人传"等,认为"此等诗不丽不工,瘦硬枯劲,一斡万钧,惟山谷、后山、简斋得此活法,又各以其数万卷之心胸气力鼓舞跳荡。初学晚生,不深于诗而骤读之,则不见奥妙,不知隽永,乃独喜许丁卯体,作偶俪妖媚态。予平生不然之,而江湖友朋未易以口舌争也。"黄庭坚曾一再教人"但观杜子美到夔州后古律诗,便得句法,简易而大巧出焉",方回这些论述分析,正是黄氏观点的具体化与发挥,反映了他们的共同艺术趣味。《瀛奎律髓》中关于"拗字"、"变体"等打破平仄、对偶格律手法的总结,都是属于"由至工入于不工"、从锻字炼句以达到自然老成的实践途径。然而他又进一步揭示了诗歌艺术风格高是作者人格高尚的反映,因而要作到诗歌的格高,不仅是讲求某些表现手法的纯熟,更不是炫耀学问的深奥和语言的工巧,不是排比道德性命之说或补凑风云月露之状,而在于提高作者的思想品格修养、真情实感的抒写,注意到"风赋比兴,情缘事起"。《赵宾旸诗集序》更说:

> 《诗》之存于世者三百五篇,圣人删定,垂世为六艺之一,使人观之而有所感发惩创,初不计其言语之工拙与夫学问之浅深也。……《大序》曰:"在心为志,发言为诗。"彼尘污俗染者,荤膻满肠胃,嗜慾浸骨髓,虽竭力文饰乎外,自以为近而相去愈远。古之人虽闾巷子女风谣之作,亦出于天真之自然。而今之人反是,惟恐夫诗之不深于学问也,则以道德性命仁义礼智之说,排比而成诗;惟恐夫诗之不工于言语也,则以风云月露草木禽鱼之状,补凑而成诗,以哗世取宠,以矜己耀能。愈欲深而愈浅,愈欲工而愈拙,此其何故也? 青霄之鸢,非不高也,而志在腐鼠,虽欲为凤鸣,得乎? 是故诗也者,不可以勇力取,不可以智巧致,学问浅深,言语工拙,皆非所以论诗。

方回等崇尚的高格,主要指古代知识分子所谓嶙峋傲骨、孤芳自赏的精神风貌。这里指出了民间儿女抒发朴素感情的歌谣,远远高出于那些脑满肠肥、道貌岸然、功名利禄熏心、仁义礼智满口之徒的卖弄学理、琢句雕章以欺世盗名的作品,这是颇有见识的。方回的诗句:"诗存瘦骨全如我,花倚春风不是梅。"(《小至日书》)"太白配苏黄,如松柏与竹,不受春风恩,劲气尚可掬。"(《次韵李太白》)"肯令一字俗,已拼百年穷。"(《诗思》)"刚肠百炼劲,老笔万钧悬。"(《解闷》)都是把诗格与人格结合在一起加以咏叹的。当然,诗歌风格是丰富多彩的,独崇瘦硬,不免褊狭,再加片面强调,就要成为在形式上装腔作势了。

从"格高"的要求出发,方回对南宋后期的四灵诗派、江湖诗派都颇有微词。对于四灵,他主要批评他们诗境的浅窘,《瀛奎律髓》卷十说:"予谓诗家有大判断,有小结裹。姚(合)之诗专在小结裹,故四灵学之,五言八句,皆得其趣,七言律及古体则衰落不振。又所用料,不过花竹鹤僧琴药茶酒,于此几物,一步不可离,而气象小矣!"对于江湖派,则更鄙视他们庸俗的人品,《瀛奎律髓》卷二十详述了江湖诗人阿谀干谒的风气,卷十四在戴复古《岁暮呈真翰林》诗后注云:"石屏此诗,前六句尽佳,尾句不称,乃止于诉穷乞怜而已。求尺书,干钱物,谒客声气,江湖间人皆学此等衰意思,所以令人厌之。"鄙薄之意,真是情见乎辞了。

三、方回对于诗歌的现实性、时代感也有所论述

对于杜甫诗,除了讲求其句律外,也注意到诗中表现的忧世悯生的怀抱。《秋晚杂诗》云:

> 窃尝评少陵,使生太宗时,岂独魏郑公,论谏垂至兹! 天宝得一官,主昏事已危。脱命走行在,穷老拜拾遗。卒坐鲠直去,漂落西南陲。处处苦战斗,言言悲乱离,其间至痛者,莫若《八哀诗》。我无此笔力,怀抱颇似之。

《瀛奎律髓·忠愤类》小序道:"世不常治,于是有'麦秀''黍离'之咏焉。庾信《哀江南赋》,亦人心之所不容泯也。炎、绍间有和江子我诗者,乃曰:'成坏一反掌,江南未须哀。'子我以为何其不仁之甚!"该卷中在某些反映唐宋各动乱时期历史现实的诗篇后的批语,常常流露出沉痛的感情。《送罗架阁弘道诗序》中还有云:"又其次则亦不能无南冠越吟之仪鸟焉,怀昔悼今,其音哀以思、哀而伤,亦人情之所不能已也。"这里显然是寄托着作者的时世兴亡之感的。对于粉饰太平、流连光景之作,方回也常有所不满。《瀛奎律髓·升平类》小序道:"必有升平而后有富贵,羽檄绎骚,疮痍憔悴,而曰君臣上下朋友之间可以逸乐昌太,予未之信也。"《朝省类》于贾至、杜甫、王维、岑参等的《大明宫早朝诗》也不容情地批评道:"四人早朝之作,俱伟丽可喜。……然京师蹀血之后,疮痍未复,四人虽夸美朝仪,不已泰乎!"《怀古类》小序又指出:

> 怀古者,见古迹,思古人,其事无他,兴亡贤愚而已。可以为法而不之法,可以为戒而不之戒,则又以悲夫后之人也。齐彭殇之修短、忘尧桀之是非,则异端之说也。有仁心者,必为世道计,故不能自默于斯焉。

说明即使怀吊古迹之作,也不该只是发消极低回的感喟,而应探求历史兴亡盛衰的经验教训,褒贬是非,鉴往戒来,使创作有益于时世。

方回的《瀛奎律髓》颇为后来宋诗派学者所推重。清代《宋诗钞》编者吴之振为此书作序说:"其论世,则考其时地,逆其意志,使作者之心,千载犹见;其评诗,则标点眼目,辨别体制,使风雅之轨,后学可寻。斯固诗林之指南,而艺圃之侯鲭也。"方回曾出仕元朝,当时人周密《癸辛杂识》记其迎降行径十分卑劣,可能近于小说家言。《四库提要》载元人赵景良编《忠义集》录宋末忠义之士如文天祥、陆秀夫等的作品,意在以诗存史,方回也列于其中,其根据也难以查考了。他的论诗既专崇一派,不无偏颇,前后也有矛盾之处。纪昀《瀛奎律髓刊误序》指摘它有"党援"、"攀附"、"矫激"之弊。《四库提要》评此书"其说以生硬为健笔,以粗豪为老境,以炼字为句眼,颇不谐于中声。其去取之间,如杜甫《秋兴》惟选第四首之类,亦多不可解。"反映书中在论艺术方面也是瑕瑜互见的。

杨　维　桢

杨维桢(1296—1370)是元代重要的诗文作家与批评家,字廉夫,号铁崖、东维子,诸暨(今属浙江)人。元泰定进士,官至建德路总管府推官。《明史》本传说他"狷介忤物,十年不调",晚居松江。明初应召纂修礼乐书志,叙例略定,即请归,卒。作诗学李贺,风格奇诡。有《东维子文集》、《铁崖先生古乐府》。宋濂为他所作墓志称:"吴越诸生多归之,殆犹山之宗岱、河之走海,如是者四十余年。"说明他在元代后期文坛的地位。王彝《文妖》则说他"以淫词怪语裂仁义,反名实,浊乱先圣之道",却反映了他思想与作品中表现了某种异端色彩。

杨维桢论诗,首重诗人的品性。他认为创作是作者性格的表现,这里也反映了他在文学作品个性化方面的要求。《赵氏诗录序》说:

> 评诗之品无异人品也。人有面目骨体,有情性神气;诗之丑好高下亦然。《风》、《雅》降而为《骚》,而降为《十九首》,《十九首》而降为陶、杜,为二李,其情性不野,神气不群,故其骨骼不庳,面目不鄙。嘻! 此诗之品,在后无尚也。下是为齐、梁,为晚唐、季宋,其面目日鄙、骨骼日庳,其情性神气可知已。嘻! 学诗于晚唐、季宋之后,而欲上下陶、杜、二李,以薄乎《骚》、《雅》,亦落落乎其难哉! 然诗之情性神气,古今无间也。得古之情性神气,则古之诗在也。然而面目未识而(疑脱"谓"字)

得其骨骼,妄矣;骨骼未得而谓得其情性,妄矣;情性未得而谓得其神气,益妄矣。

正由于注重诗人与诗作的"情性神气"与"面目骨体"的统一,他在谈到学习古代诗歌时特别强调在性格上向古代作者的看齐。他讲到效法杜甫诗歌时就强调全面继承杜甫关心国家、反映现实的精神,讲到追和陶集时就强调真正继承陶渊明不慕荣利的高风亮节。这就说明他所谓"人品"与"诗品"是有具体内容与倾向性的。《李仲虞诗序》道:

> 诗者人之情性也。人各有情性,则人有各诗也。得于师者,其得为吾自家之诗哉!……李仲虞……出诗一编,求予言以序。予夜读其诗,知其法得于少陵矣。如五言有云:"湛露仙盘白,朝阳虎殿红。""诏起西河上,旌随斗柄东。""西北干戈定,东南杼轴空。"置诸少陵集中,猝未能辨也。盖仲虞纯明笃茂,博极文而多识当朝典故,虽在布衣,忧君忧国之识时见于咏歌之次,其资甚似杜者,故其为诗不似之者或寡矣。……则知仲虞之诗到乎家数者不得于其师而得于其资也谂矣。虽然,观杜者不唯见其律,而有见其骚者焉;不唯见其骚,而有见其雅者焉;不唯见其骚与雅也,而有见其史者焉。此杜诗之全也。仲虞资近杜矣,尚于其全者求其备云。

在《梧溪诗集序》中他又揭示杜甫诗歌的价值不仅在反映了时代现实,更在于能批判现实:"世称老杜为诗史,以其所著备见时事。予谓老杜非直纪事史也,有《春秋》之法也。"所谓"《春秋》之法",即是通过叙史事来褒贬是非,有批评与表彰。《云间纪游诗序》说:"诗有为纪行而作者乎?曰:有。'北风其凉,雨雪其雱。惠而好我,携手同行。'此民之行役,遭惟(疑当作'罹')乱世,相携而去之作也。《黍离》曰:'彼黍离离,彼稷之苗。行迈靡靡,中心摇摇。'此大夫行役,过故都宫室,徬徨而不忍去之作也。后世大夫纪(疑脱'行'字)之什,则亦昉乎是,幸而出乎太平无事之时,则为登山临水寻奇拾胜之诗,不幸而出于四方多事、豺虎纵横之时,则为伤今思古险阻艰难之作,《北风》、《黍离》,代不乏已。"这些都反映了他对诗歌的时代社会内容与现实意义的重视。再看他的《张北山和陶集序》:

> 诗得于言,言得于志,人各有志、有言以为诗,非迹人以得之者也。……天台张北山著《和陶集》若干卷……盖北山宋人也。宋革,当天朝收用南士,趋者渊倒,徵书至北山,北山独闳关弗起,自称东海大布

衣终其身。嘻！正士之郑，其有似义熙处士者欤？故其见诸《和陶》盖必有合者，观其胸中不合乎渊明者寡矣。步韵依声，谓之迹人以得诗，吾不信也。……吾尝评陶、谢，爱山之乐同也，而有不同者何也？康乐伐山开道，入数百人，自始宁至临海，敝敝焉不得一日以休，得一于山者牿矣。五柳先生断辕不出，一朝于篱落间见之而悠然若莫逆也，其得于山者神矣。故五柳之咏南山可学也，而于南山之得之神，不可学也。不可学，则其得于山者，亦康乐之役于山者而已耳，吾于知陶而不陶者亦云。

这里剖析了陶渊明与谢灵运的山水风景诗的区别，一是会心于南山的崇高风格，悠然神往；一是拘役于山水形迹，徒逞豪举。这见解比诸严羽《沧浪诗话》的只从语言风格上以陶的自然和谢的精工相比较是深入了。杨维桢虽也推重古诗、陶、杜、李白与李贺，鄙薄晚唐、季宋，但总是把诗歌的个性精神风貌与时代内容放在第一位而反对形式模仿，他赞扬李仲虞的诗"置之少陵集中猝未能辨"，与严羽所谓"试以己诗置之古人诗中，与识者观之而不能辨，则真古人矣"，精神上是不同的。他的《吴复诗录序》更说：

古风人之诗，类出于间夫鄙隶，非尽公卿大夫士之作也，而传之后世，有非今公卿大夫士之所可及，则何也？古者，人□有士君子之行，其学之成也尚己，故其出言，如山出云、水出文章、草木之出华实也。后之人执笔呻吟，模朱拟白以为诗，尚为有诗也哉？故摹拟愈逼，而去古愈远。吾观后之摹拟为诗而为世道感也远矣，间尝求诗于摹拟之外而未见其何人！

文中激烈地抨击了宋元诗坛上长期存在的拟古风气，并为明代公安派等的重视心声、崇尚独创发出先声。

第二节　戏曲批评的萌芽和金元曲论

戏曲批评是和戏曲这一综合艺术的起源、形成和发展紧密关联的，对于中国戏曲的起源、形成和发展，历来学术界的认识颇不一致，有的论著把它上溯至春秋战国时期，有的著作则将其下移至宋金元时期，前后相距达一千余年。"优孟衣冠"这一成语，前人常用来形容比喻从人体形态上模仿他人，

"夫优孟衣冠,徒刻画于形似,终逊真神耳"(明郑仲夔《耳新·立言》);也有用以形容比喻登场演戏,如清人李渔《闲情偶寄·演习部·变调》:"优孟衣冠,原非实事,妙在隐隐跃跃之间。"所谓"优孟衣冠",故事源出于《史记·滑稽列传》:

> 优孟,故楚之乐人也。长八尺,多辩,常以谈笑讽谏。……楚相孙叔敖知其贤人也,善待之。病且死,属其子曰:"我死,汝必贫困。若往见优孟,言我孙叔敖之子也。"居数年,其子穷困负薪,逢优孟,与言曰:"我,孙叔敖子也。父且死时,属我贫困往见优孟。"优孟曰:"若无远有所之。"即为孙叔敖衣冠,抵掌谈语。岁余,像孙叔敖,楚王及左右不能别也。庄王置酒,优孟前为寿。庄王大惊,以为孙叔敖复生也,欲以为相。优孟曰:"请归与妇计之,三日而为相。"庄王许之。三日后,优孟复来。王曰:"妇言谓何?"孟曰:"妇言慎无为,楚相不足为也。如孙叔敖之为楚相,尽忠为廉以治楚,楚王得以霸。今死,其子无立锥之地,贫困负薪以自饮食。……"因歌曰……于是庄王谢优孟,乃召孙叔敖子,封之寝丘四百户……此知可以言时矣。

这里优孟扮为孙叔敖与楚庄王对话一事,能不能算是我国古代戏曲演出之最早文献记录?须作具体分析。优孟惟妙惟肖地模仿孙叔敖的形体动作,其间有对话,有动作,还有"歌",确实有点像戏曲演出。但是,优孟并不是按规定情节,通过人物装扮、动作、歌唱来表演故事。他之所以模仿装扮孙叔敖,只是为了用孙叔敖形象的再现来唤起楚庄王遗忘了的记忆,以达到乘机讽谏、帮助孙叔敖之子摆脱困境的目的。中国戏曲是综合诗、歌、舞、白等来表演故事的艺术,所以"优孟衣冠"故事还不能视为戏曲表演,其间仅包涵了戏曲之因素而已。司马迁作《滑稽列传》,称赞优人滑稽者"谈言微中,亦可解纷",肯定他们的言行"岂不亦伟哉"等,也可视为对早期优人活动的评论。

春秋、战国以后,经过秦、汉、三国、两晋,到南北朝,与戏曲关联的优戏、歌舞、百戏等诸般伎艺均有发展,同时它们之间经过长时间的不断交流、融汇,逐渐趋向综合,促使作为戏曲因素的人物模拟、故事情节等也都在不同程度上得到丰富发展,从而也有利于戏曲艺术的孕育成长。北齐时流行的歌舞戏《踏谣娘》,似可看作是我国早期戏曲初步形成的标志(参阅王国维的《宋元戏曲考》)。据唐崔令钦《教坊记》载:

> 《踏谣娘》:北齐有人姓苏,皰鼻。实不仕,而自号为"郎中",嗜饮、

酗酒，每醉辄殴其妻。妻衔悲，诉于邻里。时人弄之。丈夫着妇人衣，徐行入场。行歌，每一叠，傍人齐声和之云："踏谣和来，踏谣娘苦和来！"以其且步且歌，故谓之"踏谣"；以其称冤，故言苦。及其夫至，则作殴斗之状，以为笑乐。今则妇人为之，遂不呼"郎中"，但云"阿叔子"。调弄又加典库，全失旧旨。或呼为《谈容娘》，又非。

文中详细记述了《踏谣娘》的由来和发展衍变，以及演出情状、人物分工、故事情节等。另《全唐诗》载常非月所作《咏谈容娘》诗有云：

举手整花钿，翻身舞锦筵。马围行处匝，人簇看场圆。歌要齐声和，情教细语传。不知心大小，容得许多怜。

此诗可能是歌舞小戏《踏谣娘》衍变为《谈容娘》时期所写。从这两则史料考察（另宋《乐府杂录》、《太平御览》、杜佑《通典》等也有类似记载），《踏谣娘》确实是简短而有三个人物出场的歌舞小戏，演员根据既定的并不复杂的故事情节载歌载舞地表演。《教坊记》作者崔令钦认定它具有"戏"的特点，故曰"时人弄之"。"马围行处匝，人簇看场圆"，表明是在露天广场，观众们围成一个圆圈场地，饶有兴趣地观看演员表演。这和我们现在所讨论的戏曲艺术——以故事情节贯串始终，由演员装扮人物，用歌唱、说白和表情动作（包括舞蹈），按照规定情节进行表演，已经相当接近，初步具备了早期戏曲的形态。同时，我们还可以指出，《教坊记》所谓"今则妇人为之……调弄又加典库，全失旧旨。或呼为《谈容娘》，又非"，这实际上是崔令钦对当时演出及其衍变的简短评述；而常非月的"不知心大小，容得许多怜"，则显然是诗人赞赏演出的成功，以致博得众多观众的爱怜。唐代盛行参军戏，据范摅《云溪友议》记载："（元稹）廉问浙东……乃有俳优周季南、季崇及妻刘采春……善弄《陆参军》，歌声彻云……元公……赠采春诗曰：'新妆巧样画双蛾，幔裹恒州透额罗。正面偷轮光滑笏，缓行轻踏皱纹靴。言词雅措风流足，举止低徊秀媚多。更有恼人断肠处，选词能唱《望夫歌》。'……采春一唱是曲，闺妇行人莫不涟洄。"元稹和范摅都对俳优刘采春等所表演的《陆参军》戏边叙边议，这种记述中所夹杂的议论，可以看作是早期的戏曲批评文字。在唐代不少文献中类似的记载尚有很多（参阅任半塘著《唐戏弄》），这里就不一一列举。

经过唐代的发展衍变，戏曲在宋代获得了长足的发展，与之相适应，对戏曲及其演出的议论批评文字也日见增多。刘攽《中山诗话》中记载，北宋初年演戏优人曾以戏曲表演来对西昆诗体后学模拟剽窃晚唐李商隐之诗，作辛辣讽刺表演：

> 祥符、天禧中，杨大年、钱文僖、晏元献、刘子仪以文章立朝，为诗皆宗李义山，号"西昆体"。后进多窃义山语句。尝内宴，优人有为义山者，衣服败敝，告人曰："我为诸馆职掮扯如此！"闻者欢笑。

优人所演，是一种特殊形式的文艺批评，而刘攽对之作肯定赞赏的态度，则是一种戏曲批评了。宋人王灼对歌曲的特点进行研究考证，他认为："有心则有诗，有诗则有歌，有歌则有声律，有声律则有乐歌。'永言'，即诗也，非于诗外求歌也。今先定音节，乃制词从之，倒置甚矣。……"（《碧鸡漫志》卷一）王灼虽主要是研究讨论词的创作，但对戏曲唱词中声律的处理同样具有指导意义。又"《吕氏童蒙训》云：'老杜歌行，最见次第出入本末，而东坡长句，波澜浩大，变化不测，如作杂剧，打猛诨入，却打猛诨出也。'"（《苕溪渔隐丛话·前集》卷四十二引）吕本中以杂剧之"打猛诨入，却打猛诨出"来形容苏诗之波澜浩大，变化不测，反映出他对杂剧艺术特点的认识。有的史料还记载了演剧伶人因用谐语讽刺投降派秦桧，以致被迫害而死的悲壮事迹：

> 秦桧以绍兴十五年四月丙子朔，赐第望仙桥，丁丑，赐银绢万两匹，钱千万，彩千缣。有诏就第赐燕，假以教坊优伶。宰执咸与。中席，优长诵致语，退。有参军者，前襃桧功德，一伶以荷叶交椅从之。谐语杂至，宾欢既洽，参军方拱揖谢，将就椅，忽坠其幞头，乃总髮为髻，如行伍之巾，后有大巾镮，为双叠胜。伶指而问曰："此何镮？"曰："二圣镮。"伶遽以击其首，曰："尔但坐太师交椅，请取银绢例物。此镮置脑后可也。"一坐失色。桧怒，明日下伶于狱，有死者。于是语禁始益繁。（岳珂《桯史》）

文中所谓的"二圣"，是指被掳的宋徽宗、钦宗二帝。教坊优伶竟敢以岳飞的抗金主战口号"迎还二圣"，当面讽刺民族罪人秦桧，确实表现了非凡的爱国精神和艺术勇气。岳珂的记载明显地反映出他对于教坊伶人及其演出的肯定。

金代在我国戏曲史中有重要地位，当时的院本创作演出十分繁荣，其数量已超过南宋官本杂剧段数一倍以上（据陶宗仪《辍耕录》）。元灭金后，戏曲更是蓬勃发展，这和宋杂剧、金院本、诸宫调以及词、曲、平话小说等艺术形式的长期酝酿，元代贵族之喜爱扶持，城市商业的发展，以及文人对戏曲体裁的偏好，观众的喜爱等都有关联。戏曲创作、演出的长足发展，也推动了戏曲理论批评的发展。在此时期,涌现了不少戏曲理论批评的论文和专著。虽然这些批评还不够系统,显得琐碎,但比之前代,已有较大进展。文学史习惯称之为"元曲"的作品,包括散曲和杂剧两部分。如果用文艺科学区分文学体裁的标准加以衡量,散曲与杂剧实是两种不同的文学体裁。散曲属诗歌的一种,杂剧则是戏曲。不过它们在形式上有着相似之处,杂剧主要部分的唱词,与散曲一样,都是按照曲调来谱写(散曲与剧曲的曲调大都可以通用),同样是合乐歌唱的。散曲与杂剧的关系,犹如诗与诗剧,有异有同。因此,一些关于"曲"的批评,往往兼指戏曲和散曲,大都属于戏曲批评的范畴。

《唱　　论》

《唱论》是一部金元时代论述声乐的专著,作者燕南芝庵,其真实姓名和生平事迹均不可考。该书现存最古的本子,是元人杨朝英选编的散曲选集《乐府新编阳春白雪》卷首附录本,可知当作于元至正朝(1341—1361)以前。其中云及:

> 大忌郑卫之淫声,续雅乐之后。丝不如竹,竹不如肉,以其近之也。
> 又云:"取来歌里唱,胜向笛中吹。"

所谓"大忌郑卫之淫声",是说不能唱媟亵之词和淫靡之曲。"丝不如竹,竹不如肉"云云,乃是晋人的说法。"桓温问:'听伎,丝不如竹,竹不如肉,何也?'孟嘉答:'渐近自然。'"(《晋书·孟嘉传》)唐段安节《乐府杂录》也有"歌者,乐之声也,故丝不如竹,竹不如肉,迥居诸乐之上"的说法。《唱论》着重指出人声歌唱比"丝"、"竹"等管弦乐器的发音来得自然;歌唱应以歌喉演唱为主,乐器伴奏为辅。又论"乐府"和"套数"的特点云:

> 成文章曰"乐府",有尾声名"套数",时行小令唤"叶儿"。套数当有乐府气味,乐府不可似套数。街市小令,唱尖歌倩意。

这里的"乐府",当指唐宋以来的"词"。在当时人看来,词的文辞比较雅,格律比较严,所以说"成文章"。"套数"指北曲的散套。诸宫调、唱赚、杂剧、传奇等剧本中大多数套曲之最末一曲泛称"尾声"。又北曲部分宫调中有以"尾声"为名的曲牌,而"词"则无。"街市小令",指民间小唱。"尖歌",指声调或出语的尖新别致。"倩意"指美好的内容。所谓"套数当有乐府气味,乐府不可似套数",似有两层含义:其一,就歌唱而言,意指歌唱散曲套数,可以汲取唱"词"的唱法;唱"词",则不能像唱散曲套数那样。其二,就文学特点而言,写作套数应当注意文辞、格律;填词则不能似写作套数散曲那样多用口语词汇。因为"曲"与"词"的区别主要在于"衬字"之有无,曲用"衬字",且"衬字"多口语;而"词"却一般不用"衬字"。这反映了作者对于"曲"与"词"的区别的认识,和对于曲词的要求。又论歌曲的"题目":

> 凡歌曲所唱题目,有曲情,铁骑,故事,采莲,击壤,叩角,结席,添寿;有宫词,禾词,花词,汤词,酒词,灯词;有江景,雪景,夏景,冬景,秋景,春景;有凯歌,棹歌,渔歌,挽歌,楚歌,杵歌。

又论"歌之所"云:

> 凡歌之所:桃花扇,竹叶樽,柳枝词,桃叶怨;尧民鼓腹,壮士击节,牛僮马仆,闾阎女子,天涯游客,洞里仙人,闺中怨女,江边商妇,场上少年,阛阓优伶,华屋兰堂,衣冠文会,小楼狭阁,月馆风亭,雨窗雪屋,柳外花前。

以上两节,作者虽没有作深入论述,但对歌曲的题材,歌词的内容、思想意义和歌唱的环境、歌唱者的品类等,进行了简要的概括。

对于剧曲的宫调及其歌唱特色,《唱论》主张歌唱者的声音特点、剧情要求应与歌曲的律吕相呼应匹配,他根据历来的实践与共识,归纳十七宫调的歌唱特色为:

> 仙吕调唱清新绵邈,南吕宫唱感叹伤悲,中吕宫唱高下闪赚,黄钟宫唱富贵缠绵,正宫唱惆怅雄壮,道宫唱飘逸清幽,大石唱风流酝藉,小石唱旖旎妩媚,高平唱条物滉漾,般涉唱拾掇坑堑,歇指唱急并虚歇,商角唱悲伤宛转,双调唱健捷激袅,商调唱凄怆怨慕,角调唱呜咽悠扬,宫调唱典雅沉重,越调唱陶写冷笑。

这样的审定与要求显得相当精密细致,不但有利于当时的创作和演唱,而且也为宫调理论打下了基础。

胡　祗　遹

　　胡祗遹(1227—1295),字绍开,磁州武安(今河北武安县)人,元至元时先后任太常博士、左司员外郎、右司员外郎、河东山西道提刑按察副使等职。胡祇遹对戏曲颇为喜爱，并与戏曲艺人有交往，陶宗仪说他对当时的著名艺人珠帘秀"极钟爱之，尝拟《沉醉东风》小曲以赠……"（《辍耕录》）。著有《紫山大全集》，清人纪昀批评这个集子"多收应俗之作，颇为冗杂，甚至如《黄氏诗卷序》、《优伶赵文益诗序》、《赠宋氏序》诸篇，以阐明道学之人，作媒狎倡优之语，其为白璧之瑕，有不止萧统之讥陶潜者。"（《四库全书总目提要》）但被纪昀贬之为"媒狎倡优之语"的三篇序文，却鲜明地表示了胡氏对戏曲的若干见解，使我们有机会看到元初戏曲批评的专篇论文，很值得注意。

在《赠宋氏序》中，胡祇遹说："百物之中，莫灵贵于人，然莫愁苦于人……于斯时也，不有解尘网，消世虑，熙熙皞皞，畅然怡然，少导欢适者一去其苦，则亦难乎其为人矣。此圣人所以作乐以宣其抑郁，乐工伶人之亦可爱也。乐者与政通，而伎剧亦随时所尚而变，近代教坊院本之外，再变而为杂剧。既谓之杂，上则朝廷君臣政治之得失，下则间里市井父子兄弟夫妇朋友之厚薄，以至医药、卜筮、释道、商贾之人情物理，殊方异域风俗语言之不同，无一物不得其情，不穷其态，以一女子而兼万人之所为，尤可以悦耳目而舒心思，岂前古女乐之所拟伦也。"他从历史的演进中看到了戏曲"随时所尚而变"的客观事实，并确认戏曲题材也应随之而愈趋广阔，几乎包括社会生活的各个方面。而演员的表演，可使人们的思想感情和万物万事的外在神貌统统再现于观众之前。这与《唱论》所记题材以及歌唱表演等相比较，胡氏的视野显得更为宽广，概括比较全面，也更符合戏曲史的实际情况。

胡祇遹在《优伶赵文益诗序》中谈到，艺术表演和创作贵在时出"新巧"，有所创造；最忌"踵陈习旧"，拾人牙慧。"醯盐姜桂，巧者和之，味出于酸咸甘辛之外，日新而不习故常，故食之者不厌。滑稽诙谐亦犹是也。拙者踵陈习旧，不能变新，使观听者恶闻而厌见。"他认为一个成熟的、受观众喜爱的演员，必须努力具备九项艺术素养，他把它称之为唱曲艺人的"九美"：

> 一、姿质浓粹，光彩动人；二、举止闲雅，无尘俗态；三、心思聪慧，洞达事物之情状；四、语言辩利，字句真明；五、歌喉清和圆转，累累然如贯珠；六、分付顾盼，使人解悟；七、一唱一说，轻重疾徐中节合度，虽记诵闲熟，非如老僧之诵经；八、发明古人喜怒哀乐，忧悲愉佚，言行功业，使观众听者如在目前，谛听忘倦，惟恐不得闻；九、温故知新，关键词藻，时出新奇，使人不能测度为之限量。九美既备，当独步同流……（《黄氏诗卷序》）

"九美"包括了演员的身体素质、生活积累、文化水平、舞台形象塑造,以至艺术修养、表演技巧、念唱功夫等各个方面。特别值得一提的,所谓"心思聪慧,洞达事物之情状","发明古人喜怒哀乐,忧悲愉佚,言行功业,使观众听者如在目前,谛听忘倦,惟恐不得闻",实际上既涉及演员对所演故事、所扮人物的理解,以及深入体会人物的思想感情、准确把握人物的性格特征,从而把人物、故事演好演活,充分发挥戏曲的艺术感染力的问题,同时又涉及戏曲的舞台演出特点等等。这在13世纪的我国戏剧界,的确是非常难能可贵的。

胡祇遹还要求演员注意剧场的演出效果,他指出,演员在舞台上"谈谐一不中节,阖座皆为之抚掌而嗤笑之,屡不中则不往观焉"(《优伶赵文益诗序》)。谈谐必须"中节",就是要求演员在舞台上认真严肃、专心致志,深入体验角色,严格按照剧中故事情节和人物性格的规定进行说、念、唱、舞蹈动作,避免节外生枝,为"谈谐"而谈谐。否则便失掉了观众,那是艺术表演的最大失败。

贯 云 石

贯云石(1286—1324),畏吾儿(今维吾尔族)人,号酸斋,是当时著名的散曲作家,精通汉文,与徐再思(号甜斋)齐名,仁宗时尝为学士,后弃官耽隐山林。后人合辑贯、徐之作称为《酸甜乐府》。贯云石在为《阳春白雪》所作序言中,曾对作家作品进行简要的评述:

> 盖士尝云:"东坡之后,便到稼轩。"兹评甚矣。然而比来徐子茅滑雅,杨西庵平熟,已有知者。近代疏斋媚妩如仙女寻春,自然笑傲。冯海粟豪辣灏烂,不断古今,心事天与,疏翁不可同舌共谈。关汉卿、庾吉甫造语妖娇,适如少女临杯,使人不忍对殢。仆幼学词,辄知深度如此。

在对诸家的评语中,也揭示了"曲"这个新兴文体洒脱泼辣,描写情意曲尽其妙的特点,应该说,这些作家的作品是进一步开拓了过去雅正婉约的"词"所没有达到的境界的。

周德清《中原音韵》

元曲发展到后来,逐渐走上了拘韵度、讲格律的阶段,周德清(1277—

1365)的《中原音韵》中关于作曲的言论,正是企图从理论总结入手,来适应这种趋向。该书是一部论述北曲音韵的重要著作,后来北曲作家制曲,演员唱曲,正音咬字,多以之为准绳,甚至南曲也深受其影响。书的《后序》中自称该序作于泰定甲子(1324)。

《中原音韵》论述分两大部分,前一部分"正语之本,变雅之端"主要是韵谱,周德清将北曲三百三十五章曲牌,分属十二宫调,一一予以厘定,并首次揭示了入声派归平上去三声等北曲特殊规律,对后世填词押韵具有规范指导意义。后一部分《正语作词起例》,主要讲述字音辨别、用字方法、宫调曲牌等,其中"作词十法"颇有理论价值。"作词十法"讨论了知韵、造语、用事、用字、入声作平声、阴阳、务头、对偶、末句、定格等项,具体论述了制曲的艺术方法。其中论"造语"最为详细,分为"可作"和"不可作"两类。

> 可作:乐府语　经史语　天下通语
> 未造其语,先立其意,语意俱高为上。短章辞既简,意欲尽;长篇要腰腹饱满,首尾相救。造语必俊,用字必熟,太文则迂,不文则俗;文而不文,俗而不俗。要耸观,又耸听,格调高,音律好,衬字无,平仄稳。

所谓"可作",原其用意,当是对于戏曲语言的要求。在"作词十法"之前,书中有过类似的叙述:"凡作乐府,古人云:'有文章者谓之乐府。'如无文饰谓之俚歌,不可与乐府共论也。"又云:"作乐府,切忌有伤于音律……"把制曲分成为"乐府"与"俚歌"两类,则周德清所要求的乃是语言的文饰和音律的和谐。所谓"不可作",包括"俗语、蛮语、谑语、嗑语、市语……"等共十七项,是作者从另一个角度进一步补充阐发自己的主张。如:

> 书生语:书之纸上,详解方晓;歌,则莫知所云。
> 讥诮语:讽刺,古有之,不可直述,托一景,托一物可也。
> 双声叠韵语:如"故国观光君未归"是也。夫乐府贵在音律浏亮,何乃反入艰难之乡? 此体不可无,亦不可专意作而歌之,但可构肆中白念耳。
> 语病:如"达不着主母机",有答之曰:"'烧公鸭'亦可。"似此之类,切忌。
> 语涩:句生硬而平仄不好。
> 语粗:无细腻俊美之言。
> 语嫩:谓其言太弱,既庸且腐,又不切当,鄙猥小家而无大气象也。

都从正面或反面作了具体说明,它们大体上与当时部分剧本语言的实际相符合。惟另有"拘肆语"(一作勾肆)一项,则与剧场演出正相违背。他对"拘肆语"是这样解释的:"不必要上纸,但只要好听,俗语、谑语、市语皆可。前辈云'街市小令唱尖新茜意','成文章曰乐府'是也。"按:"拘肆"即"勾栏",亦即剧场所在地。所谓"拘肆语"就是指剧场表演使用的语言。元杂剧中"俗语、谑语、市语"所在皆是,且以此见长,而周德清却把"拘肆语"列为"不可作"一类。论戏曲"造语"而又反对采用"拘肆语",这反映了周德清对于"拘肆语"还缺乏正确的认识,同时也说明他侧重于把戏曲作为一种文体看待,较少考虑它的演出需要和勾栏中观众的审美特点。

此外,论"务头"、"用事"、"用字"、"对偶"、"末句"、"定格"等等亦时有新见,尤其是"定格"总结了北曲调有定格、句有句式、字有定声的特点。在曲谱制作史上具有重要意义。元末明初无名氏(或称贾仲明)所作《录鬼簿续编》曾论及周德清及其《中原音韵》:

> 周德清,江右人,号挺斋,宋周美成之后。工乐府,善音律。病世之作乐府,有逢双不对、衬字尤多、失律俱谬者,有韵脚用平上去不一而唱者,有句中用入声拗而不能歌者,有歌其字音非其字者,令人无所守。乃自著《中州韵》一帙,以为正语之本,变雅之端。其法以声之清浊,定字为阴阳,如高声从阳,低声从阴;使用字之随声高下情为词,各有攸当。以声之上下,分韵为平分,如直促杂谐音调。故以韵之入声,悉派三声,志以黑白,使用韵者随字阴阳,各有所协,则清浊得宜,上下中律,而无凌犯逆物之患矣。奎章虞公叙之,以传于世。又自著乐府甚多,为文集曰《连环简》、《梅花玑》,此当世人不能作者。……长篇短章,悉可为人作词之定格。故人皆谓"德清之韵,不但中原,乃天下之正音也;德清之词,不惟江南,实天下独步也"。信哉信哉!

充分肯定了周德清在研究作曲的修辞技巧和音律方面的贡献。周德清这些理论的出现,反映了也促进了曲词的走向格律化。

乔　　吉

乔吉(1280—1345),一作乔吉甫,字梦符,太原(今属山西)人,为元曲后期著名作家。陶宗仪《辍耕录》卷八《作今乐府法》载有他的一则戏曲结构论:"乔孟符,博学多能,以乐府称。尝云:'作乐府亦有法,曰凤头、猪肚、豹尾六字是也。大概起要美丽,中要浩荡,结要响亮,尤贵在首尾贯穿,意思清新。苟能若是,斯可以言乐府矣。'此所谓乐府,乃今乐府,如《折桂令》、《水仙子》之类。"其意要求开端能引人入胜,中间要境界开阔,结尾要有高峰,而全篇又必须是符合逻辑发展和具有清新内容,各有所重,作者必须善于掌握。

<h2 style="text-align:center">钟嗣成《录鬼簿》</h2>

钟嗣成(1279—1360),字继先,号丑斋,自称古汴(河南开封)人,实寓居杭州,屡试不遇,杜门家居从事戏曲著述,编有《章台柳》、《钱神论》等杂剧多种,均已散佚,今存散曲数十首。著有《录鬼簿》,广泛地记载了前辈与同代的金元戏曲作者一百余人的传记和作品目录,并制〔凌波仙〕曲以吊这些作家中若干已去世的知友。这些记载是研究金元戏曲历史的重要资料,其中也透露着作者的批评观点。

在当时重正统的封建士大夫心目中,对那些戏曲作者和演员一般是很轻视的,谁也不屑为之立传,而钟嗣成的《录鬼簿序》却说:

> 人之生斯世也,但知以已死者为鬼,而不知未死者亦鬼也。酒罍饫囊,或醉或梦,块然泥土者,则其人虽生,与已死之鬼何异? 此曹固未暇论也。其或稍知义理,口发善言,而于学问之道,甘为自弃,临终之后,漠然无闻,则又不若块然之鬼之愈也。予尝见未死之鬼,吊已死之鬼,未之思也,特一间耳。独不知天地阔辟,亘古迄今,自有不死之鬼在。何则? 圣贤之君臣,忠孝之士子,小善大功,著在方册者,日月炳煌,山川流峙,及乎千万劫无穷已,是则虽鬼而不鬼者也。今因眼日,缅怀古人,门第卑微,职位不振,高才博艺,俱有可录,岁月廖久,湮没无闻,遂传其本末,吊以乐章,使水寒乎冰,青胜于蓝,则有幸矣。名之曰《录鬼簿》。嗟乎! 余亦鬼也,使已死未死之鬼,得以传远,余有何幸焉。若夫高尚之士,性理之学,余有得罪于圣门者,吾党且啖蛤蜊,另与知味者道。

这里辛辣地讥讽了统治阶层中那些酒囊饭袋、醉生梦死之徒,及道貌岸然、空谈义理而碌碌无为者的宛如行尸走肉,生不如死;同时有力地指出:许多优秀戏曲作者,虽然社会地位低微,他们的才华艺术足以与圣君贤臣、忠孝士子的伟绩懿行同样如日月光辉照耀史册而垂诸久远,他们是虽死犹生的。字里行间显示了对戏曲的价值的高度肯定,并对那些鄙视戏曲及其作者为不足道的封建正统卫道者予以极大蔑视。序言中还说明此书之作,不仅记录过去作家作品使其永远流传,还在于引导后来作者,激励他们努力创作,作出超过前人的成绩与贡献。

《录鬼簿》在"前辈已死名公有乐府行于世者"中以董解元居首,注云"以其创始,故列诸首";而在"前辈已死名公才人有所编传奇行于世者"中以关汉卿列诸首,反映了作者对董、关二人在戏曲发展史上地位的评定。吊郑光祖的〔凌波仙〕曲道:"乾坤膏馥润肌肤,锦绣文章满肺腑。笔端写出惊人句。番腾今共古(一作"解翻腾,今共古"),占词场,老将服输,《翰林风月》、《梨园乐府》,端的是,曾下工夫。"赞扬了他剧作的高度成就,但在他小传中又指出其缺点:"惜乎所作贪于俳谐,未免多于斧凿,此又别论焉。"范康小传中说他"编《杜子美游曲江》,一下笔即新奇"。鲍天祐小传说他"跬步之间,惟务搜奇索古而已,故其编撰,多使人感动咏叹"。〔凌波仙〕曲云:"平生词翰在宫商,两字推敲付锦囊,耸吟肩,有似风魔状。苦劳心,呕断肠,视荣华,总是干忙。谈音律,论教坊,唯先生,占断排场。"廖毅(一作"康弘道")小传云:"时出一二旧作,皆不凡俗。如〔越调一点灵光〕借灯为喻,〔仙吕赚煞〕曰:'因王魁浅情,将桂英薄幸,致令得泼烟花,不重俺俏书生。'发越新鲜,皆非蹈袭。"睢景臣(一作"睢舜臣")小传云:"维扬诸公俱作〔高祖还乡〕套数,惟公〔哨遍〕,制作新奇,皆出其下。"这些或者表扬戏曲作者艰苦的创作活动,或反映对曲词的独创性、感染力量与曲情的针砭世态方面的推崇,都是值得注意的。

钟嗣成的《录鬼簿》自序作于元至顺元年(1330),但书中纪事有涉及元统二年(1334)与至正五年(1345)的,可知此书写作,前后历时十余年。朱凯《后序》云:"文以纪传,曲以吊古,使往者复生,来者力学,《鬼簿》之作,非无用之事也。大梁钟君继先……累试于有司,命不克遇,从吏则有司不能辟,亦不屑就,故其胸中耿耿者,借此为喻,实为己而发之。"肯定了此书在表彰前人,推动后作方面的功用。看来钟嗣成的作《录鬼簿》,借以抒写身世之感、愤世嫉俗之意,也是司马迁"发愤著书"精神的继承和发扬,因而在评述不少戏曲作家作品时也揭示了他(它)们的不平之气。它在我国古代戏曲理论批评的发展史上确实起了承先启后的作用。

杨维桢的戏曲批评

作为元代有影响的文学家的杨维桢,在他的《东维子文集》中收有专论戏曲的文章,虽然篇数并不多,但有值得注意的议论。

杨维桢对戏曲的社会作用比较重视,他已经比较明确地认识到,戏曲艺术不仅仅给人以娱乐,而且应该具有"警人视听"的作用,让观众读者通过观赏阅读,获得"古今善恶成败"(《沈氏今乐府序》)的教育。他把这种戏曲艺术应有的社会功能称之为"讽谏"。"百戏有鱼龙、角抵、高絙、凤皇、都卢、寻撞、戏车、走丸、吞刀、吐火、扛鼎、象人、怪兽、舍利、泼寒、苏木等伎,而皆不如俳优侏儒之戏,或有关于讽谏而非徒为一时耳目之玩也"。所以他非常欣赏艺人朱明氏的傀儡戏,说他演的《尉迟平寇》、《子卿还朝》等戏,不但艺术表演上极为成功,达到"一谈一笑真若出于偶人肝肺间,观者惊之若神"的动人境界,而且在思想内容上也有"于降臣辟民之际,不无讽谏所系……"(《朱明优戏序》)的意义,能给人以启示和教益,并非那种只能给人"一时耳目之玩"的肤浅之作。重视戏曲的教育作用,要求在思想感情上给观众以一定教育,反映了他对于戏曲价值的认识。

对于戏曲的艺术形式,杨维桢有一个"文采音节兼济"的主张。在他看来,剧本创作有它自己的特点,既要锤炼语言,注意文采,又要讲究音律,以便舞台演唱,不能有所偏废。"士大夫以今乐成鸣者,奇巧莫如关汉卿、庚吉甫、杨淡斋、卢苏(疏)斋,豪爽则有冯海粟、滕王(玉)霄,酝藉则有如贯酸斋、马昂父,其体裁各异,而宫商相喧,皆可被于弦竹者也。继起者不可枚举,往往泥文采者失音节,谐音节者亏文采,兼之者实难也。"(《周月湖今乐府序》)元剧文词,本来有联系舞台演出,面对大众的民间勾栏的传统。由于文人学士的染指,创作中出现了求工巧、尚藻丽、只求案头欣赏、不管剧场演唱的倾向。这种倾向《东墙记》剧本中已见端倪,费唐臣的《贬黄州》中的一些曲子甚至一句一个典故,书卷气十足,以后作者又有发展。所以杨维桢的上述议论,看来并非泛泛之谈,而是有感而发的。在《送陈生彦高序》中又说:

> 艺必贵乎积,积而后化,化而后神。师旷氏之鼓琴也,奏清徵而玄鸟集,奏清角而风云猝变者,非其积而化,化而神之效若是欤!

所谓"积",是指"积累"。在杨维桢看来,从事艺术创作活动(包括戏曲),一定要注意积累(从生活到艺术技巧、艺术修养等等);只有积累在先,素材充裕,才能凭借作者的才能,进入创作过程中的融会贯通和出神入化境界。把"积累"看成是艺术创作的基础,这是杨维桢的经验之谈。据《明史》本传记载,杨维桢与文友交往时,"或呼侍儿歌《白雪》之辞,自持凤琴和之。宾客皆蹁跹起舞。"可知杨维桢具有一定的戏曲艺术的实践经验。

第三节　小说批评的萌芽及罗烨《醉翁谈录》

在我国,小说的形成和发展经历了一个漫长的历史过程。"小说"之名,虽然古已有之,但它经由先秦两汉的神话传说、寓言故事、史传野乘,以及魏晋南北朝的志怪杂录、唐代传奇、宋元话本等不同历史阶段,渐趋成熟繁荣,并形成了独特的民族风貌。因此,"小说"的概念实际上是一个民族的、历史的概念,在各个历史阶段包含着不同的内涵。随之而来的小说理论批评,也在各个不同历史阶段的小说创作的基础上逐渐产生和发展。一般说来,在宋元以前,我国的小说理论批评尚处于萌芽阶段,虽然涉及了多方面的问题,但往往显得比较零碎和幼稚。

小说批评的萌芽

"小说"一词,最早见于《庄子·外物篇》:"饰小说以干县令,其于大达亦远矣。"此外,如《论语·子张》中所说的"小道",《荀子·正名》中谈到的"小家珍说"等,都与庄子所说的"小说"的意义比较接近。这里的"小",具有与大达(道)相对而又形式短小之意。"说"有"释"、"疏"之义,即通过叙解而使之通俗明白;又通"悦",段玉裁注《说文解字》"说,说释也"曰:"说释,即悦怿。……说释者,开解之意,故为喜悦。"因此"小说"一词,最初的含义尽管比较混沌,但已隐含着铺叙、描摹、通俗、娱乐等因素。这就为后来汉代的学者将它来称呼一种似史似志,而又非史非志的独特文体作好了准备。

汉代的桓谭,开始将我国古代的小说专门析为一家而加以论述。桓谭(约前23—50),字君山,沛国相(今安徽淮北市)人,著名思想家。所著《新论》中有论述小说一则云：

> 若其小说家，合丛残小语，近取譬谕，以作短书，治身理家，有可观
> 之辞。

桓谭所说的"小说"，主要是指寓言、传说之类，与后来人们对这阶段的小说的理解较为接近。他从小说的表现特点、社会作用等方面发表了自己的见解，虽然比较简单，但应当受到珍视。

另外，《汉书·艺文志》的《诸子略》中也有"小说家"一类。《艺文志》是班固据刘歆的《七略》"删其要"而成，故它的观点反映了自刘向父子到班固时代的汉人的一般看法。《艺文志》虽然把小说列于九流十家之末，但毕竟也承认了春秋战国以来有正式可标名为"小说"的一类作品的存在，说明了对小说的特点具有初步的认识。《艺文志》列举了十五篇作品，一般都作了小注。这使人对小说的理解更具体化了：这里有"史官纪事"类的《青史子》，也有"迂诞依托"式的《黄帝说》；有如《宋子》类的阐发哲理，也有如《周考》式的述录逸闻。内容庞杂，范围广泛，这样的小说概念一直影响到清末。《艺文志》于十五篇具体作品的篇名后又总论小说云：

> 小说家者流，盖出于稗官，街谈巷语，道听途说者之所造也。孔子
> 曰："虽小道，必有可观者焉，致远恐泥，是以君子弗为也。"然亦弗灭也。
> 闾里小知者之所及，亦使缀而不忘，如或一言可采，此亦刍荛狂夫之
> 议也。

这里，第一次解释了小说的来源，明确指出它们是来自民间的口头传说。总的来说，《艺文志》对小说的看法还是承袭了孔子的观点，认为是小人之小道，却也有可观可采之处。不过他们已看到了小说"然亦弗灭"的趋势，对小说的价值及其生命力有着更深的体会。

魏晋南北朝时期，小说兴盛。按其内容，大致可分两类：一类是描述鬼神怪异的志怪小说，另一类是记录人物轶闻琐事的志人杂录。这时的小说理论批评，也就围绕着这两类不同的小说而展开。一般说来，志人小说论者强调故事的真实。例如《世说新语·轻诋》注引《续晋阳秋》谈到裴启《语林》时说：

> 晋隆和中，河东裴启撰汉魏以来迄于今时言语应对之可称者，谓之
> 《语林》。时人多好其事，文遂流行。后说太傅事不实……自是众咸鄙

其事矣。

裴启的《语林》是当时最早的一部志人小说。它之所以开始时"大为远近所传"(《世说新语·文学》),就是因为"时人多好其事",被它所记录的故事所吸引,而后来发觉其"事不实",就马上鄙夷它了。他们不仅以真实来要求志人小说,而且也用它来衡量志怪小说。《世说新语·排调》曾引述人们对《搜神记》的作者干宝的评价为"鬼之董狐",也认为他真实地记录了鬼的故事。当然,他们所说的真实,只是要求符合所闻所见的事实,与今天所说的艺术真实相差甚远。

当时小说界流行的崇实的观点是明显地受到了史学家的影响。这是由于我国古代小说、特别是志人小说本身与史传野乘有着密切的关系,而历史学家又往往站在他们的立场上来看待和批评小说。司马迁曾表示"《禹本纪》、《山海经》所有怪物,余不敢言"(《史记·大宛列传》),班固也对传记东方朔的"奇言怪语"之"非其实"表示不满(《汉书·东方朔传》及颜师古注),而儒家的传统精神本来就是"不语怪力乱神"。当然,从历史学家来说,反对奇言怪语入史是无可非议的,但在客观上确实影响了人们用历史来要求小说,强调实录,反对虚妄。直到《隋书·经籍志》还把这时期大量的小说编入史部而当作"史官之末事",其史部杂传类所收的小说要比子部小说类多得多。社会上流行着这样的看法,就必然会对神话、传说、寓言以及新兴的大量的志怪小说表示异疑了。志怪小说论者要捍卫神怪在小说中存在的合理性,就必须对小说中种种怪诞虚幻的描述作出解释。首先注意这个问题的是郭璞。郭璞(276—324),字景纯,河东闻喜(今属山西)人,曾为《山海经》、《穆天子传》作注。他在《注山海经叙》中指出:"世之览《山海经》者,皆以其闳诞迂夸,多奇怪俶傥之言,莫不疑焉",认为这完全是不必要的。他列举了大量的事实,反复论证了"物不自异",人们当"不怪所可怪",把小说中的夸张、虚构和幻想都当作是客观真实的纪录,并相信"逸文不坠于世,奇言不绝于今",神怪小说将传之不绝。当时志怪小说的代表作家干宝在其《搜神记自序》中也谈了自己的看法。宝字令升,生卒年不详,新蔡(今属河南)人。著有《晋纪》,时称良史。他说自己编撰《搜神记》时是"考先志于载籍,收遗逸于当时",十分重视"访行事于故老","一耳一目之所亲睹闻"。这就使他的《搜神记》保存了一些优秀的民间传说,价值超过了当时一般的志怪小说。但在如何看待"虚"与"实"这一点上,干宝作为一个著名的史学家,基本上还是立足于"实"、"信"。他"性好阴阳术数",本来就相信那些鬼怪神仙是实有其事的。他撰写《搜神记》的目的,也就是为了"发明神道之不诬"。这正如鲁迅在《中国小说史略》中指出的那样,当时文人"以为幽明虽殊途,而人鬼乃皆实有,故其叙述异事,与记载人间常事,自视固无诚妄之别矣"。不过,他在《自序》中也不排斥"虚错"、"失实",认为这也是难以完全避免的,不应当因此而废绝小说。总之,他的观点,正如《晋书·干宝传》所概括的那样:"博采异同,遂混虚实",在广泛搜集材料的基础上,允许虚实相混、真假同存。这比之郭璞等将志怪小说完全视作真实的描写是前进了一步。

在志怪小说的理论批评中,南朝梁兰陵(今江苏常州西北)人萧绮的《拾遗记序》是比较重要的一篇。其词略云:

> 《拾遗记》者,晋陇西安阳人王嘉字子年所撰,凡十九卷……文起羲炎已来,事讫西晋之末,五运因循,十有四代。王子年乃搜撰异同,而殊怪必举,纪事存朴,爱广尚奇,宪章稽古之文,绮综编杂之部,《山海经》所不载,夏鼎未之或存,乃集而纪矣。辞趣过诞,音旨迂阔,推理陈迹,恨为繁冗,多涉祯祥之书,博采神仙之事,妙万物而为言,盖绝世而弘博矣。世德陵夷,文颇缺略,绮更删其繁紊,纪其实美;搜刊幽秘,捃采残落;言匪浮诡,事弗定诬;推详往迹,则影彻经史;考验真怪,则叶附图籍;若其道业远者,则辞省朴素;世德近者,则文存靡丽;编言贯物,使宛然成章。……今搜检残遗,合为一部,凡一十卷,序而录焉。

萧绮这篇序指出了《拾遗记》的三个特点:一是"爱广"、"博采",显得十分"弘博";二是"尚奇"、举怪,多采祯祥神仙之事;三是"纪事存朴",文笔简古。这三点也可以说是当时流行的志怪小说的共同点。这三点很容易走向它的极端:"弘博"而变为"繁冗","尚奇"而显得"浮诡","朴素"而文不"靡丽"。萧绮针对这种情况,提出自己的主张:一是要"纪其实美",二是须"考验真怪",三是可"文存靡丽"。用"美事"来评价小说,先见于葛洪的《神仙传自序》。葛洪曾针对"刘向所述,殊甚简略"而强调举"美事",而现在萧绮又觉得太"繁冗"了,就必须"删其繁紊,纪其实美",即应该记述一些确实是美的故事。至于"怪",也要考验其"真",这显然是当时社会上的普遍看法。而他对文采的要求,也反映了当时文风的转变。随着南朝在整个文学领域讲究形式,也必然要求小说文字绮丽,"宛然成章"了。这应该说也包含着文学上的一种进步。

419

沈既济、李公佐

　　唐代兴起了传奇,产生了不少优秀的作品,但没有留下一篇关于传奇的专论。不过,传奇作家常常在每篇小说的开头或结尾处将本篇小说的创作意图和创作过程作简要的介绍。这几乎形成了一种传统。在这些文字中,我们还是可以窥见他们对传奇小说的一些看法。其中沈既济、李公佐的言论具有一定的代表性。

　　沈既济(约 750—800),苏州吴(郡治今江苏吴县)人,曾任左拾遗、史馆修撰,官至礼部员外郎。撰《建中实录》十卷,在当时称有史才。所作传奇,今存《枕中记》、《任氏传》。李公佐,字颛蒙,陇西(今属甘肃)人。代宗至宣宗初在世。举进士,曾任江西从事、扬州府录事参军等。所作传奇,今存《南柯太守传》、《谢小娥传》、《庐江冯媪传》、《古岳渎经》四篇。沈既济的《任氏传》述狐女任氏深爱郑生,坚贞不渝。于故事结束后,作者接着写道:

　　　　嗟乎,异物之情也有道焉!遇暴不失节,徇人以至死,虽今妇人,有不如者矣。惜郑生非精人,徒悦其色而不征其情性。向使渊识之士,必能揉变化之理,察神人之际,著文章之美,传要妙之情,不止于赏玩风态而已。惜哉!建中二年,既济自左拾遗于金吴。……浮颍涉淮,方舟沿流,昼谈夜话,各征其异说。众君子闻任氏之事,共深叹骇,因请既济传之,以志异云。

很清楚,沈既济把传奇创作看成是"志异",李公佐的《南柯太守传》也云"稽神语怪,事涉非经"。看来,唐人确实受到六朝志怪小说及其理论的影响,把传奇看作是传写奇闻,志异语怪。但是,他们并不停留在六朝人的认识上。沈既济所说的"著文章之美",显然也包括传奇在内。他们希望传奇能通过华艳的文字、宛转的描述,表达作家美好的思想感情,以至在社会上产生一定的教育作用,使那些"有不如"小说中"异物之情"的人接受教育,或者如《南柯太守传》中所说的"窃位著生,冀将为戒",再也不是如六朝志怪"传鬼神明因果而外无他意者"(鲁迅《中国小说史略》)了。

　　唐人传奇并非都是志怪,也有志人一流。李公佐的《谢小娥传》就接近纪实。《新唐书》即据此文,采入《列女传》。李公佐于传后曰:

　　　　余备详前事,发明隐文,暗与冥会,符于人心。知善不录,非《春秋》

之义也。故作传以旌美之。

可见,作者是注意在"备详前事"的基础上进行创作,同时也表示要据"春秋之义","作传以旌美之",具有鲜明的态度和明确的目的,有别于六朝人简单地杂录琐事轶闻。总之,唐传奇作家在六朝志怪、志人小说的基础上,对小说的特点有了进一步的认识,这也就不难理解小说至唐而一变,显得比较成熟了。

赵令畤、洪迈

唐代传奇在文学史上大放异彩,但并不为一些持正统观念的文人所欣赏。宋代陈师道《后山诗话》载:"范文正公为《岳阳楼记》,用对语说时景,尹师鲁读之,曰:'传奇体耳!'"言下之意,传奇乃体鄙不足道。在当时一般文人的心目中,总认为"小说多妄,其来久矣"(周必大《二老堂诗话》)。故有宋一代,虽不乏传奇、笔记的作者,但于小说有卓见者不多。其中赵彦卫《云麓漫钞》称传奇"文备众体,可见史才、诗笔、议论",曾慥《类说序》说小说"可以资治体、助名教、供谈笑、广见闻",对于小说的表现特点与社会功用的概括,颇可注意。另外,比较有见地者,要数赵令畤和洪迈。

赵令畤,字德麟,宋宗室,元祐时人,以才美为苏轼所嘉。所作鼓子词《元微之崔莺莺商调蝶恋花》,系改编元稹《会真记》而成。其词前后二阕陈述编撰的原由时说到:

> 夫传奇者,唐元微之所述也。以不载于本集而出于小说,或疑其非是。今观其词,自非大手笔孰能与于此!至今士大夫极谈幽玄,访奇述异,无不举此以为美话。至于娼优女子,皆能调说大略。

> 乐天谓微之能道人意中语。仆于是益知乐天之言为当也。何者?夫崔之才华婉美,词彩艳丽,则于所载缄书诗章尽之矣。如其都愉淫冶之态,则不可得而见。及观其文,飘飘然仿佛出于人目前,虽丹青摹写其形状,未知能如是工且否!

这两段话,实际上是对传奇《会真记》的评论。它高度地评价了《会真记》的成就,认为"非大手笔孰能与于此",赞扬了《会真记》雅俗共赏的艺术效果。而更重要的是,它在我国小说理论批评史上较早地注意到了关于人物形象的塑造问题。在这里,它分析了崔莺莺的形象。作者认为崔莺莺的形象塑造得十分成功。读了传奇中的那些"缄书诗章",就能感觉到崔的"才华婉美,词彩艳丽";而更妙的是,那种一般"不可得而见"的神态也被描绘出来了。因此,及观其文,形象仿佛即在目前,"虽丹青摹写其形状,未知能如是工且至否"。显然,这已接触到人物形象的鲜明性、生动性了。

洪迈(1123—1202),字景庐,别号野处,鄱阳(今江西波阳)人。绍兴进士,官至端明殿学士。学识渊博,撰有《容斋随笔》、《夷坚志》等。《夷坚志》,系录神怪、异闻为主的笔记小说集,原有四百二十卷,已残阙。赵与时《宾退录》卷八称其原书有序三十一篇,"各出新意,不相复重",叹为"不可及"。现据赵与时摘录的各篇大意及涵芬楼排印的二百零六卷本搜辑的各序看来,多述其成书过程,于小说理论批评方面新意不多。唯《夷坚乙志序》谓己"好奇尚异",《夷坚志》甲乙二书则"天下之怪怪奇奇尽萃于是矣";随即指出前代志怪之书"皆不能无寓言于其间",而自己的故事实际上也都来自"乌有先生"。从中可见他对志怪小说的特点具有一定的认识。不过,洪迈引起人们注意的,还是对于唐人传奇的论述。他曾说:

> 唐人小说,不可不熟,小小情事,凄惋欲绝,洵有神遇而不自知者,与诗律可称一代之奇。(转引自《唐人说荟·例言》)

在我国文学批评史上,这是第一次对整个唐代传奇作出较为中肯的评价。"小小情事",点出了短篇小说既有故事情节又能表达一定思想感情的基本特点,在《容斋随笔》卷十五中所说的"鬼物假托",又道出了唐传奇作意好奇、假托神怪的一个具体特征,"凄惋欲绝",则形容了唐传奇的强烈的艺术感染力。在这基础上,他指出了唐传奇"与诗律可称一代之奇",在文学史应享有崇高的地位。后来明人申述他的观点说:"唐三百年,文章鼎盛,独诗律与小说称绝代之奇,何也?盖诗多赋事,唐人于歌律以兴以情,在有意无意之间。文章征实,唐人于小说摛词布景,有翻空造微之趣。至纤若锦机,怪同鬼斧,即李杜之跌宕,韩柳之尔雅,有时不得与孟东野、陆鲁望、沈亚之、段成式辈争奇竞爽,犹耆卿、易安之于词,汉卿、东篱之于曲,所谓厥体当行,别成奇致,良有以也。"(桃源居士《唐人小说序》)的确,洪迈的观点奠定了明清两代对唐传奇的基本评价,在小说批评史上应该受到重视。

刘 辰 翁

评点,包括圈点、眉批、夹注、总评等,是我国文学批评的一种特殊形式。

评点起源尚早,而盛于宋代。现存的宋人几家评点中,值得注意的是刘辰翁。刘辰翁(1232—1297),字会孟,号须溪,庐陵(今江西吉安)人,曾任濂溪书院山长,入元不仕。善词能诗。原有集,已散佚,清人辑有《须溪集》。他一生以极大的热情从事评点,并注意从文学的角度上来指陈关键利病。明人汇刻所评各书为《刘须溪批评九种》,内容包括《班马异同评》三十五卷,《老子》、《庄子》、《列子》上下卷,《世说新语》三卷,《李长吉歌诗》四卷,《王摩诘诗》四卷,《杜工部诗集》二十卷,《苏东坡诗》二十五卷。另外今存评本有《放翁诗选集》八卷、《别集》一卷,《王荆公诗文》五十卷。他的《世说新语》评,则开了明清两代大量的小说评点的先风。

《世说新语》的特点就是通过片言只语、一二行动的简单勾勒,生动地刻画了人物的性格,给读者留下了深刻的印象。刘辰翁的评点也是特别注意小说的语言和人物。在整个评点中,他就语言方面所作的评论占的比重最大。他不仅用"语鄙"、"清言"、"高简"等评论作家的描述语言,而且注意评论小说中人物语言的口语特色和感情色彩。如用"桓大口语"、"家翁语"、"妇人语"、"市井笑语"等比较恰当地形容了各种人物的语言特色,而用"注情语"、"正堕泪之言"、"语甚可悲"、"语其有气"等点出了人物此时此言的感情状态。更值得注意的是,在这基础上刘辰翁开始就人物的语言来分析人物的性格。这用他的话来说,就是人物的语言"极得情态",有"风致"、"意态",读了只觉得"神情自近,愈见其真"、"使人想见其良"等。除了看到用人物语言刻画性格外,他也注意到肖像描写、动作描写来塑造人物。如"蔡叔子云韩康伯"一则,批道:"外貌","何晏七岁"一则批作"字形语势皆绘,奇事奇事",而如"郗太尉晚节好谈"、"祖士少好财"等则的批语就点出了通过动作的描写,"写得郑重可憎","写得祖士少惭惶杀人"。诸如此类,刘辰翁的批点尽管三言两语,但往往是抓住了《世说新语》中人物和语言的某些特点,点中了一些要害。

《世说新语》中各则故事的情节一般都比较简单,故刘辰翁对情节的论述较少,但对有的较长的篇章还是作了批语,如"张凭举孝廉出都"一则批道:"此纤悉曲折可尚。""方正"一则批曰:"语甚感动,节次皆是。"

最后也应当指出,刘辰翁有时不限于对《世说新语》一部作品的评价,而是涉及到对整个小说的看法。如"魏武追杀匈奴使"一则批道:"谓追杀此使,乃小说常情";"桓公卧语"一则批云"此等大有俯仰,大胜史笔",将小说与史书作了比较,并指出小说在细节、情态等描写上的优点;"王右军郗夫人"一则批作"语悉世情,可以有省",则接触到现实生活与小说创作的关系了。

　　刘辰翁的评点在当时就受到了人们的重视,据说"士林服其赏鉴之精博"(杨慎《升庵诗话》)。这不仅扩大了《世说新语》的影响,而且对以后的小说评点起了有力的推动。明许自昌在《樗斋漫录》中谈到当时最负声名的李卓吾评点《水浒》时,指出刘辰翁就是李的先行者,可见刘辰翁在明代小说评点派心目中具有何等重要的地位。

罗烨的《醉翁谈录》

　　《醉翁谈录》,凡十集,每集二卷,共二十卷,题"庐陵罗烨撰"。书中所述的地方行政区划为宋代建置,又市语杂出,胥近浅陋,似为南宋坊刻,但其中杂有元事,或系后人窜入,或系元椠,故作者似为宋末元初人,具体不详。此书系传奇、话本小说集,多节录或转述前人旧作,保存了一些少见的宋元戏文情节。卷首《舌耕叙引》中的《小说引子》、《小说开辟》是两篇比较全面地总结话本创作经验的理论文章,在我国小说理论批评史上有着重要的意义。

　　宋元时期,"说话"盛行,这为我国通俗小说的创作奠定了基础,也将小说理论批评推进到了一个新的阶段。最初的白话小说的批评就蕴藏在对于讲唱艺术的述评中。宋孟元老《东京梦华录》、灌园耐得翁《都城纪胜》、周密《武林旧事》、西湖老人《繁胜录》、无名氏《应用碎金》等都饶有兴味地描述了当时"说话"的盛况,载录了不少艺人的姓名,并根据不同的题材而进行了分类,标明了不同的"家数"。其中如吴自牧的《梦粱录》云:

　　　　说话者,谓之舌辩,虽有四家数,各有门庭。且小说名"银字儿",如:烟粉、灵怪、传奇、公案、朴刀、杆棒,发发踪参(当为"发迹变泰"之误)之事。有谭淡子、翁三郎、雍燕、王保义、陈良甫、陈郎妇、枣儿、余二郎等。谈论古今,如水之流。……讲史书者,谓讲说《通鉴》、汉、唐历代书史文传、兴废争战之事,有戴书生、周进士、张小娘子、宋小娘子、邱机山、徐宣教。又有王六大夫,元系御前供话,为幕士请给讲,诸史俱通,于咸淳年间,敷演《复华篇》及《中兴名将传》,听者纷纷,盖讲得字真不俗,记问渊源甚广耳。但最畏小说人,盖小说者,能讲一朝一代故事,顷刻间捏合。

这里实际上初步地指出了说话艺术的若干特点：其一，"谈论古今，如水之流"。这当然有表演技巧的问题，但包含着话本故事情节的自然真实、生动有趣，既有来龙去脉，又能引人入胜。其二，"字真不俗"。这个"真"，当然含有真实的意思，但主要是指文字上接近现实中的口语，即语言的通俗性。既要通俗，又要不俗，这也就是白话小说所提出的新课题。其三，作者要"诸史俱通"，"记问渊源甚广"。这是创作话本的一个基础。强调这一点，也是对那些鄙视通俗小说及其作家的正统文人的大胆挑战。另外，《梦粱录》特别对白话短篇小说给予了高度的评价，并指出了它的特点："最畏小说人。盖小说者，能讲一朝一代故事，顷刻间捏合。"吴自牧的这些看法并不完全出自个人，因《都城纪胜》等书中也有类似的观点和语句。他的看法，代表了当时下层知识分子、市民和民间艺人对于话本艺术的普遍意见。

罗烨的《醉翁谈录》，就是宋末元初人们普遍注意"说话"艺术风气下的产物。它针对正统文人对于通俗小说的传统偏见，反复地强调了小说家具有广博的学识和高度的艺术修养，其《小说开辟》开头就说：

> 夫小说者，虽为末学，尤务多闻。非庸常浅识之流，有博览该通之理。幼习《太平广记》，长攻历代史书。烟粉奇传，素蕴胸次之间，风月须知，只在唇吻之上。《夷坚志》无有不览，《琇莹集》所载皆通。动哨、中哨，莫非《东山笑林》；引倬、底倬，须还《绿窗新话》。论才词有欧、苏、黄、陈佳句；说古诗是李、杜、韩、柳篇章。举断模按，师表规模，靠敷演令看官清耳。

在《小说开辟》的最后又用几句诗概括其意：

> 小说纷纷皆有之，须凭实学是根基。开天辟地通经史，博古明今历传奇，蕴藏满怀风与月，吐谈万卷曲和诗。辨论妖怪精灵话，分别神仙达士机。涉案枪刀并铁骑，闺情云雨共偷期。世间多少无穷事，历历从头说细微。

罗烨的这些骈散兼行、诗文交织的话难免有夸饰之处，但总的意思是十分明确的，这就是指出了小说家决非浅薄庸俗之辈，而是贯通经史，精熟文艺，博古明今，具有多方面的知识积累和艺术修养，完全可以和历来公认的第一流的大文学家们并列的。这就有力地说明了通俗小说实际上是汲取了前代文化艺术营养后开出来的新花，而决不是传统观念中的"末学"，从而大大地提高了小说的地位。同时，罗烨在这里为通俗小说的创作指出了道路：作者只有打好"实学"的根基,才能真正做到"世间多少无穷事,历历从头说细微"。

《醉翁谈录》还对通俗小说的艺术特点作了较为全面的分析。它指出,话本可以"纵横四海,驰骋百家",广泛地反映社会生活。从古至今,"世态纷更,民心机巧","所业历历可书,其事班班可纪",都可加以敷衍。这一艺术特征就是塑造鲜明的形象,以情动人。其语言上的特点就是通俗,"上古隐奥之文章,为今日分明之议论",深入浅出,明白易懂。而情节布局,是虚实相间,浓淡得当:"讲论处不徘搭,不絮烦;敷衍处有规模,有收拾。冷淡处提掇得有家数,热闹处敷衍得越久长。"这样就能使故事摇曳多姿,跌宕有致,吸引读者,扣人心弦。此外,它指出说话时不排斥"讲论":"讲论只凭三寸舌,秤评天下浅和深。"说话人能鲜明地表示褒贬劝惩的态度,对生活中的现象作出评判,使人们"听之有益"。

《醉翁谈录》在评论小说的社会作用时,不仅一般地认为有劝戒作用:"言其上世之贤者可为师,排其近世之愚者可为戒",而且进一步结合分析说话的形象性来肯定其强烈的艺术感染力:

> 说国贼怀奸从佞,遣愚夫等辈生嗔;说忠臣负屈衔冤,铁心肠也须下泪。讲鬼怪令羽士心寒胆战;论闺怨遣佳人绿惨红愁。说人头厮挺,令羽士快心;言两阵对圆,使雄夫壮志。谈吕相青云得路,遣才人着意群书;演霜林白日升天,教隐士如初学道。噇发迹话,使寒门发愤;讲负心底,令奸汉包羞。

作品能取得这样的社会效果,就不能不使"高士善口赞扬","才人怡神嗟讶"了。这也就肯定了说话艺术取得了高度的成就。

《醉翁谈录》的《小说开辟》还对当时盛行的小说话本进行了分类:"有灵怪、烟粉、传奇、公案,兼朴刀、杆棒、妖术、神仙。"它将"小说"分为八类,虽然也主要从题材上着眼,但比起以前的《都城纪胜》分做三大类、《梦粱录》分做七小类来,显然更为明确,再加上它为每类后分别列出具体的小说名目,就显得更有说服力,为后人所更加重视。

总之,罗烨的《醉翁谈录》在论述话本小说时尽管还不够系统化、理论化,但它实际上是对当时和以往小说创作的一次总结。它代表了我国宋元以前小说理论批评的高度。